HEYNE <

AF177920

Das Buch

Seit drei Jahren macht der britische Geheimdienst MI 5 Jagd auf Nachtauge. Hinter diesem Codenamen verbirgt sich eine deutsche Spionin, die Schienen und Brücken zerstört und Verfolger kaltblütig umbringt. Jetzt steht sie vor ihrem größten Coup: die Aufdeckung einer womöglich kriegsentscheidenden großen Operation der britische Luftwaffe. Diese bereitet die Bombardierung der größten deutschen Stauseeanlagen vor. Erstes Ziel: die Möhnetalsperre.
Hier arbeiten über tausend ukrainische Frauen unter entwürdigenden Bedingungen in einer Munitionsfabrik. Im Lager unterstehen sie dem Befehl von Georg Hartmann. Er gerät unter Druck, weil Gerüchte kursieren, dass er nicht hundertprozentig auf Parteilinie sei. Tatsächlich ist er bei den Arbeiterinnen weit weniger gefürchtet als die brutalen Männer vom Werkschutz. Ahnt Hartmann, dass einige Frauen, unter ihnen auch die ihm sympathische Nadjeschka, einen spektakulären Fluchtversuch planen?

Der Autor

Titus Müller, geboren 1977 in Leipzig, hat 13 Romane und 7 Sachbücher geschrieben. Er ist Mitglied des PEN-Clubs und wurde u. a. mit dem C. S.-Lewis-Preis, dem Sir-Walter-Scott-Preis und dem Homer-Preis ausgezeichnet.

Lieferbare Titel

Der Kalligraph des Bischofs, Die Brillenmacherin, Die Todgeweihte, Die Jesuitin von Lissabon, Tanz unter Sternen, Berlin Feuerland, Der Tag X, Die goldenen Jahre des Franz Tausend, Die fremde Spionin

TITUS MÜLLER

NACHT AUGE

Roman

WILHELM HEYNE VERLAG
MÜNCHEN

Penguin Random House Verlagsgruppe FSC® N001967

3. Auflage
Vollständige deutsche Taschenbuchausgabe 08/2014
Copyright der deutschsprachigen Ausgabe © 2013 by Karl Blessing
Verlag, München in der Penguin Random House Verlagsgruppe GmbH,
Neumarkter Straße 28, 81673 München
Printed in Germany
Umschlaggestaltung und Motiv: Hauptmann & Kompanie Werbeagentur,
Zürich, Michelle Corrodi, unter Verwendung zweier Fotos von
© Getty Images/George Karger und © Ullstein Bild – Haeckel Archiv
Satz: Leingärtner, Nabburg
Druck und Bindung: GGP Media GmbH, Pößneck

ISBN: 978-3-453-43776-0

www.heyne.de

1

Eric Knowlden schaltete das Radio aus. »Weck die Kinder.«

»Was?« Connie sah von der Nähmaschine hoch. »Ich hab sie erst vor einer halben Stunde ins Bett gebracht! Wir können froh sein, dass sie schlafen.«

Er stand auf und ging zum Sekretär hinüber, öffnete die Schublade und entnahm ihr die Mappe mit den Ausweisen und Geburtsurkunden. »Tu es bitte, Connie.«

»Stimmt etwas nicht?«

Er sah aus dem Fenster. Dichter Regen prasselte auf die Pflastersteine. »Hol du die Kinder. Ich hole Decken aus dem Schlafzimmer.«

Endlich verstand sie. Die über Jahre antrainierten Handgriffe setzten ein. Wenige Minuten später traten sie unten auf die Straße. Connie trug das schlaftrunkene Mädchen und die Decken, er trug den Jungen, den Aktenkoffer und die Schachtel mit den Gasmasken. »Ich hab keinen Alarm gehört«, sagte sie verwirrt, während sie die Straße entlangeilten. »Was haben sie im Radio gesagt?«

»Die Royal Air Force hat Berlin bombardiert.«

»Aber das ist doch eine gute Nachricht! Endlich schlagen wir zurück, und sie kriegen heimgezahlt, was sie London angetan haben.«

»Connie, verstehst du nicht?« Der Regen lief ihm über das Gesicht. Trotzdem schwitzte er, Tony war kein Kleinkind mehr, er wog achtunddreißig Pfund. Viele der Läden, in denen sie früher eingekauft hatten, waren nicht mehr da, Lücken klafften in den Häuserreihen. Wo einst Freunde von ihm gewohnt hatten, stand jetzt eine einsame Straßenlaterne und verbreitete trübes Licht. Vor zwei Jahren waren die Bomber jede Nacht gekommen, Hunderte von ihnen. Fünfzigtausend Londoner waren gestorben. Die Stadt war zur Todesfalle geworden.

»Nein, ich versteh's nicht.«

»Wir haben die Hauptstadt der Deutschen bombardiert. Über dreihundert Flugzeuge. Wir haben ihnen so viel zerstört wie noch nie. Zur Vergeltung werden sie London angreifen. Es geht wieder los.«

Skeptisch sah Connie ihn von der Seite an.

Niemand außer ihnen war auf der Straße. Es war dunkel und kalt. Vielleicht irrte er sich, und die Bomber kamen gar nicht? In den letzten Monaten hatte es nur noch vereinzelt Angriffe und Zerstörungen gegeben, die Deutschen waren mit Russland beschäftigt.

Als sie die Old Ford Road erreichten, jaulten die Sirenen los: der Schmerzensschrei der Stadt.

Sie blieb stehen. »Manchmal bist du mir unheimlich, Eric.«

»Analytische Vorhersagen gehören zu meinem Beruf.«

»Und Verschwiegenheit, ich weiß. Du hast das bestimmt nicht nur aus dem Radio gewusst.«

Sieben Minuten blieben, nachdem der Luftalarm einsetzte – das hatte er wie jeder Londoner verinnerlicht. Sieben Minuten, bis die Bomber über der Stadt waren. Die ersten Haustüren sprangen auf. Immer mehr Menschen stürmten hinaus, ein Strom, der stetig anschwoll und sich zur neuen U-Bahn-Station ergoss. Hier im East End war Bethnal Green der größte Luftschutzbunker. Was einmal eine Station der

Central Line werden sollte, hatte sich längst in eine unterirdische Kleinstadt verwandelt. Bei Luftalarm schliefen die Menschen in dreitausend Betten, im Notfall passten zehntausend Leute in die Halle unter Tage. Es gab eine provisorische kleine Bibliothek und einen Saal für Konzerte und Theaterstücke, sogar eine Übergangskirche, in der Gottesdienste gefeiert wurden. Eric kannte die Nachbarn in den reservierten Schlafabteilen, man trank miteinander Tee, sagte sich Gute Nacht.

Noch hundert Meter bis zum Eingang. Der Suchscheinwerfer in den Bethnal Green Gardens flammte auf. »Schneller«, sagte er und begann zu rennen. Connie hielt sich an seiner Seite. Jeden Moment konnte die Flak losfeuern. Die heißen Granatsplitter der Flugabwehrgeschosse, die vom Himmel regneten, hatten vor zwei Jahren ihre beste Freundin aus der Nachbarschaft sowie deren Kind getötet.

Das Brummen über ihnen wurde immer lauter und bedrohlicher. Scheinwerferkegel tasteten über die Regenwolken, dann erfassten sie die ersten Flugzeuge, folgten ihnen über den Himmel. Flugabwehrkanonen knatterten.

Der Eingang zur U-Bahn-Station war direkt vor ihnen. Eine Traube von Menschen ballte sich dort, mehr, als durch den schmalen Eingang passten. Jemand schrie: »Holt sie vom Himmel, die verfluchten Deutschen!« An der Bushaltestelle hielt ein roter Doppeldeckerbus, und ein Schwall von Männern und Frauen stieg aus und hastete heran.

Die beiden Kinder waren jetzt hellwach. Mit stillen, dunklen Augen sahen sie sich um, hörten auf das Röhren der Bomber, das Knattern der Flak. »Alles wird gut«, sagte Connie zur kleinen Ella auf ihrem Arm, die zu wimmern anfing. »Gleich sind wir in Sicherheit.«

Schon waren sie im Gedränge bis auf die ersten Treppenstufen vorgerückt, der dunkle Schlund der Bethnal Green

Station tat sich vor ihnen auf. An der Decke baumelte eine einzige Glühbirne, die das Dunkel nur spärlich aufhellte. Eric kannte diese Stufen wie seine eigene Haustreppe. Er brauchte kein Licht. Während des *German Blitz* waren sie hier jede Nacht hinabgestiegen.

Die Treppe war überfüllt, es stockte vor ihnen. Er drehte sich noch einmal um und sah nach draußen in den Regen. Aus dem nahe gelegenen Kino strömte eine Menschenmenge, der Film war wohl unterbrochen worden durch den Alarm. Ein Betrunkener verließ schweren Schritts das Pub auf der anderen Straßenseite, das Salmon and Ball. Vom Kiosk, wo es gebackene Kartoffeln gab, rannten Schutzsuchende zur Bethnal Green Station.

Dann brach ein Fauchen los am Himmel, ein Kreischen und Jaulen. Helles Licht zerplatzte und spritzte jäh über das Firmament. Wer noch auf der Straße war, warf sich zu Boden. »Hitlers neue Waffe!«, schrie jemand. Die Leute rappelten sich auf und rannten auf den Eingang zu, von überall her stoben sie heran.

Er versuchte, die Umstehenden zu beruhigen: »Das ist *unsere* Waffe. Das ist nichts von Hitler. Wir haben sie bisher geheim gehalten, es sind Raketen, Massen von Raketen, die zugleich in den Himmel geschossen werden und dort explodieren. Die machen den Deutschen die Hölle heiß.«

Aber niemand hörte auf ihn, die Leute schoben und schubsten aus Angst vor Hitlers neuer Waffe, sie trauten dem Diktator mehr zu als Churchill. Bethnal Green sollte sie vor der neuen Wunderwaffe beschützen.

»Bitte, wir passen alle hinein«, sagte Eric zu denen, die sich an ihm vorbeidrängen wollten. »Bleiben Sie ruhig!« Immer stärker wurde der Druck von hinten, sie wurden die Stufen hinuntergeschoben und gegen die Rücken der Leute vor ihnen gedrückt. Die Angst machte die Menschen rücksichtslos. Vor seinem inneren Auge sah er die Lage schon eskalieren. »Zur Seite«, sagte er, »Connie, wir müssen zum Geländer!«

Er ließ den Koffer und die Decken los. Die Menschenmenge trieb Connie und ihn auseinander, er griff nach ihrem Arm, aber jemand zwängte sich zwischen sie, und dann noch jemand, sie wurden fortgespült zu entgegengesetzten Seiten der Treppe. Er versuchte zu seiner Frau zu gelangen, wurde jedoch von einer gewaltigen Kraft zurückgestoßen. Er rief: »Geh zur anderen Seite, Connie, nur rasch zum Geländer!« Noch hielt sie die kleine Ella tapfer auf dem Arm.

Da passierte genau das, was er befürchtet hatte. Der Druck der Nachrückenden wurde zu stark. Die Ersten gerieten ins Stolpern, sie fielen die Treppe hinunter, auf andere drauf, stießen sie nieder, und während die Unteren um Luft keuchten, rutschte die Lawine weiter, wuchs und wuchs.

Er wurde gegen das Geländer gedrückt, die Betonwand quetschte ihn. Eilig setzte er Tony ab und nahm ihn zwischen seine Beine, versuchte ihn zu schützen. Er hielt sich fest, um nicht zu fallen und überrannt zu werden.

Um ihn herum ächzten Menschen, wurden von ihren Freunden erdrückt und von den Nachbarn niedergetrampelt, sie hatten nicht einmal genug Luft in den Lungen, um zu schreien. Hände streckten sich in die Höhe von weiter unten, Vergrabene suchten nach Halt, konnten aber nicht verhindern, dass die Nachrückenden über sie hinwegrutschten. Tony stiegen Tränen in die Augen, er schien in der Enge kaum noch atmen zu können.

Dann war es vorüber, plötzlich. Der Druck von hinten ließ nach. Die nicht zu Tode getrampelt worden waren, richteten sich stöhnend auf. Sie hielten sich gebrochene Rippen, zerschundene Knie. Auf der Treppe lag ein Berg von Toten. Von allen Seiten wurden mit banger Stimme Namen gerufen.

Er hob seinen Sohn hoch, der von Weinkrämpfen geschüttelt wurde. »Tut dir etwas weh?«, fragte er ihn.

»Mama …«, schluchzte Tony nur.

»Wir werden sie finden.« Auf dieser Höhe der Treppe konnte er nicht zur anderen Seite gelangen, ohne über etliche Körper zu trampeln. Also stieg er stattdessen in Richtung des Ausgangs hinauf. Luftschutzleiter übernahmen oben das Kommando und schickten die Neuankömmlinge weg, er hörte ihre festen Stimmen: »Der Bunker ist überfüllt. Gehen Sie bitte weiter.« Dazu knallten draußen die Explosionen der Bomben.

Er konnte Connie nirgendwo entdecken. Eric rief ihren Namen immer und immer wieder, noch hoffte er, dass sie sich hatte retten können und Halt gefunden hatte. Doch die Zweifel ergriffen allmählich von ihm Besitz.

»Mama«, brüllte Tony mit herzzerreißender Verzweiflung, »Mama, wo bist du?«

Dort, wo Eric sie zuletzt gesehen hatte, gab es eine Bewegung bei den Körpern am Boden, eine Hand reckte sich langsam in die Höhe. Er glaubte diese schmale, blasse Hand zu erkennen, setzte Tony ab, der jetzt noch lauter weinte, aber es half nichts, Eric musste anpacken. Wenn seine Frau hier unter den Leibern lag und keine Luft mehr bekam, war jeder Augenblick entscheidend. Er hievte eine schwergewichtige Frau in die Höhe. Sie war schon tot. Er half einem japsenden Mann auf die Beine und grub eine weitere Frau frei: Es war tatsächlich Connie. Neben ihr rangen ein Mann und ein Kind um ihr Leben.

»Ich wäre fast erstickt«, krächzte sie. Sie schien der Ohnmacht nahe zu sein. »Ich hab einen Katzenbuckel gemacht für die Kleine. Eine Zeit lang dachte ich, es bricht mir den Rücken durch, so viel Gewicht war drauf.«

Ella streckte die Ärmchen nach ihm aus, und er hob seine Tochter erleichtert hoch und strich ihr die schweißnassen Löckchen aus der Stirn. Dann wandte er sich an Connie. »Hast du dir was gebrochen?«

Sie tastete ihre Schulter ab. »Nur geprellt, glaub ich.«

Er küsste sie auf den staubigen Mund, und es war ihm der kostbarste Kuss seines Lebens. »Ich hatte solche Angst, dich zu verlieren.«

»Lass uns hier weggehen. Die Kinder haben schon zu viel gesehen.«

Draußen schlugen Bomben ein, und hier drinnen rieselte Steinstaub von der Decke, und die Wände zitterten. Im Schummerlicht der Glühbirne stiegen sie nach unten in den Bunker hinab. Er dachte an die Landmine, die vor zwei Jahren hinter dem Haus der Eltern explodiert war und seinen Bruder getötet hatte. Es war Vaters Geburtstag gewesen, der 4. Mai 1941, sie alle hatten am Kaffeetisch gesessen, als die Sirenen am hellen Tag losheulten. Die Bomben fielen in einiger Entfernung, bis plötzlich bei ihnen eine Landmine herunterkam – ohne Vorwarnung, ohne Pfeifton. Die Deutschen banden solche Minen an kleine Fallschirme, sodass sie lautlos mit ihrer tödlichen Fracht in die Straßen segelten. Die Mine explodierte im Kirschbaum hinter dem Haus, kurz bevor es passierte, sah er durchs offen stehende Fenster, wie sie in die Zweige schwebte. Die Druckwelle der Detonation traf ihn wie eine steinerne Faust, er hatte nicht gewusst, dass Luft solche Kraft besitzen konnte, wurde gegen die Wand geschleudert. Das Haus begann zu schwanken, er rannte hinaus, fast noch im gleichen Augenblick regnete es Steine und Möbelsplitter, einige streiften ihn.

Als es aufhörte, war er zuerst nicht sicher, ob er noch lebte oder tot war. Er hörte und fühlte nichts. Dann setzten Kopfschmerzen ein und ein Pochen in den Ohren. Staub hing in der Luft wie Nebel. Er begriff, dass das Haus zerstört war und die umliegenden Häuser genauso.

In den Trümmern fand er seinen Bruder. Reglos lag Esmond unter Steinen, der halben Esszimmertür und Scherben des Willow-Porzellans, das seine Mutter Woche für Woche aus dem Regal genommen und poliert hatte. Er war kreidebleich. Ein Stück Glas steckte ihm im Bauch, es hatte die inneren Organe zerschnitten. Eric konnte nichts mehr für Esmond tun.

Später erfuhr er, dass die Landmine neun Nachbarn getötet hatte, eine ganze Familie war ausgelöscht worden, nur der Jüngste hatte auf wundersame Weise überlebt, kaum verletzt. Ein Sechstel aller Londoner war damals ausgebombt worden und musste in Flüchtlingslager umziehen oder wurde in Bussen raus aufs Land gekarrt. Wer an der Front war, konnte zurückschießen. Aber in London, wenn die Bomben fielen, fühlte er sich hilflos, jede Bombe meinte ihn, wollte nach Esmond auch ihn niedertrümmern, und er konnte nichts darauf antworten, konnte nur laufen und sich verstecken.

Er brachte Connie und die Kinder in ihr Abteil. Stumm legte er Tony ins Bett, deckte ihn zu, während Connie die Kleine versorgte. Die Kinder hatten nie Frieden erlebt. Sie waren in den Krieg hineingeboren worden. An Esmond würde Tony sich später nie erinnern, obwohl der Bruder ihn stundenlang im Kinderwagen durch den Hyde Park geschoben hatte. Das war die Welt, in der sie aufwuchsen: Uniformierte überall in den Straßen, finstere Bunker und das Krachen der Bomben.

»Woran denkst du?«, fragte Connie.

»Sei nicht böse«, sagte er, »aber ich kann mich jetzt nicht einfach hinlegen. Ich muss was tun, sonst platze ich vor Wut.«

Sie stellte sich auf die Zehenspitzen und gab ihm einen langen, traurigen Kuss. »Geh, mein Großer.«

Er kehrte zurück zum Eingang. Räumte Tote von der Treppe. Dutzende Feuerwehrleute, Sanitäter und Luftschutzleiter waren im Einsatz, sie luden die Verletzten in Krankenwagen und die Toten auf Karren. Einige hatten blutverschmierte Gesichter, anderen waren die Arme ausgekugelt. Mancher röchelte noch, rang ums Überleben. Tote und Verwundete wurden zum Whitechapel Hospital gebracht. Als das überfüllt war, brachten sie die Sterbenden zur Saint John's Church.

Immer noch röhrten deutsche Bomber über den Himmel und warfen Sprengkörper ab. Als an Bethnal Green Station keine Hilfe mehr gebraucht wurde, lief Eric an die Themse. Eine Brandbombe wollte sich nicht löschen lassen, immer wieder entzündete sich das heiße Magnesium, das Wasser, das er daraufsprühte, verdampfte einfach, er musste einen Sandsack aufschlitzen und die Flammen mit dem Sand ersticken. Etliche Lagerhäuser brannten, in einem war Zucker verwahrt worden, brennend floss er in die Themse. Eine ekelhafte, schwere Süße lag in der Luft.

Wäre ich Pilot, dachte er, dann würde ich jetzt in einer Mosquito sitzen und den Deutschen da oben die Benzintanks zerschießen.

Du weißt es besser, sagte eine ruhige Stimme in ihm. Gefährlicher als die Bomben ist Nachtauge hier am Boden, die den Gegnern funkt, wo sie London empfindlich treffen können. Die den Feinden mitteilt, mit welcher neuen Technik die britischen Nachtjäger den deutschen Radaremissionen folgen, um in der Dunkelheit des Nachthimmels die Bomber abzuschießen. Die ihnen sagt, welche Agenten zu uns übergelaufen sind.

Nahezu sämtliche Agenten der sogenannten deutschen Abwehr hatten sie umdrehen können, und die neuen, die von den Nazis eingeschleust wurden, waren leicht zu enttarnen, sie fielen durch gefälschte Lebensmittelmarken auf, machten widersprüchliche Angaben über ihre letzte Arbeitsstelle. Man musste nur aufmerksam sein und ein paar Erkundigungen einziehen, dann schnappte man sie. Es war längst nicht mehr so leicht, sich zu verbergen, wie noch vor Jahren.

Aber Nachtauge tauchte hier auf und verschwand dort wieder, auf so unvorhersehbare Weise, dass es dem MI5 in den drei Jahren, die man inzwischen Jagd auf sie machte, nicht einmal gelungen war, ein Foto von ihr zu machen. Ob wir diese Frau fangen oder nicht, kann den Ausgang des Krieges entscheiden, dachte Eric.

Wenn sich die Deutschen nach ihrer Niederlage in Stalingrad nun von Russland abwandten, wenn sie sich entschlossen, zuerst die Eroberung Westeuropas abzuschließen, dann würde England in kürzester Zeit Schauplatz eines Eroberungsfeldzugs sein. Immer waren zuerst die Agenten da gewesen. Sie machten den deutschen Blitzkrieg erst möglich. Bevor Hitler Polen angriff, hatte die deutsche Abwehr den Stab einer polnischen Armee infiltriert, einen Major angeworben und über ihn detaillierte Angaben zur Gliederung, Stationierung und Bewaffnung von drei polnischen Armeen erhalten. Außerdem erfuhr sie die Aufmarschräume im Mobilmachungsfall.

In Frankreich war es nicht anders gewesen. Vor dem Angriff hatte die Abwehr Fotografien des gesamten Befestigungssystems der Maginotlinie besorgt. Agenten hatten sich als Flüchtlinge verkleidet und Maschinengewehre in Kinderwagen ins französische Hinterland geschmuggelt, um dort den Verteidigern in den Rücken zu fallen.

Bestimmt hatte Nachtauge längst eine Zielkartei erstellt über britische Flughäfen, Seefestungen, Depots, Kasernen, Stellungen der Luftverteidigung und Waffenfabriken. Wo mochte sie sich jetzt, während des Bombenangriffs, aufhalten? Lag sie in einer der U-Bahn-Stationen auf ein paar Decken und beobachtete spöttisch die Panik der Londoner, die sich vor den deutschen Bomben in Sicherheit brachten?

Oder nutzte sie den Bombenangriff für ihre Zwecke?

Er zuckte zusammen. Deshalb also hatten sie nie die Wellen ihrer Funknachrichten peilen können! Andere Agenten nahmen zu fest verabredeten Zeiten per Funk Verbindung mit ihrem Führungsoffizier im Deutschen Reich auf, und man konnte durch trigonometrische Netzlegung ihre Position ermitteln, indem man von drei Orten aus mittels Richtantenne oder Funkkompass den sendenden Agenten anpeilte. So mancher Deutsche war dadurch schon aufgeflogen. Nachtauge hingegen nutzte scheinbar keines der schweren Koffergeräte von Telefunken. Dazu war sie zu beweglich. Und zu schnell. Die Peiltrupps des MI5 waren nicht in der Lage, sie zu fassen, weil sie zu unregelmäßigen Zeiten funkte und von abgelegenen Orten. Ein festes Versteck mit schwerem Gerät wäre da hinderlich. Was, wenn die Deutsche nur ein kleines Funkgerät mit Batteriebetrieb besaß, eines, dessen Sendeleistung es nicht erlaubte, bis ins Großdeutsche Reich zu funken? Was, wenn sie zu einem Flugzeug hinauffunkte? Im Schutz der Bomberschwadron mochte eine Heinkel der Abwehr mitfliegen und ihren Funkspruch aufzeichnen oder ihr neue Anweisungen geben.

Eric fuhr sich mit der Hand über das Gesicht. Wenn er mit seinen Vermutungen richtiglag, bedeutete das nichts anderes, als dass Nachtauge genau in diesem Augenblick funkte. Mitten im Bombenangriff, wenn kein Peiltrupp unterwegs war.

2

Er rannte durch den Qualm zur U-Bahn-Station Wapping und hastete die Treppen hinab. In der Mitte des Bahnsteigs kauerten Hunderte Menschen. Ein schmaler Rand war an den Seiten geblieben für die Ein- und Aussteigenden. Von Rotherhithe würde keine Bahn kommen, während des Bombenalarms fuhren sie nie unter der Themse hindurch. Also konnte er gleich ans Gegengleis gehen, die Bahn würde zwischen Wapping und Hammersmith pendeln. Der Gedanke, dass die deutsche Agentin womöglich in diesem Moment am Funkgerät saß, ließ ihm keine Ruhe.

Ratten huschten über die Gleise. Die Schienen zirpten. Dann ratterte die U-Bahn mit den drei trüben Scheinwerferaugen in den Bahnhof ein. Er betätigte den Öffnungsknopf an einer der Schiebetüren, und mit einem lauten Zischen öffnete sie sich. Er sah am Zug entlang: Nur wenige Fahrgäste stiegen aus oder ein.

Das verängstigte Tuscheln der U-Bahn-Reisenden, das Kreischen des Waggons in den Schienen und das dumpfe Grollen der Bomben reizten seine Nerven noch mehr. Wenn er diese verflixte Bahn doch beschleunigen könnte! Bei jedem Halt hatte er das Gefühl, sie stünde übertrieben lang da und warte, ob nicht doch noch jemand zusteigen wolle. In der Wood Lane stieg er aus, sprintete den Bahnsteig entlang und erklomm die Treppe in wenigen Sprüngen.

Erleichtert nahm er wahr, dass das Dröhnen der Bomber nicht nachgelassen hatte.

Das ehemalige Gefängnis Wormwood Scrubs stand unversehrt. Das lang gestreckte Areal von Ziegelgebäuden hinter der hohen Gefängnismauer war zu Beginn des Krieges geräumt worden, um den wachsenden Bedarf des MI5 an abhörsicheren Büros zu erfüllen. Eric zeigte dem Pförtner seinen Ausweis und stürmte den langen Flur der Abteilung B, Spionageabwehr, hinunter. Trotz des Bombenangriffs saßen in einigen Zellen Kollegen und arbeiteten, die Türen sperrangelweit geöffnet. Oft genug war es vorgekommen, dass eine unbedachte Bewegung eine Tür hatte zufallen lassen, und da die Türen innen keine Klinken besaßen, wie es sich für ein Gefängnis gehörte, ließ man sie bewusst weit offen stehen, um nicht versehentlich eingeschlossen zu werden. Manche hoben den Kopf, um zu sehen, wer es da so eilig hatte. Er erwiderte keinen Blick und keinen Gruß. Erst bei den Funkern blieb er stehen. Ziemlich außer Atem sagte er: »Ich brauche einen Peiltrupp, und zwar sofort.«

»Während des Bombenangriffs? Sind Sie verrückt?«, widersprach Sprigings. »Sie können froh sein, dass ich nicht in den Luftschutz gegangen bin, Knowlden, ich müsste gar nicht hier sein. Raus geh ich auf keinen Fall.«

»Wir können die Deutsche fangen. Sie funkt gerade.«

Sprigings wusste sofort, von wem er sprach. Sein beleibter Körper erstarrte. »Woher wissen Sie das?«

»Alarmieren Sie so viele Peiltrupps, wie Sie können. Während sich die Jungs bereit machen, können Sie die Fernpeilstationen anfunken.«

»Aber wir wissen doch gar nicht, auf welcher Frequenz Nachtauge sendet! Das ist wie die Suche nach der Stecknadel im Heuhaufen.«

»Fangen Sie endlich an!«

Mit hochrotem Kopf legte Sprigings los. Er rief einige Namen in den Flur, und als auf manchen Aufruf keine Antwort kam, rief er einen anderen. Er gab die Anweisung, dass Peiltrupps zusammenzustellen waren. Endlich kam Bewegung in den Gefängnisflur. Während die Männer ihre Geräte holten, alarmierte er die Fernpeilstationen.

Aus dem Gespräch der drei Stationsleiter mit Sprigings entnahm Eric, dass die Sache nicht gar so aussichtslos war. Da während eines Bombenangriffs keine Radiostation sendete und das Amateurfunken seit Kriegsbeginn grundsätzlich illegal war, konnten die Stationen recht zügig die Frequenzen durchschalten: Fast alle waren stumm.

Mit Mühe hielt er seine Aufregung im Zaum. Jahrelang hatte sich jede seiner Ideen als belangloses Puzzleteilchen oder als Sackgasse erwiesen. Aber Liddell, der Chef, hatte an ihm festgehalten. Er hatte gesagt: »So funktioniert Geheimdienstarbeit, Knowlden. Man rätselt, man probiert aus, man geht scheinbar wahnwitzigen Fährten nach. Bis zum Volltreffer. Bleiben Sie dran an Nachtauge. Irgendwann wird die Falle zuschnappen.« Wenn dieser Einfall Erfolg hatte ...

Da! Monotone Morsesignale tickten durch den Raum. Sprigings saß mit angehaltenem Atem auf seinem Stuhl und lauschte. Ohne auf den Zettel zu sehen, schrieb er mit, wie automatisch, der Bleistift hielt Gruppen von jeweils fünf Zahlen fest. »Das ist sie«, flüsterte er.

»Hören Sie auf«, verlangte Eric. »Die Nachricht ist jetzt erst mal zweitrangig. Sagen Sie den anderen, auf welcher Frequenz sie suchen müssen!«

Sprigings legte den Bleistift weg und gab an die Fernpeilstationen durch: »Kurzwelle sechseinhalb Megahertz. Peilen Sie.«

Kurz darauf gaben die Fernpeilstationen Koordinaten durch. Eric schnappte sich den Bleistift und malte, indem er fest aufdrückte, ein Dreieck auf die Landkarte an der Wand. Es hatte Seitenlängen von etwa zehn Kilometern und lag im westlichen London. Auch Wormwood Scrubs lag innerhalb des Dreiecks. »Sie könnte hier im Haus sein«, murmelte er. »Fantastisch.«

»Was finden Sie daran fantastisch?«, fragte Sprigings entsetzt.

»Dieses Teufelsweib hält sich direkt vor unseren Augen auf, und wir sehen sie nicht.« Er pochte mit dem Bleistift auf die Karte. »Genauer geht das nicht?« Aber er wusste es selbst. Die Fernpeilsender maßen nur die Raumwelle, die vom Sender in die Ionosphäre ausstrahlte und von dort auf die Erde reflektiert wurde. Da gab es eine Menge Störungen. Er riss kurzerhand die Karte von der Wand.

»Was tun Sie da?«, entrüstete sich Sprigings.

»Sie funkt selten und hat sicher viel durchzugeben. Aber vielleicht hat sie schon vor einer Viertelstunde begonnen. Bevor die Nachricht übermittelt ist, müssen wir sie gefunden haben.« Eric trat nach draußen. Die Männer der Peiltrupps sammelten sich bereits im Flur. Ein paar der Gesichter waren ihm bekannt von früheren Einsätzen. »Haben wir Fahrzeuge?«, fragte er.

Die Männer nickten.

»Dann los.«

Auf dem Weg durch das Gebäude teilte er ihnen die Straßen zu. Als sie auf den Hof traten, sagte er: »Ich begleite den Peiltrupp, der nach Acton hineinfährt.« Im Gewimmel der ausländischen Kriegsflüchtlinge, die sich selbst nicht gut in London auskannten, fiel eine Fremde nicht auf. Außerdem verfälschten die Hochspannungsleitungen, Maschinen und

Bahngleise in Acton die Nahfeldpeilung, wer heimlich funken wollte, war nirgendwo so sicher wie dort. Ein ideales Versteck für Nachtauge.

Sie stiegen in die Fahrzeuge. Keines würde auffallen: Sie fuhren einen Lieferwagen, einen Krankenwagen, der während des Bombenangriffs durchaus im Einsatz sein konnte, und eine zerschrammte Limousine. Die Deutsche durfte sie nicht bemerken, sonst würde sie sofort den Funkkontakt zu ihren Verbündeten in der Luft beenden.

Er schloss die Beifahrertür des Krankenwagens und gab die abgerissene Karte nach hinten weiter. Im Gegenzug verlangte er die Kopfhörer.

»Sie wollen den Einsatz nicht leiten?«, fragte der verblüffte Funker.

»Nein, das übernehmen Sie. Halten Sie den Kontakt mit den anderen Wagen und schränken Sie das Gebiet so weit wie möglich ein. Ich will die Deutsche hören.«

Während der Fahrer den Wagen aus dem Gefängnishof steuerte, setzte sich Eric die Kopfhörer auf. Er hörte einen schwachen Summton. Als sie gen Norden einbogen, wurde er schwächer. »An der nächsten Kreuzung links«, sagte er, »und dann wieder links.«

Der Funker sprach leise in sein Funkgerät. Dann sagte er, an alle im Auto gerichtet: »Die anderen haben sie recht stark in der Uxbridge Road.«

Das Summen wurde stärker. »Wir nähern uns«, sagte Eric.

Der Funker sagte: »Team drei hat den Sendebereich verlassen und wendet.«

Ein dicht besiedeltes Gebiet wie London erschwerte das Peilen mittels der Nahfeldstrahlen erheblich. Sie maßen nur die Bodenwelle, die sich längs der Erdoberfläche verbreitete, und die besaß eine begrenzte Reichweite. Aber Nachtauge sendete noch. Bombentreffer erschütterten den Boden. Eine grimmige Entschlossenheit hatte vom Peiltrupp Besitz ergriffen, Eric konnte es an den Gesichtern der Männer ablesen, keiner von ihnen wollte in diesem Augenblick woanders sein als hier in diesem Wagen.

»Ich höre sie«, raunte er. »Laut und deutlich.«

Abrupt endete der Ton. Es war still in der Leitung.

»Team zwei hat nichts mehr«, sagte der Funker. »Team drei auch nicht.«

Er hob die Hand, um alle zum Schweigen zu bringen, und lauschte angestrengt. Stille. »Verflucht.« Er riss sich die Kopfhörer herunter. »Was haben wir?«

Der Funker reichte ihm die Karte nach vorn. Er hatte ein neues, wesentlich kleineres Peildreieck eingezeichnet, es umfasste nur wenige Häuserblocks. Hätte die Spionin ein paar Minuten länger gesendet, er hätte Haus für Haus den Strom abstellen lassen können, um ihr genaues Versteck zu lokalisieren – wenn beim Abschalten des Stroms plötzlich der Funkkontakt abbrach, wusste man, es war das richtige Haus. »Hat jemand eine Waffe für mich?«

Der Fahrer reichte ihm eine Smith & Wesson. »Was haben Sie vor?«

Er steckte sich den Revolver in den Hosenbund und befahl: »Fahren Sie zurück nach Wormwood Scrubs. Und sagen Sie den anderen Teams, sie sollen sich ebenso zurückziehen.«

Der Funker runzelte die Stirn. »Wir sollen die heiße Spur einfach so fallen lassen? Sie ist hier, sie ist ganz in der Nähe!«

»Diese Frau ist nicht dumm«, gab er zurück. »Sie ist aufmerksam. Wenn dasselbe Auto zweimal an ihrem Fenster vorüberfährt, taucht sie unter und ist wieder monatelang verschwunden. Sie hat gut vorbereitete Fluchtwege, da bin ich mir sicher. Noch weiß sie nicht, dass wir ihr auf den Fersen sind. Vielleicht verschafft mir das eine Chance.« Er wies nach vorne. »Halten Sie neben diesem Lastwagen und lassen Sie mich raus. Ich sehe mich zu Fuß nach ihr um.«

Der Wagen hielt, und Eric stieg aus. Er schlug die Wagentür zu und marschierte die Straße entlang.

Was tust du jetzt, Nachtauge?, dachte er. Du hast deinen Funkspruch abgesetzt. In den Luftschutzkeller kannst du nicht gehen, sonst fällt auf, dass du erst eintriffst, nachdem der Bombenalarm bereits eine Dreiviertelstunde läuft. Du bleibst also in der Wohnung und wartest auf die Entwarnung. Wundern sich deine Nachbarn, dass du nicht im Luftschutzkeller warst? Nein, denn du gehst nie in den Luftschutzkeller. Sie halten dich für eine von diesen Luftschutzverweigerinnen, die gibt es ja zur Genüge in London, Leute, die in ihren Betten ausharren, die sich sagen: Bei einem Volltreffer stirbt man auch im Keller, dann bleibe ich gleich im Bett, falls es unser Haus erwischt, sterbe ich hier, und falls nicht, habe ich mir etliche Nachtstunden in einem kalten Loch erspart.

Das Dröhnen der Bomber verebbte, sie zogen ab. Sirenen ließen den Entwarnungston aufheulen. Bald darauf gingen in den Häusern die ersten Lichter an, helle Schlitze zeigten sich an den Rändern der Verdunkelungsrollos.

Eric hörte das Quietschen der schweren Eisentüren in den Kellern und Schritte in den Treppenhäusern. Er trat an den nächsten Hauseingang und klopfte. Eine Frau mit Kopftuch öffnete. »Ja?«, fragte sie schüchtern.

»Grimmond mein Name, Luftschutz«, sagte er. »Waren alle Anwohner wie vorgeschrieben im Luftschutzkeller?«

Sie bejahte.

Dieses Frage-und-Antwort-Spiel wiederholte sich an den nächsten Türen. Die polnischen und französischen Einwanderer logen ihm glatt ins Gesicht, um ihre Landsleute zu schützen. So kam er nicht weiter. Er änderte seine Taktik. An der nächsten Tür tat er besorgt. »Grimmond, Luftschutz. Wird bei Ihnen jemand vermisst? Oder waren Sie im Keller vollzählig?«

»Der alte Victor geht nie in den Keller«, antwortete eine junge Frau mit osteuropäischem Akzent. »Aber sicher geht es ihm gut, er ist oben in der Wohnung, denke ich.«

»Freut mich, dass bei Ihnen alles in Ordnung ist.« Er verabschiedete sich. So funktionierte es. Jetzt hörte er die Geschichten der Leute. Bald hatte er die Häuserreihe abgearbeitet und wechselte auf die gegenüberliegende Straßenseite.

Im ersten Haus hörte ihn niemand. Im zweiten öffnete eine Britin, sie trug einen abgewetzten Wintermantel und Hausschuhe. »Wie kann ich Ihnen helfen?« Ihre Locken waren platt gedrückt, offenbar war sie schon im Bett gewesen, als der Luftalarm ertönte.

»Grimmond, Luftschutz. Wird bei Ihnen jemand vermisst? Oder waren Sie im Keller vollzählig?«

Erschrocken trat sie aus dem Haus und sah zum Dach hinauf. »Brennt das Haus? Sind wir getroffen?«

»Nein. Aber eine Sprengbombe ist in Ihrer Straße gelandet. Wir haben zwei Tote und können sie nicht identifizieren.«

»O Gott. Das wird doch nicht Julia gewesen sein?« Sie schlug die Hand vor den Mund. »Ich hab ihr immer wieder gesagt, sie soll vernünftig sein und mit runter in den Luftschutzkeller kommen, sie soll froh sein, dass sie so einen kurzen Weg hat, viele Häuser haben gar keinen Luftschutzkeller, da müssen die Leute viel weiter laufen, aber nein, wie die jungen Leute sind, sie hat fest daran geglaubt, dass es sie nicht treffen wird.«

»Wie lange wohnt sie schon hier?«

»Ein knappes Jahr. Warum?«

Womöglich war sie das. Er tastete heimlich nach dem Revolver im Hosenbund. »Sehen wir am besten nach. Vielleicht ist sie ja zu Hause und wohlauf.«

Die Wirtin ging ihm voran die Treppe hinauf. Sein Herz schlug schneller. Sie hat bereits zwei Agenten umgebracht, warnte ihn eine innere Stimme. Aber er durfte Nachtauge nicht wieder entwischen lassen, die Chance war einmalig, es war Zeit, dass sie zur Strecke gebracht wurde.

Die Wirtin klingelte an einer Tür im zweiten Stockwerk. »Julia, Kind, sind Sie da?«, rief sie.

Er zog die Waffe und entsicherte sie leise, während er sie hinter dem Rücken versteckt hielt.

Die Wirtin sagte in übertrieben freundlichem Ton: »Wir wollen nur sichergehen, dass dir nichts zugestoßen ist.«

Nichts geschah.

»Treten Sie beiseite«, sagte er. Er sicherte die Waffe wieder und steckte sie sich hinten in den Hosenbund. Die alte Dame sah ihn verständnislos an, wich aber zögernd zurück. Er hatte keine Zeit für Erklärungen, nahm Anlauf und warf sich gegen die Tür. Das Holz des Rahmens brach, und er stolperte in die fremde Wohnung. Sofort warf er sich nieder auf die Knie. Er streckte die Hand mit der Waffe vor sich aus und blickte sich hastig um. Die Wohnung war dunkel, vom Treppenflur fiel etwas Licht hinein. »Schalten Sie das Licht ein«, befahl er. »Der Lichtschalter befindet sich neben der Tür.«

Die Wirtin, bleich im Gesicht, gehorchte mechanisch. »Was tun Sie da?«, hauchte sie fassungslos.

Er nahm Deckung an der Wand. Vorsichtig spähte er in das erste Zimmer. Ein Bett und ein Kleiderschrank waren darin. Das Bett war ordentlich mit einer Tagesdecke überzogen.

Er schlich weiter zur nächsten Tür. Gasherd, Tisch, Anrichte. Ein Marmeladenglas stand noch offen da, auf einem Brett lag ein großes Messer neben einem Laib Weizenbrot.

Das Wohnzimmer war ebenfalls verwaist. Das Verdunkelungsrollo war vorschriftsgemäß nach unten gezogen. Er richtete sich langsam auf, während er sich umsah. »Scheint so, als wäre sie nicht zu Hause.« Vielleicht funkte sie nicht von hier aus. »Wo ist die Toilette?«

»Auf halber Treppe. Miss Julia teilt sie sich mit der Familie gegenüber.«

»Gibt es einen Dachboden?«

»Warum fragen Sie?«

»Ich arbeite für die Spionageabwehr des MI5, des britischen Inlandsgeheimdienstes. Wir suchen nach einer Deutschen, die noch vor wenigen Minuten im Funkkontakt mit ihrem Führungsoffizier stand.«

Die Wirtin fasste sich in die platt gelegenen Locken. »Sie meinen, Julia …? Du meine Güte.«

»Ist der Dachboden abgeschlossen?«

»Nein. Das dürfen wir doch nicht, wegen der Brandbomben. Er muss immer zugänglich sein, damit man ein Feuer löschen kann.«

»Bleiben Sie besser hier.« Er verließ die Wohnung und stieg die Treppen hinauf. Nachtauge hatte keinen Respekt vor einem Menschenleben, sie würde ihn, ohne zu zögern, töten. Die Agentin hatte in den ersten Jahren in Großbritannien mehrere Anschläge auf Züge verübt. Er selbst hatte den Ort des Anschlags untersucht und Beweisstücke nach Wormwood Scrubs gebracht, kümmerliche Reste der Corned-Beef-Dosen, in denen der Sprengstoff gewesen war – wegen ihrer eckigen Form gut geeignet für Schienensprengungen. Untersuchungen der Asche hatten zutage gebracht, dass Nachtauge den

Sprengsatz selbst hergestellt hatte, aus handelsüblichen Zutaten, die es in jeder Apotheke gab. Hatte sie sich auch die verbogenen Waggons angesehen, die Leichensäcke der Kinder, die zur Landverschickung im Zug gewesen waren? Wie schaffte sie es, gänzlich davon unberührt zu bleiben?

Er drückte sich neben der hölzernen Dachbodentür an die Wand und lauschte. Wartete sie auf der anderen Seite auf ihn? Er musste an Connie denken. An Tony und die Kleine. Ich tu's für euch, Kinder, dachte er. Damit ihr in einer besseren Welt aufwachst. Einer Welt ohne diese eiskalte Agentin. Er streckte den Arm aus und drückte die Klinke nieder. Mit dem Fuß schob er die Tür auf, ohne hinter dem Rahmen vorzutreten. Als nichts geschah, spähte er vorsichtig um die Ecke.

Der Dachboden war leer, und das Fenster stand offen. Im Sand, der zur Eindämmung von Feuersbrünsten ausgestreut worden war, stand ein viereckiges Kästchen, kaum größer als eine Zigarrenschachtel, mit schwarzen Drehknöpfen und einem Schalter. Ein Kopfhörer lag auf dem Gerät.

Aber die Spionin war nicht mehr da.

3

Er rannte zum Fenster. Unten auf der Straße war es so dunkel, dass er nur mit Mühe erkennen konnte, wie Menschen, formlose Schatten, aus den Häusern traten. Selbst wenn er ihr nachkletterte, wenn er die umliegenden Höfe und Straßen inspizierte, würde er sie ja doch nicht erkennen, und bis er die Wirtin nach ihrem Aussehen befragt hatte, war Nachtauge längst über alle Berge.

In anderen Stadtbezirken brannte es, hell loderte das Feuer auf den Dächern. Dort, im Chaos nach dem Bombenangriff, konnte sie gut untertauchen. Straßen waren abgesperrt, Löschzüge am Werk, Menschen eilten durcheinander und versuchten, ihre Habe vor den Flammen zu retten. Die Zerstörung, die von den deutschen Bombern angerichtet worden war, half der Spionin, der Festnahme zu entgehen.

Er kauerte sich vor das Kästchen. Wie klein es war! Und batteriebetrieben mit nur zwei Volt. Er streckte die Hände aus, um es anzuheben. Kaum ein Kilogramm leicht. Das Gehäuse war noch warm.

Mit dem Funkgerät kehrte er zur aufgebrochenen Wohnung zurück. »Hat jemand in Ihrem Haus ein Telefon?«, fragte er die Wirtin.

»Im Nachbaraufgang wohnt ein Rechtsanwalt, Mr Ashton. Der hat eines. Was haben Sie da? War das bei uns auf dem Dachboden?«

»Gehen Sie und rufen Sie die Polizei. Sagen Sie ihnen, wir haben das Funkgerät einer deutschen Agentin gefunden, sie sollen den MI5 benachrichtigen und sofort ein paar Männer schicken.«

»Ist Miss Julia wirklich …? Eine deutsche Agentin, in unserem Haus!«

»Sobald Sie den Anruf erledigt haben, kommen Sie bitte zurück. Ich habe einige Fragen.«

»Aber das muss ein Irrtum sein. Miss Julia ist eine Patriotin. Sie hat doch sogar Blut gespendet für unsere verwundeten Soldaten!«

»Gehen Sie bitte«, sagte er. »Wir haben keine Zeit zu verlieren.«

Die Wirtin gehorchte. Er schloss hinter ihr die Tür und sah sich aufmerksam um. Die Agentin war im letzten Moment geflohen. Ohne das Funkgerät war sie von den Führungsoffizieren abgeschnitten, weder konnte man ihr Aufträge übermitteln, noch konnte sie Spionagematerial an die Deutschen weitergeben. So etwas ließ man nicht zurück, es sei denn, es ging um Leben und Tod. Er hätte sie fast erwischt.

Offenbar hatte sie nicht damit gerechnet, dass während des Bombenangriffs Peiltrupps in London unterwegs sein würden. Sie war vollkommen unvorbereitet gewesen. Das hieß, dass ihre Wohnung womöglich noch weiteres wertvolles Material enthielt.

Ein seltsames Gefühl beschlich ihn, während er durch die Zimmer ging. Hier hatte die Mörderin gegessen, geschlafen, ihre Botschaften verschlüsselt. Er schaltete überall das Licht ein, öffnete die Schränke. Blusen und Unterhemden waren fein säuberlich aufgeschichtet. In einer Schublade lag ein britisches *Ration Book* mit Lebensmittelmarken, vermutlich eine Fälschung, aber so professionell durchgeführt, dass er auf die Schnelle nicht in der Lage war, Fehler zu entdecken. Das war der Grund dafür, dass alle die Deutschen fürchteten: Sie waren gnadenlos gut organisiert. Selbst die chaotischen, zerstörerischen Kräfte des Krieges zähmten sie und führten ihn mit Präzision und tadellos funktionierender Verwaltung. Sie verwalteten den Tod, so wie sie in Friedenszeiten Kleingartenkolonien und Eisenbahnfahrpläne verwalteten.

Ein Codebuch fand er nicht. Auch keine Notizen. Vermutlich hatte sie die Unterlagen auf den Speicher mitgenommen und bei der Flucht über das Dach am Körper getragen.

Nachtauge brauchte wie jeder Mensch Kleidung, Nahrung, Toilettenpapier, einen Mülleimer. Hatte sie sich nie verliebt, nie den Wunsch verspürt, Kinder aufzuziehen? Wie konnte jemand so hingebungsvoll einem grausamen Staat dienen! Jahrelang hatte sie in Großbritannien Güte erlebt, spielende Kinder auf der Straße gesehen, mit den Nachbarn geplaudert. Ließ sie all das nicht an sich heran?

Ein Jahr schon lebte sie hier, nur wenige Minuten von seinem Büro entfernt, und kämpfte gegen England. Die Arbeit des MI5 kam ihm auf einmal lächerlich vor.

Er betrat die Küche. Als er den ersten Schrank öffnete, fuhr er zusammen. Eine Katze lag darin, zusammengekrümmt und reglos.

Er schloss den Schrank und dachte nach. Das *Ration Book* bewies, dass sie nicht hungerte. Sie hatte es nicht nötig, Katzenfleisch zu essen. Tötete sie Katzen aus Vergnügen? Aber warum hob sie den Kadaver dann im Küchenschrank auf? Er hatte noch nie von einer Mörderin gehört, die Leichen sammelte, so abartig es auch war, dass jemand zum Vergnügen tötete, tote Körper in der Küche, in der man aß und lebte, nein, das konnte nicht sein.

Angewidert öffnete er erneut den Schrank. Die Katze war kaum verwest, sie konnte noch nicht lange tot sein. Er roch an ihr und musste sofort niesen. Scharfer Chiligeruch biss ihn in die Nase.

Eine tote Katze, die nach Chili roch … Das ergab keinen Sinn. Er suchte einen Pfannenschieber und schob ihn unter das Tier. Mit äußerster Überwindung hob er sie aus dem Fach und balancierte sie hinüber zum Küchentisch. Dort legte er sie ab. Hatte sie die arme Katze vergiftet? Mit dem Pfannenschieber tastete er über ihren Schädel. Erschlagen worden war sie nicht, der Kopf war intakt.

Vielleicht war sie von allein gestorben, oder die Deutsche hatte sie ersäuft. Warum gab sie sich mit toten Tieren ab? Wer machte so etwas, wer fasste eine tote Katze an? Niemand, den er kannte, würde überhaupt in die Nähe eines Tierkadavers gehen, man wandte sich ab, betreten und angewidert.

Genau das konnte natürlich ein Vorteil sein. Tote Tiere waren ein perfektes Kommunikationsmittel, wenn er es so recht bedachte: unverdächtig und von allen, bis auf den Empfänger, gemieden. So ließ sich auch der starke Chiligeruch erklären – sie musste die Katze mit Chilisoße übergossen haben, damit die Ratten nicht drangingen. Hatte sie bereits eine Botschaft an ihrem Körper befestigt? Oder hatte sie vorgehabt, die Aufträge, die sie heute vom Führungsoffizier empfing, mithilfe der Katze weiterzugeben? Sie konnte sie verschlüsselt niederschreiben und in einer kleinen Kapsel in der Katze verstecken. Den Kadaver konnte sie an einer verabredeten Stelle am Straßenrand deponieren.

Das bedeutete, dass sie nicht allein arbeitete. Sie musste hier in London einen Partner haben, jemanden, dem sie die Botschaften übermittelte.

Es klopfte an der Wohnungstür. Er griff reflexartig zur Waffe. Die Meisterspionin oder ihr Partner würden wohl kaum anklopfen, andererseits … Nein, das war das Schnaufen der Wirtin, er hörte es deutlich aus dem Treppenflur. Er öffnete.

»Die Polizei ist unterwegs«, sagte sie und keuchte.

War sie das Treppensteigen nicht gewohnt? Sie lebte offenbar im Erdgeschoss. »Den MI5 haben sie ebenfalls benachrichtigt?«

»Mir wurde gesagt, dass die das machen.«

»Kommen Sie rein.« Er schloss hinter ihr die Tür. »Hatte Julia manchmal Besucher?«

»Woher soll ich das wissen?«, sagte sie unwirsch.

Sie war eine schlechte Lügnerin. Zu heftig kam ihre Antwort, es war der erkennbare Versuch, die Frage abzuwehren. »Sie wohnen hier. Da werden Sie sich doch erinnern, wen Sie im Haus gesehen haben.«

»Ich bin nicht so eine, die hinter der Gardine hockt und das Kommen und Gehen der anderen beobachtet.«

»Was arbeitet sie, wovon lebt sie?«

»Miss Tremayne arbeitet im Kindergarten, als Köchin. Sie bereitet den Kindern Frühstück und Mittagessen zu. Sie ist keine gelernte Köchin, eigentlich war sie Büroangestellte, aber in diesen Zeiten …«

Kinder wie Ella und Tony, betreut von einer deutschen Mörderin. Schon die Vorstellung schnürte ihm den Hals zu. Natürlich, im Kindergarten hatte sie leicht Arbeit bekommen. Seit Kriegsbeginn hatte man fast zweitausend neue Kindergärten eröffnet, damit die Mütter arbeiten gehen konnten, während die Väter in der Armee dienten. »Und sie hatte nie Besuch?«

Die Wirtin wischte sich einen Schweißtropfen von der Schläfe. »Ich hab keinen gesehen. Was starren Sie mich so an?«

»Sie belügen mich. Ich werde Sie zum Verhör ins Wormwood Scrubs bringen.«

Erschrocken riss sie die Augen auf. »Aber ich habe nichts getan!«

»Sie decken eine deutsche Spionin. Das ist Landesverrat. Und Julia Tremayne hat etliche Menschen auf dem Gewissen. Man wird Ihnen Beihilfe zum Mord nachweisen.«

Ihr Hals bekam rote Flecken. »Wir … Wir konnten doch nicht wissen, wer das ist!«

»Hören Sie mit den Lügen auf, und arbeiten Sie mit mir zusammen.«

»Das tue ich. Wirklich.«

Ihre Angst war echt, das spürte er. Was auch immer sie verbarg, ein Routinier war sie nicht. »Hatte Julia Männerbesuch?«

»Nie. Sie geht immer kurz nach halb sieben aus dem Haus. Gegen fünf kommt sie heim. Außer freitags. Da ist sie später zurück, so gegen acht.«

»Wo geht sie freitags hin?«

»Woher soll ich das wissen?«

»Sie belügen mich schon wieder. Hören Sie, es ist mein Beruf, so etwas zu erkennen. Ich rieche eine Lüge fünf Meilen gegen den Wind. Wie Sie Ihre Hände hinter dem Rücken verbergen, damit ich nicht sehe, dass sie zittern. Wie unstet Ihr Blick umherirrt. Sie schlucken ständig, das ist ein klassisches Zeichen. Durch den Stress beim Lügen leiden Sie unter einem trockenen Mund.«

»Sie ist freitags im Pub«, sagte sie leise.

»In welchem?«

»Im Falcon.«

»Haben Sie Julia selbst dort gesehen, oder hat sie Ihnen das nur gesagt?«

Sie zögerte. Dann stieß sie einen langen Seufzer aus und gab ihren Widerstand auf. »Mein Sohn hat sie dahin verfolgt«, erklärte sie. »Er … hat sich in sie verguckt. Das kann ihm keiner übel nehmen! So ein hübsches Ding wie sie, und nicht verheiratet! Er konnte ja nicht ahnen, was sie insgeheim treibt.«

»Sagen Sie bitte nicht, dass er im *DMWD* arbeitet.«

»Im … was?«

Als er ihr verwirrtes Gesicht sah, atmete er innerlich auf. Offenbar hatte sie vom *Directorate of Miscellaneous Weapons Development*, der Waffenentwicklung, noch nie gehört. »Was ist er von Beruf?«

»Mein Sohn arbeitet als Busfahrer bei der London Transport. Er fährt einen von diesen roten Doppeldeckern.«

Dann war seine Verliebtheit reiner Zufall, und nicht bewusst geschürt von Nachtauge, um an Informationen heranzukommen.

»Sind die beiden ein Paar?«

»Er hat ihr Blumen gebracht, aber sie hat ihn eiskalt abblitzen lassen. Das ist schon ein halbes Jahr her. Ich hab ihm gesagt, er soll sich das Mädchen aus dem Kopf schlagen. Er kann das nicht, sagt er. Er wohnt am anderen Ende der Stadt, in Stepney draußen, und jedes Mal, wenn er mich besuchen kommt, denkt er die ganze Zeit an Julia. Fragt mich, ob sie gerade zu Hause ist und so. Er ist rasend vor Liebe! Dabei haben sie kaum ein Wort miteinander gesprochen. Er merkt nicht, wie es ihn zugrunde richtet, am Haken dieser Frau zu zappeln. Das hat er doch nicht nötig, einem Weibsbild heimlich nachzulaufen! Mein Junge hat einen ordentlichen Job, er ist gesund und kräftig. Er könnte sich eine Frau suchen, die ihn liebt, viele würden ihn liebend gern heiraten. Wenn ich gewusst hätte …«

Was lockte sie freitags ins Falcon? Wen traf sie in dem Pub? Ein regelmäßiges wöchentliches Zusammentreffen, das musste eine professionelle Bedeutung haben. Gab es rund um Nachtauge eine ganze Gruppe, die der MI5 bisher nicht enttarnt hatte? Vermutlich kannte das Gruppenmitglied, dem sie durch die Tierkadaver Botschaften vermittelte, nicht ihr Gesicht, und sie achtete darauf, dass das so blieb. Das andere Gruppenmitglied hingegen, das sie freitags im Falcon traf, kannte ihr Äußeres. Der Kadaverspion und der Spion aus dem Pub wussten nichts voneinander, Nachtauge führte die Gruppe nach ihren eigenen Regeln. So musste es sein. Nur sie kannte alle Gruppenmitglieder. Ein übliches Prinzip.

Er war ihr so dicht auf den Fersen! Bevor sie London verließ und auf dem Land untertauchte, musste sie der Gruppe eine Nachricht übermitteln. Das Pub, übermorgen, war ihre beste Chance.

»Mein Sohn wird doch nicht ins Gefängnis kommen?«, fragte die Frau und sah ihn mit Kuhaugen an.

»Hängt davon ab, wie gut er uns jetzt zuarbeitet. Ich muss ihn treffen. Sofort.«

4

Als er sie zum Abschied umarmte und gehen wollte, hielt Connie ihn fest. »Wird es heute gefährlich für dich?«, fragte sie.

Er hatte ihr nichts davon gesagt, dass der entscheidende Einsatz bevorstand. Aber mittlerweile besaß sie einen guten Instinkt, an welchen Tagen es voraussichtlich brenzlig für ihn wurde. »Warum?«, fragte er.

»Ich seh's dir an, Eric. Geht's schon wieder um diese Deutsche?«

»Mach dir keine Sorgen.«

»Was hast du vor?«

»Ich brate uns heute Abend Egg and Chips, und dann erzähle ich dir alles, ja?« Er küsste sie auf die Stirn. »Sag Tony, er soll sein Zimmer aufräumen. Wenn er schön Ordnung macht, bring ich ihm nachher etwas mit.« Sie einfach so an der Haustür stehen zu lassen, fiel ihm schwer. Aber wenn er jetzt Erklärungen abgab und herumlavierte, würde das ihre Angst nur verstärken. Er winkte noch einmal vom Gartenzaun, bevor er sich auf das Fahrrad schwang.

Auf dem Weg zu Wormwood Scrubs dachte er an die Ehe seiner Eltern. Die war auch nicht immer leicht gewesen. Der Vater liebte das Land, die Mutter die Stadt. Der Vater war verschwenderisch, die Mutter so sparsam, dass man es beinahe geizig nennen konnte. Und zwei Weltkriege in einem einzigen

Leben, wie konnte man das verkraften? Als die ersten Bomben auf London fielen, hatte Vater gesagt: »Die Deutschen haben wir doch schon vor zwanzig Jahren besiegt! Wir haben mit so viel Blut bezahlt. Sollen wir jetzt schon wieder bluten?«

Er bremste an der Ampel. Um nicht absteigen zu müssen, lehnte er sich an einen Laternenpfahl an und wartete darauf, dass er Grün bekam. Ein Doppeldeckerbus zog vorüber und stieß eine schwarze Wolke stinkenden Qualms aus. Dass ein Busfahrer sich in eine deutsche Agentin verliebte … Hoffentlich kniff der Kerl nicht. Er war in einem furchtbaren Zustand gewesen, nachdem er ihm gesagt hatte, wer sie in Wirklichkeit war.

Grün. Eric strampelte los. Vor drei Jahren, als er noch bei der Royal Mail gearbeitet hatte, um sich das Studium zu finanzieren, war er besser in Form gewesen. Den ganzen Tag mit dem Fahrrad unterwegs zu sein, hatte ihm das Gefühl von Freiheit gegeben. An die erbärmlichen zwölf Schilling und das Sechspencestück Wochenlohn dachte er damals nicht. Schlimm war es nur gewesen, Briefe zu Häusern auszutragen, die es gar nicht mehr gab. Oft hatten nach einer nächtlichen Bombardierung ganze Straßenzüge gebrannt, viele Straßen waren durch die Feuerwehr abgesperrt gewesen, und er stand dann mit der Post vor einem qualmenden Haufen Steine, und die Empfänger waren verkohlte Körper.

Deshalb mache ich das, sagte er sich. Wenn wir Nachtauge fangen, leben Menschen weiter, denen sie den Tod gebracht hätte.

Von Weitem schon sah er den Sohn der Wirtin am Treffpunkt stehen. Patrick hielt den Rücken ein wenig gekrümmt, als schäme er sich, so groß gewachsen zu sein.

Eric stieg vom Fahrrad und lehnte es an die Mauer. »Keine Schwierigkeiten mit dem Boss, richtig?«

»Wie Sie es versprochen haben. Ein Kollege übernimmt die Schicht.« Patrick war nervös, er schwitzte und kaute an der Innenseite seiner Lippen.

Eric schlug ihm beruhigend auf die Schulter. »Du wirst sehen, es wird ein Spaziergang.«

»Sie wird mich nicht sehen, oder?«

»Du schaust einfach oben aus dem Fenster. Das ist alles. Wenn sich Julia dem Falcon nähert, gibst du meinem Kollegen Bescheid. Dann ist dein Part erledigt.«

Die Fähigkeit, genau zu beobachten, war wie ein Muskel. Sie verkümmerte, wenn man sie nicht benutzte. Übte man sich jeden Tag darin, wurde die Umgebung für einen zum offenen Buch.

Nachtauge erkannte die Agenten sofort. Ein entspannter Mensch bewegte seine Arme, wenn er redete, selbst in einer überfüllten Kneipe. Die Agenten hielten ihre Arme ruhig, weil sie nicht auffallen wollten – und gerade durch ihre sparsamen Armbewegungen fielen sie auf. Einer von ihnen hatte den Arm sogar in die Hüften gestemmt wie ein Polizist, er merkte es gar nicht, die Haltung war ihm so vertraut. Ein Polizist in Zivil, der an der Theke stand und nach ihr Ausschau hielt.

Sie nahm ihren Hut ab und legte ihn auf die überfüllte Hutablage neben der Eingangstür. Dabei schob sie das kleine Stück Papier mit der Nachricht, die er an die Abwehr funken sollte, unauffällig unter die Hutkrempe von EIS.

EIS saß hinten links, wie immer. Und er war Profi genug, nicht zu ihr hinzusehen. Sie ging zur Theke, setzte sich. »Ein Bier bitte«, sagte sie.

Kommentarlos zapfte der Barkeeper ihr das Gewünschte. Als er ihr das Bierglas hinstellte, fragte er: »Na, wie waren die Gören heute?«

»Ganz in Ordnung. Ungewaschene kleine Rabauken. Du weißt ja, ich hab sie ins Herz geschlossen.« Sie war sicher, dass er nichts vom Einsatz des MI5 in seinem Pub wusste, sie kannte ihn seit einem halben Jahr und konnte seine Mimik zuverlässig lesen. »Viel los hier heute, was?«

»Wenn ich nicht aufpasse, ist das Bier bald alle. Und ich krieg erst Montag Nachschub.«

Mit den Agenten würde sie fertigwerden, sie brauchte EIS nicht dafür. Besser, er blieb unentdeckt. Nur der schneidige junge Kerl, der sie am Montag in ihrem Versteck aufgestöbert hatte, war gefährlich. Sie musste ihn finden und unschädlich machen, bevor sie untertauchte. Wo steckte er? Sie konnte sein schmales Gesicht nirgendwo sehen. Er war hier, ohne Zweifel. Er hatte diesen Einsatz in Auftrag gegeben.

Sie kramte die Messingdose aus der Handtasche, klappte sie auf und holte eine Zigarette heraus. Sie klopfte damit auf die Theke und sah gedankenverloren in ihren Bierkrug. Innerlich zählte sie die Sekunden. Sie hatte das einen ganzen Nachmittag lang mit EIS geübt, bis er im gleichen Tempo zählte wie sie. Einundzwanzig, zweiundzwanzig. Sechsundzwanzig. Sechs Sekunden. *Man ist mir gefolgt. Verschwinde.* Sie zündete sich ein Streichholz an.

EIS begriff sofort. Er legte Geld auf den Tisch, ging zur Garderobe und nahm seinen Hut. »Bis bald«, warf er dem Barkeeper hin und verließ die Kneipe. Einer der Agenten folgte ihm. Nur einer. Das hieß, sie wussten nichts und wollten nur sichergehen. EIS würde ihn leicht abschütteln.

Die Agenten des MI5 warteten, um zu sehen, mit wem sie sich traf, und dann sie *und* ihren Partner festzusetzen. Sie nahm ihr Bier, stand auf und ging zu einem der kleinen Tische nahe der Tür. »Darf ich?«, fragte sie.

Der Mann, der am Tisch saß, sah sie kurz über den Rand seiner Zeitung an, dann senkte er sie erfreut. »Natürlich.« Er legte die Zeitung weg, erhob sich und zog ihr den freien Stuhl zurecht. Als sie sich gesetzt hatte, nahm auch er wieder Platz.

»Hatten Sie einen guten Tag?« Sie lächelte ihn an.

»Leider nicht. Ich hab heute erfahren, dass meine Jungs in den Nachbarhäusern das Geld aus den Gaszählern stehlen.« Er seufzte. »Man gibt sich alle Mühe mit der Erziehung, und dann so was. Wie werden aus solchen süßen kleinen Buben Diebe?«

»Machen Sie sich keine Vorwürfe«, sagte sie. Sie holte ihren Taschenspiegel hervor und schob ihn umgedreht, mit der matten Seite nach oben, über den Tisch. »Hier. Das können Sie haben.«

Eric spähte durch den Schlitz der Toilettentür. Die Übergabe fand vor ihrer aller Augen statt. Dass sie so simpel arbeitete, hätte er nicht gedacht. Dieser Mann musste der Spion sein, den sie hier regelmäßig traf.

Dass sie Nerven wie Stahlseile besaß, sah man ihr nicht an. Sie war von schlichter, natürlicher Schönheit. Ihre Wimpern, die wachen Augen. Die flache Brust und die schmalen Schultern gaben ihr ein mädchenhaftes, zerbrechliches Aussehen.

Plötzlich ein Blick von ihr. Zu ihm, zum Türschlitz. Dieser Blick war doch kein Zufall gewesen! Spürte sie, dass sie beobachtet wurde? Durchschaute sie die ganze Situation? Er stieß die Tür auf.

Aber da war sie bereits beim Ausgang. Er zwängte sich durch die Menge, an zwei seiner Leute vorbei, die den Spion am Tisch niederwarfen. Draußen sah er sie um die nächste Hausecke verschwinden. Sie war verdammt schnell. Er rannte ihr nach, seine Beine pumpten. Ein Kollege folgte ihm.

Als er sie wieder nach links abbiegen sah, begriff er, was sie vorhatte. Zur Straße des Pubs würde sie keinesfalls zurückkehren, sie musste als Nächstes einen Haken nach rechts schlagen. »Folgen Sie ihr!«, rief er dem Kollegen zu. Er selbst bog rechts ab, um ihr den Weg abzuschneiden. Seine Lunge brannte, aber die Aussicht, Nachtauge gleich zu schnappen, endlich, nach all den Jahren, beflügelte ihn. An der nächsten Kreuzung entschied er sich für die kleine, schmale Gasse – und sah enttäuscht, dass sie leer war. Kam er zu spät? Wo war die Deutsche?

Er trabte in die Gasse hinein. Eine Haustür klappte im Windzug auf und zu. Hatte sie sich in dieses Haus gerettet? Vorsichtig betrat er das dunkle Treppenhaus. War sie hinaufgegangen oder hinunter in den Keller?

Aus dem Schatten trat die Deutsche. Sie lächelte ihn an, als habe sie auf ihn gewartet, genau auf ihn, und hob eine Welrod-Schalldämpferpistole.

Er sprang zur Seite, wie er es in seiner Ausbildung für solche Fälle gelernt hatte. Der Schuss keuchte leise. Er wollte die Treppe hinauf entkommen, aber er rutschte abwärts, sackte zu Boden. Die Frau stieg über ihn hinweg und verließ das Treppenhaus.

Etwas Warmes rann ihm über die Brust. Er dachte an Connie. An ihren ersten Kuss, damals, im Park. An die Hochzeit. Er dachte daran, dass er versprochen hatte, seinem Sohn etwas mitzubringen. Tony räumte sein Zimmer umsonst auf. Er würde heute nichts bekommen.

Tat das weh! Die Brust platzte ihm schier vor Schmerzen. Und dieses Rauschen in den Ohren. Die Umarmung heute Morgen … Hätte er doch Connie nur länger im Arm gehalten.

5

Georg sah hoch zu den großen, eisernen Zeigern der Bahnhofsuhr: sechs Uhr neununddreißig. Mit quietschenden Rädern kam der Zug zum Stehen. Die Lok zischte laut, wie erschöpft von der langen Reise. Soldaten öffneten die Waggons. Es war wie zu Beginn eines Schuljahres, wenn er die neue Klasse gemustert hatte. Nur dass hier die Schülerinnen aus Viehwaggons kletterten, schmutzig, abgemagert, mit vor Durst fiebrigen Augen, und dass sie nichts lernen würden außer den wenigen, tausendfach zu wiederholenden Handgriffen am Fabrikfließband.

Die Wehrmachtssoldaten in ihren feldgrauen Uniformen brüllten die von der Morgensonne geblendeten Frauen an. Sie packten sie an den Armen, stießen sie, bis sie endlich begriffen hatten, dass sie sich in einer Reihe aufzustellen hatten. Das Ganze wäre schneller und ordentlicher vonstattengegangen, wenn sie einen Dolmetscher dabeigehabt hätten. Aber das Militär ging selten mit Verstand an eine Sache heran. Soldaten glaubten, mit Gewaltausübung jedes Problem lösen zu können.

Der Feldwebel nickte ihm zu. »Suchen Sie sich Ihre aus, Herr Hartmann.«

Georg trat an die Reihe heran. Sein geübter Lehrerblick offenbarte ihm sofort die Renitenten, Aufmüpfigen. Die Rothaarige dort: Vom Alter her hätte sie in eine seiner Primanerklassen gepasst. Sie wäre eine gewesen, die einen Witz an die

Tafel schrieb – in Druckbuchstaben, damit man ihre Schrift nicht erkannte – und sie zuklappte, bevor er ins Klassenzimmer trat. Mitten im Unterricht, wenn er die Tafel aufmachte, las dann jeder »Hartmann und seine Uhr – ein Traumpaar«, und die Schülerinnen lachten. Natürlich fand er die Verantwortliche leicht heraus, er brauchte sich nur umzudrehen und das Gesicht zu suchen, in dem rebellische Zufriedenheit glühte.

Solche Schülerinnen waren meist hochintelligent, nur ihr Trotz und ihre Neigung zum Widerspruch verdarben ihnen den Weg an die Universität. Sollte er sich einen solchen Fall antun? Er ging weiter. »Sie. Und sie.« Vier weitere nahm er, die kräftig gebaut waren, Bäuerinnen vermutlich. Sie waren eintönige Feldarbeit gewöhnt, das half in der Fabrik. Sie würden sich gut am Fließband machen.

Soldaten führten die Frauen zur Seite. Er kehrte um und betrachtete noch einmal die Rothaarige in der Reihe. Zuerst hielt sie seinem Blick stand, dann sah sie zu Boden wie die anderen. Etwas Verletzliches hatte in ihrem Blick gelegen.

Sie ist so jung, dachte er. Wenn ich sie nicht nehme, wird sie bei Meinolf zuschanden gerichtet. Mit halsstarrigen Fremdarbeiterinnen fackelte der Kollege nicht lange, er übergab sie der Gestapo und ließ sie verprügeln, und wenn sie ein weiteres Mal nicht parierten, kamen sie ins Straflager.

»Du auch«, sagte er und wies auf die Rothaarige. »Das wären meine sieben.«

»Ich verabschiede mich nur rasch«, murmelte sie in tadellosem Deutsch und kauerte sich vor einen Jungen. Sie redete in fremder Sprache auf ihn ein, Russisch vielleicht, und tätschelte ihm das Gesicht. Plöger von der Lagerwache riss sie hoch. Er holte aus und schlug ihr ins Gesicht, so kräftig, dass sie nach hinten fiel.

»Das genügt.« Georg eilte zu den Frauen. »Sie wird in der Fabrik gebraucht. Bringt die Frauen zum Fotografen.«

»Wird kein schönes Foto«, feixte der Unteroffizier. Die Soldaten begafften ihre rot geschwollene Wange und lachten, und Plöger grinste. Er hatte im ersten Kriegsjahr die rechte Hand verloren, eine falsche Hand aus Leder steckte auf dem Stumpf. Womöglich fühlte er sich seitdem nicht mehr recht als Mann – er verhielt sich wie einer, der seine Männlichkeit fortwährend unter Beweis stellen musste.

»Kommen Sie«, sagte Georg leise und half der Geschlagenen auf.

Der Schreiber des Soester Arbeitsamts hängte den Frauen nacheinander das Schild mit den beweglichen Ziffern um, bei jeder erhöhte er die Zahl, bevor der Fotograf eine Aufnahme machte. Die Rothaarige kam als Letzte an die Reihe, sie erhielt die Nummer Soest 13 849. Der Geburtstag seiner Schwester, der 13. August, nur die 4 stimmte nicht, Anneliese war 1909 geboren. Hoffentlich bringst du mir nicht das ganze Lager durcheinander, Soest 13 849, dachte er.

Der Schreiber fragte: *»Kak tebja sawut? Jak tebe swate?«*

»Sie können Deutsch mit mir reden.«

Er sah hoch. »Dein Name?«

»Nadjeschka Iwanowna Kosak.«

»Sind deine Eltern Kosaken? Schön, schön. Ich hoffe, dein Vater kämpft tapfer an unserer Seite gegen die Bolschewiken. Du wirst hier deinen Teil dazu beitragen können, dass Europa eine gute neue Ordnung bekommt. Wo stammst du her?«

»Aus Stepove.«

Georg sah zu, wie der Schreiber ihr ein Formular hinüberschob. Hoffentlich war sie nicht so dickköpfig, wie man es von Kosaken immer sagte.

»Den Zeigefinger und den Daumen hier auf das Stempelkissen drücken«, sagte der Schreiber, »und dann dort auf das Formular. Anschließend noch mal, hier auf den Ausweis. Fest zudrücken.«

Der Fotograf trat an Georg heran. »Warum musste es diesmal im Freien sein? Ich mach die Fotos lieber im Studio.«

»Ich weiß. Danke, dass Sie heute an den Bahnhof gekommen sind. Die Fabrik macht mir Druck. Sie brauchen dringend Ersatz.«

»Jemand weggestorben?«

»Fleckfieber. Und die Gestapo hat einige abgeholt. Die anderen müssen schon Extraschichten fahren wegen meiner Ausfälle.« Er wandte sich an den Mann vom Arbeitsamt. »Haben Sie alles?«

Er bestätigte.

»Schicken Sie die Arbeitsausweise nach Neheim. Die Anmeldung der Neuen bei der AOK übernehme ich.«

Die Wachleute verfrachteten die Frauen in den Lastwagen. »Jetzt lernt ihr faulen Slawen, was Arbeiten heißt! Der Hartmann bringt euch deutschen Fleiß bei.« Plöger und einer der Kollegen kletterten mit hinein und setzten sich auf die Seitenbänke.

Der Fahrer des Lastwagens fütterte den eisernen Generator zwischen Fahrerhaus und Ladefläche mit kleinen Buchenholzscheiten.

»Heil Hitler!«, verabschiedete sich der Mann vom Arbeitsamt.

»Heil Hitler!« Georg stieg auf den Beifahrersitz des Lastwagens und schlug die Tür zu.

Der Fahrer stieg ebenfalls ein und ließ den Holzvergaser losrattern. »Bringen wir die Gänse ins Gatter«, sagte er.

Georg hasste diesen Wagen, der wie eine Höllenmaschine klapperte. Seit die Wehrmacht sämtliche Benzinvorräte beschlagnahmt hatte und man beim Amt um jeden Liter betteln musste, bauten sie mehr und mehr Fahrzeuge um. Aber die Holzvergaser rußten und waren anfällig für technische Probleme. Ständig mussten die Züge des Generators gereinigt werden. Das Autofahren war kein Vergnügen mehr, es war schmutzig geworden und laut.

Sie fuhren über das Bahnhofsgelände, neben einem Netz von Schienen, aufgespreizt zu einem stählernen Fächer, zwanzig Gleise mussten es sein oder dreißig. Etliche führten in die Umladehalle hinein. Die Dampflokomotiven schluckten kein kostbares Erdöl, sie begnügten sich mit Kohle, von der das Großdeutsche Reich raue Mengen besaß. Ein Güterzug, der neben der Halle an einer Rampe stand, wurde gerade beladen. Arbeiter schleppten lange Kisten heran, wohl Gewehre für die Front. Auf einigen Waggons standen Schützenpanzer unter viel zu kleinen Planen.

Als sie die Landstraße nach Neheim hinausfuhren, kurbelte er das Fenster herunter. Frische Frühlingsluft wehte herein. Kirschbäume blühten schneeweiß am Straßenrand, und über den blauen Himmel zogen mit munterem Pfeifen die Schwalben.

Vor dem Ortseingang von Günne hielten sie, der Fahrer musste Holz nachlegen, damit der Motor weiterlief. Georg stieg ebenfalls aus. Er sah an der Mauer der Talsperre hinauf. Ein imposanter Wall, der den gekrümmten Rücken zwischen die Berge stemmte und den Möhnesee hielt. Die Mauer war 40 Meter hoch und 650 Meter lang, aus Bruchsteinwerk in den Jahren 1908 bis 1913 errichtet, wobei dreihundert Arbeiter allein mit dem Auspumpen der Baugrube und dem Lehmaufschütten beschäftigt waren. Um bei Hochwasser einen Überlauf zu ermöglichen, waren in der Mauerkrone, unterhalb der sechs Meter breiten Straße, 105 Öffnungen eingelassen. Es war eine der größten Staumauern Europas. An beiden Enden ragte je ein Turm empor. Zu Füßen dieser Sperrmauer duckte sich das Kraftwerk in das Tal. Andernorts hätte es mit seiner Größe jeden Betrachter beeindruckt – hier wirkte es klein vor der gewaltigen steinernen Kulisse. Vor ein paar Wochen war er noch auf dem Möhnesee Schlittschuh gelaufen, mit seinen neuen vernickelten Kondor war er über die schier endlose Fläche aus Eis gejagt. Wie konnte eine Mauer diese Mengen an Wasser halten? Über 130 Millionen Kubikmeter fasste der See, so hieß es.

Der Fahrer sagte: »Kommt mir immer wie ein monströses Grab vor.«

»Wie bitte?«

Er schloss die Luke des Generators und trat neben Georg. »Die Talsperre.«

»Ein Grab? Für die Fische?«

»Die leben doch. Nein, ich meine die Häuser. Bei der Talsperre muss ich immer an die Häuser denken, die da unter Wasser stehen, seit dreißig Jahren. Wie sehen die jetzt wohl aus? Sie sind zu jung, aber ich war oft in dem Dorf, damals, bevor sie das Möhnetal geflutet haben. Alles weg, die Mühlen, die Obstgärten, die schönen Fachwerkhäuser. Kettlersteich hieß der Ort. Da schwimmen jetzt Fische durch die Zimmer.«

Georg stellte sich das Unterwasserdorf vor, von Pflanzen überwuchert. Er malte sich einen Hecht aus, der unter einem Bett hervorlugte. Einen antennenbewehrten Wels zwischen Puppen und Blechautos. »Fahren wir weiter«, sagte er. »Wir haben einen straffen Zeitplan einzuhalten.«

Sie stiegen ein. Mit ratterndem Motor bogen sie in die Möhnestraße ein. Er erspähte ein Flugzeug am Himmel, weit, weit oben. Es hätte eine Schwalbe sein können, so klein wirkte es. Kerzengerade zog es seine Bahn über der Talsperre. »Wird eine britische Maschine sein. Die Engländer spähen Dortmund aus.«

»Ich glaube eher, die gucken in Duisburg nach, ob sie was getroffen haben. Muss eine herbe Enttäuschung sein. Warum hören die Tommys nicht auf den Wetterbericht? Wenn ich 'ne Meute Bomber hätte, würde ich vor dem Angriff nachschauen, ob der Himmel bewölkt ist. Was bringt das, wenn man nicht sieht, wo man seine Geschenke ablädt? Die sind beinahe so dumm wie die Amerikaner. Ich sag's Ihnen, in ein paar Monaten, wenn wir mit Russland fertig sind, erobern wir England. Wissen Sie noch? Jeder Schuss ein Russ', jeder Stoß ein Franzos', jeder Tritt ein Brit'.« Der Fahrer lachte.

6

Nadjeschka wurde schwarz vor Augen, als sie vom Lastwagen stieg. Sie musste sich abstützen und warten, bis der Schwächeanfall vorüber war. Jemand hielt ihr eine Tasse hin und forderte sie in russischer Sprache auf zu trinken.

Sie tauchte ihre aufgeplatzten Lippen in das warme Nass. Pfefferminztee. In großen Schlucken trank sie die Tasse aus. »Gibt's noch mehr?«, fragte sie.

»Ihr habt lange nichts bekommen.« Eine Frau mit braunen Augen schöpfte mit der Kelle weiteren Tee aus dem Topf in die Tasse. »Du bist Ukrainerin, nicht wahr? Ich hör's am Dialekt.« Auch die anderen Neuankömmlinge hielten ihr leere Tassen hin, und sie füllte sie nach.

Eine Landsmännin! Deshalb hatte das Russisch der Frau einen vertrauten Beiklang gehabt. »Nadjeschka aus Stepove bei Odessa«, antwortete sie in ihrer Muttersprache.

»Willkommen in Neheim.« Jetzt sprach auch sie Ukrainisch. »Ich bin Oksana.« Sie hatte ein breites Becken und grobe Wangenknochen, vierzig mochte sie sein oder fünfzig, sie war so abgemagert und in einer derart schlechten Verfassung, dass das Alter schwer zu schätzen war.

Ratternd fuhr der Lastwagen davon. Die beiden Wehrmachtssoldaten und der Mann, der sie am Bahnhof ausgewählt hatte, blieben zurück. Nadjeschka sah sich um. Sie befanden sich am Rand einer kleinen Stadt, zur Linken einen bewaldeten Hang, zur Rechten Kühe auf der Weide. Ein idyllischer Ort, wären nicht die lang gestreckten, weiß gestrichenen Baracken gewesen, die den Platz säumten, und die Wachposten, die mit Gewehren von Türmen auf sie niederblickten. Hinter dem Lastwagen schlossen Soldaten das Tor.

Der Mann mit der Lederhand stellte sich breitbeinig auf und brüllte: »Antreten!«

»Nimm dich vor dem in Acht«, sagte Oksana. Sie übersetzte den anderen, die kein Deutsch verstanden, den Befehl des Mannes ins Russische.

Zu spät, dachte Nadjeschka, ich hab ihn bereits kennengelernt.

Gehorsam nahmen sie Aufstellung. Ihre Wange klopfte, sie tastete danach und fand sie heiß wie von Fieber. Es würde einen hässlichen Bluterguss geben.

Der Mann, der ihr am Bahnhof aufgeholfen hatte, sagte: »Die Firma Trögelkind & Winkler hat für euch viel Geld ausgegeben. Sie hat sämtliche Kosten eures Transports übernommen, dazu die Desinfektion und die ärztliche Untersuchung. Sie kommt auch für eure Ernährung und Unterkunft hier im Lager auf. Dafür wird erwartet, dass ihr gute und zuverlässige Arbeit leistet.«

Er trug einen Anzug, glänzende schwarze Schuhe und eine feine Nickelbrille. Bestimmt ist er reich, dachte Nadjeschka. Sie beobachtete, wie der Wind ihm in den blonden Haarschopf fuhr. Mochte sein, dass er sich geschliffen ausdrückte, aber er war ein Sklavenhändler, der nur an seinen Vorteil dachte. Die Firma bezahlte ihm sicher ein stattliches Kopfgeld für jede von ihnen.

»Das eigenmächtige Verlassen des Lagers oder der Fabrik ist verboten. Wer schludrig arbeitet oder sabotiert oder andere dazu aufhetzt, wird in ein Konzentrationslager überstellt.

Unsittliche Handlungen mit deutschen Männern führen zum Tod durch den Strang.«

Die grauenvollen Worte sanken nach und nach in Nadjeschkas Bewusstsein ein: Konzentrationslager. Tod durch den Strang.

»Mein Name ist Georg Hartmann. Ich bin hier der Lagerführer und zuständig für eure Unterkunft, Verpflegung, Hygiene und Disziplin. Ich erwarte, dass ihr eure Baracke regelmäßig putzt, dass ihr sie lüftet und sauber haltet. Eine Selbstverständlichkeit und zu eurem eigenen Besten.«

Er ließ Oksana Zeit, seine Aufträge ins Russische zu übersetzen.

»Sonntags habt ihr frei. Eure freie Zeit habt ihr hier im Lager zu verbringen. Kontakt mit Deutschen ist nicht gestattet und wird bestraft. Bei Fluchtversuchen macht das Wachpersonal von der Schusswaffe Gebrauch.«

Der Mann mit der Lederhand sah zu den Türmen hinauf. Sein Gesicht blieb unbewegt. Vermutlich hatte er die Einführung seines Vorgesetzten schon Dutzende Male gehört. Es war nichts Ungewöhnliches für ihn, dass der Lagerleiter drohte, er und seine Kollegen würden Flüchtende erschießen. Vielleicht machte es ihm sogar Spaß, solche Drohungen wahrzumachen.

»Ihr werdet in der Fabrik dringend erwartet«, sagte Georg Hartmann. »Morgen früh beginnt euer erster Arbeitstag.«

»Wegtreten!«, befahl der Wachmann.

Scheu sammelten sich die Frauen bei Oksana. Sie wies kurz auf die unterschiedlichen Baracken und erklärte, in welcher Fabrik ihre Insassen arbeiteten. »Das ist die Küchenbaracke«, sagte sie schließlich, »dort schälen wir abends nach der Arbeit die Kartoffeln für den nächsten Tag. Die beste Stunde des Tages! Der Koch hetzt uns nicht, und wir können ungestört reden.«

»Wo schlafen wir?«, fragte Nadjeschka.

»Kommt mit.« Oksana führte sie in die Baracke neben der Wachhütte. Von einem dunklen Flur gingen acht Türen ab. »Lasst euch durch die Stille nicht täuschen«, sagte sie. »Hier leben über zweihundert Frauen. Sie sind gerade in der Fabrik. Heute Abend werdet ihr sie kennenlernen.«

Zweihundert Menschen in diesem kleinen Verschlag?

Oksana öffnete eine der Türen. »Das ist unser Zimmer, gleich neben dem Aufenthaltsraum. Ich bin die Stubenälteste. Ihr könnt euch mit allen Fragen an mich wenden.«

Im Zimmer roch es muffig nach alten Decken. Fünfzehn Doppelstockbetten standen dicht an dicht. Es gab keinen Schrank, keinen Tisch, keinen Stuhl. Sie zählte. Sieben Betten waren frei, auf ihnen lag keine Decke, die Matratze war nackt. Nahe beim vergitterten Fenster war alles belegt, also wählte sie das Bett aus, das der Tür am nächsten war. Sie kletterte hinauf und legte sich zur Probe auf die Matratze. Hart war sie und knirschte ein wenig. Wer hatte bis vor Kurzem hier geschlafen? Und was war mit der Frau passiert?

»Ich hab Hunger«, sagte eine der Frauen, die sie aus dem Waggon kannte. »Wann gibt es etwas zu essen?« Die anderen stimmten dringlich mit ein. Ihnen allen hing der leere Magen seit Tagen wie ein harter Brocken im Bauch.

Oksana seufzte. »Hab mir schon gedacht, dass das kommt. Wartet hier. Ich hole euch Brot.«

Brot, endlich! Nadjeschka konnte kaum erwarten, etwas zu essen. Sie fuhr mit der Zunge am aufgesprungenen Gaumen entlang.

Oksana erschien mit zwei fleckigen Leinenbeuteln. Sie griff in den ersten hinein und reichte jedem einen Laib Brot. Aus dem zweiten Beutel bekamen sie ein winziges Klümpchen Butter, in Wachspapier gewickelt. Nadjeschka machte sich nicht die Mühe, mit dem Daumen ein Stück vom Brot abzubrechen, sondern biss direkt hinein. Mit Mühe zwang sie sich dazu, fünfmal zu kauen, ehe sie den Bissen hinunterschluckte. Sie tunkte das dunkle Brot in die Butter und riss erneut mit den Zähnen ein Stück aus dem Laib heraus.

Da bemerkte sie, dass Oksana still Richtung Tür zurückgetreten war und ihnen mit Tränen in den Augen beim Essen zusah.

»Warum weinst du?«, fragte sie. »Möchtest du ein Stück?« Nadjeschka hielt ihr das Brot hin.

»Ich will euch nicht die Freude verderben.«

Sie schluckte einen Rest Brotbrei hinunter. »Wie meinst du das?«

Oksanas Blick flatterte. »Was ihr gerade esst, ist euer Frühstück für sieben Tage. Jede Frau bekommt einen Laib Brot und muss ihn sich selbst einteilen. Ihr werdet hungern.«

Eine Russin fragte: »Wenn das unser Frühstück ist, was gibt es dann zum Mittagessen und zum Abendbrot?«

»Ihr bekommt eine warme Mahlzeit am Tag, in der Fabrik. Das ist alles. Die kleine Schale Suppe mit Kartoffelbröckchen reicht nie, um den Hunger zu stillen. Das deutsche Wirtschaftsamt sieht für uns nur wenig Nahrung vor.«

Nadjeschka spürte, wie der Zorn in ihr aufstieg. »Heißt das, sie verschleppen uns hierher, damit wir für sie arbeiten, aber geben uns nicht mal genug zu essen?«

»So darfst du nicht reden.« Oksana machte eine strenge Miene. »Sonst landest du schneller im Keller der Gestapo, als du denkst.«

»Warum? Weil du mich verpfeifst?«

»Ich nicht. Aber irgendeine der Frauen wird es Agatha sagen, die unsere Baracke führt, und die gibt es an ihre Verbindungsleute von der Geheimen Staatspolizei weiter. Dann kommt morgens um vier ein schwarzes Auto vorgefahren, und sie holen dich ab. Das passiert hier immer wieder.«

Nadjeschka ballte die Fäuste. »Ich soll also brav arbeiten und hungern.«

»Diese Baracke ist jetzt euer Zuhause. Ihr habt es gut getroffen. Die anderen Lager sind viel schlimmer. Bald werdet ihr euch über jede Stunde freuen, die ihr hier verbringen dürft.«

»*Freuen* soll ich mich? In diesem Loch?«

Oksana seufzte. »Ich würde euch das gern ersparen. Euch allen.«

Etwas an der Art, wie Oksana das sagte, verwirrte sie. »Du meinst nicht die Baracke, oder? Wovon redest du?«

»Das wirst du morgen verstehen.«

Georg Hartmann schloss seine Wohnungstür auf, trat ein und hängte den Schlüssel an das Schlüsselbrett. Er fühlte sich, als würde er die Schule schwänzen, weil er nicht in der Bürobaracke saß, sondern einfach am Vormittag heimgegangen war. Er zog sich die Schuhe aus und stellte sie in das kleine Schuhregal. Aus der Wohnung über ihm hörte er Poltern und Kreischen, die Kinder der Nesselbrücks tobten mal wieder durch die Wohnung. Sie stritten den ganzen Tag, und wenn sie sich ausnahmsweise nicht zankten, zerstörten sie einvernehmlich die Möbel.

Den Eltern fehlte die Strenge im Umgang mit ihren Sprösslingen – Kinder brauchten Regeln und ein geordnetes Leben. Herr Nesselbrück war zur Wehrmacht eingezogen worden, und Frau Nesselbrück musste im Bekleidungsladen ihres Vaters aushelfen. Eine Tante sah ab und an nach den Kindern. Sie konnte den abwesenden Vater und die erst abends heimkehrende Mutter nicht ersetzen.

Einmal war er hochgegangen, hatte geläutet und die Kinder zur Räson gebracht. Frau Nesselbrück hatte bei ihrer Heimkehr eine ordentliche Wohnung und brave Kinder vorgefunden, aber seltsamerweise freute sie sich nicht, sondern bat ihn, künftig derartige Eingriffe zu unterlassen. Schämte sie sich für ihren verzogenen Nachwuchs? Oder befürchtete sie, er wolle ihr, der Mutter, nachstellen? Die Kinder grüßten ihn jetzt immer artig im Treppenhaus. Frau Nesselbrück grüßte seither nicht mehr.

Die Kleine von Maiers übte nebenan Klavier. Sie spielte schon recht gut, wenn man ihr Alter bedachte. Für die Maiers war er, seit er das Barackenlager leitete, wieder ein angesehener Nachbar. Sie vermuteten wahrscheinlich, dass er Beziehungen zur Partei besaß, anders war ein Posten an der Heimatfront nicht zu kriegen, jeder wollte so etwas ergattern, um nicht eingezogen zu werden.

Georg ging ins Wohnzimmer, trat zum Fenster und schob die Gardine zur Seite. Die Straße lag verlassen da. Unten im Lager war sicher auch alles ruhig. Die Stubenälteste, die er für heute von der Fabrikarbeit befreit hatte, kümmerte sich um die Neuen, und morgen würden sie sich in den Arbeitsprozess eingliedern und rasch die wenigen Handgriffe lernen, die sie benötigten, um ihre Rolle zur Zufriedenheit der Ingenieure zu erfüllen.

Er sah auf die Armbanduhr: zehn nach neun. Pünktlich um neun Uhr hatte er hier sein wollen, um sicherzugehen. Für gewöhnlich kam der Postbote um halb zehn, er hatte also noch zwanzig Minuten Zeit.

Aus dem Stapel alter Reifeprüfungen zog er sich eine heraus und setzte sich in den Lesesessel. Es war wichtig, dass er im Stoff blieb. Den Posten im Barackenlager hatte er nur angenommen, damit er nicht an die Front musste. Hätte sein

Schwager ihm den nicht zugeschanzt, wäre er mit Sicherheit nach Osten geschickt worden und vielleicht in Stalingrad erfroren wie so viele andere. Er hätte auf Menschen schießen müssen. Das brachte er nicht fertig. Leute abzuknallen, das hätte ihn innerlich zerbrochen. Lieber überwachte er hier zu Hause Russinnen und Ukrainerinnen. Sicher konnte er in den Schuldienst zurückkehren, wenn der Krieg vorüber war.

Er schlug das Heft auf. Ein Vergleich der Französischen Revolution mit der deutschen achtundvierziger Revolution und der Russischen Revolution von 1917. Durfte man solche Themen heute überhaupt noch stellen?

Sie schmissen ja sämtliche Lehrpläne um. Mit den aberwitzigsten Begründungen. Heinrich Heine wurde aus den Schulbüchern verbannt, weil er aus einer jüdischen Familie stammte. Aber da die Nazis um die *Loreley* nicht herumkamen, stand jetzt im Deutschbuch unter der Ballade: Autor unbekannt. Was die konnten, konnte er auch. Er musste den Unterrichtsstoff nur klug umschreiben bei den Meldungen an die Schulbehörde, dann würde immer noch einiges möglich sein. Man durfte die Kinder doch nicht völlig der nationalsozialistischen Indoktrination unterwerfen, sie mussten mündig bleiben, sich bilden und lernen, selbst Entscheidungen zu treffen.

Als es endlich klingelte, stand er auf und öffnete die Tür. Doch es war nicht der freundliche Postbote, mit dem er gerechnet hatte. Ein bulliger Mann mit Schweinsäuglein und Schnauzbart stand im Treppenhaus. Das Parteiabzeichen blinkte auf seinem Revers, eine stumme Anklage gegen ihn, Georg, der nicht Mitglied war. Blockwart Wiese. In der Hand hielt er ein Paket. »Hat die Post für Sie gebracht«, sagte er.

Der Bote war also schon da gewesen. Warum musste die Post ausgerechnet heute eine halbe Stunde zu früh kommen?

Er streckte die Hände nach dem Paket aus.

Aber Wiese gab es ihm nicht, sondern wog es genüsslich im Arm. »Ganz schön schwer. Was lassen Sie sich da schicken?«

Das geht Sie nichts an, hätte er am liebsten geantwortet. Nur kam man um den Blockwart nicht herum, er verteilte die Lebensmittelkarten. Zudem war Georg davon überzeugt, dass Wiese eine Kartei führte über die Haushalte, die er zu betreuen hatte, und alles notierte: Wer sich erst nach dem Flaggengesetz von 1935 eine Hakenkreuzfahne angeschafft hatte, wer sich unzufrieden über die Regierung äußerte. Er durfte ihm keinen Anlass liefern, seine Post genauer zu kontrollieren. »Bücher«, sagte er.

»Politisches?«

Der Treppenterrier witterte Blut. »Sie wissen doch, ich habe Deutsch unterrichtet. Ich lese gern Romane. Sie können sich einen ausleihen, wenn Sie möchten.«

»Nicht nötig. Ich lese keine Romane.« Mit einem Anflug von Verachtung überreichte er Georg das Paket, doch die Forschheit wirkte aufgesetzt – ganz so, als müsse Wiese sich selbst etwas beweisen. »Denken Sie dran, diese Woche sammle ich für die Nationalsozialistische Volkswohlfahrt. Wäre schön, wenn ich Sie zur Abwechslung mal antreffe.« Er machte kehrt und ging die Treppe hinunter.

Georg schloss die Tür. Er stellte das Paket auf den Küchentisch und schnitt das braune Packpapier herunter. Sorgfältig faltete er es zusammen. Er öffnete den Karton und nahm eines der Bücher heraus. Das war knapp gewesen. Hätte Wiese tatsächlich einen Roman haben wollen, hätte er rasch festgestellt, dass er diesen Text gar nicht zu lesen vermochte.

Heute ließ er die Bücher besser zu Hause. Vielleicht ging er noch etwas einkaufen, damit es einen Grund für seinen freien Vormittag gab. Der Blockwart lauerte bestimmt hinter der Gardine und wunderte sich, dass Georg nicht in der

Verwaltungsbaracke unten im Lager saß. Er legte das Buch zurück in den Karton und stellte ihn unter den Tisch. Nach kurzem Nachdenken nahm er das Einkaufsnetz vom Haken und zog sich den Mantel an.

Am Straßenrand grünten bereits die Birken, und in den Vorgärten blühten Fliederbüsche. Die Vögel pfiffen in den Bäumen. Sie waren so schmächtig, kaum eine Handvoll Federn und Knochen und ein dünner Körper, aber sie sangen mit Kraft, ohne Hemmungen, mutig in den Tag.

Obwohl es Montagmorgen war, flanierten etliche Frauen und Männer in den Straßen. Seit die Großstädte häufig Bombenalarm hatten, kamen Leute aus Köln und anderen Städten nach Neheim, um sich bei Verwandten von den Nächten im Luftschutzkeller zu erholen. Die meisten schwatzten fröhlich und genossen den milden Frühlingswind. Er hörte jemanden schwärmen: »Ist ja ein richtiges Hitlerwetter heute!«

In der Alten Ruhr quakten die Grasfrösche, und blaue Kornblumenlibellen schwirrten über das Wasser. Morgen wurde Adolf Hitler vierundfünfzig Jahre alt. Sonst war es zum Führergeburtstag meist noch kalt und regnerisch gewesen, dieses Jahr hingegen besaß die Sonne fast schon sommerliche Kraft. Sie wärmte Georg das Gesicht und den Rücken. Jetzt erst fiel ihm auf, dass alle anderen keinen Mantel trugen. Er war wieder einmal falsch angezogen, Eva hätte ihn schön ausgelacht. Hoffentlich begegnete er ihr nicht. Sie hatte diese neue Stelle als Koordinatorin für das Rassenpolitische Amt. Wann begann da ihr Arbeitstag?

Er zog den Mantel aus. Eine junge Frau grüßte freundlich: »Guten Tag, Herr Hartmann!«

Er grüßte zurück. Das Gesicht kannte er, nur der Name war ihm entfallen. Sie musste aus seinem ersten Jahrgang sein, Auguste oder Hilde, wie hatte sie geheißen? Auch das sollte er wieder üben: sich rasch Namen einzuprägen. Warum hatte sie nicht »Heil Hitler« gesagt, wie es vorgeschrieben war? Hielt ihn jetzt jeder für einen Regierungsgegner, weil er nicht der Partei beigetreten war? Damit war er doch noch längst nicht politisch unzuverlässig, wie es von den Nationalsozialisten genannt wurde. Allerdings gab es da ein paar Hetzer, die waren eiskalt. Hätte er nicht die Hilfe seines Schwagers gehabt, säße er womöglich gerade im Panzer oder er würde Artilleriegeschütze nachladen oder einsam über einem russischen Sumpf wachen.

Auf dem Gransauplatz beim Stumpf des früheren Reiterdenkmals stand eine Menschenmenge zusammen. Der Platz sah seltsam nackt aus ohne Denkmal. Völlig umsonst hatte man es eingeschmolzen, es war nur mit Kupfer überzogen gewesen.

Pimpfe und Jungmädel sangen »Nun trag die Trommel vor uns her«. Natürlich, sie nahmen die Zehnjährigen ins Jungvolk auf, zu Ehren des Führers am Tag vor dessen Geburtstag.

Die letzte Liedzeile verhallte, und ein Redner brüllte: »Denkt immer daran: Ein Deutschland der Kraft, der Ehre, der Ordnung und der Treue kann nur dann bestehen, wenn diese Tugenden auch schon von den Jungen und Mädels gelebt werden. Die Größe unseres Reiches hat in der Disziplin der Jugend ihre Wurzel. Ihr seid es, die alle Wünsche und Erwartungen des Führers für ein kommendes Deutschland zur Erfüllung bringen werden!«

Der Redner trug die schwarze SS-Uniform, Georg kannte ihn nicht, er musste aus einem anderen Landkreis herangekarrt worden sein. Der SS-Mann verkündete: »Die Schwertworte des Jungvolks heißen: Pimpfe sind hart, schweigsam und treu. Pimpfe sind Kameraden! Der Pimpfe Höchstes ist die Ehre!« Nach einem Blick auf seinen Zettel rief er: »Die

Leitsätze der Jungmädel lauten: Jungmädel, sei Kamerad, sei treu, gehorsam, tapfer und verschwiegen! Jungmädel, wahre deine Ehre!«

Nun nannten die HJ-Führer nacheinander jedes der Kinder beim Namen und nahmen es durch Handschlag auf. Die Kleinen waren sichtlich stolz. Endlich durften sie die Uniform tragen.

War das nicht Siegfried? Sein Neffe schleppte eine Pauke, ein riesiges Teil mit schwarzen Flammenzungen auf weißem Grund. Gleich würde er mit dem Fanfarenzug marschieren, ernst und grimmig seine Pauke schlagen und sich vermutlich fühlen wie ein Ritterkreuzträger. Kam ihm so vor, als hätte Siegfried gerade erst sprechen gelernt, und nun wurde er schon ins Jungvolk aufgenommen. Der Junge erkannte ihn und winkte. Er strahlte über das ganze Gesicht.

Würden die nächsten vier Jahre auch so schnell vergehen? Würden sie im Handumdrehen wieder hier stehen und Siegfried in die Hitlerjugend aufnehmen?

Hitlerjugend.

Was passierte eigentlich, wenn Hitler einmal starb? Hieß es dann Müllerjugend, nach seinem Nachfolger? Oder Brinkschultejugend?

Was sie machten, wirkte auf viele harmlos: Zelten um ein Lagerfeuer herum, Nachtmärsche, Geländespiele, das stärkte den Gruppenzusammenhalt. Und die Jugendlichen übten Eigenverantwortlichkeit, sie waren in der Hitlerjugend ohne die Erwachsenen unterwegs, »Jugend von Jugend geführt«, das machte für sie sicherlich einen beträchtlichen Teil des Reizes aus.

Meine Güte, der kleine Siegfried, da lief er mit der Trommel und war schon zehn. Die Zeit war wie ein Rausch, eine wilde Rennfahrt. Wenn man nicht aufpasste, war das Leben im Handumdrehen vorbei. Ich bin einunddreißig, dachte er, und immer noch nicht verheiratet. Wollte ich nicht spätestens mit Mitte zwanzig eine Familie gegründet haben?

Die Menschenmenge um ihn herum machte ihm umso schmerzhafter bewusst, dass er allein war. Allein wohnte. Allein aß. Allein den *Völkischen Beobachter* und *Das Reich* las, ohne jemanden, dem er einen guten oder miserablen Artikel zeigen konnte.

Er verließ den Platz, ließ sich bei Röslers etwas Quark in Zeitungspapier einwickeln, kaufte ein Päckchen Kunsthonig und zwei Brote und wartete, während die Verkäuferin die Marken abschnitt. Nebenan kaufte er ein Pfund Ersatzkaffee, für echten Kaffee reichte sein Lohn nicht mehr aus.

7

Auf der Mauer der Möhnetalsperre waren die Flakhelfer und Richtkanoniere angetreten. Freudige Aufregung war ihnen in die Gesichter geschrieben: Heute stand eine Zielübung auf dem Programm. »Ich weiß genau, dass ihr unseren Stützpunkt ›Flaksanatorium Möhnesee‹ nennt.« Der Batteriechef, Leutnant Jörg Widmann, musterte sie streng. »Wir liegen idyllisch und sind bisher von Angriffen verschont geblieben. Sollten die Feindmächte aber einen Angriff auf diese Mauer fliegen, und ihr versagt, dann sterben nicht nur Hunderte Menschen, nein, es kann außerdem eine verhängnisvolle Wende im Krieg bedeuten. Schütte, wie viele Wasserkraftwerke liegen zwischen der Möhnetalsperre und Mülheim?«

»Dreizehn, Herr Leutnant.«

»Bregel, Gesamtarbeitsleistung!«

»Zweihundertfünfzigtausend Kilowatt, Herr Leutnant.«

»Korrekt. Noch einmal Bregel: Was würde eine Flutkatastrophe anrichten?«

»Durch eine Flutkatastrophe würden sie zerstört werden oder zumindest verschlammen, Herr Leutnant. Die Hochöfen, Kokereien und Bergwerke der Rüstungsindustrie im Ruhrgebiet brauchen den geregelten Wasserfluss und den Strom.«

»Die Chemiewerke«, sagte Schütte vor.

Bregel ergänzte rasch: »Und die Chemiewerke. Die auch.«

Leutnant Jörg Widmann war guter Stimmung und überging die Ungenauigkeit. »Ihr tragt eine große Verantwortung«, sagte er. »Ich will heute Leistung sehen!«

Die Flaksoldaten nahmen Haltung an.

»Abmarsch, an die Kanonen!«

Sie rannten zu ihren Flugabwehrkanonen auf den Schiebertürmen der Sperrmauer, und jeder besetzte seine Position. Leutnant Widmann gab ein Flaggensignal. Daraufhin stiegen von zwei Booten auf dem Möhnesee gelbe Papierballons auf. Die Flugabwehrkanonen richteten sich nach ihnen aus.

Er brüllte: »Feuer!«

Die Flak böllerte dumpf, die Geschütze spuckten grüne und rote Fäden. Sie schossen an den Ballons vorbei. Die Flakhelfer sagten den Richtkanonieren die Korrekturen an. Wieder griff die Leuchtspurmunition nach den Ballons. Endlich fingen die ersten Feuer.

Immer mehr Ballons erwischten sie. Diejenigen, die entkommen waren, zogen höher und höher in den Frühlingshimmel hinauf und wehten wie zum Hohn über der Talsperre und das Ausgleichsbecken dahinter. Dort oben konnten sie nicht mehr abgeschossen werden, die Kanonen auf den Plattformen der kupfernen Dächer ließen sich nur zum See hin ausrichten.

Friedlich zogen die gelben Ballons das Tal entlang, flogen über Günne und Niederense hinweg, die Möhne entlang bis nach Neheim. Sie schwebten über die kleine Stadt mit ihren Fachwerkhäusern und den Fabriken.

Leutnant Widmann sah ihnen missmutig nach. Die Trefferquote war zweifellos verbesserungsfähig.

Vor dem italienischen Eissalon Dolomiti hatte sich eine Schlange von Kindern gebildet. Sie hielten jedes fünf Pfennig in der Hand und warteten geduldig darauf, dass sie an die Reihe kamen. Weil der Führer vor Jahren ein Bündnis mit Mussolini geschlossen hatte, gab es italienisches Eis im Großdeutschen Reich, und dieses Jahr waren als neue Geschmacksrichtungen Nuss und Zitrone hinzugekommen. Aber als die gelben Ballons am Himmel erschienen, vergaßen die Kinder ihr Eis, sie zeigten zum Himmel und wunderten sich über die Flugobjekte.

Auf dem Hof der Volksschule schlugen zwei Mädchen ein Seil. Ihre Freundinnen hüpften darüber. Geschickt sprangen sie in den Schlagkreis, ohne dass das Seilschlagen unterbrochen werden musste, hüpften eine Weile mit den anderen, und sprangen dann wieder aus dem Schlagkreis heraus.

Da erlahmte das Seil. Die Mädchen staunten zum blauen Frühlingshimmel hinauf und folgten mit den Blicken dem Flug der Ballons.

Im Lager auf den Möhnewiesen hatten sich die sieben Neuankömmlinge in die Küchenbaracke gesetzt und schälten Kartoffeln. Stöffgen, der Koch, hackte vor der Tür Holz für das Kochfeuer. Man hörte drinnen die Beilschläge.

»Das stinkt erbärmlich!« Nadjeschka wandte das Gesicht ab. »Kannst du die Seife nicht draußen kochen?«

Oksana lachte. »Trag du mir den Dreihundert-Liter-Kessel, dann mach ich das gerne.« Sie rührte den Schweinekadaver um. »Am Ende bleibt nur Seife übrig, du wirst sehen. Der Bodensatz ist einfach Seife.«

Ätzende Schwaden wehten aus dem Kessel herüber. Nadjeschka stand auf und ging zur Tür, um Luft zu schnappen. Gelbe Ballons flogen am Himmel vorüber. Wahrscheinlich feierten sie im Ort. Der Krieg zerriss die Welt, aber die

Deutschen vergnügten sich. Sie keuchte: »Ich versprech dir, *diese* Seife verwende ich nicht. Ich hab die Schlachterabfälle gesehen. Ich müsste immer an den Kadaver denken, wenn ich mich mit der Seife wasche.«

»Du wirst sie verwenden.«

»Ach ja? Um was wetten wir? Eine Scheibe Brot?«

Oksanas Augen blitzten siegesgewiss. »Einverstanden. Schlag ein.«

Nadjeschka gab ihr die Hand. »Du hast soeben eine gute Scheibe Brot verloren. Ich rühre deine ekelhafte Seife nicht an.«

»Die Milben sorgen schon dafür. Wenn du ein paar Wochen hier lebst und dich nicht mit Seife wäschst, bekommst du Krätze. Milben graben sich in deine Haut und legen ihre Eier darin ab, am liebsten gehen sie zwischen die Finger. Die Haut fängt an zu brennen, und man kratzt sich so lange, bis die Haut aufbricht und blutet.«

Nadjeschka warf das Messer auf den Tisch und hielt sich die Ohren zu. »Hör auf!«

Laut genug, dass sie es trotzdem hören musste, sagte Oksana: »Wenn du Pech hast, gibt es eine Entzündung. Das passiert schnell.«

Nadjeschka nahm die Hände wieder herunter. »Verschwindet durch das Kochen wenigstens der durchdringende Geruch? Oder riecht die Seife nach dem Kadaver?«

Sie lachte. »Verschwinden? Um uns herum steht ein Stacheldrahtzaun, hier verschwindet niemand und nichts. Auch nicht der Gestank.«

»Dann tu irgendwas dazu, um ihn zu überdecken. Rosenblätter oder so.«

Jetzt lachten alle Frauen. »Rosenblätter! Die Kleine ist wirklich zu niedlich.«

Oksana sagte: »Wir können froh sein, dass Herr Hartmann uns Soda besorgt hat von der Apotheke und dass er den Kadaver vom Abdecker geholt hat. Er müsste das nicht tun.«

Eine tiefe Stimme sagte von der Tür her: »Ganz recht, das müsste er nicht.«

Sie fuhren herum. Der Mann mit der schwarzen Lederhand. Eisige Stille senkte sich über die Küche.

»Wie heißt du?« Er trat auf Nadjeschka zu und sah ihr ins Gesicht.

Sie sagte ihren Namen.

»Geh, mach die Baracke sauber.«

Vor Angst konnte sie sich nicht rühren. Warum schickte er sie dorthin? Was hatte er vor mit ihr? Sie schluckte.

»Hast du verstanden?«

Ihre Kehle war plötzlich zugeschnürt. Mit Mühe würgte sie heraus: »Ja.«

»Ob du verstanden hast!«, brüllte er.

»Ich hab Ja gesagt.«

Oksana machte ihr hektische Handzeichen.

»Du hältst dich für schlau, was?«, sagte er leise. »Du meinst, dass du dem Plöger überlegen bist. Aber da täuschst du dich gewaltig, kleines Miststück.« Er packte sie an den Haaren und riss sie in die Höhe.

Der Schmerz jagte durch ihren Körper wie ein greller Blitz. Sie wurde hinausgeschleift, schrie vor Angst. Der Peiniger warf sie in den Staub und setzte ihr den Stiefel auf den Hals.

Da sah sie aus der Verwaltungsbaracke Georg Hartmann, den Lagerführer, treten. Er fragte: »Was geht hier vor?«

»Sie muckt auf«, sagte Plöger. »Störrisches Biest! Ich hab sie angewiesen, die Baracke zu fegen. Da sieht's aus wie in 'nem Saustall. Und sie fragt: Warum ich?«

»Lass sie los.«

Der Stiefel löste sich von ihrem Hals. Sie stand auf. Ihr Kopf brannte wie von Feuer. So ist es nicht gewesen, wollte sie sagen, aber sie brachte kein Wort heraus. Vor Angst zitterte sie am ganzen Leib. Nur weg von ihm, fort von diesem Ungeheuer! Ihr Herz raste.

Georg Hartmann sah sie ernst an. »Was er sagt, wird getan. Du musst das lernen.« Er wandte sich an ihren Peiniger. »Bring sie in die Einzelzelle.«

Plöger nahm sie am Arm mit einem Griff wie von Eisenklauen. Er zerrte sie über den Platz. Georg Hartmann lief neben ihnen. Vor einer Seitentür in die Verwaltungsbaracke blieben sie stehen. Der Lagerführer holte einen Schlüssel aus der Tasche und öffnete das Vorhängeschloss. Er zog die Tür auf, nahm eine Taschenlampe von der Wand und schaltete sie ein. Ihr Lichtkegel beleuchtete eine Treppe, die abwärtsführte.

»Runter da«, befahl Plöger. Er ließ sie los.

Sie ging die Betonstufen hinab. Unter ihren Füßen knirschten Sandkörner, die sich vom Beton gelöst hatten. Als sie hinter sich Schritte hörte, biss sie sich vor Furcht auf die Zunge. Der Mann mit der falschen Hand folgte ihr. Was würde er ihr im Keller antun, wo sie ganz allein waren? Sie blickte sich um, wurde aber vom Licht der Taschenlampe geblendet.

Plöger herrschte sie an: »Geh weiter!«

Unten angekommen, blickte sie auf Kartoffelsäcke und Kisten mit Steckrüben und Wirsingkohl. Es gab keinen Ausweg, kein Versteck, nur eine Kellertür zur Rechten. Da war er schon hinter ihr. Plöger öffnete die Tür und stieß sie hinein, so kräftig, dass sie das Gleichgewicht verlor. Sie stolperte ins Dunkel. Die Tür wurde geschlossen. Sie hörte, wie sich von außen ein Riegel davorschob und jemand die Treppe hinaufstieg. War er gegangen? Sie hielt die Luft an und lauschte. Es war still, Gott sei Dank.

Vorsichtig tastete sie nach der Tür. Als sie das Holz fühlte, legt sie ihr Ohr daran. Auch die obere Tür wurde verschlossen. Sie hörte ihre flachen, panischen Atemzüge und das Blut, das in ihrem Ohr rauschte. Die Kopfhaut pulsierte vor Schmerz. Was sollte sie tun, wenn Plöger wiederkam, irgendwann in der Nacht? Sie konnte schreien, doch selbst wenn jemand sie hörte, was zählten die Hilfeschreie einer Ukrainerin in diesem Lager?

Nadjeschka tastete die Wände ab. Sie waren kalt und feucht. Immer wieder ging sie den Raum ab, die Hand an der Mauer. Wie lange würde sie hier eingesperrt bleiben? Man erwartete scheinbar, dass sie auf dem nackten Boden schlief. das Verlies war leer, der Boden sauber gefegt. Aber wie konnte sie schlafen, wenn sie immer damit rechnen musste, dass der Wachmann sie aufsuchte!

Sie würgte an Tränen. Dieser gemeine Hund hatte gelogen. Er freute sich dort draußen an dem Gedanken, dass sie Stunde um Stunde allein im Kellerloch saß und fror. O lieber Gott, hilf, dass er nicht zu mir herunterkommt.

Um das Zittern zu bekämpfen, rieb sie sich die Oberarme. »Bitte, bitte, lass ihn mir nichts antun. Lass mich lebendig wieder aus diesem Loch herauskommen.« Sie schmeckte ihre Tränen und holte tief Luft. Sie sollte an zu Hause denken, das würde sie beruhigen. Als wäre es ein Zauber, der sie beschützen könnte, summte sie eine Melodie aus ihrer Kindheit. Die Töne legten sich mit ihrer Schlichtheit tröstend um ihre wunde Seele.

Georg mochte die Verwaltungsbaracke nicht. Nach einem Regenschauer roch sie tagelang wie ein nasser alter Teppich, und die sanitären Anlagen glichen einer Zugtoilette in der dritten Klasse. Es war jedoch unnütz, sich darüber zu ärgern.

Er setzte die Hände wieder auf die Tastatur der alten Schreibmaschine und tippte:

```
weshalb die schwere körperliche Arbeit eine
höhere amtliche Zuteilung an Kartoffeln für
die Ostarbeiter erfordert. Ich möchte die
Deutsche Arbeitsfront bitten, sich um zusätz-
lich 3 kg Kartoffeln pro Person und Woche
```

Er sah hoch und fuhr vor Schreck zusammen. Oksana stand vor ihm. »Kannst du nicht klopfen?«

»Bitte verzeihen Sie, Herr Hartmann, ich hab geklopft, aber Sie haben es nicht gehört.«

Kein Wunder bei dem Lärm, den die Schreibmaschine machte. »Was gibt's?«

»Ich bin wegen Nadjeschka hier.«

»Von wem redest du?« Natürlich wusste er genau, wen sie meinte. Allerdings fand er es ungehörig, dass er sich den Namen der Ukrainerin so schnell eingeprägt hatte. Besser, man merkte ihm die Gedanken nicht an, die er sich über die junge Frau machte.

»Das Mädchen, das Sie in Einzelhaft gesteckt haben.«

»Sie gehört zu deiner Stube, richtig?«

»Bitte seien Sie nicht so streng zu ihr. Der Wachmann …« Sie zögerte.

»Du meinst Plöger. Wenn es Beschwerden gibt, dann über ihn.«

»Ja, Herrn Plöger meine ich. Er hat nicht die Wahrheit gesagt.«

Sie war mutig, sich gegen einen Deutschen zu stellen. Oksana war eine gute Mutter für ihre Anbefohlenen. »Willst du behaupten, dass er lügt?«

»Nein, auf keinen Fall.« Ihr Blick irrte durch das Büro. »Es ist nur, Nadjeschka hat ihm nicht widersprochen, als er sie aufgefordert hat, die Baracke zu fegen. Das hätte sie nie gewagt.«

»Warum sollte er das erfinden?«

Sie flüsterte: »Er wollte ihr wehtun.«

»Geh zurück in die Küchenbaracke. Ich kümmere mich darum.«

Eilig machte sie kehrt und verließ das Büro.

Er seufzte. Dieser Plöger log ihm frech ins Gesicht. Aber was konnte er tun? Die Deutsche Arbeitsfront stellte das Wachpersonal ein, er musste froh sein, dass ihm fünf Männer zugeteilt worden waren, wo sie doch jeden Mann brauchten. Er würde ihm eine Rüge erteilen, und dann ging es weiter wie zuvor.

Georg stutzte. Sang da jemand? Er saß still auf seinem Stuhl und lauschte. Das musste Nadjeschka sein. Ihre Stimme drang aus dem Keller zu ihm herauf.

Obwohl er das Lied nicht kannte, rührte es ihn. Fremd und traurig klang es. Fast schämte er sich, dass er sie belauschte, als würde er auf diese Weise einen ungehörigen Einblick in ihr Herz nehmen.

Nach einer langen Minute stand er auf, verließ das Büro und öffnete draußen das Vorhängeschloss des Vorratskellers. Er stieg die Stufen hinab. Nadjeschka verstummte. Als er die Zellentür öffnete und hineinleuchtete, wich das Mädchen zur hinteren Wand zurück.

»Du musst keine Angst vor mir haben.«

»Wer sind Sie?« Die Ukrainerin hielt sich die Hand vor die Augen, weil das Licht blendete.

»Georg Hartmann, der Lagerführer.« Er nahm die Lampe herunter. »Gehen wir hinauf in mein Büro.«

Er ließ die Tür offen stehen und stieg die Treppe hoch. Nadjeschka folgte ihm zögerlich.

Oben bot er ihr einen Stuhl an. Sie sollte nicht wie ein reumütiges Schulkind stehen müssen.

»Es tut mir leid«, sagte er. »Du bist zu Unrecht eingesperrt worden.«

Sie setzte sich. »Woher wissen Sie das?«

»Oksana war hier und hat sich für dich eingesetzt.«

»Sie glauben ihr? Auch wenn der Wachmann etwas anderes sagt?«

»Vor dem Wachpersonal kann ich einer Ostarbeiterin unmöglich recht geben. Aber sie war allein hier.«

»Dann hab ich ihr zu danken. Und Ihnen.«

Wie gut sie Deutsch sprach. Man hörte zwar einen leichten Akzent heraus, eine leichte Einfärbung der Vokale. Doch sie musste nicht nach Worten suchen. Offenbar hatte Nadjeschka die deutsche Sprache mit enormem Fleiß gelernt, anders war so etwas nicht zu schaffen. Im Unterricht hätte ich mit ihr zwar Ärger gehabt, aber auch viel Freude, dachte er wehmütig. Diese Momente, die er liebte: wenn *er* noch etwas von den *Schülern* lernte – mit Nadjeschka hätte es sie gegeben, ohne Zweifel. Wie gern hätte er mit ihr über Thomas Mann debattiert, über die gescheiterte Republik, über den Expressionismus. »Wie kommt's, dass du so gut Deutsch sprichst?«, fragte er.

»Das hab ich in der Schule gelernt. Ich wollte immer nach Deutschland reisen und dieses Land kennenlernen. Unter anderen Umständen.«

»Vielleicht ändern sich die Zeiten eines Tages, und du kannst deine Reise nachholen.«

»Darf ich Sie was fragen?« Sie strich sich eine Haarsträhne aus der Stirn. »Warum sind wir hier? Ich meine, mit welchem

Recht werden Ukrainerinnen und Russinnen gegen ihren Willen ins Deutsche Reich transportiert und zur Arbeit gezwungen?«

Das hatte ihm gefehlt. Junge Menschen, die noch das Geschehen hinterfragten, die den Sinn in allem suchten. Nadjeschkas Frage weckte seine alten Lebensgeister wieder. »Du willst wissen, wer dafür verantwortlich ist, dass du hier bist und nicht in deinem Heimatland? Das Deutsche Reich funktioniert wie ein Uhrwerk: Jedes Rädchen erledigt eine kleine Aufgabe. Ein Greifkommando fängt euch in der Ukraine ein. Die Reichsbahn ist dafür verantwortlich, euch nach Deutschland zu transportieren. Das örtliche Arbeitsamt verteilt euch auf die Fabriken und Bauernhöfe, und das Gewerbeaufsichtsamt überwacht das Barackenlager. Wenn ihr etwas sabotiert, dann greift die Geheime Staatspolizei ein. Aber niemand von all denen würde sagen, dass er die Verantwortung trägt für den Umstand, dass im Osten Menschen eines sogenannten Sklavenvolks eingefangen werden, damit sie hier dem sogenannten Herrenvolk dienen. Alles geschieht beinahe absichtslos. Die Rüstungsfabriken melden dem Arbeitsamt, dass soundso viele Arbeiter fehlen. Das Arbeitsamt fordert Fremdarbeiter an. Jeder tut nur, was seine Aufgabe ist. Der Eisenbahner, der Soldat, der Verwaltungsbeamte.«

»Und Sie.«

»Vorsicht. Du beißt die Hand, die dich füttert.«

Sie lächelte. »Dann sag ich lieber nichts über die zu geringe Menge des Futters. Sonst gibt's am Ende keins mehr.«

Da musste auch er lächeln. Ihre schnelle Auffassungsgabe imponierte ihm, und er mochte den Glanz in ihren Augen. Diese Propagandaschreiber, die vom dummen östlichen Steppenmenschen faselten, sollten mal zu ihm ins Barackenlager kommen!

»Darf ich trotzdem widersprechen?« Sie bat mit hochgezogenen Augenbrauen um Vergebung. »Jeder Einzelne von diesen Leuten weiß doch genau, was er tut. Sie haben uns in Güterwaggons gesteckt, immer mehr Frauen, bis der letzte Winkel gefüllt war, und haben die Türen verschlossen. Und dann sind sie losgefahren und wussten genau, welche ›Fracht‹ sie transportieren, aber die Türen wurden nie geöffnet, auch wenn der Zug manchmal lange auf der Strecke stand.«

»Das kann nicht stimmen. Ihr müsst Nahrung bekommen haben.«

»Zweimal während der wochenlangen Fahrt. Einmal haben uns Ordensschwestern etwas Brot mit Margarine zugesteckt, und einmal gab es heißen Kräutertee. Das war alles.«

»Die Türen wurden also doch geöffnet.«

»Ich bin fast gestorben in dieser stickigen Enge, und Sie wollen mir Übertreibung vorwerfen? Ich meine, man sieht schließlich schon am Stacheldrahtzaun und an den Wachtürmen, dass wir hier gegen unseren Willen festgehalten werden. Was haben wir verbrochen? Wo ist der Richter, der uns verurteilt hat, und nach welchem Gesetz hat er das getan?«

Er schnaubte. »Ein Jammer, dass ich dich nicht unterrichten darf. Wer weiß, was aus dir geworden wäre.«

»Was soll das heißen?«

Ich bin Lehrer, wollte er sagen, und habe Mädchen wie dich auf die Reifeprüfung und das Studium vorbereitet. Aber er verkniff sich die Erklärung, es würde ihn schwach machen in den Augen der Lagerinsassen, für sie musste er voll und ganz der Lagerführer sein, sie durften ihn als nichts anderes sehen. »Du stellst gute Fragen. Leider gibt es in unserer Zeit nicht viele wie dich.«

Röte schoss ihr in die Wangen, und sie sah zu Boden.

»Du kannst jetzt zu den anderen zurückgehen.«

Sie erhob sich, sah ihn noch einmal an. Da war Neugier in ihrem Blick und ein wenig Verwirrung. »Danke«, sagte sie so leise, dass er es kaum hörte.

Nachdem sie gegangen war, saß er noch lange am Schreibtisch und grübelte.

8

»Viele Festnahmen heute?«, fragte ihn Anneliese, als sie seinen ungebrauchten Regenmantel auf einen Bügel hängte.

»Es geht.«

»Du musst dich schonen, hörst du? Ich will nicht, dass du wieder Luminal nimmst wegen der ganzen Aufregung.«

Hatte sie das Versteck in der Zigarrenkiste entdeckt? Manchmal glaubte Axel unter Annelieses Anteilnahme zu ersticken, ihre Fürsorge zwängte ihn ein, drückte ihm den Brustkorb enger und enger zusammen, bis er keine Luft mehr bekam. Gut, dass sie die Kinder hatten, die einen großen Teil ihrer Aufmerksamkeit beanspruchten.

Unbekümmert flog Siegfried mit seinem Sturzkampfbomber einen Angriff auf die Pantoffeln. Er ahmte das Jaulen der Stukas nach und spuckte Maschinengewehrfeuer. Dann zog er die Maschine wieder hoch. Mit Buntstiften hatte er den Flieger dunkelgrün bemalt, und auf die Flügel hatte der Junge das Eiserne Kreuz gezeichnet. »Guck, Papa«, rief er, »ich bin Hans-Ulrich Rudel, und das ist ein russisches Schlachtschiff, guck, wie ich es versenke!« Wieder flog er den Pantoffel an.

Es roch säuerlich nach Rotkohl. Er zog sich die Schuhe aus. Unmöglich, dass Anneliese etwas gemerkt hatte, er schloss sich doch abends immer in der Toilette ein, um das Medikament zu nehmen.

»Ich mach mir Sorgen um Georg«, sagte sie. »Er sitzt den ganzen Abend allein in seiner Wohnung.«

»Was ist denn aus dieser Eva geworden?«

»Sie haben sich getrennt.«

»Aber warum? Bestimmt hat sie ihn betrogen.«

Anneliese warf einen raschen Blick auf die Kinder, aber sie waren in ihr Spiel vertieft und schienen nicht zuzuhören. »Ich glaube, sie will zu ihm zurück. Nur will er jetzt nicht mehr.«

»Dein Bruder!«, seufzte Axel. »Wieso ist er so anders als du?«

Sie lachte. Natürlich begriff sie, dass das als Kompliment gemeint war. »Komm erst mal rein, setz dich an den Tisch. Du hattest einen schweren Tag und bist hungrig.«

Er betrat die Küche und setzte sich. »Was gibt es denn?«

»Sauerbraten mit Klößen und Rotkohl.«

»Braten? Warum hast du die Fleischmarken nicht fürs Sonntagsessen aufgehoben?«

»Ich hab sie ja aufgehoben. Das Fleisch konnte ich so ergattern, unter der Hand, ohne Marken.« Sie glühte vor Stolz.

»Ist mir recht.«

»Lecker, Sauerbraten!« Siegfried tobte heran.

»Das Flugzeug kommt nicht auf den Tisch«, ermahnte der Vater ihn.

»Guck, Papa, eine Ju 87.« Siegfried hielt es ihm vor die Nase.

»Sehr schön. Die Knickflügel hast du gut hinbekommen. Jetzt räum's weg.«

Siegfried verließ den Tisch und zog brummend das Papierflugzeug durch die Luft. Lilli tapste heran und versuchte auf seinen Schoß zu klettern. Er hob sie hoch. »Na, meine Kleine, was hast du heute gespielt?«

Sie patschte ihm ins Gesicht. »War im Kindergarten«, sagte sie mit ihrer Piepsstimme.

»Und was habt ihr da gemacht? Vielleicht ein neues Lied gelernt?«

Ehe sie zu singen ansetzen konnte, stellte Anneliese eine dampfende Schüssel auf den Tisch, griff nach der Kleinen und setzte sie auf ihren Hochstuhl. »Jetzt wird gegessen.« Sie rief: »Siegfried, komm bitte!«

Aus dem Ofen duftete es herrlich nach dem würzigen Fleisch. »Ich werde mal mit dieser Eva reden«, sagte er. »Gemeinsam kriegen wir das schon raus. Dein Bruder wird sie zurücknehmen, die ist doch ein klasse Weib, warum heiratet er sie nicht? Dann ist auch Schluss mit diesem Tändeln mit anderen. Sie wird 'ne brave Hausfrau werden. Im Notfall helfen wir nach.«

Siegfried nahm Platz und sagte: »Ich will ein großes Stück, Mama.«

»Hast du deine Hausaufgaben gemacht?«, fragte der Vater.

Der Junge wich seinem Blick aus.

»Ja oder nein?«

»Die mach ich gleich nach dem Essen.«

Jeden Abend dasselbe Theater. »Donnerwetter, Siegfried, du wurdest heute ins Jungvolk aufgenommen, ein bisschen Vernunft muss ich da doch erwarten können! Du bist keine fünf mehr.«

Anneliese legte ihm einen Kloß auf den Teller und noch einen. Sie teilte reihum den Rotkohl aus, dann das Fleisch. Auf ihr Zeichen hin fassten sie sich an den Händen und sagten: »Wir wünschen uns einen guten Appetit.«

Er schnitt ein Stück vom Fleisch ab, tunkte es in die Soße und steckte es sich in den Mund. Genussvoll kaute er, zerteilte währenddessen einen Kloß, spießte ein Stück davon auf und gabelte etwas Rotkohl dazu. Allmählich wich die Anspannung von ihm. »Siegfried!«, tadelte er milde, und schluckte herunter. »Bitte die Ellenbogen vom Tisch!«

Als es klingelte, legte Anneliese ihr Besteck ab und sah ihn fragend an.

»Ich erwarte niemanden«, sagte er und schnitt sich noch ein Stück vom Fleisch ab. »Wenn es wieder diese Bengel aus der Ringstraße sind, geh ich gleich heute Abend zu ihren Eltern und erzähl denen, was ich mir unter ordentlicher nationalsozialistischer Erziehung vorstelle.«

Sie tupfte sich die Mundwinkel mit der Serviette ab und ging zur Tür. Nach einem kurzen, gedämpften Wortwechsel kam sie wieder. »Ein junger Mann möchte dich sprechen. Hat sich als ›Hans‹ vorgestellt.«

Er rollte die Augen. Den ganzen Tag musste er sich mit diesem übereifrigen Assistentenanwärter herumplagen, und jetzt verfolgte der ihn auch noch nach Hause! Er stand auf und stampfte zur Tür.

Hans grinste ihn an. »War gar nicht so leicht, Sie zu finden, Herr Kriminalinspektor.«

»Erwartest du ein Lob dafür, dass du das Telefonbuch lesen kannst?«

»Ich hab eine Entdeckung gemacht, ich …« Er errötete. »Entschuldigen Sie, dass ich … Störe ich Sie?« Hans spähte an ihm vorbei in die Wohnung.

»Ja. Mein Essen wird kalt.«

»Ich dachte, dass ich diesen Fund sofort melden muss. Da wollte ich nicht bis morgen warten, sondern gleich mit Ihnen reden.«

»Also?«

Er zog eine Streichholzschachtel aus der Manteltasche. »Hier.«

»Du störst mich beim Abendessen, um mir eine Streichholzschachtel zu zeigen?«

»Wenn Sie die bitte aufmachen wollen.«

Entnervt zog Axel die Schachtel auf. Ein Zettel lag darin. Er klaubte ihn heraus, entfaltete ihn und las:

```
Lieber Tommy, fliege weiter, hier wohnen nur
die Ruhrarbeiter. Fliege weiter nach Berlin,
die haben alle >Ja< geschrien.
```

»Wo hast du das her?«, fragte er.

»Erst haben sie in Essen die Krupp-Werke so schwer bombardiert, dann auf Duisburg und Bochum Angriffe geflogen …«

»Ich bin nicht begriffsstutzig, Hans. Sag mir, wo du die Schachtel her hast.«

»Aus dem Gasthof Schnettler. Jemand am Nachbartisch wollte sich eine Zigarette anzünden, und da lag diese Schachtel herum. Könnte es sein, dass der Gastwirt in der Sache mit drinhängt?«

»Ganz sicher. Er legt bei sich selbst die Botschaften aus. Meine Güte, Hans, du hättest dich lieber beim SD melden sollen! Dann könntest du schön Leute belauschen und ›Meldungen aus dem Reich‹ tippen und müsstest nicht mit wirklichen Kriminellen mithalten.«

Der Assistentenanwärter schluckte.

»Warte hier.« Axel lief zurück in die Küche und erklärte: »Muss noch mal in die Stadt. Du machst mir das nachher warm, ja?« Unter Annelieses enttäuschten Blicken stopfte er sich einen halben Kloß und etwas Sauerbraten in den Mund und nuschelte: »Sehr lecker, Annelieschen.« Dann war er auch schon zur Tür hinaus.

Auf dem Weg zur Wirtschaft, in der lauen Abendluft, sagte Hans: »Herr Kriminalinspektor, darf ich einen Vorschlag machen?«

»Nein.«

Er lachte gequält. »Ich wollte fragen, ob wir vielleicht Handzeichen absprechen, mit denen wir uns verständigen können, wenn …«

»Wir sind hier nicht beim Geheimdienst.«

»Ich meine nur, wenn wir Leute befragen und uns einen Verdacht mitteilen möchten, ohne ihn den anderen zu verraten, dann könnten wir zum Beispiel einen gewissen Rhythmus auf den Tisch klopfen.« Er trommelte einen Takt auf sein Hosenbein. »Oder wir kratzen uns unauffällig am Ohr.«

»Kratz dich, so oft du willst.«

Hans schwieg für den Rest des Weges und kaute auf seiner Unterlippe herum. Kurz bevor sie den Gasthof betraten, sagte er: »Das kann man doch nicht so von der Hand weisen. Wir könnten einiges von der Abwehr lernen! Das unbemerkte Observieren von Personen beispielsweise oder das Infiltrieren von aufrührerischen Kreisen.«

»Wir machen seriöse Polizeiarbeit«, wies er ihn zurecht. »Hör auf, Romane zu lesen, die rauben dir noch den letzten Funken Verstand.« Er betrat den Schankraum. Das Lokal war rammelvoll wie immer am Montagabend. Im Laufe der Woche ging den Wirten das Bier aus, denn da es wegen des Krieges kaum etwas ohne Marken gab, bis auf Bier, vertranken die Leute hier ihr Geld. An zwei Tischen spielten sie Skat. Neben bekannten Gesichtern machte Axel auch einige Fremde aus. Einer löffelte ein Eintopfgericht, ein anderer hatte ein mageres Stück Fleisch auf seinem Teller, wohl als Gegenleistung für eine Fünfzig-Gramm-Fleischmarke. Der Duft der Gerichte erinnerte ihn an das Essen, das zu Hause auf ihn wartete. Zeit, dass sie die Sache hinter sich brachten.

Der Kellner trug auf einem Tablett fünf Bierkrüge durch die Menge. Er trat ihm in den Weg. »Hast du mal einen Moment, Paul.«

»Natürlich.«

Axel liebte diesen Respekt in den Gesichtern, diesen Anflug von Angst. Der Kellner begriff sofort, dass er nicht privat hier war, sondern als Arm der Geheimen Staatspolizei. »Ist dir jemand aufgefallen heute, in den letzten zwei Stunden? Einer, der sich verdächtig im Raum umgesehen hat?«

»Ich würde euch gerne helfen. Ehrlich! Aber du siehst ja, was hier los ist. Ich kann mir geradeso die Bestellungen merken. Ob sich jemand umsieht oder eine Streichholzschachtel auf den Tisch legt, das kann ich nicht im Blick behalten.«

»Hat er vorhin auch schon behauptet.« Hans zückte Stift und Block. »Jetzt ist Schluss mit den Ausflüchten! Wen wollen Sie schützen? Wer hat an dem Tisch neben der Garderobe gesessen? Was hat er bestellt, wann ist er gekommen, wann ist er gegangen? Hat er Lebensmittelmarken abgegeben?«

»Weg damit«, sagte Axel ärgerlich. Dieser Assistenzanwärter begriff wirklich gar nichts.

Hans steckte den Block wieder ein.

Axel sah sich den Tisch an. »Ich bin sicher, er hat nicht einmal hier gesessen. Er saß woanders, in der anderen Ecke. Hat nur ein Bier getrunken. Irgendwann hat er bezahlt, ist zur Garderobe gegangen und hat im Vorbeigehen die Schachtel auf den Tisch gelegt.«

»Tut mir leid.« Paul sah ihn mitleidheischend an. »Hier ist so viel Betrieb. Und ein Bier getrunken hat beinahe jeder.«

9

Licht flammte auf. Schlaftrunken blinzelte Nadjeschka. Es war still im Raum, niemand hatte sich bewegt. Offenbar schalteten sie das Licht von zentraler Stelle ein. Die Lampen sirrten. Schweigend blieben die Frauen in ihren Betten liegen und kosteten die letzten Minuten Ruhe aus. Nadjeschka schob die Hand unter die Matratze und tastete nervös über das Holz. Als sie den Stein fand, nahm sie ihn zwischen Daumen und Zeigefinger und hielt ihn fest. Er beruhigte sie.

Die Tür wurde aufgerissen, und eine Männerstimme brüllte: »Aufstehen!«

Sie hielt still unter der kratzigen Decke, die Oksana ihr gestern gegeben hatte, und wartete. Doch ringsherum kam Bewegung auf. Dreißig Frauen wälzten sich aus den Betten. Seufzend ließ sie den Stein los und stieg ebenfalls von ihrem Bett hinunter.

Sie folgte den anderen durch den Flur nach draußen und überquerte den Hof. Der Mond ergoss sein blasses Licht über die Wachtürme und Baracken. Vor der Waschbaracke staute sich eine Traube von Frauen.

»Wie spät ist es?«, flüsterte sie.

»Frag nicht«, brummte Oksana.

Immer mehr Frauen kamen aus den Baracken. Oksana nahm Nadjeschka bei der Hand und drängte voran in den

Waschraum. Über einer Blechrinne hingen in einer langen Reihe Wasserhähne, dort wuschen sich die Frauen im Schein weniger nackter Glühbirnen. Als Nadjeschka an die Reihe kam, schraubte sie den Hahn auf und hielt die Hände in das eisige Wasser. Hastig wusch sie sich damit das Gesicht. Sie sah sich nach einem Handtuch um, fand aber keines.

Oksana reichte ihr einen braunen Klumpen Seife.

»Du hast gewonnen«, sagte sie und nahm ihn. Sie wusch sich die Hände und die Arme – das Gesicht mit dem stinkenden Zeug einzureiben, brachte sie nicht über sich. Triefend machte sie Platz für die Nächste.

Draußen auf dem Hof kühlte ihr nasses Gesicht empfindlich aus. Sie wischte es mit der Jacke ab, die sie gestern erhalten hatte. Die weißen Buchstaben »OST« auf der rechten Brusttasche waren selbst bei Nacht zu sehen.

Als sie wieder in der Stube anlangten, fragte Oksana: »Hast du noch was von deinem Brot übrig?«

»Ist alles aufgegessen. Ich bezahle dir die Wette nächste Woche.«

»Vergiss die Wette.« Oksana brach ein Stück von ihrem Brotlaib ab. »Hier. Du hast einen schweren Tag zu überstehen.«

»Danke. Das kriegst du wieder, wirklich.« Hungrig biss Nadjeschka in das Brot und trank dünnen Ersatzkaffee aus dem Becher. Ihr knurrte kräftig der Magen. »Ich tu doch gar nichts, und trotzdem bin ich so hungrig«, sagte sie unter dem Kauen.

»Das liegt am schlechten Brot.« Oksana strich sich etwas Fett darauf, indem sie ihren Fettklumpen darüber rieb. »Sie häckseln Laub rein, um Mehl zu sparen, und nennen das Ganze ›Russenbrot‹. Erst macht's einen vollen Bauch, aber am Ende bist du trotzdem nicht satt.« Sie hielt den Fettklumpen hoch. »Und das bisschen Butter, das wir kriegen, ist nicht mal von der Kuh. Es wird synthetisch hergestellt. Margarine.«

»Warum unternimmt Herr Hartmann nichts dagegen?«

»Der tut schon viel mehr, als er eigentlich dürfte.«

Nadjeschka überlegte, ob sie Oksana von dem Gespräch mit ihm erzählen sollte. Irgendwie erschien es ihr nicht passend. Er hatte so freundlich mit ihr gesprochen! Dabei hielt er sie doch alle hier gefangen. Sicher wusste er auch vom »Russenbrot«. Wie konnte ein und derselbe Mann klug und humorvoll sein und mit ihr lachen und zugleich auf gnadenlose, brutale Art ein Gefangenenlager betreiben?

Die Tür flog auf. Plöger schnauzte: »Aufstellen zum Ausmarsch!«

Als sie auf dem Hof in einer Reihe angetreten waren, erschien Georg Hartmann auf der Schwelle der Verwaltungsbaracke. Er zog eine Taschenuhr aus der Westentasche, sah prüfend auf das Ziffernblatt und sagte: »Genau sechs Uhr. Sehr schön.«

»Rechtsum!«, befahl Plöger.

Sie drehten sich nach rechts. Jetzt standen sie in einer Schlange hintereinander.

»Kolonne Trögelkind: Vorwärts marsch!«

Neben ihnen warteten weitere Kolonnen von Frauen, die in anderen Fabriken arbeiteten. Hunderte Frauen füllten den Hof, vielleicht waren es sogar eintausend. Und ausgerechnet ihre Kolonne begleitete Plöger. Tat er es wegen ihr? Gehorsam lief Nadjeschka los. So fühlten sich also Männer, die in der Armee waren und in Reih und Glied gingen. Immerhin, beim Laufen wurde ihr warm.

Zwei Wehrmachtssoldaten standen vor dem Tor und warteten. Als die Kolonne sie erreicht hatte, liefen sie mit, die Gewehre über die Schultern gehängt. Offenbar hatten sie die Aufgabe, aufzupassen, dass niemand die Flucht ergriff.

Auf dem Weg zur Fabrik staunte sie: Überall hingen Hakenkreuzfahnen aus den Fenstern. Waren die Deutschen so begeistert von ihren Kriegserfolgen? Sie fragte Oksana.

Die drehte sich unterm Laufen kurz um und sagte: »Heute wird der Geburtstag Hitlers gefeiert.«

Nach einer halben Stunde Fußweg erreichten sie das Werksgelände, gesichtslose Ziegelsteinhallen, doppelt so hoch wie die Lagerhäuser im Hafen von Odessa. Ihre Fensterscheiben waren blind vor Schmutz. An der größten Halle stand in riesigen Lettern angeschrieben: Trögelkind & Winkler.

Jetzt erst bemerkte Nadjeschka, dass neben dem Tor zum Werksgelände ein Mann an einem Baum hing. Vor Schreck erstarrte sie. Sie wurde von hinten angestoßen, es entstand Unordnung in der Kolonne, wütend eilte einer der beiden Wehrmachtssoldaten heran. »Was ist hier los?«

»Da hängt jemand«, würgte sie hervor.

»Blutschande. Der hat sich mit einer von euch eingelassen. Ein Deutscher! Ist gestern bestraft worden.«

»Und die Frau?«

»Geh jetzt weiter!«

»Was ist mit der Frau passiert?«

»Ist im Konzentrationslager gelandet.«

Sie konnte nicht hinsehen zum Toten, musste den Kopf abwenden. Dieser Mann hatte eine wie sie geliebt, eine Ostarbeiterin, er war gut zu ihr gewesen. Zum Lohn dafür hatten die Nazis ihn aufgeknüpft.

Sie betraten eine große, laute Halle. Unzählige Menschen bedienten Maschinen oder schleppten Kisten herum, Deutsche, die hier angestellt waren und mit dem Lohn ihre Familien ernährten.

Die meisten aus der Ostarbeiterinnenkolonne strebten zielsicher ihren Plätzen zu, nur die sieben Neuen blieben ratlos stehen. Oksana erklärte einem Meister mit ölverschmierten Händen, dass sie, Nadjeschka, Deutsch verstand. »Komm mit«, sagte er. Sie folgte ihm zu einer Pressmaschine, wo er ihr die Handgriffe erklärte, die sie von nun an ununterbrochen auszuführen hatte. Sie musste mit einem Haltebrett fünf Hülsen vom Förderband nehmen, sie mit Schwefel füllen und auf die Presse legen. Der Meister sagte: »Sieh zu, dass du dich konzentrierst! Die Geschosse wiegen jedes fünf Kilo. Wenn sie dir aus der Hand rutschen, verbrennst du dich. Die sind heiß, um die fünfhundert Grad, da tust du dir höllisch weh. Kriegst du das hin?«

Zögerlich nickte sie.

Schon rollte das Förderband an. Es kamen Hülsen, die gefüllt und gepresst werden wollten, und noch mehr Hülsen, in einer endlosen Reihe. Die Hitze trieb ihr den Schweiß aus den Poren, und bald stand eine Schwefelwolke über der Maschine. Sie hatte keine andere Wahl, als das giftige Zeug einzuatmen.

Der Rücken tat ihr weh vom Herüberheben. Die Augen brannten. Mühsam blinzelte sie, um die Maschine im Blick zu behalten. Wo würden diese Geschosse abgefeuert werden? Knallten sie damit in der Heimat ihre Freunde ab – jene, die sich nicht bereit erklärt hatten, an der Seite der Deutschen zu kämpfen? Sie ging in Gedanken die jungen Männer durch, die auf russischer Seite standen. Dima, der Schlosser. Aleksander, dem die Mädchen nachliefen. Iwan und sein jüngerer Bruder Wlad.

Sie hatte das Gefühl, dass das Förderband eine Winzigkeit schneller rollte. Jedes Mal, wenn sie sich zur Maschine hindrehte, erhöhten sie die Geschwindigkeit. Auch die Geschosse wurden von Mal zu Mal schwerer. Hört auf, wollte sie sagen. Bitte! Ihre Arme waren aus Blei, die Schultern wurden steif.

Sie konnte nicht mehr, keine einzige Ladung Hülsen würde sie mehr anheben können. Doch nach den Hülsen, die jetzt vor ihr auf dem Band lagen, kamen tausend weitere. Und sie hob sie alle herüber, wie man ihr befohlen hatte.

Ein Klingeln ertönte. Das Band blieb stehen. Vor ihren Augen tanzten die Hülsen weiter. Sie stützte sich an der Maschine ab und bog den schmerzenden Rücken. Die Arbeiter trotteten davon. Nadjeschka hielt sich an die Frauen, die mit ihr hergekommen waren. *Aufenthaltsraum für fremdvölkische Arbeiter* stand über einer Tür angeschrieben. Sie schoben sich in den Pausenraum. Jemand füllte aus einem Kessel Suppe in kleine Näpfe. Auch sie erhielt einen dampfenden Napf und einen Blechlöffel. Sie kostete. Die Suppe war sauer! Schäumende, saure Steckrübensuppe, dass es einen in die Zunge stach. Sie empfand Widerwillen, und doch aß sie vor Hunger die Schale leer. Sie spülte den Ekel mit Tee herunter. »Wozu haben wir gestern Kartoffeln geschält?«, fragte sie Oksana.

»Sei froh, dass es mal *einen* Tag keine Kartoffeln gibt.«

»Aber wozu haben wir sie geschält, wenn wir sie nicht zum Essen bekommen?«

»Die anderen Fabriken werden die Kartoffeln abbekommen haben. Diesmal sind wir eben mit den Steckrüben dran.« Es klang abgestumpft und müde.

Sie musterte Oksana, die erschlaffte Brust, die ersten grauen Strähnen an den Schläfen. »Wie lange bist du schon hier?«

»Seit einem Dreivierteljahr. Ich hab viel gesehen, glaub mir. Ein Jahr im Lager zählt wie zehn Jahre zu Hause.«

Nadjeschka wischte sich mit dem Ärmel über das Gesicht. Ein gelber Schwefelfleck entstand auf dem Stoff. Sie tastete nach ihrer Wange. Der Knochen tat weh, sobald sie daran rührte. »Hast du nie versucht zu fliehen?«

»Bist du wahnsinnig?« Oksana sah sich um. Sie zog Nadjeschka am Arm näher und flüsterte: »Sag nie wieder so etwas, hast du mich verstanden? Ich hab keine Lust, im Straflager zu landen.«

Nachdem er um siebzehn Uhr die Nachrichten gehört hatte, schaltete Georg das Radio aus. Er nieste, einmal, zweimal. Den ganzen Tag schon tat ihm das Schlucken weh. Aber er durfte sich nicht gehen lassen, dadurch wurde die Erkältung bloß schlimmer.

Er setzte den Wasserkessel auf und stellte die Gasflamme auf die höchste Stufe. Als das Wasser kochte, machte er sich daran, seine Kleider zu waschen. Sämtliche Wäschestücke arbeitete er ab, bis ihm die Fingerknöchel schmerzten. Schließlich stemmte er den Korb mit der nassen Wäsche hoch, angelte im Vorbeigehen den Schlüsselbund vom Haken und brachte die Wäsche hinaus ins Freie. Auf der Wiese hinter dem Haus hängte er die Hemden auf die Leine. Auch die Socken klammerte er an.

Frau Maier, die Nachbarin, kam herbei und bot ihm ihre Hilfe an, sie musste ihn durchs Fenster beobachtet haben. »Ich kann Ihnen das auch schnell machen, Herr Hartmann.«

»Danke. Ich bin gleich fertig.« Nun war er froh, dass er die Unterhosen oben gelassen hatte. Irgendwie war es ihm peinlich, wenn seine Unterhosen auf dem Hof hingen. Er ließ sie lieber im Badezimmer trocknen.

Frau Maier blieb hartnäckig. »Sie können mir gern Ihre Wäsche geben. Ich wasch so viel für die Familie, da fallen ein paar zusätzliche Hemden nicht auf.«

»Ich komme zurecht. Vielen Dank, Frau Maier.« Jeder Satz, den er sagte, tat ihm in der kratzenden Kehle weh.

»Das ist doch nichts für einen Mann, die Wäsche zu waschen. Kommt denn die Eva gar nicht mehr? Ich finde, das junge Ding könnte Ihnen ruhig zur Hand gehen.«

Daher wehte also der Wind. Sie wollte ihre Neugier befriedigen.

»Sie kommt nicht mehr, Frau Maier, und es ist mir ganz recht so«, sagte er.

»Wie Sie meinen. Ich will mich ja nicht in Ihre Angelegenheiten mischen. So eine wie die Eva, die gibt's nicht noch einmal! Und Sie werden auch nicht jünger, Herr Hartmann. Aber das ist Ihre Sache.« Sie warf ihm einen seltsamen Blick zu, als erwarte sie eine Entschuldigung an das gesamte weibliche Geschlecht, die er stellvertretend an sie richten sollte.

Um auf ein anderes Thema zu lenken, fragte er sie nach ihrem Sohn Matthias, der letztes Jahr einberufen worden war. Er erfuhr, dass er vor neun Tagen zum letzten Mal geschrieben und dass er bei seinen Vorgesetzten um Heimaturlaub gebeten habe. Georg verabschiedete sich, prüfte auf dem Weg mit dem Finger, ob die Blumenbeete des Vorgartens feucht genug waren, und kehrte ins Haus zurück.

Oben klemmte er sich den leeren Wäschekorb unter den Arm, schloss die Wohnungstür auf und ging hinein. Er stellte den Korb weg. Steckte sich drei Taschentücher ein, die noch seine Großmutter bestickt hatte. Gründlich wusch er sich die Hände, um die Arbeiterinnen im Lager nicht anzustecken. Er holte das Paket mit den Büchern unter dem Küchentisch hervor. Einige Wochenzeitungen legte er obenauf, außerdem den Brief vom Arbeitsamt mit den neuen Ausweisen. Er verschloss den Karton wieder und trug ihn hinaus.

In den Vorgärten summten Bienen um die blühenden Johannisbeersträucher. Die untergehende Sonne schien warm auf die Aprikosenbäumchen und steingepflasterten Gehwege.

Der Karton wog schwer, bald musste er ihn auf die linke Seite wechseln, dann trug er ihn vor der Brust, schließlich wieder rechts.

Ein Kind, das Eis schleckte, passierte ihn. Sehnsüchtig sah er auf die Eistüte in den kleinen Händen.

Pass auf, wo du hinläufst, ermahnte er sich. Wenn du stolperst und das Paket platzt auf, kann's dich das Leben kosten. Schwitzend schleppte er den Karton weiter.

Die Torwachen grüßten ihn und ließen ihn herein. Am besten fing er bei den Frauen von Trögelkind an, sie hatten ihren ersten Fabriktag hinter sich und brauchten etwas, das sie auf andere Gedanken brachte. Außerdem musste er etwas unternehmen, damit die kluge Nadjeschka ihre Zeit nicht nur mit geisttötender, stupider Arbeit vergeudete.

Er ging durch den langen Flur der Baracke. Hinter jeder Tür schnatterten die Frauen. Die Zeit nach dem Abendessen war ihre einzige freie Stunde am Tag, wenn sie nicht gerade in der Küche gebraucht wurden. Sie nutzten sie, um sich ausgiebig auszutauschen.

Georg klopfte an die Tür von Oksanas Stube. Er hielt es für eine Unsitte, dass die Wächter unangemeldet in die Räume der Frauen hineinplatzten; der Anstand verlangte, dass man ihnen Gelegenheit gab, sich herzurichten. Wieder und wieder hatte er es den Wachen gesagt.

Die Tür öffnete sich. »Herr Hartmann.« Oksana empfing ihn lächelnd. Überall auf den Betten saßen sie, zu zweit, zu dritt. Nur Nadjeschka saß allein. Vermutlich hatte sich Oksana mit ihr unterhalten. Das Mädchen sah furchtbar aus, die Haare zerzaust, die Haut schwefelgelb. Ihr Blick war so stumpf, als habe sie schon hundert Tage in dieser Fabrik gelitten.

Er stellte den Karton auf dem Boden ab und sagte: »Ich weiß, ich störe euch bei euren Gesprächen. Ihr seid müde, auch das weiß ich. Aber vergesst neben euren Händen nicht euren Kopf. Irgendwann ist der Krieg zu Ende, und meine Landsleute kehren von der Front zurück und nehmen wieder ihre Plätze in der Fabrik ein. Dann müsst ihr was aus eurem Leben machen.«

Verdutzt sah Nadjeschka dem Lagerführer zu. Was brachte er ihnen da? Und wieso kam er selbst, statt einen seiner Handlanger zu schicken? Er holte einen Umschlag aus dem Karton und angelte kleine Hefte daraus hervor. Eines davon drückte er ihr in die Hand. Ein Adler mit Hakenkreuz war darauf abgebildet. *Deutsches Reich. Arbeitsbuch für Ausländer.* Sie klappte das Heftchen auf. Da war ein Foto von ihr eingeklebt, mit geröteter linker Wange. Über ihr Foto war zweifach der Reichsadler gestempelt, als wolle er sie packen und nie wieder freilassen. *Arbeitsamt Soest* stand rings um jeden Adler auf dem Stempel, und unten rechts im Heft der Tag ihrer Ankunft, der 19. April 1943.

Der Lagerleiter verteilte Zeitungen. Er legte ihr eine aufs Bett. *Ukrainez* hieß sie. Die Russinnen bekamen ein Exemplar mit dem Namen *Trud.* Ihr war überhaupt nicht nach Lesen zumute, aber irgendwie berührte es sie, dass er ihr etwas in ihrer Muttersprache gab. Es war, als wollte er ihr helfen, die Verbindung zur Heimat aufrechtzuerhalten.

»Steht nichts Besonderes drin«, sagte er.

Sie lachte. »Woher wollen Sie das wissen? Sie verstehen doch nicht mal unser Alphabet.«

»Da muss ich nur den Absender kennen.«

Nun war sie neugierig geworden. Sie kletterte vom Bett hinunter und beugte sich über den Karton. Das Paket war an seine Privatadresse gegangen in der Bismarckstraße. Ein Absender stand nicht darauf. »Wer hat Ihnen die Zeitungen geschickt?«

»Der Fremdsprachendienst in Berlin-Charlottenburg.«

»Die Deutschen geben ukrainische und russische Zeitungen heraus? Das wundert mich.«

»Du musst bedenken, dass Millionen von Ostarbeitern im Land sind.«

»Ach, und die will man einlullen.«

Er hob die Brauen. »Was ein Text mit dir macht, bestimmst du immer selbst.« Er sah in die Runde. »Lest diese Wochenzeitungen und diskutiert anschließend darüber. Zu welchem Zweck informieren euch meine Landsleute über Stalins Kriegstaten? Welche Motivation steht hinter den einzelnen Berichten, und inwiefern ist ihre Sichtweise unvollständig?« Hartmann sprach bewusst langsam und artikuliert, als hoffe er, die Russinnen könnten ihn auch ohne Oksanas Übersetzung verstehen. Verwirrung stand in ihren Gesichtern. Sie wuchs noch, als Oksana das Gesagte übersetzte.

Er bückte sich und holte Bücher aus dem Karton hervor. Nachdem er sie verteilt hatte, zögerte einen Moment, dann holte er weitere. »Ich hab eure großen Dichter ausgewählt, Tolstoi, Dostojewski, Schewtschenko. Erzählt niemandem davon! Sonst bekomm ich Ärger. Die Gestapo hat einen schnell im Verdacht, dass man zu freundlich ist zu den sogenannten Untermenschen. Wenn es nach denen geht, genügt es, dass ihr bis hundert zählen könnt. Ihr sollt Handlanger für die Herrenmenschen sein, nichts weiter.« Er blickte sich um, sah von einer zur anderen. »Aber mit der Bildung der Gestapoleute selbst sieht's oft nicht so besonders aus. Also, kein Wort zu irgendjemandem! Und die Bücher verlassen nicht diesen Raum. Seht zu, dass die Wachposten sie nicht entdecken, sonst kriegt ihr Schwierigkeiten und ich ebenfalls.« Oksana übersetzte. Verlegen wartete er, bis sie fertig war.

Niemand sagte etwas. Er verabschiedete sich freundlich, nahm den Karton und ging.

Kaum hatte Oksana die Tür hinter ihm geschlossen, trat sie an Nadjeschkas Bett und kletterte hinauf. Sie setzte sich neben sie. Das Bettgestell knirschte. »Verstehst du jetzt, dass du Glück gehabt hast mit diesem Lager?«

Sie schüttelte ungläubig den Kopf. »Warum tut er das?«

»Man munkelt, dass er früher als Lehrer gearbeitet hat. Vielleicht kann er es einfach nicht ertragen, wenn jemand verdummt.«

10

Die Stahltür fiel schwer ins Schloss. Der arme Hund würde das Tageslicht wohl nicht wiedersehen. Axel klopfte sich den Staub von den Ärmeln. »Ein paar Tage noch«, sagte er, »und unser Streichholzschachtelpartisan sitzt in der Nachbarzelle.«

Hans fragte: »Wie kommt's, dass sie ausländische Radiosender hören, wo doch an jedem Gerät der Warnvermerk angebracht ist? *Das Abhören ausländischer Sender ist ein Verbrechen gegen die nationale Sicherheit unseres Volkes. Es wird auf Befehl des Führers mit schweren Zuchthausstrafen geahndet. Denke daran!* Ich meine, wie blöd kann man sein, das nicht zu verstehen?«

Selbst bei ihm zu Hause hing die Karte am Radio. Aber es war wie mit allen Verboten: Man las sie und entschied dann doch eigensinnig. »Wie viele Kinder spielen auf Baustellen trotz der Verbotsschilder und ersticken dann in Sandgruben? Wie viele Minderjährige trinken selbst gebrannten Alkohol und werden schwer vergiftet ins Krankenhaus eingeliefert?«

Hans wies auf die Tür. »*Er* ist ein Erwachsener. Sogar ein Studierter!«

»Vergiss ihn. Er hat eine Straftat begangen und muss jetzt die Folgen tragen. Wenn sich jemand aus Neugier mal die Feindpropaganda anhört, allein und heimlich – das kann ich verstehen. Aber in der Gruppe, als regelmäßiges Treffen! Damit fordert man die Staatsgewalt heraus. In so einem Fall hab ich kein Mitleid.« Axel mochte die Steinwache. Das Gefängnis war neu gebaut, sauber und modern, und er hatte es nicht weit bis zu seinem Büro im Vorderhaus. So ließen sich Verhöre und Aktenarbeit effizient erledigen.

Sie passierten Stahltür um Stahltür. Überall saßen Widerborstige ein, die Saboteure der neuen Weltordnung. Manchmal verstand er ihre Haltung, wenn er sie verhörte. Es war ja nicht so, als hätte er selbst nie Zweifel gehabt.

Anfangs hatte er die Nazis für ungehobelte Grobiane gehalten. Der »Deutsche Gruß« fiel ihm schwer, kam ihm vor wie der platte Versuch, sich bei den Braunhemden einzuschmeicheln. Aber bald hatte er festgestellt, dass er mehr erreichte bei den Dienststellen, wenn er Briefe mit »Heil Hitler« unterzeichnete. Zahlreiche Amtsposten wurden mit Parteigenossen besetzt, auch ihm selbst blieb nichts anderes übrig, als NSDAP-Mitglied zu werden. Irgendwann kostete ihn der Gruß keine Überwindung mehr. Er wurde Mitglied der SS und wechselte von der Ordnungspolizei zur Gestapo, weil es hier bessere Aufstiegschancen gab. Diesen Schritt hatte er noch nicht bereut.

Die Nationalsozialisten sagten ja vieles, das er unterschreiben konnte, gute, kluge Dinge, und die meinte er eben, wenn er für sie arbeitete, das andere musste er hinnehmen. Welche Partei, welche Gesellschaftsschicht war schon völlig fehlerfrei?

Den Nazis ging es nicht um Geld, sondern um die Wiederherstellung der deutschen Ehre. Das Dritte Reich war lebensbejahend und positiv. Jeder konnte das im Alltag spüren. Dass es die Tradition der englischen Politik war, andere zu täuschen und zu beherrschen, hatte er schon lange gedacht. Und der Bolschewismus der Russen stellte tatsächlich eine Bedrohung für die gesamte Welt dar. Er selbst wäre nicht dafür gewesen, deswegen einen Krieg zu führen, aber Hitler wusste schon, was er tat, er war ein kluger Staatsmann, daran gab es keinen Zweifel.

Hitler brachte Schwung in die Gesellschaft. Allein die Parteitage! Der Fahnenprunk, die Aufmärsche der Gliederungen: Sturmabteilung, Schutzstaffeln, Nationalsozialistisches Kraftfahrerkorps, Hitlerjugend. Die Macht des Nationalsozialismus war unübersehbar. Niemand konnte dieser geballten Kraft widerstehen. Entweder man machte mit und war auf der Gewinnerseite, oder man ging unter.

Im Flur grüßte er zwei Gestapo-Mitarbeiterinnen. Längst sah man ihn mit Respekt an hier im Haus. Er war jemand, er wurde geschätzt und geachtet. Wie wichtig doch ein gutes Arbeitsklima war.

Hans sagte: »Wussten Sie, dass hinter der Coca-Cola GmbH ein amerikanischer Konzern steckt? Der Feind, sozusagen.«

Da kamen sie wieder, seine Milchbubiweisheiten. »Mag sein, dass der gewöhnliche Arbeiter das nicht weiß, aber mir ist das durchaus bewusst.«

»Und warum unternehmen wir nichts? Ist es nicht Aufgabe der Gestapo, solche Machenschaften aufzudecken? Wir müssen das ganz nach oben melden! Die werben scheinheilig mit ›Mach mal Pause‹, und dabei unterstützt jeder Colatrinker den amerikanischen Kriegsgegner!«

»Wir müssen gar nichts ›ganz nach oben‹ melden.«

Hans schwieg. Nach einer Weile bat er zögerlich: »Klären Sie mich auf, Herr Inspektor?«

»Die Parteileitung hat diese Sache offensichtlich gebilligt, sonst würden nicht jedes Jahr Millionen von Coca-Cola-Flaschen verkauft werden, unter anderem bei der Hitlerjugend und bei Empfängen der Partei. Glaubst du, das würde man wagen, wenn die Führung das nicht genehmigt hätte?«

»Das wäre ja gerade so, als würden die Russen quer übers Schlachtfeld deutsches Bier importieren! Schöpft denn niemand Verdacht? Was, wenn sie uns heimlich vergiften, um den Krieg zu gewinnen? Vorletztes Jahr haben sie dieses neue Getränk eingeführt, diese Fanta. Ich hab mich erkundigt, die Limonade gibt es nur im Großdeutschen Reich. Plötzlich kriegt man kaum noch Cola zu kaufen, überall drehen sie uns das neue Getränk an. Ist Ihnen das nicht aufgefallen? Wenn Fanta ein langsam wirkendes Gift enthält, das die Deutschen wehruntüchtig macht ...«

»Denk mal nach. Was ist in Cola enthalten, aber nicht in Limonade?«

»Irgendwas, das nicht mehr nach Deutschland importiert werden kann, wegen des Krieges?«

»Bestandteile der Kolanuss, genau. Deshalb mussten sie im Deutschen Reich etwas Neues erfinden.« Er betrat sein Büro und wollte sich an der Tür umwenden, um Hans zu verabschieden, aber der Assistenzanwärter war fort. Irritiert sah Axel den leeren Flur hinunter.

Hans kam aus dem Konferenzzimmer, einen Stuhl in den Armen. »Ich dachte, damit wir uns zusammensetzen können, um den Partisanenfall genauer zu durchdenken.« Wie selbstverständlich trug er den Stuhl ins Büro. Er setzte ihn neben dem Schreibtisch ab. »Also, was haben wir bisher?«

»Ich hab jahrelang allein gearbeitet, Hans, und es hat immer wunderbar funktioniert. Wir machen uns jeder für sich unsere Gedanken, und dann tragen wir die Ergebnisse zusammen, beim Mittagessen nachher. Haben die Kollegen dir nichts aufgetragen? Kümmere dich besser mal um deine Berichte. Dem Streichholzschachtel-Witzbold komme ich schon auf die Schliche.«

Hans schüttelte den Kopf. »Nein, Herr Rottländer, das ist doch Ehrensache, dass ich Ihnen helfe! Ich hab Ihnen den Fall eingebrockt, also gehen wir ihn auch gemeinsam an.« Er nahm Platz und dachte nach. »Den Schreibkram kann ich heute

Abend nach Dienstschluss erledigen. Ich werde Sie auf keinen Fall mit dieser Arbeit sitzen lassen.«

Kriegte man den nie los? Vermutlich hatte sein junges Leben sonst keinerlei Bedeutung, er versuchte, sich über die Polizeiausbildung Selbstachtung zu verschaffen. Ohne die Mitgliedschaft in der SS hätte der Hanswurst diesen Posten nie bekommen. Und nun erwartete er, sozusagen in einem Schnellkurs zum Kriminalinspektor ausgebildet zu werden, für einen Beruf, der Geduld und Gespür erforderte, Lebenserfahrung und Menschenkenntnis.

Ich kann Gewalttäter einlochen, dachte er, Passfälscher entlarven, aber ich schaffe es nicht, mich gegen einen neunzehnjährigen Wichtigtuer zu wehren. Er seufzte und setzte sich an den Schreibtisch. Neben der neuen Erika-Schreibmaschine, die jetzt auch die scharfeckige SS-Type drucken konnte, lag die Streichholzschachtel. Er nahm sie in die Hand, öffnete sie und faltete den Zettel auf. »Er verwendet Durchschlagpapier, die Buchstaben sind unscharf gedruckt. Außerdem ist die untere Kante des Zettels mit einer Schere geschnitten, nicht ganz gerade. Das heißt, er geht systematisch vor, tippt seine Botschaft x-mal auf ein Blatt und fertigt dabei Durchschläge an. Am Ende schneidet er die kleinen Zettel aus und verteilt sie in Streichholzschachteln. Das ist nicht bloß jemand, der sich einen kleinen Scherz erlaubt. Dieser Mann fordert uns heraus. Er stellt sich mit vollem Bewusstsein gegen den Staat.«

Hans' Gesicht leuchtete auf vor Bewunderung. »Sehen Sie, das möchte ich lernen. Sie werfen einen Blick auf das Beweismaterial, und schon haben Sie tiefgründige Schlüsse über den Täter gezogen.«

»Ich brauche eine Erfrischung. Geh bitte ins Sekretariat und bringe mir eine Tasse Kaffee.«

»Sehr gern, Herr Kriminalinspektor.« Hans stand auf. An der Tür blieb er stehen, drehte sich noch einmal um und fragte: »Wenn er so viel produziert, wie kommt es, dass wir keine weitere Schachtel gefunden haben?«

Er tastete mit der Zunge nach einem Stück Apfelschale, das zwischen seinen Schneidezähnen hängen geblieben war und ihm schon seit dem Frühstück auf die Nerven fiel. »Vielleicht hat er gerade erst losgelegt. Oder die Finder wollten die Schachteln behalten und haben deshalb nichts gemeldet – Streichhölzer sind Mangelware dieser Tage.«

»Ja, das kann sein.« Hans ging. Mit hochrotem Kopf kam er wieder. »Fingerabdrücke«, stieß er hervor. »Wie konnten wir das vergessen! So kriegen wir ihn!«

»Hol mir endlich den Kaffee! Ich wette zehn Mark, dass wir deine und meine Fingerabdrücke auf der Schachtel finden, und die von Paul, aber keinen einzigen vom Täter. Der Mann ist kein Idiot. Er zieht Handschuhe an.«

»Ach so … Natürlich.«

Als am nächsten Morgen Georgs Wecker schrillte, dröhnte sein Kopf so sehr, dass er meinte, der Schädel würde ihm platzen. Mit Mühe erhob er sich und schlurfte ins Bad. Die Liegestütze und die Kniebeugen erließ er sich für heute. Im Spiegel besah er seine geschwollenen Augen. Obwohl es ihn sehr anstrengte, rührte er mit der Rasierseife Schaum an und pinselte sich den Bart ein. Unrasiert konnte er keinesfalls im Lager erscheinen.

Im Wohnzimmer starrte er eine lange Weile auf den selbst gebastelten Abreißkalender, bevor er die große 20 herunterriss und in den Papierkorb warf. Ein falsches Kalenderblatt bereitete ihm körperliche Schmerzen. Gestern war der Führergeburtstag gewesen, also musste heute der 21. April sein –

er hatte nicht wie sonst zuerst auf den Kalender geschaut, sondern war gleich ins Bad gegangen.

Das Durcheinander in seinem Kopf quälte ihn. Hatte er überhaupt schon die Zähne geputzt? Sie fühlten sich rau an. Er ging ins Bad und putzte sie. Das Schütteln und Rucken verstärkte den Kopfschmerz noch.

Zurück im Schlafzimmer nahm er die Uhr vom Nachttisch und sah darauf. Zwanzig vor sechs. Du meine Güte, er hinkte dem Zeitplan hinterher. Seit er Lagerführer geworden war, hatte er nicht ein einziges Mal den Ausmarsch der Kolonnen verpasst. Er musste doch präsent sein und auf die Pünktlichkeit und die Anwesenheit der Frauen achten! Hastig zog er sich das Nachthemd aus.

Vor dem Kleiderschrank packte ihn ein leichter Schwindel. Er musste sich aufs Bett setzen. Ihm war, als würde ein Hammer von innen gegen seine Schädelwände klopfen. Was würde er für ein jämmerliches Bild abgeben! Vielleicht sollte er heute besser zu Hause bleiben. Er hasste es, nicht auf dem Posten zu sein, seine Pflicht nicht zu erfüllen. Aber als wandelnde Vogelscheuche unterminierte er seine Autorität, das wäre noch schlimmer.

Ächzend zog er das Nachthemd wieder an, schwankte in den Flur und nahm den Telefonhörer ab. Er wählte die vertraute Nummer. Vermutlich stellten sie längst die Kolonnen auf, und nun rief das Klingeln den Wachmann zurück in die Wachbaracke. Wegen ihm geriet alles durcheinander.

»Plöger hier«, meldete sich eine Stimme.

»Ja, Georg Hartmann. Ich muss mich heute krankmelden. Schicken Sie die Kolonnen bitte pünktlich auf den Weg.«

»Geht in Ordnung, Herr Lagerführer.«

Er legte auf und schlich ins Bad. Er schluckte eine Eu-Med gegen die Kopfschmerzen. Dann kroch er wieder ins Bett.

Sich auf der Matratze auszustrecken tat gut. Er bettete seinen Kopf auf das kühle Kissen, langte nach dem Taschentuch, schnäuzte sich noch mal und schlief ein.

Er rannte durch das Schulgebäude und wusste nicht mehr, in welchem Klassenraum er zu unterrichten hatte. Hinter jeder Tür, die er öffnete, starrten ihn fünfundzwanzig fremde Kinder an, und irgendein Kollege runzelte missbilligend die Stirn. Immer wieder klingelte es, als wollte ihn das Schulhaus drängen, endlich seinen Unterricht zu beginnen, doch in keinem Stockwerk fand er seine Klasse.

Da rührte eine kühle Hand an seine Stirn. Er wachte auf. Ein schmales Frauengesicht beugte sich über ihn, es sah besorgt aus. »Du glühst ja, Georg! Wir sollten dich zum Arzt bringen.« Die Hand streichelte ihm voller Fürsorge das Gesicht.

Er richtete sich auf. Eva! »Wie ... Wie bist du hier reingekommen?«

»Ich hab geklingelt und geklingelt, aber du hast nicht aufgemacht. Da hab ich beim Blockwart nachgefragt. Er hat gesagt, dass du zu Hause bist. Ich hab mir große Sorgen gemacht. Herr Wiese war so freundlich, mir aufzuschließen.«

Eva mit ihren Katzenaugen, dem zarten Mund, den blonden glatten Haaren, nach denen sich die Männer umdrehten. In Neheim hatte sie viele Verehrer. Es war wochenlang Stadtgespräch gewesen, dass sie sich ausgerechnet ihn ausgesucht hatte. »Ich glaub nicht, dass ich einen Arzt brauche.«

Sie setzte sich aufs Bett. Lächelte. »Wundert mich kein bisschen, dass du das sagst. Du brauchst nie Hilfe von irgendwem, stimmt's?«

»Du weißt doch, wie das ist. Die Privatpatienten werden bevorzugt aufgerufen, und uns Kassenpatienten lassen sie eine

Nummer nehmen. Dann zieh ich die Vierundachtzig oder die Sechsundneunzig und darf drei Stunden im Gedränge des Wartezimmers aushalten, bis ich endlich an die Reihe komme, damit mir der Arzt sagen kann, dass ich erkältet bin. Nein danke.«

»Wenn du dich so gegen einen Arztbesuch wehren kannst, muss es dir schon besser gehen. Ich mach dir einen Tee, ja?« Sie stand auf.

Er sah ihr nach, als sie das Zimmer verließ. Das Wollkleid betonte ihre Kurven und passte sich den geschmeidigen Bewegungen an.

Aus der Küche hörte er das Pfeifen des Kessels. Wie gut das tat, wenn man das Gefühl hatte, dass sich jemand liebevoll um einen kümmerte. Trotzdem, er musste sie rauswerfen, es ging nicht.

Eva brachte auf dem Tablett die Teekanne und eine Tasse. Es roch nach Salbei. Er sagte: »Ich war seit der Kindheit nicht mehr erkältet.«

Sie setzte das Tablett auf dem Nachttisch ab. »Stimmt gar nicht. Denk an letzten Winter.«

»Das war was anderes.«

»Du hast wochenlang gehustet.«

»Siehst du, und diesmal huste ich überhaupt nicht. Es ist nur der Kopf, irgendwie.«

Sie goss ihm eine Tasse Tee ein, hob die Tasse an ihre Lippen und blies sanft darauf. »Ist noch zu heiß, warte.«

»Als Kind war ich einmal so erkältet, dass ich hohes Fieber bekam und tagelang im Bett liegen musste. Ich hielt das kaum aus. Um mich zu trösten, brachte Großvater mir in einem Körbchen ein Eintagsküken mit, es trug einen Verband um die Kralle, bei der Fütterung hatten die anderen Küken immer nach der Wunde gepickt. Eine Zehe hatte das Küken schon verloren, bevor Großvater es gerettet hat. Ich hab es unter die Bettdecke genommen und verhätschelt. Den ganzen Tag habe ich mit ihm gespielt.«

Ihre blauen Augen leuchteten. »Wollte es nicht weglaufen?«

»Im Gegenteil, es wollte immer zu mir! Weich war es, und warm, und es piepte herrlich, wenn es Hunger hatte. Ich habe es mit Weizenkörnern gefüttert. Als ich nach einer Woche endlich gesund war und wieder aufstehen durfte, habe ich Rudi zu den anderen Küken in Großvaters Garten gebracht. Die verwundete Kralle war verheilt, auch wenn die Zehe natürlich nicht nachgewachsen ist.«

Sie blies ihren kühlenden Atem über die Teetasse. »Das hast du mir nie erzählt.«

»Von da an kam das Küken jedes Mal zu mir, sobald ich Großvaters Garten betrat. Es ist mir auf die ausgestreckte Hand gesprungen, und ich habe es mir auf die Schulter gesetzt und es herumgetragen. Rudi ist ein prächtiger Hahn geworden. Ich war immer sehr stolz, wenn ich mit ihm auf der Schulter durch den Garten ging. Ich hab Rudi geliebt, wie andere ihren Hund lieben. Und auch verhindert, dass er geschlachtet wird, bis ein jüngerer, nachgewachsener Hahn ihn eines Tages besiegt hat. Da hat er sich nicht mehr in den Stall reingetraut, er saß zerzaust und zusammengekauert draußen in der Kälte. Kurz darauf ist er gestorben, aus Kummer.«

Sie reichte ihm die Tasse. »Versuch's mal. Aber trink vorsichtig.«

Er trank einige Schlucke Salbeitee. Wie liebevoll Eva jetzt war. Sie versuchte, es wiedergutzumachen. Aber es war vorbei mit ihnen. Zwar begehrte er sie immer noch. Aber wie sollte er ihr je wieder vertrauen? Sein Herz würde immer vor ihr zurückschrecken.

Sie sah plötzlich ängstlich aus, als ahnte sie seine Gedanken und fürchtete, hinausgeworfen zu werden. »Wie geht es Großvater?«, fragte sie rasch.

»Hab ihn lange nicht besucht.«

»Er weiß noch nichts von deiner neuen Anstellung?«

»Natürlich weiß er es. Allerdings denkt er, es sei nur kurzfristig. Er meint, ich mache das übergangsweise wegen einer Notlage in der Lagerverwaltung, und kehre bald in die Schule zurück. Du verstehst das nicht. Großvater war der beste Lehrer, den man sich vorstellen kann. Er ist mit den Schülern rausgegangen auf die Möhnewiesen und konnte jeden Grashalm beim Namen nennen. Er hat mit ihnen Fische dressiert, hat für die Schule einen Bienenstock angeschafft. Dutzende von seinen Schülern haben wegen ihm später Biologie studiert.«

»Ich weiß. Du wolltest immer werden wie er.«

»Als kleiner Junge hab ich das schon gewusst. Und er ist so stolz darauf, dass sein Lieblingsenkel Lehrer geworden ist.«

»Gerade im letzten halben Jahr haben sie viele Lehrer eingezogen. Sei froh, dass du dir rechtzeitig einen kriegswichtigen Posten an Land gezogen hast. Sonst wärst du jetzt an der Front.« Sie stand auf, trat ans Fenster und zog die Vorhänge zu.

»Bitte, lass sie auf.«

»Du musst jetzt schlafen. Ich kenne dich doch. Wenn es hell ist, holst du dir gleich ein Buch und liest.« Sie kam zurück zum Bett. Auf dem Weg fiel ein Sonnenstrahl, der zwischen den Gardinen hindurchblitzte, auf ihr blondes Haar. Sie setzte sich auf die Bettkante und strich ihm eine Strähne aus der Stirn. »Mein guter Georg.«

Er schluckte. »Es wird nichts mehr mit uns«, sagte er leise. Da, er hatte es herausgebracht.

»Ich weiß.« Sie lächelte tapfer.

Warum war sie dann hier, wenn sie es wusste? Frauen waren undurchschaubar.

Nach einer Weile sagte sie, ebenso leise wie er zuvor: »Kannst du's mir immer noch nicht vergeben?«

»Ich hab dir längst verziehen.«

»Und warum willst du mich dann nicht zurücknehmen? Es ist wirklich vorbei mit ihm. Ich habe einen Fehler gemacht, ich hätte bei dir bleiben sollen. Dass ich dein Vertrauen so sehr enttäuscht habe, tut mir unendlich leid, bitte, glaub mir das.«

Er schwieg. Sein Kopf war leer.

»Jedem passiert mal so etwas im Leben. Gib mir die Gelegenheit, dir zu beweisen, dass ich treu sein kann. Ich werde dir treu sein bis ans Lebensende, Georg.«

»Tut mir leid. Es geht nicht.«

»Zählt denn das schöne Jahr, das wir hatten, gar nichts? Kannst du nicht auch an die vielen Sachen denken, die ich richtig gemacht habe?«

Er sah zum Fenster hinüber. Sie hatte recht mit einem Teil von dem, was sie sagte. Aber er ahnte, dass sie ihn wieder verletzen würde. Dass sie es zu sehr genoss, von Männern geliebt zu werden. Sie würde sich nie mit einem einzigen zufriedengeben. Vielleicht konnte sie nicht einmal etwas dafür. In diesem Moment glaubte sie, ihm auf ewig treu sein zu können, und ihre Entschlossenheit, ihr Wille rührte ihn. Wie furchtbar, dass er es besser wusste, dass er sie zu gut kannte, um sich erneut auf sie einzulassen. Es kam einfach nicht infrage. Seine Seele war einmal zerfetzt worden. Ein zweites Mal passierte ihm das nicht.

»Ich verstehe schon. Du willst mich nicht mehr.« Sie stand auf.

Die Tränen zu sehen, die ihr über das Gesicht rannen, sprengte den Panzer, den er um sein Herz gelegt hatte, um sich zu schützen. War es nicht doch möglich, dass sie miteinander glücklich wurden?

»Ich werde es mein Leben lang bereuen, Georg. Nur, dass du das weißt. Ich bereu es jeden Tag, und das wird nie aufhören. Wie konnte ich nur so dumm sein, dich zu verlieren.« Sie ging in den Flur, zog ihre Jacke an. Er hörte, wie sie die Wohnungstür öffnete. Leise sagte sie: »Gute Besserung, Georg.« Dann schloss sich sanft die Tür.

Warum besangen die Dichter die Liebe, warum feierten die Maler sie in leuchtenden Farben, wenn sie in Wirklichkeit ein Schmerzensherd war? An ihrem heißen, flackernden Feuer konnte man sich leicht verbrennen, und je näher man sich ihr wagte, in der Hoffnung, den guten, sanften Kern zu erreichen, desto ärger wurden die Brandblasen.

11

Rasender Schmerz jagte durch Nadjeschkas Arm. Sie war zu nahe an eine der Hülsen geraten. Schon kam die Ladung ins Schwanken. Mit lautem Scheppern fielen die Hülsen zu Boden. Sie sprang zur Seite, um keines von den heißen Höllenstücken an die Beine zu bekommen. Das Förderband hielt.

Plöger stürmte heran. »Russenschlampe!« Er schlug ihr einen Stock auf den Rücken. »Bei mir erlaubst du dir solche Unachtsamkeiten nicht. Wegen dir steht jetzt in der ganzen Halle das Band still!« Wieder schlug er zu.

»Ich kann nicht mehr«, sagte sie und duckte sich, »ich brauch eine Pause. Bitte, die Schwefelwolke, ich konnte nichts mehr sehen.«

»Dir bringe ich's bei! Die ganze Fabrik aufzuhalten, was bildest du dir ein?« Er prügelte auf sie ein.

»Ich kenne mich nicht aus, es ist mein zweiter Tag.«

Ein besonders harter Schlag sauste nieder. »Du kannst einfach nicht die Klappe halten, was? Für wen hältst du dich?«

Sie fiel auf alle viere nieder, kassierte einen weiteren Hieb.

»Ich schick dich ins KZ für deine Bummelei! Dann guckst du dich um.«

Der Meister eilte herbei. »Das reicht jetzt. Lass sie aufstehen und weiterarbeiten.«

Endlich ließ ihr Peiniger von ihr ab. »Hör auf, dich selbst zu bemitleiden«, sagte er. »Ihr Steppenmenschen seid Jammerlappen. Jeder wird heutzutage hin und her geschickt, glaubst du, wir Deutschen nicht? Wir müssen in den Reichsarbeitsdienst oder ins Pflichtjahr. Also hab dich nicht so, wenn du mal ein bisschen arbeiten musst. Los jetzt, hoch mit dir!«

Sie konnte nicht aufstehen. Ihr Körper fühlte sich an, als seien sämtliche Knochen gebrochen. Die anderen sahen mitleidig zu ihr herüber.

Der Meister pfiff laut und reckte den Arm in die Höhe. Schon rollte das Förderband wieder. Nadjeschka musste sich aufrappeln. Sie wankte zwischen die langsam auskühlenden Hülsen, die am Boden tickten und qualmten, nahm die nächste Ladung vom Band und befüllte sie.

Die Wut verlieh ihr neue Kraft. Sie haben kein Recht, uns so zu behandeln, dachte sie. Warum wehrte sich niemand? Warum erfüllte in der großen Halle jeder brav seine Aufgabe, als sei es selbstverständlich, den Deutschen bei der Herstellung der Waffen zu helfen, mit denen sie dann ihre russischen und ukrainischen Landsleute umbrachten? Kein Wunder, dass die Deutschen alle Völker unterjochten, wenn niemand es wagte, ihnen Widerstand zu leisten.

Während die aufrührerischen Gedanken sie stärkten, saß in ihr zugleich ein ängstliches kleines Kind, das fürchtete, Plöger könnte sie gerade im Blick haben und ihr eine Nachlässigkeit vorwerfen, um sie erneut zu prügeln. Du darfst nicht auffallen, wimmerte es. Halt den Kopf unten! Sie tun dir weh, ja, sie tun dir weh.

Die Mischung aus Schmerz, Wut und Angst zermürbte sie. Um sie herum stampfte und zischte es, Maschinen klapperten, der Krieg lief ungehindert, er tötete und tötete, und sie fütterte die eiserne Bestie mit neuen Geschossen und musste versuchen zu überleben.

Gegen Mittag schnaufte sie nur noch. Auf ihrer Stirn klebte eine schmierige Mischung aus Schwefel und Schweiß, und ihre Arme zitterten jedes Mal, wenn sie neue Hülsen vom Band herüberhievte. Lange würde sie es hier nicht aushalten. Entweder floh sie, oder sie ging zugrunde.

In der Mittagspause, im Aufenthaltsraum, versuchte Oksana sie zu trösten. »Wenn es schlecht an der Front läuft, werden die Ostarbeiter besonders brutal behandelt. Dass er dich geschlagen hat, zeigt uns, dass die Deutschen bei uns in der Heimat zurückgedrängt werden.«

»Glaubst du, das sagt man ihnen? Niederlagen geben sie bestimmt nicht in den Nachrichten durch.« Sie stellte ihre Schale beiseite. Die Kohlrabisuppe mit einigen wenigen Kartoffelstücken war aufgegessen, und sie hatte immer noch Hunger. »Du hattest recht. Das Essen reicht nicht.«

»Ostarbeiter auf dem Land haben's besser, sie bekommen teilweise das gleiche Essen wie die Deutschen. Und die Bauern mogeln alle, ihnen wurden zwar die Zentrifugen weggenommen, aber jetzt buttern sie heimlich mit dem alten Butterfass. Die haben sogar Fleisch, aus illegalen Schlachtungen.«

»Wie soll das gehen? Die Tiere werden bestimmt von Inspekteuren gezählt wie in der Ukraine.«

Oksanas Augen funkelten. »Ganz einfach, wenn ein Schwein wirft, zweigen sie ein kleines Ferkel ab und ziehen es heimlich auf dem Dachboden groß. Und irgendwann in der Nacht schlachten sie es.«

»Woher weißt du das?«

»Anfangs, als ich hergekommen bin, war ich auf einem Bauernhof. Ich hatte solche Sehnsucht nach meinen Kindern, dass ich zu fliehen versuchte. Sie haben mich eingefangen und zur Strafe hierher versetzt.«

»Du hast Kinder?« Nadjeschka schluckte.

»Eine kleine Tochter und drei Söhne. Ich hab die vier seit fast einem Jahr nicht mehr gesehen. Aber es ist besser so. Die Frau meines Bruders kümmert sich um die Kleinen. Wenn sie hier wären, im Barackenlager, den ganzen Tag alleine – das wünschte ich ihnen nicht. Die Kinder bei uns in der Baracke können einem nur leidtun.«

»Wo gibt es Kinder im Lager?«

»In Agathas Zimmer zum Beispiel leben zwei Mädchen und ein vierjähriger Junge. Sind mit ihren Müttern hergekommen. Sie wachsen hier auf, umgeben von Stacheldraht. Den ganzen Tag hocken sie im Zimmer und warten, dass ihre Mutter heimkommt. Es gibt keine Schule für sie, keine Spielsachen. Da geht es meinen Kleinen in der Ukraine besser.«

Nadjeschka sagte nichts. Hier war die Gefahr zu groß, belauscht zu werden. Aber sie würde Oksana mit sich nehmen, wenn sie floh. »War die deutsche Bauernfamilie gut zu dir?«

»Ich saß mit ihnen am Tisch zum Essen. Sie haben mir sogar diesen Rock geschenkt.« Sie strich über den braunen Stoff.

Dann werden die Bauern uns helfen, dachte Nadjeschka, wenn wir Nahrung brauchen für den weiten Weg zurück in die Heimat.

Er befürchtete, dass Eva zurückkehren könnte, verheult und reumütig, und ihn noch einmal bitten würde, sie zurückzunehmen. Jeden Augenblick rechnete er damit, dass sie zaghaft an die Tür klopfte und sie dann aufschloss und dass sie ihn mit ihrer Reue umstimmte. Seine Sehnsucht nach der Nähe einer Frau, nach Zärtlichkeit und Wärme würde ihn alle Vorsicht vergessen lassen, er wusste es.

Den Nachmittag verdämmerte er über dem Roman *Im Westen nichts Neues*, er las und blätterte, blieb an einzelnen Szenen hängen. Ging es nicht so ähnlich zu, gerade jetzt, in Russland? Giftgas wurde noch nicht eingesetzt, aber die Soldaten hingen doch genauso in ihren Schützengräben, feuerten Maschinengewehrsalven auf die anstürmenden Gegner, wurden von explodierenden Artilleriegeschossen erwischt, verbluteten im Lazarett. Vor zehn Jahren hatten die Nazis das Buch und den Film verboten. Allzu deutlich sprach es von der Sinnlosigkeit des Krieges, von den leichenbedeckten Schlachtfeldern. Um den Roman loszuwerden, behaupteten die Nazis, Remarque sei Jude und hieße eigentlich Kramer, man müsse seinen Namen bloß rückwärts lesen. Das war ihr eigenes Giftgas, das sie wieder und wieder geschickt einsetzten: Sie brachten Leute ins Gerede, und war das Gerücht erst einmal in der Welt, spielte es keine Rolle mehr, ob es der Wahrheit entsprach – es lähmte und tötete die Argumente der Nazigegner.

Was, wenn Eva dem Blockwart davon erzählt hatte, wie krank er war, und der alte Wiese nutzte die Gelegenheit, um scheinheilig nach ihm zu sehen, während er in Wahrheit die Wohnung inspizierte? Er würde das verbotene Buch sehen und nicht nur dieses, auch *Onkel Toms Hütte*. Französische und russische Autoren, britische Feindliteratur von H. G. Wells, Robert Louis Stevenson, Charles Dickens, Rudyard Kipling. »Die Literatur ist Kriegsgebiet«, schmetterten die Nazis. Die Frage, was man lesen durfte und was nicht, nahmen sie überaus ernst. Georg ging ins Wohnzimmer und zog die Bücher der verfemten Autoren aus dem Regal. Er schleppte sie ins Schlafzimmer und versteckte sie hinter den Pullovern im Kleiderschrank. Bei einer gründlichen Haussuchung würde die Gestapo alles entdecken, aber Blockwart Wiese fielen sie, falls er hereinkam, wenigstens nicht sofort ins Auge.

Was war das für eine Zeit, in der man Bücher verstecken musste! Und verdächtig war, weil man am Hitlergeburtstag keine Hakenkreuzfahne aus dem Fenster hängte! In der es Aufpasser gab, die kontrollierten, was man im Radio hörte!

Müde ließ er sich wieder ins Bett fallen. Er schwitzte und fror zugleich. In seinem Kopf dröhnte es, ein Schwarm Hummeln drückte von innen gegen die Stirn. Er schleppte sich noch einmal in die Küche und trank ein Glas Wasser. Dann legte er sich hin und schlief ein.

Immer wieder wachte er in der Nacht auf, schweißgebadet, und wälzte sich hin und her. In der ersten Morgendämmerung befiel ihn ein Fiebertraum. Er träumte von Eva. Sie hatte sich zu ihm ins Bett gelegt und bedeckte sein Gesicht mit kühlenden Küssen. Unter ihrem dünnen Seidenhemd konnte er ihre Brust sehen, und obwohl es sich verboten anfühlte, fasste er danach. Sie gluckste vor Vergnügen. Er konnte nicht mehr an sich halten, legte sich auf sie, küsste sie. Da sah er plötzlich, dass es nicht Eva war. Die hohen Wangenknochen, die jungen grünen Augen. Er küsste Nadjeschka! Ruhig sah sie ihn an. Ich weiß, dass du mich liebst, sagten ihre Augen. Es ist gut.

Er wachte auf, weil ihm die Sonne ins Gesicht schien. Blinzelnd sah er zum Fenster hin. In seinem Bauch kitzelte es. Auch wenn es nur ein Traum gewesen war, er konnte Nadjeschkas Lippen noch auf seinen spüren und sich an ihren liebevollen Blick erinnern.

Er richtete sich auf, schlüpfte in die Pantoffeln und wankte in den Flur. Mit pochenden Kopfschmerzen rief er im Lager an und erklärte, dass er immer noch krank sei.

Als er im Bett lag, um den Tag zu verschlafen und sich endgültig zu kurieren, dachte er, so fest er konnte, an Nadjeschka in der Hoffnung, aufs Neue von ihr zu träumen. Es weiß ja niemand davon, beruhigte er sich, es sind bloß närrische Gedanken.

Über die ganze Straße verteilt lag Papier. Spaziergänger, die ihn und Hans sahen, ignorierten die Flugblätter, sie wagten nicht einmal, auf sie draufzutreten, sondern wichen ihnen aus, als könnten sie bei einer Berührung explodieren. »Na herrlich«, sagte er. »Wir suchen nach einem Mann, der briefmarkengroße Zettelchen in Streichholzschachteln versteckt, und währenddessen lässt der Feind Flugblätter über die ganze Stadt regnen.«

»Der Partisan könnte das Flugzeug hierhergelotst haben«, schlug Hans vor. »Weil er meint, die Bevölkerung ist empfänglich dafür. Er wird den Feinden weisgemacht haben, dass man in Neheim bereits aufrührerisch denkt.«

»Unsinn.«

»Und warum hat die Flak das Flugzeug dann nicht erwischt? Das müssen wir klären. Der Pilot scheint genau gewusst zu haben, wo unsere Geschütze stehen.«

»Das wissen die Engländer durch die Luftaufklärung. Die machen doch ständig Fotos von hoch fliegenden Flugzeugen aus und gucken dann mit der Lupe auf den vergrößerten Bildern, ob sie eine Flak erkennen.«

Ein Kind radelte heran. Es bremste, stieg ab und lehnte sein Fahrrad gegen die Hauswand. Sofort begann es, die Flugblätter einzusammeln.

Axel lobte es: »Das machst du gut, dass du die Blätter einsammelst. Wir wollen nicht, dass sie in falsche Hände geraten! Am besten gibst du sie bei der Polizei ab, Kleiner. Wenn du Glück hast, bekommst du sogar eine Belohnung dafür, du wirst sehen.«

Hans wartete, bis der Junge sich beim Sammeln etwas entfernt hatte, und raunte: »Wer ist das? Haben Sie den hier schon mal gesehen?«

»Ich kenne nicht jeden Lausbuben der Stadt, da muss ich dich enttäuschen.«

»Was will er wirklich mit den Flugblättern? Er hatte ein Fahrrad dabei. Ist er gezielt zur Abwurfstelle geradelt, um die Blätter vor der Polizei zu retten?«

»Zum Donnerwetter, Hans, hör endlich damit auf, überall Gespenster zu sehen! Willst du das Kind einlochen?«

»Nein. Aber an die Hintermänner müssen wir rankommen.«

»Hintermänner ... Die Hintermänner der Flugblattaktion sitzen in England. Wir kümmern uns nicht um feindliche Flugzeuge, das ist nicht unsere Aufgabe, kapiert? Wir suchen den Partisan hier im Ort.«

»Glauben Sie immer noch an einen Einzeltäter?«, fragte Hans.

»Selbstverständlich.«

»Dann muss das ein mutiger Mann sein. Spott ist ja das eine, doch jetzt bezichtigt er die Regierung der Lüge! In der Schachtel, die im Wartehäuschen der Kleinbahn gefunden wurde ... Hat Sie der perfide Witz nicht erschüttert? *Lügen haben ein zu kurzes Bein.* Er macht sich über die körperliche Behinderung von Joseph Goebbels lustig!«

»Keine Sorge, wir kriegen diesen Witzbold.« Sie waren am Pfarrhaus angekommen. Axel läutete. Er liebte es, sein Gestapoabzeichen vorzuzeigen. Lässig holte er es am Kettchen aus der Westentasche, und als die Frau des Pfarrers die Tür öffnete, hielt er ihr die eiserne Marke unter die Nase. Vor dem Reichsadler war bisher noch jeder eingeknickt. »Wir würden gern mit Ihrem Mann sprechen«, sagte er.

Sie erblasste. »Bitte, kommen Sie herein.« Sie brachte sie ins Arbeitszimmer des Pfarrers, der sich sofort vom Schreibtisch erhob, ein rundlicher Kerl, dem die Haare ausgingen. Gleich fiel Axel die Schreibmaschine ins Auge. Er sagte: »Hans, such nach Kohlepapier im Mülleimer.«

Der Pfarrer schwitzte. »Ich verstehe nicht ...«

»Und dann«, befahl er Hans, »legst du ein Blatt Papier in die Maschine ein und tippst jeden Buchstaben einmal in Groß und einmal in Klein. Das vergleichst du dann mit den Streichholzschachtelbotschaften.«

Mit Feuereifer ging der Assistenzanwärter ans Werk.

Axel setzte sich leger auf den Tisch. »Wollen Sie uns etwas beichten, Herr Pfarrer?«

»Nein. Ich sehe keinen Grund für Schuldgefühle Ihnen gegenüber.«

So so. Es wollte kämpfen, das Männlein. »Sie gehören zur Bekennenden Kirche. Ihr Bonhoeffer sagt, es genüge nicht, die Opfer unter dem Rad zu verbinden. Er ruft dazu auf, ›dem Rad in die Speichen zu fallen‹. Da konnten Sie nicht hintanstehen, was? Sie wollten sich mit dem Staat anlegen.« Er breitete die Hände aus. »Da sind wir.«

»Ich habe kein Interesse an einem Machtkampf mit dem Staat.«

»Sie enttäuschen mich. Bonhoeffer haben wir schon im Gefängnis, in Berlin. Wollen Sie ihm nicht Gesellschaft leisten?«

»Was werfen Sie mir vor?«

»Die Leute gehen gerne zu Ihnen in die Kirche, weil Sie kurzweilig und spritzig predigen. Sie sind für Ihren Humor bekannt.«

»Humor ist kein Vergehen.«

»Nicht, solange man sich staatsfeindlicher Witze enthält.« Axel holte die drei Zettel aus der Jackentasche. Er entfaltete sie alle drei und legte sie auf den Tisch. »Kommen Ihnen diese Flugblättchen bekannt vor?«

Erst zögerte der Pfarrer, dann beugte er sich über den Tisch und las. Sein Hals rötete sich. »Ich sehe diese Zettel zum ersten Mal«, sagte er.

»Natürlich.« Axel wählte den Zettel mit dem längsten Text aus. Er war in einer Streichholzschachtel in der Betriebsküche der Ruhrtal-Motorradwerke aufgetaucht und karikierte das marktschreierische Pathos des Reichspropagandaministers.

Er ging mit dem Blättchen zur Schreibmaschine hinüber. Soeben holte Hans die Probeseite heraus, die er getippt hatte. Axel hielt sie neben den ketzerischen Zettel und verglich die einzelnen Buchstaben.

```
Wir werden dem deutschen Soldaten nicht ein,
nicht zwei, nicht drei - nein, wir werden dem
deutschen Soldaten Vierfruchtmarmelade an die
Front schicken!
```

Goebbels' Tonfall war gut getroffen, beinahe mochte er dem Pfarrer zu seinem Witz gratulieren. Aber Kriege waren nicht die Zeit für demoralisierende Witze. Der Mann musste wissen, wo die Grenze anständigen Humors lag. »Sie haben eine Abneigung gegen Joseph Goebbels, nicht wahr?«

»Meine privaten Vorlieben und Empfindungen …«

»Privat sind sie, solange man sie für sich behält«, fiel er ihm ins Wort. Axel runzelte die Stirn. Der schwache Querstrich beim kleinen t stimmte nicht überein. Und das ausgefranste F war auf dieser Schreibmaschine messerscharf. Selbst das Komma besaß eine andere Form. Der Zettel war nicht mit dieser Maschine verfasst worden. »Besitzen Sie eine weitere Schreibmaschine?«

»Wozu?«, erwiderte der Pfarrer. »Sie ist bestens in Ordnung.«

»Was hatten Sie gestern bei den Motorradwerken zu suchen?«

»Bei den Motorradwerken?«

»Man hat Sie gesehen.«

Er schien zu überlegen. Schließlich sagte er: »Ich habe etliche Gemeindemitglieder dort. Aber über deren persönliche Probleme rede ich nicht mit Ihnen.«

»Ist Ihnen bekannt, dass es in der Fabrik mehrfach zu Akten von Sabotage gekommen ist, seit nicht mehr Motorräder hergestellt werden, sondern die Arbeiter Fallschirme fürs Heer nähen?«

»Davon habe ich gehört.« Der Pfarrer nahm die Hände hinter den Rücken.

Ein klares Anzeichen, oft taten das Delinquenten, um zu verbergen, dass sie zitterten. Axel seufzte. »Ich merk doch, das Herz ist Ihnen schwer vor lauter Geheimniskrämerei. Sie möchten endlich frei und offen reden.« Er wandte sich an Hans. »Wir nehmen ihn mit zur Steinwache.«

12

Bei jedem Schritt drückten die zwei Blechlöffel gegen ihren Bauch. Nadjeschka sah an sich herunter und prüfte, ob sie verräterische Beulen in der Jacke formten. Aber der Stoff war dick genug, um die gestohlenen Löffel zu verbergen.

Es war kühl an diesem Morgen. Nebelschwaden hingen über dem Möhneufer. Dennoch sangen die Amseln um die Wette, sie zwitscherten und flöteten, als würde ein herrlicher Frühlingstag anbrechen, als gäbe es keinen Krieg und keine Wachposten mit Maschinengewehren, die eine lange Reihe von Frauen zur Fabrik brachten wie Sklaven.

Ihr Rücken schmerzte. Jeder von Plögers Schlägen hatte eine lange blaue Strieme hinterlassen, sodass Oksana die Wunde sogleich entdeckte. Erst versuchte sie, ihr Erschrecken zu verheimlichen und Nadjeschka zu beruhigen, aber die bestürzten Gesichter der anderen Frauen sprachen eine unmissverständliche Sprache.

Sie war hier genauso ein Teil des Krieges wie zu Hause, wo die Verwandten unter dem Hin-und-her-Wogen der Front litten, wo sie das Donnern der Geschütze hörten. Im Großdeutschen Reich konnte sie kämpfen wie die Partisanen in der Ukraine, die den Deutschen auflauerten und aus dem Versteck auf sie schossen.

Als sie die Fabrikhalle betraten, musterte Nadjeschka die Männer vom Werkschutz. Sie sahen aus wie gewöhnliche

Familienväter, wie ein Teil der Arbeiterschaft: grobe Hände, breitschultrig, müde Augen. Die Männer wechselten einige Worte mit Plöger und den Wehrmachtssoldaten. Nadjeschka nutzte die Gelegenheit, um sich ans Ende der Schlange zu mogeln.

Oksana warf ihr einen verwunderten Blick zu, blieb aber, wo sie war.

»Alle an ihre Plätze«, befahl der Meister. »Wir sind bereits acht Minuten in Verzug, die Mittagspause wird gekürzt. Gestern lagen wir hinter dem Tagessoll, das wird uns heute nicht noch einmal passieren!«

Sie hatte vorgehabt, im Vorbeigehen einen der Löffel in das Getriebe einer Maschine fallen zu lassen. Doch unter den Augen des Meisters war das unmöglich. Selbst wenn er es nicht sah, er würde hören, wie der Löffel hineinklimperte – solange die Maschinen noch nicht liefen und mit ihrem Stampfen alles übertönten, war es zu riskant.

Enttäuscht ging sie an ihren Platz. Der Meister pfiff laut, und das Förderband lief an. Es brachte in endloser Folge Geschosshülsen. Nadjeschka hob die ersten fünf hinüber zur Pressmaschine. Fünfundzwanzig Kilo, das war, als würde sie ihren kleinen Bruder anheben, den ganzen Tag lang, ihn immer wieder hochheben und hinübersetzen. Sie füllte die Hülsen mit Schwefel.

Plöger schlenderte heran. »Das muss schneller gehen, Mädchen.«

Sie hob die nächsten Hülsen zur Maschine.

»Zack, rüberheben, zack, befüllen, zack, Presse betätigen, Zack-zack-zack!«

Zack-zack-zack, dachte sie, zack-zack-zack. Und du stehst dumm herum und gibst Kommandos. Warum arbeitest du nicht?

Seit jeher hasste sie es, Befehle zu erhalten. Wenn in der Schule die Lehrerin gesagt hatte, nehmt eure Hefte heraus, wartete sie aus Protest noch eine halbe Minute, bis sie, sozusagen aus eigenem Entschluss, ihr Heft hervorholte, um sich das Diktierte aufzuschreiben. Die ersten zwei Sätze hatte sie dann von ihrer Nachbarin abschreiben müssen, aber das war ihr egal gewesen. Musste die Lehrerin jeden einzelnen Handgriff anordnen? Konnte sie nicht einfach sagen: Bitte schreibt euch Folgendes auf? Dann hätte sie schon selbstständig ihr Heft herausgenommen.

Ebenso unliebsam fand sie es, wenn die Mutter ihr zusätzliche schmutzige Teller in die Schüssel legte, während sie Geschirr spülte. Sie wollte sich die Teller selbst holen, sie brauchte niemanden, der ihr die Arbeit vorsetzte.

Und jetzt machte sich Plöger einen Sport daraus, ihr immer genau das zu befehlen, was sie sowieso gerade tat.

»Zack, rüberheben, zack, befüllen, zack, Presse betätigen.«

Ihr werdet euch noch wundern, dachte sie. Die Löffel am Bauch zu spüren, machte die Arbeit für sie erträglicher, weil sie sich den Ärger der Deutschen über einen Akt der Sabotage ausmalen konnte. So lange ertrug sie wortlos das Treiben von Herrn Zack-zack-zack, bis es ihn schließlich langweilte. Er trollte sich zum anderen Ende der Halle und schrie dort eine Frau an.

Zwischen zwei Pressprozeduren holte Nadjeschka einen der Löffel unter der Jacke hervor und legte ihn auf die Maschine. Schon war es knapp geworden, sie musste eilig die nächsten fünf Geschosse herüberheben, sie befüllen, pressen.

Das Förderband stoppte. Das Geschrei am anderen Ende der Halle wurde ärger, er hatte es offenbar geschafft, die Frau aus dem Rhythmus zu bringen, und nun bestrafte er sie dafür. Alle sahen hin, stumm vor Bestürzung, betäubt von diesem neuerlichen Ausbruch ungerechter Gewalt. Schließlich sammelten sich Gruppen, die deutschen Arbeiterinnen begannen Gespräche, und auch die Russinnen fingen an, sich kopfschüttelnd auszutauschen.

Nadjeschka nahm den Löffel und ging zu einer Gruppe von Russinnen. Auf dem Weg ließ sie ihn in das Getriebe einer der stillstehenden Maschinen fallen. Der Löffel klimperte leise, als er zwischen den Zahnrädern landete. Sie stellte sich zu den Frauen.

Eine von ihnen, Katja, wohnte bei ihr im Zimmer. Sie sprach mit Moskauer Akzent und betonte die Vokale so sehr, dass sich die Worte wie Honigfäden zogen. »Warum tut der Meister nichts dagegen? Der Werkschutz ist schuld daran, dass das Band stillsteht!«

»Mich hat er gestern auch geschlagen«, sagte sie, »mit einem Stock.«

»Tut es sehr weh?«

Nicht mehr, seit ich mich wehre, dachte sie. Laut sagte sie: »Wenn ich eine Ladung anhebe.«

Katja legte ihr die Hand auf den Arm. »Du bist ein bisschen dünn, aber du hast ein starkes Herz. Dich kriegen sie so schnell nicht klein.« Sie sah sie aus freundlichen Augen an.

»Guckt mal«, Agnenja wies nach hinten zur gequälten Frau, »der Meister ist da. Er regelt das mit Plöger.«

»Glaub ich nicht.« Nadjeschka drehte sich um. Sie sah den Meister bei Plöger und der Geprügelten stehen und verärgert den Kopf schütteln. Das Weinen hörte auf. »Ihr müsst genau hinsehen. Er schimpft nicht mit Old Lederhand, sondern mit der Frau.«

Sie rissen die Augen auf, weil sie gewagt hatte, Plöger Old Lederhand zu nennen.

»Da, seht ihr?«

Der Meister gab der Frau eine Ohrfeige. Dann stieß er sie wieder zum Förderband. Er steckte die Finger in den Mund und pfiff laut. Das Förderband rollte an. Panisch eilten die Frauen an ihre Plätze. Auf dem Weg holte Nadjeschka den zweiten Löffel heraus und steckte ihn durch den Lüftungsschlitz einer Maschine. Funken schlugen heraus, und es knallte.

Als wäre nichts gewesen, stellte sie sich an das Förderband und stemmte ein Paket mit fünf Hülsen herüber. Es knallte erneut, Metall kreischte. Das Förderband hielt an, und der Meister rief durch die Halle: »Alles Stopp! Stellt die Maschinen ab!« Zwei Techniker rannten den Korridor zwischen den Maschinen entlang.

Warum sah Plöger sie so an? Er hielt den Blick fest auf sie gerichtet. Hatte er etwa beobachtet, dass sie den Löffel in die Maschine gesteckt hatte? Ihr wurde der Gaumen trocken. Rasch wendete sie sich ab, wollte weiterarbeiten, aber es gab ja nichts zu tun, das Band stand still.

An den zwei qualmenden Maschinen sammelten sich immer mehr Männer. Auch Plöger kam herüber und gesellte sich dazu. Die Männer öffneten Werkzeugkisten. Sie begannen an den Maschinen herumzuschrauben. »Sieht übel aus«, sagte einer der Techniker. »Ich muss etliche Teile austauschen.«

»Wie lange wirst du brauchen?«, fragte der Meister.

»Anderthalb Stunden.«

Sie triumphierte innerlich. Wie viele Geschosse hätten sie in dieser Zeit produziert! Hunderte Schüsse würden nicht abgefeuert werden, weil sie sich den Deutschen entgegengestellt hatte.

»Zwei Maschinen zur gleichen Zeit.« Der Meister schüttelte den Kopf. »Das glaub ich einfach nicht. Schaut sie euch genau an!«

»Nicht nötig.« Das war die Stimme von Plöger. »Der lag unter der Maschine. Er ist noch heiß.«

»Ein Löffel!«, stieß der Meister aus.

Um nicht so nahe bei den Maschinen zu stehen und dadurch am Ende Verdacht auf sich zu lenken, ging sie zu Oksana, deren Aufgabe es war, fertige Munition in Kisten zu packen. Beim Gehen sah sie noch einmal zu den Maschinen. Der Wachmann mit der Lederhand hielt ein verbogenes, gesplittertes Stück Blech in die Höhe. »Sie wissen, was das bedeutet.«

»Sabotage.«

Plöger reichte dem Meister den Löffel. »Ich rufe die Gestapo.« Er entfernte sich.

Nadjeschka sah wieder nach vorn. Sie hörte den Meister noch rufen: »Und sagen Sie Hartmann Bescheid, dem Lagerführer! Er soll umgehend Ersatz beschaffen, falls die Gestapo jemanden mitnimmt. Wir sind unserem Soll hinterher, wenn wir die Aufträge der Wehrmacht verlieren, müssen wir dichtmachen!«

Sie können mir nichts nachweisen, dachte sie. Wenn Plöger mich gesehen hätte, dann hätte er es längst gesagt. Niemand weiß, dass ich es war. Kalter Schweiß lief ihr den Rücken hinunter, und ihre Finger kribbelten.

Oksana grinste. »Heute gibt's eine lange Mittagspause. Sind sie schlimm kaputt, die Maschinen?«

Die Geheime Staatspolizei würde Fragen stellen, es kam auf eine gute Selbstbeherrschung an. Oksana könnte sie durch eine einzige Geste verraten. Besser, sie ließ sich ihr gegenüber nichts anmerken. »Glaube schon. Der Techniker sagt, es wird über eine Stunde dauern, sie wieder in Gang zu kriegen.«

»Gott sei Dank.« Oksana setzte sich auf eine Kiste, beugte sich vor und schüttelte die Arme aus. »Ich wäre bald zusammengeklappt.«

»Erzähl mir von Neheim.« Sie sah sich um. Auch die deutschen Arbeiterinnen setzten sich auf Kisten und Bänke. Ohne die zwei Maschinen lief nichts. Aber sie konnte nicht sitzen, dafür war sie zu nervös.

»Diese kleine Stadt soll sogar berühmt sein, habe ich gehört.«

»Und warum?«

»Wegen der Lampen, die hier früher hergestellt wurden. Die hat man bis nach Indien und China exportiert. Bei Trögelkind & Winkler wurden vor dem Krieg auch Lampen produziert und Schalter und Elektrik und so was.«

»Und jetzt baut keiner mehr Lampen?« Ihre Stimme klang dünn. Hatte sie rote Flecken im Gesicht? Hoffentlich sah man ihr nichts an.

»Alle beliefern die Wehrmacht. Mit Spirituskochern, mit Munition, mit Uniformen – lauter Kriegsgüter. Frag mal herum im Barackenlager.«

»Was weißt du noch über Neheim? Die Wälder auf den Hügeln ringsum, sind sie tief, oder kommt gleich dahinter die nächste Stadt?«

»Willst du immer noch abhauen?«

Sie nickte.

»Mädchen! Du musst dir das aus dem Kopf schlagen.«

»Ich finde eine Möglichkeit, verlass dich drauf. Ich gehe nach Hause zurück.«

»Hier ist jetzt dein Zuhause. Denk nicht mehr an die Heimat, das zerreißt dir nur das Herz.«

»Es zerreißt mir nicht das Herz. Es gibt mir Kraft zu kämpfen.«

»Still jetzt! Wenn uns jemand so reden hört, sind …« Sie brach ab. Mit großen Augen starrte sie zum Eingang der Fabrikhalle. *»O batjunki!«*

Nadjeschka wandte sich um. Zwei Männer in schwarzen Ledermänteln betraten die Fabrik. Plöger war bei ihnen. Suchend sah er sich um. Dann blieb sein Blick an ihr hängen. Er zeigte auf sie und sagte etwas.

Ihr blieb das Herz stehen.

Die drei kamen auf sie zu. Wie hatte man sie entlarvt? Hatte jemand beobachtet, wie sie im Barackenlager die Löffel gestohlen hatte?

»Das ist sie?«, fragte ein schlaksiger Mann. Er war noch jung, er musste etwa in ihrem Alter sein. Seine Haare hatte er sich mit Pomade gefügig gemacht, sie glänzten und klebten ordentlich gekämmt am Kopf.

»Sie stand ganz in der Nähe«, erklärte Plöger.

»Keine vorschnellen Urteile, Hans.« Der ältere der Gestapomänner musterte sie. »Der Löffel ist dir sicher versehentlich in die Maschine gefallen? Uns kannst du alles sagen.«

Er wollte sie zu einem Geständnis verleiten. »Welcher Löffel?« Ihre Stimme klang ein wenig gequetscht. Hörten sie ihr die Angst an? Reiß dich zusammen, ermahnte sie sich. Sie haben nichts gegen dich in der Hand!

»Zwei Löffel in zwei Maschinen?« Plöger lachte meckernd. »Solche Zufälle gibt es nicht.«

Der dickbäuchige Gestapomann fuhr ihn an: »Halten Sie den Mund! Sie stören die Polizeiarbeit mit Ihrem unqualifizierten Gequatsche.«

»Verzeihung.« Plöger zog den Kopf ein. »Ich will Ihnen nicht reinreden.«

»Dann tun Sie's nicht. Treten Sie zurück.«

»Verstanden.« Kleinlaut entfernte sich Plöger einige Schritte.

Der Gestapomann wendete sich wieder ihr zu. »So ein junges Ding wie du hängt doch viel zu sehr am Leben. Du hast sicher nichts sabotiert. Du hast alles vor dir, warum solltest du deine Zukunft aufs Spiel setzen? Ich will dich nicht mit auf die Wache nehmen, weißt du? Wer einmal dort gewesen ist, bekommt seine Akte meist nicht wieder reingewaschen. Wir können das alles hier vor Ort klären. Hast du einen Verdacht, wer es gewesen sein könnte?«

»Ich habe nichts gesehen. Tut mir leid, ich kann Ihnen niemanden sagen.«

»Sie lügt«, zischte der junge Kerl.

»Sie ist nur nervös.« Er sah sie freundlich an. »Hattest du schon mal mit der Polizei zu tun, vielleicht in der Heimat?«

»Nein, noch nie.«

»So etwas kann einen schon einschüchtern. Das können wir gut verstehen. Aber wir brauchen deine Mithilfe. Hat sich eine von den Frauen über die harte Arbeit hier in der Fabrik beschwert? Hat jemand schlecht über die Deutschen geredet?«

Sie musste diese Männer loswerden, irgendwie. So freundlich der Gestapooffizier auch schaute, sein Blick hatte etwas Lauerndes an sich, es fühlte sich an, als würde er ihre Seele abtasten, während er mit ihr sprach. Wie konnte sie von sich ablenken?

»Ich lasse mir die Löffel zeigen«, schlug der vor, der Hans hieß. »Wenn wir ihren Ursprung herausfinden …«

»Ja, geh und untersuch die Löffel«, sagte der Ältere. Als Hans fort war, nahm er Nadjeschkas Kinn und sah ihr fest in die Augen. »Du willst deine Kameradinnen schützen. Das ist ehrenhaft von dir. Nur: Entweder wir finden die Schuldige, oder wir lassen euch alle leiden, weißt du. Du schützt euch also am besten, indem du mit uns kooperierst. Das verstehst du doch?«

»Ja, ich verstehe.«

Georg warf das Fahrrad gegen die Mauer und rannte zum Eingang der Fabrikhalle. Der schwarze Mercedes der Gestapo parkte bereits davor. Er konnte nur hoffen, dass sie seinen Schwager geschickt hatten.

Als er die Halle betrat, zuckte er zusammen. Sämtliche Bänder standen still. Im Mittelgang waren die Frauen der Baracke Trögelkind aufgereiht. Axel und ein zweiter Gestapomann, beide in schwarzen Ledermänteln, schritten vor ihnen auf und ab.

»Ich sage es ein letztes Mal«, bellte Axel. »Die Schuldige soll vortreten!«

Niemand rührte sich.

»Glaubt ihr im Ernst, ihr könnt mit uns Verstecken spielen? Das sind Löffel aus eurem Lager!«

Die Frauen sahen geradeaus, starr vor Angst.

»Ihr seid nichts als dreckige, verfressene Schaben! Wir werden euch zertreten, wir zeigen euch, was mit Kroppzeug geschieht, das es wagt, sich aufzulehnen.« Er winkte Plöger heran. »Wer von denen stand an der Maschine?«

Plöger zeigte auf Katja. Georg schluckte. Ausgerechnet eine seiner zuverlässigsten Frauen.

»Vortreten!«, befahl Axel.

Zitternd gehorchte sie.

»Und wer hat an den benachbarten Maschinen gearbeitet?«

Plöger wies auf drei weitere Frauen, unter ihnen Nadjeschka. Sie mussten ebenfalls vortreten.

»Raus mit denen.« Axel spie die Worte aus, als befehle er das Wegschütten von Müll.

Georg wusste: Wenn er jetzt dazwischenfunkte, würde ihn der Schwager aufs Härteste zurückweisen. Er musste ihn die Schau beenden lassen, Axel war als Inspektor der Gestapo hier. Das Gebrüll war Teil der Einschüchterungsmethoden, die seine Ostarbeiterinnen zum Gehorsam erziehen sollten.

Er durchquerte die Halle und folgte den Frauen und den Gestapomännern durch den Seitenausgang nach draußen. Erst als sie im Freien waren, holte er Axel ein und sagte: »Grüß dich, Schwager.«

»Das sind schon wieder welche von deinen. Wieso kriegst du das nicht in den Griff? Was machst du mit denen im Lager, dass sie so aufmüpfig werden?«

»Hör zu, diese Frauen werden dringend benötigt. Kannst du nicht eine Ausnahme machen und lässt sie gehen, dieses eine Mal?«

»Die haben zwei Maschinen lahmgelegt. Da muss ich hart durchgreifen, Georg, tut mir leid. Das darf nicht Schule machen. Bei Sabotage gibt es kein Pardon.« Er kramte ein Taschentuch heraus und schnäuzte sich. »Heuschnupfen«, sagte er. »Willst du nicht mal wieder zu uns zum Essen kommen? Anneliese hat erzählt, mit Eva ist es aus. Da sitzt du viel zu Hause rum, oder? Die Kinder würden sich freuen und Anneliese auch. Wie wär's mit kommendem Sonntag?«

»Ich kann diese Frauen nicht ersetzen. Bitte, lass es heute bei einigen Schlägen bewenden.«

»Ach was, die paar Untermenschen, die sind rasch ausgetauscht. Sicher kommt bald wieder eine Lieferung aus dem Osten.«

»Das ist kein Vieh, Axel. Sabotage kommt nicht wieder vor, versprochen, ich halte denen eine Moralpredigt, die sie nicht vergessen! Diese Frauen sind womöglich unschuldig!«

»Die Maschinen stehen still. Weißt du, was das bedeutet? Dass unsere Jungs an der Front keine Munition haben, dass die Russen sie überrennen und abknallen. Der Krieg wird auch in der Heimat geführt. Jede produzierte Patrone zählt.«

»Dann nimm eine Frau mit, aber nicht vier! Versuch wenigstens noch einmal, die Schuldige zu finden. Bitte, tu's für mich.«

Axel blieb stehen. »Du solltest dich nicht so reinsteigern. Du bist Lagerführer! Sie müssen zu dir aufsehen wie zu einem Gott. Dazu gehören Distanz und Strenge. Das Väterliche ist kontraproduktiv, du bist jetzt kein Lehrer mehr. Womöglich stiftest du sie zu solchen Taten an, ohne es zu wollen. Die schwierigen Volkstumsfragen im Osten können nicht nach sentimentalen Erwägungen und mit romantischen Gefühlen angepackt werden. Das musst du dir immer wieder einhämmern. Das deutsche Volk kann sich gegen seine Feinde nur in der Härte bewähren.«

Warum sah ihn der zweite Gestapomann so misstrauisch an? Ich gerate selbst in Verdacht, warnte eine ängstliche Stimme in ihm. Doch er gab sich gefasst. »Nur noch ein Versuch, Axel. Bitte.«

Dieser Schwager mit seinen übertriebenen Idealen! Fiel ihm nicht auf, dass Hans ihnen zuhörte? Wenn er jetzt einknickte, stand er vor seinem Assistentenanwärter da wie eine Memme. Sabotierende Ostarbeiterinnen freizulassen, kam nicht infrage. Andererseits hatte Georg recht: Fanden sie die Schuldige, konnten sie die anderen Frauen zurück an die Arbeit schicken. »Also gut«, knurrte er, »alle vier passen sowieso nicht ins Auto.« Er befahl den Frauen stehen zu bleiben. Jeder einzelnen sah er ins Gesicht, schweigend. Da, die eine bebte unter seinem Blick wie unter Frostschütteln, blond und hochgewachsen war sie, beinahe arisch aussehend, wäre nicht die breite russische Nase gewesen. Er verharrte bei ihr, während sie immer ärger zitterte, ihr Blick flatterte vor Angst. »Willst du mir etwas sagen?«, fragte er.

Da brach sie vollends zusammen. Ihre Beine gaben nach, sie musste sich an seinem Arm festhalten. In russischer Sprache redete sie auf ihn ein, wahrscheinlich beteuerte sie ihre Unschuld, aber ihr Körper sprach das Geständnis.

»Die anderen können gehen. Los, haut ab!«

Die Frauen entfernten sich, eilten zurück in den Schutz der Fabrik.

»Du schuldest mir was, Georg«, sagte er. »Hast du noch vom Vorkriegswein? Bring am Sonntag eine Flasche mit. Dann spielen wir eine Partie Schach, ja?«

»Was wird aus ihr?«, fragte der Schwager.

Die Frau wurde immer lästiger. Sie ließ sich zu Boden fallen. Hans und er mussten ihr unter die Achseln greifen und sie zum Auto schleifen. Als Hans sie losließ, um die Autotür zu öffnen, streckte sie die Hand nach dem Laternenpfahl aus, neben dem sie geparkt hatten, und klammerte sich daran fest. Das Weibsstück entwickelte ungeahnte Kräfte. Obwohl er an ihr riss und zerrte, konnte Axel sie nicht zum Aufgeben bringen, immer wieder fasste sie nach. Schließlich zog er die Pistole aus dem Halfter. Der kalte Lauf der Waffe an ihrer Schläfe würde sie zur Vernunft bringen. »Loslassen!«, befahl er.

Sie schrie und weinte, hielt sich trotzdem weiter fest.

»Ich hab gesagt loslassen!«

»Es ist doch gar nicht sicher, ob sie es war«, sagte Georg.

Hans brüllte von der anderen Seite: »Das ist versuchte Flucht, es ist unsere Pflicht, sie zu erschießen!«

»Eine Hinrichtung ohne Anklage und Verhandlung ist Mord«, sagte Georg.

Hans sagte: »So ein rebellisches Russenweib hab ich noch nie gesehen!« Er schlug auf ihren Kopf ein.

Die Frau schrie so fürchterlich, ihre hohe Stimme gellte in seinen Ohren. Axel fuhr sie an, den Mund zu halten, drückte ihr die Waffe fest an die Stirn, aber sie schrie immer ärger, weinte, bettelte in ihrer fremden Sprache. Aus dem Augenwinkel sah er, wie Hans sich nach einem Stein bückte und anfing, der Frau den Stein auf die Hände zu schlagen, mit denen sie den Laternenpfahl umklammerten. Blut lief ihr an den Fingern herunter. Georg fiel Hans in den Arm und wollte ihm den Stein entwinden. Hans drohte ihm voller Empörung: »Das ist Behinderung der Staatsgewalt!« Die Frau schrie. Alles toste wild durch seinen Kopf, und dann war da ein rascher Blick von Hans, ein Aufflackern von Härte darin, ein grausames Lächeln über seine Schwachheit. Er durfte sich von dem nicht die Butter vom Brot nehmen lassen, sonst tauschten sie bald die Ränge! Axel schoss.

Die Russin brach zusammen, rutschte am Laternenpfahl herunter. Endlich war es still.

Georg sah entsetzt auf den toten Körper.

»Was war denn los mit Ihnen?«, fragte Hans. »Warum haben Sie gezaudert?«

»Du Dummkopf«, sagte er, »wie soll ich denn schießen, Hans, wenn du über sie gebeugt stehst, wolltest du, dass der Schuss dich trifft? Die Kugel tritt auf der anderen Seite wieder aus dem Schädel aus, die hat noch genug Wucht, begreifst du das nicht?«

Hans kratzte sich am Ohr. »Ach so.«

13

Gleich als er heimkehrte, geriet Axel in einen Strudel der Unordnung. Im Wohnungsflur trat er auf etwas Weiches und zog Lillis Puppe unter seinem Schuh hervor. Die großen Schlafaugen klapperten, das Porzellangesicht sah ihn wehleidig an. »Lilli«, schimpfte er, »wie oft soll ich dir noch sagen, dass du deine Spielsachen nicht herumliegen lassen sollst, zum Donnerwetter!« Vor der Kommode war ein Turm aus Bauklötzen eingestürzt. Siegfrieds Spielzeugpanzer parkten zwischen den Schuhen.

Im Wohnzimmer tschilpte etwas, und Siegfried rief: »Lass mich mal!« Daraufhin protestierte Lilli: »Ich! Ich!«, und Anneliese versuchte zu besänftigen, doch ihre Worte waren kaum noch zu verstehen, da erneut schrille Tierlaute ihre Stimme übertönten.

Er folgte dem Geschrei und fand die ganze Familie um die Kommode neben dem Rosshaarsofa versammelt, zwischen sich einen Käfig. Ein grüner Vogel hüpfte darin aufgeregt von Stange zu Stange. »Wo habt ihr den her?«, fragte er.

Die drei schwiegen. Nur der Wellensittich tschilpte.

Anneliese versuchte eine Erklärung: »Bitte, sei nicht böse. Ein Züchter aus Soest hat angerufen. Er hat uns den Vogel für zwanzig Mark angeboten, sonst kosten sie dreißig, und weil doch Siegfried in fünf Wochen Geburtstag hat und er sich so sehr ein Haustier wünscht …«

»Meine Meinung dazu spielt keine Rolle, oder wie?«

»Wir können ihn zurückgeben«, sagte sie kleinlaut.

»Nein!« Siegfried umarmte den Vogelkäfig. »Meinen Baldur geb ich nicht her. Er fängt doch gerade an, zutraulich zu werden. Ich wollte ihn Onkel Georg zeigen, wenn er kommt. Er findet es gut, wenn Kinder ein Haustier haben, da lernt man, sich um etwas zu kümmern.«

»Es ist mir schnurzegal, was dein Onkel findet. Er soll sich aus eurer Erziehung raushalten. Der kriegt's doch nicht mal hin …«

Anneliese warf ihm einen erschrockenen Blick zu, der ihn verstummen ließ.

»So ist es nun mal«, brummte er.

»Bitte, Axel, rede nicht abfällig über meinen Bruder.«

»Ohne meine Hilfe wäre dein wunderbarer Bruder jetzt nicht Lagerführer, sondern irgendwo an der Front im Schützengraben.«

»Guck, Papa, Baldur kennt mich schon.« Siegfried öffnete die Käfigtür und hielt dem Vogel den Finger hin. Der Sittich schnappte mit dem Schnabel zu. Siegfried riss seine Hand aus dem Käfig. »Au! Baldur!«

Der Vogel hüpfte in die Käfigtüröffnung und flatterte hinaus. Heftig mit den Flügeln schlagend kreiste er im Zimmer. Lilli begann zu weinen. Anneliese stieg auf einen Stuhl und hielt dem Wellensittich ihre Hand hin, in der Hoffnung, er würde darauf landen. Aber Baldur setzte sich auf die Gardinenstange, außer Reichweite für jedermann.

»Na wunderbar.« Axel lehnte sich gegen die Kommode und verschränkte die Arme vor der Brust. »Nur Versager in der Familie. Hast du eigentlich mal nachgedacht, Anneliese? Reichen zwei ungezogene Gören nicht, brauchtest du unbedingt einen wildgewordenen Vogel dazu?«

Sie stieg vom Stuhl herunter. »Natürlich hab ich nachgedacht.«

Siegfried hüpfte an der Gardine hoch. »Komm runter, Baldur! Bitte! Sonst schickt Papa dich wieder weg.«

Der Vogel kackte, und der weiße Kot zog eine Schliere über die Gardine.

»Mist.« Schuldbewusst sah ihm Siegfried ins Gesicht. Auch Anneliese sah ihn an wie in Erwartung seines endgültigen Urteils.

Er war es leid, ständig Entscheidungen treffen zu müssen. Die Russin stand ihm wieder vor Augen, ihr blutüberströmter blonder Kopf. War es richtig gewesen, sie zu töten? So eine widerwärtige Aufgabe, Menschen abzuknallen! Nur: *Was sonst* sollte mit denen passieren, die sich gegen den Staat auflehnten und der deutschen Kriegsmaschinerie in die Flanken fielen? Wenn man sie bloß einsperrte, musste man sie jahrelang im Gefängnis durchfüttern, bis das Großdeutsche Reich etabliert war. Das konnte man sich im Krieg nicht leisten, wo selbst die brave arbeitende Bevölkerung Einschnitte bei der Versorgung hinnehmen musste. Er schüttelte den Gedanken an die tote Russin ab und sagte: »Es gibt sowieso kein Vogelfutter mehr.«

»Doch, Axel, in Soest hat noch eine Tierhandlung geöffnet. Und im Notfall holen wir uns Getreide vom Bauern.«

»In Soest im Laden haben sie sogar Sprechsamen«, sagte Siegfried. »Wenn er sprechen soll, muss er die jeden Tag ins Futter bekommen.«

Beharrte er darauf, dass sie den Vogel zurückgaben, würde er wochenlang als der böse strenge Vater dastehen, und Georg würde noch höher in der Gunst der Kleinen steigen. Die Kinderlosen sahnten doch überall ab! Sie hatten keine Mühe mit quengelnden, fiebergeschüttelten oder müden Bälgern. Sie trafen die Kinder doch immer nur zum Spielen. Dafür wurden sie in den Himmel geliebt, während die wirkliche Leistung von den geplagten Eltern erbracht wurde. Axel rollte mit den Augen. »Also gut. Wir behalten den kleinen Racker. Aber du, Siegfried, tust ihm jede Woche frische Zeitung in seinen Bauer, und du fährst selbst nach Soest und besorgst Vogelsand. Ich will dich nicht daran erinnern müssen!«

»Nein Papa, das musst du bestimmt nicht.« Er strahlte über das ganze Gesicht. »Ich hab ihn doch lieb, da kümmere ich mich gerne um ihn.«

»Und du, Lilli, hebst sofort deine Puppe auf, die bei den Schuhen liegt.«

Pflichtschuldig tippelte sie in den Flur, um ihren Teil dazu beizutragen, dass der Vogel gerettet wurde.

Anneliese fragte: »Ist das Blut an deiner Hose? Hast du dich etwa verletzt?« Besorgt beugte sie sich hinunter.

»Hast du mit Partisanen gekämpft, Papa?« Siegfrieds Stimme klang begeistert.

»So ähnlich. Es war eine Frau, eine Partisanin.« Dass der Kampf wenig heldenhaft gewesen war – nun ja, sollte der Junge ruhig seine abenteuerlichen Vorstellungen pflegen. »Nimm dir ein paar Körner auf die Hand und locke deinen Baldur an.«

»Mach ich, Papa.«

Er öffnete die Gürtelschnalle und ließ die Hosen runterfallen, stieg heraus, hob sie auf und drückte sie Anneliese in die Hand. »Die kannst du auswaschen. Ich bin unverletzt, wie du siehst.« Er zog die Straßenschuhe aus. Anneliese bückte sich, um sie ihm abzunehmen, aber er wehrte ab. »Lass nur. Ich putze sie selbst.«

Er hatte natürlich keine Lust, sie zu putzen, aber er spürte schon wieder diese Unruhe in sich, dieses Wühlen und Rumoren. Den ganzen Nachmittag hatte er unter Schweißausbrüchen gelitten, und jetzt fingen seine Augenlider an zu flattern. Er versicherte sich mit einem raschen Blick, dass alle im Wohnzimmer beschäftigt waren, und schlich ins Schlafzimmer. Leise zog er die unterste Schublade auf, entnahm ihr die Zigarrenkiste und öffnete sie. Aus der Luminalschachtel klaubte er eine Tablette heraus und verstaute alles wieder. Er ging ins Bad, schluckte die Tablette und trank Wasser nach.

Dann kniete er sich in den Flur und trug schwarze Schuhcreme auf das Leder auf. Er verrieb sie mit einem Lappen. Der strenge Geruch der Farbe stieg ihm in die Nase, während das Medikament ihm Wärme und inneres Gleichgewicht zurückgab. Er bürstete den Schuh, jeden Winkel, jede Naht, bis das Leder glänzte. Es beruhigte ihn, die Schuhe auf Hochglanz zu bringen.

Eine Frau aus dem Sekretariat hatte Katjas Arbeitsplatz übernommen, damit die Bänder wieder rollen konnten. Nadjeschka befüllte und presste Geschosse. In ihren Ohren gellte der Knall, immer wieder. Sie hatten Katja umgebracht.

Das hab ich nicht wissen können, dass sie gleich schießen, verteidigte sie sich in Gedanken, ich wusste doch nicht, dass ihnen egal ist, ob sie die Schuldige haben oder irgendwen, dass sie in ihrer Wut aufs Geratewohl losballern!

Du lebst, sagte eine leise Stimme in ihr, und sie ist tot. Du hättest dich melden müssen, aber du warst zu feige, jetzt bist du froh, dass du davongekommen bist, während die tapfere Katja sterben musste.

Hatte sie die Löffel nicht bloß in die Maschinen geschmissen, um sich besser zu fühlen? Sie hatte nur an sich gedacht und nicht an die anderen. Und als dann die Gestapo kam, glaubte sie auch noch, die Polizisten an der Nase herumführen zu können.

Katja war tot, für immer tot. Sie würde nichts mehr sagen. Nichts mehr essen. Nicht atmen. Sich nie wieder am Gesang der Vögel erfreuen oder an der Sonne auf ihrer Haut, nichts mehr träumen und nicht mehr lachen.

War es nicht besser, sich einfach zu stellen und sich ebenfalls erschießen zu lassen?, fragte sich Nadjeschka. Sie hatte ein starkes Gefühl der Unwirklichkeit, die Hände verrichteten mechanisch die Arbeit am Fließband, füllten Geschosse mit Schwefel. Mittags löffelten sie Suppe in den Mund. Am Abend trugen ihre Füße sie zurück ins Lager. Dabei hatte sie das Gefühl, ihren Körper von außen zu sehen, hinter sich selbst herzulaufen und nur durch eine Nebelwand zu beobachten, was sie tat.

Eigentlich dürfte ich gar nicht mehr am Leben sein, dachte sie.

Ihr Körper saß im Zimmer auf dem Bett und beantwortete mechanisch Oksanas Fragen. Sie hörte, wie die anderen darüber redeten, ob Katja tatsächlich die Löffel in die Maschinen gesteckt haben könnte. Die einen sagten, sie müsse sich gewehrt haben, sonst hätte man sie nicht erschossen. Wer sich gegen Gestapoleute zur Wehr setze, der habe auch den Mut, Maschinen zu sabotieren. Die anderen hielten dagegen, Katja sei schon so lange hier und habe nichts dergleichen getan, warum also jetzt, woher plötzlich der Entschluss, ihr Leben zu riskieren und gegen die Deutschen zu kämpfen?

Endlich schalteten die Wärter das Licht aus. Nadjeschka lag da, mit offenen Augen, und starrte zur leeren Bettstelle hinüber, wo Katja geschlafen hatte. Die Frauen atmeten ruhig. Nadjeschka blieb wach.

Sie holte den blau schimmernden Stein unter der Matratze hervor, stieg vom Bett, zog leise ihre Schuhe an. Sie schlich nach draußen. *Bei Fluchtversuchen macht das Wachpersonal von der Schusswaffe Gebrauch.* Sie ging auf das Tor zu.

Das Tor ließ sich nicht öffnen, ein Vorhängeschloss glänzte im Mondschein. Seltsam, jetzt, wo vermutlich ein Mann auf sie anlegte vom Turm aus, jetzt, wo jeden Moment der erlösende Schuss fallen würde, sah sie wieder klar. Sie wusste wieder, wer sie war: *Nadjeschka Kosak aus Stepove, neunzehn Jahre alt, verschleppt ins Großdeutsche Reich, Saboteurin.*

Der Wachhund bellte. Sie fasste nach dem Rahmen des Tors, stellte die Füße auf die untere Querverbindung aus Stacheldraht.

»Was machst du da?« Schritte. Sie wurde heruntergerissen. »Bist du wahnsinnig?« Ein bärtiges Gesicht beugte sich über sie.

»Na los, schießen Sie. Ich wollte fliehen.«

»Du hast schlecht geträumt oder bist mondsüchtig oder so etwas.«

»Ich bin wach. Ich wollte fliehen.«

»Was ist bloß mit euch los! Heute haben sie schon eine von euch erschossen. Willst du die Nächste sein? Wir können euch doch nicht alle umbringen! Deine Hand blutet. Komm mit.« Er half ihr auf und brachte sie zur Wachstube. Dem Schäferhund, der vor dem Eingang angebunden war, befahl er: »Aus! Ruhe jetzt!«

Tatsächlich hörte der Hund auf zu bellen und setzte sich mit einem verwirrten Winseln.

Warum konnte nicht Plöger Wachdienst haben? Der hätte sie sofort und mit großem Vergnügen erschossen. Dieser alte, bärtige Mann war zu gütig. Er setzte sie auf einen Stuhl in der Stube, holte Verbandszeug aus einer Kiste. Drückte ihr etwas Weißes auf den Handteller und wickelte Mull darum, bis es einen festen Verband ergab. Dann griff er zum Telefon. Wählte.

»Herr Hartmann, verzeihen Sie bitte die späte Störung. Eine von den Frauen hat versucht, am Tor hochzuklettern. Sie will, dass ich sie erschieße. So ein junges Ding!«

Eine Stimme wisperte etwas im Telefon.

»Wie heißt du?«, fragte der Wachmann.

Sie sagte ihren Namen.

»Komm«, sagte Georg, »wir gehen rüber in mein Büro. Dort kannst du mir erzählen, was los ist.«

Wie ein Häuflein Elend saß sie da. Lethargisch, geistig völlig abwesend. Sie sah ihn nicht an, es war, als hätte sie nichts gehört.

Er warf dem Wächter einen raschen Blick zu. »Hat sie viel Blut verloren?«

»Ach was. Das ist nur ein Kratzer. Vorhin hat sie auch noch gesprochen, sie hat gesagt, dass ich schießen soll.«

Er näherte sich ihrem Gesicht. »Kannst du nicht aufstehen, Nadjeschka? Bist du zu schwach?«

Da stand sie auf.

Er führte sie über den stillen Nachtplatz zur Bürobaracke, schaltete das Licht ein, schloss hinter ihnen die Tür und brachte sie zum Schreibtisch. Er half ihr, sich zu setzen. Für sich selbst zog er einen zweiten Stuhl heran. »Was ist passiert?«

Nadjeschka schwieg.

»Warum wolltest du über das Tor klettern und dabei erschossen werden?«

»Bitte rufen Sie die Gestapo.« Ihr Blick war voller Schmerz und zugleich von einer bitteren Entschlossenheit, die ihn erschreckte.

Wollte sie einen Vorfall melden, eine Verschwörung? Die heutige Sabotage war womöglich nur der Anfang. Planten die

Frauen einen Ausbruch? Aber das erklärte nicht, weshalb sie so litt. Hier ging es um sie persönlich. »Die Gestapo hat heute genug angerichtet.«

»Sie hat einen Fehler gemacht«, murmelte sie.

»Es ist immer falsch zu töten.« Moment. Einen Fehler gemacht? »Hast du …?«

Sie nickte. Tränen schossen ihr in die Augen. »Ich musste etwas tun. Ich wäre sonst abgestumpft, ich hab eine Verantwortung für meine Freunde! Die werden erschossen in der Ukraine, und ich helfe, die Munition dafür herzustellen. Und jetzt hab ich die größte Schuld auf mich geladen. Die allergrößte. Ich verdiene nicht mehr zu leben. Katja … Katja müsste hier sein und ich tot.«

Die Schuld zerriss ihr das Herz. Sie hatte in der Fabrik den Schuss gehört, und wusste, dass er eigentlich ihr gegolten hatte. »Ich verstehe«, sagte er. Obwohl er wusste, dass er das nicht durfte, nahm er ihre Hand.

Nadjeschka wandte sich ab, wollte ihr tränenüberströmtes Gesicht verbergen, während sie ihm die Hand ließ.

Sie so verzweifelt zu sehen, presste ihm die Brust zusammen. Was der Krieg anrichtete, auch hier! Er erhob sich, zog sie mit hinauf und umarmte sie. Schützend hielt er sie fest. Ihr schlanker Körper bebte unter den Schluchzern.

»Der Krieg ist bald vorbei«, sagte er.

»Katja wird das nichts mehr nützen!«

»Ja.« Er legte seine Hand um ihren Kopf. »Ich weiß.« Wie konnte er das Gewicht der Schuld lindern, das auf ihr lastete? Auch in seinen Augen sammelten sich Tränen. Sie würde damit leben müssen, was sie getan hatte. Dieser Schmerz ließ sich nie abschütteln. Er sagte: »Niemand kommt durch den Krieg, ohne schuldig zu werden.«

Oh, es tat so gut, gehalten zu werden. Indem sie dem Lagerführer ihre Schuld bekannte, ging ein Teil der Last auf ihn über, so fühlte es sich an, nur ein kleiner Teil, aber das half ihr schon, unter dem Gewicht wieder Luft schöpfen zu können. Hartmann musste nun entscheiden, ob auch sie erschossen wurde. Es war nicht mehr allein ihre Verantwortung.

Allmählich beruhigte sie sich, die Tränen versiegten. Sie stand einfach da in seinen Armen. Er roch nach warmer Haut, und sein Körper schützte sie.

14

Am Morgen lächelte er sich im Spiegel an. Er kämmte sich, gab sich besondere Mühe beim Rasieren. Im Lager, bevor die Kolonne Trögelkind abmarschierte, sah er zu ihr hin, und sie zu ihm. Nadjeschkas Blick war fragend, vorsichtig. Später spazierte er aus der Stadt hinaus, hockte sich an den Wegesrand und fuhr mit der Hand durch das junge Frühlingsgras.

Ein paar Kinder spielten am Ufer der Ruhr Kochen: In einer Grube mischten sie aus Dreck, Flusswasser und Brennnesseln eine Schlammsuppe. Die verteilten sie auf »Teller« aus Stein.

Er hockte sich dazu und kostete. Die Kinder waren entzückt, dass ein Erwachsener mitspielte, sie wollten ihn gar nicht wieder gehen lassen. Lachend machte Georg ihnen Komplimente über ihre Kochkunst und verabschiedete sich.

Er dachte an Nadjeschka und sonderbarerweise an Humes Kritik der Induktion. Bis man Australien entdeckte, hatte man geglaubt, alle Schwäne seien weiß, und es gäbe keine schwarzen. Manchmal musste man sich eben den Kopf offenhalten für das scheinbar Undenkbare.

Erholt kehrte er in die Stadt zurück. Vor dem Geschäft für Kinderartikel unterhielten sich Mütter. Ihre Säuglinge krakeelten, die Mütter schaukelten die Kinderwagen, plauderten weiter und ließen die Kleinen schreien. Heute störte ihn nichts.

Scharf und klar sah er alles, jeden Stein, jede Faser, jede Mücke. Er sah das Blut, das in kleinen Rinnsalen aus dem Schlachthaus auf die Straße lief. Den streunenden Hund, der es ableckte. Die Fliegen, die ihn umsurrten.

In der Apotheke in der Adolf-Hitler-Straße kaufte er für Nadjeschka Sanatogen, ein »Kräftigungsmittel bei allgemeiner Körperschwäche und Erschöpfungszuständen«.

Auf dem Heimweg begegnete er dem Sohn der aufdringlichen Nachbarin. Matthias saß in der Sonne auf der Bank vor ihrem Haus und rauchte. War es nur die Uniform, die ihn älter machte, als er ihn in Erinnerung hatte? Eigentlich war es sein Wunsch gewesen, eine Ausbildung zum Automonteur zu beginnen, bevor er letztes Jahr einberufen wurde.

»Heimaturlaub?«, fragte Georg und setzte sich zu ihm. »Wir haben schon darauf gewartet, dass sie dich mal heimschicken.«

»Eine Woche.«

»Deine Mutter kocht dir sicher was Gutes. Und du wirst deine alten Freunde besuchen.«

Matthias zog an der Zigarette. »Hier gibt es keinen mehr. Heinz und Ulli sind gefallen, die seh ich höchstens im Himmel wieder. Und Henning ist in Frankreich.«

Er erinnerte sich genau an die Jungen. Sie waren alle in seiner Klasse gewesen, als er am Realgymnasium unterrichtete. Der Gedanke, dass Heinz und Ulli tot waren, drückte ihm den Atem ab. »Tut mir leid«, brachte er heraus. Ulli war der Klassenbeste gewesen, was Geschichtszahlen anging. Und Heinz hatte obskure, aber einfallsreiche Aufsätze geschrieben, zum Beispiel über die Welt aus der Sicht einer Ameise. Seine Rechtschreibung war miserabel gewesen, und er schwatzte viel. Doch wer weiß: Ohne diesen Krieg wäre vielleicht ein Künstler aus ihm geworden, ein Dichter oder Maler.

Er schwieg einen Moment. »Brauchst du Lesestoff? Ich gebe dir Bücher mit.«

»Im Schützengraben denkt man nur ans Überleben. Und daran, ob vielleicht ein Päckchen mit Kuchen aus der Heimat kommt. Nee, lassen Sie mal, Herr Hartmann.«

Da war etwas Dunkles an der Art, wie Matthias redete. Er hatte seine jugendliche Leichtigkeit eingebüßt, war schneller erwachsen geworden, als es gesund für ihn sein konnte. »Hast du viele erschossen?«, fragte er ihn leise.

»Natürlich.«

Georg schwieg betroffen.

»Anfangs war es seltsam. Ich hab mich gewundert, dass sie nicht wie im Kinofilm aufschreien und umfallen. Die meisten brechen nur zusammen. Manchmal grunzen sie noch oder röcheln.«

Er schluckte. Katja war wieder da, die am Laternenpfahl hinunterrutschte. Die plötzliche Stille nach dem Schuss.

»Inzwischen hab ich mich daran gewöhnt. Wissen Sie, ich gebe den Russen einen schönen, kurzen Tod. Wenn sie einen von uns gefangen nehmen, quälen und foltern sie ihn. Ich knalle sie bloß ab.«

»Der Krieg ist bestialisch. Mein Vater ist 1915 gefallen, er war kaum älter als du. Hab keine Erinnerungen an ihn, nur alte Fotos. Großvater musste für mich den Vater spielen, und Mutter ging arbeiten. Wenn alle die Waffe niederlegen würden, jeder einzelne Soldat, dann wäre das Leid zu Ende und der Krieg vorbei.«

Matthias klopfte Asche von der Zigarette. »Nein, an der Front legst du die Waffe nicht weg. Du weißt genau, dass du nur lebendig da durchkommst, wenn ihr zusammenhaltet, du und die Kameraden. Im Gefecht muss auf jeden Verlass sein! Du brauchst Härte und Entschlossenheit. Wer die nicht hat, ist kein Soldat. An der Front überleben nur stahlharte Männer. Je wilder es um einen braust, desto fester muss man innerlich strammstehen.«

Was hatten sie bloß aus dem guten Jungen gemacht. »Hast du nie Zweifel, ob es richtig ist, dass wir gegen Russland Krieg führen?«

»Ich stehe in germanischer Treue zum Führer, wenn Sie das meinen. Wissen Sie nicht mehr, damals im Geschichtsunterricht? Die Schlacht von Leonidas in den Thermopylen als leuchtendes Beispiel dafür, wie sich einer hingeopfert hat für sein Volk? Wir machen das jetzt in Russland genauso wie Leonidas, wir kämpfen bis zur letzten Patrone. Am Ende siegt das Dritte Reich. Davon abgesehen, wir haben einfach die bessere Technik. Vor unseren Sturzkampfbombern haben sie alle Angst.«

»Und die Zivilbevölkerung? Denkt ihr auch an die?«

»Das ist der Überlebenskampf der Nationen, da wird nicht mehr unterschieden in Soldaten und Bevölkerung. Alle sind am Krieg beteiligt, jeder Russe, jeder Deutsche, jeder Brite. Die Feinde sind selbst schuld. Wenn sie uns zu wenig von den Rohstoffvorkommen der Welt abgeben, dann holen wir uns eben unseren gerechten Anteil. Wir sind ein großes und starkes Volk! Uns steht mehr zu.«

War der Junge wirklich ein überzeugter Nazi geworden? Beklommen musterte er ihn.

»Gucken Sie nicht so besorgt. Ich hab keine Frauen vergewaltigt und mich an keinen Plünderungen beteiligt. Was glauben Sie, was die anderen alles machen! Ich halt mich da raus. Bin anständig geblieben. Ich hab mir ja nicht mal einen Orden ausgeborgt für den Heimaturlaub! Die anderen machen das, sie leihen sich vom Kameraden ein Eisernes Kreuz aus und stecken sich's an, damit sie im Urlaub vor der Familie nicht als Versager dastehen. Aber wenn ich Orden nach Hause bringe, dann beim nächsten Mal meine eigenen.«

»Gut, dass du dich aus den Gewaltexzessen raushältst, Matthias. Dieser Krieg … Ich weiß, ich sollte das jetzt nicht sagen. Du drehst mir doch keinen Strick daraus?«

»Reden Sie ruhig, Herr Hartmann, frei von der Leber weg. Mit unserem Feldwebel führ ich auch solche Gespräche. Wir haben Ehre im Leib bei der Wehrmacht. Wir verpfeifen niemanden.«

»Der Krieg ist nicht in Ordnung. Deutschland hat Russland überfallen, obwohl wir einen Vertrag mit Stalin hatten.«

»Glauben Sie alles, was die Feindsender melden? Wir sind einem Angriff der Russen nur zuvorgekommen, die Sowjets hatten längst geplant, uns zu attackieren.«

Dass sie den jungen Leuten solchen Unsinn beibrachten, machte ihn wütend. Die Partei wollte sie zu fanatischen Soldaten formen. Dafür verbog sie die Wahrheit. »Dann hätte die Wehrmacht doch an der Grenze auf eine Armee treffen müssen, anstatt auf verdutzte Grenzwachen, oder etwa nicht?«

»Wem glauben Sie mehr – den Feinden, die Deutschland vernichten wollen, oder unseren eigenen Leuten? Die Amerikaner werfen in Italien Spielzeug ab, das mit Sprengstoff gefüllt ist. Die Kinder sammeln es auf und werden verstümmelt. Mit solchen Mitteln kämpfen die! Sogar als Handtasche präparierte Granaten wurden schon gefunden! Jetzt werden Sie wieder denken, das ist nur Propaganda, aber ich traue es denen zu, die sind so verzweifelt, dass ihnen jedes Mittel recht ist.«

Er richtete sich auf. »Matthias, nicht sie sind verzweifelt, sondern wir. Bei Stalingrad haben wir zweihunderttausend Mann verloren!«

»Stalingrad werden wir wieder nehmen, verlassen Sie sich drauf.«

»Die Nachrichten klingen anders. Früher wurden immer die Namen der eroberten Städte genannt, neuerdings wird nur noch von ›Räumen‹ und ›Gebieten‹ gesprochen, von planmäßigen Frontbereinigungen. Es heißt jetzt immer, wir würden unsere Front verkürzen oder den feindlichen Angriffen in beweglicher Abwehr ausweichen. Das ist der Rückzug, oder etwa nicht? Nur das Wort vermeiden sie.«

»Nee, Herr Hartmann, was wir da gerade machen, ist eine Abnutzungsschlacht. Verstehen Sie nicht? Wir setzen eine elastische Abwehrtaktik ein, mit der wir die russischen Armeen nach und nach zerstampfen. Was ist schon das bisschen Gelände, das wir aufgeben! Das holen wir uns nachher alles wieder.«

»Was soll das sein, eine elastische Abwehrtaktik?«

»Wir zermürben sie. Wir weichen ihnen aus und unternehmen dann wieder Gegenstöße.«

»Und wenn die Amerikaner sich nicht auf Bomber beschränken? Wenn sie in Italien anlanden?«

»Das können die nicht. Mit welchen Schiffen denn? Ihre Flotte ist durch Japan gebunden, die Japaner halten sie in Schach. Vor anderthalb Jahren haben wir den Amerikanern den Krieg erklärt. Und was ist seitdem passiert? Nichts. Sie haben sich in Pearl Harbor ihre Flotte von den Japanern zusammenschmeißen lassen, das ist alles.«

Der schlaksige junge Mann war ihm fremd geworden. Das war nicht mehr der Matthias, mit dem er oben in der Küche Streuselkuchen gegessen hatte, damals, als er noch nicht die Stelle am Realgymnasium gehabt hatte, sondern an der Oberschule für Mädchen in Arnsberg Lehrer gewesen war. Und auch nicht mehr der Matthias, mit dem er die Bildergeschichten von *Vater und Sohn* angeschaut und dabei Tränen gelacht hatte, und der später in seinem Geschichtsunterricht saß.

Die Nazis hatten den Jungen umgeformt, hatten ihn hart wie Kruppstahl gemacht und dabei sein junges Herz zerquetscht.

»Herr Hartmann, ich bin bei der Wehrmacht, schon vergessen? Glauben Sie mir, wir werden den Krieg gewinnen. Hitler hat was ganz Neues entwickeln lassen, eine Geheimwaffe. Fernraketen sind das. Die stellen …«

Die Haustür flog auf, und die Kleine von Maiers stürmte heraus. Sie schrie vor Glück, sprang ihrem Bruder an den Hals. Sie kniete sich auf seinen Schoß und nahm sein Gesicht in die kleinen Hände.

War er noch gar nicht zu Hause gewesen? Georg wunderte sich darüber. Hatte er sich etwa gefürchtet vor dem Heimkehren? Wer wusste schon, wie es hinter diesem ganzen Soldatenpathos wirklich aussah.

»Hallo Schwesterherz.« Ein schüchternes Lächeln erschien auf Matthias' Gesicht.

Georg stand auf und sagte: »Ich lass euch mal allein. Muss noch viel Schreibkram erledigen im Barackenlager. Matthias, klingel doch heute Abend bei mir, wenn du Lust hast.«

Später saß er im Büro. Er tippte einen Beschwerdebrief an das Marienhospital in Arnsberg. Wozu zahlte man für jede Ostarbeiterin in die Allgemeine Ortskrankenkasse ein, wenn dann kein Arzt für sie zur Verfügung stand? Er holte sich das Merkblatt »Über die allgemeinen Grundsätze für die Behandlung der im Reich tätigen ausländischen Arbeitskräfte« vom Reichssicherheitshauptamt. Dann tippte er:

Laut Abschnitt 3 e) hat jeder ausländische Arbeiter Anrecht auf eine wirksame gesundheitliche Betreuung. Die ärztliche Versorgung soll durch Lager-, Revier- oder Kassenärzte sichergestellt werden.

Sein Blick blieb an einem anderen Absatz des Merkblatts hängen. Während er las, ging sein Atem schneller, und der Mund wurde ihm trocken.

```
Die deutschen Volksgenossen sind anzuhalten,
den erforderlichen Abstand zwischen sich und
den fremdvölkischen Arbeitern als eine natio-
nale Pflicht zu betrachten. Bei Außeracht-
lassen der Grundsätze nationalsozialistischer
Blutsauffassung muss der deutsche Volksgenosse
sich schwerster Strafen bewusst sein.
```

Auf keinen Fall durfte er sich in Nadjeschka verlieben. Die junge Frau war seine Schutzbefohlene! Er konnte als Lagerleiter keine der Ostarbeiterinnen hofieren. Das wäre ja gerade so, als würde sich ein Lehrer an eine Schülerin heranmachen. Dazu die strengen Gesetze der Nationalsozialisten, die beide von ihnen in Gefahr brächten. Schärfte er nicht selbst jeder neu ins Lager gekommenen Frau aus dem Osten ein, dass auf Unzucht mit deutschen Männern der Tod durch den Strang stand?

Er tippte den Brief zu Ende. Begann das nächste amtliche Schreiben. Er versuchte sich in diese Arbeit hineinzusteigern, damit die Vernunft in ihm die Oberhand gewann. Aber das Kribbeln in seinem Bauch wollte einfach nicht verschwinden, der Gedanke an Nadjeschkas Blick, an ihre Umarmung.

Liebe ich sie nur, weil sie mich nicht verlassen kann wie Eva? Weil sie auf mich angewiesen ist und ich der Starke sein kann? Sei vorsichtig, Georg, ermahnte er sich. Es darf nicht sein, die Nazis machen kurzen Prozess mit uns.

Seine Verliebtheit lachte über diese Argumente. Wir finden einen Weg, sagte sie, die Liebe findet immer einen.

Als die Frauen von der Arbeit heimkehrten, stellte er sich in den Eingang der Bürobaracke. Schon von Weitem sah er Nadjeschkas rote Haare.

Die Arbeiterinnen kamen durch das Tor. Nadjeschka hielt seinen Blick, lange. Sie lächelte sogar. In seinem ganzen Leben war er nie so glücklich gewesen wie in diesem Moment. Wenn es weiter nichts für ihn gab als einen Blick von ihr am Morgen und einen am Abend, so wollte er damit zufrieden sein.

Beflügelt, geradezu euphorisch ging er bei Einbruch der Dunkelheit nach Hause. Wie konnte er sie besuchen, ohne dass es jemandem auffiel? Eine Kontrolle der Baracken wäre vielleicht eine Möglichkeit. Oder eine besondere Nahrungsration zu Ostern. Immerhin, morgen war Ostersonntag! Der Verzehr von Schokolade war für Nichtarier verboten, und es gab sowieso kaum noch welche. Aber ein Stück Kuchen … Allerdings müsste er, damit es nicht auffiel, Kuchen für sämtliche Insassen beschaffen, und dafür reichte weder sein Geld, noch würde das Wirtschaftsamt die nötigen Lebensmittelkarten herausrücken.

Er schloss die Haustür auf, schaltete das Flurlicht ein und stieg die Treppen hoch. Auf den letzten Stufen blieb er stehen. Da hatte sich jemand vor seiner Tür auf dem Fußabtreter zusammengekauert. Es war Matthias, die Augen rot geweint, den Mund zu einem bitteren Strich gezogen.

»Komm mit rein«, sagte Georg wie beiläufig und tat so, als habe er die Tränen nicht gesehen. »Ich hab noch Wurst und Brot, essen wir zusammen!«

Wortlos folgte ihm der junge Mann in die Wohnung.

»Weißt du noch«, sagte er in der Küche, »hier haben wir uns die herrlichen Karikaturen von e.o. plauen angesehen, erinnerst du dich, wie wir gelacht haben? Es wird wieder gut werden, Matthias. Der Krieg wird zu Ende gehen, so oder so.

Dann machst du deine Ausbildung als Automonteur, lernst ein nettes Mädchen kennen, und die düsteren Jahre geraten in Vergessenheit.«

Matthias schwieg.

Er machte ihm ein Wurstbrot zurecht und reichte es ihm. »Hast du Streit gehabt?«

»Wir kommen nicht mal zum Händewaschen«, sagte der Junge mit Grabesstimme. »Wir gehen von den Toten zum Essen und von da aus wieder ans Gewehr. Man muss sich zwingen, sich zu bewegen, damit man nicht erfriert, so kalt ist es. Ich bin unendlich müde. Die Furche, in der ich stecke und auf den Feind warte, ist wie ein Grab. Ich warte darin, bis es auch mich erwischt.«

Georg legte ihm die Hand auf die Schulter. »Ich verstehe, Matthias.« Vor seinem inneren Auge sah er Szenen aus *Im Westen nichts Neues*. Das war dieselbe Chimäre, derselbe Krieg, der über die Menschen hinwegfegte und sie zermalmte.

»Wir kriegen morgens und abends einen Schluck Kaffee und alle zwei Tage hundert Gramm Büchsenfleisch oder eine halbe Dose Ölsardinen. Manchmal etwas Tubenkäse. Das ist alles. Wir haben ständig Hunger. Und die meisten meiner Kameraden hören nichts mehr. Man kann sich nur noch mit Handzeichen verständigen.«

»Warum hören sie nichts?«

»Die Granaten. Die zerreißen einem das Trommelfell, wenn sie in der Nähe explodieren. Aber wer taub geworden ist, hört wenigstens nicht mehr das Heulen der Stalinorgeln und die Schreie der Verwundeten.«

»Hast du deiner Familie von alldem erzählt?«

Matthias schüttelte den Kopf. »Die würden sich nur Sorgen machen. Besser, sie wissen nicht, wie es uns da draußen geht. Mutter würde doch keine Nacht mehr ruhig schlafen.«

Er sah Georg verzweifelt an. »Ständig die Kommandos, das Strammstehen, das Schießen, das Ausheben von Gräben. Wir wachen mehrmals in der Nacht auf, weil uns die Wanzen so heftig beißen. Mit unseren Läusen könnten wir Suppe kochen, so viele sind das! Ich hab meinen Pullover oben auf den Bunker gelegt, nachts, weil ich wollte, dass die Läuse erfrieren. Am nächsten Morgen hab ich nur noch ein paar Fetzen gefunden. Eine russische Granate muss ihn getroffen haben. Ich hab einem toten Kameraden den Pullover ausgezogen und ihn übernommen. Ich könnte Ihnen Geschichten erzählen!«

Georg nickte. »Tu's, Matthias. Und wenn wir die ganze Nacht hier sitzen. Erzähl mir, was du erlebt hast.«

15

Die Ersatzmarmelade aus Steckrüben hatte einen derart bitteren Geschmack, dass es ihm den Gaumen zusammenzog. Georg kratzte sie mit dem Messer vom Brot und biss erneut ab. Eine Wespe flog durch das offen stehende Fenster herein und schwankte um das Marmeladenglas. Sie versuchte, im Glas zu landen, fiel in die klebrige Masse und ruderte wild. Er hielt ihr den Finger hin, und sie schaffte es, daran hochzuklettern. Er fühlte ihre Krallenbeinchen und beobachtete, wie sich die Wespe putzte: Sie wischte die Fühler mit den Vorderbeinen ab und führte die Beine anschließend durch die Mundpartie – sie leckte sie sauber. Dann bürstete sie mit den Hinterbeinen die Flügel und schlug sie eine Weile im Sitzen.

Es klingelte.

Er bugsierte die Wespe auf den Tellerrand. Als er aufstand, rutschte das Messer weg und fiel klirrend zu Boden. Das ganze Marmeladengeschmiere auf dem Küchenboden! Fluchend bückte er sich und hob das Messer auf. Wo war der Lappen? Es klingelte erneut. »Ja, ich komme!«, rief er. Er wischte mit dem Lappen über den Boden, warf ihn in das Spülbecken, ging zur Tür und öffnete. Blockwart Wiese.

Die listigen Schweinsäuglein blitzten. »Wie schön, dass ich Sie endlich mal bei einer Sammlung antreffe, Herr Hartmann.«

Er hielt seine rote Büchse hoch, auf der in großen Buchstaben NSV geschrieben stand. »Sie sind doch vorbereitet?«

»Der Winter ist vorbei. Geh'n Sie mal raus, es ist warm und sonnig. Kommen Sie das nächste Mal im Oktober, wenn Sie fürs Winterhilfswerk sammeln wollen.«

»Erstens, Herr Hartmann, haben Sie die letzten drei Male nichts fürs Winterhilfswerk gegeben, weil Sie nicht zu Hause waren oder Ihre Abwesenheit vorgetäuscht haben. Diese Spenden können Sie heute nachholen. Und zweitens gehören zur Nationalsozialistischen Volkswohlfahrt auch die Jugendhilfe und der Mütterdienst im Deutschen Frauenbund.«

»Ich helfe jungen Leuten, keine Sorge. Dafür brauche ich keine Sammelbüchse.«

Wiese ließ die Büchse sinken und betrachtete ihn neugierig. »Man bekommt den Eindruck, dass Sie sich scheuen, die nationalsozialistischen Organisationen zu unterstützen.«

»Ich habe beim letzten Mal eine Reichsmark gegeben.«

Wiese lachte und wischte sich vergnügt über den Schnauzbart. »Wann war das? Im November? Ich habe gerade von einem Arbeiter zwanzig Mark erhalten, von einem einfachen Arbeiter! So ist das eben manchmal. Ein mittlerer Beamter gibt nur fünfzig Pfennig oder gar nichts, und das einfache Volk hält das Reich zusammen.« Er wurde ernst. »Herr Hartmann, ich rate Ihnen dringend, Ihre Versäumnisse der letzten Wintermonate nachzuholen und heute, sagen wir, mindestens einen Fünfmarkschein in meine Büchse zu stecken. Außerdem erwarte ich, dass Sie als Lagerführer in Zukunft mit gutem Beispiel vorangehen. Bei jeder Sammlung.«

»Drohen Sie mir?«

»Es entsteht allmählich der Eindruck, Sie wollten sich drücken.«

Er hatte die organisierte Bettelei der Partei dermaßen satt, die Kleidersammlungen, Spielzeugsammlungen, das Verkaufen von Anstecknadeln! All das, um den Staat von Ausgaben zu entlasten, damit er mehr Waffen kaufen konnte. »Diese elende Bettelei …«, sagte er leise.

»Wie bitte? Ich sage Ihnen, nach dem Krieg werden sich die Frontkämpfer die Spendenlisten geben lassen, und dann polieren sie allen die Visage, die geizig waren, während sie an der Front geblutet haben!«

Oh, wie er Leute hasste, die solche Reden schwangen. Wenn dieser Wiese gehört hätte, was ihm Matthias letzte Nacht erzählt hatte! Er sagte: »Warum sind Sie eigentlich nicht an der Front?«

Das Gesicht des Blockwarts wurde rot vor Wut. »Sie wagen es …«

»Kommen Sie wieder, wenn Sie mir diese Frage beantworten können.« Er schloss die Tür.

»Ich werde mich bei der Kreisleitung über Sie beschweren!«, keifte der Treppenterrier durch die geschlossene Tür. »Die machen Ihnen die Hölle heiß!«

Schon lange hatte er das tun wollen: dem Blockwart die Tür vor der Nase zuzuknallen. Georg musste lachen. War das ein Genuss! Er dachte: Ich wurde lange genug verschaukelt. Erst hat mir die Partei die Lieblingslektüre verboten. Dann hat sie mich dazu gebracht, wehrlose Frauen zu zwingen, für sie zu arbeiten, und zuzusehen, wie sie erschossen werden. Ich verrate meine Ideale, alles, wofür ich gelebt habe.

Er hatte genug von der Einschüchterung. Er wollte wieder frei atmen können. Sich im Spiegel anschauen, ohne den nagenden Gedanken daran, was er jeden Tag tat.

»Schreib deine Beschwerde an die Kreisleitung«, sagte er leise. »Ich bin nicht länger eine Marionette.«

Nadjeschka fiel ihm ein und ihr Versuch, sich umzubringen. Ich zeige ihr das Leben, dachte er. Ich zeige ihr, dass es nach dem Krieg weitergehen kann.

Ulrich Wiese ließ die Haustür krachend ins Schloss fallen. Leute wie der Hartmann machten die Volksgemeinschaft kaputt. Sie torpedierten den deutschen Kriegswillen und hielten sich noch für etwas Besseres dabei. Außenseiter waren das, die stolz waren auf ihre Außenseiterrolle. Parasiten, die am deutschen Volk saugten.

Diesmal war er zu weit gegangen.

Denk daran, sagte eine feige Stimme in ihm, seine Schwester hat den Rottländer geheiratet, und der ist ein hohes Tier bei der Gestapo.

Auch ich habe meine Kontakte, trumpfte er innerlich auf, ich hab genauso das eine oder andere Bierchen mit jemandem von der Gestapo getrunken. Der wird mich kennenlernen! Ich weise ihm staatsfeindliche Umtriebe nach, am Ende muss dieser Sauhund Männchen machen, der wird ganz klein angekrochen kommen und um Entschuldigung bitten, und dann schauen wir mal, welcher Laune ich gerade bin.

Dass Leute wie der Hartmann nicht erkannten, was das Dritte Reich bereits herausgeholt hatte! Vor Hitler hatte Chaos geherrscht, dauernd wechselten die Regierungen, und die Politik kam nicht gegen die Massenarbeitslosigkeit an. Und jetzt, unter dem größten Feldherrn aller Zeiten, wurden Sicherheit und Ordnung garantiert. Es gab wieder einen richtigen Nationalstolz! Die Jugend war von der Straße weg, und man spürte wieder eine Gemeinschaft unter den Leuten. Das hatten die Nationalsozialisten geschafft.

Für wen hielt der Sauhund sich eigentlich? Der wäre besser Lehrer geblieben, als Lagerleiter taugte er nicht.

Mit neuem Mut bearbeitete Ulrich das nächste Haus. Er sammelte Fünfmarkscheine, Zehnmarkscheine, sogar noch ein weiterer Zwanziger war heute drin, von einer Kriegerwitwe mit verheulten Augen. Sie wusste, was sie ihrer Volksgemeinschaft schuldig war.

Als er aus dem Haus trat, sah er den geschniegelten Hartmann am Ende der Straße. Wo ging der hin, an einem Sonntag mit einem Köfferchen? Bei Leuten, die politisch unzuverlässig waren wie der, wusste man nie. Am Ende war eine Bombe darin, mit der er die Bahngleise sabotierte. Oder Falschgeld.

Ulrich schlich ihm nach. Die Sammelbüchse drückte er Frau Oppmann in die Hand, die er überholte. Sie kam gerade aus der Kirche, in die katholische ging sie, leider nicht nur an Ostern, aber sie war zuverlässig – eine alte Christin stahl kein Geld aus einer Büchse der NSV. »Bewahren Sie das bitte für mich auf, ich komm es heute Abend abholen.«

Erstaunt sah sie ihn an.

»Hab's eilig«, sagte er und ging weiter.

Dieser Georg Hartmann hatte einen strammen Schritt drauf. Zum Gransauplatz ging er; als er das Schuhhaus Gustav Grüterich passierte, sah er sich um. Ulrich konnte gerade noch hinter einer Litfaßsäule in Deckung gehen. Ein deutlicher Beweis für ein schlechtes Gewissen, wenn einer so herumäugte.

Wofür hatte der sich rausgeputzt? Den hellen Anzug hatte er vorhin noch nicht getragen. Die schwarzen Schuhe glänzten, sogar die Haare hatte er gekämmt. Aha, er klingelte beim Modegeschäft Krüdewagen!

Ulrich positionierte sich hinter der Hausecke. Als Frau Krüdewagen öffnete, zog er rasch den Kopf zurück. Sie redeten zu leise, er verstand nichts. Hartmann verschwand mit der Krüdewagen im Haus.

Der Gransauplatz gehörte nicht zu seinem Abschnitt, da musste er beim Kollegen nachfragen. Ob die verlässlich war? Man konnte mal eine Überprüfung machen, wie genau es bei ihr im Laden mit den Kleidermarken zuging, und ihr bei der Gelegenheit politisch auf den Zahn fühlen.

Die Krüdewagen erschien im Schaufenster und zog der Schaufensterpuppe das Sommerkleid aus. Am Sonntag verkaufte sie dem Hartmann ein Kleid! Dafür brauchte er also sein Geld, er kaufte heimlich ein. Für wen kaufte er das Kleid? Und warum konnte das nicht bis Montag warten? Oh, wie er ihn an der Angel hatte, wie schön der Hartmann zappeln würde!

»Herr Wiese, was machen Sie denn da?«

Er drehte sich um. »Frau Oppmann.« Er straffte seine Haltung. »Das sind Parteiinterna. Ich habe nicht die Befugnis, darüber zu sprechen.«

Misstrauisch sah sie ihn an. »Und die Büchse?«

»Wo haben Sie die überhaupt?«

Sie klopfte auf ihre ausgebeulte braune Handtasche. »Da drin.«

»Sind Sie mir nachgeschlichen?«

Sie machte ein beleidigtes Gesicht, wie es nur eine Siebzigjährige konnte. »Sonntagmittag gehe ich immer zu Auguste.« Ihre Stimme war dünn, und die pergamentenen Wangen verfärbten sich rosa vor Wut.

»Das ist Ihre Sache«, sagte er. »Und das hier ist meine. Gehen Sie weiter.«

Sie angelte die rote Büchse aus der Handtasche. »Dann kümmern Sie sich selbst um Ihren Kram und lassen Sie eine alte Frau in Ruhe.« Sie drückte ihm die Büchse in die Hand. »Ich will nichts damit zu tun haben.«

»Die Partei bittet Sie *einmal* um einen Gefallen, eine Kleinigkeit nur, und Sie …«

»Herr Wiese«, fiel sie ihm ins Wort, »Sie sind nicht die Partei. Und warum Sie der armen Frau Krüdewagen nachspionieren, weiß ich nicht, aber es ist sicher kein ehrenhafter Grund.«

Tatsächlich, Frau Krüdewagen ging über den Marktplatz. Wo war Georg Hartmann abgeblieben? Wegen der alten Schnepfe hatte er ihn aus den Augen verloren. »Sie behindern mich in der Ausübung meines Amtes. Das wird Folgen für Sie haben!«

»Mir machen Sie keine Angst mit Ihrem Gerede. Ich hab Sie schon aufs Reiterdenkmal spucken sehen, da waren Sie noch ein Dreikäsehoch. Ich hab Ihren Vater gekannt, der würde sich schämen, Sie hier so zu sehen.«

»Halten Sie den Mund.« Er ließ sie stehen und eilte über den Marktplatz, um in die Burgstraße zu spähen. Nirgendwo eine Spur von Georg Hartmann. Hatte er es schon bis zur Kleinbahnhaltestelle »Neheim, Stadt« Ecke Friedrichstraße und Bismarckstraße geschafft? Dass ihm der Sauhund nicht entwischte! Im Laufschritt setzte Ulrich ihm nach. In der roten Büchse schepperten die Münzen.

Georg rief Plöger in sein Büro. »Holen Sie die Arbeiterin Soest 13 849.«

»Wegen der Sabotage bei Trögelkind & Winkler?« Plöger bleckte die Zähne.

»Holen Sie sie einfach her.«

»Mit Vergnügen.«

Als der Wachmann fort war, nahm er das Kleid aus dem Koffer und steckte es in eine helle Stofftasche. Er hielt inne. Sein Plan würde Nadjeschka Freiheiten verschaffen, ihr zugleich jedoch auch Ärger und Hass einbringen. War es das Richtige für sie?

Plöger brachte sie ins Büro. »Soest 13 849«, meldete er.

»Nadjeschka.« Er stand auf und wies auf den Stuhl gegenüber seines Schreibtischs. »Setz dich.«

Schüchtern trat sie näher.

»Sie können gehen, Herr Plöger. Ach, und teilen Sie bitte Agatha mit, dass sie als Barackenälteste abgelöst ist. Nadjeschka wird ihr Amt übernehmen.«

Plöger schüttelte den Kopf. »Das versteh ich nicht. Sie ist neu, sie hat keine Erfahrung. In der Fabrik nicht und hier im Lager auch nicht! Wie soll sie die Frauen überwachen?«

»Sie ist klug und wird von allen geschätzt. Agatha hat sich unbeliebt gemacht.« Er sah auffordernd zur Tür. »Bitte lassen Sie uns jetzt allein.«

Mit finsterer Miene verließ Plöger den Raum.

Nadjeschka war auf halbem Weg zwischen der Tür und dem Schreibtisch stehen geblieben. Sie sah ihn mit großen Augen an.

»Setz dich«, sagte er noch einmal.

Sie gehorchte. »Warum tun Sie das?«, fragte sie. »Der Wachmann hat recht, ich bin nicht geeignet für die Aufgabe.«

»Jedenfalls nicht, solange dir das Grauen im Gesicht steht wie eine Wachsmaske. Darf ich dich auf einen Spaziergang einladen?«

»Ich verstehe nicht.«

»Du hast viel durchgemacht in den letzten Tagen. Ich möchte dir helfen, auf andere Gedanken zu kommen. Dir einen Ausblick geben auf die Zeit nach dem Krieg.«

»Bekommen Sie keinen Ärger, wenn Sie mit einer Ostarbeiterin draußen herumspazieren?«

Er lächelte. »In Einzelfällen darf ich euch Ausgang gewähren. Allerdings gibt es dann hundert Einschränkungen, was ihr dürft und wo ihr hingehen könnt und so weiter. Wie wäre es, wenn du heute Nachmittag jemand anderes bist? Wie gefällt dir der Name Josefine?«

Etwas erwachte in ihren Augen, sie funkelten vor verspielter Freude. »Ich mag ihn.«

»Das Wetter ist traumhaft. Komm, ich zeige dir die Gegend.«

Als sie das Lager verließen, waren ihre Bewegungen angespannt und steif. Sie redeten über Dostojewski und Schewtschenko, über die Auswahl der Bücher, die er ihnen gebracht hatte. Aber kaum waren sie außer Sichtweite der Wachtürme, fing sie an, hundert Fragen zu stellen. Für alles und jedes wollte sie das passende Wort wissen.

Er benannte ihr Brombeeren, Holunder und Weiden am Wegrand, Blaumeisen, die durch die Äste hüpften, Zaunkönige und Rotkehlchen. Sie spazierten entlang der Möhne, Lagerleiter und Gefangene, verwandelt in Lehrer und Schülerin, oder aber, so schien es ihm vielmehr, in König und Königin. Zur Linken war der Hochwald, wo unter den Eichen und Buchen Abertausende von weißen Windröschen aufleuchteten.

Nadjeschkas Staunen und ihre Freude an Kleinigkeiten steckten ihn an. Auch er sah plötzlich die Welt mit neuen Augen. So oft schon war er den Möhneweg entlangspaziert, doch schon lange hatte er nicht mehr einen solchen Frühlingszauber erlebt.

»Schauen Sie«, rief sie, »die Enten zeigen ihren Jungen das … wie man …«

»Das Gründeln«, sagte er.

Tatsächlich tauchten die Märzenten ihre Köpfe ins Wasser, kurz nur, und animierten ihre Jungen dadurch, es nachzuahmen. Die Kleinen paddelten unter Wasser mit den Beinchen, um nicht von der Strömung mitgezogen zu werden, und probierten willig das Gründeln aus, indem sie von Zeit zu Zeit ihre Köpfchen in die Wellen steckten.

Auf einem Baum schillerten Käfer und andere Insekten in grünen und bronzenen Farbtönen. Dicke Brummer surrten von Blüte zu Blüte. »Julikäfer«, sagte er. Einer flog auf ihn zu, er sah, wie der Käfer beim Fliegen den Kopf vorstreckte, als sei er kurzsichtig und müsse sich mühsam orientieren.

Sie streckte ihre Hand aus, und tatsächlich landete ein Käfer darauf, und dann ein zweiter. »Das kitzelt!« Sie schüttelte die Käfer ab.

Ein paar Meter weiter kauerte sie sich ins Gras. »Ein Pilz. Wie nennen Sie ihn?«

»Da sind noch mehr, schau! Die müssen erst letzte Nacht so groß gewachsen sein, sonst hätte sie längst jemand gepflückt. Champignons. Die Partei verlangt, dass wir sie nicht mehr so nennen, weil es französisch ist. Weiden-Egerling heißen sie jetzt.«

Sie stand auf und drehte sich zu ihm. »Sie wissen gar nicht, was Sie mir schenken. Aus dem Gefängnis rauszukommen! Ich fühle mich wieder wie ein Mensch. Beinahe wie zu Hause.«

Spaziergänger kamen vorüber. Der Mann trug einen kleinen nassen Hund auf dem Arm, die Hundeleine hielt die Frau, sie zog an der Leine ihren Mann und ihren Hund hinter sich her. Es sah albern aus. Sie starrten auf Nadjeschkas Arbeitsjacke mit dem Aufnäher »OST«.

»Guten Tag«, sagte Georg. »Sie sind neu in Neheim?«

»Aus Dortmund, wir sind übers Wochenende da.«

»Ich bin hier der Lagerführer. Es hat alles seine Richtigkeit.«

Die Frau nickte rasch, dann zog sie Mann und Hund weiter.

Solche Begegnungen waren gefährlich. Ein Parteimitglied hätte ihm das nicht so durchgehen lassen. Er wartete, bis sie um die nächste Wegbiegung verschwunden waren. Dann fragte er: »Bist du bereit, wirklich Josefine zu werden? Nur für diesen Tag.«

Sie nickte.

Er reichte ihr die Tasche. »Ein Sommerkleid. Ich werde mich zum Fluss hindrehen. Du kannst dich im Wald umziehen.«

Nadjeschka sah ihn verwirrt an. Dann aber drückte sie die Tasche an ihre Brust und lief in den Wald. Wie versprochen, wandte er sich zum Fluss um. Sein Herz klopfte einen wilden Galopp, bis er sie hinter sich sagen hörte: »Ich bin so weit.«

Er drehte sich um. Das weiße Sommerkleid mit dem roten Blumenmuster betonte ihren mädchenhaften Körper. Nadjeschka genoss es, bewundert zu werden. Sie machte einen galanten Knicks und strahlte.

»Jetzt wird keiner mehr Fragen stellen.« Er machte einen Schritt auf sie zu und streckte ihr die Hand hin. »Ich bin Georg. Sag bitte du zu mir.«

Sie nahm seine Hand. »Josefine.«

Er reichte ihr den Arm, und sie legte ihre Hand in seine Armbeuge, ganz sanft und leicht. Die zarte Berührung ließ ihm den Atem stocken.

Schweigend gingen sie am Ufer entlang. War sie genauso aufgeregt wie er? Er sagte: »Erzähl mir von deiner Heimat. Wie ist es dort?«

»Meine Heimat … Na ja, die Ukraine ist flach, man kann bis zum Horizont sehen. Es ist ein weites, offenes Land. Oft haben wir vor dem Haus gestanden, Mama, Papa, der kleine Arkadi und ich, und haben uns den Sonnenuntergang angesehen. Oder das Wetterleuchten am Horizont, wenn ein Gewitter aufzog.«

»Vermisst du sie?«

»Und wie.« Nadjeschkas Griff an seinem Arm wurde plötzlich fester.

Hat sie jemanden geliebt in der Heimat?, dachte er. Ist ihr Herz vergeben, und sie sieht in mir nur den väterlichen Freund, der Mitleid hat? Er konnte gar nicht anders, er stellte sich kräftig gewachsene Bauernsöhne vor, die Nadjeschka umwarben. Was sollte sie mit ihm?

Außerdem kenne ich sie überhaupt nicht, fuhr es ihm durch den Kopf. Wie kann ich mich in eine Frau verlieben, von der ich nichts weiß?

»Warum ich?«, fragte sie plötzlich. »Warum gehen Sie mit mir spazieren und nicht mit einer der anderen Frauen? Weil ich Deutsch spreche?«

So genau wusste er es selbst nicht. Irgendwie berührst du mich, dachte er. Du bist mir fremd und zugleich auf seltsame Weise vertraut. Laut sagte er: »Schon vergessen, dass du dich erschießen lassen wolltest? Ich bin für euch verantwortlich. Da kann ich nicht zusehen, wie eine begabte junge Frau vor Verzweiflung ihr Leben wegwirft.« Die Lüge schmeckte schal im Mund.

»Ich verstehe.« Sie löste ihre Hand aus seiner Armbeuge.

Nahm sie Abstand von ihm, weil sie gehofft hatte, er würde sagen, dass er sie mochte? Oder lag es an der schmerzhaften Erinnerung an Katja, die wieder in ihr aufstieg? Er musste sie auf andere Gedanken bringen.

Ein Mäusebussardpaar kreiste am Himmel, die Vögel riefen abwechselnd »Hiä«, sie haschten sich im Sturzflug und schraubten sich in eleganten Spiralen schweigend hinauf. »Schau mal«, sagte er, »sie steigen höher und höher, ohne einmal mit den Flügeln zu schlagen.«

»Sie nutzen die Thermik.«

Verblüfft sah er sie an. »Hast du vor dem Krieg Physik studiert?«

Sie lachte lauthals. »Nein. Meinen Sie, nur weil ich aus der Ukraine komme, kann ich nichts von Thermik wissen? Ich bin zur Schule gegangen.«

»Verzeih. Ich dachte nur …«

»Sie dachten, wir sind dumme Steppenmenschen, die bloß zur Feldarbeit taugen.«

»Das hab ich nie gesagt.«

»Warum behandelt man uns wie Vieh? Warum darf man uns einfangen und zur Arbeit zwingen? In Litzmannstadt mussten wir aussteigen und uns ausziehen. Die haben unsere Kleidung mit Dampf erhitzt und uns entseucht, und dann mussten wir, Männer und Frauen miteinander, nackt auf die Kleidung warten. Es war so erniedrigend!«

»Das war sicher ein Versehen. Aber die Entseuchung ist nötig, um das Fleckfieber einzudämmen. Glaube mir, das möchtest du nicht haben. Fleckfieber wird durch Läuse, Milben und Flöhe übertragen. An der Stichstelle entstehen blauschwarze Verfärbungen, der ganze Körper schwillt an, der Kranke hat hohes Fieber, Bewusstseinsstörungen. Oft endet die Krankheit tödlich.«

»Hält man uns für so verkommen, dass man bei uns Flöhe vermutet? Wir sind keine Hunde!«

»Aber ihr habt eine schlimme Reise hinter euch, oder nicht? Es geht um euer eigenes Wohl. Fleckfieber ist grausam, man verbrennt innerlich und stirbt. Deshalb müssen die Neuankömmlinge und ihre Kleidung desinfiziert werden.«

»Neuankömmlinge? Sie meinen wohl ›Untermenschen‹. Man geht einfach davon aus, dass wir verseucht sind mit Krankheiten und Ungeziefer.«

Er wusste, dass sie recht hatte. Seine Landsleute pflegten lauter Vorurteile über andere Menschen: Juden waren raffgierig und tückisch, Russen schmutzig und barbarisch. Dennoch sagte er: »Auch die Soldaten, die aus Russland zurückkommen, müssen durch die Entlausung. Deutsche.«

»Weil sie bei uns im Osten waren.«

Er lachte. »Du gibst nicht auf, oder?«

»Nein.«

»Lust auf ein Eis?«

Sie überlegte. »Ein Apfel wäre mir lieber. Oder ein Stück Brot. Ich hab solchen Hunger, seit Tagen.«

»Sollst du alles haben. Gehen wir in die Stadt!«

Nadjeschka blieb stehen. »In die Stadt? Ist das nicht zu gefährlich?«

»Warum? Du bist Josefine, und ich bin Georg. Wir machen einen Osterspaziergang. Du solltest übrigens aufhören, Sie zu mir zu sagen. Sonst wundern sich die Leute wirklich.«

»Ich habe einen Akzent.«

»Kaum. Du könntest Schwarzmeerdeutsche sein.«

»Also gut.« Sie kauerte sich an das Flussufer und warf sich Wasser ins Gesicht, wusch sich die Arme, die Stirn, den Hals. »So, jetzt bin ich so weit.«

»Du triefst ja!«

»Das trocknet schnell. Haben Sie Angst vor Wasser?« Lachend steckte sie wieder ihre Hand in seine Armbeuge, sein Hemd war im Nu durchnässt.

»Freche Range!«, schimpfte er, aber er schüttelte sie nicht ab, es gefiel ihm, ihre Hand zu spüren. »Und wirklich, sag du zu mir. Ich bin Georg.«

»Georg«, sagte sie leise.

Wie behutsam sie seinen Namen aussprach! Sein Herz machte vor Freude einen Satz.

Sie spazierten am Ufer entlang, bis sie nach Neheim hineingelangten. Überall auf den Straßen flanierten Pärchen und Familien. Neheim feierte das Osterwochende. Die Männer warfen Nadjeschka neugierige Blicke zu.

»Unerhört«, sagte er, »die gaffen dich an, als wärst du eine Zirkusattraktion!«

»Werden wir vielleicht durchschaut?« Sie riss die Augen auf.

»Nein, das ist es nicht. Dein Aussehen gefällt ihnen.«

Erleichtert atmete sie aus. »Wenn ich meine Ostarbeiterinnenjacke trage, gefalle ich ihnen nicht mehr, glauben Sie mir.«

Er zeigte ihr den Kolonialwarenladen: »Früher gab es hier zu Ostern schöne grüne Holzwolle, darin saßen Schokoladenosterhasen, kleine und große, und die bunten Ostereier waren eine Augenweide! Jetzt gibt es selbst Zucker nur noch auf Karten, und Puddingpulver ist nach jeder Lieferung binnen Stunden ausverkauft.«

Sie sah durch die Schaufensterscheibe ins Innere des Ladens. »Aber die Regale sind doch voll! In der Ukraine kriegt man in den Läden viel weniger.«

»Siehst du das Glas auf der Theke? Als Kind hab ich regelmäßig mein Taschengeld hiergelassen. Die roten Bonbons im Glas habe ich geliebt. Oft klebten sie aneinander, man musste sie Stück für Stück abbrechen.«

»Was ist das, Taschengeld?«

Machte sie Scherze? Aber sie sah ihn ernst an. Wahrscheinlich kannte sie nur das Wort nicht. »Das ist das Geld, das einem die Eltern geben. Wenn man noch ein Kind ist. Jede Woche hab ich ein Fünfzig-Pfennig-Stück bekommen.«

»Taschengeld.« Sie lächelte. »Ich kann mir Sie gut als kleinen Jungen vorstellen.«

»Du sollst du sagen.«

»Verzeihung. Was musstest du dafür tun? Für das Taschengeld, meine ich?«

»Nichts. Na hör mal!«

»Du musstest nicht arbeiten?«

»Nein. Ich bin zur Schule gegangen.«

Sie seufzte. »Deutschland ist ein reiches Land. Bei uns müssen alle Kinder arbeiten, aber Geld bekommen sie nicht dafür, höchstens etwas zu essen oder mal ein Stück Stoff für ein Kleid.«

Sie spazierten weiter, am Kaufhaus Adolf Meyer vorüber und am Fahrradgeschäft. »Was musstest du machen?«, fragte er.

»Vor der Schule musste ich Seidenraupen füttern. Im Frühjahr bekam ich die Eier zugeteilt. Ich hab sie auf fein geschnittene Maulbeerblättchen gelegt, und ein paar Wochen später waren es schon Raupen. Im Sommer brauchten sie Maulbeerbüschel, und am Ende ganze Zweige von den Maulbeerbäumen. Die Raupen fraßen und fraßen. Ruhiger ist es erst geworden, sobald sie angefangen haben, sich einzuspinnen. Die Kokons hab ich dann abgegeben, und das Gewicht wurde in eine Liste eingetragen in der Kolchose, und meine Familie bekam etwas dafür.«

»Das hätte mir auch Spaß gemacht, Seidenraupen zu züchten.«

»Es war auf jeden Fall besser, als Schafe zu hüten. Das haben andere Kinder gemacht, und die Schafe sind oft ausgebüxt, dann mussten sie suchen gehen. Als ich elf geworden bin, war auch Schluss mit den Seidenraupen, mit elf habe ich dann in der Kolchose auf dem Feld gearbeitet. Wir haben bei Stepove Maisfelder und Sonnenblumenfelder. Im Herbst wird der Mais gebrochen und die Sonnenblumen werden geschnitten. Die Sonnenblumen muss man von Hand ausklopfen und die Maiskolben schälen. Alle Kolben werden auf dem Dorfplatz auf einen Haufen geworfen, um dann bearbeitet zu werden.«

»Also bist du doch ein Steppenmensch«, neckte er sie.

»Nein. Mein größter Wunsch war immer, nicht in der Kolchose arbeiten zu müssen. Deshalb hab ich die Mittelschule besucht, um später studieren zu können und Lehrerin zu werden. Die meisten machen nur vier Jahre Volksschule und bleiben in der Landwirtschaft, aber ich wollte was anderes, für mich ist die Landwirtschaft nichts.«

»Du wolltest ... Lehrerin werden?« Er musste schlucken.

»Ja. Was glaubst du, warum ich so fleißig Deutsch gelernt habe?« Sie sah ihn an. »Warum guckst du so seltsam?«

»Ich bin Lehrer.«

»Nicht Lageraufseher?«

»Ein Verwandter hat mir diese Stelle als Lagerleiter verschafft. Ich wollte nicht an die Front, will keine Menschen erschießen.« Er rutschte immer tiefer in diese Sache hinein, wenn er ihr so viel von sich preisgab. Dieser eine Spaziergang, dabei blieb es! Danach musste sie ihn weiter als Lagerführer respektieren. Was sollte daraus werden, wenn sie ihm im Lager vertraulich kam!

Nadjeschkas grüne Augen musterten ihn. Wärme lag in ihrem Blick. »Ich kann mir dich gut als Lehrer vorstellen.«

Ein Kriegsversehrter kam auf sie zu, er stützte sich bei jedem Schritt auf eine Krücke. Was wollte er? Der Mann war jünger als er, Georg. Sein Gesicht war fahl und mutlos. Sie machten ihm Platz. Er betrat hinter ihnen die Apotheke.

»Was sind das für Bilder?«, fragte sie, und wies auf die Plakate an den Laternen. »Überall Tiere!«

»Der Zirkus Sarrasani wirbt für seine Vorstellungen.«

»Mitten im Krieg führen sie euch Tierkunststücke vor?«

So, wie sie es sagte, kam es ihm plötzlich ungehörig vor.

»In den Städten werden immer noch Opern und Theaterstücke aufgeführt. Es gibt Konzerte, Gemäldeausstellungen, Lesungen.«

»Weil der Krieg nicht bei euch tobt, sondern bei uns.«

»Wir sollten hier nicht über so etwas reden.«

An der Wasserpumpe schalt eine Mutter ihr Kind: »Du läufst mal wieder rum wie ein Jude. Kannst du dich nicht ordentlich anziehen?« Sie stopfte dem Kind das Hemd in die Hose.

»Du wolltest doch etwas essen«, sagte er. »Komm!«

Da schlug ihm jemand auf die Schulter. »Georg! Wen hast du denn Hübsches dabei?«

Paulheinz Schmauser. Mathematik und Physik. Er trug das Parteiabzeichen, das winzige blitzende Stück Metall, das ihn zu einem besseren Menschen machte.

»Das ist Josefine«, stellte er sie vor, »aus Lüttringen. Josefine, das ist Paulheinz. Ein Kollege von mir.«

Bevor sie etwas sagen konnte, nahm Schmauser Nadjeschkas Hand, führte sie an seinen Mund und hauchte einen Kuss darauf. »Sehr erfreut! Wirklich, Sie sind eine Augenweide. Wollen wir uns nicht für eine Tasse Ersatzkaffee und ein Stück Kuchen ins Café Röther setzen? Ich muss herausfinden, wo der Hartmann solche Schätze wie Sie findet. Sie haben nicht zufällig eine Schwester, die gern tanzen geht und einen Kavalier gebrauchen kann?«

»Ein andermal gern, Paulheinz«, sagte er hastig. »Wir wollten gerade ins Kino, in die Nachmittagsvorstellung.«

»Wie ihr meint, ihr Turteltäubchen.« Schmauser lachte. »Wer soll's euch verübeln, dass ihr gern allein im dunklen Kino sein wollt? Ich muss in dieselbe Richtung, ich begleite euch noch ein Stück.« Kaum waren sie losgegangen, fragte er: »Also, wo hast du ihn kennengelernt, Josefine?«

»Im Zug«, sagte sie.

»Wir saßen im selben Abteil«, ergänzte er. Das Herz schlug ihm bis zum Hals. »Wir sind ins Gespräch gekommen, und jetzt ist sie zu Besuch da.«

»Du Glückspilz!« Paulheinz schüttelte den Kopf. »Neben mir sitzen immer bloß Kriegsinvaliden oder Mütter mit einer fünfköpfigen Rasselbande. Neulich ist mir was passiert, das werdet ihr nicht glauben. Zwei Frauen stiegen ein, Blondinen, wirklich hübsch zurechtgemacht, ich wollte sie schon ansprechen, da fingen sie an, auf die Regierung zu schimpfen. Es wurde immer wilder. Ein Offizier saß bei uns im Abteil, ich dachte, dass er jeden Moment aufspringen wird, um sie festzunehmen, doch er guckte nur aus dem Fenster und hat den Mund gehalten. Ich hab die Frauen zurechtgewiesen. Sie haben trotzdem weitergemacht auf das Dreisteste. Schließlich hat sich der Offizier umgedreht und gesagt: ›Jetzt reicht es aber mal.‹ Da haben ihm die Frauen ihr Gestapoabzeichen gezeigt. ›Unmöglich, dass Sie so lange still zugehört haben als Offizier! Sie hätten viel früher protestieren müssen. Mitkommen!‹ Zum Glück hat's mich nicht erwischt. Stellt euch mal vor, ich hätte den Damen schöne Augen gemacht! Nicht auszudenken!« Er lachte.

So, dachte Georg, rede weiter, bald sind wir beim Kino. »Wirklich, die waren von der Gestapo?«

»Ja! Nicht dass ich was gegen Gestapobräute habe.« Er sah verunsichert zu Nadjeschka. »Wirklich, ich stehe zur Partei. Bin ja ein Mitglied der ersten Tage. Also, ich hab das jetzt nur als Witz erzählt. Ihr versteht schon?«

»Klar. Eine lustige Geschichte.«

»Wie gefällt Ihnen Neheim?«, fragte er Nadjeschka.

»Gut.«

»Sehr gesprächig sind Sie nicht.« Er lachte. »Na dann, meine Beste. Verzeihen Sie, wenn ich ein wenig grob daherkam, ich bin manchmal so, da müssen Sie sich nichts denken.«

»Schon gut.«

Verwirrt sah er Georg an.

Hatte er ihren fremden Akzent bemerkt? Georg beeilte sich zu sagen: »Sie ist sensibel, aber eine ganz feine Frau. Beim nächsten Mal setzen wir uns zusammen ins Café, dann wirst du merken, dass sie durchaus Humor hat.« Er blieb stehen. »Wir sind da. Mach's gut, Paulheinz.«

Er bugsierte Nadjeschka in den Vorraum des Kinos. Sie stellten sich an der Kasse an.

»Hat er es gemerkt?«, fragte sie.

»Ich hoffe nicht.« Er wartete noch eine Weile, während sie allmählich vorrückten, dann zog er Nadjeschka aus der Warteschlange und verließ das Kino.

Ulrich Wiese drückte sich gegen die Hauswand. Er hatte das Kino erst betreten wollen, wenn der Film schon lief, um im Dunkeln ungesehen hinter den beiden Platz zu nehmen. Warum kamen sie jetzt schon heraus?

Durch den Stoff des Beutels, den Hartmann trug, schimmerte ein quadratisches Symbol hindurch. »OST« stand darauf. Ulrich Wiese blieb stehen, er ließ sie ziehen. Natürlich. Jetzt bekam alles einen Sinn.

Sie trug das neue Kleid, damit sie in der Stadt nicht als Ostarbeiterin erkannt wurde. Die Frau war eine von den Lagerinsassinnen. Georg Hartmann vögelte eine Fremdvölkische! Blutschande war das und Hochverrat am deutschen Volk.

Vor Aufregung schnappte er nach Luft. Das konnte die entscheidende Wende in seinem Leben werden. Er durfte jetzt nur nichts überstürzen, musste klug handeln. Wie konnte er aus der Sache Profit schlagen? Natürlich würde Hartmann am Galgen enden. Vielleicht ist sogar noch mehr drin, dachte er, für mich selbst muss ordentlich etwas herausspringen.

16

»Was ist los, Georg, du strahlst ja so?« Anneliese hielt ihm die Tür auf.

»Nichts ist los.«

»Du bist verliebt.« Sie stieß ihn in die Seite. »Das seh ich sofort.«

Er lachte. Schlüpfte aus den Schuhen.

»Du kannst Axels Pantoffeln haben.« Sie brachte sie ihm.

»Stört ihn das nicht?«

»Ach was! Und falls doch, ziehst du sie eben wieder aus, wenn er nachher kommt.«

Er schlüpfte hinein und folgte Anneliese in die Küche. Unter dem Tisch lauerte hinter einer halb fertigen Klötzchenruine der Spielzeugpanzer, als ziele er auf Angreifer.

Georg setzte sich. Offenbar knipste Anneliese immer noch in Heimarbeit Ösen in Wehrmachtsuniformknöpfe, ein ganzer Haufen davon lag auf dem Tisch, dazu zwei Zangen. Er ließ einige Knöpfe durch die Hand gleiten. »Zahlen sie inzwischen besser?«, fragte er.

»Wer?«

»Tappe & Cosack an der Bahnhofstraße.«

»Sie zahlen wie immer. Lenk nicht vom Thema ab. Wer ist es? Hast du dich mit Eva versöhnt?«

Siegfried stürmte in die Küche und ersparte ihm die Lüge.

»Onkel Georg! Bleibst du zum Essen? Spielen wir ›Mensch

ärgere dich nicht‹? Wir haben einen neuen Wellensittich, den musst du dir anschauen!«

»Wie wär's mal mit Rommé? Oder Schach. Es ist Zeit, dass du das lernst. Soll ich's dir beibringen?«

»Kannst du auch Wehrschach?«

»Nein.« Was sollte das sein? Den Begriff hatte er noch nie gehört.

»Die Großen bei der HJ spielen das immer. Da ist das Brett in mehrere Gebiete unterteilt, und man hat Jagdflieger und Panzer und so.«

»Das kenne ich nicht, Siegfried.«

»Soll ich dir was zeigen?« Der Junge ging zurück in den Flur. Georg konnte sehen, wie er eine Schallplatte auflegte und das Grammophon mit der Kurbel aufzog. Kaum hatte er die Nadel aufgesetzt, dröhnte Musik los, wirre, rasende Musik, und eine Stimme sang hektisch im Falsett. Siegfried krümmte sich vor Lachen. »Als würde ein Zwerg sprechen, Onkel Georg!«

»Mach das aus«, verlangte Anneliese.

Eine lustige Idee, die Geschwindigkeit zu hoch einzustellen. Und Siegfried bot einen erfrischenden Anblick: ein Kind, das von ganzem Herzen lachte. Wie selten sah man das in letzter Zeit. Heute empfand er Liebe für die Menschen wie schon lange nicht mehr. Für Anneliese in ihrer blauen Schürze. Für Siegfried. Weil Nadjeschka ihn gern hatte, konnte er die ganze Welt ins Herz schließen.

Die Schwester schnitt mit einem langen Messer den Kuchen. Sie sah auf. »Rand oder Mitte?«

»Eins vom Rand bitte. Da schmeckt man so schön den Hefeteig.«

Lächelnd legte sie ihm ein großes Stück Apfelkuchen auf den Teller. Und sorgte dann dafür, dass auch die Kinder ordentlich aßen, ohne den Tisch mit Krümeln zu übersäen.

Sie war eine erwachsene Frau geworden, eine Mutter, die sich um ihre Kinder kümmerte, zuverlässig und fürsorglich. Dabei konnte er sich noch so gut an die Zeit erinnern, als Anneliese selbst ein Mädchen gewesen war, das bei jeder Gelegenheit heulte. Unwillkürlich musste er daran denken, wie sie als Kinder einmal im Wald Beeren gesammelt hatten und Anneliese weniger fand als er. Schon vergoss sie Tränen. Er gab ihr aus seinem Körbchen ab und füllte ihren Korb mit Beeren auf, bis sie gleich viel hatten. Wie hatte sie ihn angestrahlt! Stundenlang waren sie damals an den Sonntagen zusammen durch Wald und Wiesen gestromert. Vermisste sie denn diese Freiheit nicht, wenigstens von Zeit zu Zeit? Als er sie darauf ansprach und versuchte, in ihr Zweifel an den Machthabern zu wecken, erntete er nicht mehr als verlegene Floskeln. Gerade mal, dass sie bekannte, nachts öfter wach zu liegen und darüber zu grübeln, wo das mit dem Krieg noch hinführen würde.

Anneliese mochte das Gesprächsthema nicht, wurde sichtlich angespannt.

»Bisher geht es uns gut«, sagte sie. »Wir haben alles, was wir brauchen, die Preise sind in manchem sogar besser als vor Kriegsausbruch.«

»Ja, und warum? Weil wir die überfallenen Völker ausplündern!« *Wollte* sie so blind sein? »Wir essen deren Brot, wir heizen mit deren Kohlen! Sie frieren und hungern währenddessen. Und die Juden hatten damit gewiss nichts zu tun. Hitler will Europa beherrschen. Am besten die ganze Welt. Darum haben wir Krieg.«

»Komm mal mit.« Sie packte ihn am Arm und zog ihn aus der Küche. Im Flur zischte sie: »Bist du wahnsinnig geworden? Die Kinder schnappen alles auf und erzählen es dann in der Schule wieder. Ein Freund von Siegfried hat vor zwei Wochen ausgeplaudert, dass die Eltern nachts BBC hören. Am nächsten Tag wurden sie abgeholt und hingerichtet. Gehenkt, Georg! Wie soll das Kind je wieder glücklich werden, wenn es erst alt genug ist, um zu begreifen, dass es die Eltern auf dem Gewissen hat?«

»Genau darum geht es mir! Dieser Staat erlaubt uns nicht mal, den Radiosender auszuwählen. Und Axel, ganz nebenbei, ist einer von denen, die andere Leute belauschen und ans Messer liefern.«

»Das ist nicht wahr. Axel ist Polizist.«

»Bei der Gestapo. Das ist ein Unterschied, und du weißt das.«

Sie sah zu Boden. »Es ist seine Sache, was er macht. Er hat sein eigenes Gewissen. Außerdem lasst ihr Männer euch da sowieso nicht reinreden.«

Was tat er hier eigentlich? Er schämte sich für seine Aggressivität. »Anneliese, ich wollte nicht streiten. Mir geht nur so viel durch den Kopf ...« Eigentlich war er guter Dinge gewesen, er hatte sich auf den Nachmittag bei der Schwester gefreut!

Sie kehrten zurück in die Küche. Siegfried schien nichts gemerkt zu haben und stopfte sich weiter fröhlich Kuchen in den Mund.

Lilli hingegen saß mit gefalteten Händchen da und presste die Augen zusammen.

»Sag mal, Lilli, betest du?«, fragte er neugierig.

Die Kleine hielt weiter die Augen geschlossen. »Händchen falten, Köpfchen senken, immer an den Führer denken«, sagte sie mit ihrem hohen Stimmchen auf.

Entsetzt sah er Anneliese an.

Die zuckte die Achseln. »Was soll ich machen? So lernen sie das heute im Kindergarten. Soll ich es ihr verbieten?«

»Jetzt ist Hitler also der neue Herrgott«, seufzte er. »So weit ist es mit dem Personenkult gekommen.«

»Was ist das«, fragte Siegfried, »ein Personenkult?«

Anneliese presste die Lippen aufeinander. Streng sagte sie: »Nichts. Und ich möchte, dass du das Wort wieder vergisst. In einem nationalsozialistischen Haushalt sagt man das nicht.«

»Personenkult«, wiederholte Siegfried, als präge er sich ein neues, herrlich verbotenes Schimpfwort ein.

Das Schloss knirschte, der Riegel schnappte laut auf. Axel betrat die Wohnung, und sofort sprangen die Kinder auf und rannten ihm entgegen. Anneliese berührte Georgs Arm. »Jetzt ist Schluss mit diesen Bemerkungen.«

Er nickte.

Schnaufend kam Axel durch den Flur näher. »Wo sind meine Pantoffeln?«, fragte er. Dies war sein Reich, aus jeder Pore verströmte er das Bewusstsein seiner Herrschaft.

Georg übergab ihm pflichtschuldig die Hausschuhe.

Er zog sie an, begrüßte Georg nur beiläufig. Schweißflecken nässten sein Hemd unter den Achseln.

Siegfried bettelte: »Klaus-Andreas hat eine Dampfmaschine bekommen, die richtig funktioniert! Kann ich auch so was haben?«

»Du hast schon deinen Stabilbaukasten«, wimmelte ihn der Vater ab. »Bau dir damit einen Kran oder ein neues Auto.«

»Das ist langweilig.« Missmutig ließ sich Siegfried auf den Boden fallen und packte seinen Panzer aus. Er zog ihn mit dem Schlüssel auf und ließ ihn los. Der Panzer rasselte über den Boden, er fuhr bis unter den Küchenschrank. Aus dem Kanonenrohr flogen Funken. Es roch nach Feuerstein.

»Wie war das Treffen?«, fragte Anneliese und servierte ihrem Mann ein gewaltiges Stück Kuchen, das den Tellerrand überragte.

Axel nahm es in seine Hand, führte es zum Mund, und bevor der herunterhängende Teil abbrechen und zu Boden fallen konnte, biss er ihn ab. »Der Informant«, sagte er mit vollem Mund, »war niemand anderer als Georgs Blockwart, Ulrich Wiese.« Jetzt sah er ihn zum ersten Mal richtig an, und der Blick war eisig.

Georg schluckte. »Mein Blockwart? Der hat doch hier bei euch nichts zu suchen.«

»Er hat dich angezeigt, Georg, bei der Deutschen Arbeitsfront.«

Sofort fielen ihm die Spaziergänger ein, die ihn und Nadjeschka letzten Sonntag am Möhneufer gesehen hatten, bevor sie ihre Ostarbeiterjacke ausgezogen hatte. Aber das konnte nicht sein, dass die Blockwart Wiese kannten. Wenn sie ihm hätten schaden wollen, wären sie zur Polizei gegangen. Dieser Schnüffler musste anders von der Sache Wind bekommen haben. Was geschah jetzt? Würde Axel ihn festnehmen? Kam er in die Steinwache, das berüchtigte Gestapogefängnis in Dortmund? Saß man da erst mal ein, kehrte man in der Regel nicht mehr zurück. Doch er hatte sich ja keine Unzucht zuschulden kommen lassen, hatte Nadjeschka lediglich Ausgang gewährt, das lag im Rahmen seiner Befugnisse, niemand konnte ihm Blutschande vorwerfen. Und obwohl er sie nicht hätte begleiten dürfen, nicht persönlich als Lagerleiter, reichte das nicht fürs KZ, daraus konnten sie ihm keinen Strick drehen.

»Ist es wahr, dass du zur Sammlung der Nationalsozialistischen Volkswohlfahrt nichts gegeben hast? Dass du von ›organisierter Bettelei‹ gesprochen hast?«

Er atmete innerlich auf. Es ging also nur um die Spendensache. »Ach, ich hab mich nur über diesen schmierigen Kerl geärgert. Ist eine persönliche Geschichte, das hat nichts zu sagen.«

Axel schluckte einen Bissen herunter, bevor er losdonnerte: »Dieser Ulrich Wiese vertritt die Partei!« Krümel und Speichelfetzen flogen durch die Luft. »Damit ist es keine persönliche Geschichte!«

»Axel …« Anneliese legte ihm besänftigend die Hand auf den Arm, aber er schüttelte sie ab.

»Ich hab dir unter Einsatz meiner Ehre den Rücken freigekämpft, dass du diesen Posten bekommst, Georg. Und du riskierst alles wegen ein paar Mark!«

»Mir geht es nicht ums Geld«, verteidigte er sich. »Ich kann nur diesen Wiese nicht mehr sehen.«

Axel hielt inne. »Lässt sich bis zu einem gewissen Grad sogar nachvollziehen. Ich kann ihn auch nicht ausstehen. Wiese, das Wiesel! Wie auch immer, du hast eine Vorladung zur Befragung im Briefkasten.«

»Eine Befragung – wo?«

»Bei der Deutschen Arbeitsfront. Sie wollen dir auf den Zahn fühlen. Einem mürrischen Bauern verzeiht man es, wenn er den Sammlern die Tür verschließt – dir hingegen, einem Mann des öffentlichen Lebens, nicht. Übrigens einer, der nicht der Partei angehört. Das wird dir zusätzlich als Unzuverlässigkeit ausgelegt.«

»Ich passe nicht zur NSDAP.«

Axel biss wieder ab. »Ich weiß«, sagte er kauend. »Aber am Dienstag zur Ortsversammlung solltest du trotzdem kommen. Tu wenigstens so, als würdest du dich für die Aktionen der Partei interessieren. Wenn du jetzt schön stillhältst – du musst ja nicht für die Partei sein, tu einfach das, was verlangt wird –, wenn du also jetzt schön stillhältst, dann sitzt du nach dem Krieg in einem Kirschgarten am Ufer des Don und lässt die Seele baumeln. Ein schönes Landgut im ehemaligen Russland, ist das nichts?«

»Ich soll im Verhör also lügen, damit ich später einen Garten kriege.«

»Sag einfach, du hattest kein Geld zu Hause und der Blockwart war so frech und aufdringlich, dass es die Ehre der Partei beleidigt hat. Versprich ihnen, in Zukunft großzügig zu spenden.« Er beugte sich vor. »Und Georg, da ist noch eine andere Sache, von der er mir erzählt hat. Ich hoffe für dich, dass es nur ein Gerücht ist. Es gibt schöne deutsche Mädchen, mehr als genug, gerade jetzt im Krieg, wo ganze Generationen von Männern an der Front sind. Die Frauen fallen dir zu Hunderten um den Hals, wenn du das willst. Lass dich nicht auf Blutschande ein, hast du mich verstanden? Ich werde dem Wiese ein paar Wünsche erfüllen, damit er die Klappe hält. Und damit hat sich die Geschichte. Wenn du mit ihr erwischt wirst, geht's direkt ins KZ, und ich kann nichts mehr für dich tun.«

»Ich weiß nicht, wovon du redest«, sagte er, aber seine kratzige Stimme verriet ihn. Selbst Anneliese sah ihn erschrocken an. Rasch fügte er hinzu: »Und warum darf man nicht spazieren gehen? Das hat doch nichts mit Blutschande zu tun.«

Axel polterte: »Die russischen Kriegsgefangenen dürfen nicht mal am Tisch des Bauern sitzen, bei dem sie arbeiten, die müssen im Hausgang essen. Wenn sie mit der Familie des Bauern an einem Tisch erwischt werden, gibt es drakonische Strafen! Und du, du gehst mit einer Lagerinsassin spazieren!«

»Warum sollen diese Menschen im Hausgang essen? Sie sind nicht schlechter als wir.«

»Einen Landstreicher würdest du auch nicht an den Tisch bitten. Nichts anderes sind diese Steppenmenschen. Pass auf, dass sie ihre Arbeit machen, und halt dich sonst von ihnen fern. Von den Männern wie den Frauen. Ich hoffe, wir haben uns verstanden.« Axel lehnte sich wieder zurück. »Hast du Kaffee für mich, mein Annelieschen?«

»Nur Ersatzkaffee.«

»Dieses widerliche Zeug! Ich kotze, wenn ich Zichorie nur rieche. Warum hast du keinen richtigen Kaffee gekauft? Den gibt's doch noch unter der Hand?«

»Ja, das Pfund für zweihundert Mark.«

»Dann eben her mit dem Muckefuck«, knurrte Axel. »Wir müssen zusehen, dass wir endlich den Krieg gewinnen.«

17

Georg drehte die Wählscheibe. Wartete, bis sie auf die Aus-
gangsstellung zurückgekehrt war. Drehte sie erneut. Immerhin, die neue Selbstwähltechnik ersparte ihm das Fräulein
vom Amt mit ihrem unfreundlichen: »Hier Amt, was beliebt?«
Er nahm den Hörer ans Ohr. Es rauschte, dann knackte es
einige Male.

Eine leise Stimme sagte: »Verkehrspolizei Neheim-Hüsten,
Krick am Apparat. Was wünschen Sie?« Es klang, als befände
sich dieser Herr Krick am anderen Ende der Welt.

»Ich brauche eine Fahrterlaubnis.«

»Für wie viele Personen?«

»Nur für mich.«

»Name?«

»Georg Hartmann.«

»Grund?«

»Ich habe einen dringenden Gesprächstermin bei der
Deutschen Arbeitsfront in Dortmund.«

Die Leitung rauschte wieder, davon abgesehen war es still.
Der Beamte schrieb offenbar mit. Endlich die Antwort: »In
Ordnung, Sie dürfen mitfahren. Rufen Sie die Autovermitt-
lung an, frühestens in einer Stunde.«

»Vielen Dank. Auf Wiederhören.« Er drückte die Gabel
nieder. Alles wollte dieser Staat bestimmen. Wann er Auto
fuhr. Was er aß. Wen er liebte.

Er sah aus dem Fenster auf die verwaiste Straße. Nadjeschka schuftete jetzt am Fließband, sie wurde von rassistischen Schichtleitern drangsaliert – eine einfühlsame, wunderschöne Frau, die man für die Kriegsmaschinerie in den Dreck stieß, die Knochenarbeit leistete, fernab der Heimat.

Er ging ins Wohnzimmer und holte aus der obersten Schublade der Kommode das Sommerkleid mit dem roten Blumenmuster. Sehnsüchtig grub er das Gesicht hinein und sog Nadjeschkas Duft in sich auf. Sie hatte so verführerisch darin ausgesehen! Der Stoff verströmte immer noch ihre mädchenhafte Leichtfüßigkeit, ihr sinnliches Lächeln.

Wäre er nur mit ihr in den Kinofilm gegangen! Bei Tageslicht mussten sie ihre Zuneigung verheimlichen, aber im Dunkel des Kinos hätte er es vielleicht gewagt, ihre Hand zu nehmen.

Wie konnte er ihr eine Freude machen? Sollte er ihr anbieten, einen Brief an ihre Familie aus dem Lager zu schmuggeln und abzusenden? Er konnte ihr einen Kuchen backen! Besonders begabt war er nicht in der Küche.

Doch bei dem furchtbaren Fraß, den die Frauen im Lager bekamen, wäre selbst ein missratener Kuchen eine gute Abwechslung.

Also wusch er sich die Hände, band sich eine Schürze um und rührte ein kostbares Stück Butter ins Mehl. Er gab sein letztes Ei hinzu, vermischte und knetete. Hefe und eine Backform borgte er sich von Frau Maier, die ihn hintergründig anlächelte, sie brauchte keine Fragen zu stellen diesmal, sie verstand. Es war ihm gleichgültig.

Und der Kuchen, so schien es ihm zumindest, gelang sogar. Die ganze Wohnung duftete danach. Er stellte sich vor, wie Nadjeschkas Augen leuchten würden, wenn sie hineinbiss, und aus lauter Vorfreude lachte er.

Der Termin in Dortmund kam ihm in diesem Moment wie ein lästiger Zahnarztbesuch vor. Er stellte sich unten an den Straßenrand und wartete auf die Motordroschke. Kaum noch ein Auto fuhr durch dieses Stadtviertel. Die Kinder spielten auf der Straße, sie lernten Rad fahren, wo noch vor vier Jahren Autofahrer gedrängelt hatten. Als das Taxi kam, rannten sie herbei und bestaunten es. Die meisten Fahrzeuge waren von der Wehrmacht beschlagnahmt worden, nur wer einen roten Winkel als Kennzeichen hatte, durfte fahren.

Als er eingestiegen und das Auto gestartet war, folgten die Jungs ihnen noch ein Stück auf den Fahrrädern durch den Ort. Dann hatten sie die Landstraße für sich. »Angenehmer Frühlingstag, oder?«, fragte der Fahrer.

»Ja, herrlich.«

Darin erschöpfte sich für Georg die Konversation während der knapp einstündigen Fahrt. Der Fahrer plauderte mit den zwei Frauen, die er ebenfalls nach Dortmund zu bringen hatte; wie er heraushörte, die Ehefrauen von Parteibonzen.

Er sah aus dem Fenster. Nun wurde er doch unruhig. Vor zwei Monaten hatte Goebbels im Sportpalast den totalen Krieg ausgerufen, seither verfolgten sie bestimmt noch rigoroser jeden Abweichler.

Die Motordroschke fuhr in die Stadt hinein. Plakate am Straßenrand zeigten einen buckligen, hakennasigen Juden, überschrieben mit dem Slogan: »Wer ist schuld am Kriege? – Der hier!«

Ab und an sah man ein bombengeschädigtes Haus, aber die Straßenbahnen fuhren, Damen führten ihre Pudel spazieren, die Geschäfte waren geöffnet. Vom Krieg war in Dortmund nicht viel zu sehen.

Sie hielten vor einem klotzigen Bürogebäude. »Die Deutsche Arbeitsfront, Herr Hartmann.«

»Besten Dank. Bitte holen Sie mich in zwei Stunden wieder hier ab.« Er stieg aus und schlug die Autotür zu. Sah am Gebäude hinauf. Es schien eigens dafür gebaut worden zu sein, Besucher einzuschüchtern. Zur Eingangstür führte eine Treppe hinauf wie in einen Tempel. Schmucklos und kühl blickten die Fenster, in exakt gleichen Abständen nebeneinandergereiht, auf die Straße.

Er stieg die Treppe hinauf, drückte die bronzene, geschwungene Griffstange der Eingangstür und trat ein. Im Foyer, das mit Marmor ausgelegt war, saß ein Pförtner hinter einer Glasscheibe. Er wies ihm mürrisch eine Zimmernummer an. »Dritter Stock«.

Fahrstühle gab es nicht. Als Georg oben anlangte, atmete er schwer. In dem kahlen langen Flur fand er rasch die richtige Tür. Er wartete davor, bis sich sein Atem beruhigt hatte. Dann klopfte er.

Keine Antwort.

Er klopfte erneut. Die Tür schluckte sein Klopfen, sie musste besonders dick oder von innen gepolstert sein, er hörte das Klopfen ja kaum selbst. Was blieb ihm anderes übrig, als eine erste Sünde zu begehen, die den Amtsträger bereits erzürnen konnte? Er drückte die Klinke herunter und steckte den Kopf durch den Türspalt.

Eine Sekretärin sah von ihrer Schreibmaschine auf. »Ja bitte?«

»Mein Name ist Hartmann. Ich habe …«

»Ah, Sie.« Ein verächtlicher Ton, so kam es ihm vor, als sei er ein besonders haarsträubender Fall. Als sei bereits ein Urteil über ihn gesprochen. »Gehen Sie durch. Herr Breitling erwartet Sie.«

Vom Vorzimmer führte eine Seitentür ins benachbarte Büro. Darin drückte ein Schreibtisch, so groß wie eine Festtafel, einen Gummibaum an die Wand. Hinter dem Tisch thronte ein Mann mit randloser Intelligenzbrille.

Mit Schaudern erkannte er den Blutorden an der rechten Brusttasche des Herrn Breitling. Der musste ein Nazi der ersten Stunde sein, einer von denen, die schon beim Putsch 1923 dabei gewesen waren und sich im Straßenkampf für die NSDAP ausgezeichnet hatten. Allerdings hatte er eher die Figur eines Büromenschen – die Uniform saß schlecht auf den schmächtigen Schultern. Eigentümlich, dass das Schreibtischmännlein ein Frontkämpfer des Nationalsozialismus gewesen sein sollte.

»Setzen Sie sich.« Die Stimme stählern. Auffordernd wies Breitling ihm den Anklagestuhl vor dem Schreibtisch.

Er nahm Platz.

»Sie leiten die Wohn- und Verpflegungslager e.G.m.b.H. in Neheim.« Der Mann tippte mit seinem Federhalter auf die Akte, die vor ihm lag. Kein alter Füller, sondern ein silbern blitzender Waterman.

Niemand nannte das Barackenlager so. In Neheim hieß es Russinnenlager. Offenbar legte sein Gegenüber Wert auf offizielle Bezeichnungen. »Ja, das ist richtig«, sagte Georg.

Breitling starrte in seine Unterlagen. »Sie haben sich beim Gewerbeaufsichtsamt Soest über die Unterbringung der Lagerinsassen beschwert. Außerdem haben Sie Eingaben an die offiziellen Stellen gemacht in dem Versuch, die Nahrungsmittelzuteilung für die Ostarbeiterinnen zu erhöhen, und sich beim Marienhospital in Arnsberg darüber mokiert, dass Fremdvölkische von der Krankenhausleitung wegen Überfüllung abgewiesen wurden.« Er sah hoch. »Wenn Sie im Geben genauso engagiert wären wie im Nehmen, Herr Hartmann, säßen Sie nicht hier.«

»Ich habe wie jedes Jahr für das Winterhilfswerk gespendet.«

»Ja. Eine Reichsmark.« Der Mundwinkel des Mannes zuckte. »Eine lächerliche Reichsmark …«

Stand das auch in der Akte? Was ging es diesen Parteibonzen an, ob er von seinem Monatslohn etwas für Spenden abzweigte oder nicht?

»Ihr bisheriges Verhalten bietet nicht gerade Gewähr dafür, dass Sie jederzeit rückhaltlos für den nationalsozialistischen Staat eintreten. Während der Schulung für Lagerführer, auf die ich Sie letztes Jahr geschickt habe, haben Sie die staatlichen Richtlinien für Fremdarbeiterlager kritisiert. Sie!«

Georg versuchte, sich den Mann als einen Schüler vorzustellen, der ihn zu provozieren versuchte. Er wandte sämtliche Selbstbeherrschung auf, um nichts zu erwidern.

Offenbar war es aber gerade das, was der Blutordensträger erwartete. Er sah ihn auffordernd an. »Haben Sie dazu nichts zu sagen?«

Georg holte tief Luft. »Ich dachte, was ich in die Spendenbüchse werfe, ist meine private Entscheidung.«

»Niemand ist ein Privatmann im Großdeutschen Reich! Mit diesem jüdisch-kapitalistischen Unsinn haben wir aufgeräumt. Wir sind eine Volksgemeinschaft. Sie sind sich, wie es scheint, nicht sicher, ob Sie dazugehören wollen.«

»Natürlich will ich das.«

»Für heute verwarne ich Sie. Zeigen Sie sich weiterhin renitent, hat das schmerzhafte Folgen. Haben Sie mich verstanden?«

»Ja.«

»Sie können gehen.«

Er stand auf, kochte innerlich. Beim Verlassen des Büros raunte er: »Heil Hitler.«

»Wie bitte?« Breitling erhob sich. »Sollte das der Deutsche Gruß sein? Sie haben ihn mit Stolz auszusprechen, mit innerer Leidenschaft! Das will ich noch mal hören.«

Georg rief: »Heil Hitler!«

Befriedigt setzte sich Breitling wieder hin. »Sie haben einen weiten Weg vor sich, Sie Jammerlappen. Einen sehr weiten Weg.«

Aus den Fenstern der wartenden Kleinbahn gafften Dutzende Neheimer. Es kam nicht alle Tage vor, dass der Zug mitten auf dem Marktplatz von der Gestapo angehalten wurde. Axel Rottländer genoss die Aufmerksamkeit. Züge fuhren und hielten nach seinem Willen, Menschen hatten im Zug zu verbleiben, ihr Tagesablauf richtete sich danach, was er sagte, alles fürchtete sein Urteil. Er war ganz bei sich in diesem Moment. So sah er sich, so hatte er immer sein wollen.

Er entnahm der Streichholzschachtel den kleinen Zettel und entfaltete ihn.

Was gibt's für neue Witze?
Zwei Monate KZ.

Er sah sich um. Ihm saß das unbestimmte Gefühl im Nacken, beobachtet zu werden. Der Täter war noch in der Nähe, er wollte sehen, wie sie auf seine Botschaft reagierten. »Er redet mit uns. Er fordert uns heraus«, sagte er. Dieser Aufwiegler fügte sich nicht seiner Autorität. Seine aufhetzenden Nachrichten waren eine Kampfansage an den Staat, den er, der Kriminalinspektor, verkörperte. Der Mann musste ausgemerzt werden.

Hans folgte seinem Blick und sah in die Fenster der umliegenden Häuser. »Sie meinen, er ist irgendwo hier?«

»Davon geh ich aus. Er weiß genau, dass wir ihn jagen. Und er lacht sich ins Fäustchen, dass wir ihn bisher nicht ins KZ bringen konnten.« Ein Fenster nach dem anderen fixierte er. Gab es eine Bewegung hinter den Gardinen? Ein Gesicht, ein Augenpaar? »Der wird noch sein blaues Wunder erleben.«

»Dürfen wir weiterfahren, Herr Kriminalinspektor?« Der kleinwüchsige Schaffner sah ebenso respektvoll wie bange zu ihm auf.

»Ja, fahren Sie. Er sitzt nicht bei Ihnen im Zug.«

Erleichtert dankte ihm der Schaffner, ging auf die offene Waggontür zu und rief: »Abfahren!« Die Lok der Kleinbahn schnaufte und blies eine dichte Rauchwolke über den Platz. Der Zug rollte an. Über den Neheimer Markt fuhr die Ruhr-Lippe-Bahn immer im Schritttempo, heute aber stampfte sie, als wolle sie eilig vom Tatort fortkommen. War es ein Fehler gewesen, sie fahren zu lassen? Aber das würde er nicht riskieren, der Zettelpartisan, so dicht am Ablageort blieb er nicht, er hätte in den engen Waggons keine Fluchtmöglichkeit gehabt.

»Zum zweiten Mal eine aufrührerische Botschaft auf dieser Bank.« Hans fuhr mit der Hand über die hölzerne Sitzfläche. »Was sagt uns das?«

Axel rieb sich über die Bartstoppeln der Wange. »Er will uns zeigen, dass wir unfähig sind, ihn zu schnappen. Eindeutig eine Machtdemonstration.« Aus dem Augenwinkel sah er einen bulligen Mann mit Schnauzbart auf sich zukommen. Wollte ihn dieser Wiese in aller Öffentlichkeit auf seinen Schwager ansprechen?

Nun stand der Blockwart vor ihm. »Verzeihen Sie, Herr Kriminalinspektor Rottländer, Sie hätten nicht zufällig fünf Mark, die Sie mir leihen könnten?«

»Nein, bedaure.«

»Das ist schade. Ich wollte mir nämlich gerade ein Paar Strümpfe kaufen. Hab noch vier Punkte auf der Kleiderkarte übrig, und die alten Strümpfe sind so oft gestopft. Vielleicht sehen Sie mal flink für mich nach, ob Sie nicht doch etwas Geld dabeihaben.«

»Wir sind mitten in einer Observation«, fuhr Hans ihn an. »Und wie reden Sie mit dem Herrn Kriminalinspektor? Wo ist Ihr Respekt, Mann?«

Wieses Schweinsäuglein wanderten listig von ihm zu Hans und zurück. Er schien zu ahnen, wie unangenehm es ihm war, in Gegenwart seines Assistenten angesprochen zu werden. »Natürlich, Respekt hab ich«, sagte er. »Trotzdem gibt es ja auch menschliche Bedürfnisse, nicht wahr, die müssen gestillt werden.«

Hans packte ihn am Kragen und schob ihn vor sich her. »Wir bekämpfen hier die jüdisch-bolschewistische Weltverschwörung, und Sie kommen uns mit gestopften Socken!«

»Ich hab gedacht …«

»Das Denken erledigt der Führer. Sie sollen gehorchen!« Es fehlte nicht viel, und Hans würde ihn in die Gosse werfen.

»Lass das, Hans.« Es verschaffte Axel eine gewisse Genugtuung, den Blockwart eingeschüchtert zu sehen. »Ich kümmere mich um den Mann. Telefonier du währenddessen mit der Steinwache. Sie sollen einen Beamten schicken, der den Neheimer Markt im Auge behält, rund um die Uhr. Vielleicht versucht es der Witzbold hier noch einmal, solche Spielernaturen können's nicht lassen. Dann schnappt die Falle zu.«

Nach einem finsteren Blick auf Ulrich Wiese entfernte sich Hans in Richtung des roten Telefonhäuschens.

Wiese rückte seine derangierte Kleidung zurecht. »Unerhört.«

Axel zischte: »Sie und ich wissen genau, dass Sie das Geld nicht pumpen wollen. Sie versuchen, mich zu erpressen. Warum sollte ich Ihnen schon wieder etwas geben?«

»Weil ich Sie freundlich bitte.«

»Überschätzen Sie nicht meine Loyalität zu Georg Hartmann. Wir sind nicht blutsverwandt, ich bin bloß mit seiner Schwester verheiratet.« Er sah Hans den Hörer einhängen. Bevor Hans aus dem Telefonhäuschen trat, sagte er rasch: »Ich geb Ihnen zwei Mark. Und das ist das letzte Mal. Wenn Sie noch einmal kommen, zeige ich Sie an. Haben Sie mich verstanden?« Er entnahm der Geldbörse zwei Markscheine.

Der Blockwart erbeutete das Geld. »Sollte eine Weile reichen. Denken Sie daran, wenn Sie zur Polizei gehen, rede ich.«

»Ich gehe nicht zur Polizei, ich bin die Polizei. Sie vergessen, mit wem Sie sich hier anlegen!«

Wiese ließ das Geld in der Hosentasche verschwinden. »Kein Grund, sich aufzuregen.« Er trollte sich, nicht ohne Hans höhnisch zuzuwinken.

Der fragte: »Was hat er noch gewollt? Unerhört, dass die Partei einen solchen Schnorrer als Blockwart einsetzt.«

Axel ging nicht darauf ein. »Schickt die Steinwache einen Mann?«

»Ja. Er ist in anderthalb Stunden hier.« Hans sah nach wie vor dem Blockwart hinterher.

»Mach dir keine Sorgen«, sagte Axel, »diesen Blutegel zerquetsche ich, wenn er sich erneut blicken lässt.« Ein kleiner Blockleiter, der sich mit der Gestapo anlegte! Der würde sich noch umgucken. Axel stellte sich vor, wie er ihn verhörte, wie er ihm den heißen, hellen Scheinwerferkegel ins Gesicht drehte, ihm Salzwasser einflößte. Er drehte ihm in seiner Vorstellung die Fingergelenke heraus, goss ihm Säure auf die Füße, Wiese bekam nicht das weiche, sondern das harte Verhörprogramm, Fußtritte und Peitschenhiebe. Das Kerlchen sollte bloß nicht glauben, dass er sich mit Axel Rottländer anlegen konnte! Da hatte er danebengegriffen, an ihm würde er sich verheben.

18

Schüchtern betrat Nadjeschka sein Büro und zog die Tür hinter sich zu. »Du wolltest mich sehen?«

Immerhin duzte sie ihn inzwischen, ohne dass er sie dazu auffordern musste. Aber sie sah ihn dabei an, als fürchte sie, jeden Moment für ihre Dreistigkeit gescholten zu werden. Sie brauchte immer eine Weile, ehe sie sich in seiner Gegenwart entspannte.

»Komm, setz dich.«

Sie kam näher. Ihre Hände waren noch schmutzig von der Fabrikarbeit. Dennoch, die feinen Wimpern, die freche Nase …

Er öffnete die Schublade und holte den Kuchen hervor. »Der ist für dich.«

Nadjeschka riss die Augen auf. »Marmorkuchen!«

»Selbst gebacken.«

»Den hast *du* gemacht? Für mich?« Sie sah ihn voller Verblüffung an.

Er hatte das Gefühl, dass ihre grünen Augen ihn hypnotisierten. Am liebsten hätte er Nadjeschka auf der Stelle geküsst, den süßen, jungen Mund, das Gesicht, den Hals, bis sie ganz außer Atem waren. »Komm, koste ein Stück.« Er hielt ihr den Teller hin.

Nadjeschka brach ein Stück vom Kuchen ab. Er hatte noch nie jemanden so behutsam Kuchen essen gesehen. Sie steckte sich das Stück in den Mund und fing an zu kauen. Sie schloss die Augen, hielt inne. Es dauerte eine Weile, bis sie schluckte.

»Ich habe wenig Übung in der Küche«, sagte er.

»Das ist der beste Kuchen, den ich je gegessen habe.« Sie aß weiter, genussvoll und ruhig, aber ohne je zu unterbrechen, bis der gesamte Kuchenlaib verzehrt war. Mit der Fingerspitze pickte sie die Krümel vom Teller auf und steckte sie sich in den Mund.

»Der ganze Kuchen auf einmal! Du hattest wohl kräftigen Hunger?«

Sie sah zu Boden.

»Ich freue mich, dass es dir geschmeckt hat. Wenn ich euch doch größere Tagesrationen verschaffen könnte!«

»Danke«, sagte sie, »für den wunderbaren Kuchen.« Sie reichte ihm die Hand, über den Schreibtisch hinweg.

Er nahm sie entgegen, die kleine schmale Hand.

Erst als sie ihn losgelassen hatte, fand er die Worte wieder. »Ich … Was kann ich noch tun, um dir eine Freude zu machen? Möchtest du Milch trinken? Ich könnte dir welche reinschmuggeln.«

Sie dachte nach. »Wir haben Läuse, es juckt fürchterlich. Könntest du uns Petroleum beschaffen?«

Sorgenvoll besah er ihre roten Haare. »Läuse? Die müsst ihr rasch loswerden. Ich kümmere mich darum.«

»Und wie geht es dir? Wir haben fünf Tage nicht gesprochen, und es ist nicht leicht, aus deinem Gesicht zu lesen, wenn du den Morgenappell überwachst.« Sie lächelte.

»Die Deutsche Arbeitsfront hat mich einbestellt, weil ich den Nazis zu wenig Geld spende. Und morgen ist eine Festveranstaltung der NSDAP, zu der ich wohl hinmuss, obwohl ich kein Mitglied bin – sonst manövriere ich mich noch mehr ins Abseits. Aber sonst geht's mir sehr gut.« Von Wiese, diesem Schnüffler, sagte er besser nichts. Sie sollte sich nicht auch noch darum sorgen müssen. »Ich denke oft an dich.«

Röte flog über ihre Wangen. Nadjeschka reichte ihm verlegen den Teller.

Er lachte, um die peinliche Stille zu überbrücken. »Meine Güte, ist der sauber! Du lässt kein Beweismaterial zurück. Gut gemacht!«

»Niemand soll von mir wissen, nicht wahr? Weil ich in ihren Augen nicht so wertvoll bin wie du.«

»Aber die haben Unrecht.«

»Bin ich ein Abenteuer für dich? Ein Spiel, bis sie mich wieder in die Ukraine zurückschicken?«

»Du wirst nicht zurückgeschickt. Ihr werdet für die Deutschen arbeiten müssen, solange dieser Krieg andauert. Sklavenvolk und Herrenvolk, du weißt ja, wie sie reden. Das muss uns nicht kümmern, Nadjeschka.«

»Wie soll es uns nicht kümmern? Ich bleibe die Gefangene und du der Lagerleiter. Wo soll das hinführen? Die ganze Welt müsste sich verändern, damit wir eine Chance bekommen, und das wird sie nicht. Am Ende habe ich ein zerbrochenes Herz und bin allein.«

»Und ich? Denkst du, ich setze nichts aufs Spiel? Meine Arbeit, mein Ruf … Für mich ist das genauso ein Wagnis.«

Ihre Nasenflügel bebten. »Soll ich dir dafür danken, dass du dich zu mir herablässt? Muss ich dankbar dafür sein, dass ein kostbarer, reinrassiger Deutscher sich für ein wertloses ukrainisches Mädchen interessiert?«

»Nadjeschka, so meinte ich das nicht. Ich wollte nur sagen, dass ich auch einen Preis bezahle. Aber ich bezahle ihn gern.«

»Georg Hartmann, du bist ein besonderer Mensch. Ich …« Sie stockte, blinzelte ihn scheu an: »Ich fühle mich zu dir hingezogen. Deine Art, deine Gedanken, dein Herz – das alles fasziniert mich. Aber wir bezahlen und kriegen nichts dafür. Das hat keinen Sinn. Wir können gegen diese Welt nicht ankommen. Vielleicht ist es besser, wenn ich … Wenn ich in Zukunft wieder Ostarbeiterin Nummer dreizehntausendnochwas bin, und du bist Lagerführer Hartmann. Der Krieg gewinnt, er gewinnt immer.« Sie ging zum Eingang, stand dort noch einen Moment, reglos, wie mit angehaltenem Atem. Dann verließ sie das Büro und schloss leise die Tür.

Lange sah er auf den Teller, auf den leeren Stuhl. Sie hat recht, dachte er bitter und wollte es doch nicht wahrhaben.

Nadjeschka überquerte den Hof. Starrte die Türme an, die dunklen, schmutzigen Baracken. Sah den Stacheldraht, den Wachposten mit dem Schäferhund und den mit dem Maschinengewehr. Und sah das alles doch nicht. Der Rücken tat ihr weh von der Fabrikarbeit, vom stundenlangen Stehen und Herüberheben und Befüllen. Ihr Herz war stumpf. Abgestorben. Wie im Schlaf setzte sie einen Fuß vor den anderen. Atmete. Hielt die Tränen zurück, die von innen gegen die Augen drückten.

Liebe bedeutete, den anderen zu kennen und zu begleiten, ihm nahe zu sein. Das schmerzte sie am meisten: dass Georg ihr für immer ein Fremder bleiben würde. Sie hatte nur so wenig von ihm kennenlernen dürfen! Was er dachte und fühlte, wusste sie nicht, und sie würde es nie erfahren. Er war Deutscher. Er verwaltete diesen Sklavenmarkt, war Gefängniswärter und Händler in einem, er handelte mit ihrer Arbeitskraft. Aber er hatte auch mit ihr gelacht und ihr einen Kuchen gebacken, war mit ihr im Sonnenschein spazieren gegangen. Er hatte sie aus der Baracke geholt, nur um ihr Lächeln zu sehen.

Was ging in diesem Mann vor, der so hart sein musste, und doch insgeheim ein weiches Herz besaß?

Ich muss ihn vergessen, sagte sie sich. Er hat mir geholfen, nicht völlig zu vereinsamen und zu verdorren. Nicht ganz verloren zu sein in diesem fremden Land. Aber ich gehöre hier nicht hin.

Sie sehnte sich nach den endlosen Sonnenblumenfeldern der Heimat. Dem blauen Meeresufer bei Odessa. Dem Pitsch ihrer Großmutter, vorn kochte die Babuschka, und sie, Nadjeschka, kletterte hinten auf den Holzofen und hielt auf seinem warmen Gemäuer den besten Mittagsschlaf der Welt.

Gedankenversunken betrat sie die Baracke. Im Flur stellte sich ihr Agatha in den Weg. »Na, hast du einen schönen Plausch mit Herrn Hartmann gehabt? Ihm alles verraten, was deine kleinen Ohren gehört haben?«

»Lass mich in Ruhe.«

Hinter Agatha erschienen weitere Frauen. Eine sagte verächtlich: »Schäm dich, deine Kameradinnen ans Messer zu liefern!«

»Sie lauert auf Vorteile«, sagte Agatha. »Sie verkauft ihre Leidensgenossinnen und kriegt dafür Ausgang, während wir hier drin schmoren müssen. Ich hab nie Ausgang bekommen. Hab ja auch immer dichtgehalten. Nichts preisgegeben. Deshalb wollte er mich loswerden, warum sonst? Aber diese Giftspritze hat sich ihm an den Hals geworfen.«

Nadjeschka drängte sich an ihnen vorüber und floh in ihr Zimmer. Die Frauen dort behandelten sie zwar wie Luft, doch immerhin putzte man sie nicht herunter. Niemand redete mehr mit ihr, bis auf Oksana, die dafür ebenfalls mit Verachtung gestraft wurde.

»Ist alles in Ordnung?«, raunte Oksana ihr zu. »Du siehst furchtbar aus.«

Nadjeschka zuckte die Achseln und stieg ins Bett. Sie kroch unter die Decke, tastete nach dem Stein, umklammerte ihn ganz fest und zog die Hände mit dem Stein an ihre Brust. Sie rollte sich unter der Decke zusammen.

Es war ein Labradoritstein, blau schimmernd. Wlad hatte ihn ihr geschenkt, Wlad, der ihr schöne Augen machte, zu Hause in Stepove. Das war wenige Tage gewesen, bevor sie von den Deutschen verschleppt wurde. In Łódź, das die Deutschen Litzmannstadt nannten, hatte sie den Stein in den Mund genommen, um ihn durch die Kontrolle zu retten. Man schob ihre Kleider auf einen nummerierten Bügel und hängte ihr eine Blechmarke um den Hals. Als sie splitternackt in einer Reihe dastanden und mit einem scharfen Insektizid besprizt wurden, an allen behaarten Stellen ohne Rücksicht auf die Augen oder die Intimteile, da gab der Stein im Mund ihr Halt. Dann die Wanne mit demselben aggressiven Mittel, durch die sie in den anderen Raum waten mussten. Die Duschen. Bevor die drei Ärzte in SS-Uniform sie untersuchten, hatte sie den Stein rasch wieder in die Faust genommen. Rücksichtslos waren sie zurück in den Waggon gestoßen worden. Wie Vieh.

Ich darf nicht vergessen, wer ich bin, dachte sie. Hab ich nicht alles andere auch überstanden? Das wochenlange Ausheben von Panzergräben, damit die deutschen Panzer hineinfuhren und darin stecken blieben, endlose Gräben, schräg an der Westseite und steil an der Ostseite, damit sie an der Grabenwand nicht weiterkamen. Die langen Arbeitskolonnen in den Gräben, schaufeln, den ganzen Tag, nur Frauen, und ein Russe hielt Wache, und als dann die Deutschen kamen, fuhren sie gar nicht übers Feld, sondern die Straße entlang, wo kein Graben war.

Wie sie sich anfangs gefreut hatte, mit den deutschen Soldaten reden zu können, wie Großmutter ihnen Mamaliga mit Smetana, saurer Sahne, kochte. Aber die Deutschen mochten den Maisgrieß nicht. Wie die Soldaten auf Motorrädern mit

Beiwagen durchs Dorf geknattert waren, ihr Cousin durfte einmal mitfahren. Wie man Güterzug um Güterzug gute Erde aus der Ukraine holte und nach Deutschland fortbrachte, und Großmutter schüttelte betrübt den Kopf. Damals hatte man so wenig über die deutsche Politik gewusst – nur dass es einen Führer gab, der Hitler hieß. Und dann sah sie, was die Deutschen taten, und sprach monatelang kein deutsches Wort mehr. Wie sie jüdische Männer abholten und erschossen, und die Frauen mussten im Winter Schnee von den Straßen schaufeln, bis sie nicht mehr konnten, und wurden zum Lohn an die Wand gestellt. Als ein Offizier zu ihr kam und sagte, er habe gehört, dass sie Deutsch spräche, sie bräuchten eine Dolmetscherin, da hatte sie den Kopf geschüttelt und kein Wort gesagt.

Vor ihrem inneren Auge sah sie die Großmutter. »Mädchen, was tust du da in Deutschland?«, fragte sie. »Da gehörst du nicht hin. Komm nach Hause.«

Die Decke lüftete sich, Oksanas rundes Gesicht spähte durch den Spalt. »Darf ich zu dir ins Bett kommen?«

Sie nickte.

Der Bettkasten knackte bedrohlich, als Oksana hineinkletterte, und nachdem sie ebenfalls unter die Decke geschlüpft war, reichte sie nicht mehr über den Rücken, nur ihre Köpfe und Oberkörper waren noch bedeckt. »Was brütest du hier aus?«, fragte sie.

»Ich will nach Hause«, flüsterte sie. »Kommst du mit?«

»Das ist ein verdammt weiter Weg. Und er führt mitten durchs Kriegsgebiet, mal abgesehen davon, dass überall die Deutschen sind.«

»Wir sprechen beide Deutsch.«

»Und was essen wir?«

»Ab und zu finden wir etwas. Auf dem Land ist es nicht so streng. Die Bauern helfen uns.«

»Jeder ist bisher wieder eingefangen worden. Wie willst du überhaupt rauskommen?«

»Ich weiß schon, wie. Ich geh morgen. Und ich nehm dich mit, wenn du mitkommen willst. Dann siehst du im Sommer deine Kinder wieder.«

Gegen sieben Uhr war er zu Hause. Wehmütig saß Georg am Küchentisch und starrte auf den leeren Kuchenteller, Nadjeschkas Kuchenteller. Die Stille der Wohnung bedrückte ihn. Er hatte Kopfweh, und die verweinten Augen brannten. Jeder Appetit war ihm vergangen, er wollte weder Radio hören noch etwas essen, weder lesen noch spazieren gehen.

Nadjeschka hatte ja recht. Welche Zukunft gab es denn für sie? Ihre Liebe musste zur Qual werden. Heimliche Blicke zu tauschen, seltene stille Begegnungen herbeizusehnen, das mochte für den Beginn einer Beziehung das Richtige sein. Aber sich auf Lebenszeit zu vermissen oder nur unter Todesgefahr zu treffen, das brachte ewige Schmerzen und am Ende Bitterkeit.

Er lachte müde. Man konnte nicht zwei Herren dienen, das stand schon in der Bibel. Er saß zwischen den Stühlen: Entweder lehnte er sich gegen den nationalsozialistischen Staat auf mit seiner Rassenlehre und dem Ausbeuten anderer Völker, oder er verlor Nadjeschka.

Die Eichenuhr im Flur schlug siebenmal. Aus dem Wohnzimmer antwortete die kleinere Schlaguhr seiner Tante.

Wenn er sich gegen das System entscheiden könnte, wenn er mutig wäre wie Thomas Mann! Jeden Monat sendete die BBC eine Rede des Schriftstellers, in der er die deutschen Hörer auf das menschenverachtende Vorgehen der Nazis hinwies, auf die Ausrottung der Juden, auf die Vergasungen und die Kriegsverbrechen. Thomas Mann erinnerte sein Volk an die große kulturelle Tradition Deutschlands und rief zur Umkehr auf. Welch einen hohen Preis bezahlte er dafür! Seine Bücher durften in Deutschland nicht mehr verkauft werden, er war als Fahnenflüchtiger, als Verräter am eigenen Volk verschrien.

Und ich, dachte Georg. Ich helfe den Nazis. Ich halte die Kriegsmaschinerie am Rollen, damit ich noch einen Rest Ansehen behalte, damit ich zu essen habe und mein Leben schütze. Ich bin mit schuld daran, dass in diesem Moment Männer aufeinander schießen, dass die Artillerie röhrt und die Granaten platzen. Genauso schuld wie die Hurrarufer, genauso schuld wie die Gesetzesmacher und die SS-Schergen.

Nadjeschka musste keine Lagerinsassin bleiben. Sie sprach hervorragend Deutsch, sie konnten unter einem falschen Namen in einer entfernten Stadt untertauchen, er musste ihnen nur Pässe beschaffen – so etwas gab es doch, Passfälscher, und Leute, die Lebensmittelkarten nachahmten. Hatte Axel nicht davon erzählt? Wenn er ihn unauffällig darauf ansprach, erfuhr er vielleicht, wo er diese Schlitzohren suchen konnte.

Der Plan, Nadjeschka zu befreien, weckte seine Lebensgeister. Er durfte sich dem Schicksal nicht wehrlos ausliefern. Er würde dieser zauberhaften Frau zeigen, dass es noch Freiheit gab in Deutschland, würde ihr beweisen, wie schön das Leben mit ihm sein konnte. Kuchen, so oft wie sie wollte, Bücher, schöne Kleider, sie sollte haben, was sie sich wünschte. Und wenn erst der Krieg vorüber war, würden sie reisen und gemeinsam die Welt bestaunen. Er war ja nicht der verknöcherte Lagerleiter, für den ihn viele hielten. Diese Rolle hatte man ihm aufgezwungen. Wenn er das Joch erst abgeschüttelt hatte, würde er wieder frei atmen, er würde er selbst sein und Nadjeschkas innige Liebe gewinnen.

Er ging ins Wohnzimmer. Die Bücher flüsterten wieder mit ihm, es verlangte ihn danach zu lesen, Jack London, Alfred Döblin, oder er holte Dickens aus dem Kleiderschrank, nein, besser Thomas Mann, er könnte heute Abend in *Der junge Joseph* schwelgen. Zuvor aber zog er den großen Schulatlas aus dem Regal, schlug die Karte des Deutschen Reichs auf und fuhr mit dem Finger über die Städtenamen. Ins Ausland konnten sie es nicht schaffen, die Grenzen waren zu. Doch auch in Deutschland gab es abgelegene Regionen. Nordöstlich von München auf dem Land, bei Neumarkt-Sankt Veit, da könnten sie wohnen. Oder in Mecklenburg, wer suchte sie schon in Mecklenburg! Sie mussten sich nur unauffällig verhalten.

Andererseits, in kleinen Orten stellte man viele Fragen, jeder kannte jeden, und sie würden als Fremde herausstechen. War eine große Stadt also die klügere Wahl? Dresden? Breslau? Berlin? In der Menschenmasse fielen sie nicht weiter auf.

Er glühte innerlich bei der Vorstellung, dem System ein Schnippchen zu schlagen. Das war ein Abenteuer, wie es vor fünfhundert Jahren eine große Seefahrt gewesen war, eine Expedition ins Ungewisse.

Um acht Uhr schaltete er den Volksempfänger ein und hörte den Heeresbericht.

Das Oberkommando der Wehrmacht gibt bekannt: Am Kubanbrückenkopf wurden auch gestern die in mehreren Wellen anrennenden Sowjets unter schweren Verlusten zurückgeschlagen.

Im April verlor die sowjetische Luftwaffe 1 082 Flugzeuge, hiervon wurden 902 in Luftkämpfen, 121 durch Flakartillerie der Luftwaffe und zehn durch Truppen des Heeres und Einheiten der Kriegsmarine abgeschossen, die übrigen am Boden zerstört.

An der tunesischen Front wurden örtliche feindliche Angriffe zum Teil im Gegenstoß abgewiesen.

Bei Vorstößen feindlicher Fliegerkräfte gegen die holländische Küste und das westliche Grenzgebiet wurden elf britische Flugzeuge bei drei eigenen Verlusten abgeschossen.

Einige feindliche Flugzeuge überflogen in der vergangenen Nacht Ostpreußen. Ein Bomber wurde zum Absturz gebracht.

Im Kampf gegen die britischen und nordamerikanischen Seeverbindungen versenkte die Kriegsmarine im April 63 Handelsschiffe mit zusammen 423 000 BRT, davon allein 415 000 BRT durch Unterseeboote, und torpedierte 18 weitere Schiffe. Die Luftwaffe beschädigte zehn Handelsschiffe zum Teil schwer.

Auch im Kampf gegen feindliche Kriegsschiffe waren Kriegsmarine und Luftwaffe erfolgreich. Unterseeboote versenkten einen Flugzeugträger, einen Kreuzer, drei Zerstörer und ein Unterseeboot. Andere deutsche Seestreitkräfte vernichteten zwei Zerstörer, drei Unterseeboote und sieben Schnellboote. Die Luftwaffe versenkte zwei Unterseeboote und ein Schnellboot. Zwei feindliche Zerstörer, ein Unterseebootjäger, elf Schnellboote und ein Vorpostenboot wurden beschädigt.

Er konnte sich vorstellen, dass alle mit leuchtenden Gesichtern vor ihren Radios saßen und sich über die Erfolge freuten. Aber er konnte das nicht mehr. Er fragte sich, weshalb sie den Namen des versenkten Flugzeugträgers nicht erwähnten. Vor vier Jahren, als U 29 den britischen Flugzeugträger HMS Courageous versenkt hatte, waren große Jubelmeldungen erschienen; jetzt sagte man lapidar »ein Flugzeugträger« sei versenkt worden. Gab es ihn am Ende gar nicht? Waren das erfundene Erfolgsmeldungen? Zumindest übertrieben würden sie sein, die Abschusszahlen waren verdoppelt oder verdreifacht, da war er sich sicher. Und warum sagten sie kaum eigene Verluste an? Der Gegner verlor Panzer und Schiffe und Flugzeuge, und die Deutschen taumelten scheinbar von Sieg zu Sieg. Dass das nicht mehr stimmte, musste doch inzwischen jedem klar sein. Er schaltete das Radio aus.

Lange lag er wach an diesem Abend. Er spürte, dass sich sein Leben an einem Wendepunkt befand. Endlich zu wissen, was er wollte, es so vollkommen zu wissen, dass er bereit war, dafür zu sterben, wühlte ihn auf. Die Aussicht, mit Nadjeschka den Rest seines Lebens zu verbringen, machte ihn so glücklich, wie er es noch nie gewesen war.

19

Grelles Licht riss sie aus dem Schlaf. Nadjeschka öffnete die Augen und schloss sie sofort wieder, der Anblick der sirrenden Lampen schmerzte. Schweigend blieben die Frauen in ihren Betten liegen, schöpften die letzten Minuten Ruhe aus.

Die Tür knallte gegen die Wand, und Plöger brüllte: »Aufstehen!«

Gehorsam wälzten die Frauen sich aus den Betten. Nadjeschka stolperte mit den anderen durch den Flur nach draußen. Es war stockfinster, und es regnete. Bis sie bei der Waschbaracke angelangt war, hatte der kalte Regen ihr die Kleider durchnässt.

»Wegen gestern«, sagte Oksana, »ich hab noch mal nachgedacht. Ich mach nicht mit.«

»Sei still.«

»Du solltest es auch lassen.«

»Ich dachte, du willst deine Kinder wiedersehen?«

»Das will ich. Und gerade deshalb kann ich's nicht.« Sie raunte Nadjeschka ins Ohr: »Die erschießen uns.«

Nachtfalter schwirrten um die nackten Glühbirnen. Nadjeschka hielt die Hände in die Blechrinne und ließ aus dem Hahn kaltes Wasser darüberlaufen. Dann nahm sie einen Batzen von Oksanas stinkender Seife. Obwohl sie bereits fror, wusch sie sich gründlich. Auf der Flucht durfte man ihr nicht ansehen, dass sie aus dem Lager kam.

Zurück in der Stube, fragte Oksana: »Bist du böse auf mich?«

»Nein. Du musst das für dich selbst entscheiden.«

Schweigend saßen sie beieinander und kauten ihr Brot. Seit sie wusste, dass es gehäckseltes Laub enthielt, meinte sie, bei jedem Bissen den moderigen Dunst verfaulter Blätter zu schmecken. Sie blies auf den heißen Ersatzkaffee im Becher. Was würde sie die nächsten Tage essen?

Plöger schnauzte: »Aufstellen zum Ausmarsch!«

Im strömenden Regen reihten sie sich auf. Der Boden zwischen den Baracken war zum Schlammbad geworden. Nadjeschka blieb mit der rechten Holzpantine stecken und musste sich bücken, um sie wieder herauszuziehen.

Georg erschien in der Tür der Verwaltungsbaracke. Er öffnete einen Regenschirm, dann kam der obligatorische Blick auf die Taschenuhr.

»Rechtsum!«, befahl Plöger.

Sie drehten sich nach rechts.

»Kolonne Trögelkind: vorwärts marsch!«

Warum lächelte Georg sie an? Ihre Brust schmerzte, weil sie wusste, dass sie ihn zum letzten Mal sah. Es war ein wortloser Abschied für immer. Sie hob kurz die Hand in der Hoffnung, dass Plöger es nicht bemerkte. Georg nickte ihr zu und lächelte noch mehr.

Schon marschierten sie zum Tor hinaus. Wie aus Gießkannen fiel der Regen auf sie nieder. Böen peitschten ihn gegen die Fenster der Häuser. In den Vorgärten ließen die Tomatenstauden und die Johannisbeerbüsche die triefenden Blätter hängen, Erdbeerpflanzen duckten sich zur Erde nieder. Ihnen war der rauschende, volle Frühlingsregen willkommen. Nadjeschka aber fror. Die klobigen Zweischnaller der Frauen klapperten auf dem Gehwegpflaster und klatschten ihnen an die Fersen. Sie waren kaum Schuhe zu nennen: ein Holzbrett mit zwei aufgenagelten Lederschnallen. Wenn sie weit kommen wollte heute, musste sie sich richtige Schuhe beschaffen. Nur wie?

Die Fabrikhalle empfing sie zugig und kalt. Zum ersten Mal freute Nadjeschka sich auf die Schwefelpresse. Die Wärme der heißen Geschosse würde helfen, Rock und Bluse zu trocknen. Nur noch diesen einen Tag musste sie arbeiten, dann würde sie frei sein.

Ein Mann vom Werkschutz fischte sie aus der Reihe heraus. »Kriegst 'ne neue Stelle«, sagte er, »geh mal nach hinten zum Meister.«

Sie meldete sich beim Meister, und der brachte sie in einen abgetrennten Raum am Ende der Halle. Er sagte: »Du arbeitest ab heute in der Lackiererei. Da kannst du nicht viel falsch machen. Du nimmst die Geschossköpfe vom Band, legst sie auf die Drehscheibe, und mit dem linken Fuß versetzt du sie in Bewegung. Schau her.« Er machte es vor. Während er die Scheibe ankurbelte, wurde der kegelförmige Geschosskopf grün gespritzt.

Eine Deutsche nahm das Geschoss und stellte es zum Trocknen auf. Andere, die bereits getrocknet waren, packte sie in eine Holzkiste. »Ich bin Gerda«, sagte sie.

»Nadjeschka.«

»Wo warst du vorher?«

»An der Schwefelpresse.«

»Du sprichst gutes Deutsch.« Gerda hob anerkennend die Brauen.

»Schluss mit dem Gequatsche«, knurrte der Meister. »Wer redet, macht Flüchtigkeitsfehler. Ich will, dass es heute reibungslos läuft.« Er verließ die Lackiererei, und nach einem lauten Pfiff rollte das Förderband an.

Anfangs musste Nadjeschka sich auf jede Bewegung konzentrieren. Nach einer Stunde führte sie die Handgriffe aber bereits mechanisch aus, ohne nachzudenken. Ihre Augen brannten von den scharfen Ausdünstungen des Spritzlacks. »Warst du mal in Berlin?«, fragte sie.

Gerda schüttelte den Kopf. »Würde gern hinfahren. Mein Sohn ist jetzt dort, glaub ich.«

»Du weißt es nicht sicher?«

»Er ist einbestellt worden, und es hieß, sie kommen zuerst nach Berlin und fahren dann von dort aus in den Osten. Ist ein seltsames Gefühl, ihn so loszulassen. Weißt du, ich hab ihn von Geburt an begleitet, ich war an jedem seiner Tage beteiligt, und jetzt, wo er achtzehn ist, muss ich ihn plötzlich loslassen.«

»Dein einziges Kind?«

»I wo, ich hab das Mutterkreuz in Silber, wir haben sechs. Aber er ist der Älteste. Er war mein Erstes, weißt du, deshalb hab ich eine besondere Verbindung zu ihm.« Sie presste die Lippen aufeinander. »Im Osten soll es schlecht stehen. Womöglich kommt er nie wieder nach Hause.« Sie wischte sich über die Augen.

»Verstehe ich, dass du dir Sorgen um ihn machst.«

»Ich bin so hilflos! Ich kann nichts mehr für ihn tun.«

Der Sohn dieser Frau war ein weiterer Deutscher, der auf die Russen und Ukrainer schoss, auf Familienväter und Schulabgänger. Trotzdem tat ihr die Frau leid.

Wenn sie geflohen war, würde man Gerda aushorchen. Und die würde die Geheime Staatspolizei unwissentlich auf eine falsche Fährte locken. Sie würden glauben, dass sie nach Berlin unterwegs war.

Zur Mittagspause steckte Gerda ihr ein Brot zu, bestrichen mit Margarine und Pflaumenmus. »Ihr habt doch so wenig«, sagte sie.

Nadjeschka verschlang es gleich an Ort und Stelle. »Ist besser«, sagte sie zwischen den Bissen, »wenn der Werkschutz das nicht sieht.« Es schmeckte himmlisch. Und es würde ihr helfen, länger ohne Nahrung durchzuhalten. »Danke, Gerda.«

Die Frau tätschelte ihr mütterlich den Arm.

Kaum hatte er den Rathaussaal betreten, da wusste Georg wieder, weshalb er solche Ortsversammlungen seit jeher mied. Hunderte Menschen redeten durcheinander, versuchten, einander zu übertönen, lachten und gestikulierten unentwegt. Die Fülle an Eindrücken war ihm zu viel. Er blieb neben der Tür stehen. Draußen war die Luft herrlich klar gewesen, aufgefrischt vom Regen. Hier drinnen roch es muffig.

Der Saal war festlich geschmückt, Fahnen hingen von den Wänden, und man hatte grüne Girlanden aufgehängt. Das Podium trug eine Hakenkreuzschürze. An der Stirnseite des Saals hing ein gewaltiges Hakenkreuzbanner.

Jeder, der hereinkam, schüttelte ihm die Hand. Sie hielten ihn wohl für eine Art Begrüßungsdienst. Er sah einen freien Stuhl in der Nähe und setzte sich. Neben ihm unterhielten sich zwei Männer über Fußball, der eine legte sich für die Spieler von 08 Neheim ins Zeug, der andere war ein Anhänger von Germania 09, dem Neheimer Rivalen. Sie ereiferten sich immer mehr. »08 war in der Gauliga, mein Freund!« – »Ja, aber dann seid ihr abgestiegen, und wir waren Meister, vor euch.« Sie redeten, als ginge es um ihre eigene Ehre, als hätten sie selbst auf dem Spielfeld gestanden.

Endlich fanden sie einen gemeinsamen Nenner in der Begeisterung für Schalke 04, den gegenwärtigen deutschen Meister. Die seien sich nicht zu schade gewesen, mehrfach in den besetzten Ländern zur Truppenbetreuung gegen Garnisonsmannschaften zu spielen.

Sie rekapitulierten die Spieleraufstellung bei der letzten Fußballweltmeisterschaft 1934, als Deutschland auf dem dritten Platz landete. Einer der beiden Männer behauptete, damals einige Spiele in Italien gesehen zu haben, was der andere anzweifelte. Um seine Erzählung zu belegen, schmückte der Erste sie immer weiter aus. Er beschrieb, wie das Deutschlandlied und das Horst-Wessel-Lied über den Platz gedonnert sei, obwohl doch Italien den ersten und die Tschechoslowakei den zweiten Platz belegt habe.

Georg war angewidert von ihrem Gespräch. Belangloser konnte man in seinen Augen die Lebenszeit nicht vergeuden. Aber ihm blieb nichts anderes übrig, als zuzuhören, ihnen ab und an beizupflichten oder zumindest interessiert zu nicken.

Sie gingen das Länderspiel vom November letzten Jahres durch: das Deutsche Reich gegen die Slowakei, in Bratislava. »Fünf zu zwei!«, krakeelten sie. »Fünf zu zwei! August Klingler hat ihnen allein drei Tore eingeschenkt.«

Genau solche Typen hatten Georg zeitlebens das Gefühl gegeben, kein richtiger Mann zu sein. Laute, kräftig gebaute Jungs. Sportplatzhengste. Schon in der Schulzeit hatte er sie gemieden, weil er ihre Pöbeleien fürchtete. Und sie ihrerseits ignorierten ihn vor allem im Sportunterricht. Wenn Fußball gespielt wurde, war er ein störendes Anhängsel, einer, der emsig mitlief, aber den Ball meist nur aus der Ferne sah. Brillenschlange hatten sie ihn genannt und Wasserkopf. Jahrelang war es ihm gelungen, diese Typen zu meiden. Hier traf er sie wieder.

»Mal ehrlich«, sagte der eine. »Dem Fußball geht's doch miserabel. Ein Haufen Spieler sind zur Wehrmacht eingezogen. Sogar August Klingler, der kann nur noch gelegentlich als Gastspieler bei Breslau oder so mitmischen. Stattdessen holen sie jetzt die Senioren aufs Feld und unreife Jungspieler.«

»Vielleicht sollten *wir* uns melden.«

Sie lachten meckernd.

Jemand tippte ihm auf die Schulter. Georg drehte sich um. Axel in voller SS-Montur. »Schön, dass du gekommen bist.«

»Wie lange wird es dauern?«

»Weiß nicht. Ein bis zwei Stunden vielleicht.«

Ein anderer SS-Mann begrüßte Axel. »Lieber Rottländer, wie geht's Ihnen? Was machen die Kinder?«

»Der Älteste ist vor zwei Wochen in die HJ aufgenommen worden. Prachtbursche. Und Ihre?«

»Meine Jungs trainieren für die Reichsjugendwettkämpfe im Sommer. Laufen, Springen, Werfen, die Burschen sind einfach unschlagbar. Ein paar Siegernadeln sind ihnen sicher. Da schlägt einem stolz das Vaterherz.«

Die Tür ging auf, und die Männer von der Partei schritten herein. Wie auf Kommando erhob sich das gesamte Publikum, sie standen mit nach vorn gerichtetem Gesicht und steil erhobenem rechtem Arm, bis die Bonzen auf der Bühne Platz genommen hatten. Löffler, der Bürgermeister, trat ans Pult. Georg konnte sich ein Augenrollen nicht verkneifen, als der Kerl voller Stolz von »unserer Lampenstadt Neheim« redete, von ihrem weltweiten Ruhm, der bis nach China, Japan, Afrika, Indien und Südamerika reichte. »Auch im Zeitenwandel ist Neheim vorne dran, unsere Beleuchtungskörper und unser elektrotechnisches Installationsmaterial können sich sehen lassen. Und die Neheimer Jungs an der Front gehören zu dem Härtesten, das Deutschland aufzubieten hat.« Er kündigte den heutigen Sprecher an, Ortsgruppenleiter Bergmann.

Unter großem Applaus und Sieg-Heil-Rufen trat der an das Rednerpult. Dann wurde es still, während Bergmann die Anwesenden musterte. Sein Blick blieb an Georg hängen, er starrte ihn an wie ein Tier, das er noch nicht kannte. Schließlich wanderte der Blick weiter. »Durch seinen Fleiß«, begann er, »hat das deutsche Volk den Hass des Judentums auf sich gezogen. Denn die Juden scheuen die Arbeit. Aber das deutsche Volk hat den jüdischen Parasiten nicht länger geduldet, es hat ihn abgeschüttelt. Auch in Zukunft werden wir uns körperlich und geistig gesund halten. Nicht den kleinsten Kratzer dulden wir auf der spiegelglatten Politur des nationalsozialistischen Staates. Das deutsche Volk wird stärker von Jahr zu Jahr. Der Endsieg ist unser!«

Einige Zuhörer brüllten begeistert: »Sieg Heil!«

»Adolf Hitler hat mit seinem Idealismus nach den Sternen gegriffen, und er hat das Volk über sich selbst hinausgeführt. Der Durchschnittsmensch kann die Kraft seines Glaubens, seine seelische Stärke und die Konsequenz seines Charakters gar nicht erfassen. Er ist ein lebendiger Aufruf an das Volk. Das Größte unserer ereignisreichen Zeit bleibt das Beispiel der Person Adolf Hitlers! Er steht vor uns in schier unbegreiflicher Würde, er ist fast schon eine mythische Figur für uns geworden, und der Blick auf den Führer ist unser stärkster Vorsprung vor jedem Feind, denn er stärkt unsere Volksseele. Adolf Hitler ist von der Vorsehung auserwählt!«

Georgs Gedanken schweiften ab: Ich muss Essen einkaufen, und zwar solches, das sich lange hält und gut transportiert werden kann. Wenn die neuen Marken kommen, kauf ich Wurst und Hartkäse. Eingewecktes in Gläsern können wir nicht schleppen. Aber Nüsse, Nüsse sind ideal. Und ich hab noch eine Dose Gänsefleisch. Das können wir auch kalt essen auf der Flucht.

Er brauchte haltbare Kleidung, unauffällig musste sie sein, man durfte ihnen nicht ansehen, dass sie auf der Flucht waren. Wie viele Paar Socken besaß er noch? Die Schuhe sollte er sich vorher neu besohlen lassen, die Kriegsware hielt nicht lang, Sohlen aus Presspappe weichten im Schnee auf oder bei nasser Straße, im letzten Winter war ihm zweimal die Sohle abgefallen. Ob irgendwo noch Gummisohlen zu haben waren, unter der Hand, für einen Aufpreis?

Der Fußballanhänger neben ihm raunte: »Mann, kann der reden. Herrlich.«

»Ruhe!«, befahl Axel aus der Reihe hinter ihnen.

Ortsgruppenleiter Bergmann ließ sich nicht stören. »Dieser Krieg wird entschieden durch die deutsche Fähigkeit zum Heldentum. Durch unseren Willen, unsere Nerven, unsere Härte. Wir schulden jedem einzelnen Stalingradkämpfer, dass wir nun erst recht allen Schicksalsschlägen trotzen.«

Es wurde mucksmäuschenstill im Publikum. Stalingrad, das war das Schreckenswort, Hitlers einzige Niederlage. Stalingrad hatte bewiesen, dass der größte Feldherr aller Zeiten auch versagen konnte.

»Wir trotzen unbeugsam allen Widerwärtigkeiten, die uns noch bevorstehen, bis zum Sieg. Der Name Stalingrad reißt uns empor, er hat den totalen Krieg eingeläutet, und das Läuten klingt in den Ohren unserer Feinde, bis wir sie geschlagen haben, Mann für Mann. Mit dem Blick auf die Stalingradhelden schreitet unser Volk heißen Herzens in den Kampf und an die Arbeit. Jeder Einzelne hat die heilige Verpflichtung, sich in den Produktionsprozess einzubringen und zum Endsieg beizutragen. Wer durch Gerüchte oder Miesmacherei die Stimmung im Volk verschlechtert, soll für seine Zersetzungsversuche mit dem Tod bezahlen. Wenn Sie, verehrte Volksgenossen, ein solches Ungeziefer kennen, sorgen Sie für Zeugen und rufen Sie die Geheime Staatspolizei! Wir werden jeden Widersacher zertreten.«

Man hätte eine Stecknadel fallen hören können. Die Gestapo fürchteten sie alle. Selbst Dr. Teipel, den Vorzeigenazi aus Arnsberg, hatte die Gestapo zu Fall gebracht. Eigentlich hätte er hier stehen, hätte gefeiert werden müssen. Man hatte nach ihm sogar den Brückenplatz im Zentrum der Stadt benannt, Heinrich-Teipel-Platz, welchem Lebenden wurde schon solche Ehre gewährt! Er war der Überwacher der Überwacher gewesen, der Gauinspekteur, zuständig für die politische Kontrolle der höheren Beamten Arnsbergs. Hatte als Abgeordneter für den Wahlkreis im Reichstag gesessen, war mit dem goldenen Parteiabzeichen geehrt worden. Dann kam der Absturz: Seine Frau hatte Lebensmittel ergaunert. Alle politischen Ämter wurden ihm aberkannt, die Gestapo ermittelte. Den Gerüchten nach hatte man ihn nach Osten abgeschoben, er sollte Gebietskommissar der Ukraine werden.

»Einige wenige Jugendliche widersetzen sich der neuen Ordnung, sie verbringen ihre Zeit mit Gassenhauern, Schundliteratur und Negerrhythmen. Wir haben ein Auge auf diese Quertreiber. Auch die Letzten werden noch begreifen, was die Stunde geschlagen hat, wenn sie Seite an Seite mit unseren Helden an der Front stehen und dem Ansturm der Bolschewisten standhalten.«

Sie drückte Oksana die Hand. »Danke für alles.«

»Pass auf dich auf, Mädchen. Bist du sicher, dass Plöger weg ist?«

»Ja. Die hatten Schichtwechsel vor einer halben Stunde.«

»Grüß mir die Heimat.« Oksana standen Tränen in den Augen.

»Wir umarmen uns besser nicht, sonst fällt das auf.« Sie erhob sich. Trotz der schäbigen Kochstelle, trotz der rußgeschwärzten Töpfe fiel es ihr schwer, die Lagerküche zu verlassen. Sie fühlte sich wie eine Schiffbrüchige, die von der unwirtlichen Insel, auf der sie gefangen gewesen war, Abschied nahm und sich stattdessen den Gefahren des Ozeans auslieferte. Im Lager hatte sie Essen und ein Bett gehabt. Da draußen hatte sie nichts.

Agatha rief: »Was ist? Bist du dir jetzt zu fein zum Kartoffelschälen?«

Nadjeschka tat, als hätte sie es nicht gehört. Sie ging hinaus, umrundete im hellen Schein der Hoflaternen die größten Pfützen und trat vor die Bürobaracke. Sie klopfte an die Tür, obwohl sie wusste, dass Georg Hartmann nicht da war. Nach längerer Wartezeit klopfte sie erneut.

Robert Oestreicher, der alte bärtige Mann, kam, das Gewehr über die Schulter gehängt, den Schäferhund an der Leine. »Der Lagerführer ist nicht da«, sagte er.

»Ich muss ihn unbedingt sprechen.«

»Das wird bis morgen warten müssen. Herr Hartmann ist jetzt nicht zu sprechen.«

»Sie verstehen nicht. Ich hab etwas Dringendes zu melden! Als Barackenälteste.«

Oestreicher musterte sie. »Mädchen, du scheinst mir etwas hysterisch zu sein. Neulich war es der Mondschein, ich weiß nicht, was es heute ist.« Er sah zum Himmel. »Der Mond kann's nicht sein. Beruhige dich, das klärt sich alles morgen.«

»Nichts wird sich morgen klären. Herr Hartmann hat mir eingeschärft, ich soll ihm in dieser Sache unbedingt Bescheid geben, wenn ich etwas höre. Unverzüglich.«

Jetzt kniff der Alte die Augen zusammen. »Geht es um einen Fluchtversuch?«

Sie nickte. »Da braut sich was zusammen.«

»Er ist bei der Ortsversammlung. Ich versuche, ihn dort zu erreichen.« Er eilte zur Wachbaracke.

Georg meinte, irgendwo in den oberen Stockwerken des Rathauses ein Telefon klingeln zu hören. Aber das bildete er sich wohl nur ein. Wer sollte um diese Uhrzeit hier anrufen? Jeder wusste doch, dass die Verwaltungsangestellten längst zu Hause bei ihren Familien saßen oder hier im Saal, während Ortsgruppenleiter Bergmann auf den Höhepunkt seiner Rede zustrebte: »Millionen stehen an der Front und erstreiten uns den ersten Platz in der Weltgeschichte. Millionen erfüllen hier in der Heimat an den Fließbändern der Waffenfabriken ihre Pflicht. Wir werden rücksichtslos gegen jeden vorgehen, der diese Gemeinschaft untergräbt. Friedrich der Große schuf einst den Orden der Offiziere. Der Führer schenkte dem Volk den Orden der Nationalsozialistischen Partei Deutschlands. Deutschland ist die NSDAP, die NSDAP ist Deutschland. Noch in tausend Jahren wird es heißen: Mein Führer ist Adolf Hitler! Sieg Heil!«

Erlöst fiel das Publikum in den Ruf ein. »Sieg Heil! Sieg Heil! Sieg Heil!«

Tosender Applaus. Georg drehte sich vorsichtig nach Axel um. Auch der applaudierte begeistert. Stand da in seinen Breeches, den Reiterstiefeln, Schulterstücken, den SS-Runen auf den Spiegeln und dem SS-Dolch am Gürtel. Sobald sie auf der Flucht waren, würde Axel auf sie Jagd machen. Er würde schießen, ihnen beiden das Hirn aus dem Schädel pusten. Anneliese aber liebte diesen Mann. Sie kochte für ihn, pflegte ihn, wenn er Grippe hatte. Für Siegfried und Lilli war er der bewunderte Vater, sie saßen auf seinem Schoß, ließen sich von ihm einen Gutenachtkuss geben. War es nicht mit jedem Mann hier im Saal so? Hatte nicht jeder eine Familie, spielte mit den Kindern, fuhr in den Urlaub, hatte seine Leibspeise und seinen Feierabend, alte Schulfreunde und schwamm gern im Möhnesee?

Ein Lied wurde angekündigt. Schon schmetterte die Menschenmenge:

Ihr Sturmsoldaten jung und alt nehmt die Waffen in die Hand,
denn die Juden hausen fürchterlich im deutschen Vaterland.
Wenn der Sturmsoldat ins Feuer geht, ei da hat er frohen Mut,
und wenn das Judenblut vom Messer spritzt, ei da geht's noch
mal so gut.
Hundertzehn Patronen umgehängt, scharf geladen das Gewehr
und die Handgranate in der Hand, Bolschewiki, komm mal her.
Als Sturmsoldaten ziehen wir mit Adolf Hitler in den Kampf.
Entweder siegen oder sterben wir fürs deutsche Vaterland.

Georg wagte nicht, sich schon wieder umzudrehen. Er hörte Axels Stimme auch so heraus. Wie konnte der Schwager solchen Unsinn singen? Aber sie waren ja keine Einzelpersonen mehr, hier durfte niemand nachdenken oder seine Meinung sagen, der Einzelne galt nichts, die Masse alles. Das enthob sie von jeglicher Verantwortung.

Er ertappte sich dabei, Mundbewegungen zu imitieren, damit es wenigstens so aussah, als würde er mitsingen. Er durfte jetzt nichts riskieren, Heuchelei hin oder her, er musste die Nazis in Sicherheit wiegen, wenn seine Flucht mit Nadjeschka gelingen sollte.

20

Lange Zeit blieb Oestreicher in der Wachbaracke verschwunden. Dann kam er wieder heraus. »Im Rathaus geht niemand ran. Und bei der Feier unten im Saal werden sie kein Telefon haben.«

»Bitte, ich muss ihn benachrichtigen!« Sie sah zu den Wachtürmen hoch. »Da oben sind doch auch Soldaten, das Lager ist gut bewacht. Bringen Sie mich zu ihm!«

»Ich werde auf keinen Fall meinen Posten verlassen, Mädchen. Wir haben sowieso schon weniger Personal wegen der Ortsfeier. Wie stellst du dir das vor? Sechzehn Baracken und Hunderte von euch, nachher startet der Ausbruchsversuch gerade, wenn ich fort bin!« Er fuhr sich mit der Hand durch den Bart. »Bist du vernünftig?«

»Natürlich.«

Zweifelnd musterte er sie. »Wohl ist mir bei der Sache nicht.«

Schritte schmatzten im Matsch. Sie drehte sich um. Oksana hatte die Küchenbaracke verlassen und näherte sich ihnen. »Gibt es Schwierigkeiten?«, fragte sie.

»Ich muss dieses Mädchen zum Rathaus schicken mit einer Nachricht für den Lagerführer. Aber eine Ostarbeiterin im Dunkeln allein in der Stadt, das verstößt gegen sämtliche Regeln.«

»Schicken Sie mich mit«, sagte Oksana.

Hatte sie sich anders entschieden, würde sie mit ihr kommen?, fragte sich Nadjeschka. Oder wollte sie ihr nur helfen?

Er nickte. »Ja, das ist besser. Du bist schon lange hier, hast dich immer anständig verhalten. Dir vertraue ich. Pass auf das Mädel auf, sie hat Flausen im Kopf.« Er zog einen blinkenden Schlüssel heraus und öffnete das Vorhängeschloss am Tor. »Und jetzt los mit euch, bevor es die anderen Frauen sehen. Ich will, dass ihr in einer Stunde wieder hier seid. Macht keinen Unfug und haltet euch von den Gasthäusern fern. Sprecht niemanden an, verstanden?«

Sie schlüpften hinaus in die Nacht, und er schloss hinter ihnen das stacheldrahtbespannte Tor.

Der Weg in die Stadt hinein war dunkel. Die meisten Straßenlaternen waren ausgeschaltet, und die Wohnzimmerfenster zeigten nur schmale Schlitze von Licht – den Rest schluckten Verdunkelungsrollos, die verhindern sollten, dass feindliche Bomber sich am Lichterteppich der Städte orientierten. Trotzdem, die nachtgrauen Straßen gaben ihr das Gefühl, frei zu sein. Sie konnte nach links abbiegen oder nach rechts, kein Wehrmachtssoldat brüllte sie an und zwang sie, in die Kolonne zurückzukehren. »Wolltest du mir nur helfen, rauszukommen, oder hast du es dir noch mal überlegt und kommst mit?«

»Ich komme mit. Ich muss meine Kinder sehen.«

Eine Welle von Glück durchströmte Nadjeschka. Sie fiel der Freundin um den Hals. »Danke!« Der Weg in die Ukraine war weit. Nun würde sie ihn nicht allein zurücklegen müssen.

»Wie geht es weiter?«, fragte Oksana. »Was ist dein Plan?« Das Ukrainisch der Freundin war wie ein Vorgeschmack auf die Heimat, die sie bald wiedersehen würden.

»Wir verstecken uns so lange im Wald, bis sie die Suche aufgeben.«

Oksana blieb stehen. »Die haben Hunde. Hast du dir das nicht überlegt? Die spüren uns im Handumdrehen auf.«

»Aber die Wälder hier sind endlos. Wie sollen sie das alles durchsuchen?«

»Wenn sie einen Hirsch oder ein Schwein finden können, dann auch einen Menschen. Ich dachte, du hättest die Flucht geplant!«

»Hab ich auch. Ich habe uns aus dem Lager gebracht, ohne Schüsse, ohne Verfolger. Niemand sucht uns, zumindest für die nächsten Stunden. Sehen wir, dass wir Land gewinnen.«

»Ich will dir nicht die Illusionen rauben, Nadjeschka, aber aus dem Lager zu kommen, war nicht der schwierigste Teil. Vor einem Dreivierteljahr hat Herr Hartmann sogar mal einer ganzen Gruppe von Frauen Ausgang gewährt, unbewacht! Überleg doch: Die wissen genau, dass wir keine Chance haben, wenn wir fliehen. Sonst hätte uns der Wärter gar nicht rausgelassen.« Sie rieb mit dem Daumen über ihren Aufnäher »OST« an der Jacke. »Vielleicht sollten wir besser zum Rathaus gehen und dann ins Lager zurückkehren.«

»Und was sagen wir Georg Hartmann? Es gibt keine dringende Nachricht für ihn. Wie erklären wir, dass man uns ins Rathaus geschickt hat? Mach du, was du willst. Ich verschwinde von hier. Ich arbeite keinen Tag länger in der Fabrik und baue Munition, mit der sie auf meine Verwandten schießen.« Sie beschleunigte ihren Schritt.

Oksana folgte ihr. »Du weißt doch gar nicht, wohin …«

An der Kreuzung trafen sie auf ein Pärchen, die Dame beim Herren untergehakt. Als sie die beiden passierten, sagte die Dame erstaunt: »Dass die hier so herumlaufen können, ohne Bewachung?«

Vor einer Kirche blieb Nadjeschka stehen. Sie zog ihre Jacke aus, drehte die Ärmel von innen nach außen, um sie dann verkehrt herum anzuziehen. »Du musst dich jetzt entscheiden, Oksana«, sagte sie.

Die Freundin sah an den wuchtigen Kirchtürmen hinauf. »Wie können sie zu Gott beten und dann morden?« Sie seufzte. Schließlich zog sie ebenfalls ihre Jacke aus. Die Kirchturmglocke schlug, als wollte sie die Entscheidung besiegeln.

Der Bürgermeister versprach Bier und Kartoffelsuppe für die Pause. Anschließend sollte es einen Lichtbildervortrag geben: »Die ukrainische Steppe als Lebens- und Kampfraum der Völker in Vergangenheit und Gegenwart«.

Steppe. Mit welcher geschickten Wortwahl sie Nadjeschkas Heimat degradierten, dachte Georg. Was konnte es da schon Besonderes geben in der Steppe? Das Gebiet stand zur freien Verfügung, und da die Deutschen die Stärkeren waren, holten sie es sich.

So, wie seine Landsleute hier feierten, wirkte es, als seien der Nationalsozialismus und Hitlers Marschrichtung ihnen gar nicht aufgezwungen wurden. Die Suppe musste ihnen nicht mit Zwang eingeflößt werden, sie löffelten sie selbst mit Freuden aus. Es schmeckte ihnen, was der Ortsgruppenleiter da von sich gegeben hatte. Wenigstens waren nicht alle gekommen, ein großer Teil der Bürger war der Versammlung ferngeblieben.

Während die Bierkrüge verteilt wurden und sich palavernde Grüppchen bildeten, schlich er sich hinaus. Es war schon dunkel geworden. Aus dem Augenwinkel sah er eine Zigarettenspitze aufglühen.

»Hat Ihnen die Rede nicht gefallen?«, sagte jemand.

Er kannte diese Stimme. Fröstelnd drehte Georg sich um.

Wiese trat in den Lichtkegel des Rathausfensters. »Sie wollen schon gehen?«

»Ich habe noch Büroarbeiten zu erledigen.«

»Vielleicht kann Ihnen ja die rothaarige Ostarbeiterin helfen. Sie spricht gutes Deutsch, nicht wahr? Und soll auch sonst viele Vorzüge haben.«

Ihm stockte das Blut in den Adern. Der Mann hatte ihn in der Hand, und einer wie Wiese würde keine Skrupel haben, diesen Vorteil auszureizen bis zum Schluss. »Was wollen Sie von mir?«

»Ein paar Mark wären ein guter Anfang.«

»Ich habe nichts Verbotenes getan. Die Ostarbeiterin ist Barackenälteste, ich bin laut Lagerordnung befugt, ihre Arbeit mit freiem Ausgang und anderen Vergünstigungen zu belohnen.«

»Dann haben Sie ja nichts zu befürchten.« Die Augen des Blockwarts funkelten. »Ich gehe mal wieder rein. Ist eine nette Gesellschaft, viele Parteigrößen, auch einige von der SS und der Gestapo. Nützliche Leute! Das eine oder andere Gespräch wird sich bestimmt ergeben. Ich darf doch erzählen, wie gut es bei Ihnen im Lager läuft?« Er wandte sich ab.

»Warten Sie.«

Mit siegesgewissem Lächeln drehte sich der Blockwart um. »Oder soll ich besser den Mund halten?«

»Für wie lange kaufe ich mir Ihr Schweigen?«

»Für heute Abend.«

Er holte das Portemonnaie hervor und sah nach, wie viel er dabeihatte. »Wenn ich Ihnen zehn Mark gebe, schweigen Sie eine Woche.«

»Wenn Sie mir zehn Mark geben, schweige ich heute.«

Sie maßen sich mit Blicken. Dieser Hundsfott wusste genau, dass alle Druckmittel in seiner Hand lagen. Wütend zählte ihm Georg das Geld in die Hand.

Wiese steckte die Scheine ein. »Ich behalte Sie im Auge. Viel Spaß mit der süßen kleinen Schnepfe!« Er grinste anzüglich, bevor er in den Saal zurückkehrte.

Auf dem Weg nach Hause zitterte Georg wie ein nasser Hund. Dieser Wiese würde ihn über kurz oder lang an den Galgen bringen. Ein paar Tage konnte er ihn noch hinhalten, aber bis er herausgefunden hatte, wo man falsche Pässe herbekam, würde Wiese seine Reserven bereits leergemolken haben, und dann blieb kein Geld übrig für die Pässe und die Flucht. Sobald er ihm nichts mehr zustecken konnte, würde der Blockwart ihn, ohne zu zögern, ausliefern.

Wie kann ich mich retten?, fragte er sich. Gab es etwas, um Wiese im Gegenzug zu erpressen? Dann hätten sie sich gegenseitig im Griff und konnten Stillschweigen für Stillschweigen vereinbaren.

Jeder Mensch besaß ein dunkles Geheimnis. Selbst Axel, der Vorzeige-Gestapomann, war angreifbar. Anneliese hatte ihm von seiner Luminalsucht erzählt. Vor ein paar Monaten war es so schlimm gewesen, dass dem Schwager die Lider flatterten und er kaum noch gehen konnte, die Schwester hatte schon gefürchtet, ihn ins Krankenhaus bringen zu müssen.

Irgendwie musste er in Wieses Privatleben eindringen. Ihn mit seinen eigenen Waffen schlagen. Er lief zu Wieses Haus in der Burgstraße. Mit klopfendem Herzen sah er zu den dunklen Fenstern der Wohnung hinauf. Er steckte sowieso schon so tief im Schlamassel, dass er nichts zu verlieren hatte, er musste das Risiko eingehen.

Wie ein Spaziergänger schlenderte er weiter. In einem Vorgarten fand er große Schmucksteine. Nach einem raschen Blick zu den Fenstern – die Gardinen hingen still – bückte er sich, nahm einen der Steine und machte kehrt. Er klingelte zweimal bei Wiese. Die Nachbarn mussten das Geräusch hören.

Dann klingelte er bei Familie Schmöck. Ein Kind kam die Treppe herunter, er hörte es bei jedem Absatz springen, dann riss es die Tür auf, prallte zurück vor Schreck, sah ihn mit großen Augen an. Es hatte offenbar jemand anderen erwartet.

»Will nur was einwerfen«, sagte er. Das Haus besaß keine Briefkästen, nur Briefschlitze in den Türen. Er nickte zur untersten Tür hin.

»Ach so.« Der Junge zog sich zurück.

Georg folgte ihm ins Haus und die Treppe hinauf, ging bewusst langsam und ließ ihn davonlaufen. Er lauschte, bis oben die Tür zuklappte. Dann machte er kehrt und schlich sich zur Hintertür. Er öffnete sie leise, legte den Stein in den Spalt, und schlich zurück zur Vordertür. Falls der Junge seinen Eltern von seinem seltsamen Besucher erzählte, sahen sie ihn vorn rausgehen und die Straße entlang verschwinden.

Er drehte eine Runde um den Block, kam von der anderen Seite wieder. Immer noch waren Wieses Fenster dunkel. Durch das Hoftor schlich er sich von hinten an das Haus heran. Niemand hatte seinen Stein bemerkt, wie es schien. Vorsichtig öffnete er die Hintertür und trat ins Haus. Er machte kein Licht im Treppenflur. Eine Weile musste er warten, bis sich seine Augen an das Dämmerlicht gewöhnten; die Gaslaterne von der Straße schien nur kümmerlich hinein. Dann ging er die Treppe hinauf und las die Namensschilder, bis er die richtige Tür gefunden hatte.

Er zog seinen Schlüsselbund hervor und fühlte nach dem dünnsten Schlüssel, den er besaß. Keiner war flacher als der Schlüssel des Büros im Barackenlager. Er versuchte, ihn in den Türspalt zu zwängen, doch der war zu schmal. Was jetzt? Ein Draht, ein Stück Blech musste her.

Er tastete seine Hosen- und Hemdtaschen ab, nicht einmal einen Bleistift trug er bei sich. Vielleicht half die Brille? Er nahm sie ab und schob ihren Bügel zwischen Tür und Rahmen. Der Bügel passte hindurch. Nur war er stabil genug, um die Tür zu öffnen? Vorsichtig zog er mit dem umgebogenen Ohrenstück des Bügels am Schnappriegel. Er rutschte immer wieder damit ab. Ich mach mir meine teure Brille kaputt, dachte er.

Verzweifelt steckte er den Bügel tiefer hinein, bis zum Brillenglas, und zog. Er spürte es, der Schnapper gab nach, bloß noch ein Stück, ein winziges Stück … Die Tür öffnete sich. Er hatte seine Brille verbogen, aber die Tür zu Wieses Wohnung stand offen. Der Geruch von Mottenkugeln schlug ihm entgegen.

21

Leise schloss er die Wohnungstür hinter sich. Die Glocke der Johanneskirche schlug. In Wieses private Räume einzudringen war mehr als gewagt – der Blockwart würde toben vor Wut, wenn er davon erfuhr. Auch du bist nicht unverwundbar, mein Lieber, dachte er. Ich muss nur deine Schwachstelle finden. Wie du mir, so ich dir … Du hast Eva bei mir reingelassen, und jetzt besuche ich dich.

Jeden Tag würde Wiese mehr Geld verlangen, bis das Angesparte aufgebraucht war, und ihn anschließend der Gestapo ausliefern. Das hier war seine einzige Chance.

Er schaltete eine Stehlampe im Schlafzimmer ein. Das Bett war zerwühlt, Ulrich Wiese lebte allein, für wen sollte er das Bett machen? Er hatte nicht wissen können, dass er heute anonymen Besuch bekam. Auf dem Nachttisch lagen zwei Briefe, einer davon ein modernes Fensterkuvert, wie es die Banken verwendeten, der andere schlichter mit braunen Zensurstreifen. Die wacklige Handschrift der Adresse ließ auf einen älteren Absender schließen. Dass Ulrich Wiese genauso von der Zensur überwacht wurde wie sie alle, erstaunte ihn. Offenbar machten die keinen Unterschied, öffneten auch die Briefe ihrer Gehilfen.

Er legte die Post zurück. Das war nicht, was er suchte. Zurück im Flur fand er die Badezimmertür, öffnete sie und schaltete das Licht ein. Vor dem Spiegel stand eine Dose

Zahnpulver. Der Blockwart putzte noch mit Schlämmkreide? So alt war er ihm gar nicht vorgekommen. Er hätte erwartet, dass Wiese längst Zahnpaste verwendete. *Salbei und Minze,* stand auf der Dose, *Zahnpulver auf die feuchte Zahnbürste streuen.* Vermutlich konnte sein Peiniger nicht mit den weichen Metalltuben umgehen, er brauchte noch den vorsintflutlichen Topf.

Der Boden glänzte, er war nass. Wiese musste sich vor der Ortsversammlung gewaschen haben, hatte sich aber nicht die Mühe gemacht, trockenzuwischen. Georg hob ein Paket Seifenpulver hoch. Der durchweichte Boden brach, und der Inhalt der Packung ergoss sich über seine Hose. Fluchend stellte er sie zurück. Die Pappschachtel thronte nun auf einem weißen Pulverberg.

Wie lange würde sein Widersacher bei der Ortsversammlung bleiben? Hatte er Gesprächspartner, die ihn länger beanspruchten, sah er sich den Lichtbildervortrag bis zum Ende an? Wenn er ihn hier erwischte und die Schutzpolizei rief, bevor er eine kompromittierende Entdeckung gemacht hatte, konnte ihm selbst Axel nicht mehr helfen.

Er betrat das Wohnzimmer. Eine Kuckucksuhr hing über dem Plüschsofa, mit bronzenen Tannenzapfen als Gewichte an den Ketten. Auf einem Tischchen standen Porzellanfiguren, Tänzerinnen mit Tüllröckchen.

Das Barometer an der Wand ließ ihn zusammenfahren – das gleiche hing bei ihm zu Hause! Ein seltsames Gefühl der Verbindung mit dem tückischen Wiese beschlich ihn. In seinen vier Wänden war der Schnüffler auch nur ein gewöhnlicher Mensch. Andererseits schrieb er an diesem Schreibtisch Berichte, die Menschenleben vernichteten, über illegales Radiohören, Personen, die den Hitlergruß verweigerten, Nachbarn, die an Feiertagen nicht die Hakenkreuzfahne aus dem

Fenster hängten oder, wie er, nur widerwillig spendeten. An diesem Schreibtisch spielte er Gott. Oder genauer: Luzifer, den Ankläger.

Er öffnete die oberste Schublade und nahm eine Mappe heraus. Als er sie aufschlug, stutzte er. Lauter Bilder von Männern, herausgerissen aus Zeitschriften, Werbeanzeigen: Ein Mann im feinen Anzug, ein anderer vor dem KdF-Wagen. Ein Mann in Uniform. Zwei Bauarbeiter, die in die Kamera lachten. Ein Mann mit einem Diamant-Fahrrad. Einer, der Abdullah-Zigaretten rauchte. Beim nächsten Foto schoss ihm das Blut ins Gesicht. Ein nackter Mann! Diesmal nicht aus einer Zeitung, sondern ein Foto auf dickem Papier. Danach noch eines, ein weiterer unbekleideter Mann. Und ein dritter.

Im Treppenhaus pfiff jemand die Melodie »Ich wollt' ich wär ein Huhn«. Die Bilder, was bedeuteten sie? War Wiese etwa ein Homosexueller, ausgerechnet dieser Nazi, wo die Nationalsozialisten diese doch so streng verfolgten?

Ein Schlüssel knirschte in der Wohnungstür. Georg fuhr zusammen. Er warf die Mappe auf den Tisch. Rannte zum Fenster.

»Ist da jemand?«, fragte der Blockwart aus dem Flur.

Georg riss das Fenster auf.

»Sie!« Wiese stand in der Wohnzimmertür.

Er war unfähig, sich zu bewegen. Kletter auf den Sims und spring!, befahl er sich, aber der Blick des anderen hielt ihn fest.

»Was haben Sie in meiner Wohnung zu suchen?«

Der Herzschlag dröhnte ihm in den Ohren, ein jagendes, dumpfes Klopfen. Er überlegte, an Wiese vorbeizurennen und durch das Treppenhaus zu entkommen. Das war besser, als sich beim Sprung ein Bein zu brechen und wehrlos auf der Straße zu liegen, bis die Polizei kam.

»Dass Sie geizig sind, wusste ich. Aber ein Dieb? Sie überraschen mich. Die Parteiunterlagen …« Er sah die Mappe auf dem Schreibtisch, wurde rot, dann weiß um die Nase. »Sie haben«, brüllte er und japste nach Luft, »Sie haben hier nichts zu suchen!«

Dieser Wutausbruch verriet ihn endgültig. Offenbar habe ich gefunden, was ich brauche, dachte Georg: ein Druckmittel. Er ging zurück zum Schreibtisch und legte die Hand auf die Mappe.

Sofort verstummte der Blockwart, er schluckte. Panik stand ihm ins Gesicht geschrieben.

»Sehen Sie«, sagte Georg, »so verschieden sind wir gar nicht. Wir beide lieben jemanden, den wir nicht lieben dürfen.«

Wiese schwieg.

»Schließen wir einen Handel. Lassen Sie mich in Frieden, und ich lasse Sie in Frieden. Ich vergesse, was ich gesehen habe, und Sie tun es ebenfalls. Damit ist uns beiden gedient.«

Was, wenn der Lump die Bilder verbrannte und ihm danach umso ärger zusetzte, damit er den Mitwisser ausschaltete? Er hatte keine Augenzeugen, während Wiese durchaus welche finden konnte, wenn er nur lange genug in der Stadt herumfragte. Die Polizei würde dem Blockwart glauben, während man seine Behauptung als Versuch werten würde, von seiner eigenen Schmach abzulenken.

Er schlug die Mappe auf und zog eines der Nacktfotos heraus. Sicher waren Wieses Fingerabdrücke darauf. »Das nehme ich mit. Zur Sicherheit.«

»Legen Sie das Bild zurück«, sagte Wiese. Er klang seltsam tonlos.

»Nein.« Er steckte es sich unter das Hemd. Ging auf Wiese zu.

»Bleiben Sie sofort stehen! Oder ich rufe die Polizei.«

»Das werden Sie nicht tun. Wollen Sie, dass die sich hier genauer umschauen? Sie wissen genauso gut wie ich, dass Sie im KZ landen würden.« Er schob sich an Wiese vorbei.

Der Blockwart versuchte nicht einmal, ihn aufzuhalten. Er stand einfach nur da, käseweiß im Gesicht, und sah ihm nach.

Obwohl sie kaum einen Meter weit sahen, kamen sie gut voran. Der Feldweg führte zuerst hügelan, dann entlang des Kamms zwischen finsteren Waldsäumen. Aus dem Wald wehte Kühle. Jedes Mal, wenn Nadjeschka ein Knacken hörte, fuhr sie zusammen. »Meinst du, es gibt hier Bären?«, fragte sie.

»Bestimmt nicht. Wildschweine vielleicht.«

Nadjeschka fasste nach ihrem Arm. »Wie lange sind wir unterwegs, was schätzt du?«

»Eine Stunde oder anderthalb.«

»Jetzt wissen sie, dass wir ausgebrochen sind. Es gibt kein Zurück mehr.« Das linke Bein schmerzte immer noch vom unablässigen Betätigen des Pedals in der Fabrik, und ihre Augenlider brannten. Aber die Angst vertrieb alle Müdigkeit. »Je weiter wir weg sind vom Lager, desto besser. Bei Tagesanbruch verkriechen wir uns. Und wenn sie uns morgen nicht fangen und wir dann noch eine Nacht weitermarschiert sind, finden sie uns nicht mehr. Dann schaffen wir …«

»Still!« Oksana blieb stehen. »Hörst du das?«

Ein Knattern, das lauter wurde. »Mit denen sind sie in der Ukraine auch immer gefahren.« Schon sahen sie von Neheim her zwischen den Bäumen ein Scheinwerferlicht aufleuchten. »In den Wald!« Nadjeschka rannte los. Äste zerschrammten ihr die Haut an den Armen. Der Boden war uneben, sie geriet ins Stolpern, rappelte sich wieder auf.

Lärmend kam das Motorrad näher. Sie warfen sich zu Boden. Der Lichtkegel erhellte gespenstisch den Wald. Plötzlich hielt das Motorrad. Eine Taschenlampe flammte auf, der Lichtkegel sprang von Stamm zu Stamm. Nadjeschka presste sich an den kalten Waldboden. Neben ihr schnaufte Oksana. Hörte man sie trotz des Motors?

Der Motorradfahrer knipste die Lampe aus und fuhr weiter, langsamer als zuvor.

Sie blieben am Boden liegen. Warteten, bis das Licht sich weit entfernt hatte. »Das war knapp«, sagte Oksana.

»Glaubst du, er ist wegen uns losgeschickt worden?«

»Niemand fährt sonst um diese Zeit durch den Wald. Außerdem hat nur die Wehrmacht Kraftstoff für die Fahrzeuge. Die suchen uns schon.«

Der Motor war noch von ferne zu hören. Sie standen vorsichtig auf, klopften ihre Kleider ab und setzten ihren Weg fort. Es war lediglich ein vorsichtiges Tasten, sie kamen kaum vorwärts. Einmal sahen sie ein Jagdhaus, im Fenster glomm Licht. Sie machten einen großen Bogen darum. Dann wieder das Knattern, das Motorrad kam zurück. Sie kauerten sich nieder, warteten. Sie hatten alle Regeln gebrochen. Jetzt galten sie als Freiwild, und die Jagd auf sie war eröffnet.

Das Telefon läutete, kaum dass er die Wohnung betreten hatte. Georg gefror das Blut in den Adern. Unerbittlich klingelte es. Hatte Wiese doch die Polizei gerufen? Er zögerte, bevor er den Hörer abnahm. »Hartmann hier. Wer spricht?« Seine Stimme klang heiser, die Angst schnürte ihm die Kehle zu.

»Endlich erreich ich Sie. Wir haben zwei Flüchtlinge, Herr Hartmann.«

Das Lager, Gott sei Dank. Aber er durfte sich die Erleichterung nicht anmerken lassen, fragte streng: »Wer ist abgehauen?«

»Oksana und Nadjeschka.«

Oestreichers Antwort traf ihn wie ein Schlag in die Magengrube. »Wie ... wie ist das möglich?«

»Sie haben mir vorgetäuscht, dass sie zu Ihnen müssten, es handle sich um etwas Dringendes. Sie wollten mitbekommen haben, dass andere eine Flucht vorbereiten. Da hab ich sie zu Ihnen geschickt.«

Nadjeschka hatte ihn ausgenutzt, ihn ausgehorcht. Ihre Zuneigung war vorgetäuscht gewesen, das Lachen, das Glänzen in den Augen. Er war für sie ein Werkzeug gewesen, nichts weiter. Ein Mittel zum Zweck.

Er wollte doch Wurst kaufen und Hartkäse, die Schuhe neu besohlen lassen für ihre gemeinsame Flucht. Ihm wurde schwindelig. Er kam sich vor wie eine Fliege, der schadenfrohe Kinder die Flügel ausgerissen hatten und die noch verzweifelt über das Fensterbrett hüpfte, bis ihr die Kinder auch die Beine ausrissen und sie als gliedloser Körper sterben durfte. »Informieren Sie die Polizeistationen im Landkreis«, sagte er verbittert. »Wie lange sind sie schon fort?«

»Fast zwei Stunden. Ich habe Plöger geweckt und ihn losgeschickt, sie zu suchen. Er ist mit dem Motorrad unterwegs. Bauernfeindt und Witte suchen in der Stadt.«

»Das können sie sich sparen. Die beiden sind nicht mehr in Neheim. So dumm sind die nicht.« Wie weit konnten sie gekommen sein? Bis zum Schwarzen Bruch? Oder hatten sie den Weg über Himmelpforten gewählt? Den über Lüttringen, über Holzen, Herdringen? Es gab viele Möglichkeiten. »Rufen Sie in Lüttringen an. Sie sollen Suchtrupps losschicken.«

»Und noch etwas, Herr Hartmann. Agatha, die früher ja Barackenälteste war, hat Plöger gesagt, Sie hätten den Arbeiterinnen russische Romane gegeben. Plöger lässt die Bücher alle einsammeln und ist außer sich vor Wut.«

22

Je müder Nadjeschka wurde, desto streitsüchtiger streckte der Nachtwald seine Äste nach ihr aus, riss mit Dornen an ihrer Kleidung, schrammte ihre Arme auf. Bodensenken schienen nur deshalb zu existieren, damit sie hineinfiel. Zweige peitschten ihr ins Gesicht wie zur Strafe für ihren Ungehorsam.

Der Gedanke an die Heimat hielt sie aufrecht. Sie dachte an die Eltern, an die Geschwister, stellte sich vor, wie sie einen nach dem anderen umarmte. Man würde ihre Rückkehr feiern. Mutter würde Borschtsch kochen mit roten Rüben, Zwiebeln, Weißkohl, Karotten, Kartoffeln und Tomaten. Der Topf würde so voll sein, dass man einen Holzlöffel hineinstellen konnte, ohne dass er umkippte. Zur Feier des Tages würde sie etwas Rindfleisch dazugeben. So deutlich malte sie sich das Festessen aus, dass sie es riechen konnte. Sie glaubte sogar das Lachen ihrer Brüder zu hören, das fröhliche Singen ihrer kleinen Schwester.

»Jeder Schritt bringt uns der Heimkehr näher«, sagte sie.

Oksana sagte: »Wollen wir nicht lieber zum Weg zurück? Im Wald knacken dauernd Äste, das macht uns auffällig. Bald wird es Morgen. Es könnten schon Leute wach sein.«

Tatsächlich kamen sie im Wald nicht voran, es war mehr ein Tasten und Stolpern, so würden sie es nie schaffen. »Einverstanden.«

Zurück auf dem Weg schwiegen sie lange. Jede war mit ihren Gedanken allein. Vermutlich dachte Oksana an ihre

Kinder oder, ihrem missmutigen Gesicht nach zu urteilen, an die Strapazen und Gefahren der Reise dorthin.

Ein Vogel weckte den Wald auf mit seinem Jubilieren. Immer mehr Vögel fielen ein in den Gesang, bald zwitscherte und tirilierte es überall. Die Sterne verblassten. Nadjeschka fühlte sich, als würde sie aus einem Albtraum erwachen.

Am Waldrand stießen sie auf ein Seeufer. Schilfrohre wiegten sich im Morgenwind, Binsen raschelten, und Teichrosen hielten wie im Schlaf ihre Knospen geschlossen. Aus der Ferne hallte das Krähen eines Hahns herüber, andere Hähne antworteten. Sie atmete tief ein und aus. »Riechst du das?«, fragte sie. »Das ist die Freiheit.«

Oksana lachte. »Das ist ein See.«

»Ja, und wir würden jetzt nicht hier stehen, wenn wir nicht frei wären.« Die anderen nahmen vermutlich gerade Aufstellung auf dem Platz und marschierten zur Fabrik. Sie taten ihr leid.

Seeschwalben flogen über das Wasser dahin, riefen ihren Fernwehschrei. Unwillkürlich dachte sie an die Möwen bei Odessa. Bald hör ich sie wieder streiten, wenn die Fischer ihre Abfälle ins Meer werfen. Dann werde ich an diesen Moment zurückdenken, als die gefährliche Reise noch vor uns lag. Sie zog den bläulichen Stein hervor und küsste ihn.

Ein Haubentaucher schwamm vorüber. Plötzlich verschwand er, sie suchte mit den Augen die Wasserfläche ab, lächelte, weil sie dieses Spiel früher als Kind oft gespielt hatte. Sie zeigte mit der Hand in eine Richtung. Da tauchte der Vogel wieder auf, ganz woanders.

»Lass uns weitergehen«, drängte Oksana.

Der See war eine endlose Fläche, kilometerlang zog er sich hin. »Nur noch einen kleinen Moment. Bitte.« Am Horizont erschienen die ersten Sonnenstrahlen über dem Wasser, sie sprangen von Welle zu Welle, bis das Tageslicht den halben See erfasste. Die Fülle fließenden Lichts zwang Nadjeschka, die Augen zu schmalen Schlitzen zusammenzukneifen.

Die gleiche Sonne bescheint unser Haus in der Ukraine, dachte sie. Sie wärmt das Sonnenblumenfeld und meinen Brüdern den Nacken. Was die Sonne heute alles sieht! Sie leuchtet in Schwedens Fjorde, lässt das Wasser der Arktis glitzern, küsst den Raureif Sibiriens.

Ich denke ganz anders, wenn ich frei bin. Nadjeschka lächelte. Mein Kopf braucht einfach die Freiheit. Der Krieg, das Hin-und-her-Gewoge der Heere, nichts kann die Sonne daran hindern, der Tier- und Pflanzenwelt ihre Wärme zu spenden, gerecht verteilt auf alle Länder.

»Komm jetzt.« Oksana drängelte.

Ein Schwanenpaar schwamm am Ufer entlang, Seite an Seite. Der Anblick versetzte ihr einen Stich. Georg hatte sie aufgeben müssen. Es wäre nie etwas geworden mit uns, sagte sie sich. Aber das Herz ließ sich nicht so leicht trösten, es sehnte sich nach ihm. »In Ordnung«, sagte sie, »rechts oder links entlang?«

»Wir hätten uns vorher eine Karte beschaffen sollen. Ich weiß nicht, welcher der richtige Weg ist. Das muss der Möhnesee sein, nach allem, was ich gehört habe, aber ich bin noch nie hier gewesen.«

Aller Logik nach mussten sie nach Osten, der aufgehenden Sonne entgegen. Genau damit würden ihre Verfolger rechnen. Sie wandte sich nach links. »Gehen wir hier rüber, in Richtung Westen, und erst auf der anderen Seite Richtung Heimat.« Sie wanderte los.

Bald kam ein Angler in Sicht, er stand bis zu den Knien im Wasser und hielt still seine Angel. Oksana raunte: »Lass uns in den Wald abhauen.«

»Nein«, widersprach sie, »der hat uns schon bemerkt, das lässt ihn nur Verdacht schöpfen, wenn wir ihm ausweichen.«

Tatsächlich sah er sich nach ihnen um. Er nickte stumm zum Gruß.

Sie winkten zurück und spazierten vorüber. »Siehst du«, flüsterte sie, »man muss nur selbstbewusst sein. Die können doch gar nicht wissen, dass wir entflohene Ostarbeiterinnen sind.«

»Wir sollten uns lieber verstecken!«, mahnte Oksana.

»Nur noch ein kleines Stück.«

Das Westufer des Sees bestand aus einer Mauer. Sie ragte kaum einen Meter aus dem Wasser, aber dahinter schien eine Schlucht zu folgen. Zwei Türme thronten auf der Mauer. Ihre Kupferdächer waren abgeschnitten, die Plattformen trugen Flugabwehrgeschütze. Was verteidigten die Deutschen hier? Den See? Das Tal dahinter?

Die Mauerkrone war breit, eine Straße führte auf ihr hinüber zum anderen Seeufer. »Da gehen wir besser nicht lang«, sagte sie. »Ich wette, dass die Wachposten bei den Geschützen Telefone haben. Die wissen Bescheid.«

Oksana stimmte ihr zu. Also kletterten sie im Wald den Berg hinunter, neben sich die gewaltig aufragende Steinwand, die den See hielt. Was eben noch wie ein kaum mannshoher Wall ausgesehen hatte, war von der anderen Seite betrachtet ein in den Himmel hinaufragendes Bauwerk. Ins Tal darunter schmiegte sich ein Dorf.

Oksana schnaufte. »Lass uns an der Mauer entlang auf die andere Seite gehen«, japste sie. »Und dann suchen wir uns ein Versteck.«

Ein scharfer Ruf drang durch den Wald. »Stehen bleiben!« Zwei Uniformierte rannten auf sie los. »Was haben Sie hier zu suchen?«

Offenbar bewachten die Polizisten etwas. Sie hatten Augenringe, also hatten sie die Nacht über Dienst geschoben und womöglich noch nichts von ihrer Flucht gehört. »Wir sind ...«

Oksana fiel ihr ins Wort: »Wir wollten uns die Talsperre ansehen. Ist das nicht erlaubt?«

»Ihre Ausweispapiere«, sagte der Schnurrbärtige streng.

»Die haben wir zu Hause gelassen. Wir sind aus Neheim«, erklärte Nadjeschka.

»Da müssten Sie ja mitten in der Nacht losgewandert sein!« Er sah sie skeptisch an. Seine Hand legte sich auf den Lederverschluss der Pistolentasche.

»Sind wir auch. Nachher zur Arbeit müssen wir zurück sein.« Sie sah sich um. Wohin konnten sie rennen? Bergab am besten. Und unten ins Dorf. Dort musste es Verstecke geben. Aber wenn er auf sie schoss? Und Oksana, die würde nicht hinterherkommen. Konnte sie die Freundin im Stich lassen?

»Wann wollen Sie wieder in Neheim sein?«

»Mittags. Wir arbeiten bei Trögelkind & Winkler. Haben die Spätschicht.«

Immer noch musterte er sie aufmerksam. »Also, hier unten klettern Sie jedenfalls nicht herum. Das ist Sperrgebiet.«

»Wussten wir nicht.« Sie bemühte sich, einen Kleinmädchenblick aufzusetzen, machte große Augen. »Wirklich!«

»Warum darf man hier nicht hin?«, fragte Oksana mit gespielter Neugier.

»Das geht Sie nichts an«, blaffte der Schnurrbärtige.

Der andere sagte begütigend: »Das Elektrizitätswerk und die Talsperre sind kriegswichtig. Der Feind könnte versuchen, sie zu sabotieren. Deshalb schieben wir Wache. Nehmen Sie die Kleinbahn, dann sind Sie schneller in Neheim. Elf Uhr fünfzehn geht eine.«

Der Schnurrbärtige warnte: »Ich will Sie hier nicht wieder sehen, verstanden?«

Lächelnd milderte der andere ab. »Gehen Sie rauf zu den Jungs von der Flak. Die freuen sich über netten Damenbesuch am Morgen. Die ganze Zeit nörgeln sie, dass sie keine Blitzmädels zugewiesen bekommen haben.«

»Danke. Das machen wir.« Nadjeschka wollte weitergehen, am Fuß der Mauer entlang. »Wir gehen drüben rauf, ja?«

»Haben Sie es immer noch nicht kapiert?«, herrschte sie der Schnurrbärtige an und stellte sich ihr in den Weg. »Sie haben das Sperrgebiet zu verlassen!«

»Schon gut.« Durch die Bäume hindurch konnte man das Kraftwerk erahnen. »Verzeihen Sie.« Wohl oder übel mussten sie kehrtmachen.

»Das war knapp«, sagte Oksana, als sie ein Stück hinaufgeklettert waren. »Du hättest ihn nicht so herausfordern dürfen!«

»Ich wollte auf die andere Seite. Wir müssen uns beeilen. Können von Glück reden, dass die neue Schicht noch nicht da ist von diesem Objektschutz. Die Nächsten, die hier Wache schieben, wissen garantiert von der Flucht.«

Am besten gingen sie über die Mauer. Erstens konnte es sein, dass die Männer vom Wachdienst sie beobachteten. Wenn sie abhauten, machten sie sich verdächtig. Zweitens würden sie eine Stunde verlieren, wenn sie den Weg am See entlang zurückgingen, und liefen ihren Verfolgern geradewegs in die Arme. Auf der anderen Seite des Sees konnten sie sich ein Versteck suchen und die nächste Nacht abwarten. Blieb zu hoffen, dass die Flakbesatzung nicht über ihre Flucht informiert worden war. »Wenn die Jungs zudringlich werden, nutzen wir das als Vorwand, um zu gehen«, sagte sie und betrat die über den Damm führende Straße.

Oksana lachte nervös. »Bei mir werden die bestimmt nicht zudringlich. Die reißen sich um dich.«

Am Straßenrand waren Baumattrappen aufgestellt, simpel zugesägte und bemalte Tannenbäume. Vermutlich sollten sie die Mauer aus der Luft wie ein gewöhnliches Ufer aussehen lassen.

Männer winkten vom Dach des ersten Turms. Und unten trat einer aus der Tür. »Willkommen im Flaksanatorium Möhnesee.« Er grinste. Er war höchstens achtzehn Jahre alt. »Wollt ihr raufkommen zu uns? Das gibt einen schönen Ausblick!«

»Danke«, sagte Nadjeschka, »aber wir wollten nur über die Mauer spazieren.«

Der junge Flaksoldat stutzte. »Wartet mal …« Er runzelte die Stirn. »Fritz?«, rief er hoch zum Turm.

»Das sind die Frauen«, rief der von oben. »Halt sie fest!«

Nadjeschka warf sich herum. Sie rannte zurück, packte Oksana am Arm, zog sie mit sich. Vom Anfang der Mauer kamen ihnen die zwei Männer vom Objektschutz entgegen. Sie blieb stehen. Zog sich die Jacke aus. Mit einem großen Schritt war sie am Rand der Mauer. Sie sprang.

Der Möhnesee war kälter als erwartet, es zog ihr die Haut zusammen. Trotzdem tauchte sie unter und schwamm von der Mauer weg. Sie hörte ein Aufklatschen, jemand verfolgte sie. Oder war Oksana gesprungen?

Sie tauchte so lange, bis ihr die Atemnot fast die Sinne raubte. Noch einen, noch zwei Züge. Dann musste sie hoch. Sie schnappte nach Luft. Dicht hinter ihr schwamm einer der Soldaten.

Sie musste schneller sein als er. Zum Glück hatten ihr die Brüder das Kraulen beigebracht. Sie schwamm, was das Zeug hielt, merkte aber bald, dass ihre Kräfte an vergangene Zeiten nicht annähernd heranreichten. Das wochenlange Hungern machte sich bemerkbar. Bald wurde ihr schwarz vor Augen, sie konnte nicht mehr.

Der Soldat fasste nach ihr. »Komm, Mädel. Das ist doch zwecklos.« Beinahe liebevoll zog er sie zurück zum Ufer, schleppte sie eine eiserne Treppe hinauf, andere halfen. Draußen sagte er lachend: »Wenigstens mal eine Abwechslung im Dienst.«

Weitere Soldaten hatten sich eingefunden. Unverhohlen begafften sie ihren Körper, der sich unter der nassen Kleidung abzeichnete.

Der Schnauzbärtige hielt seine Pistole auf Oksana gerichtet. »Hab ich mir gleich gedacht, dass mit euch was nicht stimmt. Die Jacken sind linksrum gedreht, guckt mal.« Er wendete eine. »Da!« Triumphierend hielt er das Ostarbeitersymbol hoch. »Hab ich's nicht gesagt? Die sind ausgebüxt.«

»Hätte doch sein können, dass sie Russlanddeutsche sind«, verteidigte sich der andere.

Jetzt kam der Offizier der Soldaten hinzu.

»Leutnant Widmann«, meldete der Schnauzbärtige im Militärton und knallte die Hacken zusammen. »Melde, zwei entflohene Ostarbeiterinnen gefangen gesetzt zu haben.«

Der triefend nasse Soldat lachte. Aber er stellte die Sache nicht richtig. Das war nicht notwendig. Jeder sah, dass er sie aus dem Wasser geholt hatte.

»Rühren«, sagte der Leutnant. »Man hat uns die Damen schon vorgemeldet.« Er nahm Nadjeschkas Kinn zwischen Zeigefinger und Daumen und zwang sie, ihn anzusehen. »So ein dreistes Steppenmädchen. Na, die Gestapo wird schon wissen, was sie mit euch anfängt.«

Sie schluckte. Wie hatte sie glauben können, diesem Volk von Menschenjägern durch die Lappen zu gehen? Und Oksana hatte sie mit hineingerissen. Sie würde ihre Kinder niemals wiedersehen, ihretwegen. »Es war meine Idee«, sagte sie. »Ich hab diese Frau gezwungen, mit mir zu gehen, sie wollte das gar nicht. Bitte, lassen Sie sie ins Lager zurückkehren.«

»Halt den Mund.« Der Leutnant warf ihr einen eisigen Blick zu. »Name?«

»Nadjeschka.«

»Eine Frechheit, so zu antworten! Du sagst jetzt: Ich bin die Russin Nadjeschka.«

»Ich bin Ukrainerin.«

»Willst du aufsässig werden? Wenn ich von minderwertiger Rasse wäre wie du, dann würde ich jetzt tun, wie mir befohlen wurde.«

Er würde sie schlagen, falls sie ein weiteres Widerwort gab, das wusste sie. Und es machte alles nur schlimmer. »Ich bin die Russin Nadjeschka.«

»Eine Schande, dass du Deutsch sprichst. In deinem Slawenmund haben deutsche Wörter nichts zu suchen. Ich möchte nicht noch einmal Deutsch von dir hören, hast du mich verstanden? Du verschandelst unsere Sprache.«

Sie schwieg, bis die Gestapo eintraf. Rock und Bluse waren inzwischen fast getrocknet, trotzdem fror sie. Ein schwarzer Mercedes fuhr am Rand der Talsperre vor. Zwei junge Männer in Zivil stiegen aus. »Sind das die beiden?« Sie brachten sie zum Auto, ließen sie einsteigen. Weich empfing sie das Leder der Rückbank, es verwöhnte ihren Körper nach der anstrengenden Nacht, als wolle es sie empfänglicher machen für die Schmerzen, die vor ihnen lagen.

Die Gestapomänner stiegen vorn ein. Sie verriegelten nicht die Türen, vielleicht war es ihnen gleichgültig, ob ihre Gefangenen unterwegs einen neuerlichen Fluchtversuch unternahmen, oder sie wünschten es sich sogar. Ein Kopfschuss sparte ihnen Mühe.

Nadjeschka hörte Oksanas bebenden Atem neben sich. Sie tastete nach ihrer Hand, wollte sie halten, ihr Trost geben. Oksana zog ihre Hand zurück.

»Bist du wütend auf mich?«

Sie sah starr nach vorn. Ihr Kinn zitterte.

»Es tut mir leid. Wirklich.«

Sie fuhren über eine Landstraße. Rechts und links wuchs fettes Gras. Die Stämme der Bäume waren weiß angemalt, um den Straßenrand nachts sichtbar zu machen. Vielleicht sehe ich zum letzten Mal etwas von dieser Welt, dachte sie. Ihr Herz flatterte. Sie versuchte sich mit simplen Gedanken zu beruhigen. Das Gras ist für die Viehhaltung. Sie mähen es und machen Heu daraus. Oder Silage. Das dort ist ein Roggenfeld. Und das ein Waldstück.

Die Angst wurde immer schlimmer. Da bemerkte sie, dass es zum Barackenlager ging. Sie hielten, das Tor wurde für sie geöffnet. Sie fuhren auf den Platz. »Aussteigen«, sagte der Fahrer des Mercedes, und beide befolgten sie den Befehl. Oksana schlotterte.

Kühe grasten in den Wiesen hinter dem Stacheldrahtzaun. Die Frauen waren in die Fabriken gegangen, nur noch ein paar Kinder sahen aus den Fensterluken der Baracken und warteten darauf, dass die Mutter wiederkam. Eines der Kinder schlich über den Hof zur Waschbaracke.

Der Koch war dabei gewesen, Holz zu hacken. Er hielt die Axt fest und sah besorgt auf den Mercedes der Gestapo, die jungen Männer in Zivil und Oksana und sie. Sie hatte ihn gemocht.

Die Tür der Bürobaracke öffnete sich. Nein, dachte sie, alles, aber bitte nicht das! Georg Hartmann trat heraus. Blass und mit geröteten Augen. Ein Blick von ihm traf sie, schwer und schmerzerfüllt.

»Heil Hitler, Herr Lagerführer«, grüßten die Gestapomänner. »Gehören diese Frauen zu Ihnen?«

Georg nickte.

»Sie wurden auf der Flucht gefasst und gehen in die Zuständigkeit der Geheimen Staatspolizei über.« Der Fahrer zwang sie zurück ins Auto. Georg sah wortlos zu, das Gesicht eine abweisende Mauer, nur an seinen Augen erkannte sie, wie aufgewühlt er war.

Er hat mich wirklich geliebt, dachte Nadjeschka. Plötzlich schmerzte sie jeder Körperteil. Sie wollte leben! Sie wollte weiterleben und diese Liebe erwidern, wollte Georg um Verzeihung bitten. Ein Schluchzen löste sich aus ihrer Kehle. Auf einmal flossen Tränen.

Der Mercedes fuhr an. Durch den Tränenschleier sah sie nach Georg, er stand da und blickte ihnen nach, während sie zum Tor hinausfuhren. Sie verdrehte sich den Hals, schaute ihn an, bis er nur noch ein kleiner dunkler Strich vor den weißen Baracken war.

23

Eric blinzelte. Er hatte keine Ahnung, wo er war.

Ein Schatten beugte sich über ihn. »Sie können von Glück reden, dass es keine K-Patrone war.«

Die Stimme kam ihm bekannt vor. Er blickte hoch, sah schemenhaft einen Mann. »Eine was?«, fragte Eric. Schon diese zwei Worte auszusprechen fiel ihm schwer. Als würden Gaumen und Zunge nicht mehr recht zusammenarbeiten.

»Die Deutsche hat mit einer Welrod auf Sie geschossen, schallgedämpft durch ölimprägnierte, selbstdichtende Lederscheiben.«

Er hatte Mühe, die Augen offen zu halten. Die Erinnerung kam stockend, verharrte, machte einen Schritt vor, einen zurück: die enge Gasse, der dunkle Hauseingang, die Treppe, der stechende Schmerz. Dann Finsternis.

Der Mann sprach weiter: »Sie hatte eine Nahpatrone Kaliber .32 geladen, wir haben die grüne Hülse im Treppenhaus gefunden. Schalldämpfermunition mit verminderter Treibladung. Gibt kaum einen Mündungsknall. Hätte sie sich für eine K-Patrone entschieden statt der leisen Munition, wären Sie jetzt nicht mehr am Leben. Die füllen sie mit Aconitin, einem Pflanzengift. Da ist selbst ein Streifschuss tödlich oder ein Durchschuss wie bei Ihnen.«

Allmählich begriff er. Er sah sich um, ein Zimmer mit kahlen Wänden, nur ein kleiner Kupferstich direkt gegenüber, ein metallener Nachttisch mit leerer Ablage. Ein Krankenhaus-zimmer, und am Bett stand Sprigings vom MI5. »Schön, dass Sie mich besuchen.«

»Eric, ich will Sie nicht lange belästigen, Sie brauchen Ruhe. Aber es gibt Neues von Nachtauge.«

»Haben Sie sie geschnappt?« Auch das Luftholen schmerzte. Und seine Schulter schien zu brennen. Er durfte sich nicht bewegen.

»Nein. Wir haben eine Funknachricht aufgezeichnet, die ganz offensichtlich an sie gerichtet ist.«

Eric sah wieder ihr Gesicht vor sich, die großen blauen Augen, das runde Kinn. Das Lächeln, bevor sie abgedrückt hatte. »Worum geht es? Was tragen die Deutschen ihr auf?«

»Deshalb bin ich hier. Wir wissen es nicht. Können Sie uns helfen, die Nachricht zu deuten? Die Jungs aus Bletchley haben sie entschlüsselt, aber der Text ergibt keinen Sinn. Niemand von uns hat sich mit Nachtauge so intensiv beschäftigt wie Sie. Vielleicht können Sie uns sagen, was das bedeutet.«

»Lassen Sie hören.«

»*Gib Sohn Kreuz A. Lincoln.*«

»Sagt mir nichts.« Hatte die Agentin einen Sohn? Oder ging es um den Sohn eines anderen? A. Lincoln, das klang nach Abraham Lincoln, eine Chiffre für die Amerikaner? Was hatte das Kreuz zu bedeuten? Stand es für die Kirche, für einen Geistlichen, steckte ein Geistlicher mit drin? Sein Kopf schwirrte.

Sprigings Gesicht nahm einen mitleidigen Ausdruck an. »Tut mir leid. Vergessen Sie's. Sie müssen sich erst mal erholen. Ich sehe schon, Sie sind genauso verwirrt wie ich.«

»Sind Sie sicher, dass Sie die Verschlüsselung richtig geknackt haben?«

»Wir haben das Codebuch eines Abwehragenten verwendet, den wir kürzlich umdrehen konnten, und zudem haben wir einen weiteren übergelaufenen Deutschen daran gesetzt, ohne ihm zu sagen, dass es schon ein anderer decodiert hatte. Beide kamen unabhängig voneinander zu demselben Ergebnis. Aber sie konnten nichts mit der Nachricht anfangen, und auch sonst keiner von unseren Leuten.«

»Tut mir leid. Ich denke weiter darüber nach. Hab ich irgendetwas verpasst, was die Amerikaner betrifft? Ist was passiert in den letzten Tagen? Abraham Lincoln, damit meint sie bestimmt die Vereinigten Staaten.«

»Die Amerikaner haben am Freitag Rotterdam bombardiert mit Flying-Fortress-Bombern, sie wollten die Werft zerstören, in der die Deutschen Torpedorohre für U-Boote herstellen. Haben's auch geschafft, aber wegen der dichten Wolken ist ziemlich viel von Rotterdam dabei mit draufgegangen.«

Eine Krankenschwester betrat den Raum. »Hören Sie, er braucht jetzt wirklich Ruhe.«

Und dann sah er Connie, sie folgte der Krankenschwester und stellte sich an sein Bett. Zärtlich ergriff sie seine rechte Hand.

»Wie geht es dir?«

»Jetzt wieder gut.« Er versuchte, möglichst unbekümmert zu lächeln.

Connie sah besorgt zur Krankenschwester hoch. »Haben Sie sich die Wunde heute schon angesehen?«

Die Schwester seufzte. »Wie ich Ihnen bereits mehrfach sagte, er braucht Ruhe.«

Connie starrte auf den rot verfärbten Verband an seiner linken Schulter. »Er verliert so viel Blut!«

»Das haben wir im Griff.«

»Sagen Sie so etwas nicht! Sie haben überhaupt nichts im Griff! Schon nach der Operation haben Sie behauptet, es wäre alles in Ordnung. Und jetzt eitert die Wunde, und er hat

Schmerzen und Fieber, und Sie sagen, dass er noch mal operiert werden muss. Kommen Sie mir nicht mit: ›Das haben wir im Griff!‹«

Die Schwester schüttelte energisch den Kopf. »Jetzt hören Sie mir mal gut zu. Niemand von uns hat auf Ihren Mann geschossen. Also geben Sie uns gefälligst nicht die Schuld dafür. Die Wunde eitert und ist wieder aufgebrochen, so etwas kann passieren. Eine Schusswunde ist nie sauber. Das Geschoss schleppt Schmutzpartikel ein und Stücke von der Kleidung und Hautkeime. Außerdem hat Ihr Mann nicht nur eine Muskelverletzung, sondern auch einen gesplitterten Knochen.«

»Und wieso kriegt er plötzlich wieder Fieber und muss noch mal operiert werden? Es geht ihm jetzt schlechter als am ersten Tag!«

»Bei der ersten Operation wurde offenbar nicht alles vom zerfetzten und kontaminierten Gewebe herausgeschnitten, also müssen wir noch mal ran. Wenn Sie uns unsere Arbeit machen lassen, wird er die Schmerzen und das Fieber wieder los. Zumal sein freundlicher Kollege uns Penicillin für ihn besorgt hat. Die Soldaten in den Frontlazaretten wären froh, wenn sie das hätten. Wir sind hier, um ihm zu helfen, zum Donnerwetter!«

Sprigings zog sich zurück. »Ich geh dann mal besser.«

»Wer war das?«, fragte Connie.

»Ein Kollege. Er hatte eine dringende Frage.«

Zornig runzelte sie die Stirn. »Die wagen es, dich jetzt noch zu belästigen? Wo du *angeschossen* worden bist? Für die Arbeit bist du ihnen selbst halb tot noch gut genug!«

»Ich bin nicht halb tot.«

Die Krankenschwester hob tadelnd eine Braue. »Sie sollten Ihre Verwundung ernst nehmen, Mr Knowlden. Ein Durchschuss ist kein blaues Auge oder aufgeschürftes Knie. Ihre Schulter ist ernsthaft verletzt.«

»Hörst du?« Connie drückte seine Hand fester. »Dieser Schuss war eine Warnung, Eric! Du darfst dich nie wieder in solche Gefahr begeben. Wir sind eine *Familie*, hörst du, wir brauchen einander!«

»Wo sind die Kinder? Geht es ihnen gut?«

»Bei unseren Nachbarn. Morgen werde ich sie mitbringen. Sie wollten auch heute unbedingt dabei sein, aber ich wusste ja nicht, ob du ansprechbar bist ...«

»Schon in Ordnung. Aber morgen musst du sie mitbringen!« Vor allem die Kleine veränderte sich so schnell, sie wuchs beim Zusehen. Und welche neuen Granatsplitter hatte Tony gefunden oder eingetauscht, hatte er endlich den ersehnten Höhenzünder aus Messing ergattert, der unter den Jungs so beliebt war? Er vermisste die Kinder, ihr fröhliches Plaudern.

Diese codierte Nachricht, was bedeutete sie? Ein Kreuz, ein Hakenkreuz, ein Markierungspunkt, eine Landezone ... Nachtauge war ihre beste Agentin im Land, was sie ihr mitteilten, musste von großer Wichtigkeit sein.

Connie beugte sich über ihn und küsste ihn. »Dieser feige Anschlag auf dich war ein Signal, Eric, du solltest aufhören.«

Er wusste, dass sie recht hatte. Und es tat ihm gut, dass sie ihn ganz für sich und die Kinder haben wollte. Aber sie würde verstehen, dass er jetzt unmöglich aufhören konnte. »Wir sind im Krieg, Liebling. Und ich bin da einer Sache auf der Spur, die über Sieg oder Niederlage entscheiden könnte.«

»Das mit dieser Spionin kann auch jemand anderes lösen. Du bist ja nicht der einzige intelligente Mann in England.«

»Natürlich nicht. Aber niemand steckt da so drin wie ich. Es würde Monate dauern, jemanden einzuarbeiten, und wir haben nur wenige Tage, das spüre ich.«

»Du solltest lieber mal deinen Arm spüren. Diese Schmerzen sagen dir etwas. Du musst auf dich aufpassen. Und auf uns.«

»Ich tu das doch für euch«, sagte er matt. Stimmte das? Dachte er wirklich an Connie und die Kinder, wenn er die deutsche Agentin jagte? Jedenfalls war da das vage Gefühl, dass die Welt etwas weniger schrecklich wäre, wenn er Nachtauge unschädlich machen könnte, und das käme ja auch seiner Frau und seinen Kindern zugute.

Die Krankenschwester legte Connie die Hand auf die Schulter. »Sie können in ein paar Stunden wieder mit ihm reden, nachdem er geschlafen hat. Denken Sie an die Operation morgen.« Sie versuchte, Connie vom Bett wegzuziehen, doch die drückte ihm noch einen Kuss auf die Stirn und sah ihn ebenso fürsorglich wie tadelnd an. »Ich liebe dich«, flüsterte sie ihm zu.

Die Krankenschwester bugsierte Connie aus dem Zimmer. »Wenn Sie wollen, dass Ihr Mann bald wieder gesund ist, dann gönnen Sie ihm jetzt Ruhe.«

Wie kam es, dass eine Frau umso mehr an einem hing, je ärger man sie enttäuschte? Als er anfangs um Connie geworben hatte, war sie kühl und abweisend gewesen. Es hatte Wochen gedauert, ehe sie bereit war, mit ihm auszugehen. Und jetzt, wo ihn die Arbeit so intensiv beschäftigte, warb sie um seine Nähe wie nie zuvor.

Er schämte sich für die Gedanken. Tut mir leid, mein Schatz, dachte er. Ich konnte dir meine Liebe nicht zeigen in letzter Zeit. Connie war eine so fürsorgliche Mutter, sie kümmerte sich tagein, tagaus um die Kinder. Und trotzdem hatte sie am Abend immer noch Kraft für ihn, hörte ihm zu, kochte ihm Graupensuppe. Er würde sich Urlaub nehmen, sobald er hier raus war. Er würde ein paar Tage nur für sie da sein.

»Gib Sohn Kreuz A. Lincoln«, murmelte er. Lincoln, das konnte auch die Stadt in Lincolnshire meinen, Avro hatte dort eine Flugzeugfabrik, das war ein lohnendes Ziel. Allerdings hatten die Deutschen die Stadt bereits bombardiert. Worin bestand das Neue, das einen Auftrag an Nachtauge rechtfertigte?

Wofür stand A.? Wenn es kein Name war, konnte es alles Mögliche heißen: Army, Airport, Attack – aber wahrscheinlich war es ein deutsches Wort, er musste in Erfahrung bringen, welche deutschen kriegswichtigen Worte mit A begannen.

»Gib Sohn Kreuz A. Lincoln, gib Sohn, gib Sohn ...« Oder Gibson? Ein Name, den sie verfremdet hatten? Gibson. Wer hieß Gibson, gab es da ein lohnendes Ziel? Er brauchte die Akten aus dem Büro.

Vorsichtig richtete er sich im Bett auf. Die Schulter schmerzte, es fühlte sich an, als bohre jemand mit einem Stock in seinem Fleisch. Aber ihm wurde nicht schwarz vor Augen. Das ist auszuhalten, dachte er.

24

Auf halber Höhe der knarzenden Treppe machte Nachtauge Halt. »Und Sie brauchen das Zimmer wirklich nicht?«

»Solange mein Sohn bei der Armee ist, steht es leer.«

»Nochmals vielen Dank für Ihre Hilfe.« Sie hielt inne. »Ach, haben Sie zufällig einen Dosenöffner für mich?«

»Selbstverständlich!« Die Bäuerin eilte in die Küche und brachte ihr das Gewünschte. »Haben Sie schon zu Abend gegessen? Ich schlachte heute ein Huhn. Wenn Sie mögen – ich mache einen schmackhaften Chicken Pie. So etwas kriegen Sie in der Stadt nicht mehr.«

»Danke, das ist sehr freundlich von Ihnen. Aber ich muss heute Abend noch zu einer Verabredung. Gerne ein andermal!«

»Denken Sie an die Polizeisperrstunde. Nicht, dass wir Ärger bekommen.«

»Bin pünktlich wieder hier.« Nachtauge zog sich in ihr neues Zimmer zurück, öffnete die Dose Sojawürstchen, die sie unterwegs einem Soldaten abgeschwatzt hatte, und steckte sich eines in den Mund. Prüfend sah sie aus dem Fenster auf den Hof hinunter. Die Bäuerin hatte eines der Hühner gepackt, es flatterte, zeterte. Sie brachte es zum Hackklotz und hieb ihm mit einem Beil den Kopf ab. Diese Frau musste rund um die Uhr beschäftigt sein bei all den Tieren. Sie hatte keine Zeit, ihre Mieterin zu beaufsichtigen.

Dicht an dicht steckten die Würstchen in der Dose. Der Soldat hatte nicht gelogen, sie schmeckten erstaunlich gut, wenn man bedachte, dass sie überhaupt kein Fleisch enthielten. Seine Adresse hatte sie gleich in der Wirtshaustoilette entsorgt. Für den Fall, dass man sie festnahm und durchsuchte, durfte nichts auf den Weg hinweisen, den sie genommen hatte.

Sie verschlang ein weiteres Würstchen. Dann verließ sie das Zimmer und betrat die winzige Badekammer des Obergeschosses, die ihr zugewiesen worden war. Die Bäuerin hatte ihr einen Krug Wasser und eine Waschschüssel bereitgestellt. Ein Stapel alter Zeitungen lag in der Ecke.

Nachtauge zog sich die Bluse aus und wusch sich den Kopf. Sie brachte die Schüssel nach unten und schüttete das Wasser aus. Mit der Handpumpe des Waschbeckens pumpte sie neues Wasser. Sie fand einen Tauchsieder, hängte ihn ein und wartete, bis das Wasser zu kochen begann. Währenddessen suchte sie sich einen Kochlöffel und nahm ihn zwischen die Zähne. Den Tauchsieder legte sie ins steinerne Waschbecken und schleppte mit zwei Topflappen die Schüssel nach oben. Sie holte das Päckchen Zucker, das sie gekauft hatte, und schüttete einen Großteil davon ins Wasser. Rührte um, bis der Zucker sich aufgelöst hatte.

Aus Zeitungspapier drehte sie Papilloten. Sie nahm Strähne für Strähne ihr Haar, befeuchtete es mit Zuckerwasser und wickelte es um eine Papillote. Während sie die Haare trocknen ließ, holte sie aus dem Zimmer die Tasche mit den Schminksachen. Sie grundierte das Gesicht mit einem dunklen, warmen Ton. Anschließend puderte sie es hell. Auf die Wangen trug sie Rouge auf, nur ein wenig.

Sie schminkte die Augen mit einem schmalen Eyeliner und bürstete die Wimpern mit Rizinusöl. Für den Mund verwendete sie leuchtendes Kirschrot. Auf Nagellack verzichtete sie. Ihr Gesicht sollte die Blicke auf sich lenken. Die Finger nicht.

Sie spitzte den Bleistift, den sie unterwegs gekauft hatte, bis auf die halbe Länge herunter. Ein nagelneuer Bleistift war verdächtig.

Auf dem Fensterbrett benutzte sie den Radiergummi, der am hinteren Ende des Bleistifts in einer Metallfassung steckte. Sie rieb so lange damit über das Brett, bis er ebenfalls den Anschein häufigen Gebrauchs machte. Dann zog sie am Gummi und riss ihn aus der Halterung. Sorgfältig kratzte sie mit der Nagelfeile die restlichen Stücke heraus. Sie kürzte den Radiergummi an der Unterseite um einige Millimeter. In die leere Halterung füllte sie das Pentothalpulver und steckte den Radiergummi wie einen Pfropfen wieder darauf.

Sie entfernte die Papilloten. Das blonde Haar fiel jetzt in Korkenzieherlocken und ließ sie aussehen wie ein junges Mädchen.

Als sie mit der Schüssel wieder in die Küche hinunterstieg, schlug ihr ein widerwärtiger Geruch entgegen. Es stank nach Federn und Hühnerkot. Die Bäuerin lächelte ihr entgegen. »Du meine Güte, wie bezaubernd Sie aussehen, Miss May!« Sie hielt das Huhn in einen Topf mit kochendem Wasser.

»Danke Ihnen.«

Die Bäuerin holte das Huhn wieder heraus und begann, ihm die Federn auszurupfen. Die blutigen, kotigen Federn warf sie ins Waschbecken. Sie sagte: »Fangen Sie aber bitte keine Männergeschichten an. So etwas dulde ich nicht in meinem Haus. Die jungen Leute sind verlottert durch den Krieg, das ist furchtbar. Wenn man bildhübsch ist wie Sie, May, muss man sich seine Grundsätze bewahren.«

Möglich, dass sie am Ende gezwungen war, die Alte umzubringen. »Machen Sie sich keine Sorgen. Ich weiß, wie ich Männer abblitzen lassen kann.«

Sie beschirmte die Augen. Eine Lancaster schwebte herein, die Zwillingsflossen am Heck erhoben. Sonnenlicht drang durch das schusssichere Glas der Kanzel. Der Bomber landete auf dem Grasrollfeld und dröhnte die Landebahn hinunter, bis er schließlich verlangsamte und beidrehte. Die Rotoren kamen nach langem Auslauf zum Halt, und Männer in Fliegerjacken stiegen aus.

Weitere Lancasterbomber standen in Reihen neben dem Rollfeld. Höllenmaschinen mit dreißig Metern Flügelspannweite, bereit, den Tod nach Deutschland zu tragen.

Nachtauge wusste genau, in welche Phase der Krieg eingetreten war: Das Taumeln von Sieg zu Sieg war Vergangenheit, der Elan der deutschen Armeen gebremst. Nun galt es, sich in Europa festzusetzen und das Errungene zu halten.

Es zu verteidigen. Und diese Phase wurde in der Luft entschieden.

Nachtauge brach weitere Blütendolden vom Holunderbusch. Sie klopfte sie ab, um die kleinen Insekten herauszuschütteln. Sicher wurde sie längst beobachtet, es war wichtig, unverdächtig zu wirken. Einem Flugzeug nachzusehen wirkte völlig normal. Eingehend den Flughafen zu mustern, hingegen nicht.

Scampton, dieser eine britische Flughafen unter vielen, war der Ort, der den Kriegsverlauf verändern konnte.

Während sie ihr Gesicht in den duftenden Blüten versenkte, warf sie einen prüfenden Blick über das Gelände. Hangars, Bürogebäude, Unterkünfte und Kasinos mussten schon vor dem Krieg bestanden haben, andernorts standen bloß klapprige Notbauten an den Rollfeldern, hier war mit Friedensmaterial gebaut worden.

Jugendliche Hilfskräfte vom Air Training Corps schleppten Sandsäcke, halfen in der Werkstatt und liefen als Boten vom Hangar zum Büro. Nur ein Bruchteil von ihnen würde je die blaue Pilotenuniform tragen, die meisten wurden einfach ausgenutzt. Aber sie zehrten von der Hoffnung, zu den wenigen Auserwählten zu gehören.

Sie knickte weitere Dolden, beobachtete die Crew, die das Flugzeug verlassen hatte. Einige der Männer verabschiedeten sich. Sie ließen das Sergeantenkasino und die Unterkünfte links liegen und spazierten in die winzige Ortschaft hinein, zielsicher auf das Pub zu.

Diese Männer waren ihr gleichgültig. Erst als sich die Tür des Offizierskasinos öffnete und Kenneth Fraser heraustrat, setzte sie sich in Bewegung. Sie sah sich nicht um, das brauchte sie nicht; sie wusste, dass Ken Fraser den Flughafenvorplatz überquerte und ebenfalls ins Pub kommen würde.

Kenneth verließ das Offizierskasino. Er konnte Guy Gibson nicht mehr ertragen. Diesen Helden unter den Piloten, diesen Titanen, Acting Wing Commander, erst vierundzwanzig Jahre jung und doch schon erfahren wie ein Alter.

Anfangs war Kenneth stolz darauf gewesen, von ihm geholt worden zu sein, ins Team der Besten: Briten, Australier, Neuseeländer, Kanadier, US-Amerikaner. Guy Gibson hatte jeden, den er wollte, gefragt, es ging um eine geheime Mission, und man konnte Ja oder Nein sagen.

Natürlich hatte er zugesagt. Es war eine Ehre, im Geschwader von Guy Gibson zu fliegen. Und unerträglich. Das begriff er erst jetzt.

Neben einem jungen Kerl wie ihm, der während seiner Ruhenächte auf eigene Faust Angriffe auf die Deutschen flog, der am Anfang des Krieges als Nachtbomberpilot eingesetzt war, dann als Ausbilder – in diesem Alter schon als Ausbilder! – und als Kampfpilot, neben einem Kerl, der über hundertsiebzig Feindeinsätze geflogen war, der sie mit seinen sechshundert Flugstunden alle an Erfahrung übertraf, da bekam man keine Luft. Gibson hatte zweifach das Distinguished Flying Cross erhalten, war mit dem Distinguished Service Order ausgezeichnet worden, vor ihm standen selbst die Vorgesetzten stramm. Wenn er jemanden in seinem Geschwader für unfähig hielt, dauerte es keine Stunde, und derjenige konnte seine Sachen packen und heimfahren.

Und was er ihnen jetzt abverlangte, angeblich als Vorbereitung für den mysteriösen Angriff, war irrwitzig. Er forderte ein Training rund um die Uhr, und zwar in der Königsklasse: Tiefflug bei Nacht. Seit März übten sie, von Landmarke zu Landmarke zu fliegen, dicht über dem Boden, über England, über Schottland. Selbst am Tag hatten sie Nachtflüge zu absolvieren, er musste eine bernsteinfarbene Brille aufsetzen, und die Kanzel wurde von innen transparentblau beklebt. Nur der Bordingenieur trug keine Spezialbrille, damit er Kenneth warnen konnte, falls er ein Hindernis übersah. Das kam durchaus vor. Die elende Brille ließ alles beinahe zappenduster erscheinen. Bei dreihundertfünfzig Stundenkilometern brauchte er volle Konzentration, durch das verdammte Ding überhaupt etwas zu sehen. Tagsüber schaffte es ein guter Pilot, dicht über dem Boden zu fliegen, trotz all der Hügel und Strommasten und Fabrikschlote. Aber bei Nacht war es mörderisch. Und wenn man nach dem Drei-Stunden-Trainingsflug die Brille absetzte, sah alles rot aus, da half nur eine starke Sonnenbrille für ein, zwei Stunden, damit sich die Augen umgewöhnten.

Und nun die Standpauke nach allem, was er geleistet hatte.

Kenneth betrat den Pub. Er wusste, dass hier die vom siebenundfünfzigsten Geschwader hingingen, dass man einen wie ihn nicht gern dort sah. Aber das war ihm lieber, als sein Bier im Kasino zu trinken, wo Imperator Gibson Hof hielt.

Er setzte sich an die Bar zu einem Mann in ölfleckiger Ingenieurskleidung. Diese Leute waren ihm noch am liebsten. Sie waren nicht so arrogant wie die Piloten.

An dem Tisch direkt gegenüber saß eine hübsche Frau mit blonden Korkenzieherlocken, umgeben von Piloten des Siebenundfünfzigsten. Keiner von denen war älter als Mitte zwanzig. Ihre kurz geschnittenen Haare glänzten von Brylcreem, dieser Modemischung aus Brillantine und Pomade. Er hasste Brylcreemtypen. Was hatte eine Schönheit wie sie bei denen verloren?

Sie lachten. »Du musst dich ja wehren«, sagte einer der Piloten, »sonst bringst du die Ladung nie ans Ziel. Letzte Woche hab ich einen abgeschossen, ich sage dir, das war ein Kampf auf Leben und Tod! Zuerst habe ich den Heckschützen erledigt, der hat mit seiner MG immer auf mich draufgehalten, aber es ging rechts und links vorbei, und zack!, hab ich ihn umgelegt, die ganze Kuppel ist weggeplatzt. Dann habe ich das Seitenleitwerk beschossen. Endlich flog der Schwanz weg, und die Mühle ging runter. Man muss geschickt sein und reagieren können.«

Sein Kamerad wollte mithalten und erzählte voller Stolz, wie sie einen ganzen Stadtteil von Dortmund »umgelegt« hatten, und das, obwohl sie wegen Regen kaum hundert Meter weit sahen. Haarklein malte er aus, wie er das Stadtzentrum verpasst habe, dann aber eine Steilkurve geflogen sei und »wenigstens den Bahnhof zusammengehauen« habe. Ein Zug sei vollständig ausgebrannt, und die Leute in alle Richtungen davongelaufen.

Der Dritte am Tisch griff einfach nach ihrer Hand. »Ich habe mal Schiffe angegriffen, Lady, bin ziemlich steil aus den Wolken runter, habe geschossen. Dann fingen die an, zurückzuschießen. Da bin ich mit Vollgas wieder raufgezogen und weg. Hat Spaß gemacht!«

»Na ja«, begann der Erste wieder, »wenn sich deutsche Piloten mit einem Fallschirm retten, dann lassen wir sie, das ist unsportlich, sie am Fallschirm zu erschießen. Obwohl es mich ja manchmal schon gereizt hat, vor allem, wenn die mir vorher meine Mühle durchlöchert haben. Aber wir sind keine Unmenschen, weißt du? Bei der Royal Air Force hat man Charakter.«

»Nachts bombardieren, das ist eklig. Du weißt nicht richtig, wo du bist, und wenn du abgeschossen wirst, weißt du nicht, wo du hinfällst. Noch schlimmer ist es allerdings, wenn du Schwarzseher in der Crew hast. Ich bin mal in die Mühle eingestiegen, und der Bordfunker sagte: ›Fertigmachen zum Sterben!‹ Das kann ich gar nicht haben, wenn jemand so was ausspricht. Das bringt doch Unglück!«

Sie entzog dem Helden der Lüfte ihre Hand, lächelte ihn jedoch an.

»Wird euch das nicht manchmal zu viel, die Gefahr und die vielen Flüge?«

Er seufzte. »Na ja, vier Einsätze hab ich noch, dann werde ich sowieso abgezogen.«

»Warum?«, fragte sie.

»Wir haben das Rotationssystem, nach siebenundzwanzig Fronteinsätzen lösen sie einen ab.«

Sie nahm einen Schluck vom Bier.

Der Erste beugte sich vor und raunte verschwörerisch: »Die Deutschen haben ein neues Flugzeug, die Ju hundert-achtundachtzig, eine Junkers mit leistungsstarkem Doppelsternmotor von BMW. Die steigt deutlich schneller. Und manche von denen haben acht MGs an Bord! Aber gegen unsere Mosquito kommen selbst die nicht an. Obwohl sie nur aus Sperrholz gebaut ist, die Mossie ist schneller als alle anderen. Motoren von Rolls-Royce, und ein viel geringeres Fluggewicht. Sie ist wendiger und schneller, weißt du? Vor der haben alle Angst. Ich würde gern wieder so eine fliegen. Hier in Scampton haben wir nur die Lancs, die dicken Brummer, leider.«

Ihr rechter Nachbar fasste schon wieder nach ihrer Hand, als habe sie ihm nicht gerade signalisiert, dass sie das nicht wollte. »Übel wird es erst«, sagte er, »wenn die Deutschen mit Düsenjägern kommen. Ich hör da so Gerüchte. Die arbeiten an einer Messerschmitt mit Strahltriebwerken. Die könnte uns wehtun. Mit tausend Sachen fliegt die, da haben wir nichts entgegenzusetzen.«

Wie beiläufig zog sie erneut die Hand weg. »Und wenn ihr getroffen seid, ich meine, wenn die den Tank treffen – läuft da nicht das Benzin aus, und ihr schafft es nicht mehr nach Hause? Was, wenn ihr in Deutschland landen müsst?«

»Löcher im Benzintank schließen sich automatisch durch eine Gummihaut. Trotzdem hast du schon recht, es ist gefährlich, was wir da machen.«

Ganz offensichtlich langweilte sie sich mit diesen Aufschneidern. Ihr Blick wanderte durch das Pub und blieb an ihm hängen. Sie lächelte kurz.

»O nein, Lady«, protestierten die Jungspunde, »das ist einer vom Geschwader X, der braucht dich nicht zu interessieren. Was machen die schon? Die fliegen bloß in England rum oder trainieren im Link-Trainer. Feindflüge sind ein Fremdwort für die.«

Sie lächelte ihn erneut an, als wolle sie ihm empfehlen, die Jungs nicht ernst zu nehmen. »Was ist ein Link-Trainer?«, fragte sie.

»Eine Flugzeugattrappe, nur die Instrumente im Cockpit sind echt. Einer sitzt drin und fliegt das Ding, obwohl es am Boden steht, und der Trainer steuert es von außen.«

»Und was übt man damit?«

»Fliegen bei starkem Wind und bei schlechtem Wetter. Das ist doch alles Unsinn. So eine Attrappe ist feige, man kann nicht damit abstürzen. Die sind alle feige beim Geschwader X.«

Kenneth tat so, als hätte er nichts von diesen abfälligen Bemerkungen mitbekommen, und wandte sich ab. Als er wieder hinsah, traf sein Blick den der Schönen, und erneut umspielte, nach einem Seitenblick zu den jungen Piloten, ein spöttisches Lächeln ihre kirschroten Lippen. Er lächelte ebenfalls und zuckte die Achseln. So sind sie eben, die jungen Aufschneider. Selbst schuld, wenn du dich zu denen an den Tisch setzt.

Sie stand auf.

»Was ist, Lady?«, fragte einer der Piloten.

Sie kam zur Theke. Hinter ihr protestierten sie: »Du machst einen Fehler, der kann dir nichts bieten!«

Galant gab sie ihm die Hand. »May.«

»Kenneth.« Aus der Nähe betrachtet, war sie noch geheimnisvoller. Ihre blauen Augen hatten Tiefe. Die Wimpern glänzten herrlich, sie hatte sie wohl mit Öl gebürstet. »Wollen Sie sich wirklich auf meine Seite schlagen? Leute aus meinem Geschwader sind hier nicht sonderlich beliebt.«

»Ich habe mich noch nie darum geschert, wen die Leute gerade lieben. Ich liebe, wen ich will.« Sie versetzte ihm einen scherzhaften Stoß gegen die Rippen.

Trotzdem hatte er nicht das Gefühl, dass das gerade ein Scherz gewesen war. Sie mochte ihn. Wärme breitete sich in seiner Brust aus bei diesem Gedanken. »Wollen Sie auch ein Bier? Ich lade Sie ein.«

»Gibt es hier Gin mit Limettensaft?«

»Sicher.« Er bestellte. Als der Wirt das Glas brachte, hob sie es in die Höhe und sagte: »Auf einen schönen Abend.«

Er hielt seines dagegen, trank, stellte es hin, wischte sich die schwitzende linke Hand am Hosenbein ab. Er war nicht besonders gut darin zu flirten. Schöne Frauen machten ihn nervös. Und May wirkte so selbstbewusst, so stark. Sie war eine äußerst selbstständige Frau, das war ihm klar.

»Könnten Sie mich beraten?« Sie zog einen Notizblock und einen Bleistift aus der Handtasche. »Ich bin gerade erst hergezogen und habe die Spedition gestern alles hinstellen lassen. Jetzt bin ich mir unsicher, ob ich für das Bett den richtigen Platz ausgesucht habe.« Sie zeichnete ein Zimmer auf. »Hier ist das Fenster. Und da steht der Kleiderschrank. Da ist die Tür. Meinen Sie, das Bett sollte besser an diese Wand? Sonst zieht es immer so vom Kopfende her.« Sie hielt ihm den Block hin.

Er nahm ihn sprachlos an. Sie kannten sich gerade zwei Minuten, und sie fragte ihn schon, wo sie ihr Bett hinstellen sollte? Wie sollte er das verstehen? Während er verwirrt die Zeichnung begutachtete, gestikulierte sie mit dem Bleistift.

»Da wäre auch noch Platz für ein kleines Nachtschränkchen. Und ich könnte am Abend den Mond sehen, das ist doch romantisch, wenn man vom Bett aus den Mond sieht, findest du nicht?«

Er nickte. »Ja, das stelle ich mir sehr romantisch vor.«

Sie tippte auf den Strich, der das Fenster darstellte. »Das geht in Richtung Osten raus. Wo soll ich das Bett hinstellen, was meinst du?«

Gehorsam beugte er sich über die Zeichnung. »Also, ich denke, es steht schon ganz gut. Kann ich mal den Bleistift haben?«

Sie hatte ihn nicht mehr in der Hand, er war plötzlich fort. Stattdessen sah sie ihm ins Gesicht. Lächelte. »Du hast schöne Augen, weißt du das?«

Für einen Moment glaubte er, sich verhört zu haben. Warum wurde sie so vertraulich? Ihm brach der Schweiß aus. »Danke.«

Nach kurzem Blinzeln, als müsste sie sich zusammenrei-
ßen, gab sie ihm den Stift. Sie lachte verlegen.

»Da, schau, du könntest das Bett auch seitlich drehen und
an diese Wand stellen.« Er kritzelte den Kasten neu aufs Blatt.
Plötzlich hatte er einen trockenen Mund. Er räusperte sich.
Nahm einen großen Schluck vom Bier. Heute schmeckte es
ekelhaft.

Sie spielte im Sitzen mit ihrem Schuh, ließ ihn von den
Zehen baumeln, und plauderte weiter drauflos. »Ich komme
aus London. Seit den ständigen Bombardierungen der Deutschen habe ich kaum noch ruhig geschlafen, deshalb bin ich
aufs Land gezogen. Und wegen Angus. Das war mein Hund,
ein Airedale Terrier. Ich musste ihn einschläfern lassen,
Hunden ist der Zutritt zu Luftschutzbunkern verboten. Ich
hätte ihn nicht oben in der Wohnung lassen können, er hätte
sich zu Tode geängstigt. Hab mich von ihm verabschiedet
und dem Tierarzt erklärt, ich will ihn nach dem Ableben
lieber nicht sehen, das verkrafte ich nicht. Angus hat mich
acht Jahre meines Lebens begleitet. Auch daran sind die
Deutschen schuld, dass Angus sterben musste. Vierhundert-
tausend Haustiere wurden innerhalb von ein paar Wochen
von den Tierärzten eingeschläfert, als die Deutschen angefangen haben, London zu bombardieren. Stell dir das mal
vor! Ein Massenmord. Ich hasse sie dafür. Er spürt nichts,
hat mir der Tierarzt gesagt. Aber natürlich hat er etwas
geahnt. Beim Abschied auf dem Grünstreifen vor der Tier-
arztpraxis hat Angus mich mit großen traurigen Augen angesehen.«

Er war plötzlich so müde, geradezu schläfrig! Dabei wollte
er ihr doch zuhören, wollte ein guter Gesprächspartner sein.
Er kämpfte dagegen an, versuchte, die Augen offen zu halten.
»Entschuldigung«, nuschelte er. Und kippte nach vorn.

Als er die Augen wieder öffnete, hielt sie ihn. Sie zupfte ihm eine Fussel vom Hemd – eine vertrauensvolle Geste, als wären sie schon lange befreundet. Sie fragte besorgt: »Hast du viel getrunken heute?«

»Eigentlich nicht. Es geht schon. Ich bin wieder da.« Er richtete sich auf. Immer noch war ihm schwummerig zumute. Aber er konnte plötzlich geradeheraus sagen, was er fühlte. »Weißt du, du bist die schönste Frau, die ich je gesehen habe.«

Ein Strahlen zog über ihr Gesicht.

»Ich würde mich freuen, wenn wir Freunde werden könnten. Freunde fürs Leben.« Hatte er das wirklich gerade gesagt?

»Das wäre wunderbar«, antwortete sie.

Er musste weiterreden, sein Leben mit ihr teilen. »London, da war ich auch dabei, die ersten Angriffe der Deutschen. Für mich als Jagdpilot ein ungeheurer Anblick. Die Sonne auf den glänzenden Chromteilen ihrer Maschinen, es waren so viele, die drehenden Propeller, die gelben Nasen der Messerschmidt-Jäger, die ihre Bombergeschwader umgaben. Wir waren hoffnungslos unterlegen. Aber ich habe mich prächtig geschlagen, für einen Anfänger, versteht sich, ich war gar nicht mal übel. Da habe ich mich in das Fliegen verliebt, zum zweiten Mal verliebt. Weißt du, ich tanze gerne, außer Tango, den beherrsche ich nicht. Wir sollten mal gemeinsam in ein Tanzlokal gehen! Heute hat mich Guy Gibson zusammengefaltet wegen eines Fehlwurfs.«

»Fehlwurf? Dann bist du Bomberpilot? Wie aufregend.«

»Ja, inzwischen flieg ich keine Jäger mehr, sondern schwere Bomber. Wie die Pappnasen an dem Tisch, an dem du vorhin gesessen hast.«

»Das heißt, deine Bomben sind irgendwo nutzlos auf dem Acker hochgegangen, und das verärgert dich.«

»Bei uns geht gar nichts hoch«, sagte er, »wir machen momentan nur Übungsflüge und werfen Attrappen.«

»Dann ist es doch nicht schlimm! Die Attrappe sammelt man wieder ein und zielt beim nächsten Mal besser.«

»So schön, wie du deine Hand da auf die Drosselgrube legst. Ich mag schlanke Hände bei Frauen.« Warum war er plötzlich so gesprächig?

»Und die Attrappe? Das war doch nicht schlimm?«

»Du hast keine Ahnung davon, was bei Guy Gibson schlimm ist. Unser Wing Commander ist der beste Pilot Großbritanniens, und er erwartet, dass sein Geschwader die Ziele trifft, und zwar jedes Mal.«

»Das schafft wohl niemand.«

»Wir schon. Gibson hat sich die Besten zusammengeholt.«

»Deshalb heißt dein geheimnisvolles Geschwader ›X‹!«

Er winkte ab. »So heißen wir längst nicht mehr. Wir haben vor ein paar Wochen eine reguläre Nummer bekommen, wir sind jetzt das Geschwader sechshundertsiebzehn.«

»Und warum übt ihr noch, wenn ihr so gute Piloten seid? Weißt du denn, gegen welches Ziel es gehen soll? Dieses besondere Training muss doch eine Bedeutung haben.«

»Das weiß keiner von uns, nur Guy Gibson ist informiert. Irgendeinen großen Schlag sollen wir gegen die Deutschen führen, so viel steht fest. Manche denken, wir greifen die *Tirpitz* an, das größte Schlachtschiff Europas. Die hat Kanonen ohne Ende, und Flak natürlich. Ein gefährliches Monstrum, das die Deutschen da haben. Aber ich glaub das nicht, ich denke …« Er stutzte und musterte sie. »Die haben uns gewarnt vor hübschen Mädels, die uns in der Kneipe ausfragen.«

»Was … Was willst du damit sagen?«

Er kniff die Augen zusammen. »Ich hab dich hier noch nie gesehen. Du könntest eine Spionin sein.«

»Ich? Wie kannst du so etwas behaupten? *Ich*, die ihre Eltern beim Bombenangriff verloren und einen Bruder bei der Armee hat und sogar freiwillig beim Luftschutz arbeitet, damit wir diesen Krieg schnell gewinnen!«

Ihre Wut verunsicherte ihn. »Lässt sich das alles auch überprüfen?«, fragte er. Wenn nur nicht diese Müdigkeit wäre. Er konnte sich kaum auf dem Stuhl halten, die Schwere sank tiefer und tiefer in die Glieder.

»Natürlich! Ruf ruhig die Polizei, die sollen meine Papiere anschauen. Und überall nachfragen. Aber glaub bloß nicht, dass ich danach noch einmal ein Wort mit dir wechsele!« Sie wischte sich Tränen aus den Augenwinkeln und funkelte ihn böse an. »Ich hätte gar nicht erst hierherkommen sollen. Meine Wirtin hat mich gewarnt vor euch.«

»Vor uns?«

»Vor den Leuten der Royal Air Force. Eine junge Frau wie ich hat hier nichts verloren, sagte sie.«

»Friede?« Er hielt ihr die Hand hin.

Sie zögerte einen Augenblick, bevor sie ihm die Hand gab. »Friede. Du sagst nie wieder, dass ich keine Patriotin bin, versprochen?«

»Ich versprech's.«

Sie hielt einen Moment zu lang seine Hand, es verriet ihm, dass er ihr gefiel. Er lächelte.

25

Als Eric das Büro betrat, riss Sprigings sich die Kopfhörer herunter und sprang vom Stuhl auf. »Sind Sie lebensmüde? Ich fasse es nicht, dass Sie hier auftauchen. Sie gehören ins Krankenhaus!«

»Sprigings, wir verlieren gerade *Operation Chastise* an die Deutschen.«

»Nie gehört von dieser Operation.«

Er legte ihm die Unterlagen auf den Schreibtisch. »Gibson. Geschwader X. Airport Lincoln.«

»Die Nachricht! Nicht Kreuz, sondern X, und nicht Abraham Lincoln, sondern Airport Lincoln. Sie sind genial!« Sprigings setzte sich und überflog die Notizen. Er sagte leise: »Du meine Güte. Das könnte den Krieg beenden.«

»Wenn sie es nicht vorher erfahren. Nachtauge ist dort. Womöglich hat sie die Pläne schon durchschaut.«

»Wir müssen damit zum Boss. Sofort.« Sprigings stand auf.

Die Schmerzen zogen von der Schulter den Hals hoch. In der Wunde saßen Stachel, so fühlte es sich an, und bohrten sich bei jeder Bewegung tiefer ins Fleisch. Die Treppe am Ende des Flurs war eine zu große Herausforderung. »Helfen Sie mir bitte«, ächzte er und fasste nach Sprigings' Schulter.

»Kommen Sie.« Der füllige Mittvierziger stützte ihn. »Wenn wir Meldung gemacht haben, lasse ich Sie zurück ins Krankenhaus fahren.«

Liddell, der Leiter der Division B, Spionageabwehr, hatte das Büro des Gefängnisleiters bezogen. Die Vorzimmerdame starrte auf Erics Hemd. Blutete die Wunde schon wieder?

Sprigings sagte: »Wenn es jemals dringend war, dann jetzt. Wir gehen gleich durch zum Chef.«

»Das geht leider nicht«, sagte sie. »Er hat eine wichtige Besprechung.«

»Sie kann niemals so wichtig sein wie das, was wir ihm zu sagen haben.« Sprigings schleppte ihn einfach weiter in Richtung der großen Bürotür.

»Warten Sie«, sagte sie und nahm den Telefonhörer in die Hand. »Ich melde Sie an.«

»Nicht nötig.« Sprigings klopfte und öffnete, ohne auf Antwort zu warten.

Eric hörte ein Rauschen, und vor seinen Augen verschwamm alles. Als er wieder klar sehen konnte, erkannte er Liddells Besprechungstisch. Militärs in Uniform saßen bei ihm und runzelten die Stirn oder schüttelten den Kopf.

Liddell zischte: »Ich hoffe, Sie haben einen guten Grund, uns zu stören.«

Eric straffte sich, was prompt mit einem hellen, jagenden Schmerz in der Schulter beantwortet wurde. Er stöhnte. »Den haben wir. Bitte, unterbrechen Sie die Besprechung für einen Moment. Es ist besser, wenn niemand hört, was wir Ihnen zu sagen haben.«

Wütend starrte Liddell ihn an. Dem Zucken der Mundwinkel nach zu urteilen, überlegte er, ob er ihn zusammenstauchen und hinauswerfen sollte. Schließlich aber bat er die Militärs, den Raum zu verlassen.

Kaum hatte sich hinter ihnen die Tür geschlossen, legte Eric die drei Blätter mit den Notizen auf den Tisch. »Sagt Ihnen die *Operation Chastise* etwas?«

»Nein.« Liddell nahm eine Seite zur Hand. Nach wenigen Sätzen hatte er sich festgelesen, griff hastig nach der nächsten Seite, dann nach der dritten. »Woher haben Sie diese Informationen?«

»Ich habe mit der Luftaufklärung des MI6 gesprochen. Sie haben Fotos gemacht für die Operation.«

»Und das haben sie Ihnen einfach so gesagt? Das hat höchste Geheimhaltungsstufe. Man hat nicht einmal mich eingeweiht! Wer weiß noch davon?« Liddell warf ihm einen scharfen Blick zu.

»Die Abteilung für Waffenentwicklung war nicht bereit, mir nähere Auskünfte zu geben. Ein Informant im Bombardierungsausschuss des Luftfahrtministeriums hat mir die entscheidenden Hinweise gegeben. Nur Sprigings und ich sind im Bild, sonst niemand.«

»Das muss so bleiben, hören Sie? Wenn diese Operation gelingt, bringt uns das einen entscheidenden Vorteil im Krieg. Wenn nicht sogar den Sieg! Das setzt allerdings voraus, dass nichts zu den Deutschen durchsickert.«

»Nachtauge ist dort.«

Liddells Gesichtsausdruck versteinerte sich, und er brauchte eine Weile, bis er fragte: »Was?«

»Die deutsche Spionin hält sich in Scampton auf.«

Sprigings ergänzte: »Ich habe einen Funkspruch ihres Führungsoffiziers aufgefangen, den wir zwar decodieren, aber nicht entschlüsseln konnten. Agent Knowlden hat ihn enträtselt. Die Deutschen ahnen etwas und haben ihre beste Kraft hingeschickt.«

Liddell drückte sich die Faust gegen die Stirn. »Das ist ein Albtraum. Wir müssen dafür sorgen, dass sie die Operation abbrechen. Sonst fliegt das Geschwader mit unseren besten Piloten in den Tod.«

»Vor vier Tagen hat Nachtauge ihr Funkgerät verloren«, sagte Eric, »und mir diesen Durchschuss verpasst. Wir waren nahe dran, sie zu fangen. Sie wird vorsichtig vorgehen. Und sie hat keine Möglichkeit, ihre Vorgesetzten zu erreichen. Wenn wir sie in Scampton erwischen und ausschalten …«

Ohne ein Wort der Erklärung griff Liddell nach dem Telefon. »Geben Sie mir das Bomberkommando, Air Chief Marshal Arthur Harris.«

Eine Stimme meldete sich am anderen Ende, so durchdringend und tief, dass sogar Eric sie noch hören konnte. Air Chief Marshal Harris war einer der Fürsten dieses Krieges. Schon seine Stimme ließ erahnen, wie sehr er es gewohnt war, dass jeder ihm gehorchte. »Was wollen Sie?«

»Hier ist Guy Liddell, MI5, Sektion B, Spionageabwehr. *Operation Chastise* ist gefährdet. Hatten Sie einen Einbruch in Scampton, ist ein Safe geknackt worden, gab es Unregelmäßigkeiten?«

»Mr. Liddell«, dröhnte die Stimme, »diese Operation steht kurz vor der Durchführung. Ich muss Ihnen nicht erklären, was vom Gelingen der Operation für diesen Krieg abhängt. Die entwickelten Waffen dürfen nicht in die Hände der Deutschen fallen!«

»Die Deutschen haben ihre beste Spionin nach Scampton geschickt. Ihnen ist nichts zu Ohren gekommen?«

»Der Flughafenkommandeur hat keine Vorkommnisse gemeldet. Fangen Sie diese Frau ab!«

»Wir tun, was wir können, Air Chief Marshal.«

»Tun Sie mehr als das. Wir haben nur dreißig Schwadronen mit schweren Bombern, und jede Woche schießen mir die Deutschen Maschinen davon ab. Ich setze nicht meine besten Piloten und zwanzig Lancaster-Flugzeuge für eine Sache ein, die möglicherweise von den Deutschen erwartet wird und einen Totalverlust für uns bedeutet. Ich fahre sofort nach Scampton. Rufen Sie dort in zwei Stunden an und melden Sie, dass Sie die Deutsche geschnappt haben!«

»Ja, Sir.«

»Und noch etwas«, schnarrte die Stimme aus dem Hörer. »Sagen Sie Ihren Leuten nicht, worum es geht. Niemand darf das Ziel dieser Operation erfahren. Sie sollen die Frau ausschalten, alles Weitere geht niemanden etwas an.«

»Verstanden.«

»Auf Wiederhören, Mister Liddell.«

»Auf Wiederhören.« Liddell legte auf. Er knirschte mit den Zähnen, die Kiefermuskeln traten vor. »Wir müssen ein Team nach Scampton schicken«, sagte er. »Und zwar eines, das die Deutsche endlich zur Strecke bringt.« Abrupt sah er zu Eric hoch. »Nehmen Sie Schmerzmittel?«

»Ich habe mir noch keine besorgt.«

»Dann tun Sie es. Sie fahren sofort nach Scampton.«

Die Zufahrt zum Flughafen war mit Sandsäcken und Stacheldraht geschützt, dahinter stand ein Soldat mit Maschinengewehr. Eine Sten Mark I, das Magazin fasste zweiunddreißig Schuss, es taugte nichts, die Sten Guns hatten häufig Ladehemmungen. Aber da war ein zweiter Soldat auf der anderen Seite des Tors, eine Lee Enfield Mark III lehnte bei ihm am Wachhäuschen. Er musterte sie bereits, ein erfahrener Bursche. Ihn würde sie zuerst ausschalten müssen. Wenn sie sich das Gewehr geschnappt und ihm mit dem Bajonett die Kehle aufgeschlitzt hatte, konnte sie sich in Ruhe um den anderen kümmern, im Notfall mit einem Schuss, aber das würde weitere Soldaten alarmieren. Das Bajonett war die bessere Wahl. Sofern er nicht bereits mit der Sten Gun auf sie anlegte. In diesem Fall müsste sie hinter dem Wachhaus in Deckung gehen.

Sie trat ans Tor und hob den Teller mit dem Kuchen an. »Der ist für Kenneth. Er hat heute Geburtstag.«

»Welcher Kenneth?«

»Vom Geschwader sechshundertsiebzehn.«

»Ken Fraser?« Der Soldat musterte sie, sein Blick wanderte unverhohlen über ihren Körper. »Der Mann ist ein Glückpilz.«

»Jeder so, wie er es verdient.« Sie gab ihm ein Böses-Mädchen-Lächeln.

»Nächstes Mal bin ich brav vor Weihnachten. Wie heißt du?«

»May.« Sie wartete nicht, bis er sie nach ihren Papieren fragte. Selbstbewusst stolzierte sie an ihm vorüber. Wie sie es erhofft hatte, glotzte und grinste er.

Über die Flughafengebäude waren Tarnnetze gespannt. Sie ordnete jedes Gebäude einem Zweck zu: Aus der Werkstatt klang Hämmern und Metallschleifen, die niedrigen Holzhäuser waren die Unterkünfte des Bodenpersonals, der Monteure, Maschinenschlosser, Signalgeber, Radarspezialisten. Dort waren Waschräume. Vor einer Lagerhalle standen Anlassermotoren und Wagen mit Seilwinden zum Transport der Bomben. Das Verwaltungsgebäude befand sich offenbar neben dem Haus des Flugplatzkommandanten. Auch Häuser für die Flugzeugmannschaften erkannte sie.

Sie hielt auf das Verwaltungsgebäude zu. Dabei blieb ihr Blick an einigen Flugzeugen in einem Hangar hängen. Die Lancasters waren ausgeweidet, der Bombenschacht stand offen. Sie zählte acht Maschinen. Techniker schraubten an ihnen herum. Vorn am Bauch der Flugzeuge hingen parallele Scheiben herunter wie Zimbeln. So etwas hatte sie noch nie gesehen.

Sie änderte ihren Kurs. Als sie den Flugzeugen näher kam, drehte sich ein Techniker zu ihr um. »Kann ich Ihnen helfen?« Er sah sie streng an.

Ein weiterer Techniker schleppte einen Kasten mit herunterhängenden Kabeln ins Flugzeug. Das VHF TR 1143, ein Spezialfunkgerät, das sonst nur Nachtjäger besaßen. Hier stimmte etwas nicht. Warum bekamen die Bomber solch teure Technik eingebaut?

»Ich suche Ken Fraser«, sagte sie. Bei jedem der umgebauten Bomber fehlte der mittlere Turm, sie waren entfernt und durch schlichte Platten ersetzt worden. Welche Bombercrew würde freiwillig auf ihr mittleres Geschütz verzichten? Die Verteidigung gegen feindliche Jäger wurde dadurch bedeutend erschwert. Offenbar war man gezwungen, Gewicht zu sparen. Wollten sie den Bombern eine besondere, schwere Fracht mitgeben, oder sollten sie eine so weite Strecke zurücklegen, dass der Tank erweitert werden musste?

»Hier ist er nicht.« Der Techniker baute sich mit feindseligem Gesichtsausdruck vor ihr auf. Er wollte offensichtlich das Flugzeug vor ihren neugierigen Blicken abschirmen.

»Schöne Maschinen haben Sie da.«

»Wie sind Sie auf den Flugplatz gekommen? Die Sicherheitsregeln erlauben das nicht. Sie sollten besser draußen am Tor warten.«

Sie tat, als sähe sie zum ersten Mal ein Flugzeug aus der Nähe. »Die sehen ganz anders aus, wenn man sie am Himmel fliegen sieht. Von Nahem sind sie roh und ... wie Apparate eben.« Unter den Rumpf der Lancasters montierten sie Scheinwerfer, einen unter die Nase, den anderen hinter den Bombenschacht. Sie wurden beide nach Steuerbord ausgerichtet. Was hatte das zu bedeuten? Wollten sie jemanden blenden? Bei Nacht U-Boote bekämpfen? Das intensive Nachttraining sprach dafür. Oder hatten sie einen Weg gefunden, die unterirdischen Erdöltanks im Reich zu zerstören? Gab es eine neue Bombe? Der ausgebaute mittlere Geschützturm sprach dafür, so sparte man Gewicht, das man bei der Bombenladung hinzufügen konnte. Die schwer gepanzerten U-Boot-Bunker an der Küste kamen ebenfalls als Ziel für neue, schwere Bomben infrage. Andererseits sprachen die Scheinwerfer dagegen – die würden eher stören, sobald die Nebelmaschinen der Verteidigung anliefen.

»Gehen Sie, und zwar sofort, oder ich ruf den Sicherheitsdienst.«

Sie gab sich sehr überrascht und zog einen Schmollmund: »Verzeihung. Ich wusste nicht, dass es verboten ist, den Hangar zu betreten. Sie müssen doch nicht gleich so unfreundlich zu mir sein.« Sie machte kehrt und ging in Richtung des Verwaltungsgebäudes.

Als eine Frau im hübschen, sportlich schwarzen Kleid ihr Büro betrat, bedeutete Kathleen Slater ihr, sich zu setzen, hielt die Sprechmuschel zu und sagte leise: »Einen kleinen Moment bitte.« Die Besucherin nickte. Die Schimpftiraden des Bauern am Telefon wiederholten sich bereits zum dritten Mal, er sagte immer dasselbe. Da war Bess, ihre dreizehnjährige Tochter, einfallsreicher. Sie probierte wenigstens ständig neue Argumente aus in der Hoffnung, eine Schwäche in der Abwehr ihrer Mutter zu finden. Zum Beispiel, wenn es um ein Stück Cadbury's-Schokolade ging: »Nur ein winziges Stück, Mama!« »Bei meinem letzten Geburtstag hatten wir keine.« »Zur Belohnung, wenn ich den Abwasch mache?« Oder gestern erst: »Du hast William lieber als mich. Wenn er fragen würde, bekäm er bestimmt etwas, das weiß ich genau.«

Zum dritten Mal heute dachte Kathleen daran, um eine Versetzung zu bitten. Ihre Aufgabe in Scampton zermürbte sie von Tag zu Tag mehr. Das Geschwader übte Tiefflüge, und sie, die dafür verantwortlich war, die entsprechenden

Dörfer und Landkreise vorab zu informieren, wurde nur unzureichend von den Routen in Kenntnis gesetzt.

Das Gegenüber am Telefon verfluchte die Höllenmaschinen, die nur ein paar Meter über dem Boden die Tiere überflogen hatten. Zwei seiner Rinder seien im Zaun verendet, und das in diesen Zeiten! Er fing an, die Piloten zu verdächtigen.

»Nein, ich glaube nicht, dass sie das absichtlich gemacht haben«, sagte sie und warf ihrer Besucherin einen Blick zu, der sie weiterhin um Geduld bitten sollte. Aber die Frau machte einen entspannten Eindruck und schien keinerlei Zeitdruck zu verspüren. »Mr … äh … Cornish, hören Sie, diese Tiefflüge … Nein, wir haben bei der Royal Air Force keine … Bitte verstehen Sie, wir sind im Krieg, und es … Jetzt werden Sie unfair, Mr Cornish, ich finde nicht, dass wir schlimmer sind als die Deutschen. Bitte beruhigen Sie sich. Wenden Sie sich bitte schriftlich … Wenn Sie eine Entschädigung für die … Aber ich glaube Ihnen doch!«

Die Navigatoren der Bomberschwadron vergaßen, ihr die Flugroute durchzugeben, oder »schafften es zeitlich nicht«. Und sie musste dann die Folgen ausbaden: Die Beschwerden der Menschen, die sich zu Tode ängstigten, Fehlgeburten erlitten oder Schockzustände durchlebten, die Vorwürfe der Bauern, denen das Vieh auf der Weide durchging, weil die Flugzeuge dicht über dem Boden über die Tiere hinwegdonnerten waren, Amtsträger, die sich übergangen fühlten und vermutlich ihrerseits von der Bevölkerung beschimpft wurden.

Das Schimpfen war regelrecht zur Mode geworden. Jeder machte seinem Unmut ungezügelt Luft. Und sie, Kathleen, musste freundlich bleiben, sich maßregeln lassen für Missstände, für die sie nicht die mindeste Verantwortung trug. Die Leute taten so, als sei sie am Krieg schuld, an den lauten

Motoren, an der Unmöglichkeit, rechtzeitig Bescheid zu sagen, bevor ein Bomber, der mit dreihundertfünfzig Stundenkilometern über Hügel und Wälder hinwegflog, einen bestimmten Flecken Englands erreicht hatte.

Endlich erlahmte der Bauer. Sie gab ihm die Adresse für eine schriftliche Beschwerde durch und legte auf.

Eigentlich hatte sie keine Kraft mehr, aber sie riss sich zusammen, wandte sich der Besucherin zu und fragte freundlich: »Was kann ich für Sie tun?« Sicher eine weitere Beschwerde. Wo hatte die Frau nur das Kleid her?

»Ich arbeite für eine Filmproduktionsfirma in Soho«, sagte sie und klappte den Taschenspiegel zusammen, mit dessen Hilfe sie ihre Lippen nachgezogen hatte. »Wir wollen einen Kurzfilm über die Royal Air Force drehen. Können wir nächste Woche mit einem Team hier Aufzeichnungen machen? Morgens ist das Licht am besten. Wäre es möglich, dass Sie einige Starts und Landungen für uns arrangieren?«

»Wie war Ihr Namen noch mal?«

»May Whitewood. Wir haben neulich auch diesen Film über die Luftschutzregeln gemacht, den haben Sie doch bestimmt gesehen.«

»Hören Sie, Miss Whitewood. Sie müssen sich wegen einer Genehmigung an den Flugplatzkommandanten wenden. Aber ich kann Ihnen seine Antwort schon jetzt sagen: Er wird es nicht gestatten, dass Sie hier drehen.«

»Wieso nicht?«

»Ich will Ihnen nur Mühe ersparen.«

»Hören Sie«, sagte die Frau vom Film und beugte sich vor, »wir haben den Auftrag von ganz oben erhalten, aus dem Luftfahrtministerium, und man hat uns auf Sie verwiesen. Ihr Flughafenkommandeur wird sicher ein Einsehen haben, sobald ihm das Empfehlungsschreiben des Ministeriums vorliegt.«

Kathleen überlegte. Niemals hätte das Ministerium ausgerechnet Scampton als Flughafen für Filmaufnahmen ausgewählt. Wofür das Geschwader von Guy Gibson so hart trainierte, wusste sie nicht, aber die Flieger waren rund um die Uhr in der Luft – so häufig, dass die Techniker sich schon Sorgen um die zu hohe Abnutzung der Flugzeugteile machten. Offensichtlich arbeiteten sie auf ein Ziel hin. Und das war so geheim, dass nur zwei Personen auf dem Gelände es kannten: Wing Commander Gibson und sein Vorgesetzter, Air Vice-Marshal Ralph Cochrane.

Warum log die Frau sie an? Heute morgen erst hatte sie einen Anruf erhalten, der eindringlich vor Spionen warnte. Hatten die Deutschen von dem geheimen Vorhaben Wind bekommen? Wenn diese elegante Dame wirklich eine Spionin war, musste sie Alarm schlagen. Nur wie? Am besten hielt sie die Frau hin, ließ sie im Büro warten und holte Hilfe. Über ihre armselige Nahkampfausbildung machte Kathleen sich keine Illusionen. Im Kampf gegen eine Agentin würde das niemals ausreichen. »Also gut, ich werde für Sie nachfragen.« Sie stand auf.

Die Frau erhob sich ebenfalls. In ihrem Blick hatte sich etwas geändert. Alle Freundlichkeit war daraus gewichen.

Sie weiß, dass ich es weiß, dachte Kathleen. Ihr Hals verengte sich. »Oder wenn Sie möchten, kann ich Sie auch zum Flughafenkommandeur bringen«, brachte sie heraus.

»Ziehen Sie die Uniform aus«, sagte die Frau.

»Wie bitte?«

»Ich sage es nicht noch einmal.«

Kathleen schluckte. Sie begann, ihre Uniformjacke aufzuknöpfen. Also ist sie tatsächlich eine Agentin der deutschen Abwehr!, dachte sie. Will sie mich töten? Ihr Herz schlug schneller und schneller. Sie knöpfte den Rock auf, ließ ihn herunterfallen und stieg heraus. Aber dann hätte die Agentin es gleich getan, versuchte sie, sich zu beruhigen.

»Die Bluse auch.«

In Kathleens Bauch flackerte die Angst. Diese Stimme war so kalt. Die Frau scherte sich einen Dreck um ein Menschenleben, da war sie sich sicher. Sie knöpfte die Bluse auf und schlüpfte heraus. Wenn nur jemand hereinkäme, wenn sie jemanden rufen könnte! Draußen ging einer vorbei, sie sah die Bewegung durch den Spalt der Tür. Sie wollte schreien. Sie konnte es nicht, aus Angst davor, was die Frau ihr dann antat. Sie sagte: »Scott?«

Etwas blitzte in der Hand der Agentin auf, Kathleen spürte einen Schnitt an ihrem Hals. Dann flog das Blitzende auf die Tür zu, im selben Moment, in dem sie sich öffnete und Scott hereintrat. Ein Messer steckte in Scotts Kehle. Er fasste danach, spuckte Blut, röchelte. Die Agentin schwang sich über den Schreibtisch, raubtierhaft. Sie riss Kathleens Rock, Jacke und Bluse an sich und gab ihr einen Stoß. Etwas Rotes sprudelte ihr aus dem Hals. Kathleen hatte das Gefühl, schlucken zu müssen, wollte Luft holen und hörte ein Gluckern. Sie hielt sich den Hals, warm quoll das Blut heraus, diese Frau musste ihr einen schlimmen Schnitt verpasst haben. Das Bluten hörte nicht mehr auf.

Die Agentin zog das schwarze Kleid aus. Sie schlüpfte in den Rock, knöpfte Kathleens Bluse zu. An der Tür keuchte Scott, er kroch hilflos umher. Die Agentin zog die Jacke über. Sie fasste in die Innentasche, holte Kathleens Ausweis heraus und sah prüfend darauf, als wollte sie sich ihren Namen einprägen. Dann steckte sie ihn wieder ein, räumte kleine Dinge aus ihrer Handtasche und steckte sie sich in die Rocktaschen. Die Handtasche, die sie mitgebracht hatte, ließ sie achtlos zu Boden fallen. Stieg über Scott hinweg, schloss die Tür hinter sich.

Aus Kathleens Beinen wich die Kraft. Sie musste sich hinsetzen. Ihr wurde kalt im Gesicht und an den Händen, den Füßen.

Nachtauge staunte über sich. Der Tod dieser Frau bedeutete ihr etwas. Vielleicht lag es daran, dass sie nun ihre Kleidung trug, sie war hineingeschlüpft in das Leben der anderen, und es war noch warm.

Für gewöhnlich bedeutete ihr ein einzelner Mensch nichts. Seine Zeit endete so oder so, irgendwann musste er den Platz räumen, und ein anderer nahm seine Stelle ein. Dass sie den Zeitpunkt etwas vorzog für einige Leute, war kein großer Eingriff.

Das Töten hatte nichts Heldenhaftes an sich. Sie brachte den Krieg nur zu den Leuten nach Hause. Aber im Gegensatz zu den Soldaten auf dem Schlachtfeld sah sie die Gesichter der Menschen, denen sie das Leben nahm, sie sah die Spielsachen auf der Treppe und die Strickjacke über dem Stuhl. Das berührte sie mitunter. Auf dem Schreibtisch von Kathleen Slater hatte sie ein Foto von zwei Kindern gesehen, einem Mädchen und einem Jungen. Die würden nun ohne ihre Mutter aufwachsen müssen. So wie sie ohne Mutter aufgewachsen war. Vielleicht trug das dazu bei, dass der Tod dieser englischen Sekretärin sie irritierte.

Sie schloss die Bürotür, zog die Uniform glatt und ging zielstrebig, aber ohne Eile den Flur entlang. Jemand, der ruhig und entspannt war, erzeugte weniger Aufmerksamkeit. In Wahrheit war ihre Zeit natürlich knapp bemessen. Sehr bald würde jemand die beiden Leichen entdecken.

Die benachbarte Bürotür war nur angelehnt. Hatte man das Röcheln der beiden gehört? Drinnen klapperte eine Schreibmaschine. Niemand würde weitertippen, wenn er mitbekam, wie nebenan jemand starb. Sie ging vorüber und las die Namen an den Türen. Wie erwartet, das letzte Büro im Gang gehörte dem ranghöchsten Offizier. Dort klopfte sie. Als keine Antwort kam, drückte sie die Klinke herunter und trat ein.

Das Büro war wesentlich größer als das am Beginn des Flurs. Der Stuhl am langen Tisch war nicht besetzt. Eine zerknüllte Packung Players lag im Papierkorb, der Seemann auf der Schachtel war zerknautscht wie die Nase eines Boxerhunds. Ein Raucher also. Vielleicht war der Group Captain nur für wenige Minuten fortgegangen, um sich neue Zigaretten zu holen. Sie trat an den Schreibtisch und schlug die Akte auf, die neben der noch halb vollen Kaffeetasse lag, und überflog den Text, unwichtiges Zeug. Eine nach der anderen durchwühlte sie die Schubladen. Nirgendwo der Stempel »Top Secret«.

Mit Schriftstücken über genaue Einsatzbefehle konnte sie ohnehin nicht rechnen, die lagen im Safe, und den zu knacken blieb ihr nicht die Zeit. Meistens verrieten sich die weggeschlossenen Dinge durch kleine, unbedachte Notizen, die musste sie finden. Sie hob einzelne Akten auf den Schreibtisch hoch und ging mit flinken Fingern die Blätter durch. Ihr fiel die Ecke eines braunen Umschlags ins Auge, die unter der Schreibtischunterlage hervorsah. Der Raucher musste ihn daruntergeschoben haben, bevor er das Büro verlassen hatte. Etwas, an dem er gerade gearbeitet hatte, das aber nicht in falsche Hände geraten sollte. Sie zog ihn heraus und spähte hinein. Luftfotos! Sie holte die Minox aus der Rocktasche und fotografierte. Klick. Nächstes Luftbild. Klick. Klick.

Die Tür öffnete sich. Sie hatte nicht mehr ausreichend auf Geräusche im Flur geachtet. Während sie sich vom Schreibtisch umwandte und ihre argloseste Miene aufsetzte, ließ sie den winzigen Fotoapparat in die Rocktasche gleiten. Ein Mann trat ein. Er hatte ohne Zweifel ihre Bewegung registriert, aber die Minox besaß ein Stahlgehäuse und war in etwa so groß wie ein Feuerzeug, er konnte nicht ahnen, um was es sich handelte. Sie lächelte. »Da sind Sie ja! Ich habe schon …«

»Was machen Sie in meinem Büro?«, herrschte er sie an.

»Missis Slater war überfordert mit der Aufgabe. Ich habe übernommen und wollte mich Ihnen kurz vorstellen.«

»Davon habe ich nichts gehört.« Sein Blick fiel auf die Luftfotos. »Woher haben Sie …?« Mit einer Behändigkeit, die sie ihm nicht zugetraut hätte, zog er seinen Revolver aus dem Halfter.

Sie schnellte auf ihn zu. Er hatte die Waffe noch nicht entsichert – auf das leise Knirschen der Sicherung waren alle ihre Instinkte trainiert, das überhörte sie nie. Sie schlug seine Hände herunter und knallte ihm gleichzeitig das Knie in den Bauch. Aber die Pistole entfiel ihm nicht, er ächzte zwar und krümmte sich, trotzdem hielt er sie weiter fest. Sie griff nach der Kaffeetasse, schüttete ihm die noch warme Brühe ins Gesicht.

Er gab keinerlei Geräusch von sich. Tat diesem Engländer überhaupt nichts weh? Sie packte seine Hände und versuchte, ihm den Revolver zu entwinden. Krallte ihm die Fingernägel ins Fleisch. Erfolglos.

Mit einem Ruck schlang er seinen Arm um ihren Hals und drückte zu. Sie hätte besser fliehen und das Risiko hinnehmen sollen, dass er Alarm auslöste. Sie trat nach seinem Schienbein. Endlich stöhnte er auf. Ja, das tut dir weh, dachte sie. Sie trat noch einmal zu. Sein Griff lockerte sich.

Da – das Knirschen der Sicherung. Sie spürte den Stahl der Waffe an ihrer Schläfe. »Schon gut, schon gut«, sagte sie. »Schießen Sie nicht. Ich ergebe mich.«

26

Nadjeschka wurde jäh aus ihrer Trauer gerissen. Sie konnte nicht glauben, was sie durch die Autoscheiben sah. »Wo sind wir?«, fragte sie.

Oksana antwortete tonlos: »Dortmund.«

Sie fuhren in eine glühende, schmauchende Steinwüste. Verbogene Eisengerüste, verbrannte Balken und hügelhoher Schutt versperrten ihnen den Weg, dazwischen lagen Erdtrichter, von Bomben gerissen. Die Gestapomänner vorn im Auto sahen stumm auf die Trümmerberge. Der Fahrer trat auf die Bremse, legte den Rückwärtsgang ein. Eine Mauer zerbröckelte, sie hielt der Hitze der glühenden Eisenteile nicht länger stand. Steine prasselten auf den Gehweg nieder.

Sie wendeten, suchten einen anderen Weg in die Stadt hinein. An den Straßenrändern lagen Leichen, zur Größe von Kindern zusammengeschmort. Überlebende schleppten Bündel. Einer trug eine Stehlampe, wohl das Einzige, das er aus seiner Wohnung hatte retten können. Auf staubbedeckten Wiesen saßen sie zu Hunderten mit den Resten ihrer Habe.

Der Mann auf dem Beifahrersitz sagte leise: »Ich hab gewusst, dass es einen Angriff auf Dortmund gab. Aber dass es so schlimm aussieht …«

»Schau dir die Propsteikirche an«, raunte der Fahrer.

Nadjeschka folgte seinem Blick. Von der Kirche waren nur noch die Umfassungsmauern geblieben, feuergeschwärzt. Sie

fuhren in einer schmalen Rinne, die man vom Schutt freige-
räumt hatte, weiter bis zum Hauptbahnhof. Dessen Dach war
wie von einer Riesenfaust eingedrückt. Ausgebombte Bahn-
waggons lagen quer über verbogenen Schienensträngen.

»Komm, wir lassen das mit der Steinwache. Ich fahr gleich
zum Plettenberg.« Der Fahrer wendete erneut. »Die haben
doch jetzt ganz andere Probleme.«

Sie verließen die verwüstete Stadt. Was hatten sie mit ihnen vor? Fuhren sie zur Hinrichtung? Es ging wieder über
eine Landstraße. Nadjeschka dachte: Wäre ich doch in Dortmund aus dem Wagen gesprungen! Vielleicht hätte ich über
die Trümmer entkommen können.

Am Straßenrand humpelten Menschen, ganze Familien.
Gerettetes Kochgeschirr klirrte. Je weiter sie sich von Dortmund entfernten, desto leerer wurden die Straßenränder. Die
Halme des Winterroggens wogten auf den Feldern rechts und
links der Straße.

Ein Ortsschild nannte Soest »judenfrei«. Sie fuhren eine
Straße hügelan und hielten vor einem mehrstöckigen, fenster-
losen Gebäude. Das dunkle Ziegelhaus machte ihr Angst.

Die beiden Gestapomänner stiegen aus und öffneten die
hinteren Türen. Sie packten Oksana und sie an den Ober-
armen und stießen sie zur Tür eines Anbaus.

Ein Wachposten knallte die Hacken zusammen und grüßte
mit ausgestrecktem Arm. »Heil Hitler!« Er ließ sie ein.

Sie mussten in einem Büroraum warten. Es roch verführerisch nach Kaffee. Nadjeschka knurrte der Magen.

Ein Mann in Zivil kam herein, sah sie mit stechendem
Blick an und verlangte Überweisungspapiere.

»Haben wir nicht«, sagte der Fahrer. »Dortmund ist hart
getroffen, die haben jetzt andere Sorgen in der Steinwache als
den Papierkram.«

»Ohne Papiere läuft hier nichts.«

»Wir waren gerade in Dortmund. Die Stadt ...«

»Ich weiß, was letzte Nacht passiert ist«, unterbrach ihn der Mann. »Achtzig Industrieanlagen beschädigt, Hoesch AG, Dortmunder Union und Hafenanlagen. Britischer und amerikanischer Bombenterror. Aber das jagt uns doch nicht ins Bockshorn, meine Herren! Terror wird mit Gegenterror gebrochen. Das werden sie bald erleben, die alliierten Dummköpfe. Uns kann die Sache nur nützen. Sie schürt den Hass auf die Engländer, und mit Hass im Herzen kämpft es sich gut.«

»Wir reichen die Papiere nach«, bot der Fahrer an.

Der Mann musterte Nadjeschka. »Woher kommen die Frauen?«

»Aus Neheim. Das Lager auf den Möhnewiesen.«

»Aha. Polacken.«

Ich bin Ukrainerin, wollte Nadjeschka sagen. Aber wie er aussah, würde er ihr dafür die Zähne aus dem Mund schlagen. Also schwieg sie.

»Arbeitsfaul?«, fragte der Mann.

»Nein, sie sind geflohen. Kamen bis zur Talsperre.«

Er nickte. »Schafft sie in den Keller.«

Es ging eine Treppe hinab. In einem weiß gekachelten Raum wurde ihnen befohlen, sich auszuziehen. Nadjeschka kroch es eiskalt den Rücken hinunter. Der Befehl wurde wiederholt, lauter. Widerstrebend gehorchte sie, ebenso Oksana.

Die Männer der Geheimen Staatspolizei ließen tückisch ihre Blicke über die nackten Körper streifen. Ein Mann im Kittel kam herein und untersuchte zuerst Oksana, dann sie. Er sah ihr in den Mund und in die Ohren. Er schimpfte: »Verlaustes Pack! Da wohnt ja jeder eine ganze Kolonie auf dem Kopf!« Mit einem Messer schnitt er ihnen die Haare ab, sie fielen in dicken Büscheln zu Boden. »Zieht euch die Unterwäsche wieder an und setzt euch da hin.«

Zitternd vor Wut wegen der Erniedrigung und gleichzeitig vor Angst setzten sie sich auf die gewiesene Bank. Der Mann im Kittel schmierte ihnen die kurzen Haare mit Petroleum ein. Es stank scharf und biss regelrecht in der Nase, aber Nadjeschka begann zu hoffen, ihr Herz weitete sich, sie dachte: Wenn sie etwas gegen die Läuse tun, dann töten sie uns nicht.

»Was hast du da? Was versteckst du in deiner Faust?«

Sie zeigte widerwillig den Stein her, den schönen aus der Heimat.

Er nahm ihn und kratzte daran, als wolle er sichergehen, dass sich unter der blau schimmernden Oberfläche kein Gold verbarg. Enttäuscht warf er den Stein in den Mülleimer, er plumpste laut hinein. »Eure Kleider kommen in die Entwesung. Die sind voller Flöhe und Milben. Hier, zieht das an!« Er warf ihnen ein Bündel hin.

Nadjeschka hasste ihn dafür, dass er ihr das Kostbarste genommen hatte. Sie schlüpfte in ein dünnes Hemd und in die löcherige Hose von ausgewaschenem Blau. Die Hose war ihr so weit, dass sie den Bund festhalten musste, damit sie nicht hinunterrutschte. Oksana zwängte sich mit ihren knochigen breiten Schultern in einen kleinen Kittel.

Der Mann lachte. »Ihr seht aus wie Dick und Doof.«

Sie zogen sich aus und tauschten die Kleider.

»Schafft sie zu den anderen.«

Die Männer der Gestapo führten sie durch einen dunklen, feuchten Korridor. Sie öffneten eine Eisentür. Der Raum dahinter war leer, bis auf ein paar Kreaturen am Boden. Eine hässliche Lampe hing von der Decke. Die Tür schloss sich hinter ihnen, hart schnappte der Riegel ein.

Sie standen da und starrten auf die Betonwände.

Ein kahlköpfiger Mann klopfte neben sich auf den Boden. »Setzt euch. Junge, ihr stinkt nach Benzin! Läuse?«

Erst zögerte sie, dann setzte sich Nadjeschka neben ihn. Oksana folgte ihr und ließ sich ebenfalls nieder. Der Betonboden war kalt. Es gab keine Stühle, nicht einmal eine Pritsche. Und sie fühlte sich immer noch nackt. »Die sind jetzt wohl alle tot.«

»Gibt es Neuigkeiten von draußen?«, fragte er.

»Wie meinen Sie das?«

»Es geht das Gerücht, dass sie einen Aufstand gewagt haben. Im Warschauer Ghetto haben sich die Leute bewaffnet und kämpfen gegen die deutschen Besatzer.«

»Davon weiß ich nichts.« Sie warf einen prüfenden Blick auf ihn. Er hatte kluge Augen und dickfleischige Ohren. Er sah deutsch aus, irgendwie. »Sie sind doch selbst Deutscher.«

»Ja, bin ich. Trotzdem wünsch ich mir, dass der Krieg bald zu Ende ist.«

Oksana sagte: »Dortmund wurde letzte Nacht bombardiert. Da ist alles kaputt.«

Die Frauen auf der anderen Seite hoben interessiert die Köpfe. Der Deutsche sagte: »Wir haben sie herausgefordert, haben aufgehört, nur Industriegebiete zu bombardieren, und die Innenstädte angegriffen. Jetzt machen sie dasselbe bei uns.« Er rieb sich die Augen. »Soll ich mich darüber freuen? Ich weiß es nicht. Es wird den Krieg verkürzen. Aber ich habe Freunde in Dortmund. Vielleicht leben sie gar nicht mehr.«

Sie betrachtete die Frauen, die ihnen gegenüber an der Wand lehnten. Sie waren abgemagert, und ihre Augen glänzten fiebrig. Diese Arme, dünn wie Zweige! Die Beine waren voller Schürfwunden und glichen zwei Stecken. Waren die Frauen so hier angekommen, oder hatte dieser Ort ihnen das angetan? Sie fragte: »Gibt es Wasser hier? Ich hab Durst.«

»Tut mir leid«, sagte er. »Mit dem Essen und Trinken ist es auf dem Plettenberg etwas schwierig.«

Die fiebernden Frauen auf der anderen Seite lachten heiser.

»Wir bekommen was«, sagte er, »nachher, wenn die anderen von der Arbeit zurück sind.«

»Sie lassen uns arbeiten?«

»Jeden Morgen greifen sie sich ein paar.«

Verständlich, dass man die Frauen hiergelassen hatte. Aber der Mann sah kräftig aus, er saß bestimmt noch nicht lange ein. »Warum sind Sie hier?«, fragte sie.

Er überging ihre Frage. »Kennt ihr den? Goebbels eröffnet das jährliche Winterhilfswerk: Keiner soll hungern, ohne zu frieren.«

Die abgemagerten Frauen grinsten.

»Ich finde das nicht lustig«, sagte Nadjeschka.

»Bitte«, sagte eine der Frauen, »noch einen!«

»Also gut.« Der Mann schmunzelte. »Mein Nachbar ist gestorben. – Woran denn? – Er lag verkohlt im Wohnzimmer vor dem Volksempfänger.«

Die Frauen kicherten. Nadjeschka wandte sich ab. Der Witzbold hatte doch keine Ahnung! Weder vom Krieg noch von den Verschleppten, den Entrechteten. Er machte Scherze auf ihre Kosten. Er nutzte den Krieg als Spielwiese, um seinen Humor an den Mann zu bringen. So ein widerwärtiger Kerl. Sie mochte nicht mehr neben ihm sitzen. Sie stand auf und setzte sich in die Ecke neben der Tür, wo sie für sich sein konnte.

Der Mann wurde ernst. »Ich bin Pfarrer und habe mit zu viel Humor gepredigt. Deshalb bin ich hier. Im Vergleich zur Steinwache ist es eine Erholung. In Dortmund haben sie mich auf den Prügelbock gespannt, weil sie Namen von Komplizen hören wollten. Und mit Stöcken zugeschlagen, bis ich ohnmächtig wurde.« Er hob das Hemd und drehte den Oberkörper zur Seite. Sein Rücken war übersät mit roten und blauen Blutergüssen. »Meine Nieren sind hinüber. Ich pinkle Blut.«

Wie konnte er bei diesen Schmerzen weiter Witze erzählen? Vielleicht war es seine einzige Möglichkeit zu überleben. »Tut mir leid«, sagte sie.

Sie schwiegen.

Nadjeschka musste an das gleichförmige Kada-Kadang der Eisenräder auf den Gleisen denken, an den Güterwagen, der über die Schienenstränge gerattert war und sie von zu Hause fortgebracht hatte. Sie dachte an das faulige Stroh, das in Schlieren am Boden des Waggons klebte. In der Ecke hatte eine Tote gelegen. Und dann war da das kreisrunde Loch gewesen, durch das sie alle ihre Notdurft verrichteten. Es gab einen Deckel, aber sie hielten das Loch offen, damit Luft hereinzog, sonst wären sie schon in der ersten Woche erstickt. Neben ihr kauerte dieser Junge aus Odessa und wimmerte, dessen Mutter zu kraftlos, zu apathisch war, um ihn noch zu trösten. Ein immerwährender Albtraum hatte damals begonnen, bis heute gab es kein Erwachen: Kada-Kadang, eine weiterer Tag, Kada-Kadang.

Ich komme nie wieder heim, dachte sie. Sie schlang die Arme um die Knie und legte den Kopf darauf. Ihr Hintern war schon eiskalt vom Steinboden.

Oksana kam herüber und setzte sich neben sie. »Ich hätte dich abhalten müssen von diesem dummen Fluchtversuch. Verzeihst du mir?«

»Du bittest *mich* um Verzeihung? Ich hab dich schließlich reingeritten!«

Oksana legte ihr die Hand auf die Schulter. »Vergessen wir, was passiert ist. Schlimm genug, in was für ein Loch sie uns gesteckt haben. Jetzt müssen wir gemeinsam durchhalten.«

»Danke.« Sie umarmte die Freundin. »Was wäre ich nur ohne dich?«

Zäh krochen die Stunden vorwärts. Bald spürte Nadjeschka den Hunger nicht mehr, da war nur noch Durst. Ihre Zunge klebte am trockenen Gaumen. Sie fuhr sich mit den Fingern über die aufgesprungenen Lippen, konnte an nichts anderes mehr denken als an Georg und an Wasser. Sie hatte ihm das Herz gebrochen. Er musste glauben, sie habe ihn nur aushorchen wollen. Dabei fühlte sie sich berührt von seinen Blicken, seiner Güte, seiner Umarmung, als sie am Ende gewesen war mit ihrer Kraft. Erst im Auto der Gestapo hatte sie begriffen, wie sehr sie ihn liebte.

Am Abend kehrten die Arbeiter zurück. Viele von ihnen waren ausgemergelt. Sie bekamen Getreidekaffee. Nadjeschka trank davon in kleinen Schlucken, benetzte ihre Lippen, den trockenen Mund, die Kehle. Ihr Kopf pochte.

Näpfe aus Blech wurden ausgeteilt, es gab eine wässrige Suppe mit einer halben Kartoffel darin. Da sie keine Löffel hatten, mussten sie die Suppe aus dem Napf trinken wie Tiere. Bereits eine halbe Stunde später erwachte der Hunger erneut. Wie ein Raubtier umkreiste er ihren Verstand, knurrte und sah sie hasserfüllt an.

Ein Wachmann kam, um die Näpfe einzusammeln. Nadjeschka stutzte. Hatte sie bereits Halluzinationen? Oder war da wirklich eine vertrauliche Geste zwischen dem Pfarrer und dem Uniformierten, ein kurzes Streifen der Hände? Niemand sonst schien es zu bemerken.

Sie nahm sich vor, den Pfarrer genauer im Auge zu behalten. Wie alle anderen legte sie sich schlafen, aber nur zum Schein. Als auch Oksana wegdämmerte, obwohl sie zuerst befürchtet hatte, auf dem harten Boden unmöglich schlafen zu können, bemerkte Nadjeschka eine Bewegung an der

Tür. Der Pfarrer entfaltete einen winzigen Zettel und hielt ihn in den Lichtschein, der unter der Tür hineinfiel. Rasch knüllte er ihn wieder zusammen und steckte ihn sich in den Mund.

Bespitzelte er etwa die Gefangenen? Aber dann musste er ja keine Nachrichten erhalten, sondern den Wärtern Botschaften übermitteln. Außerdem konnten sie ihn zur Täuschung der anderen für ein Verhör wegholen und ihn dann in Ruhe ausfragen. Sein zerschundener Körper war doch echt gewesen!

Der Zettel sah eher danach aus, als habe er einen geheimen Verbündeten bei den Wachen. Wozu sonst hatte er den Zettel heruntergeschluckt? Niemand durfte ihn bei ihm finden.

Was tat der Verbündete für ihn? Schmuggelte er etwas hinein oder hinaus? Warum schrieb er Nachrichten?

Leise stand sie auf und stieg über Oksanas Beine. Sie schlich zur Tür, hockte sich neben den Pfarrer und wisperte ihm ins Ohr: »Wenn Sie ausbrechen, nehmen Sie mich mit.«

Er zog sie runter zum Boden. »Mädchen«, flüsterte er, »du hast nichts gesehen, hörst du?«

»Wie kommen Sie hier raus?«

Er schüttelte den Kopf.

»Weihen Sie mich ein. Oder ich verrate Sie.«

Er schloss die Augen, als habe sie ihm einen schmerzhaften Schlag verpasst. »Du verstehst nicht! Gestern haben sie hier einen totgeprügelt. Kein Hahn kräht danach. Er wurde einfach verscharrt. Wenn du dich ordentlich benimmst, kannst du überleben.«

Jemand grunzte im Schlaf. Sie schwieg lange und lauschte auf die Atemzüge der anderen. Dann flüsterte sie: »Ich bin nicht die feige Frau, für die Sie mich halten. Ich habe in der Fabrik sabotiert. Niemand weiß, dass ich es war.«

Verblüfft hob er die Brauen.

»Ich schaffe diese Flucht. Nehmen Sie mich mit!«

»Es geht nicht. Wirklich.«

»Schwören Sie bei Gott, dass Sie mich mitnehmen, oder ich schlage Alarm und verrate Sie an die Wachen.«

Wieder war es lange still. Schließlich fragte er: »Wie heißt du?«

»Nadjeschka.«

»Hör zu, Nadjeschka. Es geht hier nicht um mich und dich. Es geht um eine Menge anderer Leute. Ich kann dir das nicht erklären. Aber ich bitte dich, halte dich aus der Sache raus. Sonst sterben sie alle.«

27

Der Wachmann, der an diesem Morgen die Arbeiter auswählte, war derselbe, der dem Pfarrer den Zettel zugesteckt hatte. Ein blutjunger Kerl mit Pickeln im Gesicht. Diesmal sollte der Pfarrer mitkommen, außerdem die meisten, die auch gestern fort gewesen waren. Nadjeschka und Oksana sollten bleiben.

Sie riss Oksana am Arm und raunte ihr ins Ohr: »Wir müssen mitgehen.«

Oksanas Körper versteifte sich. »Nein.«

»Vertrau mir, bitte!«

Die Gefangenen sammelten sich an der Tür.

Oksana schüttelte ihren Griff ab. »Lass mich. Ich will leben! Für meine Kinder.«

Viel Zeit blieb nicht, schon gingen die letzten Gefangenen durch den Türrahmen. Der Pfarrer, der ganz am Ende lief, warf ihr einen warnenden Blick zu.

»Hast du gesehen, wie er mich angeschaut hat? Er wird ausbrechen. Jetzt oder nie, Oksana!«

»Ich mache so was nicht noch mal. Die hängen uns auf.«

»Ich muss es tun! Ich gehe mit.« Sie drückte ihr die Hand. »Eines Tages sehen wir uns in der Ukraine.« Sie stellte sich hinter dem Pfarrer an und folgte den Arbeitern. Der Wachmann, der die Tür schloss, sagte nichts.

Ihr Puls raste. Sie starrte auf den spärlich behaarten Hinterkopf des Pfarrers und seinen glänzenden Schädel. Schweigend stiegen sie die Treppe hinauf. Obwohl der Wachmann hinter ihnen ging, scherte der Pfarrer, kaum dass sie oben angekommen waren, plötzlich links aus. Nadjeschka folgte ihm in einen lichtlosen Raum.

Der Wachmann ging vorüber, als habe er nichts gesehen.

Es roch nach Leder und Eisen. Grobe Werkbänke standen im Dämmerlicht, mit Schraubstöcken und anderem Gerät. Der Pfarrer war, seinem Blick nach, kurz davor, ihr an die Gurgel zu gehen. »Du machst alles kaputt. Alles!«

Sein Zorn verunsicherte sie. Sie umklammerte hinter ihrem Rücken eine Werkbank.

Er schlich zur Tür und spähte hinaus. Eine endlose halbe Stunde stand er so, dann verließ er den Raum. Sie folgte ihm, ließ kaum eine Armlänge zwischen sie kommen, aus Angst, abgehängt zu werden. Wenn man sie irgendwo hier im Gebäude entdeckte, würde die Hölle losbrechen.

Die Tür des Büros, in dem sie gestern empfangen worden waren, war geschlossen. Der Pfarrer schritt eilig daran vorbei und trat nach draußen. Auch hier stand keine Wache mehr. Ein Motor wurde angelassen, ein Stück weiter die Straße hinauf. Ein Lieferwagen mit Rollen von Stacheldraht auf der Ladefläche fuhr heran und hielt. Der Pfarrer öffnete die Beifahrertür. Er sah sich nach ihr um. »Schnell!«, befahl er. Sie kletterte ins Fahrerhäuschen, er kam ihr nach und schloss die Tür.

»Wer ist das?«, fragte der Fahrer. Er kuppelte, schaltete und fuhr an.

»Sie wollte mit.« Der Pfarrer fuhr sich nervös über das Gesicht und sah in den Rückspiegel.

»Sind Sie wahnsinnig? Das geht nicht, sie ist nicht gemeldet! Wer hat sie überprüft? Was, wenn die Gestapo sie eingeschleust hat?«

Er seufzte: »Ich hatte keine Wahl.«

Der Lieferwagen hielt abrupt. »Raus mit ihr. Mann, ich werde mir ein neues Auto besorgen müssen und einen neuen Unterschlupf, ich muss wahrscheinlich die Stadt wechseln wegen Ihnen!«

»Wir nehmen sie mit«, sagte der Pfarrer.

»Ich muss die Anzahl der Pakete anmelden, das wissen Sie genau.«

»Fahren Sie weiter. Ich kläre es mit Leo.«

Der Fahrer schnaubte und gab Gas. »Leo wird Sie einen Kopf kürzer machen. Woher wollen Sie wissen, dass sie kein Spitzel ist?«

»Menschenkenntnis.«

An einem Grünstreifen hielten sie. »Raus!«, befahl der Fahrer. »Wenn sich Leo nicht heute noch bei mir meldet, bin ich weg.«

»Er wird sich melden.« Der Pfarrer stieg aus.

Nadjeschka kletterte ebenfalls hinaus. Ihr Gesicht war taub vor Angst. Sie folgte dem Pfarrer zu einer Parkbank. Er setzte sich hin, als müsse er nachdenken.

»Was wird jetzt aus uns?«, fragte sie.

»Wir dürfen kein Aufsehen erregen. Machen Sie nicht dieses Gesicht. Jeder sieht Ihnen an, dass Sie Todesangst haben.« Er griff unter den Sitz der Bank, zog einen Beutel heraus und entnahm ihm eine Zeitung. *Völkischer Beobachter*, war sie überschrieben.

»Wer hat das hier versteckt?«

»Je weniger du weißt, desto besser.« Er faltete die Zeitung auf.

»Was meinte er mit Paketen? Und wer ist Leo?«

Er sagte, hinter der Zeitung hervor: »Wenn du überleben willst, beruhige dich. Tu so, als würdest du entspannt hier sitzen und dich ausruhen.«

»Worauf warten wir? Wir müssen aus der Stadt verschwinden.«

»Wir werden abgeholt.«

»Von wem?«

»Weiß ich nicht. Der Schleuserring hat seit Monaten kaum Verluste gehabt, weil er in Zellen eingeteilt ist. Es ist sicherer, wenn man sich nicht kennt.«

»Aber woher wussten Sie davon? Ich meine, wie haben Sie vom Fluchtweg gehört?«

»Ich war selbst Teil des Rings. Bis man mich wegen eines blödsinnigen Verdachts gefasst hat.«

Sie dachte nach. »Wenn niemand vom anderen weiß, wie kann es dann sein, dass jemand uns abholt? Er hat doch keine Ahnung davon, dass wir hier sitzen.«

Er senkte kurz die Zeitung und lächelte. »Siehst du? Du bist kein Spitzel. Du stellst zu offensichtliche Fragen, ein Spitzel würde versuchen, seine Neugier zu vertuschen. Außerdem ist deine Angst echt.«

»Und woher weiß man nun, dass wir hier sind?«

»Hör auf, dich so umzusehen.« Er vertiefte sich erneut in die Lektüre. Nach einer Weile sagte er: »Jeder weiß nur eine Telefonnummer. Dort ruft er an und sagt durch, dass ein Paket den Fluchtweg entlanggesandt wird. Daraufhin geht der Angerufene zum Übergabeort und holt es ab. Die beiden sehen sich nie. Ist sicherer so.«

»Und wenn man jemanden warnen muss? Wenn Gefahr droht?«

»Dann ruft man an und bittet, ob man vorbeikommen darf. Sagt der andere, nein, auf keinen Fall, dann geht man hin. Sagt er, ja bitte, komm vorbei, dann heißt es, dass die Gestapo da ist, und man verschwindet besser.« Er blätterte um. »Wir könnten dich gebrauchen. Wenn sich der Staub etwas gesetzt hat. Es werden immer wieder britische Bomber abgeschossen. Die Piloten, die sich per Fallschirm gerettet haben, werden gefangen gesetzt. Wir helfen ihnen, zu entkommen, und schleusen sie zurück nach England. Ist eine gute Sache, wir sorgen dafür, dass der Krieg schneller vorübergeht, und retten Menschenleben. Bist du bereit, uns zu helfen?«

Wie sehr sie sich doch in diesem Pfarrer getäuscht hatte! »Und ich dachte, Sie erzählen Witze auf Kosten der Kriegsopfer«, sagte sie kleinlaut.

»Witze sie sind oft die einzige Waffe, die den Schutzschild der Partei durchdringen kann. Ich will ja nicht nur Briten retten, sondern auch Deutsche.«

»Mit Witzen? Was soll dabei rauskommen, außer dass man bei der Gestapo landet?«

»Ich kenne jemanden, der schreibt solche Witze auf kleine Zettel, versteckt sie in Streichholzschachteln und legt sie aus, wie Köder, verstehen Sie? Die Leute verstecken sich im Klein-Klein des Alltags. Sie wollen vergessen. Aber wenn jemand den Köder schluckt, wenn er den Witz liest und lachen muss, dann fühlt er sich ertappt und merkt, über wen er eigentlich lacht. Die hohen Herren der Partei sind ihm plötzlich lächerlich. Wir müssen den Einzelnen aus dem Schwarm holen. Wir müssen ihm Mut machen, nachzudenken und gegen den Strom zu schwimmen.«

Der Mut dieses Mannes beeindruckte sie. Warum gab es nicht mehr Deutsche wie ihn? Sie sagte: »Ich helfe Ihnen. Wenn Sie mich zuerst nach Neheim bringen. Ich muss noch einmal ins Barackenlager.«

»Was willst du dort? Vermisst du es, eingesperrt zu sein?«

»Ich muss mit jemandem sprechen.«

»Auf mich wartet in Neheim meine liebe Ehefrau, und trotzdem gehe ich nicht zurück dorthin. Ich muss Ilse allein lassen, ich kann ihr höchstens alle paar Wochen eine heimliche Nachricht übermitteln. Verstehst du nicht? In Neheim halten sie die Augen auf nach uns!«

Sie schwieg.

»Wir schleusen dich in eine andere Stadt. Du wartest einige Wochen in einem Versteck, und sobald sie die Suche nach uns aufgegeben haben, wirst du an einen weiteren Ort gebracht und baust dir eine Scheinidentität auf.«

»Lieben Sie Ihre Frau?«

»Natürlich liebe ich sie. Ich hab furchtbare Angst, dass sie in Sippenhaft genommen wird. Ilse ist mein Ein und Alles.«

»Warum lassen Sie sie dann allein?«

»Mädchen, dieses Opfer müssen alle bringen, die für den Ring arbeiten. Ich hatte bisher das Glück, dass meine Arbeit als Pfarrer mich gedeckt hat. Die meisten brechen jeglichen Kontakt zu Freunden und Familie ab, um sie nicht zu gefährden.«

Ein Kriegsverwundeter humpelte an einer Krücke vorüber. Er sagte, wie beiläufig: »Keine Feigheit vor dem Feind.«

»Das ist Unsinn«, antwortete der Pfarrer.

Der Uniformierte blieb stehen. »Sie also.« Er wies mit der freien Hand auf Nadjeschka. »Und wer ist das?«

»Sie kommt mit.«

Der Kriegsverwundete zog ärgerlich die Stirn in Falten. »Mir wurde *ein* Paket angekündigt, nicht *zwei*. Hat jemand sie geprüft?«

»Wir können ihr vertrauen.«

»Wenn ich nicht wüsste, dass Sie einer von uns sind …«

Der Pfarrer stand auf. »Gehen wir.«

Nadjeschka erhob sich ebenfalls. »Ich …« Sie schluckte. »Danke, dass Sie das tun.«

Am anderen Ende des Parks schlug ein Hund an, er kläffte aufgeregt.

Der Kriegsverwundete fuhr herum. »Scheiße«, zischte er. »Ich verschwinde.« Er warf die Krücke fort und ging zügig auf die Büsche zu.

Sie sah sich um. Suchende mit Hunden und Gewehren hatten den Park betreten. Die Hunde folgten aufgeregt einer Duftspur. Ihrer Duftspur. Von dort hinten waren sie vorhin gekommen.

»Am besten trennen wir uns«, sagte der Pfarrer. Er eilte in Richtung der Häuser am Rand der Wiese.

»Stehen bleiben!«, riefen die Uniformierten.

Nadjeschka hastete auf eine Gruppe von Bäumen zu. Als sie über die Schulter blickte, sah sie, wie einer der Verfolger sich das Gewehr von der Schulter schnallte. Panisch schlug sie einen Haken. Die würden schießen! Sie musste Bäume zwischen sich und die Uniformierten bringen.

Ein Schuss krachte.

Der Pfarrer überschlug sich und blieb lang hingestreckt liegen.

Stromschläge jagten durch ihren Körper. Sie rannte um ihr Leben, strauchelte, rappelte sich auf und rannte weiter. Die Hunde bellten. Ihre Beine stampften wie Kolben, aber die Wiese war endlos. Sollte sie eher zu den Häusern laufen?

Erneut knallte es.

Schoss man auf sie oder auf den Fluchthelfer? Die Häuser kamen näher, wenn sie es nur bis zu dieser Straße schaffte und hinter der Hausecke in Deckung gehen konnte! Ihr Atem ging schwer, die Beine waren wie aus Blei.

Endlich das Haus.

Sie stürmte um die Ecke und die Straße hinunter. Wohin konnte sie fliehen? Wo sich verstecken? Die Hunde würden ihre Fährte aufspüren, die waren nicht zu besiegen, am Ende würde auch sie ein Schuss niederstrecken wie den Pfarrer.

Denk nach, denk nach, Nadjeschka! Sie überlegte im Rennen, Abenteuergeschichten fielen ihr ein, die sie ihrem Bruder abends vorgelesen hatte. Fliehende Sklaven in Nordamerika hatten Fische über ihre Fährte geschwenkt, weil der stechende Geruch die Nasen der Spürhunde für einige Zeit betäubte. Oder sie waren durch den Mississippi geschwommen, im Wasser hinterließ man keine Duftmarken.

Da, der Soester Bahnhof, hier waren sie angekommen vor zwei Wochen. Sie erkannte die Ziegelgebäude wieder und die vielen Schienenstränge. Nadjeschka sah sich um. Sie hörte von ferne das Kläffen. Scheinbar hatte sie die Verfolger abgehängt für den Moment, vielleicht waren sie mit dem Schleuser beschäftigt, er kannte sich aus, mochte eine gute Fluchtroute haben. Das würde ihr Zeit verschaffen.

Sie verlangsamte ihre Schritte, um nicht aufzufallen. Wenn sie Schmiere fand oder Öl, konnte sie damit ihren eigenen Geruch überdecken? Aber vielleicht rochen die Hunde ja gar nicht ihren Körpergeruch, sondern das Petroleum, das immer noch in ihren Haaren klebte. Diesen Gestank konnte sie unmöglich loswerden.

Hinter einem Schuppen kauerte sie sich nieder und spähte umher. Arbeiter zurrten an einem Panzer eine Plane fest, die sich gelöst hatte. Der ganze lange Zug war mit Panzern beladen, ihre Rohre abwechselnd nach vorn und nach hinten gerichtet. Die Lok stieß einen Pfiff aus und dampfte los. Dicker schwarzer Rauch quoll aus ihrem Schornstein und wurde von Windböen auf die Arbeiter geblasen.

Das war ihre Gelegenheit. Nadjeschka schnellte aus ihrem Versteck. Sie lief neben dem fahrenden Zug her, fasste nach einem Eisengriff, zog sich hoch. Keuchend kroch sie unter einen Panzer. Dicht bei ihr ratterten die Waggonräder. Kein Bellen, keine Schüsse. Sie lauschte: auch keine wütenden Rufe. Nur das Rattern der Räder.

Jetzt hatte sie das Bild des erschossenen Pfarrers vor Augen, wie er dalag, die Arme ausgestreckt. Er war so mutig gewesen, so entschlossen! Wie konnten sie einen Mann erschießen, der dieses wunderbare Löwenherz besaß, ihn einfach beseitigen, als wäre es nichts!

Sie lag unter einem Panzer im Großdeutschen Reich, und Männer mit Gewehren und Hunden machten Jagd auf sie. Sie hatte Oksana auf dem Plettenberg zurückgelassen, man würde sie verhören, wieder und wieder, und sie würde noch mehr abmagern von dem bisschen Suppe am Tag.

Wenn die Wachleute der Fährte bis zum Bahnhof folgten und sie an den Gleisen endete, war es ein Leichtes, rasch in Erfahrung zu bringen, auf welchen Zug Nadjeschka aufgesprungen war. Sie musste hier weg, ehe man den Zug anhielt und sie suchte.

Sie robbte ein Stück vor, sodass sie seitlich an den Panzerketten vorbeisehen konnte. Die Häuserreihen endeten, der Zug fuhr hinaus ins Grüne. Bäume zogen vorbei, Sträucher. Besser, sie sprang ab, bevor der Zug noch mehr Fahrt aufnahm, die Lok stampfte bereits schneller und schneller. Sie kroch aus ihrem Versteck, stellte sich an den Rand des Waggons und hielt sich am Panzer fest.

Als sie ins Gras hinuntersah, wurde ihr flau im Magen. Brach sie sich nicht das Genick, wenn sie bei dieser Geschwindigkeit vom Zug sprang?

Sie dachte an Georg, an seinen schmerzerfüllten Blick. Um sich Mut zu machen, schaute sie auf die Bäume in einigen Metern Entfernung, ihnen konnte das Auge leichter folgen. Sie stieß sich vom Wagen ab.

Der Boden empfing sie mit einem harten Schlag, dem weitere Schläge folgten, sie wusste nicht, wo oben und unten war, etwas krachte gegen ihren Kopf, gegen die Schulter, gegen die Hüfte.

Schließlich blieb sie liegen. Die letzten Panzer fuhren vorüber, das Kada-Kadang entfernte sich. Vorsichtig bewegte sie ihre Arme, ihre Beine. Sie betastete den Kopf, die Rippen.

Sie zwang sich, aufzustehen. Ihre Haut war zerschunden und der Kittel unter der Achsel gerissen. Sie schleppte sich fort von den Gleisen, stieß auf die von Bäumen gesäumte Landstraße. Am Straßenrand stolperte sie entlang. Holt mich doch, dachte sie, haltet an mit einem eurer verfluchten Autos und erschießt mich.

Wut und Angst trieben sie vorwärts.

28

Als Eric den Raum betrat, schrak Nachtauge merklich zusammen. »Ja, ich lebe noch«, sagte er. Herrlich, wie sein Anblick sie ärgerte!

Man hatte sie mit Handschellen an den Stuhl gefesselt und die Rollos zugezogen. Eine Schreibtischlampe war ihr ins Gesicht gedreht worden, aber sie war ausgeschaltet, offenbar hatte das übliche Verfahren bei ihr keine Wirkung gezeigt.

Ein volles Wasserglas stand außerhalb ihrer Reichweite. Der Schlafentzug und der Durst schienen ihr noch nichts anzuhaben, Nachtauge wirkte wach und konzentriert.

Er setzte sich ihr gegenüber. Die beiden Soldaten schickte er mit einer Kopfbewegung nach draußen. Er musterte sie und wurde sich gleichzeitig dessen bewusst, dass sein forschender Blick ihr verriet, wie ernst er sie nahm. Längst hatte sie sich wieder gefasst und sah ihm unbewegt entgegen.

Vor Jahren war ihm einmal aufgefallen, dass manche Menschen größere Pupillen besaßen und dass Frauen mit großen Pupillen eine starke Anziehungskraft auf ihn ausübten. Der Blick solcher Frauen hatte Tiefe, er war rätselhafter.

In den Augen der Spionin fand er herrlich weite Pupillen. Die blonden Korkenzieherlocken umrahmten mädchenhaft ihr Gesicht, was dazu verleitete, sie zu unterschätzen. Bühnenmagier hatten immer eine hübsche Assistentin, die mit ihrer Schönheit die Zuschauer ablenkte. Als Spionin war sie beides in einem, Magierin und Assistentin. Sie lenkte ihre Opfer ab mit ihren Reizen und führte zugleich den tückischen Zauber durch. Der Unterschied zum Bühnenmagier bestand darin, dass dieser nur in eine peinliche Situation geriet, wenn er einen Fehler machte. Beging sie hingegen einen, endete es tödlich für sie.

Analysiert auch sie mich gerade, dachte er mit leisem Schauder. Was gibt meine Miene preis? Er wusste, dass sie eine Mörderin war. Und sein Herz gehörte Connie. Aber er musste sich eingestehen, dass es ihn erregte, Nachtauge gegenüberzusitzen und den Blick über das Gesicht dieser Frau wandern zu lassen.

Mach so weiter, und du bist am Ende nicht nur angeschossen, sondern tot, ermahnte er sich. Sie würde jede kleine Schwäche ausnutzen. Nachtauge kannte keine Gnade. Er musste dieses Geschöpf zur Strecke bringen, ein für alle Mal.

»Ich weiß, Sie haben ein Training absolviert, um in solchen Verhörsituationen nichts preiszugeben«, sagte er. »Ihnen ist klar, dass Ihnen der Tod droht. Vermutlich haben Sie sich vorgenommen, mit dem Gefühl zu sterben, Ihrer Sache einen letzten Dienst zu erweisen. Also lassen Sie uns herausfinden, wer von uns beiden die Oberhand gewinnt. Sie halten sich für überlegen, und ich halte mich für überlegen. Finden wir heraus, wer im Recht ist.«

Ihr Gesicht verriet nichts, zeigte keine Regung.

»Auch ich habe etwas zu verlieren in diesem Verhör. Oft verrät man durch seine Fragen mehr, als man möchte. Und das wissen Sie.«

Neugier blitzte in ihrem Blick auf.

»Bei den Deutschen, die wir umgedreht haben, war für uns vor allem von Interesse, welche Informationen über uns sie für die Abwehr beschaffen sollten. Welche Fragen man ihnen gestellt hatte. Denn die Fragen offenbaren viel über den Fragesteller und seine Interessen. Ich zum Beispiel möchte gern wissen, wie viel Sie hier in Scampton in Erfahrung gebracht haben. Allein schon durch die Frage gebe ich Ihnen preis, dass es etwas Entscheidendes zu erfahren gibt und dass wir fürchten, Sie könnten es entdeckt haben.«

Ihre Nasenflügel weiteten sich ein wenig.

»Aber auch Sie haben mir etwas über sich verraten.«

»Und das wäre?«

Endlich. Sie sprach mit ihm. Das Spiel begann. Wer bist du, dachte er. Was treibt dich an? Manche wurden Agenten, weil sie Macht ausüben wollten. Auch für eine Frau war das eine mögliche Motivation – sie manipulierte die Männer und genoss die Überlegenheit, Dinge zu wissen, die Normalsterblichen vorenthalten wurden.

Andere wurden von der Neugier getrieben. Sie liebten es, Geheimnissen auf der Spur zu sein, tief einzutauchen in das große Spiel, das den Lauf der Welt bestimmte. Ihr Wissensdurst hatte sie zum Geheimdienst geführt, und sie waren in ihrer Klugheit und ihrem Willen, Zusammenhänge zu verstehen, nur so lange nützlich, wie man ihnen herausfordernde Aufgaben zuteilte. Büroarbeiten und das Schreiben von Berichten langweilten sie. Sie waren hinter feindlichen Linien am besten eingesetzt.

Es gab die Abgebrühten, denen es allein ums Geld ging. Sie wollten Vorteile für sich herausschlagen, waren gegen entsprechende Summen bereit, die Seite zu wechseln oder als Doppelagenten gleichzeitig für mehrere Parteien zu arbeiten.

Manche Menschen brauchten die Anerkennung ihrer Vorgesetzten. Ein Lob von hoher Stelle motivierte sie mehr als jedes Honorar. Und es gab die Gelangweilten, die ein alltägliches Leben niemals zufriedenstellen könnte. Sie brauchten den Nervenkitzel, die Aufregung.

Seine Instinkte sagten ihm, dass Nachtauge zu keiner dieser Gruppen gehörte. Sie hatte einen anderen Grund, ihr Leben aufs Spiel zu setzen. Neugier und Machthunger mochten mit hineinspielen, der Kern allerdings war etwas anderes – etwas, das er noch bei keinem Agenten erlebt hatte. Wenn er diesen Kern fand, konnte er sie zum Reden bringen. Es gab keinen Menschen ohne verwundbare Stelle.

Er sagte: »Sie haben nicht versucht zu fliehen. Das heißt, sie wollten verhört werden. Was immer Sie herausgefunden haben, es genügt Ihnen nicht. Sie hoffen, mehr in Erfahrung zu bringen.«

»Und Sie?«, fragte sie. »Warum sind Sie hier, obwohl Ihnen mein Schuss offensichtlich zu schaffen macht? Die Wunde ist noch verbunden, und Ihnen steht der Schweiß auf der Stirn. Nach einem Monat Rekonvaleszenz ist das erstaunlich. Entweder man verreckt, oder man hat Glück, es ist nur ein Durchschuss, und man ist nach zwei Wochen wieder auf den Beinen. Ist die Lunge perforiert? Oder hat sich die Wunde entzündet, weil die Kugel Dreck in Ihren Körper eingeschleppt hat? Sie lecken sich häufig die Lippen, was auf Mundtrockenheit und damit auf den Einsatz von schmerzstillendem Morphium schließen lässt. Warum schickt man jemanden her, der eigentlich im Krankenhaus liegen müsste? Warum Sie? Hat der MI5 nicht genügend Männer?«

Sie versuchte in eine dominierende Position zu gelangen, indem sie ihn an seinen Fehler von damals erinnerte. Gleich war das zähe Bohren in der Schulter wieder da, die Schmerzmittel konnten es nie ganz besiegen. »Der deutsche Geheimdienst scheint mehr Probleme zu haben als wir. Sind Sie auch in Quenzsee bei Brandenburg ausgebildet worden? Die Ausbildung scheint eher flüchtig. Ihre Kollegen waren leicht zu schnappen.«

»Natürlich«, sagte sie. »Die meisten Agenten, die mit mir ausgebildet wurden, waren unfähige Großmäuler. Ich bin mir sicher, dass kein Einziger von denen noch im Einsatz ist.«

»Wie viele waren es?«

Nachtauge lächelte. »Warum fragen Sie? Haben Sie Sorge, dass Ihnen doch einer entgangen ist?«

»Wie sind Sie gelandet? Hat ein U-Boot Sie gebracht?«

»Ein U-Boot!« Sie schnaubte verächtlich.

»Also sind Sie mit dem Fallschirm im Hinterland abgesprungen, mit gefälschtem Ausweis, ein paar Hundert Pfund Sterling, einer Pistole und einer Selbstmordkapsel. Richtig? Ah, den kleinen Klappspaten habe ich vergessen, mit dem Sie nach der Landung den Fallschirm vergraben haben. Wo hat man Sie abgesetzt? Lassen Sie mich raten! In den Mooren von Cambridgeshire?«

Sie schwieg.

»Nach der Landung sind Sie einige Wochen in den Mooren geblieben, bis jeder, der eventuell Ihren Absprung beobachtet haben könnte, Sie für tot hielt. Dann haben Sie losgelegt. Züge in die Luft gesprengt, mit Kindern darin, die zur Landverschickung unterwegs waren. Kriegsrelevante Informationen beschafft und weitergeleitet. Anfangs über eine Deckadresse in Portugal, dann über die spanische Botschaft in London. Die Diplomatenkoffer, die von Kurieren außer Landes gebracht wurden, da kamen Sie sich schlau vor, was?«

»Sie wissen gar nichts.«

»O doch, ich weiß eine Menge. Die Koffer waren unsicher geworden, weil wir Ihnen auf die Schliche gekommen sind. Deshalb sind Sie aufs Funken umgestiegen. Aber auch dabei habe ich Sie erwischt.«

Sie wippte mit dem Fuß. Die Bewegung ihrer Augen zeigte, dass sie sich an etwas erinnerte.

»Hatten Sie in den letzten fünf Tagen Kontakt mit Ihrem deutschen Führungsoffizier oder einem anderen Agenten der Abwehr?«

Das Wippen verebbte. Da war wieder dieses überlegene Lächeln, wie damals im Hausflur. »Was, wenn ich aus einem ganz anderen Grund keinen Fluchtversuch unternommen habe?«

»Und welcher sollte das sein?«

»Um meinem Partner Zeit zu verschaffen. Ich binde Ihre Kräfte durch die vielen Verhöre, während er das Material über Schwadron X vervollständigt und es an die Abwehr weitergibt.«

Die Schwadronsbezeichnung. Sie wusste etwas. Er versuchte, sich nichts anmerken zu lassen, obwohl ihm der Schrecken durch alle Knochen fuhr. Um sie abzulenken, holte er den Minox-Fotoapparat heraus und legte ihn auf den Tisch. »Das Material war bei Ihnen.«

»Die gestrigen Fotos, ja. Interessante Luftaufnahmen, die Sie da gemacht haben. Allerdings observieren wir den Flughafen schon länger.«

Der Partner war eine Erfindung, ganz bestimmt. Sie versuchte, sich zusätzliche Trümpfe in die Hand zu zaubern. »Für Ihren Partner haben Sie Ihr Leben aufs Spiel gesetzt und sich gefangen nehmen lassen?«

»Mein Leben war nie in Gefahr. Ich wusste, dass ich erst noch befragt werden würde, bevor man mich hinrichtet. Was ich weiß, ist zu wertvoll.«

»Und jetzt offenbaren Sie mir, dass Sie einen Partner haben, einfach so?«

»Nein, nicht einfach so. Ich hatte es auf diese Weise geplant. Durch den Partner verhindere ich für die nächste Zeit meine Hinrichtung. Denn nur ich kann Sie zu ihm führen.«

Er lachte. Es gelang ihm recht gut, Unbekümmertheit vorzutäuschen, auch wenn er innerlich aufgewühlt war. Abrupt knallte er die Hände auf den Tisch und fuhr sie an: »Was, wenn wir ihn längst gefasst haben?«

In ihrem Gesicht arbeitete es: Verblüffung, Zweifel.

Dann ist es keine Erfindung, dachte er mit Entsetzen. Es gibt einen zweiten Mann, der die Deutschen über *Operation Chastise* informieren wird.

Sie mussten sich auf die Suche nach ihm machen, umgehend. Sie brauchten Verstärkung aus London. Jede Stunde zählte. Wo war Nachtauge gewesen, wen hatte sie getroffen? Sie mussten sich in den umliegenden Orten umhören, die Polizei, der Heimatschutz, alle mussten mithelfen. Bevor sie nicht herausgefunden hatten, wie viel Nachtauges Partner wusste und mit ihm die Deutschen, konnte *Operation Chastise* nicht anlaufen.

Täuschungsversuche waren jetzt zwecklos. Sie hatte es längst in seinem Blick gelesen. Er stand auf.

»Sie haben ihn nicht«, sagte sie und lächelte. »Wie unerquicklich für Sie, dass Sie schon wieder nach meiner Pfeife tanzen müssen.«

Er verließ den Raum und wies die Soldaten an, Nachtauge in ihre Zelle zu bringen. »Durchsucht sie vorher noch einmal. Sie darf nichts mit hineinnehmen! Rechnet mit allem, Kontaktgift, einem Füllhalter mit Tränengas, Tinte im hohlen Zahn. Diese Frau ist mit allen Wassern gewaschen.«

Georg schaltete den Volksempfänger an und sogleich wieder aus: an, aus, an, aus. Er hörte Sekundenhäppchen von Volksmusik, dann lustige Tiergeschichten, Tanzmusik, Nachrichten, er zerhäckselte die Sätze, die über den Äther in seine Wohnung schwebten.

Die Uhr tickte. Das Metronom der Gleichgültigkeit. Nichts bedeutete mehr etwas.

Er wischte sich Tränen aus dem Gesicht. Schnäuzte sich die Nase. Im Wohnzimmer setzte er sich auf den Boden, lehnte sich an das Sofa und sah zu, wie der Wind die Gardine bewegte. Eine Stunde verharrte er so. Der Mond schien ins Zimmer, malte das Gardinenmuster aufs Bücherregal. Georg saß in stumpfes Brüten versunken.

Dass man sich einer Frau so ganz verschreiben konnte und sie selbst dann noch liebte, wenn sie einem vorsätzlich das Herz in Stücke riss – er hatte das nie verstehen können. Seinen Cousin hatte er bemitleidet und sogar ein bisschen verachtet dafür, dass er noch nach Jahren von seiner geschiedenen Frau sprach, mit jedem, der ihn besuchte. Der Cousin dachte dauernd an sie, obwohl sie ihm nicht mal zum Geburtstag schrieb. Ständig redete er über das, was er mit seiner geschiedenen Frau erlebt hatte, wiederholte, was sie wann gesagt und wie sie wo Großzügigkeit bewiesen hatte. »Wenn das meine Marlies sehen würde!«, sagte er und wollte nicht begreifen, dass sie nicht mehr *seine Marlies* war und offenbar auch nie *seine Marlies* hatte sein wollen.

Nun ging es ihm, Georg, genauso. Er brachte die zwei Personen nicht zusammen: die Nadjeschka, die gesungen hatte in der Zelle. Die ihn gebeten hatte, die Gestapo zu rufen, mit Schmerz und bitterer Entschlossenheit, weil sie sich schuldig fühlte für Katjas Tod. Die später seinen Blick gehalten hatte, lange, und dabei lächelte, als sie mit den anderen von der Fabrik zurückkehrte. Nadjeschka im weißen Sommerkleid mit dem roten Blumenmuster, die galant knickste und strahlte.

Und Nadjeschka, die ihn ausgenutzt hatte, um zu entkommen. Die darauf gewartet hatte, dass er sie zur Barackenältesten ernannte, die ihn aushorchte und das erlangte Wissen nutzte, um den perfekten Moment abzupassen. Die sich davongeschlichen hatte, als er in der Stadt war.

Er rutschte auf den Boden hinunter, breitete die Arme aus. Lag einfach da und starrte an die Zimmerdecke. Wie hatte er glauben können, dass Nadjeschka ihn liebte! Eine kluge junge Frau wie sie, zart im Herzen, fest im Verstand.

Sicher träumte sie von einem ganz anderen: einem Ukrainer, der sie in seine starken Arme nahm und beschützte, der nicht die eigene Haut zu retten versuchte im Krieg, sondern bei den Partisanen mitmachte, an vorderster Front. Mutig, geradeheraus, geschickt. Kein Brillenträger. Einer, der mit beiden Beinen fest im Leben stand.

Das Stechen blieb, die Sehnsucht, der Schmerz. Die Gestapo sagte ihm nicht, ob sie noch lebte, und Axel hatte geschimpft, er werde einen Teufel tun und nachfragen. Wo war sie jetzt? In Dortmund in einer Zelle der Steinwache? In Soest im Straflager auf dem Plettenberg? Oder hatte man sie längst aufgeknüpft?

Sein Selbstmitleid widerte ihn an. Er stand auf, zog sich im Flur die Schuhe an und die Jacke. Nahm den Schlüssel und verließ das Haus. Den Weg zum Lager gingen seine Füße wie von allein.

Er sah mechanisch nach dem Rechten, prüfte die Vorräte, die Wachen. Aber es half nicht. Das Stechen in seiner Brust blieb, es verstärkte sich sogar. Überall hier war Nadjeschka gewesen, in der Küchenbaracke, im Waschraum, im Keller neben der Vorratskammer.

Seitdem die beiden Frauen ihn reingelegt hatten, begegnete ihm Oestreicher, der alte bärtige Wachmann, mit noch mehr Unterwürfigkeit, er fürchtete wohl ein Strafverfahren oder die Versetzung an die Front. Georg klopfte ihm auf die

Schulter. »Machen Sie sich keine Gedanken.« Er wünschte ihm eine gute Nacht und verließ das Lager.

Ein milder Wind wehte durch die nächtlichen Straßen, er rührte an die Blätter in den Bäumen, sie raschelten. Georg wollte nicht nach Hause. Ruhelos lief er die Mendener Straße hinauf. Einmal meinte er, Schritte zu hören, und drehte sich um. Aber da war niemand. Die Straße lag leer und verlassen da.

Vor dem Tor der Autozentrale Emil Müller blieb er stehen, legte die Hand an das Holz. Matthias sollte hier sein und nicht in Russland. Wie lange war er schon weg? Vier Tage? Bald würde er an der Front eintreffen und wieder im Schützengraben hocken und kein Auge zutun.

Zwei Ford-Lastwagen standen am Straßenrand. Emil Müller schleppte die defekten Fords der Wehrmacht aus dem ganzen Landkreis hierher und reparierte sie. Matthias hatte einmal von der amerikanischen Autoelektrik erzählt, von den Zündspulen und dem Motoraufbau – die deutschen Automonteure konnten besser mit Bosch-Teilen umgehen als mit dem amerikanischen Material, aber er, Matthias, wollte sich spezialisieren, er mochte Ford.

Georg löste sich vom Tor und ging weiter, lief bis zum Ehrenhain an der Ruhrbrücke. Der Fluss gurgelte leise. Das Laub in den Baumwipfeln flüsterte. Zu Seiten der Theodorskapelle standen uralte Grabsteine wie Wächter in zwei langen Reihen. In den halbrunden Mauernischen waren auf Bronzetafeln die Namen der jungen Männer aus Neheim verzeichnet, die im letzten Weltkrieg gefallen waren. Eines Tages würden neue Bronzetafeln hinzukommen mit den Namen der Menschen, die dieser Weltkrieg verschlungen hatte. Matthias Maier stand dann vielleicht mit darauf, und er, Georg, würde als alter Mann hierherpilgern und die Finger auf die Buchstaben legen und an seinen Freund denken, der so jung hatte sterben müssen.

Er fuhr herum. Da stand jemand im Eingang zum Ehrenhain. Eine Frau mit wirren, kurzen Haaren und zerschlissenem Kittel.

Sie machte einen Schritt auf ihn zu. Noch einen. Tränen glitzerten in ihren Augen. Sie biss sich auf die Lippe, atmete bebend. Die ersten Tränen rollten über ihre Wangen.

Auch er musste blinzeln, und sein Gesicht verzog sich, weil er weinte. »Du«, sagte er.

»Ja, ich.« Sie blieb vor ihm stehen.

»Man hat dich gehen lassen?«

Sie schüttelte den Kopf. »Bin abgehauen. Wenn sie mich finden, erschießen sie mich, wie den Pfarrer, der mit mir geflohen ist. Aber ich musste zu dir.«

Ein Schauer lief durch seinen Körper.

Sie griff nach seiner großen schlaffen Hand, nahm sie in ihre kleinen warmen Hände. »Georg Hartmann, vergibst du mir?«

Er konnte nichts sagen, weil ihm sein Herz wie ein Klumpen in der Kehle festhing. Also erwiderte er nur ihren Händedruck. Der Fluss gurgelte, die Mondblätter flüsterten, und all das hatte plötzlich wieder einen Sinn. Das Knirschen des Kieswegs unter seinen Schuhen, als er das Gewicht nach vorn verlagerte, um ihr näher zu sein. Das Atmen hatte Bedeutung, das Fortblinzeln der Tränen, das Halten von Nadjeschkas Hand.

29

Nachts eine Lancaster im Tiefflug zu steuern war eine Herausforderung. Für gewöhnlich flog er die schweren Bomber in Tausenden Metern Höhe und nicht dicht über dem Boden. Kens Nerven vibrierten vor Anspannung, fast so stark wie die Motoren. Er starrte mit weit geöffneten Augen durch die Scheibe nach draußen und hielt das Steuer umklammert. Sein Hemd klebte am Leder des Pilotensitzes. Dreißig Tonnen Stahl zog man nicht mal eben nach oben, wenn sich ein Hindernis aus der Dunkelheit schälte. Seine Reaktionsschnelligkeit entschied über Leben und Tod.

Wieso hatte Gibson die Flughöhe noch weiter gesenkt? Wollte er protzen mit ihnen, sah er den Einsatz seines Geschwaders als makabren Sport, bei dem die Gewinner Helden wurden und die Verlierer starben? Sie sollten exakt 18,3 Meter über dem Boden fliegen. Jede dieser Maschinen war von großem Wert für England, und das Leben der Piloten ebenfalls, so sagten sie es zumindest immer. Und da verlangte man von ihnen, mit 340 Stundenkilometern so dicht über die baumgesäumten Ufer des Eyebrook-Stausees zu jagen, dass ihnen die Baumwipfel den Lack von der Mühle kratzten?

Er würde Guy Gibson zur Rede stellen, gleich nach diesem Trainingsabwurf. Wenn er will, dass ich weiter mein Leben riskiere, dachte Ken, ganz ohne deutsche Flak und ohne Anlass, dann soll er mir sagen, für welches Angriffsziel wir trainieren.

»Flughöhe stimmt«, rief der Navigator über das Gebrüll der Motoren. Ken musste ihm glauben, er konnte es nicht nachprüfen, nicht derart exakt. Sie hatten zwei Signalscheinwerfer am Flugzeug befestigt, einen etwas nach Steuerbord versetzt im Kameraloch vorn, den anderen am Rumpf hinter der Bombenbefestigung. Ihre Strahlen berührten sich auf der Erdoberfläche und bildeten eine liegende Acht, wenn die Flughöhe von 18,3 Metern erreicht war. Von seinem Platz aus konnte er das nicht sehen. Der Navigator stand im Gang, der in die Kanzel führte, von dort aus sah er den Lichtfleck über den Steuerbordflügel. Ken stellte sich vor, wie der Fleck auf der Wasseroberfläche des Stausees tanzte.

»Fluggeschwindigkeit dreihundertvierzig Kilometer pro Stunde«, sagte der Bordingenieur rechts neben ihm. Er hielt die Hand auf dem Gashebel und umklammerte gleichzeitig den Klappsitz, hoch konzentriert, als käme es auf jeden Bruchteil eines Stundenkilometers an.

Ken sagte: »Bombenschütze bereithalten!« Seine Aufgabe war es nun, die richtige Anfluglinie hinzubekommen, und anschließend die Rollachse des Flugzeugs waagerecht zu halten. Spätestens 366 Meter vor den Zielattrappen musste die Bombe abgeworfen werden.

Die Attrappen tauchten auf, zwei weiße Tafeln, jeweils zehn Meter hoch, und über zweihundert Meter voneinander entfernt aufgestellt. Die *Tirpitz* war etwa zweihundertfünfzig Meter lang – konnte es sein, dass sie doch für einen Angriff auf das weltgrößte Schlachtschiff trainierten?

Konzentrier dich!, ermahnte er sich. Eine falsche Bewegung, und er brachte sie alle um, so niedrig, wie sie über dem See flogen. Er hielt auf die Attrappen zu, korrigierte noch einmal nach, dann wartete er darauf, dass der Bombenschütze auf den Auslöser drückte.

Das Flugzeug machte einen Satz. Die Bombe war ausgelöst worden, die Lancaster war plötzlich leichter. Er zog sie hoch, stabilisierte sie. Dann flog er eine Kurve.

»Wir haben getroffen!«, jubelte der Navigator.

Der Ingenieur sagte: »Dann ab nach Hause.«

»Habt ihr gehört, dass sie eine Urlaubssperre verhängt haben?« Der Navigator betrat die Kanzel. »Scheint ernst zu werden. Bald werfen wir die richtigen Geschenke.«

»Zurück auf eure Posten«, mahnte Ken. »Der Einsatz ist noch nicht vorüber.« Er flog sie zurück nach Scampton. Im Landeanflug bemerkte er eine seltsame Personengruppe am Rollfeldrand. Sie schienen auf etwas zu warten.

Er brachte die Lancaster runter, setzte sie aufs Gras. Holpernd fuhren sie zum Stellplatz. Sobald die Motoren zum Stillstand gekommen waren, zwängte er sich durch den schmalen Gang nach hinten durch und stieg hinter dem Navigator die Leiter hinab. Kaum hatte er festen Boden unter den Füßen, traten die Fremden auf ihn zu. Einer von ihnen sagte: »Kenneth Fraser?«

»Ist meiner Mutter was passiert?«, fragte er. Es war ihr in den letzten Monaten nicht besonders gut gegangen, und Sheila konnte sich kaum noch um sie kümmern, seit sie geheiratet hatte und nach Aberdeen gezogen war. Sofort bereute er, sie letztes Wochenende nicht besucht zu haben.

»Nein«, erwiderte der Mann. »Wir müssen Ihnen ein paar Fragen stellen.« Sein Arm hing in einer Schlinge, offenbar war die Schulter verletzt. Kam er von der Front, oder hatte er sich die Verletzung hier zu Hause zugezogen?

»Wir haben strenge Geheimhaltungsrichtlinien. Sie sollten sich zuerst an Wing Commander Guy Gibson wenden.«

»Das habe ich bereits.« Keine Spur von einem Lächeln in seinem Gesicht.

Ken dachte nach. Der Kerl schaute drein, als habe er, Kenneth, etwas verbrochen, wie ein Polizist sah er ihn an, wenn man wegen zu schnellen Fahrens herausgewunken wurde. Also ging es nicht um Mutter, sondern um ihn. Welche Vorschrift hatte er missachtet? Oder handelte es sich um einen Trick, eine Prüfung, und er sollte gerade jetzt beweisen, dass er sich an die Vorschriften hielt? »Ich bin nicht befugt, mit Ihnen zu reden«, sagte er.

Der Mann zeigte einen Ausweis und sagte: »Eric Knowlden, MI5, Abteilung Spionageabwehr.«

Die hübsche Blonde fiel ihm ein. Ihre Wimpern, ihre wachen Augen. Unmöglich konnte sie eine Spionin sein! Er hatte sich mit ihr verabredet fürs Tanzlokal, wollte mit ihr zu Klavier, Trompete, Saxofon und Schlagzeug den ganzen Abend Quickstepp tanzen. Heute hatte er Anzug und Krawatte gekauft, die Hose unten modisch einschlagen lassen. Hatte sich alles schon hundertmal vorgestellt: wie er beim Toilettenwächter heimlich Bier kaufte für sie, wenn das Tanzlokal keine Ausschankgenehmigung besaß, und wie er es mit ihr draußen auf den Stufen unter dem Sternenhimmel trank.

»Bitte folgen Sie mir.«

Hoffentlich werfen sie mich nicht aus dem Geschwader, dachte er.

Schon auf dem Weg zum Verwaltungsgebäude, kaum dass sie den neugierigen Pulk der Crewmitglieder hinter sich gelassen hatten, stellte der Agent die ersten Fragen. »Sie haben gestern mit einer Frau im Pub zusammengesessen. Was haben Sie ihr über die gegenwärtige Operation erzählt?«

»Nichts«, beteuerte er. »Ich weiß ja gar nichts. Wie soll ich ihr da etwas erzählen?«

Mit allem hatte er gerechnet, aber nicht mit einem Schlag gegen den Brustkorb, der ihm den Atem raubte. Er beugte sich nach vorn und rang um Luft, hustete. Wie konnte der verletzte Kerl noch so zuschlagen?

Der Agent packte ihn am Kinn und zwang ihn nach oben, bis er ihm in die Augen sah. »Hören Sie mir gut zu, Mr Fraser. Sie haben mit Ihrer Geschwätzigkeit eine Operation in Gefahr gebracht, die womöglich das Ende dieses Weltkriegs herbeiführen könnte. Wollen Sie schuld daran sein, dass weitere Millionen sterben? Wollen Sie, dass die Deutschen in England einmarschieren?«

»Nein«, keuchte er.

»Die Frau, mit der Sie geredet haben, ist die beste Agentin, die Hitler hat, sie liest Ihnen die Geheimnisse aus den Augen, aus dem Gesicht, aus den Gesten. Sagen Sie mir nicht, Sie hätten ihr nichts erzählt! Ich will genau wissen, über was Sie mit ihr gesprochen haben.«

Die *Tirpitz* fiel ihm ein, siedend heiß. Er hatte May gegenüber die *Tirpitz* erwähnt. Wenn das tatsächlich das geplante Ziel war, würden die Deutschen sie in eine Bucht steuern und mit Nebelwerfern jeden Versuch vereiteln, das Schiff aus der Luft zu attackieren. Gestand er dem Agenten jedoch den furchtbaren Fehler, wäre das mit Sicherheit das Ende seiner Pilotenlaufbahn, sofern er nicht sogar als Hochverräter vor Gericht kam. »Ich glaube, ich hab ihr gesagt, dass wir Tiefflug trainieren.«

»Haben Sie mit ihr über die Bomben gesprochen?«

»Nur dass wir Übungsbomben verwenden.«

Eine Lancaster landete, die lauten Motoren machten das Weiterreden unmöglich. Sie erreichten das Verwaltungsgebäude und traten in den hellen Schein der Flugplatzlampen. Er würde sich das nicht verzeihen können, wenn sie alle aufbrachen, das ganze Geschwader, und in eine Falle der Deutschen gerieten. Wenn sie wegen ihm starben, über hundertdreißig Mann. Er blieb stehen.

»Was ist?«, fragte der Agent.

»Ich muss Ihnen etwas gestehen.« Seine Stimme war plötzlich leise, brüchig. Das war's, dachte er, ich werde nie wieder ins Cockpit steigen und abheben und die Welt von oben sehen. »Die Frau wollte wissen, für welches Ziel wir trainieren, und ich hab ihr gegenüber die *Tirpitz* erwähnt.« Da war es, das schreckliche Vergehen, das bittere Wort: *Tirpitz.*

Der Blick des Agenten blieb ruhig. »Gehen wir rein.«

Georgs Taschenuhr glänzte silbern im Mondlicht. Der Minutenzeiger schien stillzustehen, nur der Sekundenzeiger, der sich in einem eigenen, kleineren Kreis drehte, tickte behäbig voran. Nadjeschka sah von der Uhr hoch, die er ihr gegeben hatte, und beobachtete, wie Georg etwa fünfzig Meter entfernt die Haustür aufschloss.

Zehn Minuten sollte sie warten. Sie blickte zu den Sternen auf. Daheim sahen sie jetzt dieselben Sterne. Ob sie an sie dachten? Hoffentlich ging es den Eltern gut, der Oma und den Brüdern, hoffentlich war keiner gefallen oder verhaftet worden.

Noch acht Minuten. Ein Fenster wurde geöffnet, schräg über ihr. Sie presste sich gegen die Hauswand, um nicht gesehen zu werden. Oben glühte eine Zigarettenspitze, jemand rauchte. Sie war der Feind, sie hatte sich in diese deutsche Stadt geschlichen ohne das Recht, zu atmen und zu leben und gesehen zu werden. Man wollte sie totschlagen. Nur einem musste sie auffallen, dann würde die Treibjagd beginnen. Endlich schloss sich das Fenster wieder. Sie atmete zitternd aus.

Ein Blick auf die Uhr. Noch vier Minuten. Eine gefleckte Katze tappte lautlos über die Straße und kroch unter ein Gebüsch.

Nach wie vor vier Minuten. Warum verging die Zeit nicht? Sie starrte nervös auf die Uhr, sah dem Sekundenzeiger zu, wie er gemächlich seine Runde beendete.

Stimmen näherten sich vom anderen Ende der Straße, Schritte. Zwei Männer bogen um die Ecke. Sie trugen Uniform, schwarze Stiefel, Dienstmütze. Gummiknüppel baumelten an ihren Gürteln.

Nadjeschka löste sich von der Mauer. Klopfenden Herzens ging sie auf Georgs Haus zu. Sie wartete auf den Befehl der Polizisten, auf das »Halt! Bleiben Sie stehen«. Ihre Ohren schmerzten vor grausiger Erwartung. Verfolgte man sie, dann durfte sie nicht in das Haus gehen, sie musste vorbeirennen, um Georg zu retten.

Die Männer plauderten weiter, und Nadjeschka schlüpfte in den Hauseingang. Georg hatte wie besprochen die Tür mit einem Holzkeil festgeklemmt, damit sie nicht klingeln musste und damit womöglich die Nachbarn erst auf sich aufmerksam machte. Sie entfernte hastig den Keil und ließ die Tür hinter sich ins Schloss fallen.

Eigentlich war vereinbart gewesen, dass sie im Treppenhaus kein Licht machte. Aber das würde bei den Polizisten Verdacht erregen. Sie schaltete das Licht ein und ging die Treppe hinauf. Wartete darauf, dass unten wütend gegen die Tür geklopft wurde.

Wie er es ihr beschrieben hatte, war im zweiten Stock seine Wohnungstür angelehnt. Sie trat ein und schloss sie.

Georg kam in den Flur. »Du solltest doch kein Licht machen«, sagte er.

»Da waren Polizisten. Die hätten sich gewundert, wenn ich im dunklen Treppenhaus nach oben gegangen wäre.«

Er riss die Augen auf. »Sind sie hier im Haus?«

»Nein, draußen. Sie sind vorbeigegangen, glaub ich.«

Er verschwand in einem Zimmer. Nach einer Weile kam er zurück. »Sie sind weg.« Er lächelte gezwungen. »Willkommen bei mir zu Hause.«

Immer noch schlug ihr Herz ruhelos. »Glaubst du nicht, dass sie hier nach mir suchen werden?«

»Eine entflohene Zwangsarbeiterin, in der Wohnung des Lagerleiters? Nein.«

»Jemand könnte uns gesehen haben. In der Stadt, am Ostersonntag, als wir spazieren waren.«

»Du meinst Paulheinz Schmauser, meinen Lehrerkollegen? Der hat das längst wieder vergessen. Gefährlich könnte Ulrich Wiese werden, der Blockwart. Zum Glück habe ich ihn durch ein kompromittierendes Foto in der Hand.«

»Hast du Freunde oder Verwandte, denen wir vertrauen können?«

Er lachte bitter auf. »Der Mann meiner Schwester arbeitet bei der Gestapo, bei dem können wir dich unmöglich verstecken.« Dann nickte er nachdenklich. »Hast schon recht, es ist besser, wenn du nicht hier bist. Ich bringe dich zu meinem Großvater. Allerdings nicht mehr diese Nacht, in den leeren Straßen fallen wir bloß auf und laufen der Polizei in die Hände.«

Einen Moment war es still, sie wussten nichts miteinander anzufangen. Das müssen wir erst noch lernen, dachte sie: Beide sind wir jetzt private Menschen, nicht mehr Lagerführer und Zwangsarbeiterin. Die Flucht verbindet uns auf Leben und Tod miteinander, andere haben Monate Zeit dafür, sich anzunähern, bei uns gibt es das nicht, wir müssen einander jetzt schon völlig vertrauen und wissen doch so wenig voneinander. »Hier lebst du«, sagte sie leise. Georg musste ein ordnungsliebender Mensch sein, so, wie die Schuhe akkurat im Schuhregal standen, die Schlüssel am Haken und die Jacken auf

Bügeln hingen. Die Wohnung war sauber. Es fehlte ein wenig Wärme, eine Pflanze oder ein schönes Bild an der Wand.

»Hast du Hunger?«, fragte er.

»Ich war zum letzten Mal in der Ukraine satt.«

»Und nach meinem Kuchen.« Er lächelte. »Folge mir.«

Sie betraten die Küche, und er öffnete die schmale Seitentür zu einer Vorratskammer. Der Duft von Pfefferminztee und Schinken schlug ihr entgegen. Sofort reagierte der Magen mit einem lauten Knurren. Georg hatte alles hier: einen großen Spankorb voller Äpfel, Eingewecktes in Gläsern, sogar etwas Grünes im halbhohen Glas – war das eingekochter Spinat? Birnen konnte sie ausmachen in den Gläsern, Apfelkompott, Kürbis und Weintrauben. Ein halber Sack Kartoffeln stand da, sie sah eine Sardinenbüchse, Möhren, Kohlrabi, einen Kopf Wirsingkohl, Nüsse. Das Wasser lief ihr im Mund zusammen. Jetzt erst bemerkte sie, wie er sie anschaute, sein Gesicht glühte regelrecht. »Wie ein Kind zu Weihnachten«, sagte er leise. »Du bist wunderschön, Nadjeschka.«

Mit petroleumverschmierten kurzen Haaren?, dachte sie. Im zerrissenen Kittel?

»Komm, ich mach dir erst mal Bratkartoffeln.« Er hievte den Sack Kartoffeln heraus.

»Ich helfe dir.«

Seite an Seite schälten sie Kartoffeln. Bald brutzelte es in der Pfanne und roch verführerisch. Sogar echte Butter gab er dazu. Er salzte die Kartoffeln und streute auch etwas Pfeffer darauf.

Sie setzten sich zum Essen. Nadjeschka schloss die Augen beim Kauen, sie schmeckte jeder einzelnen Kartoffelscheibe nach. Die Kartoffeln knackten, wenn sie auf die angebratenen Seiten biss. Der Geschmack von Salz und Pfeffer und Butter heilte etwas in ihr, er gab ihr Heimat und Frieden.

Zum Nachtisch strich ihr Georg ein Brot mit Melasse. So großzügig trug er den dunkelbraunen Zuckersirup auf, dass sich das Brot damit vollsog. Sie kaute genüsslich und leckte sich die Reste von den Lippen, um nichts von der Köstlichkeit zu verpassen.

»Ich glaube, ich werde müde«, sagte sie. Eine schamlose Untertreibung. Wenn sie nicht aufpasste, würde sie hier auf dem Stuhl einschlafen.

Georg lachte. »Das ist ganz normal nach dem Essen. Außerdem hast du viel durchgemacht.«

Er zeigte ihr das Bad. Es gab nur eine Zahnbürste, Georg wollte sie überreden, sie zu verwenden, aber das wollte sie nicht, sie spülte sich bloß den Mund etwas aus. Während sie sich über dem Waschbecken die Haare auswusch, bezog er ihr das Bett neu. Sie schloss die Badezimmertür und wusch sich mit duftender Seife die Arme, den Oberkörper, den Schambereich, die Beine. Es tat so gut, wieder sauber zu sein! »Welches Handtuch kann ich nehmen?«, rief sie durch die Tür nach draußen.

»Ich lege dir eins hin«, antwortete er.

Sie wartete kurz, dann öffnete sie die Tür einen Spalt, angelte sich das Handtuch und schloss sie wieder. Es musste recht neu sein, in der Ukraine waren die Handtücher seit Jahrzehnten in Gebrauch und schon dünn geworden, dieses hingegen war weich und besaß Fülle. Nadjeschka trocknete sich ab. Dann wickelte sie sich das Handtuch um den Körper und fragte, etwas beschämt, durch die Tür: »Hast du etwas zum Anziehen für mich?«

»Liegt schon bereit.«

Wieder griff sie durch den Spalt nach draußen. Er hatte ihr einen dunkelblauen Schlafanzug hingelegt. Sie zog ihn an. Er duftete nach sauberem Stoff und Waschmittel. Seine Ärmel hingen ihr bis weit über die Hände, und die Hose musste sie fünf Mal umkrempeln, um nicht daraufzutreten.

Als sie in das Schlafzimmer trat, sah Georg sie lächelnd an. »Steht dir«, sagte er.

»Wo schläfst du?«, fragte sie.

»Drüben im Wohnzimmer.«

»Danke, für alles.« Sie wollte ihn so gerne umarmen. Aber sie wagte es nicht.

Er schaltete ihr die Nachttischlampe ein, das große Licht machte er aus. Er sagte Gute Nacht.

Als sie allein war, stieg sie in das Bett. Noch nie hatte sie in einem so weichen Bett geschlafen, auch nicht daheim in der Ukraine. Kein Stroh knisterte. Es musste eine Federkernmatratze haben. Die Bettwäsche duftete nach Stärke, und das Kissen war so groß, dass es einen Kinderwagen ausfüllen würde. Sie ließ ihren Kopf darin einsinken. Der Gedanke, dass Georg in diesem Bett schlief, jede Nacht, weckte ein süßes Zittern in ihrem Bauch. Morgen würde sie ihn wiedersehen, und vielleicht von da an jeden Tag ihres Lebens.

30

Mit diebischer Vorfreude tauschte Georg beim Bäcker 100 Gramm Mehl- und 20 Gramm Fettmarken gegen ein Stück Streuselkuchen ein. Er eilte damit nach Hause, schloss leise die Tür auf, in der Hoffnung, dass Nadjeschka noch schlief. Mit dem Kuchen auf einem kleinen Teller schlich er sich ins Schlafzimmer.

Da lag sie in seinem Bett. Schutzlos wie ein Kind. Schön wie eine Königin. Er sah ihr zu, wie sie ruhig atmete.

Plötzlich blinzelte sie und schlug die Augen auf.

»Guten Morgen, Langschläferin«, sagte er. »Hast du den Kuchen gerochen?« Er hielt ihr den Streuselkuchen unter die Nase.

Sie schob den Kuchen beiseite, umfasste Georgs Nacken und zog ihn zu sich. Sie küsste ihn.

Sein Herz setzte einen Schlag aus. Dann begann es zu rasen. Er fühlte Nadjeschkas warme Lippen, spürte ihren Atem. Ihr weiches, zartes Gesicht an seinem, ihre Hand im Nacken, er wünschte, dass dieser Moment nie wieder aufhörte.

Sie lösten sich voneinander und sahen sich in die Augen. Ihre grünen Augen waren mit braunen Sprenkeln übersät, sie glänzten vor Glück. Der Blick ging ihm durch und durch. »Also kein Kuchen?«, sagte er.

Sie strahlte. »Geh schon mal in die Küche. Ich verschwinde kurz im Bad, dann komme ich nach.«

Der blaue Schlafanzug stand ihr wirklich gut, auch wenn die Ärmel viel zu lang für sie waren. Georg konnte den Blick nicht von ihr abwenden, er sah ihr nach, bis sich die Badezimmertür schloss.

In der Küche schaltete er das Radio ein und deckte den Tisch. Das Kuchenstück stellte er in die Mitte. Er schnitt einen Apfel in kleine Stücke und naschte vorab eines davon. Die Boskop waren süß. Im Radio spielten sie das Lied »Guten Tag liebes Glück«. Heute passte es, trotz des Krieges. Er füllte Wasser in einen Topf und hängte den Tauchsieder hinein. Aus der Vorratskammer holte er den Ersatzkaffee.

Die Türglocke ließ ihn zusammenfahren. Reglos stand er in der Vorratskammer, während seine Gedanken rasten. Man hat sie gesehen, dachte er. Das ist die Gestapo. Wegen der russischen Bücher, die Plöger gefunden hatte? Deutsche Arbeitsfront? Ich hätte mich nicht schon wieder krankmelden dürfen, sondern hätte heute ins Lager gehen müssen! Natürlich schöpfen sie Verdacht.

Nadjeschka kam in die Küche. Sie flüsterte: »Wer ist das? Was machen wir jetzt?«

»Schnell, geh da rein!« Er bugsierte sie in die Vorratskammer und schloss die Tür. Hastig nahm er den zweiten Teller vom Tisch, die Tasse, die Kuchengabel und das Messer und räumte die Sachen in den Schrank.

Er ging zur Tür, hustete einmal, um eine Erkältung vorzutäuschen, und öffnete.

Eva! Sie hatte ihr bestes Sommerkleid an, das weiße.

»So schlimm siehst du gar nicht aus«, sagte sie und lachte. Sie trat an ihm vorbei in die Wohnung, als wäre das selbstverständlich. »Ich wollte dich im Lager besuchen, da haben sie gesagt, du bist krank. Ein Rückfall, hab ich mir gedacht, die sind immer besonders schlimm.«

»Hör zu, ich bin gerade …«

»Beim Frühstück?«, sagte sie, während sie die Küche betrat. »Komm, da leiste ich dir Gesellschaft.«

Sie tat so, als hätte er sie nie weggeschickt, als hätten sie sich nie getrennt.

»In der Bahn hab ich gestern was erlebt, das glaubst du nicht! Das Abteil war voll, und eine Frau wollte trotzdem ihren riesigen Hut nicht absetzen. Sie hat auf ihre Freundin eingeredet wie ein Wasserfall. Man hatte gar keine andere Wahl, als zuzuhören. Und dann sagt sie, sie habe den Hut spottbillig für fünfhundert Mark gekauft. *Spottbillig* nennt sie das! Wir anderen konnten nur den Kopf schütteln. Vor dem Krieg wäre sie niemals mit dem Zug gefahren, die hätte sich im Auto chauffieren lassen, jede Wette.«

Wieso hing sie so an ihm? Er verstand es nicht. Evas Katzenaugen blickten scheu zu ihm herüber, auch wenn sie selbstbewusst tat, sie wartete darauf, dass er sie hinauswarf. Dabei konnte sie jeden haben, Neheims Männer lagen ihr zu Füßen. Warum er?

»Denkst du noch manchmal an mich?«, sagte sie.

Da war sie, die Frage, beiläufig eingestreut. Was nun? Er konnte unmöglich nein sagen, der Grund dafür, dass er überhaupt nicht mehr an sie dachte, war Nadjeschka. Frauen spürten so etwas. Eva durfte die Rivalin auf keinen Fall bemerken. »Natürlich«, sagte er.

Sie lächelte. »Sogar Kuchen hast du hier. Darf ich ihn mal probieren?«

Er brummte widerstrebend Zustimmung. Das war Nadjeschkas Kuchen! Was dachte die Arme, wenn sie durch den Spalt der Vorratskammer sah, wie eine fremde Frau ihm schöne Augen machte und den Kuchen wegaß, den er ihr gekauft hatte?

»Der ist vorzüglich«, schwärmte Eva und trennte mit der Gabel ein weiteres Stück ab, spießte es auf und schob es sich in den Mund. »Ich hab ewig keinen Streuselkuchen mehr gegessen.«

Die Sache lief aus dem Ruder. Er musste Eva loswerden. »Eigentlich geht's mir gar nicht so schlecht. Nach dem Aufstehen dachte ich, ich schaffe den Tag nicht, aber jetzt ist mir schon viel besser. Ich sollte zur Arbeit gehen.«

»Aber warum? Nun bist du einmal abgemeldet, genieße doch die freie Zeit!«

»Im Lager ist der Teufel los. Zwei Frauen sind geflohen, ich muss mich darum kümmern.«

»Das ergibt doch keinen Sinn! Ihr gebt ihnen Arbeit und ein Bett und täglich eine warme Mahlzeit. Ist das nicht mehr, als sie zu Hause haben? Warum büxen die in Deutschland aus? Undankbare Steppenweiber!«

»Sie haben in der Heimat ihre Familien, Eva. Und ich glaube nicht, dass sie dort am Hungertuch nagen.«

»Also gut. Kümmere dich um deine Ausreißer.« Sie kaute. »Hast du heute Abend schon was vor?«

»Ich bin noch angeschlagen. Es ist besser, wenn ich mich ausruhe.«

»Das sollst du ja auch! Was hältst du davon, wenn wir uns ein paar schöne Stunden machen? Dann denkst du nicht dauernd an deine Ostarbeiterinnen.«

Er zuckte innerlich zusammen. Ahnte sie etwas? Hatte Wiese sie eingeweiht? Aber das wagte der Blockwart nicht, er hatte immerhin noch das Foto als Druckmittel. »Wirklich, Eva, ich bin nach dem anstrengenden Arbeitstag nicht gesprächig. Es wäre keine Freude für dich.«

»Lass das meine Sorge sein.« Sie stand auf und kam herüber. Vertraulich legte sie ihm die Hand auf die Wange. »Bring du den Tag hinter dich, mein Lieber. Heute Abend wirst du dich gut erholen.« Sie drückte ihm einen Kuss auf den Kopf.

Er war so überrascht, dass er nicht protestierte. Sag ihr doch, dass längst Schluss ist, ermahnte er sich. Sag ihr, ein Rendezvous mit einer Verflossenen kommt für dich nicht infrage!

Während sie sich im Flur die Schuhe anzog, summte sie eine fröhliche Melodie. Sie sagte: »Bleib ruhig sitzen, ich bringe mich selbst nach draußen. Bis heute Abend! Um sieben warte ich auf dich im Café Grewe in der Friedrichstraße.«

»Ich …«

Sie schloss die Tür. Das machte sie mit Absicht, dass sie ihn nicht zu Wort kommen ließ, um ihr abzusagen. Eva wusste, er wollte sich nicht mit ihr treffen. Scheinbar hatte sie den Entschluss gefasst, ihn auch gegen seinen Willen in eine Beziehung hineinzumanövrieren. Sie wollte ihn mit ihrer bestimmenden Zärtlichkeit dazu verführen. Irgendwann würde er nachgeben, das war wohl ihre Hoffnung.

Die Tür der Vorratskammer öffnete sich. Nadjeschka sah ihn entgeistert an. »Diese Frau, wer ist das?«

»Eine alte Bekannte.« Er sah den Schmerz in ihren Augen. Natürlich wusste sie, dass es um mehr ging als um eine bloße Bekanntschaft. »Das hat nichts zu bedeuten.«

»Sie sieht sehr schön aus«, sagte sie leise.

»Ist doch kein Vergehen.«

»Sie hat dich geküsst, Georg. Ich sollte besser verschwinden.« Sie verließ die Küche.

»Wo willst du hin?« Er folgte ihr in den Flur. »Versteh bitte, da ist nichts mehr. Es gab eine Zeit, in der ich Eva geliebt habe, aber das ist längst vorbei. Sie hat mich betrogen! Ich hab mich von ihr getrennt, schon vor Monaten.«

»Danach sah es ganz und gar nicht aus.«

»Sie will wieder zurück zu mir. Na und? Das wird nicht passieren.«

»Warum hast du dann gesagt, dass du noch an sie denkst? Warum hast du dich mit ihr verabredet?«

Da musste er lachen. »Deine Eifersucht ist herrlich. So viel bedeute ich dir! Ich danke dir, Nadjeschka.« Er fasste sie bei den Händen. »Du musst dir wirklich keine Sorgen machen. Mein Herz gehört nur dir! Verstehst du nicht? Eva ist das beste Alibi, das man sich denken kann! Wenn ich eine Freundin habe, offiziell zumindest – warum sollte ich dann eine Zwangsarbeiterin lieben?«

Sie runzelte die Stirn. »Das heißt, du hast sie angelogen.«

»Sie hat mich ja auch belogen, damals.«

»Du spielst mit ihr. Das ist herzlos.«

Er rollte die Augen. »Jetzt verteidige sie nicht noch! Es ist nur für ein paar Tage, bis ich uns falsche Pässe besorgt habe. Dann verlassen wir Neheim und tauchen in einer anderen Stadt unter, du und ich. Wir werden nie mehr getrennt sein.«

Weil zur Mittagszeit die wenigsten Leute auf der Straße waren, schien es am besten, wenn sie zwischen zwölf und ein Uhr zum Großvater gingen. Die Zeit bis dahin verbrachten sie im Gespräch über seine Bücher, und als es auf Mittag zuging und sie immer nervöser wurde, lenkte er sie ab, indem er ihr das Spiel »Schiffe versenken« beibrachte. Sie lachten viel. Was ihn verblüffte, war, dass Nadjeschka jedes Spiel gewann.

Er fragte sie nach ihrem Trick, und sie erklärte ihm nach anfänglicher Weigerung schließlich ihre Strategie: Sie setze keine Schiffe an den Rand, da man dort nach dem ersten Treffer weniger Fehlmöglichkeiten habe. Außerdem suche sie seine Schiffe mittels Diagonalen, in die sie das Feld einteile, und ziehe das Raster anschließend immer enger, bis es ein

Schachbrettmuster sei. Eigene Schiffe platziere sie weit auseinander, damit seine Schüsse, wenn er erst einmal eines getroffen habe, nicht gleich noch ein Nachbarschiff mittrafen.

»So jung, und schon so klug! Dein Sinn für Strategien ist geradezu beängstigend.«

Während Georg und Nadjeschka Kreuzchen auf dem Papier machten, feuerte das deutsche U-Boot U 89 nordöstlich der Azoren ein Torpedo auf den griechischen Dampfer *Laconikos* und versenkte ihn mitsamt der fünftausendzweihundert Tonnen Manganerz, die er nach Schottland bringen sollte. Dreiundzwanzig Seeleute starben. Gleichzeitig sank im Nordatlantik U 209 und zog sechsundvierzig Menschen mit in den Tod.

»Krall dich nicht so an meinen Arm«, sagte er, als sie wenig später aus dem Haus traten. »Wir machen einen Spaziergang an einem schönen, warmen Maitag. Kein Grund, sich so ängstlich umzusehen.«

Zu Großvater würden sie eine knappe halbe Stunde brauchen. Georg wählte kleinere Straßen, um möglichst niemandem zu begegnen. Einmal kreuzten Schulkinder ihren Weg, das Schwämmchen baumelte vom Schulranzen herunter, noch nass vom Gebrauch im Klassenzimmer, wo sie ihre Schiefertäfelchen damit abgewischt hatten. Zwei ältere Kinder, die ihnen folgten, trugen den Ranzen nicht mehr auf dem Rücken, sondern wie eine Aktentasche. Sie hatten die Riemen vom Ranzen abgetrennt, ein wichtiges Signal an alle, dass sie jetzt zu den Größeren gehörten mit vierzehn Jahren.

Als sie die Schüngelstraße überquerten, sah er vor der Schuhmacherwerkstatt Axel und seinen Gestapogehilfen stehen. Er wandte sich sofort ab, in der Hoffnung, nicht bemerkt worden zu sein, und schlüpfte mit Nadjeschka in den Barthold-Cloer-Weg.

»Die schleichen sich hier überall mit Tauschwaren rein«, zischte Hans. »Der Tauschhandel ist doch streng verboten!«

»Ist nicht unsere Baustelle.« Axel überlegte, ob er gerade richtig gesehen hatte. Georg mit einer hübschen Frau mit kurzem rotem Haar im Arm? Wer war das gewesen? Schon wieder eine Zwangsarbeiterin? Er machte kehrt. Nicht, dass Hans noch auf die Idee kam, die Papiere der Frau zu prüfen oder so was. Innerlich aber kochte er. Der Schwager wurde allmählich untragbar. Und dann noch die Sache mit den Büchern, von der Plöger ihm berichtet hatte. Er musste verschwinden, aber möglichst ohne Skandal, sonst jammerte ihm Anneliese die Ohren voll. Am besten sorgte er dafür, dass Georg nun doch einen Einberufungsbescheid bekam. Die SS zog bereits Siebzehnjährige ein. Da war es selbstverständlich, dass ein Mann im besten Alter ebenfalls seinen Dienst an der Front ableistete.

Hans blieb vor einer Schaufensterscheibe stehen. »Der Zettel missachtet den Befehl Adolf Hitlers.«

Gereizt las Axel: SOLDATENWITWE ÜBERLÄßT GEGEN BEZAHLUNG GEBRAUCHTE HERRENSCHUHE, TELEFON 2708. »Was ist daran verkehrt?«, fragte er.

Hans dozierte: »Der Führer persönlich hat angeordnet, dass das Eszett bei der Verwendung großer Buchstaben als SS geschrieben werden soll.«

»Ach so, der Führer persönlich? Und er hat es dir gesagt?«

»Reden Sie nicht so über unseren großen Feldherrn! Er hat es mir natürlich nicht gesagt. Der Befehl stand in einem offiziellen Rundschreiben des Reichsministers des Inneren, lesen Sie Ihre Post nicht?«

Speichellecker wie dieser Jungspund waren es, die das Leben im Großdeutschen Reich von Jahr zu Jahr komplizierter gestalteten, weil man ständig gegen irgendeine Regel verstieß. »Wenn du so weitermachst, legen wir bei der Gestapo bald noch Karteikarten über Frauen an, die es gewagt haben, in Männerhosen rumzulaufen. Als hätten wir nichts Besseres zu tun! Ob die Soldatenwitwe ein Eszett schreibt oder ein SS, ist mir herzlich egal.«

Hans schwieg, während sie zum Ehmsenplatz gingen. Das Schweigen hatte sich in den letzten Tagen verändert, der Assistentenanwärter schwieg nicht mehr reumütig oder gar unterwürfig, nein, er schwieg beharrlich, mit Kraft. Axel meinte sogar, ein wenig Tücke in Hans' Schweigen zu verspüren. Als würde der sich Notizen machen über die aufrührerischen Bemerkungen, die er von sich gab, um ihn mit der Sammlung dieser Vergehen eines Tages zu stürzen.

Allmählich bekam er Angst vor Hans. Würde Kriminaldirektor Kreuter nicht am Ende lieber diesen Regelfanatiker befördern, der ihm bis aufs Blut ergeben war, statt ihm, Axel, den Weg zu bahnen, der noch eigenständig zu denken gelernt hatte? Eines Tages waren sie alle womöglich von der Gnade dieses ehemaligen Assistenzanwärters abhängig. Er sagte versöhnlich: »Natürlich ist es gut, dass du die Rundschreiben beachtest und die genauen Anweisungen kennst.« Sein geheucheltes Lächeln widerte ihn selber an.

31

Das Treppenhaus roch dumpf nach Bohnerwachs. Georg schloss die Haustür. Durch die Milchglasscheibe fiel Licht herein. Der Holzboden knarzte unter ihren Füßen. Er sagte: »Warte.«

Nadjeschka blieb stehen. »Wir haben es geschafft, wir sind jetzt in Sicherheit, oder?«

»Hör zu, mein Großvater …« Er zögerte. »Sag ihm nicht, woher wir uns kennen, ja?«

»Würde er die Polizei rufen?«

»Nein. Bring einfach nicht das Gespräch auf das Lager, das ist alles, worum ich dich bitte.«

Sie biss sich auf die Lippe. »Du meinst, er wollte immer, dass du dir ein braves deutsches Mädel suchst, und jetzt kommst du mit einer Ukrainerin an, und das könnte er nicht verkraften? Wieso sind wir überhaupt hier, wenn er so denkt?«

»So ist es nicht. Großvater hat nichts gegen andere Völker, im Gegenteil. Aber er versteht nicht, warum ich in der Schule gekündigt habe. Für ihn gäbe es keinen Grund der Welt dafür. Ich hab ihn angelogen, hab ihm gesagt, dass man mich nur übergangsweise ins Lager versetzt hat wegen einer personellen Notlage. Er denkt, ich bin im Hauptberuf immer noch Lehrer.«

Sie seufzte. Mit ihrem kurzen roten Haar sah sie aus wie eine freche Göre aus der Großstadt. »Du solltest ihm die Wahrheit sagen. Er wird dich nicht verstoßen.«

»Großvater ist bald achtzig. Da verkraftet man nichts mehr so leicht. Versprich mir, dass du ihn in seinem Glauben lässt.«

Sie seufzte. »Wie du meinst. Es ist dein Opa, nicht meiner.«

»Komm.« Eine halbe Ewigkeit war er nicht mehr hier gewesen. Seit er das Lager in den Möhnewiesen leitete, war er nur noch zu Großvaters Geburtstag hergekommen.

Im ersten Stock neben der Wohnungstür der alten Trude hing immer noch das bekränzte Porträt Adolf Hitlers. Sie, die im Leben nie einen Mann für sich hatte begeistern können, betete den Führer an, fanatisch, mit glühendem Herzen. Er legte Nadjeschka die Hand auf die Schulter, führte den Finger zum Mund und sah warnend zur Tür der Trude hin. Sie verstand. Mit stillem Kopfschütteln stieg sie weiter die Treppe hinauf.

An Großvaters Tür drehte er den Klingelknopf. Drinnen schellte es. Er trat ein, ohne auf Antwort zu warten, die Tür hatte eine gewöhnliche Klinke, früher war man wohl weniger darauf versessen gewesen, sich zu Hause einzuschließen. »Großvater, ich bin's, Georg!« Gleich war seine Stimme heller, als erwachte beim Betreten dieser Wohnung wieder der kleine Junge in ihm.

Es roch nach Urin, wofür Georg sich vor Nadjeschka schämte. Großvater ächzte beim Aufstehen aus dem Sessel im Wohnzimmer. Sein Gesicht war von Falten übersät wie der Hals einer Schildkröte, aber in den Augen blitzte noch der Schalk. »Soso«, sagte er, an Nadjeschka gewandt, »Sie sind das also. Sie haben mir Georgs Herz gestohlen.«

Sie machte einen Klein-Mädchen-Knicks und lachte.

Die beiden würden gut miteinander zurechtkommen.

»Darf ich dir Nadjeschka vorstellen?«, sagte er.

Großvater bot ihr seinen Sessel an, Georg den Wohnzimmerstuhl, und brachte für sich selbst einen Hocker aus der Küche.

Georg hätte erwartet, dass Nadjeschka den Sessel aus Höflichkeit ablehnte, aber sie setzte sich auf den weichen Thron und ließ dem Großvater den Hocker. Der sagte fröhlich: »Nadjeschka, das klingt fremdländisch. Wo stammen Sie her?«

»Aus der Ukraine.«

»Wie wunderbar! Erzählen Sie mir von Ihrer Heimat!« Großvater wandte sich an ihn. »Weißt du, mit dieser Eva wäre das nie was geworden. Ich konnte es dir nicht sagen, du warst ja ganz verblendet. Gut, dass du's noch eingesehen hast. Die hier, die gefällt mir. Die solltest du heiraten.«

Nadjeschka errötete und senkte den Blick.

»Das musst du schon uns überlassen«, sagte Georg schnell.

Großvater holte sein Monokel heraus, das mit dem schwarzen Hornrand und dem Band daran, das so vollkommen aus der Mode gekommen war, und tat mit verschmitztem Lächeln, als würde er Nadjeschka begutachten.

»Ich bin kein Insekt, das man durch eine Lupe betrachtet«, entrüstete sie sich. Ihre grünen Augen lachten dazu. »Sie waren Lehrer, hab ich gehört?«

Er nahm das Einglas herunter. »Genau wie Georg. Nur dass ich Biologie unterrichtet habe. Hübsche Käfer zu beobachten gehörte jeden Sommer dazu.«

Nadjeschka bückte sich. »Und Sie können Strümpfe stopfen.« Sie hob den Stopfpilz vom Boden auf.

»Mir bleibt ja nichts anderes übrig. Gerlinde ist vor bald zwanzig Jahren gestorben.«

An diesem Fenster hatten Opa und er abends gestanden und dem Sonnenuntergang zugeschaut, als er noch ein Kind gewesen war. Im Winter war es regelmäßig mit Eis zugefroren, dann glänzte die Sonne durch die weißen Blumen, und wenn er bei Großvater übernachtete, musste er die Nase unter das Federbett stecken, um nicht zu frieren.

Immer noch hing neben der Tür die Lichtschnur. Statt einen Schalter zu drehen, zog man wie in alten Fürstenschlössern an der Schnur, um das Licht an- oder auszuschalten. So hatte Großvater immer gelebt, warum sollte er sich jetzt eine neue Elektrik einbauen lassen, nur um modern zu sein?

Die Wohnung war mickrig, sie bestand nur aus der Küche, dem Wohnzimmer und einer kleinen Kammer mit Bett. Während Großvater von seiner Zeit als Lehrer erzählte, von den dressierten Fischen, den Bienenvölkern und der Reise nach Deutsch-Ostafrika, dachte Georg darüber nach, wie er ihn fragen konnte, ob er bereit sei, Nadjeschka für ein paar Tage bei sich aufzunehmen.

Irgendwann sah ihn der Großvater an und sagte: »Was hast du auf dem Herzen, Georg? Irgendetwas beschäftigt dich.«

Er fühlte sich längst noch nicht bereit, die entscheidende Frage zu stellen. »Du kannst dir sicher vorstellen, dass es ...« Er suchte nach dem richtigen Wort. »Dass es zurzeit unbeliebt ist, mit einer Ukrainerin auszugehen. Niemand darf davon wissen, sonst werden wir wegen Blutschande vor Gericht gebracht.«

»Ich zeige euch bestimmt nicht an.«

»Würdest du sie bei dir aufnehmen? Für ein paar Tage vielleicht?«

Großvater sah zu Nadjeschka hinüber. »Ich hab mir schon immer eine Enkelin gewünscht. Und wenn sie hier ist, kommst du wenigstens öfter vorbei. Etwas Besseres kann mir gar nicht passieren.«

Die Amseln zwitscherten. Überall in den Häusern deckten die Familien den Tisch fürs Abendbrot. Nur er, Ulrich Wiese, musste seine abendliche Runde durchs Revier machen. Allein. Er wusste genau, dass sie ihn alle hassten. Zur Belohnung für seine treuen Dienste hatte er vor drei Tagen von der Partei eine Trainingsjacke erhalten mit modernem Reißverschluss und aus wunderbar glattem Stoff, doch er zog sie jedes Mal aus, sobald er die Wohnung verließ, weil er genau wusste, die Leute würden denken, er habe jemanden ans Messer geliefert für dieses Blutgeschenk. Sie trauten ihm nur das Böseste zu. Niemand sah seinen aufopfernden Dienst an der Gesellschaft.

Er trat an ein Fensterbrett heran, auf dem eine gescheckte Katze in der Abendsonne schlief. Jetzt dachten sie bestimmt, er wollte den Leuten im Erdgeschoss in die Wohnung gucken, aber das stimmte gar nicht, er wollte bloß die Katze streicheln. Als er die Hand nach ihr ausstreckte, sprang sie vom Fensterbrett und lief davon.

Enttäuscht ging er weiter. Die anderen machten sich's leicht. Sie bildeten sich ein, dass sie sich nicht die Hände schmutzig machten. Für den Führerstaat taten sie das Nötigste, meckerten hinter vorgehaltener Hand, wenn sich die Auswirkungen des Krieges an irgendeinem Missstand auch mal in ihrem kleinen Leben zeigten, und holten für sich heraus, was nur ging. Einer wie er, der sich mit Haut und Haar einsetzte, wurde gemieden.

Er hasste es, wenn sich jemand für etwas Besseres hielt. Meist machten diese Leute andere nieder, um sich aufzuwerten. Schon im Ersten Weltkrieg, vor bald dreißig Jahren, hatte er diese Lektion gelernt. Als Offiziersbursche war er wie ein Tier behandelt worden. Mit Abscheu dachte er an jene Zeit zurück. Vor der Weckzeit den Bunkerofen beheizen, bitte leise allerdings, damit der Herr Offizier noch schlafen kann! Dann die Stiefel des Herrn Offiziers putzen und mit einem Wolllappen nachreiben, damit sie schön glänzen. Die Sporen mit Sand polieren. Hose und Rock sorgfältig ausbürsten – auch die Hosentaschen auskehren! – und bereitlegen. Heißes Wasser zum

Rasieren bereitstellen, Rasier- und Waschzeug für den Offizier auspacken, anschließend die Verdunkelung entfernen und den Offizier pünktlich wecken. Sobald der Offizier zum Frühstück geht, den Bunker reinigen: lüften und das Bett machen, Schale und Waschtisch säubern, den Fußboden sprengen und kehren, den Holzbestand auffüllen, Staub wischen. Tagsüber immer wieder den Aschenbecher ausleeren, Stühle zurechtstellen, die Wasserkannen auswaschen, damit sich kein Kalk ansetzt, die Wäsche waschen, Zigarettenstummel vor dem Bunker entfernen. Abends das Bett aufdecken und eine neue Kerze besorgen und erneut gut heizen. Hausschuhe bereitstellen für den Offizier!

Die wahren Helden des Lebens, dachte er wehmütig, sind die, die keiner wahrnimmt. Die Krämerin, die jeden Tag hinter dem Tresen steht. Der Krankenkontrolleur, der für einen Hungerlohn von einem Haus zum nächsten läuft, um zu prüfen, ob die Fabrikarbeiter, die sich krankgemeldet haben, auch wirklich krank sind. Der Schutzpolizist am Straßenrand. Und der Blockwart, den keiner leiden kann, aber ohne den die Ordnung zusammenbrechen würde. Wir halten das Großdeutsche Reich am Leben.

Die Schmarotzer würden noch sehen, was sie mit ihnen machten, wenn der Krieg nur erst gewonnen war. Dann kehrten die Frontsoldaten zurück und würden ihm auf die Schulter klopfen und sagen: »Danke, dass du uns in der Heimat den Rücken freigehalten hast.« Und den Schmarotzern würden sie die Fresse polieren.

Er stutzte. Die Jungs dort waren unmöglich achtzehn! Er überquerte die Straße und schlug dem Ersten die Zigarette aus der Hand. Der Zweite zuckte zurück und wollte seine Zigarette unauffällig fallen lassen.

Ulrich sagte streng: »Wie alt seid ihr?«

»Neunzehn«, log der Erste.

Der Zweite schwieg.

»Das finden wir schnell heraus. Ist das etwa Bier in der Flasche?«

»Die sollte ich nur für Vater runter in den Keller bringen.« Der Junge wurde rot.

»Alkoholgenuss«, schimpfte er, »ist für Jugendliche unter achtzehn Jahren verboten! Und ihr seid bestimmt nicht mal sechzehn!«

Eine Frauenstimme sagte: »Ulrich, kann ich dich sprechen?«

Er drehte sich um. Trude Schadewaldt aus dem Barthold-Cloer-Weg. Der Kragen ihrer Bluse saß schief, und sie hatte Kuhaugen. In seiner Kindheit war die größte Beleidigung gewesen, die man einem Jungen anhängen konnte, etwas zu sagen wie: Trude und Ulrich, ein verliebtes Schmusepaar! Daraufhin konnte man dem Spötter nur ein blaues Auge verpassen, alles andere wäre zu wenig gewesen, um das üble Gerücht zu ersticken. Überhaupt schon mit ihr gesehen zu werden, war eine Niederlage. Man mied sie nach Möglichkeit.

Auch als Erwachsener fürchtete er die belustigten Blicke aus den Fenstern der umliegenden Häuser. Trude war seltsam, und so etwas sprang schnell auf einen über, wenn man nicht aufpasste. »Du siehst doch, ich hab keine Zeit«, sagte er deshalb barsch.

»Nur einen Moment.«

Ihre Zähne standen schief. Sie roch säuerlich aus dem Mund, nach altem Käse. Er schüttelte den Kopf. »Tut mir leid, ich bin im Dienst und habe wichtige Aufgaben.« Er ließ sie stehen. Die Jungs verdufteten gerade um die Hausecke. Mit strammem Schritt setzte er ihnen nach.

Das weiße Kleid saß Eva eng am schlanken Körper. Die langen blonden Haare glänzten golden. »Du bist müde von der Arbeit, ich weiß«, empfing sie ihn vor dem Café Grewe. »Und im Café ist es dir zu laut, stimmt's? Ich hab mir was anderes einfallen lassen. Komm!« Sie hakte sich bei ihm ein und zog ihn mit.

Auf dem Weg durch die Stadt erntete sie die bewundernden Blicke der Männer, aber sie tat, als bemerkte sie nichts. Eva war es gewohnt, angeschwärmt zu werden. Vielleicht reizte sie gerade das an ihm, dass er sie abwies, vielleicht würde sie ihn nur so lange bearbeiten, bis er sich wieder in sie verguckt hatte, und dann erneut eine Affäre mit einem anderen beginnen. Sie konnte nicht begreifen, dass er ihr widerstand. So musste es sein. Und wie sollte sie auch! Sie war ja Nadjeschka nie begegnet.

Als sie die Adolf-Hitler-Straße hinunterspazierten, dachte er: Wie geschickt die Partei doch vorgeht! Früher war es unüblich gewesen, eine Straße nach einem noch lebenden Menschen zu benennen. Inzwischen brachten sie ihre Helden überall unter. Vor zwei Jahren, als man Neheim mit dem Nachbarort Hüsten zusammengelegt hatte, waren in Neheim sechsundzwanzig Straßen umbenannt worden, zum einen, weil es Dopplungen gab, aber auch, um Parteileute reinzubringen. Die Hermann-Göring-Straße, das war noch so ein Lebender, der sich im Straßennamen verewigte. Und die klassischen Helden der Nationalsozialisten mussten sein, die Bismarckstraße, die Hindenburgstraße, die Moltkestraße. Die Friedensstraße hingegen gab es plötzlich nicht mehr.

»Hast du die Frauen wieder eingefangen?«, fragte sie.

»Die sind jetzt im Straflager. Aber sie zu ersetzen, das ist das Problem! Es kommt ja nicht jeden Tag ein Zug mit Ostarbeiterinnen an.«

»Das wird sich schon klären. Du, ich habe meiner Nachbarin vorhin die Katze gefüttert, sie ist ja im Krankenhaus gerade, hat Krebs, die Arme. Jedenfalls gehe ich zu ihr rüber, bringe der Katze ihr Futter, und was tut dieses Mistvieh? Es faucht mich an und macht einen dickes Fell, und als ich es beruhigen will, kratzt es mir den Arm auf. Schau!« Sie zeigte ihm drei rote Striemen auf der Haut.

»Hast du vorher einen Hund gestreichelt? Hattest du Hundegeruch an dir?«

»Das kann nicht sein. Du weißt, ich hasse Hunde.« Sie blieb vor dem Apollo-Theater stehen. »Jetzt wäre ich fast vorbeigelaufen. Ich habe Karten für uns! Der Film ist zwar nicht in Farbe, aber dafür mit Heinz Rühmann. Den magst du doch so gern!«

»*Quax, der Bruchpilot* hab ich schon gesehen.«

»Es ist ein neuer Film. Er heißt: *Ich vertraue dir meine Frau an.*«

Erstaunlich, dass sie noch Filme in Schwarz-Weiß drehten; nach dem Riesenerfolg der ersten Farbfilme hätte er erwartet, dass zukünftig nur noch in Agfacolor gedreht würde. »Klingt interessant.«

Stummfilme waren schneller abgeschafft worden. Er rechnete nach. Vor vierzehn Jahren hatte er den ersten abendfüllenden UFA-Tonfilm im Kino gesehen, *Melodie des Herzens.* Danach war es bald um den Stummfilm geschehen gewesen, Stummfilme galten als primitiv.

Im Vorraum des Kinos wurden auf Plakaten weitere Filme beworben. Groß natürlich *Münchhausen*, zweifellos in Farbe gedreht. Außerdem *Kapitän Orlando, Die heimliche Gräfin, Rosen in Tirol* und *Alarmstufe V.*

Eva zeigte die Karten vor, sie lud ihn ein. Das war ihm unangenehm, weil es ihm das Gefühl einer Verpflichtung ihr gegenüber gab, auch wenn die Karte nur 80 Pfennig kostete. Bezahlte deshalb bei Verabredungen immer der Mann? Um sich die Frau zu verpflichten? Sie wurden in den Kinosaal eingelassen. Er dachte wehmütig an Nadjeschka und wie viel lieber er mit ihr in den Film gegangen wäre. Sie nahmen Platz und versanken in den roten Plüschsesseln. Eva sagte: »Das hat mir gefehlt. Mit dir im Kino zu sein.«

Es ärgerte ihn, dass sie so etwas sagte. Er schwieg unwillig und drehte sich zur Bühne.

In der Reihe vor ihnen klagte eine Frau ihrer Sitznachbarin ihr Leid: »Ich suche seit zwei Monaten nach einem Paar Halbschuhen für meinen Friedhelm. Ich musste den Bezugsschein inzwischen schon verlängern lassen!«

Die Nachbarin tätschelte ihr den Arm. »Nach dem Krieg haben wir wieder alles in Hülle und Fülle, das lass dir gesagt sein. Und euer Ältester ist doch an der Front. Jeder, der an der Front mitgekämpft hat, bekommt nach dem Krieg ein Häuschen in den neuen Ostgebieten. Euch wird es richtig gut gehen.«

Die Falten des Vorhangs ruckten. Er glitt auseinander und gab die Leinwand frei. Der Saal wurde dunkel. Er liebte diesen Moment, kurz bevor die Vorstellung begann.

Die *Wochenschau* zeigte mächtige Trutzburgen am Ärmelkanal und dicke Kanonenrohre, die gen England gerichtet waren. Der Sprecher jubelte etwas vom »gigantischsten Festungswall aller Zeiten«. Eine Vierlingsflak schoss englische Bomber vom Himmel, deutsche Jagdflugzeuge griffen einen Verband britischer Bomber an. Dann ein brennender britischer Bomber, der in die Tiefe stürzte. Das feuerumzüngelte Wrack wurde am Boden gefilmt, dazu spielte heroische Musik.

Wechsel zur Ostfront. Artilleriegeschütze feuerten auf russische Gefechtsgräben, das Krachen der explodierenden

Geschosse dröhnte aus den Kinolautsprechern. Ein brennendes Dorf bei Nacht wurde gezeigt. Das könnte Nadjeschkas Zuhause sein, dachte er. Frauen flohen. Vor dem Feuer waren sie nur als Schattenrisse zu sehen.

In Afrika attackierten Stukas im jaulenden Sturzangriff britische Panzer. Man war mit ihnen in der Luft, verfolgte jedes ihrer Manöver.

»Wer macht diese Bilder?«, fragte Eva.

Er sagte leise: »Die Kamera muss am Flugzeug befestigt sein.«

Ein Zuschauer, der sie offenbar belauscht hatte, lehnte sich von hinten vor und sagte: »Spektakulär, nicht wahr? Als wäre man dabei.« Er sah nur Eva an. »Früher hatten sie Filmapparate in den Tragflächen, jetzt sind sie unter der Kanone in den Kampfflugzeugen drin, wenn die schießen, fängt automatisch die Kamera an zu filmen. Schade, dass die Engländer und die Russen unsere Wochenschau nicht sehen können. Dann würden sie schnell einsehen, dass der Krieg für sie verloren ist.«

Schnitt. Brennende feindliche Panzer. Der Sprecher protzte mit »hundertdreiundneunzig dieser Stahlkolosse«, die in der vergangenen Woche vernichtet worden waren.

Wechsel auf den Atlantik. Ein U-Boot wurde von einem Versorgungsschiff auf hoher See mit neuen Torpedos bestückt und mit Diesel betankt. Dann sichteten sie einen britischen Frachter, tauchten ab und gingen auf Gefechtsstation. Sie jagten ihm einen Torpedo in den Rumpf, tauchten auf und freuten sich über das brennende Schiff.

Georg staunte und erschrak ein wenig über sich selbst, denn widerstrebend musste er sich eingestehen, dass auch er sich über die gelungenen Angriffe freute. Die Musik spielte so fröhlich dazu, und die Soldaten strahlten. Er erinnerte sich mahnend daran, dass in den brennenden Panzern auch Soldaten gesessen hatten, und im Frachter Matrosen, die nun tot waren.

Endlich begann der Hauptfilm. Das schelmische Gesicht von Heinz Rühmann war eine Erholung nach den drastischen Kriegsaufnahmen. Je länger er zuschaute, desto ruhiger wurde Georg. Er lachte ein paar Mal in sich hinein.

Er begann sich zu fragen, ob ihn Eva bewusst in diesen Film mitgenommen hatte. Heinz Rühmann sollte den Aufpasser spielen, während sein Freund Ehebruch beging. Dessen Frau versuchte ebenfalls, fremdzugehen. Wollte Eva ihren Fehltritt herunterspielen und ihm sagen: Das passiert jedem mal? Oder wusste sie von Nadjeschka und wollte ihn mit dem Film zu einer Affäre verführen?

War es nicht bereits eine Affäre, mit der Verflossenen ins Kino zu gehen? Nein, sagte er sich. Nadjeschka weiß, dass ich hier bin. Ich tue es für sie.

Eva legte ihre Hand auf seinen Nacken. Ihre schlanken, kühlen Finger fuhren ihm zärtlich durch die Haare. Sie beugte sich herüber und flüsterte ihm ins Ohr: »Ich vermisse dich, Georg. Ich vermisse dich so sehr.«

Als er nichts erwiderte und stattdessen starr nach vorn sah, zog sie ihre Hand zurück.

Den Rest des Films konnte er nicht mehr genießen. Das Ende empfand er als Erleichterung, die aufflammenden Lichter im Saal waren ihm eine Befreiung.

»Ich bringe dich selbstverständlich nach Hause«, sagte er kühl.

Sie sagte: »Das willst du doch gar nicht.«

»Ich möchte nicht, dass dir etwas zustößt.«

»Weil *du* dich dann schlecht fühlen würdest. Aber davon abgesehen, bin ich dir egal.«

Wahrscheinlich hast du recht, dachte er.

»Entschuldige bitte«, sagte Eva zerknirscht. Sie sah ihn von der Seite an, während sie nach draußen gingen. »Bring mich nach Hause. Ich würde mich freuen.«

Kaum waren sie der Meute der Kinobesucher entronnen, blieb sie stehen. »Ist es, weil du dem System so kritisch gegenüberstehst, und denkst, ich wäre für Hitler und all das? Da täuschst du dich in mir. Glaubst du, mir hat der Reichsarbeitsdienst Spaß gemacht, die ständigen Strumpfappelle, Zahnglasappelle, Handtuchappelle? Der Zwang, gemeinsam die Propaganda aus Berlin im Radio anzuhören, und der Nationalsozialismusunterricht? Ja, ich arbeite für das Rassenpolitische Amt, aber das heißt noch lange nicht, dass ich diesen Unsinn gut finde! Man muss sehen, wo man bleibt. Auch du hast das doch so gemacht, du leitest das Barackenlager.«

»Du solltest so nicht reden.«

»Aber ich bin bereit, so zu reden. Ich wünsche mir, dass du mich wieder in dein Herz einlässt. Du denkst, du musst deine Gedanken vor mir verschließen, nein, das brauchst du nicht, du kannst mir alles anvertrauen! Ich werde mit dir gehen, ich bin bereit, alles aufzugeben für dich, Georg.«

»Ich denke darüber nach, ja? Gib mir ein wenig Zeit.«

Sie nickte tapfer, auch wenn er an ihren zitternden Nasenflügeln sah, dass sie kurz davor war zu weinen. An ihrer Haustür verabschiedete er sich mit einer kurzen Umarmung.

»Melde dich, Georg«, sagte sie, »wenn du mich wiedersehen möchtest.«

32

Obwohl das Wasser noch recht kalt sein musste, tummelten sich Scharen von Kindern im Städtischen Schwimm-, Luft- und Sonnenbad. Sie sprangen von den Sprungblöcken und klatschten ins Becken, sie prusteten, jagten einander. Eine lachende Kindertraube hing am eisernen Geländer, das ins Wasser führte.

Beim Sprungbrett des Dreimeterturms sammelten sich die älteren Jungs. Georg sah sich die Sechzehn-, Siebzehnjährigen an, die fröhlich plaudernd am Sprungturm Schlange standen. Ihn überlief ein Schauder. Nichtsahnend verbrachten sie ihren freien Sonntagnachmittag. Sie hielten den Krieg noch für etwas Heldenhaftes, vermutlich freuten sie sich darauf, bald in einem Panzer oder einem Truppentransporter zu sitzen und auf die Feinde losgelassen zu werden.

Er suchte unter den Sonnenschirmen und auf den weißen Sitzbänken am Beckenrand nach Axel und Anneliese. In seiner Kindheit waren die Tage für Männer und Frauen noch getrennt gewesen. Jetzt badeten alle fröhlich durcheinander.

Er entdeckte Lilli und Anneliese beim Planschbecken. Siegfried tobte sicher irgendwo im Schwimmerbecken herum. Und Axel? Ihn suchte er, ihn musste er sprechen. Er ging den Rand des Beckens entlang, um den lesenden Männern hinter die aufgeschlagene Zeitung zu sehen. Wasser spritzte ihm an die Beine.

Die fleischigen Hände, die *Das Schwarze Korps* hielten – das konnte nur Axel sein. Georg setzte sich neben ihn auf die Bank.

Axel sah verwundert herüber. »Georg! Warum so zugeknöpft, wo ist deine Badehose?«

»Da kriegen mich keine zehn Pferde rein. Das Wasser muss eisig sein! Die Sonne soll ruhig noch ein paar Wochen draufscheinen. Dann gehe ich schwimmen.«

Der Schwager lachte und faltete seine Zeitung zusammen. »Du bist genauso wasserscheu wie Anneliese.«

»Wie läuft die Arbeit?«, fragte er. »Hast du wieder irgendwelche Passfälscher geschnappt?«

»Wir jagen immer noch den Streichholzschachtelpartisan.«

»Wo findest du solche zwielichtigen Leute eigentlich? Ich meine, gibt es da eine bestimmte Straße in Dortmund, wo die sich alle rumtreiben, und ihr macht von Zeit zu Zeit einen Polizeieinsatz und schnappt sie euch?«

Axel setzte zu einer Antwort an, dann schloss er den Mund wieder. Er runzelte die Stirn. »Georg, sag bitte nicht, du hast …«

»Nein. Nein-nein.« Seine Schläfen pochten, und der Schweiß kitzelte ihn unter den Achseln. Hatte er zu offensichtlich danach gefragt?

Der Schwager erhob sich. Über seiner Badehose wölbte sich der behaarte Bauch. »Steh auf!« Es klang kalt und hart. Das Kommando eines Gestapo-Offiziers.

Georg gehorchte.

»Mitkommen!« Axel ging voran zu den Liegewiesen. Bei den Bäumen gab es ein leeres Rasenstück. Dorthin steuerte er. Abrupt blieb er stehen und drehte sich zu ihm um. »Bist du wahnsinnig geworden? Nicht nur, dass du eine geflohene Ostarbeiterin bei dir aufnimmst, nein, du spazierst auch noch mit ihr vor aller Augen durch die Stadt! Das ist sie doch, die Rothaarige, mit der ich dich vorgestern gesehen habe? In der Steinwache spielt alles verrückt wegen der Frau, und mein eigener Schwager leistet ihr Fluchthilfe!«

Georg versuchte, sich zu beruhigen. Axel hatte ihn sicher nicht zu einem entlegenen Fleckchen gebracht, um ihn festzunehmen. Er wollte verhindern, dass sie jemand hörte. Also bestand noch Hoffnung. »Es ist nicht so, wie du denkst.«

»Dann sag mir, wie es ist.«

Zu lügen war zwecklos. Axel wusste Bescheid. Er konnte nur an sein Herz appellieren. »Nadjeschka ist ohne mein Zutun bei mir aufgetaucht. Und ich …«

»Bist du hirnamputiert?! Ich hätte gerne, dass mein Schwager den Krieg überlebt, was meinst du, weshalb ich dir einen Posten verschafft habe, der als kriegswichtig gilt! Ich bewahre dich vor der Front, und du hast nichts Besseres zu tun, als dein Leben hier in der Heimat zu verspielen.«

»Das muss ja nicht an die Öffentlichkeit gelangen. Ich meine …«

»Wo hast du sie versteckt? Bei deinem Großvater?«

Er schwieg. Wie hatte er bloß glauben können, dass sie dort in Sicherheit war!

»Wir lassen sie gleich abholen«, sagte Axel. »Irgendwie muss ich das hindrehen, dass du nicht mit einkassiert wirst. Euer Großvater ist hin, so viel steht fest. Den hast du auf dem Gewissen.«

Es rauschte in seinen Ohren. Verzweiflung und Wut packten ihn. Die Gestapo spielte Gott, und Axel tat gerade so, als wäre dagegen nichts auszurichten. Er hatte doch die Macht, ihr Leben zu retten! »Kannst du nicht ein Auge zudrücken? Es werden wieder neue Ostarbeiterinnen angeliefert, ich beantrage Ersatz beim Arbeitsamt. Niemand wird Nadjeschka vermissen.«

»Ich könnte dich ohrfeigen, Georg. Bist du so blöd oder tust du nur so? Du bist längst in der Verdächtigenkartei bei der Gestapo. Die wissen jetzt auch, dass du russische Bücher ins Lager gebracht hast.«

»Aber es muss doch auch noch eine Menschlichkeit geben. Was, wenn alles ins Wanken gerät? Dann werden Dinge wie Liebe und Verwandtschaft wieder wichtig. Die Niederlage von Stalingrad, die Verluste in Afrika, macht dir das keine Sorgen?«

Axel sah sich um. Er zischte: »Lass bloß niemanden hören, dass du so redest. Das ist Wehrkraftzersetzung, mein Freund! Darüber, was mit Europa geschieht, wenn wir nicht siegen, brauchst du dir keine Illusionen zu machen. Dann gibt es eine brutale jüdisch-bolschewistische Weltherrschaft. Das sage ich dir! Die Juden haben diesen Scheißkrieg angezettelt, die sind die Drahtzieher hinter den Kulissen. Wir müssen unsere große Idee einer europäischen Ordnung durchsetzen, oder der Kontinent geht unter. Für uns darf es nur den Sieg geben. Und die Gestapo gehört dazu. Es gibt kein Pardon. Deine rothaarige Hure ist verloren, und der Alte auch. Ich kann von Glück reden, wenn ich dich durchbringe.«

»Was ist mit Gott? Vor ihm sind alle Menschen gleich. Er siehts bestimmt nicht gern, wie wir andere hinmorden, nur weil uns ihre Nase nicht passt.«

»Ich habe auch meinen Glauben. Nicht wie die Kirche, Jesus und die Wunder und all das, solche Ammenmärchen gehen mit einem scharfen deutschen Verstand nicht zusammen, aber ich glaube an eine Gerechtigkeit und an eine gute Zukunft für die Menschheit. Schau nicht so skeptisch! Beim Glauben kommt es vor allem darauf an, dass man glaubt. Was man glaubt, ist gleichgültig.«

Vom Planschbecken sah Anneliese zu ihnen herüber. Als er auf ihr Winken nicht reagierte, holte sie Lilli aus dem Wasser und machte sich, mit der Kleinen an der Hand, über die Wiese auf den Weg zu ihnen. Diesen besorgten Blick kannte er. Noch nie war er so berechtigt gewesen. Es waren ihr Bruder und ihr Großvater, die geopfert werden sollten. »Wie soll das gleichgültig sein?«, sagte er. »Was man glaubt, beeinflusst alles Denken und Handeln.«

»Alle Vorgänge sind stoffliche Schwingungen. Mechanik, nichts anderes. In der Natur gibt's die Gesetze der Trägheit, der Anziehung und Abstoßung und bei uns Menschen genauso.«

»Das hat doch nichts mit gut und böse, mit richtig und falsch zu tun.«

Axel zog ihn weiter weg. »Lass die ständigen Zweifel, die Grübelei und passe dich an die neue Zeit an. Ich sag dir, wie das ist: Trägheit ist Selbstliebe. Anziehung ist Liebe. Und Abstoßung der Hass. Das sind alles ganz natürliche Dinge. Wenn wir als Nationalsozialisten die Juden, die Russen und die Briten hassen, folgen wir dem Naturgesetz der Abstoßung. Auch du hast diese Empfindungen in dir.«

»Aber ihr hasst nicht nur, ihr tötet! Einen Menschen umzubringen, das spürt doch jeder in seinem Gewissen, dass das nicht in Ordnung ist.«

»In der Natur gibt es nichts, was gerecht oder ungerecht ist. Gut und Böse, das haben die Christen eingeführt. Dieser Gottglaube ist ein Wahnwitz, eine gefährliche Selbsttäuschung. Wir haben diese geistige Schwäche abgelegt und sehen den Fakten ins Auge: Die Natur kennt keine Schuld. Sie ist dem Werden und Vergehen gegenüber gleichgültig.«

»Das heißt also, die Naturgesetze lenken mein Schicksal? Ich bin nur eine Marionette, eine Puppe, die von einer blinden Hand bewegt wird? Dann kannst du nichts dafür, dass du die Russen hasst, und ich kann nichts dafür, dass ich eine Ukrainerin liebe.«

Lilli juchzte. »Papa!«

Das kleine Kind zu sehen machte Axel vielleicht weicher. Georg fragte: »Wirst du uns verraten?«

»Du stürzt uns alle in den Abgrund! Begreifst du das nicht? Du zerstörst unser Leben!« Axel fuhr verärgert mit der Hand durch die Luft.

Er spürte, dass er fast gewonnen hatte. Axel wollte die Sache abschließen, bevor Anneliese sie hören konnte, er wusste ja, dass sie sich aufregen würde, wenn sie von dem Schicksal hörte, das Großvater und ihm, Georg, drohte. Noch einmal fragte er: »Verrätst du Nadjeschka und mich?«

Der Schwager sah ihn zornig an. »Anneliese würde mir das nie verzeihen. Das weißt du genau. Du bist doch nur hier, weil du mich mit deiner Schwester erpressen willst.«

Lilli rannte übers Gras und umarmte die Knie ihres Vaters. Auch Anneliese kam heran. Sie sah ratlos von einem zum anderen. »Was ist passiert?«, fragte sie.

Ein Zucken lief über Axels Gesicht. »Wenn irgendeiner von der Sache hört, wenn irgendjemand diese Frau sieht, ich lasse dich gnadenlos absaufen, Georg. Ich werde keine Minute zögern. Ich schicke den Greiftrupp los, sobald ihr mir gemeldet werdet, verlass dich drauf. Du bist gewarnt. Mir wird keiner nachsagen, dass ich da mit drinstecke.«

»Sagt mir endlich, was passiert ist!«, bat Anneliese sichtlich aufgewühlt.

Georg sagte: »Ich habe mich verliebt.«

Für einen Moment glaubte Ulrich Wiese, an die falsche Tür geklopft zu haben. Dieses winzige Büro war der lange Arm des Rassenpolitischen Amtes hier in der Region? Nicht einmal ein Fenster hatte es! Stuhl und Schreibtisch wirkten wie hineingequetscht. Nur Evas Schönheit strahlte inmitten des schäbigen Raums wie die einer Königin. Sie sah aus, als sei der Montagmorgen um acht Uhr dreißig ihre liebste Zeit der Woche. Er machte sich nichts aus Frauen, aber er verstand, weshalb ihr die Männer Neheims nachsetzten.

»Wie kann ich Ihnen helfen«, fragte sie, »Herr …?«

»Wiese. Ulrich Wiese.« Hundertmal waren sie sich in Neheim auf der Straße begegnet. Tat sie nur so, oder kannte sie ihn wirklich nicht? Es enttäuschte ihn. Er riss sich zusammen und sagte: »Ich schätze sehr, was Sie hier machen. Ein Bauer muss seinen Acker hüten, er muss ihn ordnen, sonst nimmt das Unkraut überhand und verdrängt das Getreide. Genauso müssen wir die Unterwanderung und Verdrängung des deutschen Erbguts verhindern. Es genügt nicht, geburtenstark zu sein, wir müssen auch die Erbkranken und Fremdvölkischen aus unserer Mitte ausmerzen. Dafür treten Sie doch ein?«

»Ganz richtig. Und was kann ich für Sie tun?«

»Der große Nietzsche hat das alles schon vorhergesehen«, sagte er. Dieses Nietzsche-Zitat kam immer gut an. »Der Übermensch muss rücksichtslos sein, eine prachtvolle Bestie, die es nach Beute und Sieg gelüstet. Deshalb gewinnen wir Arier den Krieg und werden die neue Herrenrasse sein.«

»Hören Sie, Herr … äh … Wiese, wenn Sie sich für das Vortragsprogramm bewerben wollen, wir haben leider schon genügend Redner.« Sie lächelte kühl und abweisend.

Er dachte: Deine Arroganz wird dir gleich vergehen. Laut sagte er: »Die vielen Zwangsarbeiterinnen und Zwangsarbeiter, Sie wissen ja sicher, dass es da Kontakte zur deutschen Bevölkerung gibt. Ein großes Problem. Jemand, den Sie kennen, Georg Hartmann, macht sich regelmäßig eine Ukrainerin gefügig. Er kauft ihr Kleider, geht mit ihr ins Kino und treibt mit ihr Rassenschande.«

Sie stand auf. »Sie lügen.«

So schnell war sie dahin, ihre Überlegenheit. Er feixte innerlich. Nun musste er ihre Wut nur noch wie einen Feuerstrahl auf Georg Hartmann lenken. »Leider ist es die Wahrheit. Ich kann alles belegen.«

»So ein Mensch ist er nicht.«

»Ich habe mir schon gedacht, dass die Geschichte Sie kränken wird. Ist es nicht abscheulich? Wissen Sie, ich selbst kann ihn nicht anzeigen, besser wäre es, wenn Sie das tun würden. Wir können nicht hinnehmen, dass er weiter so rumhurt. Wir arbeiten zusammen, ja? Ich liefere Ihnen die Beweise, und Sie gehen zur Gestapo. Gemeinsam bringen wir den Kerl dahin, wo er hingehört.«

»Das ist nicht Sache meines Amtes«, sagte sie. »Gehen Sie bitte.«

»Wie?« Er stutzte. Sie war sichtlich erschüttert von der Nachricht. Warum weigerte sie sich, dem Hurenbock das Handwerk zu legen? »Sie sind doch für die Bewahrung des deutschen Blutes und Erbguts zuständig! Wir müssen etwas unternehmen. Sonst wächst uns in Neheim ein Geschlecht von Mischlingen und Bastarden heran!«

Ihre Lippen bebten. »Ich will Ihnen eins sagen: Wenn wir nur ein paar mehr Männer hätten wie Georg, dann würde es besser aussehen für unser Land. Mag sein, dass er gerade einen Fehler gemacht hat. Aber er hat Herz und Verstand. Sie sollten sich schämen, dass sie ihn verleumden.«

33

Lügen war schwieriger, als viele glaubten. Vor allem, wenn man jemandem gegenübersaß, der den menschlichen Körper zu lesen wusste. Nicht nur ich muss lügen, dachte Nachtauge, auch Eric Knowlden hat Wissen, das er zu verbergen versucht. Mit jeder Frage, die er mir stellt, verrät er etwas. Außerdem kann ich Schlüsse daraus ziehen, wie er auf das, was ich ihm antworte, reagiert. Ich muss mich bloß konzentrieren und die Augen offen halten.

Das Gesicht hatten Erwachsene für gewöhnlich im Griff, irgendwann im Kindesalter lernte man, bei einer Lüge seine Mimik zu bezähmen. Das arglose Gesicht, die falsche Freundlichkeit, das geheuchelte Lob – darin war jeder geübt.

Was kaum einer beachtete, waren die Signale, die Hände und Füße aussandten. Da, gerade jetzt, als Eric Knowlden sie fragte, ob sie am Eyebrook-Stausee gewesen sei, tippte er mit dem Fuß gegen das Stuhlbein, eine kurze Bewegung nur, aber deutlich sichtbar. Die Frage spannte ihn an, diese eine Frage unter Hunderten war wichtig.

Nachtauge verneinte.

Er stellte weitere Fragen. Um sicherzugehen, dass ihre Beobachtung richtig war, folgte sie eine Weile den Themen, die er anschnitt, und sagte dann plötzlich: »Was ist da los am Eyebrook-Stausee?«

Diesmal legte er die rechte Hand mit gespreizten Fingern auf das Bein, es sollte entspannt wirken, aber das tat es nicht. »Genau das möchte ich von Ihnen wissen. Sie waren also doch dort?«

»Bisher nicht, nein. Mich wundert nur, dass Sie danach fragen. Ist das nicht ein Landschaftsschutzgebiet?« Sie war so furchtbar müde. Ihre Worte hörten sich gelallt an, und die Augen brannten. Der Kopf schmerzte fürchterlich. Seit Tagen ließ man sie nicht schlafen. Wieder und wieder verhörte er sie, dann einer seiner Kollegen, dann erneut er, Knowlden.

»Ich warne Sie! Entweder Sie kooperieren, oder wir greifen zu den harten Mitteln.« Er sah auf die Uhr. »Ich habe jetzt einen Termin. Das ist Ihre letzte Frist. Wenn ich wiederkomme, reden Sie, oder es wird schmerzhaft für Sie werden.« An der Tür drehte er sich um. »Ich meine es ernst, Nachtauge. Ich habe Ihre Spielchen satt. Ihre Zeit läuft ab, und der letzte Gong wird Ihnen mächtig in den Ohren gellen, ich versprech's.«

Die konnten alles mit ihr anstellen. Fingernägel ausreißen. Gelenke zertrümmern. Niemand würde nach ihr fragen. Man warf ihren zerschundenen Körper in irgendein Loch und verscharrte sie. Bisher waren Knowlden und seine Kollegen zivilisiert mit ihr umgegangen, abgesehen von einigen Schlägen ins Gesicht und dem Schlafentzug und den ständigen Verhören. Warum zog er gerade jetzt die Zügel straff? Das musste eine Bedeutung haben. Stand der geheimnisvolle Einsatz kurz bevor, und sie mussten sichergehen, dass sie ihre deutschen Vorgesetzten nicht gewarnt hatte?

Die Soldaten brachten sie zurück in die Zelle. Auf dem Weg durch den Flur dachte sie nach. Eigentlich hatte sie vorgehabt, Scampton erst zu verlassen, wenn sie wusste, was die Briten mit dem geheimnisvollen Geschwader planten. Nun würde sie in der nächsten Stunde aus der Zelle ausbrechen müssen. Der Abend dämmerte bereits, das konnte ihr helfen.

Man stieß sie in die Zelle und verriegelte die Tür hinter ihr. Welche Bedeutung hatte der Eyebrook-Stausee für die geheime Operation? War es dieser See gewesen auf den Luftaufnahmen, die sie vor ihrer Festnahme mit der Minox abfotografiert hatte? Sicher nicht. Die Luftaufklärer überflogen das Deutsche Reich. Was wollten die Briten dort mit einem See?

U-Boote konnten in Flussmündungen hineinfahren, aber bis zu den Seen kamen sie nicht durch, dafür wurde das Wasser irgendwann zu flach. Und die umgebauten Bomber? Welchen Sinn hatte es, einen See zu bombardieren?

Sie streckte ihre Hände aus. Die Finger zitterten wegen des Schlafmangels. Zeit zu gehen. Auch wenn es bedeutete, die Mission erfolglos abzubrechen.

Sie schlüpfte aus dem rechten Schuh, schob die Fingernägel unter die Kante des Absatzes und zog die Nägel heraus. Vorsichtig öffnete sie die geheime Klappe und schüttete den Inhalt des Hohlraums auf das Bett. Der winzige Kompass war offenbar unversehrt. Sie hob ihn kurz in die Höhe, um zu sehen, ob die Nadel sich ausrichtete. Dann entfaltete sie die Landkarte aus Seide, bis das halbe Bett bedeckt war, und plante eine Fluchtroute. Sie prägte sich die Ortsnamen ein, die Lage der Flüsse, die sie zu überqueren hatte. Sie faltete die Karte wieder zusammen und stopfte sie in den Hohlraum im Schuh.

Das kleine Tütchen, das neben dem Kompass lag, riss sie auf und schüttete sich den Kohlenstaub auf die Handflächen. Sie spuckte darauf und vermischte den Speichel mit dem schwarzen Pulver. Sorgfältig schmierte sie sich das Schwarz auf die Stirn, die Nase, die Wangen. Den Rest verrieb sie über den Handrücken.

Den Schnürsenkel aus dem Schuh zu ziehen kostete einige Mühe – er saß sehr fest, sie musste ihn Stück für Stück herausfädeln. Als sie ihn draußen hatte, streifte sie die Stoffhülle des Senkels ab und befreite die Drahtsäge. Sie stellte sich auf das Bett, zog die Gigli-Säge um die mittlere Eisenstange im Fenster und fädelte ihre Finger in die Schlaufen. Sie begann zu sägen.

Der widerstandsfähige Draht arbeitete sich unendlich langsam in das Eisen. Nachtauge zwang sich, nicht ständig danach zu tasten, wie tief die Kerbe war. Glücklicherweise war sie eine schlanke Frau, eine der Stangen herauszunehmen würde genügen.

Draußen gingen Piloten vorüber. Sie duckte sich. Einer sagte: »Ich weiß nicht, sie ist mir direkt wieder hochgesprungen und hat mir den Rumpf zertrümmert. Kann von Glück reden, dass ich noch landen konnte. Ich bin einfach zu niedrig geflogen.«

Nachtauge stutzte. Wenn etwas wieder hochsprang, dann musste es zuvor herabgefallen sein. Meinte er die Bombe? Bauten die Briten eine springende Bombe?

Vielleicht brauchte man dafür das Wasser? Konnte eine Bombe wie ein flacher Stein über die Seeoberfläche springen? Aber das ergab keinen Sinn. Warum warf man die Bombe nicht direkt auf ihr Ziel, sondern ließ sie dorthin springen?

Sie arbeitete weiter. Bald schmerzten die Finger vom Sägen. Bunte Farbflecken erschienen vor ihren Augen, eine Folge des Schlafentzugs. In ihren Ohren rauschte es.

Eine Bombe springen zu lassen war nur dann vernünftig, wenn sie etwas überwinden sollte, eine Mauer, ein Hindernis. Der Eyebrook-Stausee ... Sie erstarrte. Stauseen besaßen eine Mauer. Und man schützte im Krieg die Talsperren mit Torpedonetzen. Eine springende Bombe würde über die Netze hinweghüpfen und gegen die Mauer krachen.

Plötzlich passte alles zusammen: Die Luftbilder auf dem Schreibtisch des Offiziers. Eric Knowldens Frage nach dem Eyebrook-Landschaftsschutzgebiet. Die Flugzeuge, denen man den mittleren Geschützturm entfernt hatte, damit sie eine schwerere Bombenlast tragen konnten. Die Bemerkung des Piloten.

Sie ließ die Säge los. Eine Gänsehaut überzog ihre Arme und den Rücken. Die wichtigsten Talsperren befanden sich im Ruhrgebiet, der Waffenkammer des Großdeutschen Reichs. Wenn es den Briten gelang, sie zu zerstören, war das eine Katastrophe mit Folgen für den Kriegsverlauf.

Eric fühlte sich fremd unter den vielen Piloten. Das dichte Gedränge erinnerte ihn auf ungute Weise an das Unglück im Luftschutzbunker von Bethnal Green Station. Warum hatte ihn Air Chief Marshal Harris zur Einsatzbesprechung eingeladen? Er hatte hier nichts verloren.

Seine Gedanken waren ganz bei Nachtauge. Das selbstsichere Verhalten der Agentin irritierte ihn. Von ihrem Partner hatten sie keine Spur gefunden, und sie hatten auch keine Funksprüche aufgefangen. Entweder, sie hatte den Partner erfunden, um für sich Zeit zu gewinnen. Oder der Partner existierte wirklich, Nachtauge und er hatten aber nicht genug über *Operation Chastise* herausgefunden, und versuchten nach wie vor, Informationen zu erlangen. Ihr neugieriges Nachfragen heute im Verhör würde dazu passen.

Gegen die erste Variante sprach außerdem die Kaltblütigkeit der Agentin. Ihr musste klar sein, dass man sie wegen Spionage hinrichten würde. Wenn sie aber nur von dem Wunsch getrieben würde, länger zu leben, und sich vor der Hinrichtung ängstigte, hätte sie längst versucht, zu verhandeln und ihm Informationen zu verkaufen im Austausch für ihr Leben.

Das bedeutete, der Partner existierte. Und glücklicherweise hieß es auch, dass sie das Ziel von *Operation Chastise* noch nicht kannten. Die Anlage war inzwischen besser geschützt. Gelang es ihnen, den Partner der Spionin die nächsten vierundzwanzig Stunden von ihr fernzuhalten, würde der Angriff die Deutschen unvorbereitet treffen.

Dennoch, da war etwas, das er übersah. Ein Puzzleteil saß am falschen Platz, das spürte er.

Wie sollte er klar denken bei dieser schlechten Luft und den durcheinanderredenden Piloten! Dauernd drängten sich die Stimmen der Piloten vor und behinderten seine Gedanken. Sie sprachen über das Luftkampftraining, das sie heute absolviert hatten.

Zwischen den Verhören von Nachtauge hatte er vom Boden aus zugesehen. Eines der Flugzeuge hatte eine Fahne im Schlepptau gehabt und versuchte, den anderen zu entkommen, während sie mit scharfer Munition auf die Fahne schossen. Er hatte jeden Moment damit gerechnet, dass versehentlich eine Lancaster getroffen werden würde, oder dass zwei Flugzeuge am Himmel zusammenstießen und abstürzten. Nichts dergleichen geschah. Diese zwanzig Piloten gehörten zu den Besten der Welt. Und sie waren kurz davor, ihr Leben zu riskieren, um den Deutschen einen vernichtenden Schlag zuzufügen. Natürlich waren sie in Unruhe.

Noch wusste keiner von ihnen bis auf Wing Commander Gibson, für welches Ziel sie trainiert hatten. Eine gute Vorsichtsmaßnahme, das Ziel sogar vor den Piloten geheim zu halten. Womöglich war es allein deshalb Nachtauge verborgen geblieben.

Harris sagte: »Schließen Sie bitte die Tür.«

Kenneth Fraser, der als Letzter den Raum betreten hatte, machte die Tür hinter sich zu. Er wirkte immer noch niedergeschlagen, aber das war auch richtig so, fand Eric, sie hätten es nicht bloß bei einer Rüge belassen müssen, wären sie strenger gewesen, wäre er entlassen worden. Seine hervorragenden Leistungen als Pilot machten ihn kostbar für die Royal Air Force, das hatte ihm – für dieses Mal – den Hals gerettet. Hoffentlich lernte er seine Lektion.

Harris löste sich vom Tisch, an dem er sich abgestützt hatte, und sagte: »Ich weiß, es ist eine Herausforderung, die Lancaster zu fliegen mit diesem Eisenklumpen von fünf Tonnen unter der Mühle, dicht über dem Boden mitten durchs Feindgebiet und ohne den mittleren Schützen. Aber ihr habt bewiesen, dass ihr dazu in der Lage seid.« Er fuhr sich mit Zeigefinger und Daumen über den Schnauzbart. »Eine Studie des Luftfahrtministeriums zeigt, dass es bei unseren Bombenangriffen nur einer von zehn Piloten in einen Fünf-Meilen-Radius seines Ziels schafft.«

Die Piloten lachten.

»Ihr seid besser. Deshalb setzen wir bei euch nicht auf Masse, sondern auf Klasse. Aber seid ihr gut genug, um nachts eine Mauer zu treffen?«

Es wurde still.

»*Operation Chastise* richtet sich gegen die Talsperren in Deutschland, allen voran die Möhnetalsperre. Wie ihr wisst, arbeiten wir erstmals mit rotierenden Bomben. Das verbessert die Flugeigenschaften und hilft beim Aufprall dabei, sie in die Höhe zu heben. Damit vermehrt sich die Anzahl der Sprünge auf dem Wasser. Wir haben alles durchdacht, seit Monaten. Raketen, Torpedos, Fallschirmspringer, ein unbemanntes Flugzeug. Sogar an ein fliegendes Boot haben wir gedacht, vollgepackt mit Dynamit. Aber jeder dieser Pläne erwies sich als nicht durchführbar. Ihr seid unsere einzige Chance. Eure Bomben müssen die Abwehrmechanismen der

Deutschen überspringen und exakt an der Mauer ihren letzten Sprung vollenden, bevor sie an der Innenseite der Talsperre hinuntersinken. Durch die Rückwärtsrotation bleiben sie dabei immer im Mauerkontakt. Sie detonieren in neun Metern Tiefe. Der Abwurfzeitpunkt muss exakt stimmen. Die Bombe springt zuerst sechzig Meter, dann immer kleinere Abstände, überspringt die Netze, und schlägt an der Mauerkrone an.«

»Wie sieht es mit Flak aus?«, fragte einer der Piloten. »Bei der Möhnetalsperre, meine ich.«

»Luftaufnahmen zeigen Flakstände auf den Schiebertürmen und drei weitere Flakgeschütze auf einer Wiese nordwestlich unterhalb der Möhnesperrmauer. Im Anflug seid ihr etwa dreißig Sekunden lang im Flakfeuer, dann seid ihr über die Mauer geflogen und außer Reichweite. Um die Flakbesatzung einzuschüchtern, verwenden wir für diesen Einsatz hundert Prozent Leuchtspurmunition. Vielleicht können eure Bordschützen ein oder zwei Nester ausschalten. Priorität bleibt aber die Mauer.«

Ein anderer Pilot sagte: »Darf ich offen eine Frage stellen, Sir?«

»Natürlich.«

»Warum schicken Sie uns gegen die Talsperren? Wären die Waffenfabriken nicht effektiver? Die Hoesch-Werke in Dortmund zum Beispiel?«

Harris hob die Brauen. »Ich erkläre euch, warum euer Angriff Einfluss auf den gesamten Kriegsverlauf nehmen wird. Ihr werdet nicht nur eine Katastrophe größten Ausmaßes im Ruhr- und Möhnetal auslösen, wenn die Talsperren brechen und das Wasser die Städte überflutet. Ihr werdet nicht nur die Moral der Bevölkerung zerschmettern. Zwischen der Möhnetalsperre und Mülheim liegen außerdem dreizehn Wasserkraftwerke mit einer Gesamtarbeitsleistung von zweihundertfünfzigtausend Kilowatt. Selbst wenn nicht alle Kraftwerke durch die Flut zerstört werden, können sie anschließend nicht mehr mit voller Kraft arbeiten, weil sie durch das Flutwasser verschlammen. Außerdem verwenden die Kohlekraftwerke der Region das Wasser aus den Stauseen zum Kühlen, vor allem im Sommer – sind die Seen leer, müssen sie ihre Leistung drosseln. Der moderne Krieg braucht die Industrie. Die Industrie braucht Strom. In den Waffenfabriken des Ruhrgebiets ist es zappenduster und still, wenn wir ihnen den Strom nehmen. Und die Schwerindustrie benötigt das Talsperrenwasser ebenso zur Kühlung wie die Kraftwerke. Hochöfen, Kokereien und Bergwerke können ohne dieses Wasser nicht arbeiten, desgleichen die Chemiewerke nicht.«

Eric dachte nach. Dass Nachtauge über *Operation Chastise* im Unklaren war und ihn deshalb im Verhör auszuhorchen versuchte, erklärte einiges, aber nicht ihre Gelassenheit. Niemand, der kurz vor der Hinrichtung stand, verfolgte derart kaltblütig seinen Auftrag. Warum sah man keine Anzeichen von Angst bei ihr? Rechnete sie damit, dass ihr Partner sie zu befreien versuchte?

Die sonore Stimme von Bomberchef Harris füllte den Raum. »Die Fabriken in der Region werden mit Schiffen über die Ruhr beliefert. Öffnen wir die Möhnetalsperre, wird durch die Überflutungen der Schiffsverkehr erheblich gestört. Auch über Weser und Mittellandkanal, wo die Deutschen ebenfalls Kriegsmaterial transportieren. Diesen Weg schneiden wir ihnen ab. Zudem wird es Schäden am Schienensystem geben. Eine wichtige deutsche Eisenbahnlinie läuft parallel zu Möhne und Ruhr und kreuzt sie immer wieder. Die Flutwelle wird sich in den engen Tälern meterhoch aufstauen, die Brücken niederreißen und die Schienen überfluten. Und weil das Deutsche

Reich unter Benzinmangel leidet, können sie die kohlebetriebenen Eisenbahnen nicht durch Lastkraftwagen ersetzen. Und zu guter Letzt ist das Ruhrgebiet dicht besiedelt und auf das Trinkwasser aus den Talsperren angewiesen. Durch den Angriff wird es zu Ausfällen kommen, die in der Bevölkerung Panik auslösen dürften. Vier bis fünf Millionen Menschen werden ohne Trinkwasser sein.«

Die Gesichter der Piloten leuchteten. Sie sahen plötzlich, dass sie den Krieg entscheidend beeinflussen konnten, dass sie persönlich einen Wandel herbeiführen würden im Weltgeschehen.

Harris sagte: »Der Angriffsbefehl vom Generalstab wurde erteilt. Wir haben ein enges Zeitfenster, die Vollmondphase endet bald, und wir brauchen gute Sicht für den Angriff. Die erforderliche Wasserstauhöhe in den Talsperren ist erreicht. Jetzt darf nichts mehr schiefgehen. Ich sage euch, das wird kein Kinderspiel. Nicht alle von euch werden heimkehren. Die Lancaster ist eine schwere Maschine, und wir muten ihr eine große Bombenladung zu. Mit diesem schweren Baby müsst ihr es im Tiefflug hinter das Ruhrgebiet schaffen, und ihr wisst, wie stark es verteidigt ist. Was ihr morgen Nacht tut, ist ein Meisterstück. Also bereitet euch gut vor. Cochrane übernimmt und erklärt euch die aktuellen Luftbilder und die beiden geplanten Einflugrouten.«

Er durfte Nachtauge nicht unterschätzen. »Ist das nicht ein Landschaftsschutzgebiet?«, hatte sie gefragt und dabei spöttisch die Mundwinkel herabgezogen. Sie fühlte sich offensichtlich überlegen. Woher rührte diese Selbstsicherheit? War einer der Soldaten bestochen, hatte sie Komplizen in Scampton?

Tar Robertson, der Chef der Abteilung B1A für Doppelagenten, hatte kürzlich behauptet, sämtliche deutschen

Agenten in England seien inzwischen entweder unschädlich gemacht oder umgedreht. Natürlich wusste jeder, dass das nicht stimmte. Genau diese Überheblichkeit ließ sie Fehler machen.

In den letzten vierundzwanzig Stunden vor dem Einsatz durfte er nichts dem Zufall überlassen. »Bitte entschuldigen Sie mich«, sagte er, und verließ den Raum. Er durchquerte eilig den Flur und trat aus dem Gebäude. Draußen dämmerte es bereits, über den Häusern des Dorfs leuchtete ein glutrotes Wolkenband.

Das Heck einer Lancaster wurde von einem Kran in die Höhe gehoben, etliche Männer packten mit an, um den Rumpf des Bombers zu dirigieren. Ein Bombentieflader fuhr eine gewaltige eiserne Tonne unter das Flugzeug. Mit Winden und Drahtseilen zog man sie zwischen die Haltevorrichtungen unter den Flügeln. Bald sah es aus, als hielte das Flugzeug den Vorderteil einer Dampfwalze in seinen Klauen.

Auch die anderen Lancasters wurden von Technikern umschwärmt. Jugendliche Hilfskräfte vom Air Training Corps verluden Leuchtspurmunition für die Bordgeschütze. Aus den Werkstätten hallten Hammerschläge herüber.

Eric wies die beiden wachhabenden Soldaten an, ihm zu folgen, sich aber aus dem Sichtfeld der Tür herauszuhalten. »Ich möchte nicht, dass die Agentin euch sieht.« Es war genug Gesichtsverlust, dass er nach dem Rechten schaute. Sie sollte nicht glauben, er habe Angst vor ihr.

Ein breitschultriger Kerl händigte ihm den Schlüssel aus. Eric nahm sich vor, die Wachen zu verdoppeln. Vier Männer zu bestechen war erheblich schwieriger, als zwei Leute auf seine Seite zu ziehen. Er schloss die Tür der Zelle auf und öffnete sie. Nachtauge stand mit dem Gesicht zum Fenster da. Warum hielt sie ihm den Rücken zugedreht?

Er tastete nach der Smith & Wesson, ohne den Blick von ihr zu nehmen. Als er den Lederverschluss des Halfters öffnete, fuhr die Agentin plötzlich herum. Ihr Gesicht war schwarz, es erschreckte ihn. Er riss den Revolver heraus, doch schon war sie bei ihm. Etwas dünnes Langes blitzte in ihren Händen auf, sie versuchte hinter ihn zu gelangen, ein Draht schloss sich um seinen Hals, er konnte gerade noch die Waffe hochreißen. Mit dem Lauf des Revolvers hielt er sich den Draht von der Kehle fern. Die verletzte Schulter pochte, und das kalte Metall des Revolvers wurde vom Draht immer enger an den Hals gepresst. Rechts und links schnitt er ihm bereits in die Haut. Er gab einen erstickten Laut von sich. Wenn sich jetzt ein Schuss löste, würde ihm seine eigene Kugel von unten durch den Rachen in sein Gehirn jagen.

»Die Hände hinter den Kopf!«, donnerte es von der Tür her.

Gott sei Dank, dachte er, die Wachen sind nicht bestochen.

Nachtauge ließ den Draht los, hob ihre Hände. Sie hätte schneller sein müssen. Ohne diesen verfluchten Schlafmangel läge Eric Knowlden jetzt tot am Boden, und sie würde seine Waffe auf die zwei Männer richten, die vor der Tür der Zelle standen.

Während des Trainings hatte sie mit zehn anderen in einem Raum gestanden, der Ausbilder verwickelte sie in ein Gespräch, und dann sagte er plötzlich eine Zahl, ohne Vorwarnung. Sie warf sich auf den Boden und schoss auf die menschenförmige Zielscheibe mit der genannten Nummer, sechs Schüsse in Zweierpaaren. Keiner hatte die ersten Schüsse so rasch abfeuern können wie sie. Sie war gut gewesen, die Beste. Wurde deshalb von Canaris, dem Chef der Abwehr, eingeladen in sein Haus in der Dianastraße 17, Berlin-Schlachtensee.

Sie zitterte wegen des Adrenalins und des Schlafmangels. Ich hätte schneller sein müssen, dachte sie.

Eric Knowlden sah vom Draht zum Fenster hinauf. Noch während er sich den blutenden Hals hielt, stieg er auf das Bett und fand die Stange, die sie zur Hälfte durchgesägt hatte. Er war blass. »Sie sind gut«, sagte er. »Aber nicht gut genug.«

34

Die Mischung aus Sorge und Verärgerung in Annelieses Gesicht ließ keinen Zweifel daran aufkommen, dass sie wusste, weshalb er verschlafen hatte. Sie brauchte es ihm nicht vorzuwerfen, und er versuchte nicht, es abzustreiten. Er hatte gestern Luminal genommen, und zwar eine so gehörige Dosis, dass er sich selbst jetzt, nach dem Aufwachen, noch schlapp und müde fühlte. »Dein Bruder treibt mich in den Wahnsinn«, sagte er, während er die bleiernen Füße über die Bettkante hob und sich vom Bett wälzte. Er hätte letztes Wochenende im Schwimmbad einen Schlussstrich ziehen sollen ohne Wenn und Aber. »Bring mir bitte Socken, eine frische Unterhose und das Hemd von gestern.«

»Hab ich alles schon hier, mach die Augen auf!«, sagte sie und hielt ihm ein Bündel Kleider hin. »Georg kann wohl kaum als Entschuldigung dafür herhalten, dass du tablettensüchtig bist, Axel.«

»Wenn du wüsstest, was dein feiner Bruder so anstellt.« Er zog sich die Socken mühselig über die schweißigen Füße.

»Den Zug kurz nach sieben schaffst du nicht mehr.«

Lag da ein Hauch von Schadenfreude in ihrer Stimme? Er hätte den schwarzen Mercedes genommen, wenn nicht die Benzinzuteilung bereits jetzt, Mitte des Monats, nahezu aufgebraucht gewesen wäre. Und vielleicht brauchten sie den Wagen ja noch für Festnahmen. Er wollte dem Kriminaldirektor nicht zusätzlich zu seinen Verspätungen noch erklären müssen, warum er Delinquenten mit der Eisenbahn brachte statt mit dem Dienstwagen. »Dann nehme ich den Zug eine Minute vor acht.«

Durch die längere Umsteigezeit in Schwerte würde er mehr als eine Stunde zu spät kommen. Er würde erst halb zehn im Büro sein. Fahrig schlüpfte er in das Hemd. Er schloss, um Zeit zu sparen, nur jeden zweiten Knopf. Die Nähte der Hose knackten, als er sie sich über das Gesäß zog. »Es ist Samstag. Sie werden mir schon nicht den Kopf abreißen.«

»Hoffen wir es. Ich hab dir ein Brot gemacht.«

»Mir wäre lieber gewesen, du hättest mich geweckt.« Gleich nachdem er es gesagt hatte, wurde ihm bewusst, dass er zu weit gegangen war.

Anneliese wurde weiß um die Nase. »Ich habe dich geweckt, und zwar sieben Mal! Aber du bist ja nicht wachzukriegen, wenn du diese Droge in dir hast. Wir hatten eine Vereinbarung! Du hast mir versprochen, das Zeug nicht mehr zu nehmen.«

»Ist ja gut, reg dich nicht auf. Ich hab das im Griff.« Der Kopf dröhnte ihm, und die Augen brannten. Er brauchte Kaffee. Vielleicht war im Büro noch etwas echter Bohnenkaffee aufzutreiben.

Heute gab er Anneliese keinen Kuss, als er die Wohnung verließ. Er hätte auch nicht gewusst, wie sie reagiert hätte auf den Versuch einer Zärtlichkeit. Vielleicht hätte sie den Kopf weggedreht, das hätte ihn verärgert und wäre im Übrigen auch völlig unangemessen – er nahm mal ein paar Schlaftabletten, was war schon dabei? Sollte sie sich ruhig grämen, weil er sich nicht verabschiedet hatte. Dann tat es ihr leid, wie sie ihn beschimpft hatte.

Um Geld zu sparen, fuhr er dritter Klasse. Luminal war teuer in Dortmund. In Neheim bekam er diesen Monat nichts mehr, in der Apotheke in der Adolf-Hitler-Straße war er erst kürzlich gewesen, da musste er mit dem nächsten Einkauf bis zum Juni warten, und in die Westfalen-Apotheke wagte er sich überhaupt nicht mehr, der Apotheker sah ihn jedes Mal so tadelnd an. Irgendwann würde der Kerl Meldung machen. Dieses Risiko durfte er nicht eingehen.

Kühl war es in Schwerte am Bahnsteig. Axel rieb sich die Oberarme. Er musste über eine Viertelstunde auf den Anschluss nach Dortmund warten. Ein langer Zug der Wehrmacht fuhr durch, er war so vollgepackt, dass die Soldaten in den Abteilen standen.

Endlich schnaufte seine Bahn ein. Quietschend kam sie zum Halt. Er stieg ein und suchte sich einen Platz. Der Zug war viel leerer als der frühe Zug, den er sonst nahm. Nach einer knappen halben Stunde Fahrt hatten sie Dortmund erreicht, der Zug schlich in den Bahnhof, als führe er auf rohen Eiern. Die Schäden des heftigen Bombenangriffs vor zehn Tagen waren bisher nur provisorisch instand gesetzt worden. Auch jetzt noch arbeiteten sie mit großen Stemmeisen, mit Flaschenzügen und Holzgerüsten an den Gleisen. Auf den schmalen, frei geräumten Wegen drängelten sich die Passagiere. Vor ihm ging eine dicke Frau, als ihm der Geduldsfaden riss, drängte er sich mit zwei Ellenbogenstößen an ihr vorbei.

Er eilte in die Steinstraße. An der Pforte brummte der Diensthabende: »Kreuter will Sie sehen.« Axel sank das Herz. Wenn der Kriminaldirektor sich die Mühe machte, beim Pförtner nach ihm zu fragen, stand es nicht gut.

Er brauchte eine plausible Entschuldigung für seine Verspätung. Im Treppenhaus überlegte er, was er sagen würde. Kreuters Vorzimmerdame war offenbar schon informiert, sie winkte ihn stumm zum Vorgesetzten durch.

Der Kriminaldirektor und SS-Sturmbannführer sah nicht einmal von seiner Arbeit auf. »Na, Rottländer, bequemen Sie sich auch mal her?«

»Meine Tochter, Herr Kriminaldirektor, sie hat Scharlach.«

»In letzter Zeit scheint sie oft krank zu sein.«

Kreuter hatte seine unvorteilhafte Gestalt in eine enge Uniform gezwängt. Man glaubte kaum, dass er westdeutscher Meister im Tischtennis war. Axel versprach: »Das wird wieder besser werden, Herr Kriminaldirektor.«

»Schauen Sie bitte einmal aus dem Fenster.«

Ein Blick reichte, um festzustellen, wie schlimm es Dortmund getroffen hatte: Von etlichen Häusern standen nur noch die Mauerstümpfe. Dazwischen schufteten Zwangsarbeiterkolonnen.

»Was sehen Sie?«

»Den Bahnhof, Herr Kriminaldirektor.«

»Nein. Sie sehen den Krieg!«

»Ja, Herr Kriminaldirektor.«

»Das richten unsere Feinde bei uns an, während Sie am Bettchen ihrer Tochter sitzen. Haben Sie keine Frau, die sich um die Kinder kümmert?«

»Doch, Herr Kriminaldirektor.«

»Kennen Sie dieses Lied?« Kreuter sang, etwas schief: *»Es geht alles vorüber, es geht alles vorbei. Auf jeden Dezember folgt wieder ein Mai. Es geht alles vorüber, es geht alles vorbei. Doch zwei, die sich lieben, die bleiben sich treu.«*

»Das ist der berühmte Schlager von Lale Andersen.« Vielleicht kam er mit einer Ermahnung davon. Immerhin hatte Kreuter die Lüge von Lillis Scharlach geschluckt. Und jetzt sang er sogar.

Unerwartet schlug der Kriminaldirektor mit der flachen Hand auf den Tisch und brüllte: »Und jetzt sehen Sie sich diesen verruchten Zettel an!«

Auf dem Schreibtisch lag ein kleines Blättchen. Sofort erkannte er die Machart, es musste vom Streichholzschachtelpartisan sein. Darauf stand:

Es geht alles vorüber, es geht alles vorbei,
erst geht der Führer und dann die Partei.

»Das ist ja ungeheuerlich«, stammelte er. »So etwas zu wagen …«

Kreuter schrie: »Das ist Ihr Fall! Warum ist der Kerl noch nicht geschnappt? Sie jagen ihn jetzt seit vier Wochen. Überall taucht seine Lügenpropaganda auf, die Leute reden zu Hunderten davon!«

»Wir sind ihm dicht auf den Fersen, Herr Kriminaldirektor. Wir …«

»Dann schnappen Sie ihn endlich!«

Seltsam, dass ausgerechnet jetzt Hans nicht da war. Für den Misserfolg musste er allein geradestehen. Bei einer Auszeichnung wäre er natürlich zur Stelle gewesen. »Geben Sie mir noch eine Woche, Herr Kriminaldirektor.«

»Sie haben drei Tage. Dann will ich ihn hängen sehen. Und jetzt raus mit Ihnen, fangen Sie endlich an zu arbeiten! Während Leute wie Sie es sich bequem machen, kämpfen wir anderen den totalen Krieg. Da sehe ich nicht länger zu. Ich dulde keine Charakterlosen in meiner Staatspolizeileitstelle! Heil Hitler!«

»Heil Hitler!« Ihm schwindelte. Er taumelte die Treppe hinunter, fand mit Mühe sein Büro. Er setzte sich, stützte die Ellenbogen auf den Schreibtisch und vergrub das Gesicht in den Händen. Es sah nicht gut aus für ihn. Überhaupt nicht gut.

Er rief: »Hans!«

Keine Antwort.

»Hans!«, donnerte er.

Eine Sekretärin steckte den Kopf durch die Tür und sagte: »Hans Krick hat um die Versetzung gebeten, er arbeitet jetzt Kriminalinspektor Pankow zu.«

Soso. Der ehrgeizige Emporkömmling hatte festgestellt, dass er an seiner Seite nicht weit kommen würde, und sich zum bissigen Pankow versetzen lassen. Die Ratten verließen das sinkende Schiff. Glaubte hier jeder, dass er verloren war?

Seine Kehle zog sich zu. Mühevoll rang er nach Luft. Er dachte: Wenn jetzt auch noch rauskommt, dass mein Schwager eine Ostarbeiterin versteckt, bin ich geliefert.

Er war zu weich gewesen, viel zu weich. Er musste die Sache beenden, reinen Tisch machen. Und sich dann mit aller Kraft dem Partisanen widmen. Wem schadete Georg denn mit seiner Morallosigkeit? Der eigenen Familie. Da sollte es auch die Familie sein, die ihn ausstieß.

Er würde seinen Ruf als knallharter Beamter zurückgewinnen. Kriminaldirektor Kreuter hörte sicher davon, eine Geschichte wie die, dass ein Lagerführer mit einer Ukrainerin angebandelt hatte, machte in der Steinwache schnell die Runde. Bald würde man auch erzählen, dass der eigene Schwager den Schandfleck ausgemerzt hatte.

Anneliese musste er glauben machen, dass Eva ihn aus Enttäuschung und Wut verraten hatte. Und wenn sie doch von seiner Beteiligung hörte, würde er ihr sagen, dass die Gefahr bestanden habe, dass sie beide stürzten, und was wäre aus Georg geworden ohne seinen Schutzpatron bei der Gestapo? Ja, das war eine befriedigende Lösung.

Er hob den Telefonhörer ab und wählte. »Rottländer, im Hause. Ich brauche ein Greifkommando für heute Nacht.«

»Die Post, Herr Lagerführer.«

Georg stand vom Schreibtisch auf und nahm dem Briefboten die Post ab. »Danke.«

Er setzte sich wieder und öffnete einen Brief vom Marienhospital in Arnsberg. Hatte seine Beschwerde etwas bewirkt? Er las:

Sehr geehrter Herr Hartmann,

Ostarbeiter zahlen zwar einen Pauschalbetrag von 2 RM an die kassenärztliche Vereinigung und an die Ortskrankenkasse, sie sind aber nicht krankenversichert, sondern krankenversorgt. Ihnen stehen Baracken auf dem Krankenhausgelände zur Verfügung. In Ihrem Fall waren die Ostarbeiterinnen durch ihre Erkrankung nicht mehr arbeitsfähig und es war mit einer kurzfristigen Besserung nicht zu rechnen. Daher lohnte sich die Behandlung nicht, und wir haben sie zum Sterben in Ihr Lager zurückgeschickt. Das entspricht der gängigen Praxis. Alternativ können die unheilbar kranken Frauen auch in ihre Herkunftsländer verschickt werden.

Er dachte an die verstorbenen Frauen, ihre angeschwollenen Gesichter und wie sie sich im Fieber hin und her geworfen hatten. Fleckfieber war nicht unheilbar. Aber offenbar fand man, dass Ostarbeiterinnen die Mühe nicht wert waren.

Von draußen hörte er Plöger wütend rufen: »Wo hast du das her? Antworte!«

Ein Kind schrie vor Angst. Schläge knallten.

Er lief zur Tür. »Lassen Sie den Jungen in Ruhe!«, rief er.

Plöger ließ von dem kleinen Bündel Mensch ab, das vor ihm im Dreck lag. »Der Bursche hat sich Reifengummi unter die Schuhsohlen gebunden. Das muss er doch irgendwo herhaben! Was, wenn er draußen in der Stadt Autoreifen zersticht?«

Georg bückte sich und half dem Kind auf. »Komm, ich bring dich in dein Zimmer.« Die Schuhe nahm er Plöger ab. Der Junge humpelte. Er schluchzte herzerweichend. Die Mutter des Kindes würde erst am Abend heimkehren, müde von der Fabrikarbeit. Es war niemand da, der seine Tränen trocknete.

Und ich, dachte er, ich helfe mit, diesen furchtbaren Ort am Laufen zu halten. Ich bin verantwortlich für all das hier.

Im Flur der Baracke fragte er ihn: »Woher hast du die Gummistücke?«

Der Junge wimmerte zwischen den Schluchzern: »Da lag ein kaputter Reifen im Straßengraben. Von dem hab ich den Gummi abgeschnitten. Die Schuhe sind doch ganz kaputt! Ich brauch eine neue Sohle.«

Er sprach gutes Deutsch. Der Koch unterrichtete die Kinder, freiwillig. Offenbar war dieser Junge ein helles Köpfchen. »Du hast es richtig gemacht.« Georg öffnete ihm die Zimmertür. Drinnen hockten zwei kleine Mädchen verängstigt auf dem Bett der Mutter. Sie hatten das Geschrei gehört. Er schloss die Tür hinter sich. »Ich will euch etwas sagen. Dieser Krieg ist irgendwann zu Ende, und dann könnt ihr das Lager verlassen und mit eurer Mutter in einer richtigen Wohnung leben. Ihr werdet zur Schule gehen, Fahrradfahren lernen und einen Ball zum Spielen haben und richtige Puppen, und es wird gutes Essen geben und Spielkameraden im Haus. Die schlimme Zeit geht irgendwann vorüber. Das könnt ihr mir glauben.«

Die Kinder sahen ihn mit großen Augen an.

»Und wisst ihr, warum ich das weiß? Ich bin Lehrer. Und als Lehrer muss ich die Wahrheit sagen.« Er strich dem Jungen über das Haar. »Jetzt ist es elf. In sieben Stunden ist deine Mutter wieder hier. Sie wird stolz auf dich sein, dass du deine Schuhe repariert hast.« Er gab sie ihm. »Ihr seid sehr tapfer, Kinder.« Dann verließ er das Zimmer.

Als er nach draußen trat, war Plöger verschwunden. Es war ihm gleich, ob der Wachmann wütend auf ihn war. Keinen Tag länger würde er das Unrecht mehr unterstützen.

In der Bürobaracke suchte er seine persönlichen Dinge zusammen. Kurz geriet er in Versuchung, auch die Briefmarken einzustecken und die Dienstkasse zu leeren, aber er riss sich zusammen und ließ sie unberührt. Er war kein Dieb. Was er tat, hatte mit seinen Überzeugungen zu tun. Er sperrte ab. Da Plöger auch auf sein Rufen hin nicht aus der Wachbaracke kam, schloss er sich selbst das Tor auf. Das Lager ein für alle Mal zu verlassen, hob eine Last von seinen Schultern. Er empfand es als Befreiung.

Natürlich würden sie einen anderen finden, der die Leitung übernahm. Doch damit hatte er sich lang genug herausgeredet. Je mehr Leute sie hatten, die ein Zwangsarbeiterinnenlager oder ein Straflager leiteten, desto mehr von solchen Lagern konnten sie eröffnen. Er würde nicht länger dazu beitragen.

In der Reichsbanknebenstelle in der Bismarckstraße hob er zweitausend Mark ab. Vierhundert Mark ließ er stehen. Das gesamte Konto leer zu räumen, wagte er nicht, sonst roch die Bankangestellte vielleicht Lunte und benachrichtigte die Gestapo.

Was würden sie tun, wenn das Geld aufgebraucht war? Würde er eines Tages gezwungen sein, doch zum Dieb zu werden? Hier, wo jeder ihn kannte und er vielleicht sogar mit Hilfe rechnen konnte, war es für ihn und Nadjeschka zu gefährlich. Sie mussten untertauchen. Am besten versteckten sie sich in den Ruinen von Dortmund, bis er ihnen falsche Pässe besorgt hatte.

Er verließ die Bankfiliale. Sein Blick fiel auf das Realgymnasium. Prächtig wie ein Palast erhob es sich über die umliegenden Häuser. Wie froh war er gewesen, als er von der Oberschule für Mädchen in Arnsberg hierher hatte wechseln dürfen! Wenn er jetzt seinen Posten im Lager hinschmiss, würde er nie wieder in die Schule zurückkehren dürfen. Er war einunddreißig, Lehrer zu sein, Schülern Wissen nahezubringen, war sein Traumberuf. Künftig von der Hand in den Mund zu leben, als Bettler, als Illegaler – war er wirklich dazu bereit?

Zweifel stiegen in ihm auf. Er war nicht zum Rebellen geboren, war nie ein Abenteurer gewesen. Ohne Sicherheit und ein geordnetes Leben ging er ein.

Das Fenster des Lehrerzimmers öffnete sich. »Georg, was machst du denn hier? Gut, dich zu sehen.« Paulheinz Schmauser winkte. »Komm mal rauf!«

Bevor ihm eine Ausflucht eingefallen war, schloss sich das Fenster wieder. Zögerlich betrat er das Schulhaus. Im Foyer fegte der Hausmeister Kehrpulver über die alten Dielen, es roch beißend nach Fußbodenöl.

Die Hitlerbüste auf dem Podium, das Bild von Hermann Göring, die gelbliche Wandfarbe – all das war ihm vertraut wie die eigene Wohnung. Er grüßte den Hausmeister. Als sei er nie fort gewesen, sah der Hausmeister auf, grüßte zurück und kehrte weiter.

An der Tür zum Lehrerzimmer wartete Paulheinz. Strahlend bat er ihn herein. Andere Lehrer sahen von ihren Tischen auf und nickten ihm zu. So war das vor zwei Jahren nicht gewesen, als er, um nicht an die Front zu müssen, die Stelle als Lagerführer angenommen hatte. Damals schnitt man ihn, mied ihn, als habe er eine ansteckende Krankheit. Er hatte als feige gegolten.

Paulheinz sagte: »Wir wollen dich wiederhaben, Georg. Dieses Barackenlager, das ist doch nichts für dich. Hör zu, ich hab mit Oberstudiendirektor Fliehgeist gesprochen, und er hat noch mal bei der Schulaufsichtsbehörde in Münster vorgesprochen. Die Sache sieht gut aus.«

Seine Brust weitete sich vor Glück. Endlich bekam er wieder festen Boden unter die Füße.

»Du meinst, ich könnte als Lehrer arbeiten und gleichzeitig als kriegswichtig gelten?«

Paulheinz beugte sich vor und raunte. »Keiner von uns hier gilt als kriegswichtig. Aber ich kenn einen Arzt, der einem eine Herzkrankheit attestiert. Dann bist du untauglich für die Front. Jeder hier weiß, dass du ein guter Lehrer bist. Die Schüler haben dich gemocht, und du hattest deine Klasse immer im Griff. Wir brauchen dich!«

Er hörte im Lager auf, er tat wieder etwas Sinnvolles, etwas Gutes. Auf Nadjeschka würde er schon irgendwie aufpassen, sie blieb bei Großvater. Und dass er häufiger seinen Großvater besuchte, das verstand doch jeder. Niemand würde von ihr erfahren. Er stammelte: »Ich bin ein wenig aus der Übung, fürchte ich.«

»Ach was!« Paulheinz lachte. »Einer wie du kommt nicht aus der Übung, du bist durch und durch Lehrer, das verlernt man nicht.«

Als es zum Ende der Pause klingelte, fuhr Paulheinz zusammen. »Ich muss in den Unterricht, willst du so lange hier warten? Oder du kommst mit. Warum nicht? Dann sagen wir Fliehgeist gleich, dass du hospitiert hast und im aktuellen Stoff drin bist. Müssen ihm ja nicht auf die Nase binden, dass es Mathe war.« Er zog ihn plaudernd mit sich. »Wir haben jetzt eine abschließbare Kleiderkammer. Mit dem Diebstahl von Jacken und Mützen ist es endgültig vorbei. Ach, ich bin froh, dass du wieder da bist. Die Untertertianer werden gleich besser spuren, wenn du mit drinsitzt. Du behältst die Jungen in den hinteren Bänken im Blick, ja?«

Ehe er es sich versah, stand Georg im Klassenzimmer, und knapp dreißig Jungen erhoben sich und grüßten: »Heil Hitler!« Es war wie eine lang ersehnte Heimkehr. Am liebsten hätte er sich gleich an das Lehrerpult gestellt und eine Unterrichtsstunde über Friedrich den Großen abgehalten.

Paulheinz Schmauser erwiderte den Gruß der Schüler. Dann sagte er: »Ein Lehrerkollege, Georg Hartmann, wird heute hospitieren. Setzt euch!« Er wandte sich mit gedämpfter Stimme an Georg: »Du kannst dort hinten neben Leonhard Platz nehmen.«

Auf dem Weg durch das Klassenzimmer bestürmten ihn Dutzende Erinnerungen. Die grün lackierten Pulte der Schulbänke, die Federhalterrinnen, das Porzellantöpfchen in jedem Tisch mit seinem bleiernen Schiebedeckel. An den Rändern des Töpfchens waren die Tische mit Tinte befleckt, weil die Schüler die Feder nach dem Eintauchen immer am Töpfchenrand abstreiften, damit nicht zu viel Tinte anhaftete und ins Heft kleckste. Das hinterließ seine Spuren.

Die Wand war bis zur Brusthöhe mit abwaschbarer Ölfarbe in einem Ockerton gestrichen, darüber hing das obligatorische Hitlerbild wie in jedem Klassenzimmer, Hitler hielt energisch die rechte Hand in die Hüfte gestemmt, unterschrieben mit: »Ein Volk, ein Reich, ein Führer!« Das würde er schon aushalten. Ob der Kaiser da hing oder der Führer, spielte keine Rolle.

Er setzte sich. Dutzende Kerben waren in die Bank geschnitzt. Aus dem Tintentöpfchen lugte Bonbonpapier. Er deutete darauf und sagte: »Leonhard«. Gehorsam fischte der Junge es heraus und stopfte es in seine Hosentasche.

Paulheinz Schmauser befahl: »Wir schreiben: Eine Panzerabteilung bricht um sechs Uhr früh aus ihrem Quartier auf und fährt mit fünfundvierzig Stundenkilometer. Gleichzeitig mit ihr bricht auf derselben Straße zweiundzwanzig Kilometer entfernt eine Kraftradschützenabteilung auf, die fünfundsechzig Kilometer in der Stunde fährt. a) Wie weit muss sie fahren, bis sie die Panzerabteilung einholt? b) Um welche Uhrzeit findet dies statt?«

Der Bursche neben ihm schien reiche Eltern zu haben, er besaß einen Füllfederhalter mit Tintenvorrat, musste die Feder nicht mehr ins Fässchen eintauchen. Beim Notieren der Aufgabe verschrieb er sich. Fahrig löschte er mit »Tintentod« das falsche Wort, dessen Alkoholgeruch stach in Georgs Nase.

»Noch Fragen?« Paulheinz Schmauser ließ den Blick über die Klasse schweifen.

Die Jungen schwiegen.

»Ihr habt fünf Minuten.«

Wie hatte er sie geliebt, diese konzentrierte Stille im Unterricht, untermalt vom leisen Kratzen der Federn auf Papier.

Leonhard schlug das Schulbuch auf. Es war alt, die Ecken waren abgestoßen. Was suchte er im Buch?

Georg beugte sich hinüber. Frühere Besitzer hatten die Auflösungen überall mit Bleistift dazugeschrieben. Er griff nach dem Buch und schlug es zu. »Das brauchst du jetzt nicht«, sagte er.

Leonhard errötete.

Er betrachtete den Klassenschrank. Im Regal standen Bücher wie Goethes Faust und ein Geschichtsbuch, das er immer verwendet hatte: *Volk und Führer* aus dem Diesterweg-Verlag. Der graue Rücken des *Taschenwörterbuchs des Nationalsozialismus* war ihm ebenfalls vertraut. Die anderen

Bücher hatte er nie gelesen: *Adolf Hitler – Ein Mann und sein Volk, Vererbung und Rassenpflege, Krieg und Dichtung.*

Natürlich, es hatte auch Ungutes gegeben in der Vergangenheit, bevor er ins Lager gewechselt war. Wie hatte es ihm widerstrebt, im Geschichtsunterricht zu lügen und zu behaupten, das deutsche Heer sei im Ersten Weltkrieg unbesiegt geblieben. Genauso ärgerte ihn die Vorschrift, den Schülern beizubringen, das Römische Weltreich sei wegen der Rassenvermischungen untergegangen. Humbug war das! Den Griechen hängte der Lehrplan an, sie seien daran gescheitert, vom Führerprinzip abgewichen und durch die Demokratie in ein Parteienhickhack hineingeraten zu sein. Alles nur, um den Nationalsozialismus in ein günstiges Licht zu rücken.

Im Deutschunterricht hatte er es gehasst, »Nationalsozialistische Weltanschauung in der Dichtung der Gegenwart« unterrichten zu müssen. Romane russischer Autoren wurden aus der Schulbibliothek entfernt, dann auch die Bücher englischer, französischer oder amerikanischer Schriftsteller. Die Schüler sollten vergessen, dass Engländer, Russen und Franzosen ebenso gebildet und liebenswert waren wie Deutsche. Sie sollten sie für dumme, brutale Feinde halten.

Aber es hatte auch so viele gute Stunden gegeben! Er hatte mit den Schülern die amerikanische Verfassung gelesen und sie mit der Weimarer Verfassung und dem Parteiprogramm der NSDAP verglichen. Er las mit ihnen die Texte der Kriegserklärungen und die Texte der Friedensverträge. Bis der Direktor ihn wegen kritischer Äußerungen zu sich ins Büro zitierte.

Oh, er freute sich darauf, wieder Karl den Großen zu behandeln, die Merowinger, die Ottonen! Im Deutschunterricht Goethes *Faust* oder das *Nibelungenlied!*

Jetzt wischte Schmauser die Tafel ab. Georg kannte das Gefühl des schmierenden, schmutztriefenden Etwas in der

Hand, das einmal ein Schwamm gewesen war, und den Geruch von nassem Kreidestaub. Er vermisste ihn wie die Zeugnisformulare, die Klassenbücher, das Nachdenken am Nachmittag darüber, wie er den Unterricht am nächsten Tag gestalten würde.

Ein Schüler in der ersten Reihe meldete sich. Er sei fertig, sagte er auf Schmausers Nachfrage. Der Lehrer lobte ihn und trug ihm auf, die Karte einzurollen, die noch von der Vorstunde am Kartenständer hing. »Rassen Europas«, war sie überschrieben. Paulheinz sagte: »Und bring sie bitte in den Kartenraum.«

Er trug ein Braunhemd mit schwarzem Binder. Auf dem Revers blinkten das Parteiabzeichen und die Anstecknadel des Nationalsozialistischen Lehrerbundes. Warum setzte er sich so für ihn ein? Plagte ihn ein schlechtes Gewissen? Oder hatte Axel für ihn die nötigen Strippen gezogen?

Es wurde unruhig in der Klasse. Georg stand auf und ging zu zwei der feixenden Jungen. Sofort verstummten sie.

Paulheinz Schmauser notierte etwas auf die Innenseite des rechten Tafelseitenflügels. Die Kreide setzte immer wieder mit hellem Klicken auf. »Wie ich höre, seid ihr fertig. Ihr schwatzt wie die Juden. Dann bin ich mal gespannt, ob ihr auch rechnen könnt. Joachim!«

Der angesprochene Junge erhob sich und stammelte eine Antwort.

»Falsch! Setzen. Walter!«

Dieser stand nur auf und schwieg. Etliche Hände gingen nach oben, während er stumm schwitzte.

Schmauser räusperte sich. »Richard!«

Der Junge erhob sich und sagte die Antwort her.

»Sehr gut. Die nächste Aufgabe.« Schmauser klappte mit Schwung die Tafelseite um. Dort stand:

Der Bau einer Irrenanstalt erfordert 6 Millionen Reichsmark. Wie viele Siedlungshäuser zu je 15 000 Reichsmark hätte man dafür bauen können?

Georg musste nicht auf die Uhr sehen, er hatte den 45-Minuten-Takt verinnerlicht, er wusste, wann die Stunde vorüber sein würde. Er setzte sich wieder in seine Bank und sagte zu Leonhard: »Gib mir bitte mal dein Deutschbuch.«

Der Schüler zog es aus dem Ranzen und reichte es ihm. Georg blätterte darin, an viele Texte erinnerte er sich, er hatte sie in sorgfältig vorbereiteten Unterrichtsstunden mit den Schülern durchgenommen. Oft allerdings wurde er nachdenklich, er sah die Texte heute anders als damals, kritischer. Mit Schaudern las er das Gedicht *Ahoi Matrosen* von Helmut Hansen:

Wir fahren bei Sturm in der großen Zeit
mit der Fahne des Reiches am Maste;
wir sind für den Führer zu sterben bereit,
wenn der Tod unser Schicksal erfasste.

Die Fahne weht im Wind voran;
wir fahren durch die Meere;
sie trägt das schwarze Hakenkreuz,
das Kreuz der deutschen Ehre.
Matrosen ahoi, ahoi!
Matrosen ahoi!

Würde er als Lehrer nicht genauso der Partei dienen wie als Lagerleiter? Er bereitete die Schüler darauf vor, willig an der Front ihr Leben zu lassen. Der Lehrplan schrieb das allein schon durch die Textauswahl vor.

Ein blasser, schmalgesichtiger Schüler meldete sich. Als Paulheinz ihn drannahm, fragte er: »Muss der Staat sich nicht auch um die Irren kümmern? Die sind doch genauso Teil vom Volk, und laut Verfassung ist jeder Mensch gleich viel wert.«

Streng blickte der Lehrer in die Runde. »Wer weiß, was daran falsch ist?«

Erwartungsvoll sahen die Schüler nach vorn.

Paulheinz machte ein enttäuschtes Gesicht. »Keiner? Vielleicht möchte mein Kollege, Herr Hartmann, euch aufklären?«

Georg schluckte. Er stand auf und sagte: »Nun, zu allererst haben wir keine geschriebene Verfassung, weil der völkische Staat Gedanken nicht in bestimmte Formen zwängt. Und zweitens erfordert die völkische Grundordnung die Reinhaltung des deutschen Blutes.« Er schämte sich, das zu sagen. Es kam ihm vor, als träufele er den Kindern Gift in die Ohren. »Das ist wichtiger als die Irrenpflege. Überhaupt passt die demokratische Gleichmacherei nicht zur Eigenart und zum Recht des deutschen Menschen.«

»Früher«, ergänzte Paulheinz, »wurden Menschen auf offener Straße überfallen, Häuser in Brand gesteckt und Geschäfte geplündert, Gelder unterschlagen. Das Vaterland wurde beschimpft. Wir können dankbar sein, dass uns Adolf Hitler den Führerstaat geschenkt hat. Eine Frage: In welchem Land wird behauptet, alle Menschen seien gleich, wer von euch weiß das?«

Im Raum wurde es still.

»Niemand?«

Zwei Arme gingen hoch. Paulheinz rief einen strohblonden Jungen auf. Der sagte: »In Amerika, Herr Schmauser.«

Georg setzte sich. Er fühlte sich schmutzig. Wenn Nadjeschka zugehört hätte ... Sie wäre furchtbar enttäuscht von ihm.

»Und warum sagt man in Amerika, dass alle gleich sind?«, fragte Paulheinz. »Die Juden und die Amerikaner wollen ein Wirtschaftsleben, in dem der Eigennutz an erster Stelle steht – der Eigennutz soll die Antriebsfeder sein für alles, es soll nur auf den Gewinn, auf den Profit ankommen. Da kann also jeder im Wirtschaftsleben tun und lassen, was er will, das nennen sie ›die Freiheit des Individuums‹, jeder kann seinen Eigennutz befriedigen ohne Rücksicht auf die Gesamtheit, auf die Arbeiter. Findet ihr das gut? Ob die Löhne der Arbeiter zu ihrem Lebensunterhalt ausreichen, ob die Arbeiter in einer Wirtschaftskrise auf der Straße landen, darum muss sich ein Unternehmer in Amerika nicht kümmern, es ist ihm egal. Diese liberalistische Gesinnung« – er drehte sich zur Tafel um und schrieb *liberalistisch* an – »stammt aus dem Manchestertum. Die Juden wollten die Krankheit dieser Gesinnung auch bei uns einschleppen, aber wir haben uns gewehrt.«

Noch einmal meldete sich der blasse Schüler.

»Jens.« Schmauers Stimme klang leicht gereizt.

»Aber Karl Marx, der dagegen gekämpft hat, war doch auch ein Jude?«

Die Adern an Schmausers Schläfen traten hervor. »Dieser Karl Marx Mardochai wollte die Arbeiter verführen. Er wollte sie nicht befreien, sondern hat ihnen die Herrschaft im Staat versprochen. Das ist völliger Unsinn. Man braucht einen Führer, dem alle folgen. Wie sollen Millionen Menschen gleichzeitig herrschen?«

Erleichtert lachten die Schüler. Der blasse Jens bekam rote Wangen.

»Herr Schmauser«, meldete sich Leonhard, »ich muss zum Schulzahnarzt.«

»Dann geh.«

Den Rest der Stunde kämpfte Paulheinz Schmauser auf verlorenem Posten. Konzentrierte Ruhe war nicht mehr herzustellen. Auch Georg hörte ihm nicht zu. Er dachte über den Wortwechsel nach. Als es zur Pause läutete, wäre er am liebsten zu Jens gegangen und hätte ihn ermutigt, weiter solche Fragen zu stellen und sich nicht einschüchtern zu lassen. Stattdessen ging er zum Kollegen nach vorn. Das Klassenzimmer leerte sich.

Paulheinz Schmauser stöhnte: »Diese kleinen Besserwisser! Die Eltern von Jens waren früher Mitglieder der Zentrumspartei. Dickschädelige Katholiken, ich sage dir, die richten ihr Kind noch zugrunde.«

»Ich muss zurück ins Lager«, sagte er.

»Komm doch übermorgen zur Heldengedenkfeier, dritte und vierte Stunde, wenn du kannst. Bis dahin red ich noch mal mit Fliehgeist.«

»Ist gut, ich versuch's. Danke für alles, Paulheinz.«

Im überfüllten Treppenhaus wichen ihm die Jungen respektvoll aus. Hinter ihm tobten sie weiter. Er wollte gerade den Schulhof verlassen, da machte er aus einem Impuls heraus kehrt und ging zur Aula. Er musste Klarheit gewinnen. War die Schule noch der Platz, wo er hingehörte?

Der Hausmeister stellte Stuhlreihen in dem großen, von dumpfer Stille erfüllten Raum auf. An der Wand war bereits der Leitspruch für die Feier aufgehängt, mit der man die gefallenen Schüler des Gymnasiums ehrte. In großen Buchstaben stand da: SÜSS UND EHRENVOLL IST ES, FÜRS VATERLAND ZU STERBEN.

Sicher würden sie wieder *Die Fahne* von Baldur von Schirach aufsagen, mit den Zeilen: »Du heiligst selbst den Sünder. Heil denen, die in deinem Schatten fallen.« Und die jüngeren Schüler würden sich wünschen, eines Tages auch in dieser Weise als Helden geehrt zu werden. Sie würden sich danach sehnen, endlich auch eine Uniform und eine Waffe tragen zu dürfen.

Der Hausmeister schob den fahrbaren Radiotisch zur hinteren Wand. Die Gummiräder quietschten.

35

Wie sie es hasste, in englischer Sprache zu denken. Sie setzte sich auf die Pritsche und massierte ihre Schläfen. Der Feind war in sie eingedrungen, hatte ihre Gedanken erobert.

Knowlden hatte ihr hart zugesetzt in den letzten Stunden. Er und seine Kollegen wussten genau, wie man einem Menschen Schmerzen zufügte. Noch hielt sie sich. Wie lange sie es verkraften würde, wusste sie selbst nicht.

Rikoschettierende Kanonenkugeln gab es schon lange. Im 17. und 18. Jahrhundert hatte man Kanonen absichtlich so abgefeuert, dass die Kugel auf dem Wallgang der Feinde entlanghüpfte. So erwischte man mehr Gegner.

Diesmal würde es Freunde erwischen. Ihr Volk. Weil sie versagt hatte, würde das Ruhrgebiet überflutet werden. Vielleicht ging der ganze Krieg verloren, weil sie nicht schnell genug gewesen war. Ohne das Ruhrgebiet fehlten Munitionslieferungen, neue Panzer, Geschütze, irgendwann war alles aufgebraucht oder zerschossen an der Front, und wenn nichts Frisches nachkam, musste man aufgeben.

Das durfte nicht passieren.

Sie wusste, jetzt war der Zeitpunkt gekommen, um ihre letzten Kraftreserven abzurufen. Der Schlüssel dafür war der Hass.

Nachtauge dachte an den Vater zurück, der nach Mutters Tod nicht mehr zurechtgekommen war und zu trinken begonnen hatte, sie erinnerte sich an seine Schnapsfahne, die blutunterlaufenen kleinen Augen. Mit welchen Hoffnungen war sie nach England geflohen! Ein neues Land, ein neuer Anfang. In England lebte Vaters Bruder, er sollte sie aufnehmen, zumindest, bis sie ihr Englisch perfektioniert und einen Studienplatz ergattert hatte. Aber der Onkel ließ sie auflaufen, er gab ihr jeden Tag zu verstehen, dass er sie nicht bei sich haben wollte. Seine mürrische Frau versuchte sie auszunutzen, keifte jeden Tag, wenn die Hausarbeiten nicht zu ihrer Zufriedenheit erledigt waren.

Damals war sie bereit gewesen, England zu vergeben. Sie wollte hier leben und die Sprache lernen, um die Seele des Landes zu verstehen. War willens gewesen, für immer hierzubleiben. Aber das Land hatte sie ausgespien. Nach außen hin taten die Engländer höflich und weltoffen, in Wahrheit jedoch waren sie nur auf den eigenen Vorteil bedacht.

Sie rief sich ihre Gesichter vor Augen, das teilnahmslose Bernhardinergesicht des Onkels und den streitsüchtigen, spitzen Mund der Tante. Ihr gewinnt den Krieg nicht, dachte sie, ihr nicht. Lieber diente sie einem Land voller Härte und Kraft, statt sich an die vordergründige Kultur und Güte der Engländer zu hängen, hinter der sich doch nur Egoismus verbarg.

Die Deutschen sollten die Engländer demütigen und ihnen zeigen, wo ihr Platz war in der Hierarchie der Völker. Immer noch gab es zu viele Reiche hier, die trotz der Rationierung Empfänge veranstalteten mit Champagner und Häppchen und stolz in ihrem Bentley herumfuhren und Anzüge trugen aus der Savile Row. Sie hatte all das in London gesehen. Diesen Wichtigtuern würde die Freude vergehen, wenn erst einmal die Wehrmacht anrückte.

Der Vater hatte ihr erzählt, dass die ersten Worte der Mutter nach ihrer Geburt gewesen waren: »Ein Mädchen?

Die ganze Mühe umsonst!« Sie erlebte es nicht mehr, aber den anderen würde sie zeigen, wozu ein Mädchen in der Lage war.

Nachtauge stand auf. Sie bog ihre Glieder, streckte sich, bis es in den Gelenken knackte. Die Wut hatte ihre Müdigkeit für den Moment vertrieben, das Herz pumpte kräftig, die Gedanken waren klar.

Jeden Zentimeter der neuen Zelle sah sie sich an und überlegte, ob er ihr nützlich sein könnte. Ein Fenster gab es nicht. Die nackte Glühbirne an der Decke? Das Kabel, von dem sie herabhing?

Sie ging in die Ecke, wo die Toilette stand. Der Deckel des Beckens war aus Holz, mit Flügelmuttern festgeschraubt. Sie löste die Muttern, hob den Deckel in die Höhe und schlug damit auf das Abflussrohr. Wieder und wieder. Bis sie es endlich zertrümmert hatte. Stinkende Brühe ergoss sich über den Boden.

Sie suchte eine Scherbe heraus. Schon schepperte ein Schlüsselbund an der Tür. »Was macht sie da drin?«, fragte eine Stimme.

Eine andere sagte: »Die muss ausgerastet sein. Sei vorsichtig!«

Eilig packte sie mit den Zähnen ihren Ärmel und zerriss den Stoff. Sie zog, bis der halbe Ärmel sich mit einem Fauchen vom Hemd löste. Den Rest wickelte sie um die untere Hälfte der Scherbe, sodass sie das Stück fest in der Hand halten konnte, ohne sich zu schneiden.

Die Tür ging auf. Zwei Soldaten betraten die Zelle mit vorgehaltenem Revolver. »Stell dich an die Wand«, verlangte der erste, »die Hände hinter ...«

Sie tauchte unter der Schusslinie seines Revolvers hindurch, packte ihn an den Haaren und bog seinen Kopf nach hinten. Bevor er die Waffe entsichern konnte, hatte sie ihm bereits die Kehle aufgeschlitzt.

Dem anderen Soldaten rammte sie die Scherbe in den Bauch und stieß nach oben in Richtung seines Herzens. Er brach in ihren Armen zusammen.

Kein Schuss. Das war gut. Sie wischte ihre Hände an den Uniformen ab und schlich in den Flur. An der Tür nach draußen blieb sie stehen und spähte hinaus.

Der Mond schien hell, und es waren etliche Scheinwerfer angeschaltet. Auf den Rollfeldern bereitete sich das Geschwader für den Start vor. Zum Hauptgebäude waren es zwanzig Meter. Wenn sie sprintete, würde sie drei, vier Sekunden brauchen – andererseits lenkte sie so sicher die Blicke auf sich, irgendwer sah trotz der Nachtdämmerung die rasche Bewegung. Wenn man verborgen bleiben wollte, war der Faktor Geschwindigkeit nicht zu unterschätzen. Tiere machten sich durch absolute Bewegungslosigkeit beinahe unsichtbar, oder sie schlichen so geschmeidig, dass man sie kaum wahrnahm.

Sie drückte sich an der Hauswand hinter einigen Büschen entlang. Eine Gruppe von Männern näherte sich. In einer fließenden, langsamen Bewegung kauerte sie sich nieder.

Einer der Männer sagte: »Früher bin ich oft mit Stan geflogen, ich mochte ihn. Er hat vor jedem Start gesagt: ›Jetzt heißt es wieder: sieben Männer gegen das Reich.‹«

»Halt die Klappe.«

Sie spähte aus dem Gebüsch. War das nicht Guy Gibson, der den klein gewachsenen Mann zurechtgewiesen hatte, Gibson, das Flieger-As? Der Kleine musste Bombenschütze sein, dafür nahmen sie nur Kleinwüchsige, die lagen vorn auf dem durchsichtigen Flugzeugboden vor der Kanzel, neben sich das Bombenzielgerät und auf der anderen Seite die Auslösehebel.

»Ist doch so! Da oben sind wir allein. Jede Crew für sich. Und die Deutschen werden tun, was sie können, um uns vom Himmel runterzuholen.«

Sie stiegen die Leiter eines Lancaster-Bombers hinauf. Jemand rief: »Mr Gibson!«

Guy Gibson drehte sich um. Ein Blitz erhellte die Nacht. Der Truppenfotograf nahm die Kamera in die linke Hand und salutierte.

Der Fliegerheld verschwand im Inneren des Bombers, dann streckte er noch mal den Kopf heraus und rief: »Schick meiner Frau einen Abzug, ja?«

Die Mannschaft im Flugzeug lachte, und der Fotograf stimmte mit ein. Gibson zog die Leiter hoch. Die Tür knallte zu. Kurz darauf liefen die Motoren an. Ebenso bei vier weiteren Maschinen.

Höchste Zeit, die Warnmeldung abzusetzen. Unter dem Gedröhne der Rolls-Royce-Motoren schlich sie geduckt zur Ecke des Hauptgebäudes. Der Eingang würde bewacht sein oder zumindest häufig frequentiert werden. Sie wandte sich der Rückseite des Hauses zu. Irgendwo musste sich ein Fenster befinden oder eine Nebentür.

Anthony Springings klatschte vor Freude in die Hände. *Das hier* war noch besser als Pinball, und er liebte eine gepflegte Pinball-Stunde bei den amerikanischen Soldaten. Aber eine völlig veraltete, funktionsuntüchtige Kombination aus T1083-Transmitter und R1082-Empfänger wieder zum Laufen zu bringen, war ein noch größeres Erfolgserlebnis als jede Metallkugel im Bally Hole am Spieltisch. Er hatte wegen der defekten Elektronenröhren einen zweiten verrosteten R1082 ausgeschlachtet. Auch eine Antenne hatte er selbst gebastelt. Die Funkgeräte aus alten Hampden-Bombern, die früher von

Scampton aus geflogen waren, hatte niemand mehr beachtet. Er aber hatte sie zu neuem Leben erweckt.

Anthony schaltete die Frequenzen durch. Sollte Nachtauges Partner tatsächlich existieren und die Deutschen warnen, musste *Operation Chastise* sofort abgebrochen werden. Deutsche Nachtjäger würden aufsteigen und die wehrlosen Bomber zerschießen, bevor sie überhaupt in die Nähe des Ruhrgebiets kamen. Er konnte also Leben retten, wenn er eine Meldung des Spions entdeckte und sie rechtzeitig weitergab.

Im Funkraum des Flughafens waren die Stühle bequemer gewesen. Andererseits arbeiteten dort immer ein halbes Dutzend Leute. Er war lieber allein. Als man ihn am Nachmittag rausgeworfen hatte, angeblich, weil man für die Durchführung von *Operation Chastise* sämtliche Geräte brauchte, hatte er zwar protestiert. Schließlich sollte er lückenlos auf Funkmeldungen lauschen. Inzwischen aber war es ihm ganz recht, die kleine Kammer für sich zu haben. Und er hatte sich zu helfen gewusst.

Draußen dröhnten die ersten Maschinen über die Startbahn. Gegen Mitternacht würden sie die Möhnetalsperre erreichen, wenn alles nach Plan lief, und bei Sonnenaufgang wieder hier landen. Dann konnte er Feierabend machen und ins Bett gehen.

Die Blase drückte. Der viele Tee, den er beim Basteln getrunken hatte, verlangte nach einem Toilettengang. Andererseits kam sicher ausgerechnet, während er fort war, Eric Knowlden vorbei und sah das verwaiste Funkgerät. Die Blöße wollte er sich nicht geben.

Wie albern, nicht zur Toilette zu gehen, damit er einen fleißigen Eindruck machte! Irgendwann musste er es ja doch tun. Er stand auf. Überhaupt sollte er mal lüften. Die Kammer war stickig, als würde das Sammelsurium von elektronischen Geräten in den Regalen immer noch Wärme abstrahlen aus der Zeit seiner Benutzung im Flugzeug.

Auf dem Weg zur Toilette dachte er an die amerikanischen Freunde in London. Sie verdienten drei Mal so viel wie die britischen Soldaten, deshalb waren sie bei den Frauen beliebt, sie galten als spendabel, konnten ihre Londoner Schätzchen in Restaurants ausführen, von denen die britischen Soldaten nur träumten. Vor allem aber liebten sie Pinball, und hatten ihn damit angesteckt. Wie schön das war, wenn die Kugel das Free-Play-Loch erreichte und man einen zusätzlichen Versuch bekam. Oder das Bally Hole, das die Punktzahl verdoppelte. In vielen Städten in Amerika war Pinball verboten worden als Glücksspiel, hatte man ihm erzählt, die Soldaten waren ganz froh, dass sie hier niemand so streng kontrollierte.

Ihm waren die Gewinne egal. Er versuchte auch nicht, durch Rütteln am Tisch zu mogeln. Beim Spitfire-Spieltisch hatte man ja sogar eine Kontrolle eingebaut, eine Glasmurmel lag in einem kleinen erhöhten Nest. Fiel sie durch das verbotene Rütteln herunter, waren die erspielten Punkte dahin.

Wie die Metallkugel aus dem Startloch schleuderte, wie sie über die Pins tickerte! Er konnte es kaum erwarten, nach London zurückzukehren. Zuletzt waren Hunderte neuer Soldaten eingetroffen, und sie hatten unter stillschweigendem Einverständnis ihres Master Sergeant einen neuen Spieltisch mitgebracht, hieß es, einen, der mit einer Batterie funktionierte und die Punkte automatisch zählte und sogar Geräusche von sich gab mittels elektromechanischer Glocken und Summer.

Endlich war die Blase entleert. So ließ sich die Nacht durchhalten. Er wusch sich die Hände und kehrte in die Kammer zurück. Setzte sich, sah auf die Armbanduhr: zwanzig vor zehn. Noch acht Stunden. Na, die würde er auch rumbringen. Schwungvoll setzte er sich die Kopfhörer auf und langte nach dem Frequenzknopf.

Seine Bewegung erstarrte auf halbem Wege. Der kühle Lauf einer Pistole drückte sich ihm in den Nacken. Er wagte nicht, sich umzudrehen. Diese Pistole konnte nur eines bedeuten: Nachtauges Partner war gekommen, um die Spionin zu befreien. Er wisperte: »Nachtauge ist nicht hier. Aber ich kann Sie hinführen.«

»O doch, Nachtauge ist hier«, sagte eine weibliche Stimme. »Geben Sie mir den Kopfhörer und tun Sie genau, was ich Ihnen sage.«

Am Ende der Startbahn flammte ein grünes Scheinwerferlicht auf. Die nächste Maschine röhrte los. Eric sah zu, wie der schwere Bomber das Rollfeld hinaufdonnerte, er brauchte lange wegen des Gewichts, bis er sich endlich in die Luft erhob, die gewaltige Stahltonne unter seinen Bauch geschnallt.

Wenn Nachtauges Partner den Flughafen im Blick behielt, würde er spätestens jetzt wissen, dass es höchste Zeit war für eine Warnung an die Deutschen. Entweder funkte er in dieser Nacht, oder seine Erkenntnisse über die *Operation Chastise* waren nutzlos, weil das Desaster bereits über Deutschland hereingebrochen war.

Hoffentlich war Sprigings aufmerksam. Der Funker quasselte so viel von anderen Dingen, von Frauen oder Rumbledethumps mit Cheddar-Käse oder diesem seltsamen Kugelspiel. Er war nicht bei der Sache. Besser, man sah ihm von Zeit zu Zeit auf die Finger.

Eric betrat das Hauptgebäude und durchquerte den Flur. Im Gehen betastete er die Wundpflaster an seinem Hals. Sie juckten, er wollte sie am liebsten runterreißen, aber dann würde es wieder bluten. Als er gerade die Abstellkammer betreten wollte, die man Sprigings am Nachmittag zugewiesen hatte, hörte er eine weibliche Stimme, die Deutsch sprach. Besonders gut war sein Deutsch nie gewesen, da waren die MI5-Agenten im Verhörzentrum in Latchmere House besser ausgebildet, die ständig mit den Doppelagenten zu tun hatten. Aber er verstand etwas von »Nachricht« und »dringend«. Dann hörte er einen Namen, mit einer Selbstsicherheit ausgesprochen, als wäre es der Name der Königin persönlich: »Nachtauge.«

Kein weiteres Wort durfte sie sagen! Er zog den Revolver und stieß die Tür auf. Im Zwielicht des Raums riss Nachtauge Sprigings hoch und richtete ihrerseits eine Pistole auf ihn. Wo hatte sie die her? Eine Enfield, sie musste sie den Wachsoldaten ... O Gott, das Blut an ihrer Kleidung ...

Aus dem Kopfhörer knarzte eine Stimme: »Nachtauge, sprechen Sie.«

Er dachte: Sie ist reaktionsschneller als ich, sie würde es schaffen, abzudrücken und gleichzeitig hinter Sprigings abzutauchen, sodass mein Schuss sie nicht trifft. Warum schießt sie nicht?

Der Schuss würde zu hören sein, sie würde hier nicht lebend wegkommen. Draußen heulten Motoren auf, ein neues Flugzeug setzte an zu starten. Sie wartet auf das Dröhnen, dachte er, wenn das Flugzeug eine höhere Geschwindigkeit erreicht.

Er dachte an Connie und an Tony, wie er mit der Kindergasmaske spielte, wie er sie sich ans Gesicht presste und ruckartig so viel Luft ausstieß, dass die Gummiränder der Maske einen Furz von sich gaben, und wie er sich vor Lachen darüber ausschüttete. Ich sehe sie nie wieder, dachte er.

Diesmal würde er nicht mit dem Leben davonkommen. Wieder hatte sie die Situation im Griff. Auch Sprigings begriff das. In seinen Augen saß die nackte Angst, sie waren weit aufgerissen.

Sie weiß, dass ich nicht den Mumm habe, abzudrücken und selbst dabei zu sterben, dachte er. Ich muss etwas tun, womit sie nicht rechnet.

Das Dröhnen draußen wurde lauter.

Er schoss und ließ sich fallen. Hinter ihm schlug fast zeitgleich Nachtauges Kugel in die Tür und zerfetzte das Holz. Sprigings stöhnte. Hatte er den Kollegen getroffen? Er schoss vom Boden aus noch einmal und ein drittes Mal.

Nachtauge fiel auf den Stuhl, dann rutschte sie zu Boden. Er kroch zu ihr und nahm ihr die Waffe aus der Hand. Die Lippen bebten, er versuchte zu hören, was sie sagte, aber das Pfeifen in seinen Ohren vom Knall der Pistolen war zu laut. Er neigte den Kopf über ihr Gesicht.

Sie röchelte: »England … verrecke.«

Aus den Kopfhörern knarzte die Stimme: »Nachtauge?«

Er sah sich nach Sprigings um. Der Funker stand neben dem Stuhl, offenbar unverletzt, und starrte nieder auf die Deutsche.

»Nachtauge, sprechen Sie«, tönte es aus dem Kopfhörer.

Nachtauge würde nie wieder sprechen. Ihr Blick brach. Er hatte viele Tote gesehen in den letzten Jahren. Bei Nachtauge war es anders. Er hatte sie erschossen, und jetzt breitete sich eine Blutlache um den Körper der zierlichen Frau aus. Sie war von seiner Hand gestorben, und obwohl er sie gehasst hatte, tat sie ihm plötzlich leid.

»Das hätte kräftig danebengehen können«, sagte Sprigings. »Ich hab die Kugel im Gesicht gespürt wie eine heiße Hand.«

»Hätte ich sie nicht erschossen, wären wir morgen beide nicht mehr am Frühstückstisch erschienen.« Er sah zum Funkgerät. »Hat sie die Deutschen gewarnt?«

Sprigings fuhr sich mit der Hand über die Wange, wo die Kugel vorbeigezogen war. »Weiß nicht. Ich sprech kein Deutsch.«

»Hat sie das Wort ›Möhne‹ gesagt?« Er vergewisserte sich: Das Funkgerät war auf Hören, nicht auf Senden gestellt. Die Deutschen kriegten nichts mit.

»Ich hatte furchtbare Angst. Ich konnte nicht ... Da ist überall Blut an ihrer Kleidung! Wer weiß, wie viele sie schon umgebracht hat!«

Soldaten kamen den Flur entlanggerannt.

Eric schaltete das Funkgerät aus.

»Was machen Sie da?«

»Eine Entscheidung treffen.«

Sprigings sah ihn bedeutungsschwer an. »Wenn sie es denen gesagt hat ...«

»Dann geht das Geschwader zur Hölle. Ich weiß.«

Die Schritte der Soldaten verstummten. Dafür krachte die Tür auf, und die Läufe einer halb automatischen Waffe, zweier Revolver und eines Gewehres richteten sich drohend in den Raum.

Eric hob die Hände über den Kopf. »Nicht schießen! Die Agentin ist tot.«

Air Chief Marshal Harris drängte sich an den Soldaten vorbei. Er sah vom Funkgerät zur Leiche und zurück. »Wir brechen die Operation ab«, sagt er. »Die Geschwader sollen umkehren.«

»Das Funkgerät war aus«, sagte Eric. »Sprigings war noch nicht so weit. Wir haben Nachtauge rechtzeitig aufgehalten.«

Harris starrte immer noch zweifelnd auf das Funkgerät. »War sie allein hier?«

»Sprigings war die ganze Zeit bei ihr«, sagte Eric. »Sie hat ihn bedroht und wollte, dass er das Funkgerät zum Laufen bringt. Sie hat noch keine Warnung durchgegeben.«

36

»Es ist bald Mitternacht, Großvater.« Georg gähnte. »Bist du nicht müde? Wir sollten uns schlafen legen.« Er täuschte ein weiteres Gähnen vor. Er brannte darauf, endlich mit Nadjeschka allein zu sein und ihr von der Sache mit dem Schuldienst zu erzählen. Ihre Meinung zu hören würde ihm helfen, Klarheit darüber zu gewinnen, ob er wieder in der Schule anfangen sollte oder nicht.

»Ach was, ich bin noch munter.« Großvater sah Nadjeschka an, als habe er sich in sie verliebt. »Sag, Mädchen, und wie habt ihr nun die Hühner gerettet?«

»Wir haben sie eingefangen und in den großen Brotbackofen gesteckt. Im Dunkeln waren die Hühner still. So sind sie den Kommissionären entgangen. Mehl haben wir auch versteckt. Wir haben es in zwei Säcken in den Brunnen runtergelassen. Die sind zwar nass geworden, aber im Inneren blieb einiges Mehl trocken, das konnte man später noch verwenden. Außerdem habe ich Kartoffeln im Heuhaufen vergraben.«

»Die Kommissionäre haben sich nicht gewundert, dass dein Onkel nichts hatte?«

»Die haben genug gefunden, was sie mitnehmen konnten, die Stühle, die Möbel, das Haus war hinterher erschreckend leer. Aber wir hatten ein Gefühl von Freiheit, weil wir Mehl und Hühner und Kartoffeln retten konnten. Und wir waren ja nicht die Einzigen! Die Kommunisten haben auch den anderen Großbauern alles weggenommen, und die deutschen Siedler verloren Haus und Hof. Am Ende waren meine Eltern mit dem bisschen, was wir hatten, besser dran als Onkel Dmytro, der immer reich gewesen war. Keiner konnte sicher sein, dass es ihn nicht treffen würde. Von einem Tag auf den anderen galt man als Staatsfeind und wurde abgeholt. Es hieß immer, die Gefangenen kommen weit weg in ein Lager, aber jeder wusste, dass sie erschossen wurden. Man hat nie wieder etwas von ihnen gehört.«

Großvater griff nach ihrer Hand. »Hattet ihr nicht furchtbare Angst?«

Sie schüttelte den Kopf. »Mutter hat mir beigebracht, mich nicht ständig zu fürchten. Angst macht einem alles kaputt. Angst lässt einen das Herz verlieren, sagt sie immer.«

Deshalb wirst du es schaffen, dachte Georg. *Wir* werden es schaffen. Nadjeschka war so jung, und doch besaß sie eine Kraft, die ihn wieder und wieder verblüffte. Großvater blühte richtig auf in ihrer Nähe. Er würde ihm nichts sagen vom Lager, bald war es ja auch keine Lüge mehr, dass er Lehrer war. Er würde es wieder sein.

Das Licht der orangeroten Stehlampe legte einen warmen Schein auf Nadjeschkas Gesicht. Hier war sie nicht Nummer 13 849, sondern die Frau, die er liebte. Und mit jeder Minute liebte er sie mehr. Großvater sollte sie endlich freigeben, sie hatten so viel zu besprechen! Er stand auf und streckte sich. »Das war ein langer Tag«, sagte er.

Großvater tat so, als habe er es nicht gehört. »Was esst ihr in der Ukraine?«

»Zum Frühstück Hirsebrei. Manchmal gibt's auch Brot und ein Löffelchen Öl auf den Teller oder etwas Zucker, in den man sein Brot eintunkt. Und wir haben viele Maisgerichte. Maisbrei kennt ihr hier gar nicht, oder? Außerdem essen wir Borschtsch,

Mlinzi, Pirogi und Wareniki. Mutter macht Käse selbst, sie …
Wie nennt ihr das? Buttermilch durch ein Tuch zu gießen?«

»Seihen«, sagte Georg.

»Ja, und dann lässt sie den Käse in Salzlake reifen.«

Er ging zum Fenster und schaute nach draußen. Der Vollmond ließ das Kopfsteinpflaster schimmern. Ein Auto bog in die Straße, ein Flugzeug als Kühlerfigur, die Scheinwerfer, das musste ein Ford Eifel sein. Matthias hätte er sehr gefallen. Hinter ihm kam noch ein Wagen, ein Mercedes. Beide waren schwarz.

Von einer Sekunde zur anderen beschleunigte sich Georgs Herzschlag. Das war die Gestapo! Die Autos hielten vor der Haustür. Er stürzte weg vom Fenster. »Licht aus!« Schon war er bei der Stehlampe und zog an der Schnur. Augenblicklich war es dunkel im Zimmer. »Nadjeschka, du musst raus hier, ich versteck dich auf dem Dachboden, komm!« Er zog sie zur Wohnungstür.

»Was ist los?«

»Die Gestapo. Die sind wegen dir hier.« Er öffnete die Tür. Schwere Schritte polterten im Treppenhaus nach oben. Also hatten sie das Licht noch gesehen. Er schloss die Tür wieder. »Versteck dich unter Großvaters Bett!« Er brachte sie hin, und nachdem sie sich unter das Bett geschlängelt hatte, zog er die Überdecke so weit darüber, dass ihr Ende bis zum Boden hing. Er ging zurück ins Wohnzimmer und schaltete die Lampe wieder ein.

Großvater war aufgestanden. »Die wollen doch nicht das arme Mädchen holen! Warum denn? Was hat sie getan?«

»Setz dich wieder hin«, sagte er. »Wir müssen so tun, als wären wir allein hier.«

Eine Faust donnerte gegen die Tür. »Geheime Staatspolizei, öffnen Sie!«

Er stand auf, schaltete im Flur das Licht ein. Ganz ruhig, sagte er sich. Sie dürfen dir die Angst nicht ansehen. Er machte die Tür auf. »Guten Abend, die Herren.«

»Georg Hartmann?«

»Der bin ich.«

»Sie sind verhaftet.«

Hinter den Männern kam noch einer die Treppe hoch, langsam. Es war Axel.

Kenneth Fraser flog die schwere Lancaster durch die Nacht. Sie hielten sich zu dritt in V-Formation, drei weitere V-Formationen folgten ihnen als Teil der ersten Welle. »Gießt du mir einen Kaffee ein?«, bat er den Navigator. Der legte sein Sandwich beiseite, das er still gekaut hatte, und goss ihm etwas aus der Thermoskanne in die Tasse. Seine Crew war angespannt, das merkte Kenneth deutlich.

Die Lichter der britischen Küste verschwanden hinter ihnen. Der Bordingenieur sagte: »Diesmal gehe ich drauf. Ich weiß es. Ich sehe England nie wieder.«

Er tat, als habe er es nicht gehört, und nahm einen großen Schluck Kaffee. Dann gab er dem Navigator die Tasse zurück. Er brachte die Maschine runter, wie ihnen befohlen worden war, von der Nordsee an sollten es nur noch achtzehn Meter Flughöhe sein.

Der Navigator sagte: »Höhenmesser auf sechzig Fuß.«

Er meinte, das Wasser berühren zu können, wenn er nur die Hand ausstrecken würde, so dicht schossen sie über die See dahin. Er prüfte den Kurs. Sie brauchten zwei Kompasse, einer zeigte korrekte Ergebnisse mit der Bombe, der andere war für den Heimflug ohne die Bombe geeicht. Die schiere Masse des Stahlkörpers unter ihrem Rumpf erzeugte ein so starkes Magnetfeld, dass es den Kompass beeinflusste.

Kenneth kannte die Risiken. Jeder Einsatz konnte einen das Leben kosten. Von einem hochriskanten Manöver wie diesem kehrte vielleicht die Hälfte der Piloten und der Crew zurück.

Zwar unterflogen sie das Freya-Radar der Deutschen durch ihre waghalsige Flughöhe, aber Patrouillenflugzeuge konnten sie trotzdem bemerken, oder feindliche Schiffe. Ganz abgesehen von der Flak, sobald sie ins Feindgebiet eindrangen. Üblicherweise flog man mit einem Bomber so weit oben, dass die leichte Flak einen nicht erreichen konnte. Sie aber boten sich regelrecht zum Abschießen an.

Da würden die Ablenkungsangriffe nicht viel nützen, die gleichzeitig auf das Gebiet der Deutschen geflogen wurden. Es hieß, sie schickten vier Wellingtons nach Orléans, drei Mosquitos unternahmen einen Störflug nach Berlin, zwei nach Köln, zwei nach Düsseldorf, zwei nach Münster. Sie aber waren hier, und jeder, der sie bemerkte, würde sie vom Himmel holen.

Die See raute auf, er sah weißen Schaum auf den Wellen. Hoffentlich trieb sie der Wind nicht vom Kurs ab. Als die Lichter der niederländischen Küste in Sicht kamen, spürte er auf ungute Weise das Abendessen im Magen, Speck und Eier hatte es in der Offiziersmesse gegeben, das übliche Essen vor einem Einsatz. Niemand konnte diesem Luxus widerstehen. Jetzt bereute er es, so kräftig zugeschlagen zu haben. Er hätte stattdessen einen längeren Brief an seine Mutter schreiben sollen, und nicht diese mickrige halbe Seite. Womöglich war sie das Letzte, was Mutter von ihm hören würde.

Auch die anderen betrachteten angespannt die Küstenlinie. Das Röhren der Motoren ärgerte ihn, er wünschte sich, er könnte lautlos fliegen und würde nicht mit solchem Lärm auf sich aufmerksam machen.

»Verdammt, wo sind wir?«, fluchte der Navigator. »Das ist nicht die Schelde-Mündung!«

»Der Wind muss uns nach Süden abgetrieben haben«, sagte er. »Schau weiter südlich auf der Karte.«

Hektisch schob der Navigator die eng bedruckte Karte hin und her. »Dann muss es die Halbinsel Walcheren sein. Nichts wie weg hier! Die ist stark mit Flak belegt.«

Es war zu spät. Sie überflogen bereits das spärlich beleuchtete Land.

»Süd-Beveland ist auch nicht viel besser«, sagte der Navigator.

Der Bordingenieur rieb seinen Kettenanhänger, einen Glücksbringer. »Leute, was macht ihr denn!«

»Wohin soll ich abdrehen?« Kenneth presste die Zähne so stark aufeinander, dass ihn der Kiefer schmerzte. »Ich brauch einen Kurs!«

Vorn, in der Schnauze, lag der Bombenschütze auf dem Bauch und rollte hektisch seine Notizen ab wie Toilettenpapier. Er rief verzweifelt: »Wenn wir so niedrig fliegen und so schnell, kann ich keine Orientierungspunkte ausmachen! Wie soll ich beim Navigieren helfen, ohne was zu sehen?«

Kenneth befahl: »Bombe entsichern.« Falls ihnen etwas zustieß, durfte die Bombe auf keinen Fall in die Hände der Deutschen geraten, sonst erfuhren sie alles über die neue Technologie. Er hatte Befehl, die Bombe im Notfall irgendwo abzuwerfen und explodieren zu lassen. Dann zog er die Maschine hoch auf dreihundert Fuß, auch wenn sie das verwundbarer für Nachtjäger machte. Sie brauchten Orientierung, sonst waren sie verloren. Das Gee-Radargerät an Bord war hier nicht mehr zu verwenden, es wurde von den Deutschen gestört. »Seht ihr was?«

Der Navigator sagte: »Gut, jetzt hab ich's. Weiter nach Roosendaal. Westlich von Breda muss es eine Kreuzung von drei Gleissträngen geben, von dort setzen wir Kurs nach Osten und treffen auf den Wilhelminakanal, dem können wir eine Weile folgen und vermeiden die Nachtjägerflughäfen in Gilze-Rijen und Eindhoven.«

Kenneth brachte die Lancaster wieder hinunter bis dicht über die Dächer und Baumwipfel.

Nach einer langen, konzentrierten Stille sagte der Navigator: »Das war die deutsche Grenze.«

Schon glänzte unter ihnen der Rhein im Mondlicht. Wie eine Schlange mit silbern schimmernder Haut wand er sich durchs Land, Schleppkähne waren an den Ufern befestigt. Gerade als er zu ihnen hinabsah, flammte ein Suchscheinwerfer auf und blendete ihn. Weitere Suchscheinwerfer schickten ihr Licht ebenfalls steil in den Himmel. Sie schwenkten hin und her auf der Suche nach Beute. Flugabwehrkanonen donnerten los. Bok! Bok! Bok! Er umklammerte das Steuer. Glühende Munition griff nach ihnen, zischte über den Himmel. Der Bordschütze seiner Lancaster antwortete, auch die zwei anderen Flugzeuge rechts und links von ihm schossen auf die Scheinwerfer, zwei von ihnen wurden zerstört und verloschen.

Endlich, nach einer Minute, befanden sie sich außer Reichweite. Alle drei waren durchgekommen. Doch nun war es mit der Ruhe vorüber. In der Gegend von Borken suchten sie mit fast fünfzig Scheinwerfern den Himmel nach ihnen ab, sein Puls raste, während er versuchte, den Lichtkegeln auszuweichen. Unzählige Flugabwehrkanonen feuerten. Ein Scheinwerfer erfasste ihn, er zog die Maschine nach rechts und entkam dem Licht. So dicht über dem Boden waren sie zu schnell für die Scheinwerfer, da musste einer schon gut sein, um ihnen folgen zu können.

Nordwestlich von Dorsten wurden wieder alle drei Flugzeuge von Scheinwerfern gejagt, und die Flak beschoss sie.

Östlich von Dülmen beschädigte sie Hopgoods linken Flügel. Sie setzte ihm so schwer zu, dass Wing Commander Gibson die befohlene Funkstille brach und der Basis in England eine Warnung zukommen ließ mit den Koordinaten der Flak, damit sie diese Daten an alle Flugzeuge der *Operation Chastise* morste.

Um der Flak zu entgehen, flog Kenneth noch niedriger, setzte in einem waghalsigen Manöver sogar unter Hochstromkabeln hindurch.

Der Bordingenieur sagte, kaum, dass sie aus dem Gröbsten heraus waren: »Ich hab keinen Fallschirm mitgenommen.«

»Wieso nicht?«, fragte Ken. »Was ist, wenn wir springen müssen?« Ihm floss der Schweiß in Strömen über den Körper.

Der Bordingenieur verzog das Gesicht. »Wir fliegen so niedrig, guck es dir doch an! Knapp über den Baumwipfeln nützt einem kein Fallschirm was. Das hab ich mir schon in der Einsatzbesprechung gedacht.«

Zornig sagte Ken: »Und wenn ich mal hoch aufsteige, um zu entkommen? Was machst du dann?«

Der Bordingenieur schwieg.

Sie flogen zwischen Werl und Soest hindurch. Die Möhnetalsperre kam in Sicht. Der Stausee füllte das gesamte Sichtfeld aus, und die graue Mauer an seinem Ende, die sich zwischen zwei Hügelhänge stemmte, sah mächtig und unverwundbar aus.

Der Funker schaltete das UKW-Sprechfunkgerät ein und meldete sich beim Angriffsführer.

»Hopgood soll die Führung übernehmen, falls mir was zustößt«, gab Gibson durch. Er machte den ersten Anflug. Von den Türmen der Staumauer und einer dritten Flugabwehrkanone auf der Mauer schossen sie auf ihn. Ken sah, wie die

Bombe ausgelöst wurde, wie sie in riesigen Sätzen über das Wasser sprang und vor der Mauer versank. Eine Wasserwand türmte sich auf wie eine Fontäne, die hoch in den Himmel schoss.

Kenneth zog eine Warteschleife. Da zeigte sich im Wasserdunst die Mauer – sie war unversehrt. Sein Funker sagte: »Gibson hat ›Goner 68A‹ gemorst.« Das Zeichen für die Basis in England, dass sein Anflug gescheitert war.

Hinter ihnen kamen drei weitere Lancasters, und dann noch zwei. Kenneth las die Bezeichnungen. Astell fehlte. Ihn musste die Flak erwischt haben.

Er sagte: »Setzen Sie den Hydraulikmotor in Bewegung.«

Der Funker gehorchte und öffnete vorsichtig das Ventil für den Zufluss aus der Drucköllleitung. Kenneth spürte, wie das ganze Flugzeug zu vibrieren begann, während der Antrieb unter dem Cockpit mit Keilriemen die Bombe in Rotation versetzte.

Guy Gibson befahl Hopgood, den nächsten Angriff zu fliegen. Diesmal wusste die Flak bereits, was sie erwartete. Wütend feuerten die Deutschen auf Hopgoods Lancaster, die beiden Türme nahmen ihn ins Kreuzfeuer. Die Flak spuckte grüne und rote Fäden, sie traf den linken äußeren Motor, dann noch den linken inneren. Die Motoren fingen Feuer. Auch der rechte Flügel bekam etwas ab. Die Bombe wurde zu spät ausgelöst, sie sprang über die Mauer und explodierte dahinter im Tal.

Flammen schlugen aus dem Flugzeug, ein Tank musste getroffen worden sein. Es war ein furchtbarer Anblick. Hopgood kämpfte noch gegen das Unvermeidliche an und versuchte Höhe zu gewinnen. Dann explodierte die Maschine, ein Flügel stürzte ab und schließlich der ganze brennende Rumpf.

Hoffentlich hat die Crew vorher aussteigen können, dachte er. War die brennende Lancaster hoch genug aufgestiegen für die Fallschirme? Hopgood selbst hatte es sicher nicht überlebt, er hatte ja bis zum Schluss das Steuer gehalten.

Guy Gibson funkte: »Du bist dran, Kenneth. Zeit für deinen Angriff. Ich begleite dich, um die Flak abzulenken.«

Unteroffizier Karl Schütte schrie – schrie seinen Sieg hinaus und zugleich seinen Überlebenswillen. Vom Turm aus war das brennende Wrack gut zu sehen, ein herrlicher Erfolg. Genau das sollte all den anderen britischen Bombern passieren, die es wagten, sie anzugreifen. Er brüllte die Jungs an: »Augen nach vorn! Das war sicher nicht der Letzte!«

Von der ersten Bombe, deren Flugzeug sie leider verfehlt hatten, war seine Uniform klatschnass. Sie hatte mit ihrer Explosion eine Wasserfontäne aufgeworfen, die als Sturzwelle auf sie niedergegangen war. Um ihn herum stand der Wassernebel wie in einer Waschküche. Aber darauf kam es nicht an. Sondern darauf, dass die Mauer hielt.

Wieder schälte sich ein dunkler Flugkörper aus der Nacht und kam auf sie zu. Der Luftsog der Propeller wirbelte einen staubfeinen Wasserschleier aus dem See. Nein, diesmal waren es zwei Maschinen, eine weitere folgte der ersten. Beide warfen diese seltsame Acht aus Lichtkreisen auf den See. Wo blieben die Nachtjäger?

Der Schusswechsel begann. Tödliche farbige Lichtflecken jagten aus den Flugzeuggeschützen – Leuchtspurmunition, die verwendeten sie gern, um die minderjährigen Flakhelfer einzuschüchtern und sie mit der Helligkeit zu blenden. Aber nicht hier! Nicht bei ihm! Er sagte dem Richtkanonier die Korrekturen an. Die Kanone auf der Mauer konzentrierte sich auf das zweite Flugzeug. »Ins Kreuzfeuer«, brüllte er, »nur einen von ihnen und den ins Kreuzfeuer!« Kommt nur, dachte er, euch kriegen wir auch und schießen euch in Brand.

Er sah kurz hinüber. Vom anderen Turm schossen sie nicht mehr. Soweit er durch den Qualm und Rauch erkennen konnte, waren die Treppen und die Decke des Turms eingestürzt.

Er blickte wieder auf die heranröhrenden Flugzeuge. Die Munition ihrer Kanonen zerplatzte in den Sandsäcken und an den Steinwänden, die Bordschützen zielten gut, immer näher krochen die bedrohlichen Treffer.

Wieder löste sich eine Bombe, die Tonne sprang über das Wasser. So etwas hatte er noch nie gesehen. Sie setzte über die Torpedonetze hinweg und versank an der Mauer. Er duckte sich, als die ganze Talsperre von einer erneuten Unterwasserexplosion erzitterte. Eine Wassersäule schoss in die Höhe, schien einen Moment zu verharren, gleißte im Mondlicht. Dann sackte sie in sich zusammen, wie in Zeitlupe prasselte es auf sie nieder.

Die Mauer hielt. »So kriegt ihr uns nicht!«, brüllte er. »Ihr werdet diese Mauer nicht knacken!«

Enttäuschung kroch Ken Fraser lähmend in die Glieder. Sie hatten alles richtig gemacht, hatten mithilfe der Scheinwerfer die genaue Flughöhe eingehalten. Wenn sich die Strahlen auf der Oberfläche berührten und eine liegende Acht bildeten, war die erforderliche Höhe von sechzig Fuß erreicht. Der Navigator hatte ihm das doch bestätigt! Darauf musste er sich schließlich verlassen.

Die Rollachse des Flugzeugs war waagerecht gewesen. Sonst wäre die Bombe verkantet auf das Wasser gefallen und hätte ihre Sprünge nicht gerade ausgeführt, sondern wäre ausgebrochen.

Der Abwurfzeitpunkt stimmte laut Ansage des Bombenschützen ebenfalls. Er selbst hatte den leichten Satz gespürt, den die Maschine machte, als die Haltearme der Bombe weg-klappten und sie ihre schwere Fracht freigaben.

Was hatten sie falsch gemacht? Diese Rotationsbombe war eine Luftnummer. Sie riskierten sinnlos ihr Leben. Die Talsperre war nicht zu sprengen.

Er sagte: »Funken Sie zur Basis ›Goner 58A‹«.

Astell und seine Crew waren umsonst gestorben, Hopgood genauso. Die Deutschen in den Flaknestern jubelten. Aber sie hatten noch ein paar Tonnen, sie würden jede einzelne gegen die Mauer werfen und nicht aufgeben, bevor die Munition aufgebraucht war. Grimmig kniff er die Augen zusammen. Gibson befahl Young, die vierte Attacke zu fliegen.

Ken sagte ins UKW-Funkgerät: »Wing Commander, wir fliegen mit. Dieser Flak auf der Mauer soll Hören und Sehen vergehen.«

Verblüfft sah ihn der Navigator an. Auch der Bordingenieur riss die Augen auf. Er wusste, was sie dachten: Gerade waren sie der Flak entgangen, gerade hatten sie aufgeatmet, weil sie meinten, gerettet zu sein – da warf er ihr Leben erneut in die Waagschale. Aber es musste sein, bei Young im Flugzeug saßen auch lauter junge Männer, und wenn sie zu dritt flogen, würde sich das Flakfeuer aufteilen, zudem hatten sie mehr Geschütze, um die Deutschen zu beschießen.

»Verstanden«, funkte Gibson zurück. »Gute Idee. Ich halte mich nördlich und greife die Flak von dort an.«

Sie flogen zu dritt auf die Mauer zu. Gibson zog nach links weg, um einen anderen Angriffswinkel zu wählen, er schaltete sogar die Positionslichter seiner Lancaster an, der närrische, tolle Kerl, er lud sie regelrecht dazu ein, auf ihn zu schießen.

»Gib's ihnen«, rief Ken seinem MG-Schützen zu. »Lass sie glühendes Eisen fressen!«

Sie konzentrierten ihr Feuer auf den verbliebenen Turm, bis er nicht mehr schoss. Young, der versetzt vor ihm flog, löste die Bombe aus. Sie sprang drei Mal über das Wasser. Kenneth zog die Mühle über die Mauer hinweg. Hinter ihnen spritzte das Wasser auf.

Wieder nichts. Die Mauer stand.

Er fluchte, drehte bei, flog zurück in eine Warteschleife.

Guy Gibson begleitete währenddessen Maltby, der seine Bombe noch unter dem Flugzeugrumpf trug. Die Bombe sprang vier Mal und explodierte. Bis auf seine Höhe schossen Schlamm und Wasser hoch, ungläubig sah Kenneth auf den Höhenmesser: Das waren dreihundert Meter! Als wollte die Fontäne den Mond vom Himmel holen.

Aber der Damm stand. Der Funker meldete »Goner 78A«.

Moment, ging nicht ein Riss durch den Damm? Wasser spülte über die Mauer, ganz deutlich sah er es, immer mehr Wasser stürzte ins Tal! Der Funker sprang auf, riss sich jubelnd den Kopfhörer herunter. Er rief: »Leute, wir haben es geschafft!«

Ken flog mit den sieben überlebenden Flugzeugen gemeinsam zur Mauer. Sie begutachteten ihren Erfolg, die weiße Gischt, die ins Tal donnerte. Eine einzelne Flak forderte sie noch heraus und wurde von allen Schützen gemeinsam zum Schweigen gebracht.

Gibson sagte über UKW: »Wir haben keine Zeit zu verlieren. Jeden Moment könnten Nachtjäger auftauchen.« Er befahl den dreien, die ihre Bombe noch hatten – Shannon, Maudslay und Knight – ihm zu Ziel B zu folgen, zur Edertalsperre.

In England, im Headquarter in Grantham, sprangen hochdekorierte Männer in Uniform vor Freude in die Luft wie kleine Jungs. Jeder schüttelte dem Erfinder der Rotationsbombe,

Wallis, die Hand und gratulierte; Air Chief Marshal Arthur Harris, Air Vice-Marshal Ralph Cochrane und Harris sagte sogar: »Wallis, ich habe Ihnen kein Wort geglaubt, als Sie mir das Ding vorgestellt haben. Jetzt könnten Sie mir einen rosa Elefanten verkaufen, ich glaub Ihnen alles.«

37

»Axel«, sagte der Großvater, »kannst du mir erklären, was hier los ist?«

»Frag Georg.« Er gab den anderen durch ein Nicken zu verstehen, dass sie die Zimmer durchsuchen sollten. Georg, dieser Sprücheklopfer, war ihm lang genug auf die Nerven gefallen. Anstatt ihm dankbar zu sein für den Schutz, den er ihm gewährte, hatte er ihn mit immer neuen Ansprüchen belagert und durch seine Dummheit alles gefährdet. Es war Zeit, dass er spürte, wer hier das Sagen hatte.

Der Großvater sah fragend zu Georg hinüber. »Was wollen die Polizisten hier?«

Georg war leichenblass. »Das verstehe ich auch nicht.«

»Wie bitte? Hab ich mich verhört?« Axel legte den Gummiknüppel quer über Georgs Hals und drückte ihn gegen die Wand. »Dein feiner Enkel«, sagte er, sah dabei aber nicht dem Großvater, sondern Georg in die Augen, der um Luft rang, »hat eine Zwangsarbeiterin aus dem Lager entkommen lassen, und er treibt Rassenschande mit ihr!« So nahe kam er Georg, dass sich beinahe ihre Nasenspitzen berührten. »Ist es nicht so?«

»Nadjeschka ist eine Zwangsarbeiterin?«, fragte der Großvater.

»Richtig, und auf der Flucht. Georg arbeitet übrigens freiwillig als Lagerführer auf den Möhnewiesen. Das hat er dir verschwiegen, nicht wahr? Er hat in der Schule gekündigt und mich gebeten, ihm stattdessen einen kriegswichtigen Posten zu verschaffen, damit er nicht an die Front muss.«

Der Großvater tastete nach dem Schrank, um sich abzustützen. »Sie ist ein Mensch, Axel. Egal wo sie herkommt. Sie isst, sie trinkt. Sie atmet wie wir. Und sie hat ein feines Herz.«

Er lachte. »Du stammst aus einer anderen Zeit, mein Bester. Genauso könnte eine Katze zum Menschen sagen, dass sie atmet und Milch trinkt und Fisch isst. Wir sind die Überlegenen, und die Slawen, so herzig sie sein mögen, sind rassisch unterlegen.«

»Wer sagt das? Was, wenn *sie* überlegen sind?«

Axel ließ Georg los und drehte sich um. »Vorsicht, alter Mann. Pass auf, was du sagst! Ich hatte vor, dich zu schonen, aber mach so weiter, und du bekommst das volle Programm.«

Sie maßen sich mit Blicken. Der Alte sagte: »Deine Drohungen kannst du dir sparen. Ich hab keine Angst vor dir.«

»Und du spar dir deine Philosophiererei«, sagte Axel. »Der Krieg hat es bereits bewiesen. Wir herrschen über ganz Europa, und Russland nehmen wir auch gerade ein. Unsere Kultur, Wagner, Goethe, Schiller, Mozart, da kommt keine andere Nation ran. Wir sind das größte Kulturvolk der Erde. Deshalb haben wir das Recht, alle anderen zu beherrschen.«

Draußen jaulte der Luftalarm auf. Er dachte kurz an Anneliese und die Kinder. Aber Neheim wurde meist nur überflogen, hier warfen sie nichts ab.

Die Männer zerrten Nadjeschka aus dem Schlafzimmer. Sie wehrte sich, hielt sich am Türrahmen fest.

Er zog ihr den Knüppel über die Hände und schrie: »Willst du erschossen werden wie deine Lagerkollegin? Stell dich gefälligst nicht so an!«

»Was geschieht mit ihr?«, fragte Georg. »Wo bringt ihr sie hin?«

Ja, jetzt wurde ihm plötzlich klar, wie glücklich er sich hätte schätzen sollen, einen mächtigen Förderer wie ihn zu haben. »Die Hure kommt nach Bergen-Belsen ins KZ, und du, Georg, bist ein Volksverräter und wirst gehängt. Hättest auf mich hören sollen, als es noch nicht zu spät war.«

In Günne unterhalb der Sperrmauer riss das Wasser die Schützenhalle um und zersplitterte ihre Wände. Es strömte in die Straßen, zerbrach die Fenster und spülte in die Häuser. Zu Dutzenden ertranken die Menschen. Schreie wurden in der weißen Gischt erstickt.

Oberförster Wilkening fluchte. Die Telefonleitung war tot, auch in seiner Wohnung. Sie lag erhöht und blieb vom Wasser verschont, aber er hörte die Flut talabwärts donnern. Er musste dem Fernamt in Soest die Katastrophenwarnung durchgeben, Nummer 0. Das Wählen ging ganz schnell, doch das half nichts, wenn keine Verbindung zustande kam! Das Fernamt verfügte über genug Personal, um die Städte in der Reihenfolge ihrer Gefährdung anrufen: Neheim, Werl, Fröndenberg, Menden, Schwerte, Westhofen. Die Leute schliefen ruhig, während der Tod auf sie zueilte in Form einer Wasserwand, jemand musste sie schließlich warnen!

Er leuchtete mit der Taschenlampe aus dem Fenster. Man konnte nicht mehr ins Möhnetal sehen, überall standen die Nebelschwaden. Das Wasser knickte Hochspannungsmasten um und verschluckte sie, er sah, wie sie im Nebel noch einmal aufblitzten, und hörte wütendes Knallen. Wo gab es noch ein Telefon?

Der Bahnhof! Hastig holte er sein Fahrrad aus dem Schuppen und fuhr los. Der Dynamo jammerte am Reifen, während er wie wild in die Pedale trat. Wenn jetzt etwas auf der Straße lag, ein Ast oder ein rostiges Autoteil, er würde mit voller Geschwindigkeit auffahren und sich das Genick brechen.

Die Beine brannten und die Kehle schmerzte ihm vom stoßweisen Atmen. Als er den Bahnhof erreichte, warf er das Fahrrad hin und stürmte zur Tür der Wachstube. Abgeschlossen, natürlich. Er nahm Anlauf und trat dagegen. Noch einmal. Das Holz knirschte. Er trat und trat, bis das Schloss aus der Tür brach. Der Lichtschalter funktionierte nicht. Im Mondlicht, das durch das Fenster hereinfiel, fand er das schwarze Telefon. Er nahm den Hörer ab – ein Freizeichen. Hier gab es nicht die Sonderleitung zum Fernamt Soest. Er wählte das Amt Körbecke. »Katastrophenhochwasser«, japste er, »rufen Sie in Soest an, sofort! Die Möhnetalsperre ist gebrochen.«

Seit einer halben Stunde hatten sie keinen Strom mehr im Postamt Soest. Werner Lauenburg entzündete eine weitere Kerze. Die Telefone funktionierten noch, und der Fernmeldebereich musste rund um die Uhr besetzt sein, also würde er hier ausharren, bis die Morgenschicht kam und man sich um die Stromleitungen kümmern konnte. Sicher ein Akt der Sabotage, irgendwer hatte sie gekappt.

Das Telefon klingelte. Er nahm ab. »Fernmeldeamt Soest, Lauenburg am Apparat, was kann ich für Sie tun?«

»Hier ist Amt Körbecke, rufen Sie Neheim an, schnell! Die Talsperre ist gebrochen. Wir haben ein Katastrophenhochwasser. Ich versuche es währenddessen in Menden.«

»Verstanden«, sagte er und legte auf. Mit zitternden Fingern wählte er Neheim an. Er lauschte in den Hörer. Nichts, nur ein Knacken und Rauschen. Er meinte, die Flut hören zu können, das Brausen des Wassers, das alle Hilfeschreie übertönte. Die Leitung ins Fernsprechamt Neheim ging über

Menden, vielleicht stand dort schon alles unter Wasser, aber Neheim konnte man noch warnen, es gab eine zweite Leitung. Er wählte die andere Nummer.

»Polizeiverwaltung Neheim, Sie wünschen?«

»Hier ist Lauenburg, Fernsprechamt Soest. Bei Ihnen trifft jeden Moment eine furchtbare Flutwelle ein. Die Talsperre ist gebrochen. Warnen Sie die Bevölkerung!«

Stille in der Leitung.

»Sind Sie noch da?«

»O mein Gott. Wir sind auf so etwas nicht vorbereitet. Wir hatten Luftalarm, die ganze Ortschaft sitzt in den Kellern. Wie soll ich denen sagen, dass sie nach draußen müssen, auf die Hügel?«

»Läuten Sie die Kirchturmglocke, tun Sie irgendwas, retten Sie wenigstens ein paar!«

Dann war auch diese Leitung fort.

Das beschauliche mittelalterliche Kloster Himmelpforten hatte fast 600 Jahre lang seine Klosterglocke durch das Möhnetal läuten lassen. Von Adelheid, der Gemahlin Graf Gottfrieds III. von Arnsberg, gegründet, vom Erzbischof Konrad von Köln bestätigt und von Papst Innozenz IV. unter seinen Schutz gestellt, hatte es über Jahrhunderte Zisterzienserinnen beherbergt, die vor allem dem Landadel und dem Soester und dem Werler Stadtadel entstammten. Sie hatten ein Gasthaus errichtet, ein Krankenhaus, eine Ölmühle, eine Mehlmühle, eine Schneidemühle.

In dieser Nacht endete die Geschichte von Himmelpforten. Eine Sturzwelle überflutete die Kirche, sie begrub den Barockhochaltar aus Alabaster, drängte die Kirchenbänke in eine Ecke und zerdrückte sie dort. Bald ragte nur noch der Kirchturm aus der schäumenden Flut. Er hielt dem donnernden

Strom stand, Minute um Minute. Schließlich verlor er den Kampf, er neigte sich und stürzte mit einem letzten Anschlag der Glocke in die Fluten. Während seine Kirche versank, versuchte der Pfarrer gegen das Wasser anzukämpfen, das in den Luftschutzbunker spülte, und ertrank.

Wie konnte ein Greis so aufmüpfig sein? Ein Fausthieb würde genügen, ihn für alle Zeiten niederzustrecken. Wusste er nicht, wie unterlegen er war? Annelieses Großvater schimpfte und schimpfte und schimpfte. Das ging doch nicht an, dass er sich von ihm beleidigen ließ vor seinen Männern! Der Alte legte es darauf an. Er wollte es nicht anders. Er würde ihn züchtigen müssen in der Steinwache. Diese Nacht überlebst du nicht, Freundchen, dachte Axel.

Sie brachten die drei die Treppe hinunter. Trude Schadewaldt öffnete ihre Tür, sie wollte wohl gerade in den Luftschutzkeller gehen. Erschrocken schlug sie sich die Hand vor den Mund.

Als sie unten auf die Straße traten, hörte er ein eigentümliches Rauschen und Pfeifen. Was schickten die Alliierten da für Flugzeuge? Er trieb die Männer zur Eile an, hieß sie die Gefangenen verstauen und einsteigen. Er selbst setzte sich ans Steuer des Mercedes, zündete, schaltete die Scheinwerfer ein und verließ den Barthold-Cloer-Weg.

Seit dem Luftalarm war Rex nicht mehr zu beruhigen. Der Schäferhund jaulte leise, lief im Kreis, sah hilfesuchend zu seinem Herrn auf, ging ein paar Schritte, stellte die Ohren auf und zitterte vor Aufregung am ganzen Leib. Es war nicht sein erster Alarm, am unangenehmen Signalton konnte es nicht liegen.

Robert Oestreicher kraulte Rex am Hals, er strich ihm tröstend über das Nackenfell. Das Verhalten seines Hundes beunruhigte den alten Wachmann. Hunde besaßen einen scharfen Sinn für Gefahren. Hatten es die Bomber diesmal auf Neheim abgesehen, konnte Rex so etwas vorausahnen?

Das Barackenlager verfügte über keinen Luftschutzbunker. Aber der Vorratskeller unter der Bürobaracke würde etwas Schutz bieten. Nur wie sollte er da hineingelangen? Den Schlüssel hatte Lagerführer Hartmann, und der war seit Plögers Schicht nicht mehr hier gewesen. Er kramte den Seitenschneider aus dem Werkzeugkasten. Vielleicht ließ sich das Schloss irgendwie knacken.

Er stand auf. »Komm, Rex. Wir schauen mal, was da los ist.« Er öffnete die Tür der Baracke. Rex hatte es so eilig, hinauszugelangen, dass er sich zwischen seinen Beinen hindurchdrängelte.

Der Mond schien klar, es war eine helle Nacht. Feuchtigkeit lag in der Luft, als würde es bald regnen. Dabei war der Himmel wolkenlos. Ein seltsames Rauschen war zu hören, ein Zischen wie von einem Fernzug.

Er trat in eine Pfütze. Wie kam die hierher? Es hatte nicht geregnet. Erstaunt sah er, dass die Pfütze sich verbreiterte, sie wurde zu einem kleinen Rinnsal. Das Rauschen wuchs zu einem Grollen an.

Der Staudamm!

Er rannte zu den Baracken. »Raus hier! Alle raus!« Rex bellte. Wenn eine Flutwelle drohte, war man am Möhneufer völlig ausgeliefert. Sie mussten den Totenberg hinauf, wenn sie ihr Leben retten wollten.

Müde traten die Frauen nach draußen.

Am Horizont rollte eine schwarze Wand heran, eine Wasserlawine. Sie bestand aus mehreren Stufen, wie Terassen, von denen sich eine vor die andere schob. Die Frauen kreischten, sie rannten zum Tor. Hastig schloss er es auf. Aus den sechzehn Baracken kamen immer mehr Arbeiterinnen, mehr als tausend waren es, stauten sich vor dem Ausgang.

Er drängelte sich durch die Menge und rannte zum Zaun auf der Seite des Wiedenbergs. Mit dem Seitenschneider knipste er den Draht durch, bis ein Loch entstand, er rief: »Hierher! Hier geht es auch raus!« Noch bevor die ersten Frauen da waren, bugsierte er Rex hindurch. »Los, rette dich, mein Kleiner.« Er erweiterte das Loch. Dutzende Frauen krochen hindurch, ihre Kleider blieben hängen und rissen, sie schürften sich die Haut auf am Draht, aber all das war egal, sie zwängten sich nach draußen und rannten auf den Wiedenberg zu.

Das Rauschen und Krachen kam näher, es hallte schauerlich von den Berghängen wider. Die schwarze Wand fraß alles auf, Häuser und Autos, die Lichter erloschen in ihr. Holzbalken zersplitterten, Bäume wurden entwurzelt und mitgerissen.

Inzwischen war das Loch von einer Menschentraube umlagert. Verzweifelte Frauen versuchten, an anderer Stelle über den Zaun zu klettern, und blieben blutend im Stacheldraht hängen. Andere erklommen die Dächer der Baracken.

Da hob das Wasser die erste hoch, wälzte sie herum. Robert holte Luft, er nahm sich vor, sich mit den Füßen abzustoßen und nach oben zu schwimmen. Mit Gewalt schlug das Wasser gegen seinen Körper. Er wurde an den Zaun gepresst, die Flut wickelte ihn darin ein und wirbelte ihn herum, wieder und wieder. Wasser spülte in seinen Mund und drückte sich in die Lungen. Er zappelte, zuckte. Versuchte, sich aus dem Zaun zu befreien. Endlich schwanden ihm die Sinne.

Als Anneliese im Luftschutzkeller ankam, an einer Hand Lilli, in der anderen den Koffer mit dem Nötigsten, war der Raum bereits überfüllt. Siegfried ging gleich zu seinem Spielkameraden Klaus-Andreas und sie begannen herumzualbern. Die Männer spielten Karten, die Frauen redeten. An Schlaf war wieder einmal nicht zu denken.

Eine freundliche Nachbarin rückte ein Stück und machte ihr Platz. Anneliese setzte sich und nahm Lilli auf den Schoß. Wenigstens die Kleine sollte ein wenig schlafen, sonst würde sie morgen unausstehlich sein. Hoffentlich stieß Axel nichts zu!

»Ist doch Unsinn«, sagte die Frau neben ihr, »warum zwingen sie einen in die Bunker, wenn doch keine Bomben fallen? Ich wollte wieder hochgehen in die Wohnung, aber man hat mich nicht gelassen. Diese Luftschutzaufseher sind eine Plage.«

Siegfried ging zur Treppe. Er patschte mit dem Schuh in eine Pfütze. »Guck mal, Klaus-Andreas, da läuft Wasser die Treppe runter.«

Der Spielkamerad kam angestürmt. »Astrein! Los, wir bauen uns Papierschiffe!«

Anneliese stutzte. War da eine Leitung geborsten? Wo kam das Wasser her? Als sie draußen Schreie hörte und Rumpeln und Krachen, fuhr sie hoch. »Siegfried, weg von der Tür!« Gab es Explosionen? Warfen sie Bomben ab über Neheim?

Erstaunlicherweise gehorchte Siegfried. Er schien selbst Respekt zu bekommen. Aus dem Rinnsal war ein kleiner Bach geworden. Auch Klaus-Andreas wich zurück. Alle fünfzig Nachbarinnen und Nachbarn fingen an, durcheinanderzureden, wie ein Lauffeuer ging das Stichwort »Möhnetalsperre« durch den Raum.

Zwei Männer wagten sich die Treppe hinauf und öffneten die Tür. Sie wurden von einem Wasserschwall zurückgeschleudert. In Panik versuchte nun jeder, zur Treppe zu gelangen, doch das Wasser spülte sie mit Macht zurück. Es füllte gurgelnd den Kellerraum.

Anneliese drückte die weinende Lilli an sich, Siegfried schwamm zu ihr. Sie umarmte ihre Kinder. Während das Wasser sie an die Wand drückte, betete sie: Herr Jesus, nimm wenigstens meine Kleinen zu dir. Nimm unsere Schuld auf dich und erlöse uns. O Herr, lass es schnell gehen, vor allem für Lilli.

Zuerst wusste Georg mit der schwarzen Lawine im Rückspiegel nichts anzufangen. Erst, als er sich umdrehte und sah, wie sie die Häuser anhob, begriff er. Axel schien sie ebenfalls bemerkt zu haben, er trat aufs Gas. Fünfzig Stundenkilometer, sechzig. Das Wasser holte den hinter ihnen fahrenden Mercedes ein, es verschluckte ihn. Vor ihnen lag eine Kurve, die würde sie die letzten Meter Vorsprung kosten, sie konnten nicht geradeaus fahren und weiter beschleunigen, sonst würden sie die Böschung durchstoßen und hangabwärts stürzen. Axel bremste fluchend, lenkte in die Kurve, drückte wieder aufs Gas.

Es erwischte den Ford seitlich. Sie wurden umgeworfen und von der Flut mitgerissen. Georg flog durch das Auto, er stieß sich den Rücken, die Hüfte. Das Auto drehte sich, schlingerte, dann krachte es in einen Baum und blieb hängen. Die Karosserie ächzte unter dem Ansturm von Wasser. Georg fiel auf seinen Platz zurück, er wusste nicht mehr, wo oben und unten war.

Er versuchte, die Tür zu öffnen. Erfolglos. Eilig kurbelte er die Scheibe herunter, nur ein kleines Stück. Schlammiges Wasser strömte durch den Spalt herein.

Nadjeschka rief: »Was tust du da!«

»Ich kriege sonst die Tür nicht auf. Nass werden wir so oder so.«

Axel tat es ihm gleich. Der Gestapobeamte neben Axel, vorn auf dem Beifahrersitz, hatte scheinbar das Bewusstsein verloren, Axel rüttelte ihn. »Wachen Sie auf, Mann! Es geht um Leben und Tod!«

Allmählich füllte sich das Auto mit kaltem Wasser. Georg drückte Nadjeschka die Hand. »Hol noch mal tief Luft«, sagte er, »und dann komm mir nach.«

Sie hielt seine Hand fest. »Warte! Warte, ich …« Ihr Reden ging in Gurgeln über. Sie streckte den Kopf hoch zur Decke, versuchte, noch Luft zu schnappen, verschluckte sich.

Er stieß die Tür auf und zog Nadjeschka mit hinaus. Sofort ergriff sie die Strömung, sie wurden fortgerissen wie willenlose Puppen. Er versuchte, einen Ast zu packen, schrammte sich den Arm auf. Das Wasser zerrte sie weiter.

Nur nicht zur Mitte des Tals, dachte er, da wird das Wasser am schnellsten strömen. Hier am Rand, bei der Straßentrasse, hatten sie vielleicht eine Chance. Nadjeschkas Hand krallte sich in seinen Arm. Er ruderte nach oben, stieß durch die Wasseroberfläche und schöpfte Atem. Nadjeschka erschien neben ihm. Sie keuchte, spuckte Wasser.

»Dort rüber, zu den Bäumen«, sagte er.

»Nein, warte!«

Er hörte nicht auf sie. Er schwamm los und zog sie mit. Das kalte Wasser ließ seine Hose schwer werden, seine Schuhe. Es versuchte, ihn zu lähmen. Aber er kämpfte, er legte allen Überlebenswillen in diese Schwimmzüge, obwohl ihn die Prellungen schmerzten.

Schon spürte er Äste unter den Füßen, die Beine verfingen sich darin. Er streckte den linken Arm nach einer Baumkrone aus, die aus den Fluten ragte. »Hilf mir«, ächzte er. »Halt dich hier fest!«

Nadjeschka fasste nach einem Ast und umklammerte ihn. Sie zogen sich aus dem Wasser. Triefend und zitternd krochen sie in die Baumkrone, unter sich die endlose schwarze Flut.

»Seid ihr das? Georg?« Offenbar saß Axel in einem Baum in der Nähe.

Er legte Nadjeschka die Hand auf den Mund.

»Scheiße, ich hab mir den Arm ausgerenkt, glaube ich.« Axel stöhnte auf. »Ihr seid es doch!«

Sie schwiegen.

»Glaubt ja nicht, dass sich jetzt etwas ändert! Es bleibt alles so, wie es ist. Die Alliierten haben also den Damm zerstört. Na und? Wir haben genug andere Dämme!«

Er flüsterte Nadjeschka ins Ohr: »Hast du Kraft, noch einmal zu schwimmen? Wir müssen weg von hier, solange es Nacht ist. Sonst nehmen sie uns morgen früh fest.«

»Gib mir ein paar Minuten. Ich muss Luft schöpfen.«

Axel grölte: »Die Bevölkerung wird die Engländer dafür hassen. Der Hass macht uns nur stärker. Mit Russland einigen wir uns, und dann geht es nach England, wir bringen denen den Krieg nach Hause! Wir bauen Europa zur Festung aus. Niemand wird uns Europa nehmen.«

Nadjeschka holte tief Luft. Dann flüsterte sie: »Los.«

Sie ließen sich ins kalte Nass gleiten und schwammen fort.

Axel rief: »Seid ihr wahnsinnig geworden? Ihr ersauft bei dieser Strömung! Ihr ersauft alle beide!«

38

Schon beim dritten Schwimmzug bemerkte Georg, dass er seine Kräfte überschätzt hatte. Mit Leichtigkeit zog ihn die Flut in die Talmitte, wo sie mit großer Geschwindigkeit dahinjagte. Ein unsichtbarer Unterwassersog zerrte an ihm, wieder und wieder wurde sein Kopf untergetaucht, er schluckte Wasser. Mit Mühe kämpfte er sich heraus – da schien Nadjeschka hineinzugeraten, sie japste nach Luft, verschwand, tauchte wieder auf, verschwand erneut.

Er streckte die Hand nach ihr aus und bekam ihren Arm zu packen. Mit aller Kraft zog er daran. Kaum war Nadjeschka bei ihm, kaum hatte er sie zu sich gerettet, umklammerte sie ihn panisch. Mit dem zusätzlichen Gewicht bereitete es ihm Mühe, den Kopf über Wasser zu halten.

Verzweifelt sah er sich nach Rettung um. Ein Hausdach in der Flut war ihre einzige Chance.

Er legte seine allerletzten Kraftreserven in die Schwimmzüge. Japsend hielt er sich am Rand des Dachs fest. Nadjeschka hing an ihm. Als er Atem geschöpft hatte, zog er sich hinauf und half auch ihr auf die Dachschindeln. Dann brach er zusammen, lag einfach dort, schnatternd vor Kälte. Er war zu ermattet, um sich die nassen, schlammverschmierten Kleider vom Leib zu streifen. War nicht einmal mehr fähig, den Kopf zu heben und nachzusehen, wohin das Wasser sie trieb.

Jemand schrie. Georg drehte mühsam den Kopf zur Seite. Sie überholten ein Haus, das in den Fluten schwamm. Eines der Zimmer war von Kerzenlicht erleuchtet, auf dem Fensterbrett balancierte eine Katze. Das Stockwerk darunter war nur noch halb zu sehen. Durch ein Mauerloch schwammen Möbel nach draußen. Menschen konnte er nicht sehen. Das Haus versank, und das Schreien verstummte.

Nadjeschka schien nichts von alledem zu bemerken. Sie hielt die Augen geschlossen und lag still da.

Er fasste nach ihrer Hand. Sie war eiskalt. »Nadjeschka«, murmelte er. »Wir dürfen nicht schlafen. Du musst wach bleiben.«

Sie sagte nichts. Ihre Augenlider flatterten. Obwohl es ihn unendliche Überwindung kostete, richtete er sich auf und kroch zu ihr hinüber. Er rieb ihre Oberarme, hauchte ihre Wangen an. »Nadjeschka. Du darfst jetzt nicht einschlafen!«

Das Dach blieb irgendwo hängen. Unter ihnen krachte es, ein Balken splitterte, und ein Drittel des Dachs löste sich, Ziegel versanken. Nadjeschka erschrak, sie öffnete die Augen. »Mir ist so kalt«, flüsterte sie. Die einzelnen Worte gingen ineinander über, sie waren schwer zu verstehen. »Ich kann nicht mehr schwimmen.«

»Du musst nicht. Wir bleiben hier, auf dem Dach.« Er fasste sie unter die Achseln und zerrte sie höher hinauf, hin zum Schornstein. Offenbar waren sie auf den Resten einer Brücke aufgelaufen, einige Meter entfernt ragte ein steinerner Pfeiler aus dem Wasser.

Tote Kühe trieben vorüber. Mittendrin eine lebendige, die den Kopf aus den Fluten reckte und vor Angst brüllte.

»Ich kann nicht mehr«, hauchte Nadjeschka. »Ich kann einfach nicht mehr.«

Er sagte: »Bald geht die Sonne auf. Die wärmt uns.«

Sie reagierte nicht.

Obwohl er selbst so müde war, dass ihm immer wieder die Augen zufielen, zwang er sich, mit ihr zu reden. »Ich muss dir was gestehen. Ich hab dich singen gehört, damals, im Keller unter der Bürobaracke. Du hast eine wunderbare Stimme.«

»Danke«, hauchte sie, und ein Lächeln huschte über ihr Gesicht.

»Singst du für mich?«

Ihre Augen blieben zwar weiterhin geschlossen, aber sie sagte stockend: »Bei uns in der Familie ... haben wir oft im Dunkeln gesungen. Nur eine ... Kerze brannte dazu. Man hört die Melodie besser, es ist nur das Lied da. Nur die Stimme.«

Er dachte an Großvater. Bestimmt war er nicht aus dem anderen Auto gekommen, und selbst wenn ihm das gelungen sein sollte, hatte er in seinem Alter nicht genug Kraft besessen, um ausdauernd zu schwimmen.

Es war still, nur das Wasser rauschte und gurgelte. Da summte Nadjeschka eine Melodie. Die Tonfolge war fremdartig und wehmütig. Verlorenheit schwebte darin und zugleich Heimat. Nur ein paar Töne, danach schwieg sie.

In der Morgendämmerung verblassten die Sterne. Georg konnte nicht mehr auf die Sonne warten. Ihm fielen die Augen zu.

»Hierher!«, brüllte Axel.

Das Militärschlauchboot drehte bei und kam heran.

»Kriminalinspektor Axel Rottländer«, stellte er sich vor, »Geheime Staatspolizei. Mein Arm ist ausgekugelt, glaube ich. Bringen Sie mich zu einem Lazarett.«

Die Soldaten halfen ihm vom Baum herunter und hoben ihn in das Schlauchboot. Der Motor brummte, sie fuhren auf das Wasser hinaus. In der Dämmerung kam Neheim in Sicht. Beide Brücken fehlten, weder an der Möhnepforte noch an der

Werler Straße konnte man die Möhne überqueren. Und was war das für eine Möhne! Ein Meer von einem Fluss. Wo Fabriken am Ufer gestanden hatten und Wohnhäuser, war nur noch Wasser. Georgs Zwangsarbeiterinnenlager war völlig verschwunden, seine Reste mussten auf dem Boden dieses neuen Meeres liegen. Die Stadt war in zwei Hälften geteilt, als lägen sie auf verschiedenen Kontinenten.

Sie steuerten in Richtung der Sankt-Johannes-Kirche. Auf erhöhtem Boden ließ man ihn an Land. Gleich stürmten Hilfesuchende zum Schlauchboot. »Mein Kind!« – »Meine Frau! Sie ist dort draußen, irgendwo.« – »Haben Sie meinen Sohn gesehen?« – »Bitte, ich muss auf die andere Seite, meine alte Mutter ist dort drüben.«

Er drängte sich durch die Menge und lief hinüber zum Sankt-Johannes-Hospital. Dort sammelten sich vor den Türen Verwundete. Ein Arzt wählte die dringenden Fälle aus und ließ sie von Schwestern ins Gebäude bringen.

Axel zeigte seine Marke. »Ich bin im Dienst. Die Schulter ist ausgekugelt, denke ich.«

Der Arzt seufzte, ließ ihn aber ein.

Inmitten jammernder, blutender Menschen musste er in einem überfüllten Raum sitzen. Viele waren wie er mit Schlamm überzogen, Gesicht und Hände waren dreckig, die Haare ein wildes Nest. Es roch nach Erbrochenem.

Er dachte an Anneliese und die Kinder. Wie war es ihnen wohl ergangen? Anneliese war so ängstlich, sie war sicher beim ersten Warnzeichen hügelan gelaufen und hatte sich, die Kinder und die Nachbarn in Sicherheit gebracht. Aber sie würde sich Sorgen um ihn machen. Er sollte demnächst zu Hause vorbeischauen und sie beruhigen.

Eine halbe Stunde verging, ohne dass jemand aus dem Raum geholt wurde. Nur Neue kamen hinzu. Er wurde wütend. Als die Schwester einen weiteren Verletzten hereinbrachte, sagte Axel: »Entschuldigung, ich habe Schmerzen! Kommt da bald mal jemand?«

»Wir tun, was wir können«, sagte die Schwester.

»Man gewinnt den Eindruck, Sie tun überhaupt nichts, außer hier Patienten zu sammeln!«

»Sämtliche Ärzte und Schwestern des Hauses sind im Einsatz. Glauben Sie mir, es geht nicht schneller.« Sie verließ den Raum.

Er ging ihr nach. Im Korridor zeigte er ihr seine Marke. »Bringen Sie mich sofort zu einem Arzt. Während wir hier reden, entkommen gefährliche Verbrecher!«

Die Schwester war sichtlich übermüdet. Für einen Streit reichte ihre Kraft nicht mehr. Sie schüttelte zwar den Kopf, brachte ihn aber trotzdem zu einem Mann ins Behandlungszimmer, der, falls er Arzt war, sein Studium im Kindergarten begonnen haben musste, so jung sah er aus.

»Sind Sie Arzt?«, fragte er ungläubig.

»Der Herr ist von der Gestapo«, erklärte die Schwester. »Er sagt, es sei dringend.«

Der Mann im Kittel ließ sie gehen. Er sagte, an Axel gewandt: »Was kann ich für Sie tun?«

»Sind Sie Arzt?«, wiederholte er seine Frage.

»Ich mache meine Famulatur.«

Na immerhin. »Mein Arm ist ausgekugelt. Ich habe einen Landesverräter und ein volksfremdes Element festgenommen. Die Flut hat uns im Wagen über – Au! Was tun Sie da!«

Der Arzt zog den Arm leicht nach unten, dann nach vorn. Axels Schulter fühlte sich dabei an, als bohre jemand einen glühenden Metallstab hinein. Der Arzt sagte: »Sie haben eine Schulterluxation.« Er tastete ihn ab. Jeden Fingerdruck spürte Axel bis in die Knie.

»Hören Sie auf!«, brüllte er. »Sie haben's doch schon rausgefunden, also drücken Sie da nicht länger rum!«

Der Arzt sagte ruhig: »Ich werde Ihnen den Arm wieder einrenken. Das könnte kurz wehtun.«

Schon bereute er, den Mann angeschrien zu haben. Er hatte ihn in der Hand. Wenn er wollte, konnte er ihm furchtbares Leid zufügen. »Seien Sie vorsichtig, ja?«

Der Arzt zog am Oberarm und drehte ihn gleichzeitig nach außen. Axel ging in die Knie vor Schmerzen und jaulte auf.

»Das war's schon«, sagte der Arzt. Er stützte ihn.

»So? Mehr haben Sie nicht auf Lager?«, ächzte Axel sarkastisch.

Der Arzt hängte ihm den Arm in eine Schlaufe. »Drei Wochen, dann sind die Beschwerden weg.«

»Besten Dank. Muss ich noch zur Beobachtung hierbleiben?«

»Nein, Sie können gehen.«

Tatsächlich ließ der Schmerz schnell nach. Als er vor das Hospitalgebäude trat, fühlte sich die Schulter schon viel besser an. Die Sonne war aufgegangen, es wurde wärmer.

Er fragte einen jungen Mann, der seinen blutenden Vater stützte: »Wo werden die Toten hingebracht?«

»Sankt Johannes Baptist.«

Wie gut man sich fühlte, wenn man dem Tod von der Schippe gesprungen war! Die Stadt sah furchtbar aus, aber er war froh, am Leben zu sein und den Sonnenschein im Gesicht zu spüren. Hunger hatte er auch. Er tastete mit dem unversehrten Arm nach seiner Brieftasche und fand sie nicht. Er musste sie in der Flut verloren haben. Wie ärgerlich! Geld war nicht viel darin gewesen, aber er würde sich neue Lebensmittelmarken beschaffen müssen.

Er betrat die Kirche. Zuletzt war er als Kind einmal hier gewesen, aus Neugier. Erstaunt sah er zur hohen Decke hinauf. So groß hatte er das Gebäude gar nicht in Erinnerung gehabt.

Der Weg nach vorn zum Altar war weit, es mussten fast siebzig Meter sein. Durch die weiß gestrichenen Wände und die weißen Säulen wirkte das Kirchenschiff noch voluminöser. Das machen sie aus Berechnung, dachte er. Sie wollen, dass man sich klein fühlt. Und dann hängen sie das Kreuz hoch oben auf, damit man aufblicken muss zu ihrem Jesus.

Sein Vater hatte immer von diesem Kreuz geschwärmt. Triumphkreuz hieß es und stammte aus dem Mittelalter. Was daran ein Triumph sein sollte, dass der Mann an einem Holzkreuz festgenagelt war, begriff er nicht. Noch dazu hatte man dem geschnitzten Mann Blut an die Hände und Füße gemalt.

Wenn dieses Geheul der Leute nicht wäre, hätte er sich gern noch ein wenig umgesehen. Aber der Widerhall in der Kirche verstärkte es und machte es unerträglich. Er wandte sich dem Seitenschiff zu, an dessen Wand die Ertrunkenen aufgereiht waren.

Eine Frau hockte vor einem Männerkörper und hielt die nackten Füße des Toten umklammert. Sie wimmerte. Andere weinten lauter, oder sie gingen mit stummem Fragen an den Leichen vorbei, sahen jedem ins Gesicht, suchten nach ihren Angehörigen. Wer am Ende der Reihe angekommen war, machte mit Erleichterung kehrt und verließ die Kirche.

Freut euch nicht zu früh, dachte er. Sie werden noch mehr bringen, wenn erst mal alle an Land geschwemmt worden sind.

Die Wahrscheinlichkeit, Georg und Nadjeschka jetzt schon hier zu finden, war nicht groß. Andererseits verspürte er keine Lust, zwei Menschen zu jagen, die längst nicht mehr vor ihm davonrannten.

Er begann seinen Weg entlang der Reihe. Viele Gesichter waren zerstoßen, die Körper verrenkt. Deshalb hatten die Leute immer so genau hingesehen. Es war gar nicht leicht, die Toten zu identifizieren. War dieser da nicht Ulrich Wiese, der Blockwart? Von der Statur her passte es, und was vom Gesicht übrig geblieben war, bestätigte den Verdacht.

Eigentlich hatte er sich für hart im Nehmen gehalten. Mit dem Stock zuzuschlagen, um in der Steinwache seine »Schäfchen« zum Reden zu bringen, stellte ein gewisses Training dar. Trotzdem berührte ihn der Anblick dieser vielen Toten. Kinder waren darunter, die heute am Muttertag ihrer Mama Blumen gepflückt hätten. Stattdessen lagen sie tot nebeneinander, Mutter und Kind.

Die Männer waren ihm egal. So viele starben an der Front, da war das Ertrinken eher ein leichtes Los.

Wieder war da eine Mutter mit zwei Kindern, eine Frau, die ihn besonders berührte, weil sie Anneliese ähnlich sah. Er taumelte. Es war Anneliese. Er stützte sich an der Kirchenbank ab, wollte sich wegwenden, wollte gehen, raus aus dieser Kirche, und konnte doch den Blick nicht von der Toten nehmen. Neben ihr, im weißen Nachthemd, lag Lilli und auf der anderen Seite Siegfried. Sein Junge, sein ganzer Stolz.

Ich war nicht da, dachte er. Sie sind ertrunken, und ich war nicht da, um sie zu retten.

Georg duckte sich. »Bleib unten«, raunte er Nadjeschka zu. »Vielleicht fahren sie vorüber.«

Aber das Gebrumm des Motors kam näher, und man hörte das Klatschen der Wellen gegen den Bug des Militärschlauchboots. Dann verlangsamte es seine Fahrt, und eine feste Stimme rief: »Kommen Sie zum Rand des Dachs, wir helfen Ihnen!«

Er überlegte kurz, ob er ins Wasser springen und versuchen sollte zu entkommen, doch das war irrwitzig, wie sollte er schneller schwimmen als das Boot? Er richtete sich auf und half auch Nadjeschka hoch.

Man reichte ihnen die Hand, und sie stiegen ins Schlauchboot. Dort saßen bereits mehrere frierende Menschen, eingewickelt in Decken der Wehrmacht. Die Soldaten, die das Boot steuerten, trugen keine Gewehre. Einer von ihnen fragte: »Wo sind Sie her?«

»Aus Neheim«, sagte er.

»Und das war Ihr Haus?« Der Soldat zeigte auf die Reste vom Dach.

»Ja«, log er.

Das genügte dem Soldaten. Er fragte nicht nach Papieren. Ihr Schicksal war nur eines von Tausenden in dieser Nacht. Die Soldaten stießen das Boot vom Dach ab und fuhren in weitem Bogen über die Wasserfläche.

Der Wind trieb ihm Tränen in die Augen. Er blinzelte. Wie es aussah, floss das Wasser allmählich ab. Es würde noch Tage dauern, aber am Ufer sah man schon ein Gewirr aus verbogenen Bahngleisen und Güterwaggons, sogar eine Lok lag da. Tangverschmierte Äste hingen in den Rädern.

Je näher sie Neheim kamen, desto unruhiger wurde er beim Anblick der wasserbedeckten Weite. »Was ist mit dem Barackenlager passiert?«, fragte er schließlich.

Die jungen Soldaten zuckten die Achseln.

Die Frauen, für die er Verantwortung getragen hatte, waren von der Flut in den Tod gespült worden. Er sah zu Nadjeschka hinüber. Auch ihr Blick irrte über das Wasser, und ihre Mundwinkel bebten.

Von der Villa des Lampenfabrikanten Kaiser stand nur noch ein Rest wie ein hohler Zahn, man sah in die Zimmer hinein auf drei Etagen. Am Ufer, wo die Soldaten sie absetzten, gab es eine Speisung aus der Gulaschkanone. Jungs der Hitlerjugend verteilten Schüsseln mit Suppe. Er sah sich ängstlich um, doch kein bekanntes Gesicht war darunter. Also stellte er sich an.

Dann saß er mit Nadjeschka auf einem Geröllhaufen und trank in langsamen Schlucken die Suppe.

»Die Schüsseln verstecken wir, und diesmal stellst du dich an«, sagte er leise. »Das ist unsere letzte warme Mahlzeit in der Zivilisation.«

39

Ja, da kamen sie wie die Fliegen zum faulenden Fleisch, sie schwärmten um die zerstörte Talsperre, wollten gaffen und sich an der Zerstörung weiden. Axel riss einem Mann die Fotokamera aus der Hand und warf sie mit solcher Wucht zu Boden, dass sie zersplitterte. »Ich könnte Sie auf der Stelle festnehmen«, schrie er ihn an, »unter dem Verdacht der Spionage!«

Kriminaldirektor Kreuter war sehr deutlich gewesen. Fotos konnten an die ausländische Presse gelangen, und dann würden sie die Titelseiten der Tageszeitungen zieren, um millionenfach die Niederlage der Deutschen zu feiern. Schlimmer noch, wenn die Alliierten Flugblätter damit bedrucken und sie über Deutschland abwarfen. Das würde einen vernichtenden Eindruck auf die Bevölkerung machen.

»Wie sind Sie überhaupt in die Sperrzone gelangt?«

Der Mann stotterte: »Ich weiß nicht, wir …« Er sah sich verlegen nach seiner Frau um.

»Verschwinden Sie. Kein Wort zu irgendjemandem! Wenn wir Sie dabei erwischen, dass Sie rumerzählen, was Sie hier gesehen haben, klingelt die Gestapo bei Ihnen, haben Sie mich verstanden?«

Dem Mann schoss das Blut ins Gesicht. »Ja, natürlich.« Mit einem ängstlich hingeworfenen »Heil Hitler« verabschiedete er sich und zog mit seiner Frau davon.

Sie waren zu wenige, um das gesamte Gebiet abzuriegeln. Zumal ein größeres Aufgebot nach einem Briten suchte, der aus dem brennenden Flugzeug hatte entkommen können. Und dann noch der Besuch des Rüstungsministers!

Schutzpolizisten, Gestapomitarbeiter und Wachmannschaften, selbst Angehörige der Stadtverwaltung und kleinere Parteibeamte waren ausgerückt, dazu die Pioniere, die das Leid der Bevölkerung lindern helfen sollten, und die Mitglieder der Hitlerjugend.

Wobei er vor einer halben Stunde einen Jungen dabei erwischt hatte, wie er versuchte, den Abhang neben der Talsperre hinunterzuklettern – auch der vermeintlich linientreue Nachwuchs war der Sensationsgier erlegen.

»Kriminalinspektor Rottländer? Herr Minister Speer möchte Sie sprechen.« Ein junger SS-Unterscharführer sah zu ihm auf.

»Sind Sie sicher, dass er mich meint? Das muss eine Verwechslung sein.«

»Nein, Herr Kriminalinspektor. Sie sollen zu ihm kommen.«

Beklommen folgte er dem Unterscharführer zur Talsperre. Neben der Mauer parkte ein Dutzend dunkler Wagen. Ihre Fahrer standen neben den Autos und rauchten.

Vorn, am Rand der Staumauer, sah Axel den Minister, umgeben von ranghohen Parteimitgliedern und den Regierungsverantwortlichen des Bezirks Arnsberg. Etliche Männer kannte Axel nicht, sie mussten zum Ruhrtalsperrenverein gehören oder aus Berlin gekommen sein.

Als sie sich der Traube näherten, sah er, wie Kriminaldirektor Kreuter dem Minister etwas zuraunte. Gleich drehte Speer sich um und sah ihn, Axel, an. »Ah, da sind Sie.« Er ging auf ihn zu und reichte ihm die Hand. »Ich wollte gern Ihre Bekanntschaft machen.«

Verdattert ließ er sich die Hand schütteln. Der Griff des Ministers war fest und warm.

»Mein Beileid zum Verlust Ihrer Familie.« Minister Speer drehte sich zu den Parteigrößen um. »Meine Herren, Sie sehen hier den deutschen Kampfeswillen und Diensteifer, wie ich ihn mir wünsche. Herr ...«

»Rottländer«, ergänzte Kriminaldirektor Kreuter.

»Herr Rottländer hat vergangene Nacht bei der Flutkatastrophe seine Frau und seine beiden Kinder verloren. Und trotzdem steht er heute seinen Mann in der gegenwärtigen Krisenlage. Wenn alle Deutschen so eingestellt wären wie er, hätten wir den Krieg bereits gewonnen.«

Scham und Stolz rangen in ihm miteinander. Er bedankte sich und verschluckte sich bei den wenigen Worten, die er sagen wollte: »Ich bin ... äh ... geehrt, Herr Minister Speer, ich ...«

Aber schon hatte sich Albert Speer abgewandt und betrat, gefolgt von der Menschentraube, die Staumauer. Ein Loch von der Größe mehrerer Häuser klaffte darin, und immer noch floss Wasser aus dem Stausee ins Tal.

»Kommen Sie«, zischte Kreuter. »So eine Gelegenheit kriegen Sie nie wieder.« Er nahm Axel an seine Seite. »Sie sind zurzeit mein bester Mitarbeiter, Rottländer. Ich werde Sie fördern, aus Ihnen wird noch was!«

Albert Speer sagte: »Wir brauchen zusätzliche Flak für alle deutschen Staudämme. Und zwar bis heute Abend.«

Zwei Mitarbeiter notierten sich das.

Speer ging näher an das Loch heran. Er schien nachzudenken. Niemand wagte es, ihn dabei zu unterbrechen. »Sie wollen mich treffen«, sagte er, »mich und die deutsche Rüstungsindustrie. Da haben sie mir auf eindrucksvolle Weise den Fehdehandschuh hingeworfen. Die Fabriken des Ruhrgebiets sind den Alliierten ja schon lange ein Dorn im Auge. Ihnen allerdings auf so kluge Weise den Strom abzudrehen, das ist wirklich ein Husarenstück. Eine Herausforderung für uns, meine Herren. Wir werden sie meistern.« Er wandte sich an seine Mitarbeiter. »Zwanzigtausend Arbeiter der Organisation Todt vom Atlantikwall abziehen. In Sonderzügen hierher schaffen. Zeltstädte errichten. Ich will, dass der Staudamm in achtzig Tagen wieder steht und Strom liefert.«

Vor Verblüffung stießen einige der Herren hörbar die Luft aus. Jemand fragte: »Verzeihung, Herr Minister, wie wollen Sie das möglich machen?«

Speer schob energisch das Kinn vor. »Die Möhnetalsperre ist ein Symbol geworden für unseren Sieg oder unsere Niederlage. Die Alliierten glauben, sie haben uns für Jahre lahmgelegt. Aber sie werden sich täuschen.«

Kriminaldirektor Kreuter sagte: »Sie sind ein Genie, Herr Minister Speer.«

Unbeirrt diktierte der weiter an die Sekretäre: »Ich will, dass bis morgen Abend bereits siebentausend Facharbeiter auf dem Weg hierher sind. Brücken und Eisenbahnlinien sind zu reparieren. Mit dem Staudamm ist parallel dazu und unverzüglich anzufangen. Innerhalb einer Woche sollen die zwanzigtausend Arbeiter der Organisation Todt folgen.«

Axels Ehrfurcht vor Albert Speer wurde größer und größer. Wie er die Dinge anpackte! Wie sachlich und besonnen er mit der Katastrophe umging! Dieser Mann sprach, und die Massen setzten sich in Bewegung. Er war ein Gott, der Brücken und Festungen und Dämme erschuf.

Von ihm muss ich lernen, dachte Axel. Dann wird wirklich noch was aus mir. Jetzt, wo ich ohne Familie bin, muss ich mich richtig in die Arbeit stürzen, so wie Minister Speer.

»Trinkwasser wird ein Problem werden«, sagte Speer. »Die Leute können das Wasser aus der Leitung nicht trinken, die toten Tiere verseuchen uns die Wasserreservoirs. Lassen Sie überall in der Region Schilder aufstellen mit der Warnung vor Seuchengefahr und dem Hinweis, nur abgekochtes Wasser zu trinken.« Er blieb vor einem zerschossenen, verbogenen Flugabwehrgeschütz stehen. »Der Führer kocht vor Wut über die Unfähigkeit der Luftwaffe in der letzten Nacht. Warum wurden die Bomber nicht von Nachtjägern aufgehalten?«

»Sie flogen sehr niedrig, Herr Minister«, erklärte der Landrat kleinlaut.

»Aha, und unsere Nachtjäger flogen sehr hoch.«

»So ist es, Herr Minister. Üblich ist eine Flughöhe von mehreren tausend Metern. Die Bomber jedoch flogen dicht über dem Boden.«

»Hat sie das nicht verwundbar für die Flak gemacht?«

»Dieses Risiko haben sie auf sich genommen.«

Speer beharrte. »Der Flughafen Werl hat schließlich Nachtjäger! Warum wurden keine angefordert, als die Bomber anfingen, die Talsperre anzugreifen?«

»Ich weiß es nicht, Herr Minister.« Der Landrat errötete. »Ich nehme an, die Telefonleitungen waren defekt.«

»Kommen Sie mir nicht mit Lügen. Die Telefonleitungen wurden erst beschädigt, nachdem die Talsperre gebrochen war und Wasser ins Tal stürzte.«

Betretenes Schweigen herrschte unter den Männern.

»Schadensmeldung?«, fragte Albert Speer.

»Hier in Neheim?« Erleichtert referierte der Landrat: »Knapp zweihundert Häuser sind beschädigt oder zerstört. Und einundzwanzig Betriebe und Fabriken.«

»Todesfälle?«

»Wir rechnen mit zweihundert Deutschen und etwa siebenhundert Fremdvölkischen.«

Axel hörte nicht mehr zu. Das Lob von Rüstungsminister Speer verblasste, sein Diensteifer ermattete, er tappte blind der Menschentraube nach. Warum mussten drei von diesen Menschenopfern ausgerechnet Lilli, Siegfried und Anneliese sein? Warum traf es nicht andere? Ich hätte zu Hause sein müssen, dachte er, bei ihnen.

Abends besaß er nicht mehr die Kraft, sich die Socken auszuziehen. Lange saß er mit einer Socke und aufgeknöpftem Hemd auf dem Bett und starrte ins Leere. Um Mitternacht schaffte er es endlich, sich den Schlafanzug anzuziehen und sich hinzulegen. Ihm fiel die versteckte Schachtel Luminal ein. Wie gern hätte er mit Anneliese gesprochen und ihr verraten, wo die Tabletten waren. Jedes andere seiner Geheimnisse würde er jetzt mit ihr geteilt haben. Er hätte ihr von Regina erzählt, die er einmal geküsst hatte, und ihr gestanden, dass er neulich Erdbeeren gekauft und sie allein aufgegessen hatte, ohne eine einzige davon nach Hause zu bringen. Wenn die Geheimnisse ausgesprochen waren, würden sie sich wieder nah sein wie damals kurz nach der Hochzeit. Sie würde sich an ihn schmiegen und ihn »mein großer Bär« nennen, und er würde ihr über den Lockenkopf streichen und sie küssen. Die Geheimnisse waren es gewesen, die sie trennten.

Warum hab ich's nicht getan, klagte er sich an. Es kam ihm so vor, als könnte Anneliese noch am Leben sein, wenn er nur ehrlicher mit ihr gewesen wäre. Er stand auf und wanderte durch die stille Wohnung. In Siegfrieds Zimmer sah er das Plakat mit den aufgeklebten Bildern der Ritterkreuzträger. Wie sehr hatte sich Siegfried immer gewünscht, dass er sich einmal für diese Sammelbilder Zeit nahm! Unter jedem Kästchen war der Name aufgedruckt und ob der Mann noch lebte oder gefallen war und wie viele Panzer oder Flugzeuge er abgeschossen hatte. Etliche Kästchen waren von Siegfried mit den passenden Bildern gefüllt worden. Die leeren würden für immer leer bleiben.

Er hörte Siegfrieds Stimme, voller Begeisterung. »Schau hier, Benno Herrmann, den hab ich neu, Papa. Armin Pfaffendorf hab ich getauscht. Da, guck, Ludwig Kepplinger, der ist bei der Waffen-SS, er hat mit zwei anderen ein ganzes feindliches Fort zur Aufgabe gezwungen.«

Vor Lillis leerem Kinderbettchen schluchzte er auf, es klang wie ein tierischer Laut, gar nicht wie er selbst. Sein eigenes Leid erschreckte ihn. Er fasste nach Lillis kleinem Kopfkissen und drückte es an sein Gesicht. Heiße Tränen tränkten es.

Am nächsten Morgen hatte er noch immer Kopfschmerzen vom stundenlangen Weinen. Er sah lange in den Spiegel und fragte sich, ob er so zur Arbeit gehen konnte. Es klingelte. Frau Maier brachte ihm ein Tablett mit Brötchen und Ersatzkaffee. Sie sagte nichts, sah ihn nur mitleidig an und überreichte es. Auch die Tageszeitungen aus seinem Briefkasten lagen darauf.

Er bedankte sich, setzte sich in die Küche und aß. Warum waren Maiers nicht im Luftschutzkeller gewesen? Missmutig blätterte er die Zeitungen durch. Es waren viele Todesanzeigen darin. Was sollte er schreiben? »Für Führer, Volk und Vaterland«, das war das Häufigste, da konnte man nichts falsch machen. Bei Todesfällen an der Front schrieben viele auch »Für sein teures Vaterland und den festen Glauben an den Sieg Deutschlands« oder »Im Kampf gegen den Bolschewismus und das Untermenschentum«.

Auf den Zeitungsrand notierte er:

Für Deutschlands Größe und Freiheit starben meine geliebte Ehefrau,
Anneliese Rottländer, geborene Hartmann, und unsere Kinder
Siegfried und Lilli. In stolzer Trauer, Axel Rottländer.

So würde er die Anzeige aufsetzen.

Die amtlichen Meldungen überflog er nur, bis sein Blick an
einem kleinen Artikel hängen blieb. Das war alles, was sie über
die Bombardierung der Talsperren bekanntgaben: Ein schwaches britisches Geschwader sei ins deutsche Gebiet eingedrungen und habe die Talsperren beschädigt. Es gebe einigen
Sachschaden und Verluste unter der Zivilbevölkerung. Die
Zahl der Toten erwähnten sie nicht.

Natürlich, bei den meisten Umgekommenen handelte es
sich um Ostarbeiterinnen, nahezu fünfhundert von ihnen waren ertrunken, hatte er gehört, dazu französische und belgi-
sche Kriegsgefangene. Aber um wie viel mehr schmerzten die
Deutschen, die tot aufgefunden worden waren!

Er schlug den *Westfälischen Anzeiger* auf. Hier wurde das
Thema schon größer behandelt, vor Ort hatten die Leute ja
sowieso mitbekommen, was passiert war. Auf der Titelseite
hieß es: »Der jüdische Anschlag auf die Talsperren«. Juden
sollten das angezettelt haben? Das würde zu ihnen passen.
Aus Wut darüber, dass man diese Parasiten aus dem Großdeutschen Reich geworfen hatte, intrigierten sie nun in England und Amerika gegen die Deutschen.

Er blickte auf. An Annelieses Tod war jemand anders
schuld als er. Einer, der sein persönliches Glück über das
Wohl des Volkes stellte, der sich einfach nicht in die Volksgemeinschaft einfügen wollte. Schon als Georg ihn damals um
Hilfe bat, dem Frontbefehl zu entgehen, hätten bei ihm die
Alarmglocken läuten müssen. Wer nicht dazu bereit war, sich
an der Front für das deutsche Volk zu bewähren, der war ein

Feigling, ein niederträchtiger, falscher Egoist. Das hatte sich nun bewiesen. Georg würde dafür büßen. Für Annelieses Tod und für Lillis und Siegfrieds.

Winston Churchill ballte nervös die Hände zu Fäusten und öffnete sie wieder. Die Amerikaner wussten, wie man prunkvoll Macht demonstrierte. Schon von außen waren das Kapitol und seine weiße Kuppel ein beeindruckendes Symbol für Amerikas Herrschaftswillen, hier drinnen aber im Plenarsaal des Repräsentantenhauses zeigte sich noch deutlicher, an welches Reich der Antike man anzuknüpfen suchte: Bronzene Fasces flankierten die gigantische US-Fahne an der Wand, Rutenbündel der römischen Republik. Die Botschaft war sicher an die Bundesstaaten gerichtet. Einzeln waren die Zweige schwach, zusammengebunden als Rute waren sie stark.

Er musterte die Rednerbühne aus dunklem Holz. Waren das Lorbeerzweige, die sie verzierten?

Zur Rechten hing ein Gemälde von George Washington, dem ersten Präsidenten der Vereinigten Staaten. Zur Linken – wer mochte das sein? Der Marquis de Lafayette, der erste ausländische Abgesandte, der bei einem Joint Meeting des Kongresses gesprochen hatte?

So wie er, Winston, heute. Der Sprecher des Repräsentantenhauses kündigte ihn an. Winston räusperte sich noch einmal, stand auf und trat ans Pult. Es gab höflichen Applaus. Dann war es still.

Er sah den hundert Senatoren und vierhundert Abgeordneten in die Gesichter. Hier schmiedeten sie ihre Gesetze, hier entschieden sie über Krieg und Frieden und über das Budget dafür.

Zu seiner Rechten saßen die Mitglieder der Demokraten, zur Linken die Republikaner. Leider mochten beide England zurzeit nicht besonders gut leiden. Als er das letzte Mal hier gewesen war, vor anderthalb Jahren, hatte man ihn und England geliebt. Es war kurz nach dem Angriff der Japaner auf Pearl Harbor gewesen, und die Amerikaner hatten auf britische Unterstützung im Pazifik gehofft.

Inzwischen aber war das Ansehen der Briten erheblich gesunken, und was auch immer Roosevelt und er besprachen, sie kamen nicht vorbei an dieser Versammlung von Entscheidungsträgern. Die musste er überzeugen, wenn es einen raschen Angriff in der Normandie geben sollte. Doch er sah es an ihren ernsten Gesichtern, sie hatten vor, ihn abzuweisen. Sie verdächtigten England, eine Erweiterung der eigenen Macht anzustreben und dafür die amerikanischen Streitkräfte vor den Karren zu spannen. Viele glaubten, dass amerikanische Soldaten in Europa sinnlos verheizt wurden.

»Mr President«, sagte er, »Mr Speaker, verehrte Mitglieder des Senats und des Repräsentantenhauses: Siebzehn Monate sind vergangen, seit ich zuletzt die Ehre hatte, zum Kongress der Vereinigten Staaten zu sprechen. Mehr als fünfhundert Tage haben wir uns geplagt und Verluste erlitten und Großes gewagt, haben Seite an Seite gegen den grausamen und mächtigen Feind gekämpft. Wir haben gemeinsam gehandelt oder wenigstens in Übereinstimmung miteinander, in vielen Regionen der Erde, an Land, zur See und in der Luft.«

Die Skepsis in ihren Blicken ärgerte ihn. Er musste häufiger in seine Notizen sehen, als er das wollte, und selbst das Stichwort Pearl Harbor brachte nicht die erhoffte Reaktion im Publikum. Vielleicht war es einfach an der Zeit, die Probleme direkt anzusprechen.

Er löste sich von seinem Manuskript. Er würde improvisieren. »In unseren Beratungen im Januar letzten Jahres waren der Präsident und ich und die erfahrenen Berater uns einig, dass eine Niederlage Japans noch keine Niederlage Deutschlands bedeutet, aber eine Niederlage Deutschlands den Ruin Japans zur Folge hätte.

Selbstverständlich ist der größte Teil der amerikanischen Streitkräfte momentan im Pazifik eingesetzt. Die Vereinigten Staaten haben die Hauptverantwortung dafür übernommen, den Krieg gegen Japan voranzutreiben und Australien und Neuseeland zu helfen, sich gegen eine japanische Invasion zur Wehr zu setzen.

Wir hingegen tragen die Hauptlast im Atlantik und im Mittelmeer. Glauben Sie bitte nicht, wir würden irgendetwas zurückhalten, einen Mann, ein Gewehr oder ein Schiff, und stattdessen andere für uns kämpfen lassen. Die Zahl ist hier wenig bekannt, aber mein Land hat mehr als doppelt so viele Verluste an Schiffen ertragen als die Vereinigten Staaten seit Beginn unserer Zusammenarbeit.«

Immer noch drang er nicht zu ihnen durch. Er schwitzte. Sahen sie nicht, dass es Leben retten würde, wenn sie den Krieg so rasch wie möglich zu Ende brachten, und dass dieses Ende in Europa herbeigeführt werden musste?

Der einst so legendäre Mut der britischen Soldaten war hier, auf der anderen Seite des Atlantiks, in Vergessenheit geraten. Roosevelt hatte es gestern deutlich durchblicken lassen; Die Amerikaner zweifelten die Schlagkraft der britischen Streitkräfte an.

Genau dort musste er ansetzen. Und er hatte glücklicherweise vorgestern einen Trumpf in die Hände bekommen. »Sie alle«, sagte er, »haben in der Presse von der Zerstörung der Möhnetalsperre gelesen.«

Da war es, das ersehnte Aufwachen bei den Zuhörern. Neugier blitzte in den Augen der Abgeordneten auf. Die

Senatoren beugten sich nach vorn. Sie tuschelten, nickten sich wissend zu. Jeder hatte die Fotos gesehen in den Zeitungen, die nach dem Bruch der Talsperre von den britischen Aufklärungsflugzeugen geschossen worden waren.

»Diese Dämme führten dem großen Zentrum der deutschen Kriegsindustrie, dem Ruhrgebiet, Wasser zu und versorgten die Munitionsfabriken unseres Feindes mit Strom. Ihre Zerstörung kostete uns acht der neunzehn Lancaster-Flugzeuge, die wir eingesetzt haben. Aber sie wird eine weitreichende Rolle spielen, weil sie den deutschen Ausstoß an Munition reduziert.

Es ist unsere Strategie, Deutschland daran zu hindern, irgendeine Form von Kriegsindustrie in größerem Rahmen fortzuführen. Wo immer diese Produktionszentren bestehen oder gebaut werden, werden wir sie zerstören und die Arbeiterschaft zerstreuen. Das setzen wir unnachgiebig fort, bis das deutsche und das italienische Volk die monströsen Tyrannen abschütteln, die sie ausgebrütet und großgezogen haben.

Unsere Bomber zwingen Deutschland, immer größere Teile seiner Streitmächte von der Front abzuziehen, um sich gegen die Luftangriffe zu schützen. Hunderte von Jagdflugzeugen, Tausende von Flugabwehrkanonen und viele Hunderttausende von Männern, zusammen mit einem großen Anteil der Produktion der Waffenfabriken, sind bereits dieser rein defensiven Funktion zugewiesen worden. All dies geschieht auf Kosten der Kraft des Feindes für neue Aggressionen. Wir lassen nicht zu, dass die Deutschen die Initiative zurückerlangen.

Dies wird ein wichtiger Faktor für das Erringen des Sieges sein. Und Sie sind sicher mit mir einig, dass wir so bald wie möglich unsere Luftstreitkräfte zusammenbringen sollten, um auf ähnliche Weise militärische Ziele in Japan anzugreifen.«

Beifall brandete auf. Die Erinnerung an *Operation Chastise* hatte den Bann gebrochen. Er wurde wieder ernst genommen. Die Verhandlungen konnten weitergehen. Er atmete erleichtert auf. Schwungvoll brachte er die Rede zu Ende. *Operation Chastise* hatte den Weg gebahnt. Nun konnte *Operation Overlord* anlaufen, die Invasion in der Normandie.

Sie wuschen ihre schlammige Kleidung im Krusmecker Strom, einem kleinen Bach im Wald. Zuerst zog sich Georg aus, während Nadjeschka spazieren ging, dann war sie an der Reihe, und er ging spazieren. Er fand einen sonnigen Flecken und legte sich in den klammen Kleidern ins hohe Gras, um sich zu trocknen. Das Hemd streifte er sich über den Kopf und legte es neben sich.

Wie gern wäre er zurückgeschlichen und hätte Nadjeschka heimlich beobachtet. Er schämte sich für den Wunsch, und versuchte ihn vor sich selbst zu entschuldigen. Er wollte ja nur ihre Schönheit bewundern! Die entsetzliche Vorstellung, dass ein Ast knacken könnte und sie ihn erwischte, gab ihm Kraft, der Versuchung zu widerstehen.

Etwas raschelte im Gras. Jemand ging über die Wiese. Er lachte in sich hinein. Selbst schuld, wenn Nadjeschka sich nicht an den Pfiff hielt, den sie als Zeichen vereinbart hatten. Er würde ihr einen schönen Schrecken einjagen.

Tief ins Gras gedrückt, wartete er darauf, dass die Schritte näher kamen, um aufzuspringen. Schon spannte er die Glieder an – da sah er im letzten Moment, dass es ein Mann war, der da vorüberging. Schnell nahm er wieder den Kopf herunter.

Was machte der hier? Weder war es die Jahreszeit, um Bucheckern oder Pilze zu sammeln, noch sah er wie ein Förster aus. Den Flurschütz kannte er vom Gesicht her, der war es nicht. Sie hatten sich weit vom Waldweg entfernt, bewusst ein entlegenes Gebiet des Arnsberger Waldes ausgewählt, um sich dort zu verstecken, bis man überzeugt sein würde, dass sie in der Flut umgekommen waren. Der Mann konnte kein Spaziergänger sein.

Als das Rascheln sich entfernte, hob Georg vorsichtig den Kopf. Der Mann stieg in eine Senke hinter dem Waldrand hinab. Georg wartete, dass er wieder daraus hervorkommen würde, aber er blieb verschwunden.

Das alles war reichlich merkwürdig. Der Nationalsozialismus basierte auf Gruppenerfahrungen, er ermutigte niemanden, Dinge allein zu unternehmen, im Gegenteil: Einzelgängern wurde misstraut. Ein Mann mit kariertem Hemd und Arbeiterhose, so tief im Wald und allein … Wollte er sich etwas antun? Knüpfte er sich womöglich gerade auf?

Georg erhob sich. Er schlich näher an die Senke heran. Mit klopfendem Herzen sah er über die Kuppe. Die Senke war leer. Aber er hätte doch sehen müssen, wie der Mann auf der anderen Seite wieder hinaufstieg!

»Nehmen Sie die Hände hoch«, sagte eine fremde Stimme. Er gehorchte.

»Wer sind Sie, und was suchen Sie hier?«

Georg sagte: »Ich gehe nur spazieren.«

»Ach so? Legen Sie sich bei jedem Spaziergang auf die Lauer?«

»Hören Sie, es ist nicht, wie Sie denken. Ich habe mich nur hingelegt, um auszuruhen, und Sie ganz zufällig gesehen.« Er dachte nach. Diese Stimme … Der Mann hatte Angst. Vielleicht fürchtete er genauso, entdeckt zu werden, wie er. »Darf ich mich umdrehen? Ich hab Sie doch sowieso schon gesehen.«

Der Mann gab keine Antwort.

Zentimeter für Zentimeter drehte Georg sich um und hielt dabei die Hände in die Höhe gestreckt. Der Mann hatte tatsächlich eine Pistole in der Hand. Seine Wangen waren gerötet vor Aufregung und die blauen Augen weit geöffnet. »Machen Sie keinen Fehler«, sagte Georg. »Sie erschießen den Falschen.«

»Was soll das heißen?«

Das abgelegene Waldgebiet. Die Angst, gesehen zu werden. Es gab nur eine Erklärung. »Ich bin genauso auf der Flucht wie Sie.«

»Auf der Flucht vor wem?«

»Vor der Gestapo. Was glauben Sie, warum ich hier bin?«

»Was haben Sie getan?«

»Ich war Leiter des Barackenlagers auf den Möhnewiesen und habe mich in eine der Ostarbeiterinnen verliebt.«

Die Kiefermuskeln des Mannes spielten. Er musterte Georg argwöhnisch.

»Bitte nehmen Sie die Waffe runter. Ich werde Sie nicht verraten. Wenn Sie uns ein paar Tage Zeit geben, verschwinden wir wieder aus Ihrem Revier.«

»Uns?«

Verdammt. Jetzt hatte er Nadjeschka mit reingezogen. Aber er spürte: Das war keine Falle. Es war absurd – er vertraute dem Mann, der eine Pistole auf ihn gerichtet hielt. »Die Ukrainerin ist ebenfalls entkommen. Wir hoffen, dass man uns für tot erklärt.«

Zögerlich nahm der Mann die Waffe herunter. »Sie haben ganz schön Mut, mir das alles zu erzählen. Was, wenn ich zu einem Suchtrupp gehöre, der Sie im Wald aufstöbern soll?«

»Dann hätten Sie mich mit Hass angesehen, nicht mit Sorge. Wovor laufen Sie weg?«

»Sie denken, das binde ich Ihnen auf die Nase?«

40

»Ich traue ihm nicht«, flüsterte Nadjeschka. Georg bedeutete ihr zu schweigen. Der Mann, der ihnen gesagt hatte, sie sollten ihn Walter nennen, drehte am Knopf des Radios. Aus dem Lautsprecher ertönte leise: »Achtung, Achtung, Primadonna meldet«, gefolgt von Feindeinflügen in Bereiche bestimmter Zahlenkombinationen, die Stimme sagte Dinge wie »schwere Bomberverbände nach B9, C4« und »Störflieger nach E4, G9«. Walter hatte eine Karte auf den Klapptisch gelegt, in die er entsprechende Planquadrate eingezeichnet hatte, und zeigte mit einem Bleistift auf die jeweilige Position. »Dortmund«, murmelte er, »wieder.«

Walters Unterstand schmiegte sich an einen Hügel und war mit Laub und Zweigen unkenntlich gemacht, Decken hingen vom primitiven Dach herab und halfen ein wenig gegen die Abendkälte. Trotzdem hatte Georg das Gefühl, sich in einem Gefechtsstand an der Ostfront zu befinden und nicht im Arnsberger Wald anderthalb Wanderstunden von Neheim entfernt.

Walters Bleistift verharrte, obwohl der Militärsender weitere Planquadrate ansagte. Etwas lähmte ihn. Georg fragte: »Kommen Sie aus Dortmund?«

»Aus Essen. Fünfter März. Du denkst, du kannst dich schützen. Den Dachboden von allen brennbaren Gegenständen leerräumen. Die Dachbalken mit feuerfestem Anstrich versehen. Äxte und Schaufeln bereithalten. Die Kellerdecken abstützen, die Kellerfenster abdichten und Gefäße mit Wasser hinstellen. Aber am Ende hilft das alles nichts. Die Bombe rauscht ins Haus und zerstört dein Leben.«

»Haben Sie im Bombenangriff Kinder verloren?«

»Nein.« Ein bitterer Zug erschien auf seinem Gesicht. »Unser Sohn war schon tot. Erschossen von seinem eigenen Offizier wegen ›Feigheit vor dem Feind‹.«

Allmählich begriff er, was Walter in den Widerstand gegen die Nationalsozialisten getrieben hatte. »Tut mir leid, das zu hören. Wirklich.«

»In der Bombennacht habe ich meine Frau verloren.« Plötzlich kam Bewegung in ihn. Er angelte unter der Landkarte eine alte Zeitungsseite hervor und kritzelte etwas darauf.

»Was notieren Sie?«

»Nichts weiter. Ich hatte einen Einfall. Das passt zur Talsperrenbombardierung. Erinnern Sie sich daran, wie Göring zu Kriegsbeginn im Rundfunk verkündet hat: ›Wenn auch nur *ein* feindliches Flugzeug unser Reichsgebiet überfliegt, will ich Meier heißen‹? Das muss ich den Leuten ins Gedächtnis rufen.«

»Wie das?« Vielleicht hatte Nadjeschka recht. Der Mann war nicht ganz bei Trost.

»Ich gehe in die Leihbibliotheken und schreibe es in häufig gelesene Romane. Und ich tippe kleine Zettel, die ich in Streichholzschachteln im Stadtgebiet verteile.«

»Sie sind das!«

Walter strahlte. »Haben Sie eine Schachtel gefunden?«

Von Axel durfte er ihm auf keinen Fall erzählen. »Nicht ich. Ein weitläufiger Freund von mir.«

»Am besten funktionieren kurze Sätze, über die man zuerst lachen muss. Kennen Sie den? Was ist der Unterschied zwischen Christus und Hitler?«

Er dachte nach. »Was ist der Unterschied zwischen ⸱…? Keine Ahnung.«

»Bei Christus starb einer für alle.«

Er musste tatsächlich lachen. Trotzdem, was der Mann tat, war hirnrissig. Er setzte für politische Witze in Streichholzschachteln sein Leben aufs Spiel. »Was erreichen Sie damit? Ich meine, kleine Botschaften in Romanen, Zettel in Streichholzschachteln … Wie wollen Sie die Leute damit zum Widerstand aufstacheln?«

»Darüber habe ich mit einem Freund lange diskutiert. Er ist Pfarrer, ich schätze seinen Rat sehr. Wissen Sie, er hat diese überirdische Perspektive. Er sagt, Jesus hat das Himmelreich mit einem Senfsamen verglichen, aus dem später ein Baum wird. Genauso kann etwas Kleines, das wir tun, Großes bewirken.«

Nadjeschka hob den Kopf. »Ich kenne Ihren Freund! Er hat mir geholfen, aus dem Straflager am Plettenberg zu entkommen!«

Walters Gesicht hellte sich weiter auf. »Ein Pfundskerl, nicht wahr?«

»Ja«, sagte sie leise.

»Was ist?«

»Auf der Flucht wurden wir entdeckt, und sie haben auf uns geschossen. Ich muss Ihnen leider sagen, dass er …«

Walter hob abwehrend die Hände. »Nicht er. Nicht auch noch er.« Tränen traten in seine Augen. Er stand auf und ging nach draußen.

»Soll ich ihm nachgehen?«, fragte Georg.

»Nein.« Nadjeschka fasste nach seinem Arm. »Lass ihn. Er muss innerlich Abschied nehmen. Dabei können wir ihm nicht helfen. Zum Trösten ist später Zeit.«

»Also willst du hierbleiben?«

Sie nickte. »Ich weiß jetzt, dass wir ihm vertrauen können.«

Tagsüber war Walter fort, um seine Zettel zu platzieren. An den Abenden redeten sie. Er schien froh darüber zu sein, endlich jemanden gefunden zu haben, mit dem er sich austauschen konnte. Zwar traf er von Zeit zu Zeit an geheimen Orten andere Aufständische, aber niemand außer Nadjeschka und Georg kannte sein Versteck im Wald, weshalb sein Leben hier bisher sehr einsam gewesen war.

Einen ganzen Abend lang diskutierten sie darüber, wie es mit dem Krieg weitergehen würde. »Hitler schließt mit Russland einen Vergleich«, sagte Walter. »Er wird das meiste wieder verlieren, was er dort erobert hat, doch ihm bleibt keine Wahl. Alles läuft auf Europa hinaus. Das wird er behalten wollen. Er wird sich einbunkern und versuchen, den Amerikanern und Engländern so große Verluste zuzufügen, dass sie aufgeben. Am Ende überrollen sie ihn.«

Georg staunte. »Wie können Sie da so sicher sein? Die Amerikaner haben keine Lust auf ein Kräftemessen mit uns, seit der Kriegserklärung vor anderthalb Jahren halten sie die Füße still, sie liefern höchstens Fahrzeuge und Waffen nach Russland. Wer soll die Deutschen aus den besetzten Ländern vertreiben? England allein ist zu schwach dafür.«

»Es gibt genügend Anzeichen. Erinnern Sie sich an die wöchentlichen Erfolgsmeldungen zum U-Boot-Krieg in den Zeitungen? Soundso viele Schiffe der Feinde versenkt, ein Jubelruf nach dem andern? Inzwischen ist es auffallend still um die U-Boot-Flotte geworden, schon gemerkt? Erfolge werden gar nicht mehr erwähnt.«

»Warum ist das so?«, fragte Nadjeschka.

Walter wiegte den Kopf. »Manche munkeln, dass die Engländer eine neuartige Waffe haben, einen Granatwerfer, den sie sehr effektiv gegen unsere U-Boote einsetzen.«

»Die U-Boote werden wohl kaum den Krieg entscheiden«, wandte Georg ein.

Nadjeschka pflichtete ihm bei. »Geht es nicht eher um die Panzer?«

»Ach was!« Walter winkte ab. »Viel schlimmer ist unsere Wehrlosigkeit gegenüber den feindlichen Bombern! Da können wir noch so viele Panzer haben. Sehen Sie sich bloß das Desaster mit den Talsperren an! Und die Großstädte, die in Schutt und Asche liegen. Wir verlieren allmählich die Lufthoheit über den eigenen Gebieten. Ich sage Ihnen, wenn die Alliierten erst mit Afrika fertig sind, werden sie in Südeuropa einfallen, und dann haben wir bald eine weitere Schlachtlinie an den Alpen. Ist bis dahin nicht der Waffenstillstand mit Russland in trockenen Tüchern, werden wir wohl kaum genügend Männer haben, um gleichzeitig an allen Fronten standzuhalten.«

»Wenn der Krieg vorbei ist«, sagte Nadjeschka, »kommt Oksana frei. Hoffentlich hält sie bis dahin durch.«

»Die Amerikaner reden viel und tun wenig«, sagte Georg.

»Da täuschen Sie sich.« Walter lachte leise. »Sie werden kommen. Die Alliierten beraten längst, was mit Deutschland nach der Niederlage passieren soll. Davon wird nichts in unseren Zeitungen berichtet, natürlich nicht. Ich sage Ihnen, es geht auf das Ende zu. Deutschland wird alles verlieren. Vielleicht gibt es schlussendlich gar kein Land mehr für unser Volk. Und genau das haben wir verdient.«

Die Fenster der Flughafengebäude blitzten vor Sauberkeit. Die Büsche waren beschnitten, die Blumenbeete geharkt. Selbst die verschrammten Körper der Flugzeuge hatte man poliert. Heute hatte jeder der Angestellten seine Zähne besonders gründlich geputzt. Alle waren vorbereitet auf die Ankunft des

Königs und der Königin. Bis auf ihn, Kenneth Fraser. Die Schuhe drei Tage vor dem großen Ereignis zum Besohlen fortzugeben – niemand, der bei Verstand war, wäre dieses Risiko eingegangen. Natürlich hatte er sie nicht rechtzeitig zurückbekommen. Vor König und Königin die alten Schuhe zu tragen, die zerkratzten, beschämte ihn so sehr, dass er ernsthaft überlegte, sich im letzten Moment krankzumelden.

Die Flugzeugbesatzungen nahmen hinter einer weißen Linie Aufstellung, die extra für diesen Zweck in den Morgenstunden auf den Boden gemalt worden war. Er konnte die Schuhe der anderen gut sehen: Sie glänzten obsidianschwarz und sahen aus wie neu. Daneben wirkten seine Schuhe nachlässig, die Schuhbänder waren ausgefranst, die Schuhspitzen angestoßen.

Den Kopf nach oben, ermahnte er sich. Sonst lenkst du ihre Blicke ja geradewegs zu dem Malheur. Schon kamen sie heran, König George VI., selbstverständlich in Uniform, neben ihm Air Vice-Marshal Ralph Cochrane, Whitworth. Cochrane stellte dem König jedes einzelne Crewmitglied vor. Was würde er bei ihm sagen? *Und das ist der Mann, der die ganze Operation nahezu an eine bildhübsche Agentin der Deutschen verraten hätte?*

Sie näherten sich. Kenneth hielt die Luft an. Der große Moment war da. Cochrane sagte: »Und das ist Kenneth Fraser, ein erstklassiger Pilot, aus York.«

Der König sah ihm in die Augen und drückte ihm die Hand. »Ich freue mich, Mr Fraser.«

Die Fotografen machten Fotos. Morgen würden sie in allen britischen Zeitungen stehen, Fotos von ihm mit den alten Schuhen, wie er dem König gegenüberstand. Seine Mutter würde das sehen und sich beim Anblick der Schuhe fragen, ob sie in seiner Erziehung alles falsch gemacht hatte.

Schon stand der König beim nächsten Piloten. Aus dem Augenwinkel sah Ken nach links. Die Königin hielt sich noch bei Guy Gibson auf. Endlich löste sie sich und kam ebenfalls heran. Sie wurde von einem hohen Offizier begleitet, den er nicht kannte, er musste aus dem Bomber Command mitgereist sein. Bevor er jeden Namen sagte, schaute er auf eine Liste.

Der Offizier sagte: »Das ist Kenneth Fraser. Er kommt aus Australien.« Die Königin sah freundlich von unten zu ihm herauf und gab ihm die Hand.

Was redete der da! Hatte er sich auf seiner Liste verguckt? Ken malte sich aus, wie ihn die anderen mit der Sache aufziehen würden die ganzen nächsten Wochen lang. Kenneth, der Australier.

Königin Elizabeth sagte: »Aus Australien. Wo genau sind Sie her?«

Sollte er lügen? Andererseits, was kümmerte es die Königin, wo ein Kenneth Fraser herstammte? Heute Abend würde sie ihn schon wieder vergessen haben. Die Fotografen hielten die Kameras auf ihn gerichtet, sie fotografierten seinen Schweiß. Er ahnte, wie schwer es den anderen fiel, das Lachen zu unterdrücken. Wahrheitsgemäß antwortete er: »Ich bin aus York.«

Sie runzelte die Stirn. »Gibt es das auch in Australien?« Verwirrt ging sie weiter und schüttelte dem Nächsten die Hand. Sie sagte: »Wie jung Sie alle sind!«

Den Rest des Tages ging er immer wieder diese Situation durch und fragte sich, was er hätte anders machen sollen. Beschämt nahm er die Auszeichnung mit dem Distinguished Flying Cross entgegen, sah zu, wie Guy Gibson zu allen seinen Ehren auch noch das Victoria Cross erhielt, weil er todesmutig die Positionslichter angeschaltet hatte, um das Flakfeuer auf sich zu lenken. Zehn andere erhielten das Distinguished

Flying Cross, zwei die Conspicuous Gallantry Medal und elf die Distinguished Flying Medal.

Sie wurden eingeladen zu einer großen Zeremonie am 22. Juni im Thronsaal im Buckingham Palace. Konnte er dann womöglich richtigstellen, dass er kein Australier war? Zumal sie ja wirkliche Australier im Geschwader hatten, wer weiß, vielleicht waren die als Briten vorgestellt worden!

Der König wählte das neue Wappen ihres Geschwaders aus, er entschied sich für einen gebrochenen Damm mit drei Blitzen darüber und den Worten »Après Moi le Déluge«, nach mir die Sintflut.

Kenneth fragte sich, ob es nicht heißen müsste, nach *uns* die Sintflut? Hatte Madame de Pompadour das nicht so gesagt? Es würde für alle Zeiten falsch auf dem Wappen stehen, er würde mit diesem Fehler am Flugzeug fliegen. Aber mit seinen schmutzigen Schuhen durfte er keine Aufmerksamkeit auf sich ziehen. Besser, er hielt sich im Hintergrund. Er konnte von Glück reden, wenn er keinen Verweis erhielt für sein nachlässiges Auftreten.

Erst am Abend, als König George VI. und Königin Elizabeth längst abgereist waren und sie im Offizierskasino ihre Auszeichnungen feierten, fiel die Anspannung von ihm ab, und ihm wurde bewusst, dass er es mit seinen zweiundzwanzig Jahren wirklich weit gebracht hatte.

Der Nebel stieg von den Waldwiesen auf, er waberte an den Tannen hoch. Georg drückte Nadjeschkas Hand, und sie verstand sofort, blieb regungslos stehen. Vor ihnen hob ein Reh den Kopf, es sah sie scheu an, während seine schwarzen kleinen Nüstern bebten. Es witterte ihren Menschengeruch. Dann sprang es davon, nicht panisch, sondern leichtfüßig und ohne Eile.

Sie wandten sich einander zu und lächelten.

Ein Vogel piepte schrill. Georg sagte: »Großvater konnte sie alle auseinanderhalten. Baumpieper, Rotrückige Würger, Goldammern, Dorngrasmücken oder Tannenmeisen. Er hätte jetzt genau gewusst, wie dieser Vogel heißt.«

Sie gingen weiter in Richtung des Baches.

Der Gedanke an Großvater tat ihm weh. Er stellte sich vor, wie das Wasser in das Auto eingedrungen war und welche Angst Großvater ausgestanden haben musste. Vor seinem Tod hatte er gewusst, wem er all das verdankte. Und auch, dass er, Georg, ihn angelogen hatte. »Nach so einer Enttäuschung zu sterben«, sagte er leise. »Das Herz muss ihm geblutet haben, und dann dieser Tod …«

»Nein, Georg.« Nadjeschka blieb stehen. Streng sah sie ihn an. »Hast du nicht gehört, wie er Axel beschimpft hat? Er fand, du hast das Richtige getan. Für ihn hat sich nichts geändert. Ich hab gesehen, wie er dich musterte, als wir unten bei den Autos standen und einsteigen sollten. Sein Gesicht war voller Mitleid und Liebe.«

Erzählte sie das nur, um ihn zu trösten? Oder war es wahr? Sie stiegen den Abhang zum Bach hinunter. Er sagte: »Hast du den Film *Vom Winde verweht* gesehen? Gab es den bei euch im Kino?«

»Ich hab davon gehört.«

»Walter hat mir vorhin erzählt, dass sie Leslie Howard abgeschossen haben, den, der den Ashley Wilkes spielt im Film, Scarletts große Liebe. Er flog in einer Verkehrsmaschine von Lissabon nach Bristol, und eine deutsche JU 88 hat sie angegriffen. Der Pilot soll noch versucht haben, ihr zu entkommen, er ist Kurven geflogen und hat sogar das Flugzeug mit allen Passagieren auf den Kopf gestellt, aber er konnte es nicht schaffen. Im britischen Rundfunk haben sie den Absturz bestätigt.«

»Warum sollten Schauspieler vom Krieg verschont bleiben? Sie sterben wie wir anderen.«

»Das meine ich nicht. Ich dachte nur, an Leslie Howard werden sich viele erinnern. Er hat diese Filme hinterlassen, man hat seine Art, sich zu bewegen und zu reden, für alle Zeiten festgehalten. Doch was passiert mit Großvater? Anneliese und ich kennen ihn, wir denken an ihn. Siegfried vielleicht. Eines Tages dann hat ihn jeder vergessen. Genauso ist es mit uns. Wenn uns die Gestapo findet oder der Flurschütz oder irgendwer, und sie hängen uns auf – wer wird dann in zwanzig Jahren noch an uns denken?«

»Gott. Er vergisst uns nie.«

»Du glaubst an Gott?« Er war sich da nicht sicher. Wenn er an Gott glaubte, müsste er eigentlich mehr an ihn denken.

»Natürlich. Du etwa nicht? Welchen Sinn hat das alles hier, wenn wir wie in einem Theaterstück einen kurzen Auftritt haben und danach für alle Zeiten verschwinden? Was ist, wenn wir unseren Auftritt verpatzen? Nein, das kann ich nicht glauben. Ich freue mich darauf, mir eines Tages das Kostüm herunterzureißen. Es gibt ein Leben nach dem Theaterstück.«

Die zarte, schwache Nadjeschka kam ihm auf einmal viel stärker vor. Sie konnte glauben, so richtig, ohne den schwankenden Boden des Zweifels.

Unten am Fluss kauerte er sich ans Ufer und zeigte ihr, wie man mit der Hand Forellen fing. »Du musst nur schnell unter die Uferböschung greifen«, sagte er, »schau, so!« Er stieß die Hand ins Wasser und zog sie wieder heraus.

»Und wo ist der Fisch?«

»Es klappt nicht jedes Mal. Aber irgendwann hat man einen.« Es roch nach Pfefferminze, das Ufer war bewachsen mit Minzepflanzen. »Probier's mal aus!«

Nadjeschka hockte sich hin und griff unter die Böschung. Sie lachte laut. »Da war etwas! Ich hab einen Fisch gefühlt, er hat kurz meine Hand gestreift!«

Er liebte es, wenn ihre Augen so strahlten. Er versuchte es noch einmal, fing aber wieder nichts. »Wer zuerst einen hat«, forderte er sie heraus.

Sie stieß die Hand hinein.

Wie damals, dachte er, es ist wie damals, als ich mit Anneliese am Bach war und wir Forellen gefangen haben. Er vermisste seine Schwester. Bis der Krieg zu Ende war, würde er sie wohl nicht wiedersehen. Er sagte: »Ein bisschen mulmig ist mir immer dabei. Als Kind hab ich nämlich mal eine Wasserratte gegriffen.«

Entsetzt riss Nadjeschka ihre Hand aus dem Fluss.

»Keine Sorge. Die Ratte war genauso erschrocken wie ich.« Er sah sich um. Sie konnten von Glück reden, dass es heute so neblig war. Der Flurschütz hatte bei seinen Wanderungen immer einen guten Feldstecher dabei.

Nadjeschka blickte sich ebenfalls ängstlich um. »Du darfst mir so etwas nicht sagen.«

Eine Heidelerche flatterte auf und goss ihre sanfte Melodie auf das Grün der Waldlichtung nieder. Er musste daran denken, wie Großvater ihm früher geholfen hatte, eine Walnuss aufzubrechen und sie vor dem Fenster aufzuhängen, damit er die Vögel beim Fressen des Nusskerns beobachten konnte.

Er erhob sich und ging zu Nadjeschka hinüber. Sie stand ebenfalls auf. Etwas verunsichert sah sie ihn an. Er umarmte sie.

»Bleib mir weg mit deinen nassen Händen«, sagte sie, aber sie hielt ihn fest, ganz offensichtlich genoss sie die Umarmung.

Er sagte: »Ich hab mit meinen Schülern jedes Jahr ein Gedicht von Rilke gelernt, vielleicht kann ich das letzte noch auswendig.

Bist du so müd? Ich will dich leise leiten
aus diesem Lärm, der längst auch mich verdross.
Wir werden wund im Zwange dieser Zeiten.
Schau, hinterm Wald, in dem wir schauernd schreiten,
harrt schon der Abend wie ein helles Schloss.

Komm du mit mir. Es soll kein Morgen wissen,
und deiner Schönheit lauscht kein Licht im Haus …
Dein Duft geht wie ein Frühling durch die Kissen:
Der Tag hat alle Träume mir zerrissen, –
du, winde wieder einen Kranz daraus.

Sie sah zu ihm auf und schwieg. In ihrem Blick lag die ganze Tiefe ihrer weiblichen Seele.

Nie wieder wollte er diesen Blick loslassen. »Nadjeschka«, sagte er, »wenn der Krieg einmal vorüber ist und wenn dein Gott schenkt, dass wir überleben – würdest du …« Weiter wagte er sich nicht.

»Deine Frau werden?«, fragte sie.

Ihm zog sich die Kehle zu. So verwundbar war er noch nie gewesen, in seinem ganzen Leben nicht. Er nickte.

»Ja«, flüsterte sie. »Von ganzem Herzen, ja.«

Anhang

Inspiriert durch den Aufseher des Barackenlagers auf den Möhne-wiesen, Karl Josef Stüppardt, und die Zwangsarbeiterin Elena Wolkowa, denen es gelang, ihre Liebe geheim zu halten. Sie über-lebten die Bombardierung der Möhnetalsperre und entgingen der Gestapo.

Karl und Elena heirateten am 16. Juni 1945 in der Neheimer Pfarrkirche Sankt Johannes Baptist, fünf Wochen und vier Tage nach Kriegsende. Sie haben gemeinsam sechs Kinder aufgezogen.

Nachwort zum historischen Hintergrund

Agentinnen im Zweiten Weltkrieg

Zu den wenigen deutschen Spionen, die nach Kriegsausbruch noch unentdeckt in England weiterarbeiten konnten, gehörte Mathilde Krafft, eine Deutsche mit britischer Staatsangehörigkeit.

Nathalie Surguenjew, eine Französin weißrussischer Abstammung, wurde in Paris von der Abwehr als Agentin angeworben und einem ausführlichen Trainingsprogramm unterzogen. Nachdem sie über Spanien nach England gereist war, wechselte sie im November 1943 die Seiten und arbeitete fortan als Doppelagentin für die Briten. Sie galt als temperamentvoll und schwierig. Weil sie ihrem Hund Babs die sechsmonatige Quarantäne bei der Einreise nach England ersparen wollte, ließ sie ihn in Gibraltar zurück und erwartete, dass der britische Geheimdienst ihn unter Umgehung der Vorschriften nach England brachte. Als diese Hoffnungen enttäuscht wurden und der Hund während ihrer Abwesenheit starb, weigerte sie sich, der Abwehr weiterhin gefälschte Nachrichten zu schicken, und erwog sogar eine Rückkehr zur deutschen Seite. Sie floh nach Lissabon und traf sich mit ihrem Führungsoffizier, Major Kliemann. Von ihm erhielt sie einen Funksender, Bargeld und neue Codes sowie ein Diamantarmband zum Dank für ihre gute Arbeit. Am Ende kehrte sie dennoch zum britischen Geheimdienst zurück und half, die Deutschen über die Landung in der Normandie zu täuschen.

In Perth in Schottland flog Jessie Jordan auf, die im Dienst der deutschen Abwehr stand, in New York wurde die hübsche rothaarige Johanna Hofmann der Spionage überführt, die zur Tarnung als Friseurin gearbeitet hatte.

Nicht zuletzt durch das Knacken der ENIGMA-Codes gelang es den Briten, nahezu alle deutschen Spione in England zu fassen. Viele von ihnen wurden »umgedreht« und gaben fortan Nachrichten durch, die vom britischen Geheimdienst erstellt worden waren, um die Kriegsstrategie der Deutschen zu manipulieren. Beispielsweise »korrigierte« man durch falsche Angaben die Ziele der V1- und V2-Raketen immer weiter aus dem Londoner Stadtzentrum hinaus in weniger besiedelte Gebiete und reduzierte so die Zahl der Todesopfer beträchtlich.

Auch für den MI5 arbeiteten Agentinnen, beispielsweise eine deutschstämmige britische Staatsbürgerin, die den Decknamen »Susan Barton« trug und bis 1939 in England lebende Deutsche ausspionierte, anschließend in Den Haag bei einer deutschen Freundin einzog und dem deutschen Marineattaché Kapitän Besthorn schöne Augen machte – im Auftrag des MI5.

Während der Vorbereitungszeit auf *Operation Chastise* wurden die Mitglieder des 617. Geschwaders von ihren Vorgesetzten gewarnt, dass feindliche Agenten in den Pubs ihre Gespräche mithören würden. Offenkundig gelangte aber keine Warnung ins Großdeutsche Reich.

Einträge im Tagebuch des Propagandaministers Joseph Goebbels über die Bombardierung der Talsperren

Am 18. Mai 1943: »U. a. sind die Edertalsperre, die Möhnetalsperre und die Sorpetalsperre angegriffen und schwer getroffen worden. Die Edertalsperre wurde von den feindlichen Maschinen, die längere Zeit darüber kreisten, mit Scheinwerfern abgeleuchtet, dann wurden in das bis zum Rand gefüllte Becken zwei Torpedos geworfen, die die Staumauer in 40 Meter Breite und großer Tiefe aufrissen. Die Wassermassen ergossen sich mit großer Strömung auf das umliegende Gebiet. Dreißig Dörfer wurden überflutet. Zum Teil sind sie überhaupt nicht mehr zu sehen, zum Teil haben sich die Menschen auf die Dächer retten können, eine Bergung war aber bisher nicht möglich, weil auch Pioniere wegen der Strömung nicht herankamen. Mit größeren Menschenverlusten muss gerechnet werden. Auch sind große Viehverluste und Ernteausfälle zu erwarten. Das Kraftwerk wurde beschädigt; der Ausfall an elektrischem Strom wird noch berechnet.

Auch an der Möhnetalsperre wurde der Damm durch Lufttorpedos von innen her gesprengt. Das Kraftwerk wurde weggerissen. Dadurch wurde eine empfindliche Schädigung der Trink- und Löschwasserversorgung des Ruhrgebietes verursacht; ebenso ist ein beträchtlicher Stromausfall zu verzeichnen.

Bei der Sorpetalsperre wurde ebenfalls der Damm beschädigt, die Umgebung stark überflutet. Da die Telefonleitungen zerstört sind, liegen bisher keine genauen Angaben vor. [...] Der Führer ist über die mangelnde Vorbereitung seitens unserer Luftwaffe außerordentlich ungeduldig und böse. [...]

Natürlich gibt man in London über den errungenen Erfolg mächtig an. Einige englische Aufklärungsflugzeuge haben bereits festgestellt, dass der Angriff auf die Talsperren gelungen ist. Im Übrigen geben wir das auch im OKW-Bericht offen zu. Es ist nur ein halber Trost, dass auch London in der vergangenen Nacht dreimal Luftalarm gehabt hat. Wir sind nur mit Störflugzeugen über der britischen Hauptstadt gewesen und haben keine besonderen Schäden anrichten können. Die Engländer sind jetzt in der Darstellung des Luftkrieges ganz groß heraus.«

Am 19. Mai 1943 schreibt Goebbels in sein Tagebuch: »Es gibt bei den Engländern und Amerikanern kaum ein anderes Thema als das des Luftkriegs. Ihr erfolgreicher Angriff auf die deutschen Talsperren ist sowohl in London wie in Washington die große Sensation. Sie sind natürlich genau im Bilde, was sie bei diesem Angriff erreicht haben. [...]

Die Amerikaner machen natürlich aus der Überschwemmung eines großen Teils der Umgebung der Talsperren die tollste Sensation, die man sich nur denken kann. Allerdings sind die Folgen, die dadurch eintreten, für unsere Rüstung ziemlich verheerend. Die Totenzahlen sind Gott sei Dank nicht so hoch, wie wir anfangs befürchtet hatten. Die Engländer und Amerikaner sprechen bereits von 10 000 Toten. In Wirklichkeit hält sich die Totenzahl zwischen 1 000 und 2 000.«

Am 20. Mai 1943 notiert Goebbels: »Die Verheerungen, die an den Talsperren angerichtet worden sind, stellen sich als nicht ganz so schlimm heraus, [wie] wir zuerst angenommen hatten. Aber immerhin genügen sie noch, um unserer Rhein- und Ruhrindustrie erhebliche Schwierigkeiten zu bereiten.«

Im Zentrum der nationalsozialistischen Moral standen das Volk und die Gemeinschaft der Rasse. Was ihnen diente, war gut, was ihnen schadete, war schlecht. Man behauptete, die »arische Menschenrasse« hätte sich höher entwickelt als die anderen, und nahm sich das Recht heraus, andere Völker wie Sklaven zu behandeln. So kamen Politik, Krieg und ein verzerrtes Verständnis von Biologie zusammen. Rudolf Heß behauptete: »Nationalsozialismus ist nichts anderes als angewandte Biologie.«

Gerechtigkeit oder Mitleid gab es bald nur noch für Mitglieder der sogenannten Volksgemeinschaft, während Juden oder Slawen ohne schlechtes Gewissen misshandelt wurden – sie waren aus der sozialen Welt, in der noch Werte galten, ausgeschlossen. Mit einer Mischung aus Unbehagen, Schadenfreude, und oft auch mit Wohlgefallen, beobachtete man den tiefen Sturz der Juden, die aus ihren Berufen gedrängt wurden und nicht einmal mehr öffentliche Verkehrsmittel verwenden durften. Mit ihnen zu fühlen, galt als Schwäche.

In den eroberten Gebieten fing man Menschen ein und transportierte sie als Arbeitskräfte ins Großdeutsche Reich. Ukrainer waren dabei in den Augen der Nazis etwas höher angesehen als die anderen slawischen Völker, auch wenn sie in der Praxis meist genauso schlecht behandelt wurden. Die Ukraine war 1939 eine Teilrepublik der Sowjetunion. Da aber Stalin 1932/33 fünf Millionen Bauern in der Ukraine verhungern ließ, indem er ihnen das Saatgetreide raubte, kämpfte eine beträchtliche Anzahl Ukrainer auf der Seite der Deutschen – unter anderem auch Kosaken –, in der Hoffnung auf eine Befreiung vom Bolschewismus. Deshalb führten die Nationalsozialisten die Ukrainer in ihren Listen als eigene Nationalität.

Das Landesarbeitsamt Westfalen beschaffte sich seine Zwangsarbeiter hauptsächlich aus der ukrainischen Region Kriwoi-Rog. Junge Menschen wurden auf der Straße, in Schulen oder in Kinos verhaftet. Man umstellte Dörfer und zwang die Dorfältesten, eine bestimmte Anzahl an Menschen zu nennen, die sich für den Abtransport nach Deutschland zu melden hatten. Weigerten sich Einzelne, dem Aufruf des Dorfältesten zu folgen, brannte man ihr Haus nieder. Durch den langen, menschenunwürdigen Transport nach Deutschland bestätigte sich für die deutsche Bevölkerung das Vorurteil der »Untermenschen« aus dem Osten: Die Zwangsarbeiter kamen in sehr schlechter Verfassung an, verdreckt, hungrig, übermüdet.

Liebesbeziehungen zwischen ausländischen Zwangsarbeitern und Deutschen wurden streng bestraft. Im Merkblatt »Über die allgemeinen Grundsätze für die Behandlung der im Reich tätigen ausländischen Arbeitskräfte« des Reichspropagandaministeriums und Reichssicherheitshauptamts hieß es:

Die humane, aber arbeitssteigernde Behandlung der ausländischen Arbeiter und die ihnen gewährten Erleichterungen können selbstverständlich leicht dazu führen, die klare Trennungslinie zwischen den fremdvölkischen Arbeitern und den deutschen Volksgenossen zu verwischen. Die deutschen Volksgenossen sind anzuhalten, den erforderlichen Abstand zwischen sich und den Fremdvölkern als eine nationale Pflicht zu betrachten. Bei Außerachtlassen der Grundsätze nationalsozialistischer Blutsauffassung muss der deutsche Volksgenosse sich schwerster Strafen bewusst sein.

Für diese Strafen gibt es zahlreiche Zeugnisse. Eine junge Deutsche, die einen polnischen Zwangsarbeiter liebte und im

Sommer 1942 eine gemeinsame Tochter zur Welt brachte, wurde von der Gestapo verhaftet und landete in der Steinwache in Dortmund. 1944 starb sie im Konzentrationslager Ravensbrück. Der Pole wurde öffentlich aufgehängt, seine Landsleute zwang man zuzusehen.

Ceslaus Wysotzki, 36, wurde wegen seiner heimlichen Liebesbeziehung zu einer Deutschen nach Mauthausen gebracht.

Eduard Rozbarski, 20, transportierte man wegen »Blutschande« nach Sachsenhausen ab.

Anna Brecziska aus Soest liebte einen Deutschen. Die Zwanzigjährige wurde ins KZ überstellt.

Janina Kakwzanka, 21, erging es genauso. Sie landete in Ravensbrück.

Offiziell erhielten die Zwangsarbeiter für ihre Arbeit eine Entlohnung. Man zahle den Lohn auf ein Sparbuch ein, wurde ihnen gesagt. Allerdings wurde davon so viel für die Unterkunft einbehalten, dass de facto nichts übrig blieb. Für eine Frau betrug der Höchstsatz, abhängig vom Alter, 1,50 Reichsmark am Tag, für einen Mann 1,70 Reichsmark. Allein für Unterkunft und Verpflegung wurden Ostarbeitern aber schon 1,50 Reichsmark am Tag abgezogen.

Anfangs war jedes Verlassen des Barackenlagers auf den Möhnewiesen verboten. Später durften einige besonders bewährte und fleißige Zwangsarbeiterinnen zur Belohnung in einer Gruppe von mindestens fünf Frauen das Lager verlassen. Als Angehörige einer »minderwertigen Rasse« durften sie keine Bürgersteige benutzen, sondern mussten auf der Straße laufen, und hatten in jedem Fall in der Gruppe zusammenzubleiben.

Fluchtversuche von Zwangsarbeiterinnen in Neheim sind mehrfach nachgewiesen. Meist wurden die Frauen nach wenigen Tagen aufgegriffen und in Straflager gebracht.

Als die Flutwelle sich näherte, öffnete der kriegsversehrte Wachmann Robert mit einer Zange den Drahtzaun des Barackenlagers auf den Möhnewiesen und rettete damit Dutzenden Zwangsarbeiterinnen das Leben. Er selbst ertrank.

Kurz vor Kriegsende, als die Alliierten über den Rhein nach Osten vordrangen, befahl der Gauleiter von Westfalen-Süd, Albert Hoffmann, alle Zwangsarbeiter und Kriegsgefangenen Dortmunds in unterirdische Zechen zu bringen und die Stollen zu fluten, um sie zu ertränken. 30 000 Menschen sollten so zu Tode kommen. Die Leitungsgremien der Gelsenkirchener Bergwerks-AG und der Zeche »Gottessegen« in Dortmund-Kirchhörde brachten jedoch technische Argumente gegen die Ausführung des Massenmords vor, und verhinderten ihn. Gauleiter Hoffmann wurde wegen seines Befehls nie zur Rechenschaft gezogen.

Als sich die Alliierten näherten, erschoss man – auch im Regierungsbezirk Arnsberg – die Zwangsarbeiter und Kriegsgefangenen zu Hunderten.

Stalin bestand, nachdem der Krieg vorüber war, entsprechend dem Abkommen von Jalta auf der Auslieferung aller russischen Zwangsarbeiter. Lastwagen fuhren über die Dörfer und fingen alle ein, die sich nicht freiwillig in den Kasernen gemeldet hatten. Nach ihrer Rückkehr in die Sowjetunion wurden sie als Verräter behandelt, unabhängig davon, ob sie sich freiwillig für die Arbeit in Deutschland gemeldet hatten oder von den Nazis gegen ihren Willen aus den besetzten Gebieten abtransportiert worden waren. Viele verschwanden in Straflagern, und die, die verschont blieben, vernichteten voller Angst ihre Unterlagen über die Zeit in Deutschland – weshalb sie später keine Belege mehr hatten und leer ausgingen, als Deutschland sich bereit erklärte, Entschädigungen zu zahlen.

Durch die Erziehung und die Propaganda in Rundfunk, Kino und Zeitungen wurde in die Herzen der Bevölkerung ein tiefer Glaube an die Partei und vor allem an die Person Adolf Hitlers eingepflanzt.

Joseph Goebbels arbeitete akribisch, um den größtmöglichen Propagandaeffekt zu erreichen. Am 22. Juni 1941 notierte er in sein Tagebuch: »Neue Fanfaren ausprobiert. Auch vom Horstwessellied. Aber die Lisztfanfare bleibt doch die beste.« Und am 1. Juli 1941: »Abends Wochenschau. Noch viel Arbeit daran, am Schnitt und an der Musik. Aber dann ist sie wie aus einem Guss, ein filmisches Meisterwerk.«

Besonders perfide nutzten die Nazis die Formbarkeit und Beeinflussbarkeit von Kindern und Jugendlichen aus, um ihnen ein verzerrtes Weltbild einzuprägen und sie dafür bereit zu machen, im Krieg für den Größenwahn des Reichs zu sterben.

Bei den Recherchen für *Nachtauge* fielen mir dank der Hilfe von Jürgen Deibl und Ralf Bartsch siebzig Jahre alte Schulhefte in die Hände. Darin zu lesen hat mich erschüttert. Den Kindern wurde im Erdkundeunterricht weisgemacht, es gäbe reiche und besitzlose Staaten, und diese Ungerechtigkeit sei mittels eines Krieges auszugleichen. Die Schülerin Elfriede H. malte eine Tabelle in ihr Erdkundeheft, in der sie Rohstoffvorkommen nach Ländern auflistete: Vorkommen von Erdöl, Weizen, Eisenerz, Gold, Baumwolle usw. Dabei schnitten das »Britische Weltreich« und die Vereinigten Staaten von Amerika, aber auch Russland sehr gut ab. Schlecht sah es für Japan, Italien und Deutschland aus. Sie schrieb in ihr Heft:

Nach dem Weltkrieg drei Fünftel der Erde auf England-U.S.A.-
Frankreich-Rußland aufgeteilt (Rohstoffkammern). Verdrängung
der anderen Nationen vom Weltmarkt. Raub unserer Kolonien. Ziel
unserer Feinde! Koloniallüge!

Von da war es dann nicht weit zum nächsten gedanklichen
Schritt, den Elfriede H., angeleitet von ihren Lehrern, ebenfalls vollzog:

Kampf um Raum und Macht auf der Erde. Ein großes Volk
braucht Raum. Ostpolitik! Kampf um unser Lebensrecht und Da-
sein. Unser Recht auf die Kolonien und darum auch unser An-
spruch. Gleichberechtigung und Aufteilung der Erde nach den Be-
dürfnissen der Völker. Italiens Kampf, um seiner Überbevölkerung
Raum in Afrika zu schaffen (Abessinien). Japans Griff nach dem
Festland, um neuen Wirtschafts- und Lebensraum für seinen Be-
völkerungsüberschuss [zu schaffen]. Deutschlands Bemühungen,
auf friedlichem Wege durch seine Vierjahrespläne wirtschaftliche
Freiheit und Unabhängigkeit zu erringen; daraufhin Versuch der
Einkreisung, Blockade und wirtschaftliche Fesselung durch die
»Besitzenden«. (Niederhaltung der jungen, aufstrebenden »Völker
ohne Raum«.)

Gleichzeitig wurden fremde Rassen als Bedrohung der eigenen Rasse hingestellt, die man im »Geburtenkrieg« besiegen
(wer mehr Kinder auf die Welt brachte, verdrängte irgendwann die anderen Rassen) und gegen die man sich mit allen
Mitteln zur Wehr setzen müsse. Indem die eigene Rasse in
der Schule, in Liedern und in den Medien fortwährend gelobt
wurde, stellte sich irgendwann eine Arroganz ein, die schließlich zu der Überzeugung führte, Deutschland stehe das Recht
zu, über andere zu bestimmen.

Hitler verfolgte ein klares Erziehungsziel: »Eine gewalttätige, herrische, unerschrockene, grausame Jugend will ich … Schmerzen muss sie ertragen. Es darf nichts Schwaches und Zärtliches an ihr sein.«

Deshalb notierte Elfriede H. in ihrer Kinderschrift ins Schulheft, Fach Reichskunde:

Warum haben wir Krieg?

1. *Weil England den Krieg gegen uns begonnen hat. Erst hetzte es die Polen gegen uns auf, ließ sie dann im Stiche u. führte selbst den Krieg gegen uns weiter, ohne auf das Friedensangebot des Führers einzugehen. England schaute mit Neid u. Missgunst auf den Wiederaufstieg Deutschlands. Es fürchtete für sein großes Kolonialreich, das ihm sehr viel Geld einbrachte. Darum sollten wir kleingemacht u. vernichtet werden.*

2. *Weil Amerika schon von Anfang an England geholfen hat. Hinter seiner Regierung stehen die Juden, denen gehören die Rüstungsfabriken. Durch den Krieg verdienen sie ungeheuer viel Geld. Amerika leiht auch sein Geld an England u. bekommt dafür Stützpunkte auf englischen Kolonien, die es dann allmählich ganz in Besitz nimmt. So will Amerika die Weltherrschaft antreten.*

3. *Weil der Bolschewismus auch die Welt beherrschen u. bolschiwieren möchte.*

4. *Weil wir uns gegen unsere Feinde wehren müssen, sonst geht Deutschland unter. Wir kämpfen um das Leben unseres Volkes.*

Ab dem 11. Oktober 1941 beziehungsweise dem 3. März 1942 durften Bücher russischer, englischer, französischer und amerikanischer Autoren von den Schulbibliotheken nicht mehr ausgegeben werden. Auch die Musik von Komponisten aus diesen Ländern war an den Schulen verboten.

Lehrer, die sich gegen die neuen Lehrpläne wehrten oder zum Beispiel an der Rassenlehre zweifelten, wurden mithilfe des »Gesetzes zur Wiederherstellung des Berufsbeamtentums« vom 7. April 1933 aus dem Staatsdienst entfernt. In Paragraf 4 hieß es: »Beamte, die nach ihrer bisherigen politischen Betätigung nicht die Gewähr bieten, dass sie jederzeit rückhaltlos für den nationalen Staat eintreten, können aus dem Dienst entlassen werden.« Ein vierseitiger Fragebogen musste ausgefüllt werden. Wer seine arische Abstammung nicht nachweisen konnte, verlor seine Anstellung ebenso wie alle politisch Unzuverlässigen.

Später waren es oft fanatisierte Schüler oder nationalsozialistisch eingestellte Kollegen, die »Verfehlungen« anderer Lehrer meldeten. Dem Schulleiter des Realgymnasiums in Minden beispielsweise wurde vorgeworfen, er habe geäußert, die Rassenkunde beruhe auf einem Irrtum und dem Wunschbild, dass die nordische Rasse die beste sei. Das sei nicht wissenschaftlich fundiert, die anderen Rassen seien gleichwertig. In der Rede zur Abiturfeier im Dezember 1934 sagte er, es gebe auch anständige Juden. Er wurde degradiert und strafversetzt. Sein Musiklehrer Fiege, der sich geweigert hatte, das Horst-Wessel-Lied am Klavier zu begleiten, wurde entlassen.

Als Dr. Wilhelm Hülsen, der Leiter des Gymnasiums Petrinum in Recklinghausen, statt einer von oben angeordneten Feier zur nationalsozialistischen Machtergreifung nur den Aufruf von Joseph Goebbels in den Klassen vorlas und beim Pausenklingeln das Lesen abbrach mit »Und so weiter, und so weiter, den Rest können Sie ja zu Hause lesen«, schrieb ein unbekannter Denunziant an die Schulaufsichtsbehörde in Münster: »Für solche stille und schleichende Sabotage ist das Konzentrationslager geschaffen worden.« Hülsen wurde vor einen Untersuchungsausschuss zitiert.

Bis heute führt das 617. Geschwader der Royal Air Force die zerstörte Möhnetalsperre im Wappen, mit der Umschrift »Nach mir die Sintflut«, und flog unter diesem Wappen in den Golfkrieg und den Irakkrieg.

Kenneth Fraser ist meine Erfindung. Eigentlich war Flight Lieutenant Harold Martin der Pilot des entsprechenden Flugzeugs. Er überlebte den Krieg und starb 1988 mit 70 Jahren in London.

Aus Hopgoods brennender Maschine sprangen drei Crewmitglieder hinter der Möhnetalsperre ab, zwei davon überlebten – nur, weil sie entgegen allen Regeln ihre Fallschirme schon im Flugzeug öffneten. Das brennende Flugzeug hatte nicht genug Höhe für einen regulären Absprung erreicht. Anthony Burcher, der Heckschütze, hielt die Seide des Fallschirms in den Händen, als er sprang. Der Bombenschütze, John Fraser, ließ den Fallschirm aus der Sprungluke heraushängen und sprang. Beide gerieten in deutsche Gefangenschaft. John Fraser wurde später Waldhüter in Kanada, Anthony Burcher lebte nach dem Krieg in Tasmanien.

Guy Gibson starb im September 1944 auf dem Rückflug von einem Nachtangriff auf Rheydt/Mönchengladbach. Nahe Steenbergen in den Niederlanden hielt ein Kamerad seine Mosquito fälschlicherweise für eine deutsche Ju 88 und schoss ihn vom Himmel. Guy Gibson war damals 26 Jahre alt.

Neue Waffenerfindungen waren in den letzten Kriegsjahren in aller Munde. Die Deutschen hofften auf die angekündigten Vergeltungswaffen, die das Schicksal wenden sollten. Die Briten fürchteten Hitlers Wut. Dabei hatten die Alliierten beim Einsatz neuer Waffen längst die Nase vorn: Der Granatwerfer »Hedgehog« war höchst erfolgreich gegen deutsche

U-Boote. Die alliierten Flugzeuge waren schneller als die deutschen, die Neuentwicklung des Düsenjägers kam zu spät für das Großdeutsche Reich, um das Blatt noch zu wenden. Als am 3. März 1943 bei Bethnal Green Station zum ersten Mal das neue Luftabwehr-Raketensystem namens »Unrotated Projector« feuerte, waren die Londoner aber so erschrocken, dass sie es für eine Waffe der Deutschen hielten und in Panik in den Luftschutzbunker hinabdrängten. Im Gedränge kamen 173 Menschen um, viele von ihnen Frauen und Kinder.

Die Technik der Rotationsbomben blieb lange geheim, obwohl Sowjets und Amerikaner sofort nach dem Erfolg der Talsperrenbombardierung offiziell bei ihrem Verbündeten, England, anfragten, um die neue Waffe ebenfalls zu bauen. Der Sowjetunion wurden die Informationen zwar zugesagt, aber nie geliefert, und den Amerikanern wurden technische Zeichnungen übermittelt, jedoch kein Prototyp.

Da hatten es die Deutschen leichter. In der Nähe von Haldern war Robert Barlow mit seiner Lancaster gegen die Spitze eines Strommasts geflogen. Er erreichte die Talsperren nicht, die gesamte Crew starb. Da der Zeitzünder aber noch nicht aktiviert worden war, blieb die Rotationsbombe intakt.

Die Deutschen begannen gleich nach der Zerstörung der Talsperren damit, die Wirkungsweise der Rollbombe zu untersuchen. In Berlin-Gatow, im Ballistischen Institut der Technischen Akademie der Luftwaffe, wurden dazu Experimente vorgenommen. Der deutsche Nachbau gelangte aber nie zur Serienreife.

Neben allgemeiner Sachliteratur waren für mich die folgenden Bücher besonders hilfreich zur Vertiefung in die Themen des Romans:

Christopher Andrew: MI5. Die wahre Geschichte des britischen Geheimdienstes, List 2011

Bernhard Bahnschulte: Neheim, Heimatbund Neheim 1928

Mechtild Brand: Verschleppt und entwurzelt. Zwangsarbeit zwischen Soest, Werl, Wickede und Möhnetal, Klartext 2010

Helmuth Euler: Wasserkrieg, Motorbuch Verlag 2007

Elke Fröhlich (Hrsg.): Die Tagebücher von Joseph Goebbels, K. G. Saur Verlag 1993–2006

Friedrich Kellner: Vernebelt, verdunkelt sind alle Hirne. Tagebücher 1939–1945, 2 Bände, Wallstein 2011

Eckhard Kotthaus (Hrsg.): Die höheren Schulen Arnsbergs im Dritten Reich. Schulalltag am Staatlichen Gymnasium Laurentianum, am Evangelischen Lyzeum und an der Städtischen Oberschule für Mädchen (1933 bis 1945)

Sean Longden: Blitz Kids, Constable 2012

Dorothee M. Meister: Ein weiter Weg … Lilly Besseys Kindheits- und Jugenderinnerungen: Vom Leben in der Ukraine und der Flucht nach Deutschland 1927–1945, Schardt 2009

Sönke Neitzel, Harald Welzer: Soldaten. Protokolle vom Kämpfen, Töten und Sterben, S. Fischer 2011

Geert Platner: Schule im Dritten Reich. Erziehung zum Tod? Eine Dokumentation, dtv 1983

John Sweetman: The Dambusters Raid, Cassell 2002

Günter Wegmann: »Das Oberkommando der Wehrmacht gibt bekannt«, der deutsche Wehrmachtbericht, Band 2, 1942–1943, Biblio 1982

Carl Wigge: Die Straßennamen der Stadt Neheim-Hüsten und ihre Geschichte, Dassel-Druck GmbH 1999

Zwangsarbeit in Arnsberg 1939–1945. Daten, Fakten, Hintergründe, Geschichtswerkstatt Zwangsarbeit Arnsberg 2007

Der Autor dankt

Dem Blessing-Team Tilo Eckardt, Elisabeth Bayer, Ulrike Netenjakob, Doris Schuck, Sina Listemann, Moritz Volk, und den unermüdlichen Vertriebskünstlern Margarete Ammer, Ruth Schwede und ihren Mitarbeitern. Vor allem aber meinem Lektor Edgar Bracht. Danke für die wunderbare Zusammenarbeit!

Michael Gaeb, der sich als Literaturagent immer wieder für neue Bücher begeistert und damit andere ansteckt.

Barbara Ellermeier für Unterstützung bei den Recherchen.

Hans-Dieter Schmidt, der mir erklärte, wie der Übergang vom »Fräulein vom Amt« zum Selbstwählen in Deutschland stattfand.

Udo Leisering und Elli Bochmann für Hinweise zum Erzähltempo und andere Tipps.

Franz Josef Schulte und dem Heimatbund Neheim Hüsten e.V. für hervorragendes Quellenmaterial.

Agnessa Kozak für die ukrainischen Begriffe und Speisen.

Jürgen Deibl und Ralf Bartsch für das Aufspüren alter Schulhefte.

Titus Müller

»Es ist nicht nur der Untergang der Titanic ...
es ist auch die Zeit der europäischen Aufrüstung
vor dem Ersten Weltkrieg, die der Autor
plastisch und spannend herausarbeitet.«
Wiesbadener Tagblatt

»Eine fesselnde Zeitreise.«
Gießener Anzeiger

978-3-453-40997-2

Leseprobe unter **www.heyne.de**